CB064320

1892-1900

MACHADO

EDITORA
NOVA
FRONTEIRA

DE ASSIS

3
A SEMANA
e outras crônicas
1892-1900

Direitos de edição da obra em língua portuguesa no Brasil adquiridos pela EDITORA NOVA FRONTEIRA PARTICIPAÇÕES S.A. Todos os direitos reservados. Nenhuma parte desta obra pode ser apropriada e estocada em sistema de banco de dados ou processo similar, em qualquer forma ou meio, seja eletrônico, de fotocópia, gravação etc., sem a permissão do detentor do copirraite.

EDITORA NOVA FRONTEIRA PARTICIPAÇÕES S.A.
Rua Candelária, 60 — 7º andar — Centro — 20091-020
Rio de Janeiro — RJ — Brasil
Tel.: (21) 3882-8200

Imagens de capa: ilustrações extraídas de charges e anúncios das publicações *O mosquito* (dos anos de 1872, 1873, 1874 e 1875) e *O Mequetrefe* (do ano de 1878) de autoria não identificada, pertencentes ao arquivo digital da Biblioteca Nacional.

Dados Internacionais de Catalogação na Publicação (CIP)

A848t   Assis, Machado de
           Todas as crônicas : volume 3 / Machado de Assis.
      - Rio de Janeiro : Nova Fronteira, 2021.
           544 p. ; 15,5 x 23cm

           ISBN 978-65-5640-328-1

           1. Crônicas. I. Título.

                               CDD: B869.93
                               CDU: 82-94

André Queiroz – CRB-4/2242

SUMÁRIO

A SEMANA

Na segunda-feira da semana que findou 16

Vês este tapume? 18

Mato Grosso foi o assunto principal da semana 20

Não há abertura de Congresso Nacional 22

Este Tiradentes 24

O velho Dumas 26

Não é só o inferno que está calçado de boas intenções 28

Estava eu muito descansado 30

O Banco Iniciador de Melhoramentos 32

O Ministério grego pediu demissão 34

Na véspera de são Pedro, ouvi tocar os sinos 37

São Pedro, apóstolo da circuncisão, e
são Paulo, apóstolo de outra coisa 38

Há uma vaga na deputação da Capital Federal 40

Esta semana furtaram a um senhor que ia pela rua 42

Toda esta semana foi empregada em comentar a eleição de domingo ... 45

Semana e finanças são hoje a mesma coisa 47

Ex fumo dare lucem 49

Para um triste escriba de coisas miúdas 51
Já uma vez dei aqui a minha teoria das ideias grávidas 53
Quando a China souber 55
Esta semana começou mal 57
Tannhäuser e bondes elétricos 60
Eis aí uma semana cheia 62
Não tendo assistido à inauguração dos bondes elétricos 63
Todas as coisas têm a sua filosofia 66
Tempos do papa! tempos dos cardeais! 68
Vou contar às pressas o que me acaba de acontecer 69
Quem se não preocupar 72
Cariocas, meus patrícios 73
Um dos meus velhos hábitos 76
Os acontecimentos parecem-se com os homens 78
Dizem as sagradas letras 80
Ontem, querendo ir pela rua da Candelária 82
É desenganar 84
Inventou-se esta semana um crime 86
Quem houver acompanhado 88
Onde há muitos bens, há muitos que os comam 90
A questão Capital está na ordem do dia 92
Gosto deste homem pequeno e magro chamado Barata Ribeiro 94
Contaram algumas folhas esta semana 96
Faleci ontem, pelas sete horas da manhã 98
É meu velho costume levantar-me cedo 100
O que mais me encanta na humanidade é a perfeição 102
Quando os jornais anunciaram 105
Que cuidam que me ficou dos últimos
acontecimentos políticos do Amazonas? 107
Somos todos criados com três ou quatro ideias 108

Entrou o outono 110
Parece que um ou mais diretores de clubes esportivos 112
O Conselho municipal vai regulamentar o serviço doméstico 114
Há hoje um eclipse do sol 116
Eu, se tivesse de dar *Hamlet* em língua puramente carioca 118
Uma folha diária 120
Abriu-se o Congresso Nacional 122
Ontem de manhã 124
Tudo se desmente neste mundo 125
Depois da semana da criação 127
Toda uma semana episcopal 129
Antes de relatar a semana 131
O amor produziu duas tragédias esta semana 133
Desde criança, ouço dizer 135
Uns cheques falsos 137
Uma batalha não tem o mesmo interesse 139
Sarah Bernhardt é feliz 140
Desde que há rebanhos 142
Toda esta semana se falou em paz 144
A *Gazeta* completou os seus dezoito anos 146
Entre tantos sucessos desta semana 148
Ce pays féerique 151
Quando eu cheguei à rua do Ouvidor 152
Quando eu soube da primeira representação
do *Alfageme de Santarém* 155
Quarta-feira, quando eu desci do bonde 157
No mesmo dia em que a imprensa anunciou 159
Há uma cantiga andaluza 161
Leitor, o mundo está para ver alguma coisa
mais grave do que pensas 163

Entrou a estação eleitoral 166
— ... Mas por que é que não adoece outra vez? 168
Há na comédia *Verso e reverso* 171
Durante a semana houve algumas pausas 173
Um dia destes 175
Sombre quatre-vingt-treize! 177
Quem será esta cigarra que me acorda todos os dias 179
Anda aí nas folhas públicas 181
Acha-se impresso mais um livro 183
Dizem que esta semana será sancionada 185
Quando eu li que este ano não pode haver Carnaval na rua 187
Nunca houve lei mais fielmente cumprida 189
Há uma leva de broquéis 191
Toda esta semana foi dada à literatura eleitoral 193
Quando eu cheguei à seção onde tinha de votar 195
Escrevo com o pé no estribo 198
Logo que se anunciou a batalha do dia 13 200
A semana foi santa 202
Enfim! 204
Quinta-feira à tarde 206
Tudo está na China 208
Uma das nossas folhas deu notícia 210
A pessoa que me substituiu na semana passada 212
Escreveu um grande pensador 214
Creio em poucas coisas 216
Morreu um árabe, morador na rua do Senhor dos Passos 219
Ontem de manhã, indo ao jardim, como de costume 221
Um membro do Conselho municipal 223
Peguei na pena, e ia começar esta *Semana* 225
Quinta-feira de manhã fiz como Noé 227

O empresário Mancinelli vem fechar a era das revoluções 229

Quando estas linhas aparecerem aos olhos dos leitores 231

Trapizonda já não existe! 234

Quereis ver o que são destinos? 236

Anteontem, dez de agosto 238

Têm havido grandes cercos e entradas da polícia em casas de jogo ... 240

Que vale a ruína de uma cidade ao pé da ruína de um coração? 242

Acabo de ler 244

A morte de Mancinelli deu lugar a uma observação 246

Que boas que são as semanas pobres! 248

Os depoimentos desta semana 251

Não escrevo para ti, leitor do costume 253

Esta semana devia ser escrita com letras de ouro 255

Um cabograma 257

Toda esta semana foi de amores 258

O momento é japonês 261

É verdade trivial 263

A Antiguidade cerca-me por todos os lados 265

Uma semana que inaugura na segunda-feira uma estátua 267

Vão acabando as festas uruguaias 269

Quando me leres 271

Tudo tende à vacina 274

Um telegrama de São Petersburgo 276

A semana acabou fresca 278

A sorte é tudo 281

Se a pedra de Sísifo não andasse já tão gasta 283

Foi a semana dos cadáveres 285

A semana ia andando, meia interessante 288

Se há ainda boas fadas por esse mundo 290

Andam listas de assinaturas para uma petição
ao Congresso Nacional 291
As pessoas que foram crianças 294
Se a rainha das ilhas Sandwich... 296
Refere um telegrama do sul.. 298
Tantas são as matérias em que andamos discordes................. 300
A autoridade recolheu esta semana 302
O primeiro dia desta semana 304
Divino equinócio 306
De quando em quando aparece-nos o conto do vigário 308
Não há quem não conheça a minha desafeição à política....... 310
Nada há pior que oscilar entre dois assuntos......................... 312
Estão feitas as pazes da China e do Japão............................... 314
Que dilúvio, Deus de Noé! 315
Antes de acabar o século... 318
No meio dos problemas que nos assoberbam 320
Quando visitei a África 322
Sou eleitor... 325
Quando me deram notícia da morte de Saldanha Marinho 326
Não estudei com Pangloss... 328
Guimarães chama-se ele 330
Não vou ao extremo 333
O destino 334
Os mortos não vão tão depressa 337
Carne e paz foram as doações principais da semana............... 339
Ontem, sábado, fez-se a eleição de um
senador pelo Distrito Federal 341
Raramente leio as notícias policiais 343
Antes de escrever o nome de Basílio da Gama 345
Que pouco se leia nesta terra é o que muita gente afirma 347

O sr. Herrera y Obes 349

Pombos-correios 351

Aquilo que Lulu Sênior disse anteontem 353

Não me falem de anistias 356

Um dia destes, indo a passar pela guarda policial 357

A semana acabou com um tristíssimo desastre 360

Quando a vida cá fora estiver tão agitada e aborrecida 362

Quem põe o nariz fora da porta, vê que este mundo não vai bem 364

Estudemos; é o melhor conselho que posso dar ao leitor amigo 366

Vamos ter, no ano próximo, uma visita de grande importância 369

Conversávamos alguns amigos, à volta de uma mesa 371

Não sei por onde comece, nem por onde acabe 374

Três pessoas estavam na loja Crashley 376

Inaugurou-se mais uma sociedade recreativa, o Cassino Brasileiro ... 380

Imagino o que se terá passado em Paris,
quando Dumas Filho morreu 382

Dai-me boa política e eu vos darei boas finanças 384

Temo errar 386

Se a semana que ora acaba, for condenada perante a eternidade 388

À beira de um ano novo, e quase à beira de outro século 390

Quisera dizer alguma coisa a este ano de 1896 393

Quando li o relatório da polícia acerca do Jardim Zoológico 395

Se não fosse o receio de cair no desagrado das senhoras 397

Três vezes escrevi o nome do dr. Abel Parente 399

Avocat, oh! passons au déluge! 401

Pessoa que já serviu na polícia secreta 403

Que excelente dia para deixar aqui uma coluna em branco! 405

Posto que eu não visse com estes olhos 407

Lulu Sênior disse quinta-feira 409

No tempo do romantismo 411

A NOTÍCIA, BOATO OU O QUE QUER QUE SEJA 414
SE TODOS QUANTOS EMPUNHAM UMA PENA 416
NO MEIO DAS MOÇÕES 418
QUARTA-FEIRA DE TREVAS 420
A COMPANHIA VILA ISABEL 422
A SEMANA FOI DE SANGUE, COM UMA PONTA DE LOUCURA E OUTRA DE PATIFARIA 424
"TERMINARAM AS FESTAS DE SHAKESPEARE" 426
OS JORNAIS DERAM ONTEM NOTÍCIA TELEGRÁFICA 428
COMO EU ANDASSE A FOLHEAR LEIS, ALVARÁS, PORTARIAS E OUTROS ATOS MENOS ALEGRES 430
ERA NO BAIRRO CARCELER, ÀS SETE HORAS DA NOITE 432
A GENTE QUE ANDOU ESTA SEMANA PELA RUA DO OUVIDOR 434
A FUGA DOS DOIDOS DO HOSPÍCIO 436
A QUESTÃO DA CAPITAL 439
A PUBLICAÇÃO DA *JARRA DO DIABO* 441
QUEREM OS ALMANAQUES QUE O INVERNO COMECE HOJE 443
FUJAMOS DESTA BABILÔNIA 445
NÃO QUERO SABER DE FARMÁCIAS 447
A BOMBA DO ELDORADO DUROU O ESPAÇO DE UMA MANHÃ 450
ESTE QUE AQUI VEDES JANTOU DUAS VEZES FORA DE CASA ESTA SEMANA 452
APAGUEMOS A LANTERNA DE DIÓGENES 455
AVIZINHAM-SE OS TEMPOS 457
QUANDO SE JULGAREM OS TEMPOS 459
ESTA SEMANA É TODA DE POESIA 462
CONTRASTES DA VIDA 464
EIS AQUI O QUE DIZ O EVANGELISTA SÃO MARCOS 467
QUALQUER DE NÓS TERIA ORGANIZADO ESTE MUNDO MELHOR DO QUE SAIU .. 469
DIZEM DA BAHIA QUE JESUS CRISTO ENVIOU UM EMISSÁRIO À TERRA 471
TODA ESTA SEMANA FOI FEITA PELO TELÉGRAFO 473

Não é preciso dizer que estamos na primavera 476

Enquanto eu cuido da semana, São Paulo cuida dos séculos 478

Tzarina, se estas linhas chegarem às tuas mãos, não faças como Victor Hugo 481

Não se diga que a febre amarela tem medo ao saneamento 483

Li que o pescado que comemos é morto a dinamite 486

O pão londrino está tão caro como a nossa carne 488

Mac-Kinley está eleito presidente dos Estados Unidos da América .. 490

"Uma geração passa, outra geração lhe sucede, mas a terra permanece firme." 493

A natureza tem segredos grandes e inopináveis 495

Guitarra fim de século 497

Antônio Conselheiro é o homem do dia 502

O Senado deixou suspensa a questão do VETO do prefeito 504

É minha opinião que não se deve dizer mal de ninguém 507

Leitor, aproveitemos esta rara ocasião que os deuses nos deparam 509

A importância da carta que se vai ler 513

Falemos de doenças, de mortes, de epidemias 517

Semana de maravilhas 519

Anteontem, quando os sinos começaram a tocar a finados 522

Os direitos da imaginação e da poesia 524

A semana é de mulheres 526

Conheci ontem o que é celebridade 528

Estou com inveja aos argentinos 531

Domingo próximo é possível que te explique esta confusão da minha alma 533

CRÔNICA

Entre tais e tão tristes casos da semana 538

Eu gosto de catar o mínimo e o escondido 540

A SEMANA
Gazeta de Notícias (1892-1897)

NA SEGUNDA-FEIRA DA
SEMANA QUE FINDOU

Na segunda-feira da semana que findou, acordei cedo, pouco depois das galinhas, e dei-me ao gosto de propor a mim mesmo um problema. Verdadeiramente era uma charada; mas o nome de problema dá dignidade, e excita para logo a atenção dos leitores austeros. Sou como as atrizes, que já não fazem benefício, mas *festa artística*. A coisa é a mesma, os bilhetes crescem de igual modo, seja em número, seja em preço; o resto, comédia, drama, opereta, uma polca entre dois atos, uma poesia, vários ramalhetes, lampiões fora, e os colegas em grande gala, oferecendo em cena o retrato à beneficiada.

Tudo pede certa elevação. Conheci dois velhos estimáveis, vizinhos, que esses tinham todos os dias a sua festa artística. Um era cavaleiro da Ordem da Rosa, por serviços *em relação* à Guerra do Paraguai; o outro tinha o posto de tenente da Guarda Nacional da reserva, a que prestava bons serviços. Jogavam xadrez, e dormiam no intervalo das jogadas. Despertavam-se um ao outro desta maneira: "Caro *major!*" — "Pronto, *comendador!*" — Variavam às vezes: — "Caro *comendador!*" — "Aí vou, *major*." Tudo pede certa elevação.

Para não ir mais longe, Tiradentes. Aqui está um exemplo. Tivemos esta semana o centenário do grande mártir. A prisão do heroico alferes é das que devem ser comemoradas por todos os filhos deste país, se há nele patriotismo, ou se esse patriotismo é outra coisa mais que um simples motivo de palavras grossas e rotundas. A capital portou-se bem. Dos estados estão vindo boas notícias. O instinto popular, de acordo com o exame da razão, fez da figura do alferes Xavier o principal dos inconfidentes, e colocou os seus parceiros a meia ração de glória. Merecem, decerto, a nossa estima aqueles outros; eram patriotas. Mas o que se ofereceu a carregar com os pecados de Israel, o que chorou de alegria quando viu comutada a pena de morte dos seus companheiros, pena que só ia ser executada nele, o enforcado, o esquartejado, o decapitado, esse tem de receber o prêmio na proporção do martírio, e ganhar por todos, visto que pagou por todos.

Um dos oradores do dia 21 observou que, se a Inconfidência tem vencido, os cargos iam para os outros conjurados, não para o alferes. Pois não é muito que, não tendo vencido, a história lhe dê a principal cadeira. A distribuição é justa. Os outros têm ainda um belo papel; formam, em torno de Tiradentes, um coro igual ao das Oceânides diante de Prometeu encadeado. Relede Ésquilo, amigo leitor. Escutai a linguagem compassiva das ninfas, escutai os gritos terríveis, quando o grande titã é envolvido na conflagração geral das coisas. Mas, principalmente, ouvi as palavras de Prometeu narrando os seus crimes às ninfas amadas: "Dei o fogo aos homens; esse mestre lhes ensinará todas as artes". Foi o que nos fez Tiradentes.

Entretanto, o alferes Joaquim José tem ainda contra si uma coisa, a alcunha. Há pessoas que o amam, que o admiram, patrióticas e humanas, mas que não podem tolerar esse nome de Tiradentes. Certamente que o tempo trará a familiaridade do nome e a harmonia das sílabas; imaginemos, porém, que o alferes tem podido galgar pela imaginação um século e despachar-se cirurgião-dentista. Era o mesmo herói, e o ofício era o mesmo; mas traria outra dignidade. Podia ser até que, com o tempo, viesse a perder a segunda parte, dentista, e quedar-se apenas cirurgião.

Há muitos anos, um rapaz — por sinal que bonito — estava para casar com uma linda moça, a aprazimento de todos, pais e mães, irmãos, tios e primos. Mas o noivo demorava o consórcio; adiava de um sábado para outro, depois quinta-feira, logo terça, mais tarde sábado; dois meses de espera. Ao fim desse tempo, o futuro sogro comunicou à mulher os seus receios. Talvez o rapaz não quisesse casar. A sogra, que antes de o ser já era, pegou do pau moral, e foi ter com o esquivo genro. Que histórias eram aquelas de adiamentos?

— Perdão, minha senhora, é uma nobre e alta razão; espero apenas...
— Apenas...?
— Apenas o meu título de agrimensor.
— De agrimensor? Mas quem lhe diz que minha filha precisa do seu ofício para comer? Case, que não morrerá de fome; o título virá depois.
— Perdão; mas não é pelo título de agrimensor, propriamente dito, que estou demorando o casamento. Lá na roça dá-se ao agrimensor, por cortesia, o título de doutor, e eu quisera casar já doutor...

Sogra, sogro, noiva, parentes, todos entenderam esta sutileza, e aprovaram o moço. Em boa hora o fizeram. Dali a três meses recebia o noivo os títulos de agrimensor, de doutor e de marido.

Daqui ao caso eleitoral é menos que um passo; mas, não entendendo eu de política, ignoro se a ausência de tão grande parte do eleitorado na eleição do dia 20 quer dizer descrença, como afirmam uns, ou abstenção como outros juram. A descrença é fenômeno alheio à vontade do eleitor; a abstenção é propósito. Há quem não veja em tudo isto mais que ignorância do poder daquele fogo que Tiradentes legou aos seus patrícios. O que sei, é que fui à minha seção para votar, mas achei a porta fechada e a urna na rua, com os livros e ofícios. Outra casa os acolheu compassiva; mas os mesários não tinham sido avisados e os eleitores eram cinco. Discutimos a questão de saber o que é que nasceu primeiro, se a galinha, se o ovo. Era o problema, a charada, a adivinhação de segunda-feira. Dividiram-se as opiniões; uns foram pelo ovo, outros pela galinha; o próprio galo teve um voto. Os candidatos é que não tiveram nem um, porque os mesários não vieram e bateram dez horas. Podia acabar em prosa, mas prefiro o verso:

> *Sara, belle d'indolence,*
> *Se balance*
> *Dans un hamac...*

Gazeta de Notícias, 24 de abril de 1892

Vês este tapume?

Vês este tapume? Digo-vos que não ficará tábua sobre tábua. E assim se cumpriu esta palavra do dr. Barata Ribeiro, que imitou a Jesus Cristo, em relação ao templo de Jerusalém. Olhai, porém, a diferença e a vulgaridade do nosso século. A palavra de Jesus era profética: os tempos tinham de cumpri-la. A do presidente da intendência, que era um simples despacho, não precisou mais que de alguns trabalhadores de boa vontade, um advogado e vinte e quatro horas de espera. Ao cabo do prazo, reapareceu o nosso chafariz da Carioca, o velho monumento que tem o mesmo nome que nós outros, filhos da cidade, o nosso xará, com as suas bicas sujas e quebradas, é certo, mas eu confio que o dr. Barata Ribeiro, assim como destruiu o tapume, assim reformará o *bicume*. E poderá ser preso, açoitado, crucificado; ressurgirá no terceiro minuto, e ficará à direita de Gomes Freire de Andrade.

Já que se foi o tapume, não calarei uma anedota, que ao mesmo tempo não posso contar. Valham-me Gulliver e o seu invento para apagar o incêndio do palácio do rei de Lilipute. Recordam-se, não? Pois saibam que uma noite lavrava um princípio de incêndio no tapume, algum fósforo lançado por descuido ou perversidade. Um Gulliver casual, que ia passando, correu a apagá-lo. Pobre grande homem! Esbarrou com um soldado de sentinela, ao lado da Imprensa Nacional, que não consentiu na obra de caridade daquele corpo de bombeiro. Perseguido pela visão do incêndio (há desses fenômenos), o nosso Gulliver viu fogo onde o não havia, isto é, no próprio edifício da Imprensa Nacional, lado oposto, e correu a apagá-lo. Não achou sombra de sentinela! Disseram-lhe mais tarde que a sentinela do tapume era a mesma que o governador Gomes Freire mandara pôr ao chafariz, em 1735, e que a Metropolitana, por descuido, não fez recolher. Vitalidade das instituições!

Mas esse finado tapume faz lembrar um tempo alegre e agitado, tão alegre e agitado quão triste e quieto é o tempo presente. Então é que era bailar e cantar. Dançavam-se as modas de todas as nações; não era só o fadinho brasileiro, nem a quadrilha francesa; tínhamos o fandango espanhol, a tarantela napolitana, a valsa alemã, a habanera, a polca, a mazurca, não contando a dança macabra, que é a síntese de todas elas. Cessou tudo por um efeito mágico. Os músicos foram-se embora, e os pares voltaram para casa.

Só o acionista ficou, o acionista moderno, entenda-se, o que não paga as ações. Tinham-lhe dito:

— Aqui tem um papel que vale duzentos, o senhor dá apenas vinte, e não falemos mais nisso.

— Como não falemos?

— Quero dizer, falemos semestralmente; de seis em seis meses, o senhor recebe dez ou doze por cento, talvez quinze.

— Do que dei?

— Do que deu e do que não deu.

— Que não dei, mas que hei de dar?

— Que nunca há de dar.
— Mas, senhor, isso é quase um debênture.
— Por ora, não; mas lá chegaremos.

Desta noção recente tivemos, há dias, um exemplo claro e brilhante. Uma assembleia, tomando contas do ano, deu com três mil contos de despesas de incorporação. Nada mais justo. Entretanto, um acionista propôs que se reduzissem aquelas despesas; outro, percebendo que a medida não era simpática, lembrou que ficasse a diretoria autorizada a entender-se com os incorporadores para dar um corte na soma. A assembleia levantou-se como um só homem. Que reduzir? que entender-se? E, por cerca de cinco mil votos contra dez ou onze, aprovou os três mil contos de réis. A razão adivinha-se. A assembleia compreendeu que a incorporação, como a ação, devia ter sido paga pelo décimo, e conseguintemente que os incorporadores teriam recebido, no máximo, trezentos contos. Pedir-lhes redução da redução seria econômico, mas não era razoável, e instituiria uma justiça de dois pesos e duas medidas. Votou os três mil contos, votaria trinta mil, votaria trinta milhões.

Hão de ter notado a facilidade com que meneio algarismos, posto não seja este o meu ofício; mas desde que Camões & C. puseram uma agência de loterias no beco das Cancelas, creio que, ainda sem ser Camões, posso muito bem brincar com cifras e números. Na explicação do sr. dr. Ferro Cardoso, por exemplo, acerca da não eleição, o que mais me interessou foram os oito mil eleitores que deixaram de votar no candidato, já porque eram milhares, já porque o argumento era irresponsível. Com efeito, ninguém obriga um homem a aceitar a cédula de outro; se a aceita e não vota, é porque cede a uma força superior.

Tudo é algarismo debaixo do sol. A própria circular do bispo aos vigários, acerca dos padres e sacristães associados para vender caro as missas, reduz-se, como veem, a somas de dinheiro. Grande rumor nas sacristias. Grande rumor na imprensa anônima. Pelo que me toca, não sendo padre nem sacristão, cito este acontecimento da semana, não só por causa dos algarismos, mas ainda por notar que o bispo adotou neste caso o lema positivista: *Viver às claras*. Em vez de circular reservada, fê-la pública. Mas como, por outro lado, já alguém disse que o positivismo era "um catolicismo sem cristianismo", a questão pode explicar-se por uma simpatia de origem, e os padres que se queixem ao bispo dos bispos.

Onde não creio que haja muitos milhares de contos é na República Transatlântica de Mato Grosso. O dinheiro é o nervo da guerra, diz um velho amigo; mas um fino e grande político desmente o axioma, afirmando que o nervo da guerra está nas boas tropas. Haverá este nervo em Mato Grosso? Quanto a mim, creio que a jovem República não é mesmo república. Aquele nome de Transatlântica dá ideia de um gracejo ou de um enigma. É talvez o que fique de toda a campanha. Também pode ser que a palavra, como outras, tenha sentido particular naquele estado, e traga uma significação nova e profunda. Às vezes, de onde não se espera, daí é que vem. Há dias, dei com um verbo novo na tabuleta de uma casa da Cidade Nova: "*Opacam-se vidros*". Digam-me em que dicionário viram palavra tão apropriada ao caso.

Gazeta de Notícias, 1º de maio de 1892

Mato Grosso foi o assunto principal da semana

Mato Grosso foi o assunto principal da semana. Nunca ele esteve menos Mato, nem mais Grosso. Tudo se esperava daquelas paragens, exceto uma república, se são exatas as notícias que o afirmam, porque há outras que o negam; mas neste caso a minha regra é crer, principalmente se há telegrama. Ninguém imagina a fé que tenho em telegramas. Demais, folhas europeias de 13 a 14 do mês passado falam da nova República Transatlântica como de coisa feita e acabada. Algumas descrevem a bandeira.

Duas dessas folhas (por sinal que londrinas) chegam a aconselhar ao governo da União que abandone Mato Grosso, por lhe dar muito trabalho e ficar longe, sem real proveito. Se eu fosse governo, aceitava o conselho, e pregava uma boa peça à nova República, abandonando-a, não à sua sorte, como dizem as duas folhas, mas à Inglaterra. A Inglaterra também perdia no negócio, porque o novo território ficava-lhe muito mais longe; mas, sendo sua obrigação não deixar terra sem amanho, tinha de suar o topete só em extrair minerais, desbastar, colonizar, pregar, fazer, em suma, de Mato Grosso um mato fino.

Eu, rigorosamente, não tenho nada com isto. Não perco uma unha do pé nem da mão, se perdermos Mato Grosso. E não é melhor que me fique antes a unha que Mato Grosso? Em que é que Mato Grosso é meu? Não nego que a ideia da pátria deve ser acatada. Mas a nova República não bradou: *abaixo a pátria*! como um rapaz que fez a mesma coisa em França, há três meses, e foi condenado à prisão por um tribunal. Mato Grosso disse apenas: *Anch'io son pittore*, e pegou dois pincéis. Não destruiu a oficina ao pé, organizou a sua. Uma vez que pague, além das décimas, as tintas, pode pintar a seu gosto, e tanto melhor se fizer obras-primas.

Pátria brasileira (esta comparação é melhor) é como se disséssemos manteiga nacional, a qual pode ser excelente, sem impedir que outros façam a sua. Se a nova fábrica já está *montada* (estilo dos estatutos de companhias e dos anúncios de teatros), faça a sua manteiga, segundo lhe parecer, e, para falar pela língua argentina, vizinha dela e nossa: *con su pan se la coma*.

Vede bem que a nova República é una e indivisível. Aqui há dente de coelho; parece que o fim é tolher a soberania a Corumbá, a Cuiabá, que poderiam fazer as suas constituições particulares, como os diversos estados da União fizeram as suas. Eu só havia notado, em relação a estes, a diferença dos títulos dos chefes, que uns são governadores, como nos Estados Unidos da América, outros presidentes, como o presidente da República. A princípio supus que a fatalidade do nosso nascimento (que é de chefe para cima) obrigava a não chamar governador um homem que tem de reger uma parte *soberana* da União; mas, consultando sobre isso uma pessoa grave do interior, ouvi que a razão era outra e histórica, isto é, que a preferência de *presidente a governador* provinha de ser este título odioso aos povos, por causa dos antigos governadores coloniais. Não só compreendi a explicação, mas ainda lhe grudei outra, observando que, por motivo muito mais antigo, foi acertado não adotar o título de juiz, como usaram algum tempo em Israel *(fedor judaico)* — justamente!

Entretanto, outra pessoa, sujeita ao terror político, tem escrito esta semana que alguns estados, em suas constituições e legislações, foram além do que lhes cabia; que um deles admitia a anterioridade do casamento civil, outro já lançou impostos gerais etc. Assim será; mas obra feita não é obra por fazer. Se o exemplo de Mato Grosso tem de pegar, melhor é que cada pintor tenha já as suas telas prontas, tintas moídas e pincéis lavados: é só pintar, expor e vender. A União, que não tem território, não precisa soberania; basta ser um simples nome de família, um apelido, meia alcunha.

Depois de Mato Grosso, o negócio em que mais se falou esta semana (não contando a reunião do Congresso), foi o processo da Geral. Os diretores presos tiveram *habeas corpus*. Apareceu um relatório contra os mesmos, e contra outros, mas apareceu também a contestação, depoimentos e desmentidos, além de vários artigos, os quais papéis todos, juntos com o que se tem escrito desde o começo, cortados em tiras de um centímetro de largura, e unidos tira a tira, dão uma fita que, só por falta de cinco léguas, não cinge a terra toda; mas, como não é negócio que se acabe com solturas nem relatórios, calculam os matemáticos do Clube da Engenharia que as cinco léguas que faltam, estarão preenchidas até quinta-feira próxima, e antes de outubro pode muito bem

    Dar outra volta completa
    Ao nosso belo planeta.

Tudo isso para se não saber nada! Eu pelo menos, de tudo o que tenho lido a respeito desta Geral, só uma coisa me ficou clara (aqui os credores arregalam os olhos) e foi a legalização, e, portanto, a legitimação da palavra *zangão*, com o seu plural *zangões*. Aquele nome fora adotado antigamente com a prosódia verdadeira, a que tinha, que era *zângão*, e conseguintemente fazia o plural *zângãos*. Mas o povo achou mais fácil ir carregando para diante, e pôr o acento na segunda sílaba, fazendo *zangão* e *zangões*. Nunca os tinha visto escritos; achei-os agora judicialmente, e não me irrito com isso. O sr. dr. Castro Lopes, que há pouco tratou de *bênção*, querendo que se diga *benção*, e *benções*, é que há de explicar por que razão o povo em um caso escorrega para diante e em outro para trás. Eu creio que tudo provém da situação da casca de banana, que, se está mais próxima do bico do sapato, faz cair de ventas, se mais perto do tacão, faz cair de costas. *Zangão, bênção.* Creiam, meus amigos, é a única ideia que há de ficar dos autos.

Gazeta de Notícias, 8 de maio de 1892

Não há abertura de Congresso Nacional

Não há abertura de Congresso Nacional, não há festa de Treze de Maio, que resista a uma adivinhação. A sessão legislativa era esperada com ânsia e será acompanhada com interesse. A festa de Treze de Maio comemorava uma página da história, uma grande, nobre e pacífica revolução, com este pico de ser descoberta uma preta Ana ainda escrava, em uma casa de São Paulo. Após quatro anos de liberdade, é de se lhe tirar o chapéu. Epimênides também dormiu por longuíssimos anos, e quando acordou já corria outra moeda; mas dormia sem pancadas. A preta Ana dormiu na escravidão, não sabendo até ontem que estava livre; mas como o sono da escravidão só se prolonga com a dormideira do chicote, a preta Ana, para não acordar e saber casualmente que a liberdade começara, bebia de quando em quando a miraculosa poção. O caso produziu imenso abalo; o telégrafo transmitiu a notícia e todos os nomes.

Mas tudo isso teve de ceder ao simples x do problema. Um distinto e antigo parlamentar, ao cabo de quatro artigos, esta semana, fez a divulgação de um remédio a todas as nossas dificuldades.

Sem dissimular as suas velhas tendências republicanas, nem contestar os benefícios monárquicos, o autor entende que a Nação ainda não disse o que queria, como não disse em 1824 com o outro regime, por falta de uma câmara especial; e propõe que se convoque uma assembleia de quinhentos deputados, gratuitos, a qual avocará a si todas as atribuições do poder executivo e escolherá uma forma de governo.

Como a minha obrigação não é discutir a semana, mas tão somente contá-la, e, por outro lado, não entendendo eu de medicina política ou de qualquer outra, aqui me fico, sem acrescentar mais que uma palavra, a saber, que a Assembleia dos Quinhentos, longe de ser o ovo de Colombo, parece um simples ovo de Convenção Nacional. Agora, se o ovo traz dentro de si uma águia ou um peru, é o que não sei; por vontade minha, traria um peru, não porque eu desestime aquele nobre animal, mas por esta razão gulosa. Águia não se come, e a Assembleia dos Quinhentos seria um excelente prato, lardeado de facções, de imprecações, de confusões, de conspirações, tudo no plural, exceto a dissolução, que seria no singular. Por força que entre quinhentos sonâmbulos havia de haver um homem acordado, forte e ambicioso, que contentasse a todos dizendo: "Meus filhos, podem ir descansados; eu fico sendo democrata e imperador". Juntam-se assim as duas formas de governo, como as rosas de Garrett:

> Ei-las aqui bem iguais,
> Mas não rivais.

Se há, porém, ilusão da minha parte, e se a Assembleia dos Quinhentos pode fazer o que o autor promete, então retiro a palavra e assino a proposta. Aparentemente é pouco prática, mas a teoria também é deste mundo. Os seus fins, ainda que árduos, são sublimes: trata-se de recomeçar a história. Bacon não recomeçou o entendimento humano? Assim, a assembleia terá sido o ovo da felicidade pública.

Tudo é ovo. Quando o sr. deputado Vinhais, no intuito de canalizar a torrente socialista, criou e disciplinou o Partido Operário, estava longe de esperar que os patrões e negociantes iriam ter com ele um dia, nas suas dificuldades, como aconteceu agora na questão dos carrinhos de mão. Assim, o Partido Operário pode ser o ovo de um bom partido conservador. Amanhã irão procurá-lo os diretores de banco e companhias, quando menos para protestar contra a proposta de um acionista de certa sociedade anônima, cujo título me escapa. Sei que o acionista chama-se Maia. O sr. Maia propôs, e a assembleia aprovou, que ao conselho diretor fosse vedado subscrever ou comprar ações de outras companhias, de qualquer natureza. Realmente, não se pode fazer pior serviço aos outros e a si mesmo. Viva aquele padre que, pregando um sermão de Quaresma, dizia que as velas com que se alumiava o Altíssimo eram de cera e sebo, e que as almas pias deviam comprá-las na casa de um seu irmão, que era o único que as fabricava de cera pura. O padre salvava explicitamente o irmão; mas o que é que salva o sr. Maia?

Daí pode ser que eu entenda tanto de economia política, como de medicina política. Efetivamente, vereador era o meu sonho. Quando mudaram o nome para intendente, não gostei a princípio, porque trocaram uma palavra vernácula por outra cosmopolita; mas, como ficava sempre o cargo, ficou a ambição e continuei a namorar a casa da Câmara. Dizem que há lá barulho; tanto melhor, eu nunca amei a concórdia. Concórdia e pântano é a mesma fonte de miasmas e de mortes. Um grego dá a guerra como o ovo dá a vida.

Aqui volta o ovo aos bicos da pena. Se esta crônica não é uma fritada, é só porque lhe falta cozinheiro. Tudo é ovo, repito. A armada em que Pedro Álvares Cabral descobriu esta parte da América foi o ovo da rua do Ouvidor e da consequente Casa Ketèle. Noto a Casa Ketèle, não porque lhe tenha nenhuma afeição particular; nunca lá fui. Se lá fosse, nunca a citaria. É meu velho propósito não citar os amigos, deixá-los em uma relativa obscuridade. Tudo é ovo, amigo. A carta que estás escrevendo à tua namorada pode ser o ovo de dois galhardos rapazes, que antes de 1920 estejam secretários de legação. Pode ser também o ovo de quatro sopapos que te façam mudar de rumo. Tudo é ovo. O próprio ovo da galinha, bem considerado, é um ovo.

Gazeta de Notícias, 15 de maio de 1892

Este Tiradentes

Este Tiradentes, se não toma cuidado em si, acaba inimigo público. Pessoa, cujo nome ignoro, escreveu esta semana algumas linhas com o fim de retificar a opinião que vingou, durante um longo século, acerca do grande mártir da Inconfidência. "Parece (diz o artigo no fim), parece injustiça dar-se tanta importância a Tiradentes, porque morreu logo, e não prestar a menor consideração aos que morreram de moléstias e misérias na costa d'África." E logo em seguida chega a esta conclusão: "Não será possível imaginar que, se não fosse a indiscrição de Tiradentes, que causou o seu suplício, e o dos outros, que o empregaram, *teria realidade o projeto*?"

Daqui a espião de polícia é um passo. Com outro passo chega-se à prova de que nem ele mesmo morreu; o vice-rei mandou enforcar um furriel muito parecido com o alferes, e Tiradentes viveu até 1818 de uma pensão que lhe dava d. João vi. Morreu de um antraz, na antiga rua dos Latoeiros, entre as do Ouvidor e do Rosário, em uma loja de barbeiro, dentista e sangrador, que ali abriu em 1810, a conselho do próprio d. João, ainda príncipe regente, o qual lhe disse (formais palavras):

— Xavier, já que não podes ser alferes, toma por ofício o que fazias antes por curioso; vou mandar dar-te umas casas da rua dos Latoeiros...

— Oh! meu senhor!

— Mas não digas quem és. Muda de nome, Xavier; chama-te Barbosa. Compreendes, não? O meu fim é criar a lenda de que tu é que foste o mártir e o herói da Inconfidência, e diminuir assim a glória de João Alves Maciel.

— Príncipe sereníssimo, não há dúvida que esse é que foi o chefe da detestável conjuração.

— Bem sei, Barbosa, mas é do meu real agrado passá-lo ao segundo plano, para fazer crer que, apesar dos serviços que prestou, das qualidades que tinha e das cartas de Jefferson, pouco valeu, e que tu vales tudo. É um plano maquiavélico, para desmoralizar a conjuração. Compreendes agora?

— Tudo, meu senhor.

— Assim é bem possível que, se algum dia, quiserem levantar um monumento à Inconfidência, vão buscar por símbolo o mártir, dando assim excessiva importância ao alferes indiscreto, que pôs tudo de pernas para o ar, e a pretexto de haver morrido logo. Não abanes a cabeça; tu não conheces os homens. Adeus; passa pela ucharia, que te deem um caldo de vaca, e pede por sua real majestade e por mim nas tuas orações. Consinto que também rezes pelo furriel. Como se chamava? Esquece-me sempre o nome.

— Marcolino.
— Reza pelo Marcolino.
— Ah! Senhor, os meus cruéis remorsos nunca terão fim!
— Barbosa, têm sempre fim os remorsos de um leal vassalo!

E assim ficará retirada a história, antes de 1904 ou 1905, Tiradentes será apeado do pedestal que lhe deu um sentimentalismo mofento, que se lembra de glorificar um homem só porque morreu logo, como se alguém não morresse sempre antes de outros, e, demais, enforcado, que é morte pronta. Quanto ao esquartejamento e exposição da cabeça, está provado empírica e cientificamente que cadáver não padece, e tanto faz cortar-lhe as pernas como dar-lhe umas calças. Mas ainda restará alguma coisa ao alferes; pode-se-lhe expedir a patente de capitão honorário. Se está no céu, e se os mártires formam lá em cima, pode comandar uma companhia. Antes isso que nada.

Antes isso que nada. Antes mandar na morte, do que ser mandado na vida. Dispenso o leitor da dissertação que podia fazer sobre este assunto, assim como o dispenso de ouvir-me falar das casas desabadas e do lixo. Tudo foi tristeza no desabamento da rua do Carmo, e não quero ser triste; tudo foi admiração para os valentes que correram ao trabalho e para os piedosos que acudiram a vivos e a mortos, e eu não quero admirar coisa nenhuma. No lixo *quase* tudo é porco. Um só reparo faço, e sem exemplo. Todos viram os montões daqueles detritos ao pé do barracão onde o nosso artista Vítor Meireles mostra o panorama do Rio de Janeiro. Suspeito que aquilo foi ideia do próprio Vítor Meireles. Conta-se de um empresário de teatro que, para dar mais perfeita sensação de certo trecho musical, cujo assunto eram flores, mandou encher a sala do espetáculo de essência de violetas. Talvez a ideia do nosso artista fosse proporcionar aos nossos visitantes a vantagem de ver e cheirar o Rio de Janeiro, ao mesmo tempo, tudo por dois mil-réis. Cor local, aroma local, vem a dar no mesmo princípio estético. O pior é que a empresa Gary, que não pode ser suspeita de estética, desfez a grande pirâmide em uma noite.

E quem sabe se a escolha daquele lugar para exibição do panorama não traria já em si, inconscientemente, a ideia do lixo ao pé? Quem tiver ouvidos, ouça.

Eu tenho uma teoria das ideias, que é a coisa mais conspícua deste fim de século. Não a publico tão cedo, porque ainda preciso completar as verificações, aperfeiçoar os estudos, a fim de não dar estouvadamente ao público um trabalho obscuro e manco. Quando muito, posso indicar alguns vagos lineamentos.

Pela minha teoria, as ideias dividem-se em três classes, umas votadas à perpétua virgindade, outras destinadas à procriação, e outras que nascem já de barriga. Esta divisão explica toda a civilização humana. Para onde quer que lancemos os olhos, qualquer que seja a raça, o meio e o tempo, acharemos a genealogia distinta destas três classes de ideias, isto desde o princípio do mundo até à hora em que a folha sair do prelo. Assim, a ideia de Eva, quando se resolveu a desobedecer ao Senhor, vinha já grávida da ideia de Caim. Ao contrário, a minha ideia de possuir duzentos contos morre com o véu de donzela, a menos que algum leitor opulento não a queira fecundar. Ela não pede outra coisa.

Mas tomemos um exemplo da semana. Vamos a um artigo anônimo e bem escrito, com o título: *Uma ideia*, que até por esta circunstância nos serve. A ideia de que se trata é precedida de uma exposição relativa à Companhia Geral de Estradas de Ferro, exposição que, sem negar o exagero que houve acerca do estado da companhia, tem por certo que o mal é gravíssimo, e que a queda da companhia acarretará incalculáveis danos ao Brasil. "O dinheiro do povo (diz o artigo) é sangue que não corre ilesamente." E depois de estabelecer que, com as estradas que possui, a companhia pode dar muito dinheiro, propõe a ideia, que é esta: O governo fica com as estradas e as dívidas.

São bem achadas e expostas com clareza as condições de encampação. Duas parecem ser as principais. A primeira é que quem pagou o preço integral das ações não recebe nada, e quem só pagou uma parte, digamos um décimo, não paga nada. A diferença está nos verbos *receber e pagar*; o mais é nada. A segunda é trocar o governo os debêntures por títulos de cem mil-réis, com juro de 6%, não ao mês, mas ao ano, que é sempre um prazo mais largo. Feito isto, sobe o câmbio.

Ora bem, esta ideia, que aparentemente aguarda um esposo, já nasceu grávida. A ideia que vive dentro dela, sem que ela o saiba nem o autor, é em tudo igual à mãe, posto traga aparência contrária. Tem-se visto senhoras morenas darem de si filhas louras. A filha loura aqui seria esta: em vez do Tesouro pegar na Companhia, a Companhia pega no Tesouro. Refiro-me às garantias, está claro, às responsabilidades, ao endosso do Estado. Mas isto pede cálculos infinitos, e eu tenho mais que fazer. Adeus.

Gazeta de Notícias, 22 de maio de 1892

O velho Dumas

O velho Dumas ou Dumas I, em uma daquelas suas deliciosas fantasias, escreveu esta frase: "Um dia, os anjos viram uma lágrima nos olhos do Senhor; essa lágrima foi o dilúvio".

Uma lágrima! ai, uma lágrima! Quem nos dera essa lágrima única! Mas o mundo cresceu do dilúvio para cá, a tal ponto que uma lágrima apenas chegaria a alagar Sergipe ou a Bélgica. Agora, quando os anjos veem alguma coisa nos olhos do Senhor, já não é aquela gota solitária, que tombou e alagou um mundo nascente e mal povoado. Caem as lágrimas às quatro e quatro, às vinte e vinte, às cem e cem, é um pranto desfeito, uma lamentação contínua, um gemer que se desfaz em ventos impetuosos, contra os quais nada podem os homens, nem as minhas árvores, que se estorcem com desespero.

Maio fez-se abril. Diz-se que de um a outro não há muito que rir. Há que rir, mas é abril que se riu de maio, este ano, ele que era o mês das águas, enquanto o outro era chamado das flores. Abril não quis ir buscar as lágrimas do Senhor, certo de que esse ofício caberia a outro, e não seria junho, mês dos santos folgazões, das fogueiras, dos balões, que no meu tempo eram chamados máquinas. *Lá vai a máquina*! *Olha a máquina*! E todos os dedos ficavam espetados no ar, indicando o balão vermelho que subia, até perder-se entre as estrelas. Outras vezes (a tal ponto os balões imitam os homens!) ardiam a meio caminho, ou logo acima dos telhados. Bom tempo! Nem sei se choveu alguma vez por aqueles anos. Creio que não. Houve um largo intervalo de riso no céu, de olhos enxutos, que fez tudo azul, perpetuamente azul.

Cresci, mudou tudo. Agora é água e mais água, apenas interrompida por um triste sol pálido e constipado, em que não confio muito. Vento e mais vento. Cerração e naufrágios. Pobre *Solimões*. Uma só daquelas gotas e um só daqueles gemidos bastaram a lançar ao fundo do mar tantas vidas preciosas. Há ainda quem espere algum desmentido; outros descreem de tudo e não esperam nada. Talvez não seja o melhor. A esperança é longa, e pode fazer por muito o ofício de verdade. A viúva de um comandante, cujo navio naufragou há tempos, gastou dois anos a esperá-lo. Quando chegou o desespero, a alma estava acostumada. Seja como for, os vivos acudiram aos mortos, a piedade abriu a bolsa, por toda a parte houve um movimento, que é justo assinalar. A dor é humana, e os nossos hóspedes mostram-se também compassivos. Oxalá seja sempre patriótica!

Ao tempo em que perdíamos o *Solimões*, o presidente da República Argentina anunciava em sua mensagem ao Congresso: "A Marinha aumenta, e a esquadra possui torpedeiras, de modo a ser ela a primeira da América". Mudo de assunto, para obedecer ao poeta: "*Glissez, mortels, n'appuyez pas*".

Que outro assunto? O primeiro que se oferece é a Câmara dos deputados, que, após longos dias de ausência e interrupções, começou a trabalhar, e parece que com força, calor, verdadeira guerra. Alguns jornais tinham notado as faltas de sessões, infligindo à Câmara uma censura, que a rigor não lhe cabe. É certo que a eleição da mesa arrastou-se por dias, e a da Comissão do Orçamento durou uma sessão inteira. Mas não basta censurar, é preciso explicar. Se bastassem as críticas, já eu tinha carro, porque uma das tristezas dos meus amigos é este espetáculo que dou, todos os dias, *calcante pede*. Não se pode julgar uma instituição, sem estudar o meio em que ela funciona.

Ora, é certo que nós não damos para reuniões. Não me repliquem com teatros nem bailes; a gente pode ir ou não a eles, e se vai é porque quer, e quando quer sair, sai. Há os ajuntamentos de rua, quando alguém mostra um assobio de dois sopros, ou um frango de quatro cristas. Uma facada reúne gente em torno do ferido, para ouvir a narração do crime, como foi que a vítima vinha andando, como recebeu o empurrão, e se sentiu logo o golpe. Quando algum bonde pisa uma pessoa, só não acode o cocheiro, porque tem de *evadir-se*, mas todos cercam a vítima. Há dias, na rua do Ouvidor, um gatuno agarrou os pulsos de uma senhora, abriu-lhe as pulseiras, meteu-as em si e fez como os cocheiros. Mas não faltaram pessoas que rodeassem a senhora, apitando muito.

Tudo por quê? Porque são atos voluntários, não há calendário, nem relógio, nem ordem do dia; não há regimentos. O que não podemos tolerar é a obrigação. Obrigação é eufemismo de cativeiro: tanto que os antigos escravos diziam sempre que iam à sua obrigação, para significar que iam para casa de seus senhores.

Nós fazemos tudo por vontade, por escolha, por gosto; e, de duas uma: ou isto é a perfeição final do homem, ou não passa das primeiras verduras. Não é preciso desenvolver a primeira hipótese; é clara de si mesma. A segunda é a nossa virgindade, e, quando menos em matéria de amofinações, políticas ou municipais, é preciso aceitar a teoria de Rousseau: o homem nasce puro. Para que corromper-nos?

Há um costume que prova ainda a minha tese. Quando uma assembleia de acionistas acaba os seus trabalhos, levanta-se um deles e propõe que a mesa fique autorizada a assinar a ata por todos. A assembleia concorda sempre, e dissolve-se. Parece nada, e é muito; é indício de que, enquanto se tratava de ouvir ler as contas, a tarefa podia ser tolerada, posto nada haja mais enfadonho que algarismos; mas aquilo de assinar um, assinar outro, passar a pena de mão em mão, guarda-chuva entre as pernas, confessemos que é para vexar a gente que deu o seu dinheiro. Eu cá posso não dar atenção a pareceres e outras prosas, mas a proposta da assinatura pela diretoria, em assembleia a que eu pertença, é minha.

Gazeta de Notícias, 29 de maio de 1892

NÃO É SÓ O INFERNO QUE ESTÁ CALÇADO DE BOAS INTENÇÕES

Não é só o inferno que está calçado de boas intenções. O céu emprega os mesmos paralelepípedos. Assim que, a ideia de organizar um Clube Cívico, destinado a desenvolver o sentimento de patriotismo, entre nós, merece o aplauso dos bons cidadãos. Apareceu esta semana, e vai ser posta em prática.

Pode acontecer que o resultado valha menos que o esforço; nem por isso perde de preço o impulso dos autores. A boa intenção calça, neste caso, o caminho do céu. Se cada um entender que o seu negócio vale mais que o de todos, e que antes perder a pátria que as botas, nem por isso desmerece a intenção dos que se puserem à testa da propaganda contrária. Levem as botas os que se contentarem com elas; os que amam alguma coisa mais que a si mesmos, ainda que poucos, salvarão o futuro.

Há um patriotismo local, que não precisa ser desenvolvido, é o das antigas circunscrições políticas, que passaram à República com o nome de estados. Esse desenvolve-se por si mesmo, e poderia até prejudicar o patriotismo geral, se fosse excessivo, isto é, se a ideia de soberania e independência dominasse a de organismo e dependência recíproca; mas é de crer que não. Haverá exceções, é verdade. Nesta semana, por exemplo, vimos todos um telegrama de um estado (não me ocorre o nome) resumindo a resposta dada pelo presidente a um ministro federal, que lhe recomendara não sei quê, em aviso. Disse o presidente que não reconhecia autoridade no ministro para recomendar-lhe nada. Não sei se é verdadeira a notícia, mas tudo pode acontecer debaixo do céu. Por isso mesmo é que ele é azul: é para dar esta cor às superfícies mais arrenegadas do nosso mundo.

E daí pode ser que a razão esteja do lado do presidente (presidente ou governador, que eu já não sei a quantas ando). Crer que o ministro federal fala em nome do presidente da União, e que a União é a vontade geral dos estados, é negócio de sentido tão sutil, que não passa dos subúrbios ou da barra; arrebenta logo no Engenho Velho ou em Santa Cruz. O que chega lá fora é o antigo modo de ver o centro, o opressor, o Rio de Janeiro, a vontade pessoal, o capricho, o sorvedouro, e o diabo. Que culpa tem o governador (salvo seja) de ler pela cartilha velha?

Tudo isso se modificará com o tempo, e os estados acabarão de acordo sobre o que é soberania. Pela minha parte, só uma coisa me dói na composição dos estados: é o nascimento da palavra *coestaduano*. Não é malfeita, e admito até que seja bonita; mas eu sou como certas crianças que estranham muito as caras novas, e não raro acabam importunando os respectivos donos com brincos. Pode ser que eu ainda trepe aos joelhos de *coestaduano*, que lhe tire o relógio da algibeira e que lhe puxe os dedos e o nariz. Por enquanto, escondo-me nas saias da ama-seca. *Coestaduano* tem os olhos muito arregalados. *Coestaduano* quer *comer eu*.

Podem retorquir-me que é pior, que eu sou carioca, e dentro em pouco, organizado o Distrito Federal, fico com milhares de *codistritanos*. Concordo que é mais duro; mas será o que for, tomara eu já ver organizado o distrito. A nova Assembleia local acabará provavelmente com a mania de condenar casas à demolição. Só no mês passado foram condenadas mais de quarenta. Ora, eu pergunto se o direito de propriedade acabou. Eu, dono de duas daquelas casas, a quem recorrerei? Para tudo há limite, defesa, explicação. Uma casa sem livros ou com livros mal escriturados, outra sem dinheiro, outra sem ordem, acham amparo nas leis, ou, quando menos, na vontade dos homens. Por que não terão igual fortuna as casas de pedra ou de tijolos? Que certeza há de que uma casa venha a cair, pela opinião do engenheiro X., se eu tenho a do engenheiro Z., que me afirma a sua perfeita solidez, e ambos estudaram na mesma escola? Já admito que o meu engenheiro desse aquela opinião com o fim exclusivo de me ser agradável; mas onde é que a delicadeza de sentimentos de um homem destrói o direito anterior e superior de outro?

Estas questões pessoais irritam-me de maneira que não posso ir adiante. Sacrifico o resto da semana.

Não trato sequer da reunião de proprietários e operários, que se realizou quinta-feira no salão do Centro do Partido Operário, a fim de protestar contra uma postura; fato importante pela definição que dá ao socialismo brasileiro.

Com efeito, muita gente, que julga das coisas pelos nomes, andava aterrada com a entrada do socialismo na nossa sociedade; ao que eu respondia: 1º, que as ideias diferem dos chapéus, ou que os chapéus entram na cabeça mais facilmente que as ideias — e, a rigor, é o contrário, é a cabeça que entra nos chapéus; 2º, que a necessidade das coisas é que traz as coisas, e não basta ser batizado para ser cristão. Às vezes nem basta ser provedor de Ordem Terceira.

Outrossim, não me refiro ao pugilato paraguaio, que aliás dava para vinte ou trinta linhas. A *influenza* argentina (moléstia) com os quatorze mil atacados de Buenos Aires merecia outras tantas linhas, para o único fim de dizer que um afilhado meu, doutor em medicina, pensa que o homem é o condutor pronto e seguro do bacilo daquela terrível peste, mas que eu não acredito, nem no bacilo do mal, nem na balela, que é alemã. Gente alemã, quando não tem que fazer, inventa micróbios.

Excluo os negócios de Mato Grosso, o serviço dos bondes de Botafogo e Laranjeiras, as liquidações de companhias, os editais, as prisões, as incorporações e as desincorporações. Uma só coisa me levará algumas linhas, e poucas em comparação com o valor da matéria. Sim, chegou, está aí, não tarda... Não tarda a aparecer ou a chegar a Companhia Lírica. Tudo cessa diante da música. Política, estados, finanças, desmoronamentos, trabalhos legislativos, narcóticos, tudo cessa diante da bela ópera, do belo soprano e do belo tenor. É a nossa única paixão, a maior, pelo menos. *Tout finit par de chansons*, em França. No Brasil, *tout finit par des opéras, et même un peu par des opérettes... Tiens! j'ai oublié ma langue.*

Gazeta de Notícias, 5 de junho de 1892

Estava eu muito descansado

Estava eu muito descansado, lendo as atas das sociedades anônimas, quando dei com a da Companhia Fábrica de Biscoitos Internacional. Nada mais natural, uma vez que ela estava impressa; mas ninguém me há de ver contar nada sem um pensamento, uma descoberta, uma solução, um mistério, algo que valha a pena ocupar a atenção do leitor. Vamos aos biscoitos.

A diretoria deu conta dos seus trabalhos, e do grande incêndio que destruiu a fábrica; tratou da reconstrução e dos novos aparelhos, e continuou: "Até o lamentável sinistro da noite de 17 de dezembro, as latas para o acondicionamento dos biscoitos nos eram fornecidas pela Companhia de Artefatos de Folha-de-Flandres..."

Ecco il problema e a solução. Está achado o segredo do torvelinho econômico dos dois últimos anos. As sociedades anônimas, que nos pareciam uma enxurrada, formavam assim um sistema, e as inaugurações não eram tantas, senão porque a cada Companhia Fábrica de Biscoitos correspondesse uma

Companhia de Artefatos de Folha-de-Flandres. Não posso fazer aqui uma lista de exemplos, estou escrevendo a crônica; mas o leitor, que apenas se dá ao trabalho de lê-la, considere se é possível admitir um Banco dos Pobres sem um Banco da Bolsa, a fim de que os acionistas do primeiro vão buscar dinheiro ao segundo. O Banco Construtor tem o seu natural complemento no Banco dos Operários, e vice-versa. A Companhia Farmacêutica é, por assim dizer, a primeira parte da Companhia Manufatora de Caixões, e assim por diante. Daí a consequente redução das sociedades anônimas à metade do que parecem à primeira vista.

Creiam-me, não há problemas insolúveis. Tudo neste mundo nasce com a sua explicação em si mesmo; a questão é catá-la. Nem tudo se explicará desde logo, é verdade; o tempo do trabalho varia, mas haja paciência, firmeza e sagacidade, e chegar-se-á à decifração. Eu, se algum dia for promovido de crônica a história, afirmo que, além de trazer um estilo barbado próprio do ofício, não deixarei nada por explicar, qualquer que seja a dificuldade aparente, ainda que seja o caso sucedido quarta-feira, na Câmara, onde, feita a chamada, responderam 103 membros, e indo votar-se, acudiram 96, havendo assim um *déficit* de sete. Como simples crônica, posso achar explicações fáceis e naturais; mas a história tem outra profundeza, não se contenta de coisas próximas e simples. Eu iria ao passado, eu penetraria...

A propósito, lembra-me um costume que havia na Câmara dos comuns de Inglaterra, quando a sessão não era interrompida, nem para jantar, como agora. Os deputados, saindo para jantar, formavam *casais*, isto é, um conservador e um liberal obrigavam-se mutuamente a não voltar ao recinto senão juntos. *Cosas de España*, diria eu, se o costume fosse espanhol. O fim disto era impedir que um partido jantasse mais depressa que o outro, e fizesse passar uma lei ou moção. Mas não cuides que a cautela produzisse sempre o mesmo efeito; era preciso que os ingleses não fossem homens, e os ingleses são homens, e às vezes grandes homens. Na noite de 13 do mês passado, um membro da Câmara dos comuns propôs a revogação de um artigo de lei que admitia o voto de cidadãos analfabetos. Outro membro, Fuão Lawson, apoiou a proposta, e disse, entre outras coisas: "Este artigo que admite o voto dos analfabetos passou aqui *na hora do jantar*, quando não havia liberais na casa, e passou com grande gáudio de um velho conservador, que literalmente dançou no recinto, exclamando: 'Agora que temos o artigo dos analfabetos, tudo vai andar muito direito'".

Por isso, e por outras razões, não dou de conselho que imitemos o costume dos casais parlamentares. Convenhamos antes que cada terra tem seu uso. Olhai, fez outro dia um ano que se instalou o Congresso de um dos nossos estados, e, para comemorar o fato, fecharam-se o Congresso e as repartições públicas. Realmente, o fato tem importância local, tanta quanta, para os ingleses, tem o aniversário da rainha Vitória; mas cada roca com seu fuso. No Parlamento inglês, quando a rainha faz anos, o presidente levanta-se e profere algumas palavras em honra da soberana; o líder do governo e o líder da oposição fazem a mesma coisa: ao todo, cem linhas impressas, e começam os trabalhos, até Deus sabe quando, meia-noite, uma, duas horas da madrugada.

Cada terra com seu uso. Se tal costume existisse aqui, no tempo do Império, as coisas não se passariam talvez com tanta simplicidade. Era naturalmente um regalo para a oposição, cujo líder desfecharia dois ou três epigramas contra o imperador, se fosse homem alegre; se fosse lúgubre, daria uma tradução de Jeremias em dialeto parlamentar. Por outro lado, o líder do governo dificilmente chegaria ao fim do discurso, muitas vezes interrompido: "Diz v. ex.ª muito bem; sua majestade é a opinião coroada". E logo um oposicionista: "Há dois anos v. ex.ª dizia justamente o contrário." O presidente da Câmara: "Atenção!"

Não sei bem onde tínhamos ficado, antes desta digressão. Fosse onde fosse, vamos ao fim, que é mais útil, não sem dizer que esta crônica alegra-se com o restabelecimento do governador do Pará, dr. Lauro Sodré, cuja recepção naquele estado foi brilhante. Creio que disse governador; disse, disse governador. Governador como o da Virgínia, o da Pensilvânia, o de Nova York, o de todos os estados da outra União. É esquisito! Dizem que o espírito latino é essencialmente simétrico, ao contrário do anglo-saxônico, e é aqui que se dá este transtorno no título do primeiro magistrado de cada Estado. É um desvio de regra, que se pode corrigir, dando ao pequeno resto de governadores o título de presidentes. *Siete tutti fatti marchesi*! E não se oponha o governador do Pará. Conta o nosso velho Drummond que, quando se tratou da bandeira do Império, José Bonifácio propunha o verde-claro, mas Pedro I queria o verde-escuro, por ser a cor da Casa de Bragança; ao que José Bonifácio cedeu logo, mais ocupado com o miolo que com a casca. Penso que o texto não diz *casca* (li-o há muitos anos), mas no fim dá certo.

Post-scriptum — Recebi algumas linhas mui corteses, assinadas *Roland*, autor do artigo *Uma ideia*, em que se propunha a encampação das estradas de ferro da Companhia Geral. Aludi a essa proposta em uma das minhas crônicas, com ironia, diz o meu correspondente, e pode ser que sim; mas a ironia não alcançava a sinceridade do projeto, e sim os seus efeitos. Posso estar em erro; entretanto, devo ressalvar dois pontos da carta: 1º, que não tenho nenhum *parti-pris*; 2º, que não possuo debêntures. Nem ódio nem interesse.

Gazeta de Notícias, 12 de junho de 1892

O Banco Iniciador de Melhoramentos

O Banco Iniciador de Melhoramentos acaba de iniciar um melhoramento, que vem mudar essencialmente a composição das atas das assembleias gerais de acionistas.

Esses documentos (toda a gente o sabe) são o resumo das deliberações dos acionistas, quer dizer uma narração sumária, em estilo indireto e seco, do que se passou entre eles, relativamente ao objeto que os congregou. Não dão a menor sensação do movimento e da vida dos debates. As narrações literárias, quando se regem por esse processo, podem vencer o tédio, à força de talento, mas é evidentemente melhor que as coisas e pessoas se exponham por si mesmas, dando-se a palavra a todos, e a cada um a sua natural linguagem.

Tal é o melhoramento a que aludo. A ata que aquela associação publicou esta semana, é um modelo novo, de extraordinário efeito. Nada falta do que se disse, e pela boca de quem disse, à maneira dos debates congressionais. — "Peço a palavra pela ordem." — "Está encerrada a discussão e vai-se proceder à votação. Os senhores que aprovam queiram ficar sentados." Tudo assim, qual se passou, se ouviu, se replicou e se acabou.

E basta um exemplo para mostrar a vantagem da reforma. Tratando-se de resolver sobre o balanço, consultou o presidente à assembleia se a votação seria por ações, ou não. Um só acionista adotou a afirmativa; e tanto bastava para que os votos se contassem por ações, como declarou o presidente; mas outro acionista pediu a palavra pela ordem. "Tem a palavra pela ordem." E o acionista: "Peço a v. ex.ª, sr. presidente, que consulte ao sr. acionista que se levantou, se ele desiste, visto que a votação por ações, exigindo a chamada, tomará muito tempo". Consultado o divergente, este desistiu, e a votação se fez *per capita*. Assim ficamos sabendo que o tempo é a causa da supressão de certas formalidades exteriores; e assim também vemos que cada um, desde que a matéria não seja essencial, sacrifica facilmente o seu parecer em benefício comum.

O pior é se corromperem este uso, e se começarem a fazer das sociedades pequenos parlamentos. Será um desastre. Nós pecamos pelo ruim gosto de esgotar todas as novidades. Uma frase, uma fórmula, qualquer coisa, não a deixamos antes de posta em molambo. Casos há em que a própria referência crítica ao abuso perde a graça que tinha, à força da repetição; e quando um homem quer passar por insípido (o interesse toma todas as formas), alude a uma dessas chatezas públicas. Assim morrem afinal os usos, os costumes, as instituições, as sociedades, o bom e o mau. Assim morrerá o universo, se se não renovar frequentemente.

Quando, porém, acabará o *nome que encima estas linhas*? Não sei quem foi o primeiro que compôs esta frase, depois de escrever no alto do artigo o nome de um cidadão. Quem inventou a pólvora? Quem inventou a imprensa, descontando Gutenberg, porque os chins a conheciam? Quem inventou o bocejo, excluindo naturalmente o Criador, que, em verdade, não há de ter visto sem algum tédio as impaciências de Eva? Sim, pode ser que na alta mente divina estivesse já o primeiro consórcio e a consequente humanidade. Nada afirmo, porque me falta a devida autoridade teológica; uso da forma dubitativa. Entretanto, nada mais possível que a Criação trouxesse já em gérmen uma longa espécie superior, destinada a viver num eterno paraíso.

Eva é que atrapalhou tudo. E daí, razoavelmente, o primeiro bocejo.

— Como esta espécie corresponde já à sua índole! — diria Deus consigo. — Há de ser assim sempre, impaciente, incapaz de esperar a hora própria. Nunca os relógios, que ela há de inventar, andarão todos certos. Por um exato, contar-se-ão milhões divergentes, e a casa em que dois marcarem o mesmo minuto, não apresentará igual fenômeno vinte e quatro horas depois. Espécie inquieta, que formará reinos para devorá-los, repúblicas para dissolvê-las, democracias, aristocracias, oligarquias, plutocracias, autocracias, para acabar com elas, à procura do ótimo, que não achará nunca.

E, bocejando outra vez, terá Deus acrescentado:

— O bocejo, que em mim é o sinal do fastio que me dá este espetáculo futuro, também a espécie humana o terá, mas por impaciência. O tempo lhe parecerá a eternidade. Tudo que lhe durar mais de algumas horas, dias, semanas, meses ou anos (porque ela dividirá o tempo e inventará almanaques), há de torná-la impaciente de ver outra coisa e desfazer o que acabou de fazer, às vezes antes de o ter acabado.

Compreenderá as vacas gordas, porque a gordura dá que comer, mas não entenderá as vacas magras; e não saberá (exceto no Egito, onde porei um mancebo chamado José) encher os celeiros dos anos graúdos, para acudir à penúria dos anos miúdos. Falará muitas línguas, *beresith, ananké, habeas corpus,* sem se fixar de vez em uma só, e quando chegar a entender que uma língua única é precisa, e inventar o volapuque, sucessor do parlamentarismo, terá começado a decadência e a transformação. Pode ser então que eu povoe o mundo de canários.

Mas se assim explicarmos o primeiro bocejo divino, como acharmos o primeiro bocejo humano? Trevas tudo. O mesmo se dá com *o nome que encima estas linhas.* Nem me lembra em que ano apareceu a fórmula. Bonita era, e o verbo encimar não era feio. Entrou a reproduzir-se de um modo infinito. Toda a gente tinha um nome que encimar algumas linhas. Não havia aniversário, nomeação, embarque, desembarque, esmola, inauguração, não havia nada que não inspirasse algumas linhas a alguém, às vezes com o maior fim de encimá-las por um nome. Como era natural, a fórmula foi se gastando, mas gastando pelo mesmo modo por que se gastam os sapatos econômicos, que envelhecem tarde. E todos os nomes do calendário foram encimando todas as linhas; depois, repetiram-se

Si cette histoire vous embête
Nous allons la recommencer.

Gazeta de Notícias, 19 de junho de 1892

O Ministério grego
pediu demissão

"O Ministério grego pediu demissão. O sr. Tricoupis foi encarregado de organizar novo Ministério, que ficou assim composto: Tricoupis, presidente do conselho e ministro da Fazenda..."

Basta! Não, não reproduzo este telegrama, que teve mais poder em mim que toda a mole de acontecimentos da semana. O Ministério grego pediu demissão! Certo, os ministérios são organizados para se demitirem, e os ministérios gregos não podem ser, neste ponto, menos ministérios que todos os outros ministérios. Mas, por Vênus! foi para isso que arrancaram a velha terra às mãos turcas? Foi para isso que os poetas a cantaram, em plena manhã do século, Byron, Hugo, o nosso José Bonifácio, autor da bela "Ode aos gregos"? "Sois helenos! sois homens!", conclui uma de suas estrofes. Homens, creio, porque é próprio de homens formar ministérios; mas helenos!

Sombra de Aristóteles, espectro de Licurgo, de Draco, de Sólon, e tu, justo Aristides, apesar do ostracismo, e todos vós, legisladores, chefes de governo ou de exército, filósofos, políticos, acaso sonhastes jamais com esta imensa banalidade de um gabinete que pede demissão? Onde estão os homens de Plutarco? Onde vão os deuses de Homero? Que é dos tempos em que Aspásia ensinava retórica aos oradores? Tudo, tudo passou. Agora há um Parlamento, um rei, um gabinete e um presidente de conselho, o sr. Tricoupis, que ficou com a pasta da Fazenda. Ouves bem, sombra de Péricles? Pasta da Fazenda. E notai mais que todos esses movimentos políticos se fazem, metidos os homens em casacas pretas, com sapatos de verniz ou cordovão, ao cabo de moções de desconfiança...

Oh! mil vezes a dominação turca! Horrível, decerto, mas pitoresca. Aqueles paxás, perseguidores do *giaour*, eram deliciosos de poesia e terror. Vede se a Turquia atual já aceitou ministérios. Um grão-vizir, nomeado pelo padixá, e alguns ajudantes, tudo sem Câmara, nem votos. A Rússia também está livre da lepra ocidental. Tem o niilismo, é verdade, mas não tem o bimetalismo, que passou da América à Europa, onde começa a grassar com intensidade. O niilismo possui a vantagem de matar logo. E depois é misterioso, dramático, épico, lírico, todas as formas da poesia. Um homem está jantando tranquilo, entre uma senhora e uma pilhéria, deita a pilhéria à senhora, e, quando vai a erguer um brinde... estala uma bomba de dinamite. Adeus, homem tranquilo; adeus, pilhéria; adeus, senhora. É violento; mas o bimetalismo é pior.

Do bimetalismo ao nosso velho amigo pluripapelismo não é curta a distância, mas daqui ao câmbio é um passo; pode parecer até que não falei do primeiro senão para dar a volta ao mundo. Engano manifesto. Hoje só trato de telegramas, que aí estão de sobra, norte e sul. Aqui vêm alguns de Pernambuco, dizendo que as intendências municipais também estão votando moções de confiança e desconfiança política. Haverá quem as censure; eu compreendo-as até certo ponto.

A moção de confiança, ou desconfiança no passado regime, era uma ambrosia dos deuses centrais. Era aqui na Câmara dos deputados, que um honrado membro, quando desconfiava do governo, pedia a palavra ao presidente, e, obtida a palavra, erguia-se. Curto ou extenso, mas geralmente tétrico, proferia um discurso em que resumia todos os erros e crimes do Ministério, e acabava sacando um papel do bolso. Esse papel era a moção. De confidências que recebi, sei que há poucas sensações na vida iguais à que tinha o orador, quando sacava o papel do bolso. A alguns tremiam os dedos. Os olhos percorriam a sala, depois baixavam ao papel e liam o conteúdo. Em seguida a moção era enviada ao presidente, e o orador descia da tribuna, isto é, das pernas que são a única tribuna que há no nosso Parlamento, não contando uns dois púlpitos que lá puseram uma vez, e não serviram para nada.

Aí têm o que era a moção. Nunca as assembleias provinciais tiveram esse regalo; menos ainda as tristes câmaras municipais. Mudado o regime, acabou a moção; mas, não se morre por decreto. A moção não só vive ainda, mas passou dos deuses centrais aos semideuses locais, e viverá algum tempo, até que acabe de todo, se acabar algum dia. O caso grego é sintomático; o caso japonês não menos. Há moções japonesas. Quando as houver chinesas, chegou o fim do mundo; não haverá mais que fechar as malas e ir para o diabo.

Outro telegrama conta-nos que alguns clavinoteiros de Canavieiras (Bahia) foram a uma vila próxima e arrebataram duas moças. A gente da vila ia armar-se e assaltar Canavieiras. Parece nada, e é Homero; é ainda mais que Homero, que só contou o rapto de uma Helena: aqui são duas. Essa luta obscura, escondida no interior da Bahia, faz singular contraste com a outra que se trava no Rio Grande do Sul, onde a causa não é uma, nem duas Helenas, mas um só governo político. Apuradas as contas, vem a dar nesta velha verdade que o amor e o poder são as duas forças principais da terra. Duas vilas disputam a posse de duas moças; Bajé luta com Porto Alegre pelo direito do mando. É a mesma *Ilíada*.

Dizem telegramas de São Paulo que foi ali achado, em certa casa que se demolia, um esqueleto algemado. Não tenho amor a esqueletos; mas este esqueleto algemado diz-me alguma coisa, e é difícil que eu o mandasse embora, sem três ou quatro perguntas. Talvez ele me contasse uma história grave, longa e naturalmente triste, porque as algemas não são alegres. Alegres eram umas máscaras de lata que vi em pequeno na cara dos escravos dados à cachaça; alegres ou grotescas, não sei bem, porque lá vão muitos anos, e eu era tão criança, que não distinguia bem. A verdade é que as máscaras faziam rir, mais que as do recente carnaval. O ferro das algemas, sendo mais duro que a lata, a história devia ser mais sombria.

Há um telegrama... Diabo! acabou-se o espaço, e ainda aqui tenho uma dúzia. Cesta com eles! Vão para onde foi a questão do benzimento da bandeira, os guarda-livros que fogem levando a caixa (outro telegrama), e o resto dos restos, que não dura mais de uma semana, nem tanto. Vão para onde já foi esta crônica. Fale o leitor a sua verdade, e diga-me se lhe ficou alguma coisa do que acabou de ler. Talvez uma só, a palavra *clavinoteiros*, que parece exprimir um costume ou um ofício. Cá vai para o vocabulário.

Gazeta de Notícias, 26 de junho de 1892

Na véspera de são Pedro, ouvi tocar os sinos

Na véspera de são Pedro, ouvi tocar os sinos. Poucos minutos depois, passei pela Igreja do Carmo, catedral provisória, ouvi cantochão e orquestra; entrei. Quase ninguém. Ao fundo, os ilustríssimos prebendados, em suas cadeiras e bancos, vestidos daquele roxo dos cônegos e monsenhores, tão meu conhecido. Cantavam louvores a são Pedro. Deixei-me estar ali alguns minutos, escutando e dando graças ao príncipe dos apóstolos por não haver na Igreja do Carmo um carrilhão.

Explico-me. Eu fui criado com sinos, com estes pobres sinos das nossas igrejas. Quando um dia li o capítulo dos sinos em Chateaubriand, tocaram-me tanto as palavras daquele grande espírito, que me senti (desculpem a expressão) um Chateaubriand desencarnado e reencarnado. Assim se diz na igreja espírita. *Ter desencarnado* quer dizer tirado (o espírito) da carne, e *reencarnado* quer dizer metido outra vez na carne. A lei é esta: nascer, morrer, tornar a nascer e renascer ainda, progredir sempre.

Convém notar que a desencarnação não se opera como nas outras religiões, em que a alma sai toda de uma vez. No espiritismo, há ainda um esforço humano, uma cerimônia, para ajudar a sair o resto. Não se morre ali com esta facilidade ordinária, que nem merece o nome de morte. Ninguém ignora que há casos de inumações de pessoas meio vivas. A regra espírita, porém, de auxiliar por palavras, gestos e pensamentos a desencarnação impede que um sopro de alma fique metido no invólucro mortal.

Posso afirmar o que aí fica, porque sei. Só o que eu não sei é se os sacerdotes espíritas são como os brâmanes, seus avós. Os brâmanes... Não, o melhor é dizer isto por linguagem clássica. Aqui está como se exprime um velho autor: "Tanto que um dos pensamentos por que os brâmanes têm tamanho respeito às vacas é por haverem que no corpo desta alimária fica uma alma melhor agasalhada que em nenhum outro, depois que sai do humano; e assim põem sua maior bem-aventurança em os tomar a morte com as mãos nas ancas de uma vaca, esperando se recolha logo a alma nela".

Ah! se eu ainda vejo um amigo meu, sacerdote espírita, metido dentro de uma vaca, e um homem, não desencarnado, a vender-lhe o leite pelas ruas, seguidos de um bezerro magro... Não; lembra-me agora que não pode ser, porque o princípio espírita não é o mesmo da transmigração, em que as almas dos valentes vão para os corpos dos leões, a dos fracos para os das galinhas, a dos astutos para os das raposas, e assim por diante. O princípio espírita é fundado no progresso. Renascer, progredir sempre; tal é a lei. O renascimento é para melhor. Cada espírita, em se desencarnando, vai para os mundos superiores.

Entretanto, pergunto eu: não se dará o progresso, algumas vezes, na própria terra? Citarei um fato. Conheci há anos um velho, bastante alquebrado e assaz culto, que me afirmava estar na segunda encarnação. Antes disso, tinha existido no corpo de um soldado romano, e, como tal, havia assistido à morte de Cristo. Referia-me tudo, e até circunstâncias que não constam das Escrituras. Esse bom velho não falava da terceira e próxima encarnação sem grande alegria, pela certeza que tinha de que lhe caberia um grande cargo. Pensava na coroa da Alemanha... E quem nos pode afirmar que o Guilherme II que aí está não seja ele? Há, repetimos, coisas na vida que é mais acertado crer que desmentir; e quem não puder crer, que se cale.

Voltemos ao carrilhão. Já referi que entrara na igreja; não contei, mas entende-se, que na igreja não entram revoluções, por isso não falo da do Rio Grande do Sul. Pode entrar a anarquia, é verdade, como a daquele singular pároco da Bahia, que, mandado calar e declarado suspenso de ordens, segundo dizem telegramas, não obedece, não se cala, e continua a paroquiar. Os clavinoteiros também não entram; por isso ameaçam Porto Seguro, conforme outros telegramas. Não entram discursos parlamentares, nem lutas ítalo-santistas, nem auxílios às indústrias, nem nada. Há ali um refúgio contra os tumultos exteriores e contra os boatos, que recomeçam. Voltemos ao carrilhão.

Criado, como ia dizendo, com os pobres sinos das nossas igrejas, não provei até certa idade as venturas de um carrilhão. Ouvia falar de carrilhão, como das ilhas Filipinas, uma coisa que eu nunca havia de ver nem ouvir.

Um dia, anuncia-se a chegada de um carrilhão. Tínhamos carrilhão na terra. Outro dia, indo a passar por uma rua, ouço uns sons alegres e animados. Conhecia a toada, mas não me lembrava a letra.

Perguntei a um menino, que me indicou a igreja próxima e disse-me que era o carrilhão. E, não contente com a resposta, pôs a letra na música: era o *Amor tem fogo*. Geralmente, não dou fé a crianças. Fui a um homem que estava à porta de uma loja, e o homem confirmou o caso, e cantou do mesmo modo; depois calou-se e disse convencidamente: parece incrível como se possa, sem o prestígio do teatro, as saias das mulheres, os requebrados etc., dar uma impressão tão exata da opereta. Feche os olhos, ouça-me a mim e ao carrilhão, e diga-me se não ouve a opereta em carne e osso:

Amor tem fogo,
Tem fogo amor.

— Carne sem osso, meu rico senhor, carne sem osso.

Gazeta de Notícias, 3 de julho de 1892

São Pedro, apóstolo da circuncisão, e são Paulo, apóstolo de outra coisa

São Pedro, apóstolo da circuncisão, e são Paulo, apóstolo de outra coisa, que a Igreja católica traduziu por gentes, e que não é preciso dizer pelo seu nome, dominaram tudo esta semana. Eu, quando vejo um ou dois assuntos puxarem para si todo o cobertor da atenção pública, deixando os outros ao relento, dá-me vontade de os meter nos bastidores, trazendo à cena tão somente a arraia-miúda, as pobres ocorrências de nada, a velha anedota, o sopapo casual, o furto, a facada anônima, a estatística mortuária, as tentativas de suicídio, o cocheiro que foge, o noticiário, em suma.

É que eu sou justo, e não posso ver o fraco esmagado pelo forte. Além disso, nasci com certo orgulho, que já agora há de morrer comigo. Não gosto que os fatos nem os homens se me imponham por si mesmos. Tenho horror a toda superioridade. Eu é que os hei de enfeitar com dois ou três adjetivos, uma reminiscência clássica, e os mais galões de estilo. Os fatos, eu é que os hei de declarar transcendentes; os homens, eu é que os hei de aclamar extraordinários.

Daí o meu amor às chamadas chapas. Orador que me quiser ver aplaudi-lo, há de empregar dessas belas frases feitas, que, já estando em mim, ecoam de tal maneira, que me parece que eu é que sou o orador. Então, sim, senhor, todo eu sou mãos, todo eu sou boca, para bradar e palmejar. Bem sei que não é chapista quem quer. A educação faz bons chapistas, mas não os faz sublimes. Aprendem-se as chapas, é verdade, como Rafael aprendeu as tintas e os pincéis; mas só a vocação faz a *Madona* e um grande discurso. Todos podem dizer que "a liberdade é como a fênix, que renasce das próprias cinzas"; mas só o chapista sabe acomodar esta frase em fina moldura. Que dificuldade há em repetir que "a imprensa, como a lança de Télefo, cura as feridas que faz"? Nenhuma; mas a questão não é de ter facilidade, é de ter graça. E depois, se há chapas anteriores, frases servidas, ideias enxovalhadas, há também (e nisto se conhece o gênio) muitas frases que nunca ninguém proferiu, e nascem já com cabelos brancos. Esta invenção de chapas originais distingue mais positivamente o chapista nato do chapista por educação.

Voltemos aos apóstolos. Que direito tinha são Pedro de dominar os acontecimentos da semana? Estava escrito que ele negaria três vezes o divino Mestre, antes de cantar o galo. Cantou o galo, quando acabava de o negar pela terceira vez, e reconheceu a verdade da profecia. Quanto a são Paulo, tendo ensinado a palavra divina às igrejas de Sicília, de Gênova e de Nápoles, viu que alguns as sublevaram para torná-las ao pecado (ou para outra coisa), e lançou uma daquelas suas epístolas exortativas; concluindo tudo por ser levado o conflito a Roma e a Jerusalém, onde os magistrados e doutores da lei estudavam a verdade das coisas.

São negócios graves, convenho; mas há outros que, por serem leves, não merecem menos. Na Câmara dos deputados, por exemplo, deu-se uma pequena divergência, de que apenas tive vaga notícia, por não poder ler, como não posso escrever; o que os senhores estão lendo, vai saindo a olhos fechados. Ah! meus caros amigos! Ando com uma vista (isto é grego; em português diz-se um *olho*) muito inflamada, a ponto de não poder ler nem escrever. Ouvi que na Câmara surdiu divergência entre a maioria e a minoria, por causa da anistia. A questão rimava nas palavras, mas não rimava nos espíritos. Daí confusão, difusão, abstenção. Dizem que um jornal chamou ao caso um beco sem saída; mas um amigo meu (pessoa dada a aventuras amorosas) diz-me que todo beco tem saída; em caso de fuga, salta-se por cima do muro, trepa-se ao morro próximo, ou cai-se do outro lado. Coragem e pernas. Não entendi nada.

A falta de olhos é tudo. Quando a gente lê por olhos estranhos, entende mal as coisas. Assim é que, por telegrama, sabe-se aqui haver o governador de um estado presidido à extração da loteria. A princípio, cuidei que seria para dignificar a loteria; depois, supus que o ato fora praticado para o fim de inspirar confiança aos compradores de bilhetes.

— A segunda hipótese é a verdadeira — acudiu o amigo que me lia os jornais. — Não vê como as agências sérias são obrigadas a mandar anunciar que, se as loterias não correrem no dia marcado, pagarão os bilhetes pelo dobro?

— É verdade, tenho visto.

— Pois é isto. Ninguém confia em ninguém, e é o nosso mal. Se há quem desconfie de mim!

— Não me diga isso.

— Não lhe digo outra coisa. Desconfiam que não ponho o selo integral aos meus papéis; é verdade (e não sou único); mas, além de que revalido sempre o selo quando é necessário levar os papéis a juízo a quem prejudico eu, tirando ao Estado? A mim mesmo, porque o Tesouro, nos governos modernos, é de todos nós. Verdadeiramente, tiro de um bolso para meter em outro. Luís XIV dizia: "O Estado sou eu!" Cada um de nós é um troco miúdo de Luís XIV, com a diferença de que nós pagamos os impostos, e Luís XIV recebia-os... Pois desconfiam de mim! São capazes de desconfiar do diabo. Creio que começo a escrever no ar e...

Gazeta de Notícias, 10 de julho de 1892

Há uma vaga na deputação da Capital Federal

Há uma vaga na deputação da Capital Federal... Eu digo Capital Federal, que é um simples modo de qualificar esta cidade, sem nome próprio, pela razão de ser a designação adotada constitucionalmente. Antes de 15 de novembro dizia-se Corte, não sendo verdadeiramente *corte* senão o paço do imperador e o respectivo pessoal; mas tinha o seu nome de Rio de Janeiro, que não é bonito nem exato, mas era um nome. Guanabara, Carioca, só eram usados em poesia. Niterói, que tanto podia caber a esta como à cidade fronteira, foi distribuído à outra, que o não largou nem larga mais, apesar da antonomásia familiar de Praia Grande. A única esperança que podemos ter é que se faça a capital nova; segue-se naturalmente a devolução do nosso nome antigo ou decretação de outro.

Como ia dizendo, há uma vaga na nossa deputação, e os candidatos trabalham já com afinco, embora sem rumor. Alguns parece que não trabalham, como vai acontecer, creio eu, ao sr. dr. Antão de Vasconcelos, apresentado à última hora. O sr. Codeço, espiritista, convidou os seus confrades à união, para que os votos do espiritismo recaiam no candidato espiritista, dr. Antão de Vasconcelos. E conclui: "Todas as classes têm o seu representante; nós devemos ter o nosso".

Eu que sou não só pela liberdade espiritual, mas também pela igualdade espiritual, entendo que todas as religiões devem ter lugar no Congresso nacional, e votaria no sr. dr. Antão de Vasconcelos, se fosse espiritista; mas eu sou anabatista. No dia em que houver nesta cidade um número suficiente de anabatistas, que possa dar com um homem na Câmara dos deputados, nesse dia apresento-me, com igual direito aos dos espiritistas e todos os demais religionários. Não reparem se escrevo espiritista com *e*; sei que a ortografia daquela igreja elimina o *e*, ou porque há nisso um mistério insondável, ou simplesmente para fazer exercício de língua francesa ou latina. Em qualquer das hipóteses, atenho-me à forma profana.

E que faria eu se entrasse na Câmara? Levaria comigo uma porção de ideias novas e fecundas, propriamente científicas. Entre outras, proporia que se cometesse a uma comissão de pessoas graves a questão de saber se o dinheiro tem sexo ou não. Questão absurda para os ignorantes, mas racional para todos os espíritos educados. Qual destes não sabe que a questão do sexo vai até os sapatos, isto é, que o sapato direito é masculino e o esquerdo é feminino, e que é por essa sexualidade diferente que eles produzem os chinelos? Na casa do pobre a gestação é mais tardia, mas também os chinelos acompanham o dono dos pais. Os ricos, apenas há sinal de concepção, entregam os pais e os fetos aos criados.

A minha questão é saber se o dinheiro é aumentado por meio de conjugações naturais, e o fato que me trouxe ao espírito esta direção, foi o que sucedeu esta semana em Uberaba. Um tal Oto Helm roubou em São Paulo ao patrão a quantia de quarenta contos de réis, e fugiu para aquela cidade de Minas. O chefe de polícia de São Paulo telegrafou imediatamente para ali, tão a ponto que o gatuno, mal foi chegando, estava preso; revistadas as algibeiras, acharam-se-lhe, não quarenta, mas quarenta e um contos de réis.

Este acréscimo de um conto aos quarenta roubados parece revelar a lei do juro e a da simples acumulação. O conhecimento que temos do juro é todo empírico. Por que é que um credor me leva sete por cento ao mês? Talvez por não poder levar oito; talvez por não querer levar seis. Os economistas, querendo explicar o fenômeno, acabam por descrevê-lo apenas, e ninguém dá com a verdadeira lei. A sexualidade do dinheiro explica tudo.

Não me digas que o gatuno de que trato podia levar consigo, além dos quarenta contos roubados, um ou dois contos de economias próprias, ou de outro furto ainda não descoberto. Podia; mas não está provado, nem sequer alegado e, antes da prova material, valem as conclusões do espírito. Quando, porém, se descubra e se prove, nem por isso risco as linhas escritas. Elas servirão de guia ao investigador futuro. Há sempre um Colombo para cada Vespúcio.

Outra coisa que eu faria vencer na Câmara, era a declaração da necessidade das loterias, e conseguintemente derrubava o projeto do meu amigo Pedro Américo, que quer à fina força acabar com elas. Depois daqueles mil contos, que saíram a um banco daqui, não se pode duvidar que a Providência é acionista oculta de algumas associações, e que não há outro meio de cobrar-lhe as entradas senão comprando bilhetes. As agências lotéricas devem fazer correr esta ideia. Há de achar incrédulos (que verdade os não teve?), mas a grande maioria dos homens é inclinada à verdade por um instinto superior. Já alguns deles, ao que me dizem, compraram ações do dito banco, pela esperança de que com tal auxílio, caído do céu, não havia obrigação de efetuar as restantes entradas. Quando lhes declararam que os mil contos não eram um lance da fortuna, mas o pagamento voluntário da Providência, eles aceitaram gostosos a explicação, e se um primo meu (em 2º grau) passou adiante as ações, foi por urgência de dinheiro, não por impiedade.

Vou acabar. Como ainda não estou na Câmara, não posso reduzir a leis todas as ideias que trago na cabeça. O melhor é calá-las. Da semana só me resta (salvo as votações legislativas) a trasladação do corpo do glorioso Osório. Não trato dela. Osório é grande demais para as páginas minúsculas de um triste cronista.

Mas aqui vêm coisas pequenas. Pombas, três casais de pombas, no dia em que o corpo do heroico general foi levado para a cripta do monumento, esvoaçavam na frente da igreja, em cima, onde estão os nichos de dois apóstolos. Não esvoaçavam só, pousavam, andavam, tornavam a abrir as asas e a pousar nos nichos. Voltei no dia seguinte, à mesma hora, lá as achei; voltei agora, e ainda ali estavam, voando, pousando, andando de um para outro lado.

Há ali ninhos por força. Não sendo morador da rua, não sei se elas vivem ali há muito ou pouco; mas, pouco ou muito, peço à irmandade que as deixe onde estão. Os apóstolos não se mostram incomodados com os intrusos. A águia pousada aos pés de são João, com o seu ar simbólico e tranquilo, parece não dar por elas, e, aliás, bastava-lhe um gesto para as reduzir a nada. Pomba é bicho sagrado. Da arca de Noé saíram duas, uma que não voltou, e outra trouxe o raminho verde, e o Espírito Santo é representado por uma pomba de asas abertas. Comê-las é pecado; mas impedir que elas deem outras de si para que outros as comam é atalhar os pecados alheios — coisa em si pecaminosa, porque sem pecadores não há inferno, nem purgatório, e sem estes dois lugares o céu valeria menos.

Gazeta de Notícias, 24 de julho de 1892

Esta semana furtaram a um senhor que ia pela rua

Esta semana furtaram a um senhor que ia pela rua mil debêntures; ele providenciou de modo que pôde salvá-los. Confesso que não acreditei na notícia, a princípio; mas o respeito em que fui educado para com a letra redonda fez-me acabar de crer que se não fosse verdade não seria impresso. Não creio em verdades manuscritas. Os próprios versos, que só se fazem por medida, parecem errados, quando escritos à mão. A razão por que muitos moços enganavam as moças e vice-versa é escreverem as suas cartas, e entregá-las de mão a mão, ou pela criada, ou pela prima, ou por qualquer outro modo, que no meu tempo era ainda inédito. Quem não engana é o namorado da folha pública: "Querida X, não foste hoje ao lugar do costume; esperei até às três horas. Responde ao teu Z". E a namorada: "Querido Z. Não fui ontem por motivos que te direi à vista. Sábado, com certeza, à hora costumada; não faltes. Tua X". Isto é sério, claro, exato, cordial.

A razão que me fez duvidar a princípio foi a noção que me ficou dos negócios de debêntures. Quando este nome começou a andar de boca em boca, até fazer-se um coro universal, veio ter comigo um chacareiro aqui da vizinhança e confessou que, não sabendo ler, queria que lhe dissesse se aqueles papéis valiam alguma coisa. Eu, verdadeiro eco da opinião nacional, respondi que não havia nada melhor; ele pegou nas economias e comprou uma centena delas. Cresceu ainda o preço e ele quis vendê-las; mas eu acudi a tempo de suspender esse desastre. Vender o quê? Deixasse estar os papéis que o preço ia subir por aí além. O homem confiou e esperou. Daí a tempo ouvi um rumor; eram as debêntures que caíam, caíam, caíam... Ele veio procurar-me, debulhado em lágrimas; ainda o fortaleci com uma ou duas parábolas, até que os dias correram, e o desgraçado ficou com os papéis na mão. Consolou-se um pouco quando eu lhe disse que metade da população não tinha outra atitude.

Pouco tempo depois (vejam o que é o amor a estas coisas!) veio ter comigo e proferiu estas palavras:

— Eu já agora perdi quase tudo o que tinha com as tais debêntures; mas ficou-me sempre um cobrinho no fundo do baú, e como agora ouço falar muito em *habeas corpus*, vinha, sim, vinha perguntar-lhe se esses títulos são bons, e se estão caros ou baratos.

— Não são títulos.

— Mas o nome também é estrangeiro.

— Sim, mas nem por ser estrangeiro, é título; aquele doutor que ali mora defronte é estrangeiro e não é título.

— Isso é verdade. Então parece-lhe que os *habeas corpus* não são papéis?

— Papéis são; mas são outros papéis.

A ideia de debêntures ficou sendo para mim a mesma coisa que nada, de modo que não compreendia que um senhor andasse com mil debêntures na algibeira, que outro as furtasse, e que ele corresse em busca do ladrão. Acreditei por estar impresso. Depois mostraram-me a lista das cotações. Vi que não se vendem tantas como outrora, nem pelo preço antigo, mas há algum negociozinho, pequeno, sobre alguns lotes. Quem sabe o que elas serão ainda algum dia? Tudo tem altos e baixos.

O certo é que mudei de opinião. No dia seguinte, depois do almoço, tirei da gaveta algumas centenas de mil-réis, e caminhei para a Bolsa, encomendando-me (é inútil dizê-lo) ao Deus de Abraão, Isaac e Jacó. Comprei um lote, a preço baixo, e particularmente prometi uma debênture de cera a são Lucas, se me fizer ganhar um cobrinho grosso. Sei que é imitar aquele homem que, há dias, deu uma chave de cera a são Pedro, por lhe haver deparado casa em que morasse; mas eu tenho outra razão. Na semana passada falei de uns casais de pombas, que vivem na Igreja da Cruz dos Militares, aos pés de são João e são Lucas. Uma delas, vendo-me passar, quando voltava da Bolsa, desferiu o voo, e veio pousar-me no ombro; mostrou-se meio agastada com a publicação, mas acabou dizendo que naquela rua, tão perto dos bancos e da praça, tinham elas uma grande vantagem sobre todos os mortais. Quaisquer que sejam os negócios, arrulhou-me ao ouvido, o câmbio para nós está sempre a 27.

Não peço outra coisa ao apóstolo; câmbio a 27 para mim como para elas, e terá a debênture de cera, com inscrições e alegorias. Veja que nem lhe peço a cura da tosse e da coriza que me afligem, desde algum tempo. O meu talentoso amigo dr. Pedro Américo disse outro dia na Câmara dos deputados, propondo a criação de um teatro nacional que se, por um milagre de higiene, todas as moléstias desaparecessem, "não haveria faculdade, nem artifícios de retórica capazes de convencer a ninguém das belezas da patologia nem da utilidade da terapêutica". Ah! meu caro amigo! Eu dou todas as belezas da patologia por um nariz livre e um peito desabafado. Creio na utilidade da terapêutica; mas que deliciosa coisa é não saber que ela existe, duvidar dela e até negá-la! Felizes os que podem respirar! bem-aventurados os que não tossem! Agora mesmo interrompi o que ia escrevendo para tossir; e continuo a escrever de boca aberta para respirar. E falam-me em belezas da patologia... Francamente, eu prefiro as belezas da *Batalha de Avaí*.

A rigor, devia acabar aqui; mas a notícia que acaba de chegar do Amazonas obriga-me a algumas linhas, três ou quatro. Promulgou-se a Constituição, e, por ela, o governador passa-se a chamar presidente do Estado. Com exceção do Pará e Rio Grande do Sul, creio que não falta nenhum. *Sono tutti fatti marchesi*. Eu, se fosse presidente da República, promovia a reforma da Constituição para o único fim de chamar-me governador. Ficava assim um governador cercado de presidentes, ao contrário dos Estados Unidos da América, e fazendo lembrar o imperador Napoleão, vestido com a modesta farda lendária, no meio dos seus marechais em grande uniforme.

Outra notícia que me obriga a não acabar aqui, é a de estarem os rapazes do comércio de São Paulo fazendo reuniões para se alistarem na Guarda Nacional, em desacordo com os daqui, que acabam de pedir dispensa de tal serviço. Questão de meio; o meio é tudo. Não há exaltação para uns nem depressão para outros. Duas coisas contrárias podem ser verdadeiras e até legítimas, conforme a zona. Eu, por exemplo, execro o mate chimarrão; os nossos irmãos do Rio Grande do Sul acham que não há bebida mais saborosa neste mundo. Segue-se que o mate deve ser sempre uma ou outra coisa? Não; segue-se o meio; o meio é tudo.

Gazeta de Notícias, 31 de julho de 1892

Toda esta semana foi empregada em comentar a eleição de domingo

Toda esta semana foi empregada em comentar a eleição de domingo. É sabido que o eleitorado ficou em casa. Uma pequena minoria é que se deu ao trabalho de enfiar as calças, pegar do título e da cédula e caminhar para as urnas. Muitas seções não viram mesários, nem eleitores; outras, esperando cem, duzentos, trezentos eleitores, contentaram-se com sete, dez, até quinze. Uma delas, uma escola *pública,* fez melhor, tirou a urna que a autoridade lhe mandara, e pôs este letreiro na porta: "A urna da 8ª seção está na padaria dos srs. Alves Lopes & Teixeira, à rua de são Salvador nº..." Alguns eleitores ainda foram à padaria; acharam a urna, mas não viram mesários. Melhor que isso sucedeu na eleição anterior, em que a urna da mesma escola nem chegou a ser transferida à padaria, foi simplesmente posta na rua, com o papel, tinta e penas. Como pequeno sintoma de anarquia, é valioso.

Variam os comentários. Uns querem ver nisto indiferença pública, outros descrença, outros abstenção. No que todos estão de acordo, é que é um mal, e grande mal. Não digo que não; mas há um abismo entre mim e os comentadores; é que eles dizem o mal, sem acrescentar o remédio, e eu trago um remédio, que há de curar o doente. Tudo está em acertar com a causa da moléstia.

Comecemos por excluir a abstenção. Lá que houvesse algumas abstenções, creio; dezenas e até centenas, é possível; mas não concedo mais. Não creio em vinte e oito mil abstenções solitárias, por inspiração própria; e se os eleitores se concertassem para alguma coisa, seria naturalmente para votar em alguém — no leitor ou em mim.

Excluamos também a descrença. A descrença é explicação fácil, e nem sempre sincera. Conheço um homem que despendeu outrora vinte anos de existência em falsificar atas, trocar cédulas, quebrar urnas, e que me dizia ontem, quase com lágrimas, que o povo já não crê em eleições. "Ele sabe — acrescentou fazendo um gesto conspícuo — que o seu voto não será contado." Pessoa que estava conosco, muito lida em ciências e meias-ciências, vendo-me um pouco apatetado com essa contradição do homem, restabeleceu-me, dizendo que não havia ali verdadeira contradição, mas um simples caso de "alteração da personalidade".

Resta-nos a indiferença; mas nem isto mesmo admito. Indiferença diz pouco em relação à causa real, que é a inércia. Inércia, eis a causa! Estudai o eleitor; em vez de andardes a trocar as pernas entre três e seis horas da tarde, estudai o eleitor. Achá-lo-eis bom, honesto, desejoso da felicidade nacional. Ele enche os teatros, vai às paradas, às procissões, aos bailes, aonde quer que há pitoresco e verdadeiro gozo pessoal. Façam-me o favor de dizer que pitoresco e que espécie de gozo pessoal há em uma eleição? Sair de casa sem almoço (em domingo, note-se!), sem leitura de jornais, sem sofá ou rede, sem chambre, sem um ou dois pequerruchos, para ir votar em alguém que o represente no Congresso, não é o que vulgarmente se chama caceteação? Que tem o eleitor com isso? Pois não há governo? O cidadão, além dos impostos, há de ser perseguido com eleições?

Ouço daqui (e a voz é do leitor) que eleições se fizeram em que o eleitorado, todo, ou quase todo, saía à rua, com ânimo, com ardor, com prazer, e o vencedor celebrava a vitória à força de foguete e música; que os partidos... Ah! os partidos! Sim, os partidos podem e têm abalado os nossos eleitores; mas partidos são coisas palpáveis, agitam-se, escrevem, distribuem circulares e opiniões; os chefes locais respondem aos centrais, até que no dia do voto todas as inércias estão vencidas; cada um vai movido por uma razão suficiente. Mas que fazer, se não há partidos?

Que fazer? Aqui entra a minha medicação soberana. Há na tragédia *Nova Castro* umas palavras que podem servir de marca de fábrica deste produto. *Não quiseste ir, vim eu.* Creio que é d. Afonso que as diz a d. Pedro; mas não insisto, porque posso estar em erro, e não gosto de questões pessoais. Ora, tendo lido há alguns dias (e já via a mesma coisa em situações análogas) declarações de eleitores do Estado do Rio de Janeiro, afirmando que votam em tal candidato, creio haver achado o remédio na sistematização desses acordos prévios, que ficarão definitivos. *Não quiseste ir, vim eu.* O eleitor não vai à urna, a urna vai ao eleitor.

Uma lei curta e simples marcaria o prazo de sete dias para cada eleição. No dia 24, por exemplo, começariam as listas a ser levadas às casas dos eleitores. Eles, estendidos na *chaise-longue,* liam e assinavam. Algum mais esquecido poderia confundir as coisas.

— Subscrição? Não assino.
— Não, senhor...
— O gás? Está pago.
— Não, senhor, é a lista dos votos para uma vaga na Câmara dos deputados; eu trago a lista do candidato Ramos...
— Ah! já sei... Mas eu assinei ainda há pouco a do candidato Ávila.

A alma do agente era, por dois minutos, teatro de um formidável conflito, cuja vitória tinha de caber ao mal.

— Pois, sim, senhor; mas v. s. pode assinar esta, e nós provaremos em tempo que a outra lista foi assinada amanhã, por distração de vossa senhoria.

O eleitor, sem sair da inércia, apontava a porta ao agente. Mas tais casos seriam raros; em geral, todos procederiam bem.

No dia 31 recolhiam-se as listas, publicavam-se, a Câmara dos deputados somava, aprovava e empossava. Tal é o remédio; se acharem melhor, digam; mas eu creio que não acham.

Há sempre uma sensação deliciosa quando a gente acode a um mal público; mas não é menor, ou é pouco menor a que se obtém do obséquio feito a um particular, salvo empréstimos. Assim, ao lado do prazer que me trouxe a achada do remédio político, sinto o gozo do serviço que vou prestar ao sr. deputado Alcindo Guanabara. Este distinto representante, em discurso de anteontem, declarou que temia falar com liberdade, à vista do governo armado contra o sr. dr. Miguel Vieira Ferreira, pastor evangélico e acusado de mandante no desacato feito à imagem de Jesus Cristo no júri. Perdoe-me o digno deputado; vou restituir-lhe a quietação ao espírito.

Depois que o sr. deputado Alcindo Guanabara falou, foi publicada a sentença de pronúncia. Que consta dela? Que havia dois denunciados, o dr. Miguel

Vieira Ferreira, pastor da igreja evangélica, dado como mandante do desacato, e Domingos Heliodoro, denunciado mandatário. A sentença estabelece dois pontos capitais: 1º, que Domingos Heliodoro, embora ninguém o visse quebrar a imagem, ao perguntarem-lhe o que fora aquilo, respondera: É a lei que se cumpre; 2º, que o pastor Miguel V. Ferreira, na véspera do desacato, afirmando a algumas pessoas que a imagem havia de sair, acrescentou que, *se não acabasse por bem, acabaria por mal.* Tudo visto e considerado, a sentença proferiu a criminalidade de Domingos Heliodoro, e não admitiu a do dr. Miguel V. Ferreira. Veja o meu distinto patrício a diferença, e faça isto que lhe vou dizer.

Quando houver de discutir matérias espirituais, evite sempre dizer: É a lei que se cumpre, frase claríssima, a despeito de um certo nariz postiço, vago e obscuro.

Ao contrário, diga: *Há de sair por bem ou por mal,* expressão obscura e frouxa, apesar do aspecto ameaçador que inadvertidamente se lhe pode atribuir. Fale s. ex.ª como pastor, e não como ovelha.

A verdade é que os desacatos podem reproduzir-se, sem que Deus saia da alma do homem. Ainda ultimamente no Senado, tomados de pânico, muitos senadores não tiveram outra invocação. O sr. senador Ubaldino do Amaral analisava o projeto de um grande banco emissor, em que havia este artigo: "Fica autorizado *por antecipação* a fazer uma emissão de trezentos mil contos de réis (300.000:000$000)".

— Santo Deus! — exclamaram os senadores aterrados.

Crede-me. Deus é a natural exclamação diante de um grande perigo. Um abismo que se abre aos pés do homem, um terremoto, um flagelo, um ciclone, qualquer efeito terrível de forças naturais ou humanas, arranca do imo do peito este grito de pavor e de desespero:

— Santo Deus!

Gazeta de Notícias, 7 de agosto de 1892

Semana e finanças são hoje a mesma coisa

Semana e finanças são hoje a mesma coisa. E tão graves são os negócios financeiros, que escrever isto só, pingar-lhe um ponto e mandar o papel para a imprensa, seria o melhor modo de cumprir o meu dever. Mas o leitor quer os seus poetas menores. Que os poetas magnos tratem os sucessos magnos; ele não dispensa aqui os assuntos mínimos, se os houve, e, se os não houve, as reflexões leves e curtas. Força é reproduzir o famoso *Marche! Marche!* de Bossuet... Perdão, leitor! Bossuet! eis-me aqui mais grave que nunca.

E por que não sei eu finanças? Por que, ao lado dos dotes nativos com que aprouve ao céu distinguir-me entre os homens, não possuo a ciência financeira? Por que ignoro eu a teoria do imposto, a lei do câmbio, e mal distingo dez mil-réis de dez tostões? Nos bondes é que me sinto vexado. Há sempre três e quatro pessoas (principalmente agora) que tratam das coisas financeiras e econômicas, e das causas das coisas, com tal ardor e autoridade, que me oprimem. É então que eu leio algum jornal, se o levo, ou roo as unhas — vício dispensável; mas antes vicioso que ignorante.

Quando não tenho jornal, nem unhas, atiro-me às tabuletas. Miro ostensivamente as tabuletas, como quem estuda o comércio e a indústria, a pintura e a ortografia. E não é novo este meu costume, em casos de aperto. Foi assim que um dia, há anos, não me lembra em que loja, nem em que rua, achei uma tabuleta que dizia: *Ao Planeta do Destino*. Intencionalmente obscuro, este título era uma nova edição da esfinge. Pensei nele, estudei-o, e não podia dar com o sentido, até que me lembrou virá-lo do avesso: *Ao Destino do Planeta*. Vi logo que, assim virado, tinha mais senso; porque, em suma, pode admitir-se um destino ao planeta em que pisamos... Talvez a ciência econômica e financeira seja isto mesmo, o avesso do que dizem os discutidores de bondes. Quantas verdades escondidas em frases trocadas! Quando fiz esta reflexão, exultei. Grande consolação é persuadir-se um homem de que os outros são asnos.

E aí estão quatro tiras escritas, e aqui vai mais uma, cujo assunto não sei bem qual seja, tantos são eles e tão opostos. Vamos ao Senado. O Senado discutiu o chim, o arroz, e o chá, e naturalmente tratou da questão da raça chinesa, que uns defendem e outros atacam. Eu não tenho opinião; mas nunca ouso falar de raças, que me não lembre do Honório Bicalho. Estava ele no Rio Grande do Sul, perto de uma cidade alemã. Iam com ele moças e homens a cavalo; viram uma flor muito bonita no alto de uma árvore, Bicalho ou outro quis colhê-la, apoiando os pés no dorso do cavalo, mas não alcançava a flor. Por fortuna, vinha da povoação um moleque, e o Bicalho foi ter com ele.

— Vem cá, trepa àquela árvore, e tira a flor que está em cima...

Estacou assombrado. O moleque respondeu-lhe, em alemão, que não entendia português. Quando Bicalho entrou na cidade, e não ouviu nem leu outra língua senão a alemã, a rica e forte língua de Goethe e de Heine, teve uma impressão que ele resumia assim: "Achei-me estrangeiro no meu próprio país!" Lembram-se dele? Grande talento, todo ele vida e espírito.

Isto, porém, não tem nada com os chins, nem os judeus, nem particularmente com aquela moça que acaba de impedir a canonização de Colombo. Hão de ter lido o telegrama que dá notícia de haver sido posta de lado a ideia de canonização do grande homem, por motivo de uns amores que ele trouxera com uma judia. Todos os escrúpulos são respeitáveis, e seria impertinência querer dar lições ao santo padre em matéria de economia católica. Colombo perdeu a canonização sem perder a glória, e a própria Igreja o sublima por ela. Mas...

Mas, por mais que a gente fuja com o pensamento ao caso, o pensamento escapa-se, rompe os séculos, e vai farejar essa judia que tamanha influência devia ter na posteridade. E compõe a figura pelas que conhece. Há-as de olhos negros e de olhos garços, umas que deslizam sem pisar no chão, outras que atam os braços ao descuidado com a simples corda das pestanas infinitas. Nem faltam as que embebedam e as que matam. O pensamento evoca a sombra da filha de Moisés, e pergunta como é que aquele grande e pio genovês, que abriu à fé cristã um novo mundo, e não se abalançou ao descobrimento sem encomendar-se a Deus, podia ter consigo esse pecado mofento, *esse fedor judaico*, deleitoso, se querem, mas de entontecer e perder uma alma por todos os séculos dos séculos.

Eu ainda quero crer que ambos, sabendo que eram incompatíveis, fizeram um acordo para dissimular e pecar. Combinaram em ler o *Cântico dos cânticos*; mas Colombo daria ao texto bíblico o sentido espiritual e teológico, e ela o sentido natural e molemente hebraico.

— O meu amado é para mim como um cacho de Chipre, que se acha nas vinhas de Engadi.

— Os teus olhos são como os das pombas, sem falar no que está escondido dentro. Os teus dois peitos são como dois filhinhos gêmeos da cabra montesa, que se apascentam entre as açucenas.

— Eu me levantei para abrir ao meu amado; as minhas mãos destilaram mirra.

— Os teus lábios são como uma fita escarlate, e o teu falar é doce.

— O cheiro dos teus vestidos é como o cheiro do incenso.

Quantas uniões danadas não se mantêm por acordos semelhantes, em consciência, às vezes! Há uma grande palavra que diz que todas as coisas são puras para quem é puro.

Tornemos à gente cristã, às eleições municipais, à senatorial, aos italianos de São Paulo que deixam a terra, a d. Carlos de Bourbon que aderiu à República francesa em obediência ao papa, aos bondes elétricos, à subida ao poder do *old great man,* a mil outras coisas que apenas indico, tão aborrecido estou. Pena da minha alma, vai afrouxando os bicos; diminui esse ardor, não busques adjetivos, nem imagens, não busques nada, a não ser o repouso, o descanso físico e mental, o esquecimento, a contemplação que prende com o cochilo, o cochilo que expira no sono...

Gazeta de Notícias, 14 de agosto de 1892

Ex fumo dare lucem

Ex fumo dare lucem. Tal seria a epígrafe desta semana, se a má fortuna não perseguisse as melhores intenções dos homens. Velha epígrafe, mais e menos velha que a sé de Braga, pois que nos veio da poesia latina para a fábrica do gás; mas, velha embora, nenhuma outra quadrava tão bem ao imposto dos charutos e ao fechamento das portas das charutarias. *Ex fumo dare lucem.*

Lucem ou *legem,* não me lembra bem o texto, e não estou para ir daqui à estante, e menos ainda à fábrica do gás. Seja como for, quando eu vi as portas fechadas, na segunda-feira, imaginei que íamos ter uma semana inteira de protesto, e preparei-me para contar as origens do tabaco e do imposto, o uso do charuto e do rapé, e subsidiariamente a história de Havana e a de Espanha, desde os árabes.

Vinte e quatro horas depois, abriram-se novamente as charutarias, e os fumantes escaparam a uma coisa pior que o naufrágio da *Medusa*. Os náufragos comiam-se, quando já não havia que comer; mas como se haviam de fumar os náufragos? Vinte e quatro horas apenas; quase ninguém deu pela festa; eu menos que ninguém, porque não fumo. Não fumo, não votei o imposto, não sou ministro. Sou desinteressado na questão. Um amigo meu, companheiro de infância, diz-me sempre que, quando a gente não tem interesse em um pleito, não se mete nele, seja particular ou público; e acrescenta que não há nada público. De onde resulta (palavras suas) que no dia em que vi os jornais darem notícia do *déficit*, nem por isso as caras andaram mais abatidas. Uma coisa é o Estado, outra é o particular. O Estado que se aguente.

Quando um homem influi sobre outro, como este amigo em mim, é difícil, ou ainda impossível recusar-lhe as opiniões. A própria notícia do *déficit*, que me afligira tanto, parece-me agora que nem a li. Realmente, se me não incumbe cobri-lo, para que meter o *déficit* entre as minhas preocupações, que não são poucas? Se houvesse saldo, viria o Estado dividi-lo comigo?

E disse adeus ao *déficit*, que afinal de contas não me amofinou tanto como a parede das charutarias, não propriamente a parede, mas o contrário, a abertura das portas. As causas desta amofinação são tão profundas, que eu prefiro deixá-las à perspicácia do leitor. Não; não as digo. Acabemos com este costume do escritor dizer tudo, à laia de alvissareiro. A discrição não há de ser só virtude das mulheres amadas, nem dos homens mal servidos. Também os varões da pena, os políticos, os parentes dos políticos e outras classes devem calar alguma coisa. No presente caso, por exemplo, vamos ver se o leitor adivinha as causas do meu tédio, quando as charutarias abriram as portas, após um dia de manifestação. Diga o que lhe parecer; diga que era a minha ferocidade que se pascia no mal dos outros; diga até que tudo isto não passa de uma maneira mais expedita para acabar um período e passar a outro.

Em verdade, aqui está outro; mas, se pensas que vou falar da carne verde, não me conheces. Já bastou a aborrecida incumbência feita ao sr. deputado Vinhais para comunicar ao povo a parede dos boiadeiros. Por fortuna recaiu a escolha em pessoa que tomou sobre si os interesses e o bem-estar da classe proletária; mas supõe que recaía em mim, cuja repugnância aos estudos sociais é tamanha, que não a pode vencer a natural e profunda simpatia que essa classe merece de todos os corações bons. Talvez eu esteja fazendo injustiça a mim próprio; há pessoas (e já me tenho apanhado em lances desses) que levam o empenho de dizer mal ao ponto de maldizer de si mesmas. Outras têm a virtude do louvor, e cometem igual excesso. Pode ser que de ambos os lados haja muita mentira. A mentira é a carne verde do demônio, abundante e de graça.

Não procures isso em Bourdaloue nem Mont'Alverne. Isso é meu. Quando a ideia que me acode ao bico da pena é já velhusca, atiro-lhe aos ombros um capote axiomático, porque não há nada como uma sentença para mudar a cara aos conceitos.

Também não procures em nenhum grande orador católico, francês ou brasileiro, este pequeno trecho: *Ecce iterum Crispinus*. Nem o aceites no mesmo sentido deprimente com que Alencar o foi buscar ao satírico romano. Crispim aqui é o parlamentarismo, cuja orelha reapareceu esta semana, por baixo de uma circular política. Ainda bem que reapareceu; ela há de trazer o corpo inteiro; vê-lo-emos surgir, crescer, dominar, não só pelo esforço dos seus partidários, mas pelo dos indiferentes e até dos adversos. Não será fácil grudá-lo ao federalismo, é certo; mas basta que não seja impossível, para esperar que o bom êxito coroe a obra. A dissolução da Câmara será necessária? Dissolva-se a Câmara.

Com o parlamentarismo tivemos longos anos de paz pública. Certo é que o imperador, não vendo país que lhe enviasse câmaras contrárias ao governo, tomou a si alternar os partidários, para que ambos eles pudessem mandar alguma vez. Quando lhe acontecia ser maltratado, era pelo que ficava debaixo; mas, como nada é eterno, o que estava debaixo tornava a subir, transmitia a cólera ao que então caía, e recitava por sua vez a ode de Horácio: "Aplaca o teu espírito; eu buscarei mudar em versos doces os versos amargos que compus".

Agora, como a opinião há de estar em alguma parte, desde que não esteja nos eleitores, nem no chefe do Estado, é provável que passe ao único lugar em que fica bem, nos corredores da Câmara, onde se planearão as quedas e as subidas dos ministros — poucas semanas para tocar a todos —, e assim chegaremos a um bom governo oligárquico, sem excessos, nem afronta, e natural, como as verdadeiras pérolas.

Gazeta de Notícias, 21 de agosto de 1892

PARA UM TRISTE ESCRIBA DE COISAS MIÚDAS

Para um triste escriba de coisas miúdas, nada há pior que topar com o cadáver de um homem célebre. Não pode julgá-lo por lhe faltar investidura; para louvá-lo, há de trocar de estilo, sair do comum da vida e da semana. Não bastam as qualidades pessoais do morto, a bravura e o patriotismo, virtudes nem defeitos, grandes erros nem ações lustrosas. Tudo isso pede estilo solene e grave, justamente o que falta a um escriba de coisas miúdas.

Na dificuldade em que me acho, o melhor é fitar o morto, calar-me e adeus. Um só passo neste óbito público me faria deter alguns instantes. Refiro-me às declarações parlamentares do dia 23 e 25 e ao art. 8º das *Disposições transitórias* da Constituição de 24 de fevereiro de 1891. Segundo o art. 8º, o fundador da República foi Benjamim Constant; mas, segundo os discursos parlamentares, foi o Marechal Deodoro. Tendo saído do mesmo Congresso os discursos e o art.

8º, pode alguém não saber qual deles é o fundador, uma vez que a República há de ter um fundador. A imprensa mostrou igual divergência. Só o *Rio News* adotou um meio-termo e chamou ao finado marechal um dos fundadores da República. A origem anglo-saxônia da folha pode explicar essa aversão à bela unidade latina; mas bem latina é a Igreja católica, e eis aqui o que ela fez.

A Igreja, obra da doutrina de Jesus Cristo e do apostolado de são Paulo, não querendo desligar uma coisa de outra, meteu são Paulo e são Pedro no mesmo credo, com o fim de completar o *Tu és Pedro e sobre esta pedra etc. Saulo, Saulo, por que me persegues?*

Foi um modo de dizer que a doutrina impõe-se pela ação, e a ação vive da doutrina.

Eu, porém, que não sou Igreja Católica, nem folha anglo-saxônia, não tenho a autoridade de um, nem a índole da outra; pelo quê, não me detenho ante a contradição das opiniões. Quando muito, podia apelar para a História. Mas a História é pessoa entrada em anos, gorda, pachorrenta, meditativa, tarda em recolher documentos, mais tarda ainda em os ler e decifrar. Assim, pode ser que, entre 1930 e 1940, tendo cotejado a Constituição de 91 com os discursos de 92, e os artigos de jornais com os artigos de jornais, decida o ponto controverso, ou adote a ideia de dois fundadores, senão de três; mas onde estarei eu então? Se guardar memória da vida, terei ainda de cor os hinos de ambas as capelas. Não terei visto a catedral única.

Não basta, para que um edifício exista, haver fundadores dele; é de força que se levantem paredes e escadas, se rasguem portas e janelas, e finalmente se lhe ponham cumeeira e telhado. Sobre isto falou esta semana o sr. deputado Glicério, lastimando que a Câmara dos deputados não se esforce na medida da responsabilidade que lhe cabe. Creio que a responsabilidade é grande; mas, quanto à primeira parte, se é certo que o esforço não corresponde à segunda, importa acrescentar que o melhor desejo deste mundo não faz criar vontades. O patriotismo é que pode muito, e o exemplo do passado vale alguma coisa.

Já agora vou falando gravemente até o fim. Finanças, por exemplo, aqui está um assunto de ocasião, se é certo, como acabo de ler, que o ministro da Fazenda pediu demissão. Eu nada tenho com a Fazenda, a não ser a impressão que deixa esta bela palavra. Entretanto, ocorre-me uma anedota de Cícero, e custa muito a um homem lembrar-se de um grande homem e não tentar ombrear com ele. Foi quando aquele cônsul tomou conta do poder, vago pela morte do colega, vinte e quatro horas antes de expirar o consulado. "Depressa", dizia Cícero aos demais senadores, "depressa, antes que achemos outro cônsul no lugar."

Depressa, depressa, antes que haja outro ministro, e me estenda e complique o assunto desta semana. Se eu nem falo do *déficit* do Piauí, e mais é objeto digno de consideração. Deixo o monopólio dos níqueis, que dizem ser grande e valioso; só um compadre meu recolheu oitocentos contos de réis, que vende com pequeno juro. Excluo a briga dos intendentes municipais, excluo as bruxas do Maranhão, alguns assassinatos e outras coisas alegres.

Gazeta de Notícias, 28 de agosto de 1892

JÁ UMA VEZ DEI AQUI A MINHA TEORIA DAS IDEIAS GRÁVIDAS

Já uma vez dei aqui a minha teoria das ideias grávidas. Vou agora à das ações grávidas, não menos interessante, posto que mais difícil de entender.

Em verdade, há de custar a crer que uma ação nasça pejada de outra, e, todavia, nada mais certo. Para não nos perdermos em exemplos estranhos, meditemos no caso do *Chaucer*. O *Chaucer* vinha entrando a nossa barra, quando da fortaleza de Santa Cruz lhe fizeram alguns sinais, a que ele não atendeu e veio entrando. A fortaleza disparou um tiro de pólvora seca, ele veio entrando; depois outro, e ele ainda veio entrando; terceiro tiro, e ele sempre entrando. Quando vinha já entrando de uma vez, a fortaleza soltou a bala do estilo, que lhe furou o costado. Correram a socorrê-lo, mas já a gente de bordo tinha por si mesma tapado o buraco, e a companhia escreveu aquela carta, declarando protestar e esperar que tudo acabasse bem e depressa, sem intervenção diplomática. Pólvora seca, à espera de bala.

Nega o *Chaucer* que visse sinais, nem ouvisse tiros. Devo crer que fala verdade, pois que nada o obriga a mentir, tanto mais quanto, antes de ser navio, Chaucer era um velhíssimo poeta inglês, que já perdeu a vista e as orelhas, tendo perdido a saúde e a vida. Mas nem todos pensam assim; e, para muita gente, a ação do navio foi antes de pouco caso da terra e seus moradores. Ora, tal ação, ainda que sem esse sentido, desde que parecia tê-lo, podia nascer grávida de outra, e foi o que aconteceu; daí a dias, dava-se a ocorrência da bandeira da rua da Assembleia. Desdém chama desdém. Um homem a quem se puxa o nariz, acaba recebendo um rabo de papel. Ação pejada de ação. Felizmente o movimento de indignação pública e as palavras patrióticas que produziu, e mais a pena do culpado, farão esperar que esta outra ação haja nascido virgem e estéril.

Podia citar mais exemplos, e de primeira qualidade; mas se o leitor não entende a teoria com um não a entenderá com três. Direi só um caso, por estar, como lá se diz, no *tapete da discussão*. A emissão bancária nasceu tão grossa, que era de adivinhar a gravidez da encampação. Nem falta quem diga que estes gritos que estamos ouvindo são as dores do parto. Uns creem nele, mas afirmam que a criança nasce morta. Outros pensam que nasce viva, mas aleijada. Há até um novo encilhamento, onde as apostas crescem e se multiplicam, como nos belos dias de 1890. Eu, sobre esse negócio de encampação, sei pouco mais que o leitor, porque sei duas coisas, e o leitor saberá uma ou nenhuma. Sei, em primeiro lugar, que é uma medida urgente e necessária, para que se restaure o nosso crédito: e, em segundo lugar, sei também que é um erro e um crime. *Aristote dit oui et Galien dit non.*

Quiseram explicar-me porque é que era crime; mas eu ando tão aflito com a simples notícia dos narcotizadores, que não quis ouvir a explicação do crime. Basta de crimes. Demais, são finanças. E as finanças vão chegando ao estado da jurisprudência. Muitas famílias, quando viram que os bacharéis em direito eram em demasia, começaram a mandar ensinar engenharia aos filhos. Hoje, família precavida não deve esperar que venha o excesso de financeiros. A concorrência é já extraordinária. Antes a medicina. Antes a própria jurisprudência.

Demais, eu gosto de explicações palpáveis, concretas. Desde que um homem começa a raciocinar e quer que eu o acompanhe pelos corredores do espírito, digo-lhe adeus. Debêntures, por exemplo. Um deputado disse há dias na Câmara que certo banco do interior os emitira clandestinamente. Não lhe dei crédito. Mas uma senhora, que jantou comigo ontem, disse-me rindo e agitando uns papéis entre os dedos: *Aqui estão debêntures.* O crédito que neguei ao deputado, dei-o à minha boa amiga. A razão é que, sobre este gênero de papéis, tive duas ideias consecutivas antes da última. A primeira é que debêntura era uma simples expressão, uma senha, uma palavra convencional, como a da conjuração mineira: *Amanhã é o batizado.* A segunda é que era efetivamente um bilhete, mas um bilhete que seria entregue pelo agente policial, por pessoa de família, ou pelo próprio alienista, um atestado, em suma, para legalizar a reclusão. Quando vi, porém, que aquela senhora tinha tais papéis consigo, e peguei neles, e os li, adquiri uma terceira ideia, exata e positiva, que a minha amiga completou dizendo com rara magnanimidade: — O que lá vai, lá vai.

E agora, adeus, querida semana! Adeus, cálculos do sr. Oiticica, que dizem estar errados! adeus, feriados! adeus, níqueis!

Os níqueis voltam certamente; mas há de ser difícil. Ou estarão sendo desamoedados, como suspeita o governo, ou andam nas mãos de alguma tribo, que pode ser a dos narcotizadores, e também pode ser a de Shylock. Creio antes em Shylock. Se assim for, níqueis, não há para vós *habeas corpus,* nem tomadas da Bastilha. Não perdeis com a reclusão, meus velhos; ficais luzindo, fora das mãos untadas do trabalho, que vos enxovalham. Para sairdes à rua, é preciso alguma coisa mais que boas razões ou necessidades públicas; e não saireis em tumulto, nem todos, mas devagarinho e aos poucos, conforme a taxa. "*Trezentos ducados, bem!*"

Também não digo adeus aos chins, porque é possível que eles venham, como que não venham. *O Diário de Notícias,* contando os votos da Câmara favoráveis e desfavoráveis, dá 64 para cada lado. Numa questão intrincada era o que melhor podia acontecer; as opiniões entestavam umas com outras, na ponte, como as cabras da fábula. Mas pode haver alterações, e há de havê-las. Para isso mesmo é que se discute. E a balança está posta em tal maneira, que a menor palha fará pender uma das conchas. Nunca um só homem teve em suas mãos tamanho poder, isto é, o futuro do Brasil, que ou há de ser próspero com os chins, conforme opinam uns, ou desgraçado, como querem outros. Espada de Breno, bengala de Breno, guarda-chuva de Breno, lápis, um simples lápis de Breno, agora ou nunca é a tua ocasião.

A vós, sim, tumultos de circo, a vós digo eu adeus, porque se adotarem o que proponho aos homens, não há mais tumultos nesse gênero de espetáculos, ou seja nos próprios circos, ou seja nas casas cá de baixo, onde se aposta e se espera a vitória pelo telefone; modo que me faz lembrar umas senhoras do meu conhecimento, que têm ouvido todas as óperas desta estação lírica, indo para a praia de Botafogo ver passar as carruagens das senhoras assinantes. Não haverá tumultos, porque faço evitar a fraude ou suspeita dela aposentando os cavalos e fazendo correr os apostadores com os seus próprios pés. Cansa um pouco mais que estar sentado, mas cada um ganha o seu pão com o suor do seu rosto.

Gazeta de Notícias, 11 de setembro de 1892

QUANDO A CHINA SOUBER

Quando a China souber que a vinda dos seus naturais (votada esta semana em segunda discussão) tem dado lugar a tanto barulho, tanta animosidade, tanto epíteto feio, é provável que mande fechar os seus portos e não deixe sair ninguém. Eu conheço a China. A China tem brios. A China não é só a terra de porcelanas, leques, chá, sedas, mandarins e guarda-sóis de papel. Não, a China manda-nos plantar café e deixa-se ficar em casa.

E o Japão? O Japão, que sabe estarem os japoneses no projeto e não vê descompor japoneses nem malsiná-lo a ele, o Japão cuida que entra no projeto só para dar fundo ao quadro, e fecha igualmente os seus portos. Eu conheço também o Japão. O Japão é muito desconfiado, mais desconfiado ainda que parlamentar.

Porque o Japão é parlamentar, como sabem; copiou do ocidente as câmaras e os condes. O atual presidente do conselho de ministros é o conde Ito, um homem que, tanto quanto se pode deduzir de uma gravura que vi há pouco, é das mais galhardas figuras deste fim de século. Mas como vai muito do vivo ao pintado, dou que seja menos belo; não quer dizer que não tenha talento e pulso.

Quanto à planta parlamentar, não creio que seja tão viçosa como na Inglaterra. Não, mas é original, e basta. Tem uma cor particular ao clima. Se é verdade o que li, há lá um costume nas câmaras assaz interessante. Deputado que vota *contra* o governo, é restituído aos seus eleitores; deputado que vota a *favor* do governo, é desancado pela opinião. Quer dizer que, em cada votação política, os adversários do governo põem os ministerialistas em lençóis de vinho e vão ver depois se o conde Ito está nos seus respectivos distritos eleitorais. Se os eleitores (isto agora é conjetura minha) os aprovam, revalidam os diplomas, e eles tornam ao Parlamento.

Este sistema, se vier nas malas japonesas, pode ser experimentável; mas a dúvida é se virão malas japonesas, ou sequer chinesas, pela razão acima citada. Força é confessar que os filhos daquelas bandas têm grandes vantagens. Italianos entram aqui com o seu irridentismo, franceses com os princípios de 89, ingleses com o *Foreign Office* e a Câmara dos comuns, espanhóis com todas *las Españas, caramba*!, alemães com uma casa sua, uma cidade sua, uma escola sua, uma igreja sua, uma vida sua. Chim não traz nada disso, traz braço, força e paciência. Não chega a trazer nome, porque é impossível que a gente o chame por aqueles espirros que lá lhe põem. O primeiro artigo de um bom contrato deve ser impor-lhe um nome da terra, à escolha, Manuel, Bento, pai João, pai José, pai Francisco, pai Antônio...

Depois, o trabalho. Que outro bicho humano iguala o chim? Um cego, entre nós, pega da viola e vai pedir esmola cantando. Ora, o padre João de Lucena refere que na China todos os cegos trabalham de um modo original. São distribuídos pelas casas particulares e postos a moer arroz ou trigo, mas de dois em dois, "porque fique assim a cada um menos pesado o trabalho com a companhia e conversação do outro". Os aleijados, se não têm pernas, trabalham de mãos; os que não têm braços, andam ao ganho com uma cesta pendurada ao pescoço, para levar compras às casas dos que os chamam, ou servem de correio a pé. Aproveita-se ali até o último caco de homem.

Não alegueis serem estas notícias de um velho escritor, porque uma das vantagens da China é ser a mesma. Os séculos passam, mudam-se os costumes, as instituições, as leis, as ideias, tudo padece desta instabilidade que o sr. senador Manuel Vitorino atribuiu anteontem às nossas coisas; mas a China não passa.

Já que falei no sr. senador Manuel Vitorino, devo completar um ponto do seu discurso. É certo que o finado imperador recusou uma estátua que lhe quiseram erigir, quando acabou a Guerra do Paraguai, dizendo preferir que o dinheiro fosse aplicado a escolas; mas o sr. senador não disse o resto. Talvez não estivesse aqui. Eu estava aqui; vi as coisas de perto. A estátua não foi um simples e desornado oferecimento. Fez-se grande reunião, com pessoas notáveis à frente, comissão aclamada, que ia marchar para São Cristóvão. O imperador, lendo a notícia nos jornais, escreveu uma carta ao ministro do Império, declarando o que o sr. senador Manuel Vitorino referiu agora. Mas o resto? Onde está o resto? Onde está o dinheirão que eu gastei depois em anúncios, pedindo notícias da comissão? Nem só dinheiro, gastei amigos, encomendei a uma dezena deles que fossem a todos os bairros, que interrogassem os lojistas, que levantassem as almofadas dos carros, que chegassem ao interior das casas, e espiassem por baixo das camas ou dentro dos armários. Pode ser que houvesse da minha parte algum excesso de zelo; mas nem por isso mereço ficar no escuro. Não achei a comissão, é certo, mas podia tê-la achado.

Entretanto, não nego que há por aí edifícios bem arquitetados para escolas e por conta do Estado. Um chegou a destruir em mim certo erro político. Dizia ele, no alto, em letra grossa, como dedicatória: "*O governo ao povo*". A minha ideia é que éramos, politicamente, uma nação representativa, e que tanto fazia dizer *povo* como *governo*, não sendo o governo mais que o povo governando. Demais o dinheiro da construção era dos próprios contribuintes, e... Mas vamos adiante, que o tempo escasseia.

Tempo, espaço e papel, tudo vai faltando debaixo das mãos. Paciência também falta. Concluamos com uma boa notícia. Cansado desta obrigação de dar uma *semana* por semana, entendi convidar um colaborador, e a quem pensais que convidei? Um senador, ex-ministro e pensador, tudo de França, o velho Júlio Simon, que me respondeu nestes termos:

> *Mon cher ami. Je réponds à votre bonne lettre. Ne comptez pas sur moi, ni régulièrement, ni même directement. Vous êtes trop loin, et moi je suis trop vieux. Je vous autorise à couper dans les articles que je publie en France, les morceaux qui vous plairont, et à les donner dans cette aimable* Gazeta de Notícias, *avant que votre Congrès n'approuve le traité, dont M. Nilo Peçanha est le rapporteur, à ce que l'on rapporte. Pardonnez-moi ce méchant calembourg et croyez à ma vieille amitié. Jules Simon.*

Não imaginam o prazer com que li esta cartinha. Quis logo dar algum trecho do grande homem; mas sobre quê? Era preciso um fato da semana, alguma coisa a que o trecho se adequasse. Que coisa? Justamente aqui está um telegrama de Ouro Preto, em que os empregados públicos pedem misericórdia contra os cortes de que estão ameaçados por um projeto pendente do Congresso Nacional. Sobre isto, escreve o meu velho amigo no *Temps,* de 20 de agosto:

> Lembra-me ainda o tempo, o feliz tempo em que a guerra aos grandes ordenados era toda a política dos membros da oposição que não sabiam política... A guerra subsiste. O sr. Chassaing vem renová-la, acompanhado de quarenta colegas. Eles devem saber que o ordenado dos funcionários não é renda; é produto do trabalho. Não é justo nem hábil diminuir a parte dos trabalhadores do Estado, quando tanta gente reclama a remuneração mais equitativa do trabalho.

Suponho que o trecho transcrito acode bem às angústias dos funcionários de Ouro Preto e de outros lugares menos remotos. Daqui em diante, quando me faltarem ideias, corro ao meu velho amigo Simon, o velho amigo do meu velho amigo Thiers. Três velhos amigos!

Gazeta de Notícias, 18 de setembro de 1892

Esta semana começou mal

Esta semana começou mal. Nos primeiros três dias recebi vinte e seis cartas agradecendo a maneira engenhosa por que defendi, na outra crônica, a introdução do chim. Eu não sou homem que recuse elogios. Amo-os; eles fazem bem à alma e até ao corpo. As melhores digestões da minha vida são as dos jantares em que sou brindado. Mas confesso que desta vez nem tive tempo de saborear os louvores; fiquei espantado, porque eu não defendi nada, nem ninguém. Não fiz mais que apontar as qualidades do chim e as de outros imigrantes, para significar que, entrado o chim, os outros somem-se. Não defendi, nem acusei. Não me deitem louros nem grilhões.

Francisco Belisário, por exemplo, era da mesma opinião, e não me consta que o elogiassem por ela. Ia mais longe, porque dizia coisas duras, e eu não estou aqui para dizer coisas duras. Além disso, e do mais, há entre nós um abismo; é que eu sou um simples eleitor, e ele era um homem d'Estado. Não lhe pese a terra por isso. E não falo daquela observação fina e profunda que, ainda aplicada a assuntos práticos, era um dos encantos do seu espírito. Confesso tudo isso, mas não o imitarei jamais nos duros conceitos que exprimiu, posto que revestidos daquele estilo afável que era um relevo do patriota e do político.

Hão de lembrar-se que era de estatura baixa. Daí o costume que tinha de subir alto para ver longe. Uma de suas ideias é que mais vale o todo que a parte, mais um século que um ano, mais cinquenta milhões de homens que meia dúzia deles. Se não são estas as textuais palavras, advirtam que foram transcritas por mim, cujo falar ou escrever tem o vício de ser torto, truncado ou brusco; mas o sentido aí está. Fique o sentido, e vamos ao arroz.

Quando vierem as maldições ou as bênçãos — cerca de 1914 —, os que estivermos enterrados, não nos importaremos com elas. Morto, se não fala, também não ouve. Que nos chamem todos os nomes sublimes ou todos os nomes feios, valerá tanto como nada. Palavras, palavras, palavras. Também não se nos dará de agitações sociais ou outros desconsolos; menos ainda se o Império do Meio fizer da nossa terra uma República do Meio. Teremos vivido.

Mas a semana continuou mal. Tratei na crônica da reunião que se fez para levantar uma estátua ao imperador, depois da Guerra do Paraguai. O *Jornal do Commercio* lembrou que a coleta foi promovida por uma comissão de respeitáveis membros da Associação Comercial e com ela se construiu o belo edifício do campo de são Cristóvão, doado ao governo e ocupado por duas escolas.

Dou uma das mãos à palmatória, e não há de ser a esquerda, chamada do coração, porque este coração, que não calunia ninguém, não o faria a pessoas honradas, que prestaram um bom serviço público.

Não, senhor. A mão direita é que há de apanhar, por não haver sabido escrever claro. E posto seja verdade que eu não falei em subscrição, mas em comissão, dizendo que, escolhida esta em um dia, desapareceu no outro (o que exclui a ideia de dinheiros recebidos), concordo que o meu vezo de falar por meias palavras pode muito bem dar um sentido ao que o tem diverso.

Tinha em lembrança que a comissão escolhida — a primeira comissão — perdera o entusiasmo, desde que o serviço ao imperador devia trocar o modo pessoal e direto pelo modo indireto e impessoal: estátua por escola.

Este é que era o ponto da crítica. Não houve primeira comissão? Bem; limitemos a ação aos iniciadores, ou a alguns deles, ou a pessoas que estiveram na reunião, e a quem se deu lugar preeminente. O erro foi atribuir à comissão o que apenas coube a alguns, se é que coube a alguém, porque a minha triste memória avoluma os casos passados e pode fazer uma batalha de uma simples escaramuça.

E aí tens o que fizeste, pena de trinta mil diabos, aí tens o que acabas de fazer; gastaste o tempo todo em explicações, graças ao sestro de não arranhar o papel, mas descer ao de leve por ele abaixo. *Glissez, mortels, n'appuyez pas.* É gracioso, mas para outros ofícios. Aqui, meu bem, hás de ter o desamor a murros, e o amor a beijos, mas a beijos grandes e sonoros.

Todavia, como há um limite para tudo, não ames como outros amaram aquela Maria de Macedo, cujo cadáver apareceu no largo do Depósito. Digam o que quiserem; o homem gosta dos grandes crimes. Esta sociedade estava expirando de tédio. Uma ou outra sentença sobre negócios anônimos e ações nominais mal satisfazia a curiosidade, e não de todos, porque há muita gente que não conta de cem contos para cima; eu nem creio em milhares de contos. Ratonices de queijos e outras miudezas são como os biscoitos velhos e poucos; enganam o estômago, não matam a fome. E a fome vivia e crescia, sem nada que lhe pusesse termo, até que um gato descobriu no largo do Depósito aquele tronco de gente. Foi um banquete pantagruélico. Um simples pedaço de cadáver, ensopado em mistério, bastou a fartar toda a cidade. Os mais gulosos pediam ainda a cabeça, as pernas e os braços. O mar, imensa panela, despejou esse manjar último. Agora pedimos os cozinheiros; venham os cozinheiros.

Não sabemos tudo; não basta haver comido e perguntado pelos cozinheiros. Há muito mais que saber — o processo e as minúcias da cozinha. E quando houvermos notícia da culinária e dos seus oficiais, restará ainda entrar fundo no estudo dessa mescla de lubricidade e ferocidade, rins de macaco e goela de hiena; fitar bem a imbecilidade do criminoso que vai vender uma parte da caça. Chegaremos assim aos abismos da inconsciência. Não importa a camada dos personagens para achar interesse num drama lúbrico. Visgueiro era um magistrado. Há muitos anos, junto aos canos da Carioca, Sócrates matou Alcibíades.

Agora, o mal que resulta deste grande crime, é não sabermos se ficará bastante curiosidade para acudir à eleição dos intendentes. Talvez não. Eleitor não é gato de sete fôlegos. Deixa-se ficar almoçando; os intendentes vão ser eleitos a cinquenta votos. Poucas semanas depois, trinta mil eleitores sairão de casa murmurando que a Intendência não presta para nada.

Gazeta de Notícias, 25 de setembro de 1892

TANNHÄUSER E BONDES ELÉTRICOS

Tannhäuser e bondes elétricos. Temos finalmente na terra essas grandes novidades. O empresário do Teatro Lírico fez-nos o favor de dar a famosa ópera de Wagner, enquanto a Companhia de Botafogo tomou a peito transportar-nos mais depressa. Cairão de uma vez o burro e Verdi? Tudo depende das circunstâncias.

Já a esta hora algumas das pessoas que me leem sabem o que é a grande ópera. Nem todas; há sempre um grande número de ouvintes que farão ao grande maestro a honra de não perceber tudo desde logo, e entendê-lo melhor à segunda, e de vez à terceira ou quarta execução. Mas não faltam ouvidos acostumados ao seu ofício, que distinguirão na mesma noite o belo do sublime, e o sublime do fraco.

Eu, se lá fosse, não ia em jejum. Pegava de algumas opiniões sólidas e francesas e metia-as na cabeça com facilidade; só não me valeria das muletas do bom Larousse, se ele não as tivesse em casa; mas havia de tê-las. Cai aqui, cai acolá, faria uma opinião prévia, e à noite iria ouvir a grande partitura do mestre. Um amigo:

— Afinal temos o *Tannhäuser*; eu conheço um trecho, que ouvi há tempos...

— Eu não conheço nada, e quer que lhe diga? É melhor assim. Faço de conta que assisto à primeira representação que se deu no mundo. Tudo novo.

— O que eu ouvi é soberbo.

— Creio; mas não me diga nada, deixe-me virgem de opiniões. Quero julgar por mim, mal ou bem...

E iria sentar-me e esperar, um tanto nervoso, irrequieto, sem atinar com o binóculo para a revista dos camarotes. Talvez nem levasse binóculo; diria que as grandes solenidades artísticas devem ser estremes de quaisquer outras preocupações humanas. A arte é uma religião. O gênio é o sumo sacerdote. Em vão, Amália, posta no camarote, em frente à mãe, lançaria os olhos para mim, assustada com a minha indiferença e perguntando a si mesma que me teria feito. Eu, teso, espero que as portas do templo se abram, que as harmonias do céu me chamem aos pés do divino mestre; não sei de Amália, não quero saber dos seus olhos de turquesa.

Era assim que eu ouviria o *Tannhäuser*. Nos intervalos, visita aos camarotes e crítica. Aquela entrada dos fagotes, lembra-se? Admirável! Os coros, o duo, os violinos, oh! o trabalho dos violinos, que coisa adorável, com aquele motivo obrigado: *la la la tra la la, la, tra la la...* Há neste ato inspirações que são, com certeza, as maiores do século. De resto, os próprios franceses emendaram a mão, dando a Wagner o preito que lhe cabe, como um criador genial... As senhoras ouvem-me encantadas; a linda Amália sente-se honrada com a indiferença de há pouco, vendo que ela e a arte são o meu culto único.

Ao fundo, o pai e um homem de suíças falam da fusão do Banco do Brasil com o da República. O irmão, encostado à divisão do camarote, conversa com uma dama vizinha, casada de fresco, ombros magníficos. Que tenho eu com ombros, nem com bancos? *La la, la tra la la la tra la la...*

Feitas as despedidas, passaria a outro camarote, para continuar a minha crítica. Dois homens, sempre ao fundo, conversam baixo, um recitando os versos de Garrett sobre a Guerra das Duas Rosas, o outro esperando a aplicação. A aplicação é a Câmara municipal de São Paulo, que acaba de tomar posse solene, com assistência do presidente e dos secretários do Estado... Interrupção do segundo: "Pode comparar-se o caso dos dois secretários à conciliação que o poeta fez das duas rosas?" Explicação do primeiro: "Não; refiro-me à inauguração que a Câmara fez dos retratos de Deodoro e Benjamim Constant. Uniu os dois rivais póstumos em uma só comemoração, e a história ou a lenda que faça o resto".

Não espero pelo resto; falo às senhoras no duo e na entrada dos fagotes. Bela entrada de fagotes. Os coros admiráveis, e o trabalho dos violinos simplesmente esplêndido. Hão de ter notado que a música reproduz perfeitamente a lenda, como o espelho a figura; prendem-se ambas em uma só inspiração genial. Aquele motivo obrigado dos violinos é a mais bela inspiração que tenho ouvido: *la la la tra la la la tra...*

Terceiro camarote, violinos, fagotes, coros e o duo. Pormenores técnicos. Ao fundo, dois homens, que falam de um congresso psicológico em Chicago, dizem que os nossos espíritas vão ter ocasião de aparecer, porque o convite estende-se a eles. Tratar-se-á não só dos fenômenos psicofísicos, como sejam as pancadas, as oscilações em mesas, a escrita e outras manifestações espíritas, como ainda da questão da vida futura. Um dos interlocutores declara que os únicos espíritos que conhece são dois, moram ao pé dele e já não pertencem a este mundo; estão nos intermúndios de Epicuro. Andam cá os corpos, por efeito do movimento que traziam quando habitados pelos espíritos, como aqueles astros cuja luz ainda vemos hoje, estando apagados há muitos séculos...

A orquestra chama a postos, sobe o pano, assisto ao ato, e faço a mesma peregrinação no intervalo; mudo só as citações, mas a crítica é sempre verdadeira. Ouço os mesmos homens, ao fundo, conversando sobre coisas alheias ao Wagner. Eu, entregue à crítica musical, não dou pelas rusgas da Intendência, não atendo às candidaturas municipais agarradas aos eleitores, não dou por nada que não seja a grande ópera. E sento-me, e recordo prontamente o que li sobre o ato, oh! um ato esplêndido!

Fim do espetáculo. Corro a encontrar-me com a família de Amália, para acompanhá-la à carruagem. Dou o braço à mãe e critico o último ato, depois resumo a crítica dos outros atos. Elas e o pai entram na carruagem; despedidas à portinhola; aperto a bela mão da minha querida Amália... Pormenores técnicos.

Gazeta de Notícias, 2 de outubro de 1892

Eis aí uma semana cheia

Eis aí uma semana cheia. Projetos e projetos bancários, debates e debates financeiros, prisão de diretores de companhias, denúncia de outros, dois mil comerciantes marchando para o Palácio Itamarati, a pé, debaixo d'água, processo Maria Antônia, fusão de bancos, alça rápida de câmbio, tudo isso grave, soturno, trágico ou simplesmente enfadonho. Uma só nota idílica entre tanta coisa grave, soturna, trágica ou simplesmente enfadonha; foi a morte de Renan. A de Tennyson, que também foi esta semana, não trouxe igual caráter, apesar do poeta que era, da idade que tinha. Uma gravura inglesa recente dá, em dois grupos, os anos de 1842 e 1892, meio século de separação. No primeiro era Southey que fazia o papel de Tennyson; e o poeta laureado de 1842, como o de 1892, acompanhava os demais personagens oficiais do ano respectivo, o chefe dos *tories*, o chefe dos *whigs*, o arcebispo de Cantuária. A rainha é que é a mesma. Tudo instituições. Tennyson era uma instituição, e há belas instituições. Os seus oitenta e três anos não lhe tinham arrancado as plumas das asas de poeta; ainda agora anunciava-se um novo escrito seu. Mas era uma glória britânica; não teve a influência nem a universalidade do grande francês.

Renan, como Tennyson, despegou-se da vida no espaço de dois telegramas, algumas horas apenas. Não penso em agonias de Renan. Afigura-se-me que ele voltou o corpo de um lado para outro e fechou os olhos. Mas agonia que fosse, e por mais longa que haja sido, ter-lhe-á custado pouco ou nada o último adeus daquele grande pensador, tão plácido para com as fatalidades, tão prestes a absolver as coisas irremissíveis.

Comparando este glorioso desfecho com aquele dia em que Renan subiu à cadeira de professor e soltou as famosas palavras: "*Alors, un homme a paru...*", podemos crer que os homens, como os livros, têm os seus destinos. Recordo-me do efeito, que foi universal; a audácia produziu escândalo, e a punição foi pronta. O professor desceu da cadeira para o gabinete. Passaram-se muitos anos, as instituições políticas tombaram, outras vieram, e o professor morre professor, após uma obra vasta e luminosa, universalmente aclamado como sábio e como artista. Os seus próprios adversários não lhe negam admiração, e porventura lhe farão justiça. "*J'ai tout critique* (diz ele em um dos seus prefácios), *et, quoi qu'on en dise, y j'ai tout maintenu.*" O século que está a chegar, criticará ainda uma vez a crítica, e dirá que o ilustre exegeta definiu bem a sua ação.

A morte não pode ter aparecido a esse magnífico espírito com aqueles dentes sem boca e aqueles furos sem olhos, com que os demais pecadores a veem, mas com as feições da vida, coroada de flores simples e graves. Para Renan a vida nem tinha o defeito da morte. Sabe-se que era desejo seu, se houvesse de tornar à terra, ter a mesma existência anterior, sem alteração de trâmites nem de dias. Não se pode confessar mais vivamente a bem-aventurança terrestre. Um poeta daquele país, o velho Ronsard, para igual hipótese, preferia vir tornado em pássaro, a ser duas vezes homem. Eu (falemos um pouco de mim), se não fossem as armadilhas próprias do homem e o uso de matar o tempo matando pássaros, também quisera regressar pássaro.

Não voltou o pássaro Ronsard, como não voltará o homem Renan. Este irá para onde estão os grandes do século, que começou em França com o autor de *René*, e acaba com o da *Vida de Jesus*, páginas tão características de suas respectivas datas.

Não faço aqui análises que me não competem, nem cito obras, nem componho biografia. O jornalismo desta capital mostrou já o que valia o autor de tantos e tão adoráveis livros, falou daquele estilo incomparável, puro e sólido, feito de cristal e melodia. Nada disso me cabe. A rigor, nem me cabe cuidar da morte. Cuidei desta por ser a única nota idílica, entre tanta coisa grave, soturna, trágica ou simplesmente enfadonha.

Em verdade, que posso eu dizer das coisas pesadas e duras de uma semana, remendada de códigos e praxistas, a ponto de algarismo e citação? Prisões, que tenho eu com elas? Processos, que tenho eu com eles? Não dirijo companhia alguma, nem anônima, nem pseudônima; não fundei bancos, nem me disponho a fundi-los; e, de todas as coisas deste mundo e do outro, a que menos entendo é o câmbio. Não é que lhe negue o direito de subir; mas tantas lástimas ouvi pela queda, quantas ouço agora pela ascensão — não sei se às mesmas pessoas, mas com estes mesmos ouvidos.

Finanças das finanças, são tudo finanças. Para onde quer que me volte, dou com a incandescente questão do dia. Conheço já o vocabulário, mas não sei ainda todas as ideias a que as palavras correspondem, e, quanto aos fenômenos, basta dizer que cada um deles tem três explicações verdadeiras e uma falsa. Melhor é crer tudo. A dúvida não é aqui sabedoria, porque traz debate ríspido, debate traz balança de comércio, por um lado, e excesso de emissões por outro, e, afinal, um fastio que nunca mais acaba.

Gazeta de Notícias, 9 de outubro de 1892

Não tendo assistido à inauguração dos bondes elétricos

Não tendo assistido à inauguração dos bondes elétricos, deixei de falar neles. Nem sequer entrei em algum, mais tarde, para receber as impressões da nova tração e contá-las. Daí o meu silêncio da outra semana. Anteontem, porém, indo pela praia da Lapa, em um bonde comum, encontrei um dos elétricos, que descia. Era o primeiro que estes meus olhos viam andar.

Para não mentir, direi que o que me impressionou, antes da eletricidade, foi o gesto do cocheiro. Os olhos do homem passavam por cima da gente que ia no meu bonde, com um grande ar de superioridade. Posto não fosse feio, não eram as prendas físicas que lhe davam aquele aspecto. Sentia-se nele a convicção de que inventara, não só o bonde elétrico, mas a própria eletricidade. Não é meu ofício censurar essas meias glórias, ou glórias de empréstimo, como lhe queiram chamar espíritos vadios. As glórias de empréstimo, se não valem tanto como as de plena propriedade, merecem sempre algumas mostras de simpatia. Para que arrancar um homem a essa agradável sensação? Que tenho para lhe dar em troca?

Em seguida, admirei a marcha serena do bonde, deslizando como os barcos dos poetas, ao sopro da brisa invisível e amiga. Mas, como íamos em sentido contrário, não tardou que nos perdêssemos de vista, dobrando ele para o largo da Lapa e rua do Passeio, e entrando eu na rua do Catete. Nem por isso o perdi de memória. A gente do meu bonde ia subindo aqui e ali, outra gente entrava adiante e eu pensava no bonde elétrico. Assim fomos seguindo; até que, perto do fim da linha e já noite, éramos só três pessoas, o condutor, o cocheiro e eu. Os dois cochilavam, eu pensava.

De repente ouvi vozes estranhas; pareceu-me que eram os burros que conversavam, inclinei-me (ia no banco da frente); eram eles mesmos. Como eu conheço um pouco a língua dos Houyhnhnms, pelo que dela conta o famoso Gulliver, não me foi difícil apanhar o diálogo. Bem sei que cavalo não é burro; mas reconheci que a língua era a mesma. O burro fala menos, decerto; é talvez o trapista daquela grande divisão animal, mas fala. Fiquei inclinado e escutei:

— Tens e não tens razão — respondia o da direita ao da esquerda.

O da esquerda:

— Desde que a tração elétrica se estenda a todos os bondes, estamos livres, parece claro.

— Claro, parece; mas entre parecer e ser, a diferença é grande. Tu não conheces a história da nossa espécie, colega; ignoras a vida dos burros desde o começo do mundo. Tu nem refletes que, tendo o salvador dos homens nascido entre nós, honrando a nossa humildade com a sua, nem no dia de Natal escapamos da pancadaria cristã. Quem nos poupa no dia, vinga-se no dia seguinte.

— Que tem isso com a liberdade?

— Vejo — redarguiu melancolicamente o burro da direita —, vejo que há muito de homem nessa cabeça.

— Como assim? — bradou o burro da esquerda estacando o passo.

O cocheiro, entre dois cochilos, juntou as rédeas e golpeou a parelha.

— Sentiste o golpe? — perguntou o animal da direita. — Fica sabendo que, quando os bondes entraram nesta cidade, vieram com a regra de se não empregar chicote. Espanto universal dos cocheiros: onde é que se viu burro andar sem chicote? Todos os burros desse tempo entoaram cânticos de alegria e abençoaram a ideia dos trilhos, sobre os quais os carros deslizariam naturalmente. Não conheciam o homem.

— Sim, o homem imaginou um chicote, juntando as duas pontas das rédeas. Sei também que, em certos casos, usa um galho de árvore, ou uma vara de marmeleiro.

— Justamente. Aqui acho razão ao homem. Burro magro não tem força; mas levando pancada, puxa. Sabes o que a diretoria mandou dizer ao antigo gerente Shannon? Mandou isto: "Engorde os burros, dê-lhes de comer, muito capim, muito feno, traga-os fartos, para que eles se afeiçoem ao serviço; oportunamente mudaremos de política, *all right*!"

— Disso não me queixo eu. Sou de poucos comeres; e quando menos trabalho, é quando estou repleto. Mas que tem capim com a nossa liberdade, depois do bonde elétrico?

— O bonde elétrico apenas nos fará mudar de senhor.

— De que modo?

— Nós somos bens da companhia. Quando tudo andar por arames, não somos já precisos, vendem-nos. Passamos naturalmente às carroças.

— Pela burra de Balaão! — exclamou o burro da esquerda. — Nenhuma aposentadoria? nenhum prêmio? nenhum sinal de gratificação? Oh! mas onde está a justiça deste mundo?

— Passaremos às carroças — continuou o outro pacificamente — onde a nossa vida será um pouco melhor; não que nos falte pancada, mas o dono de um só burro sabe mais o que ele lhe custou. Um dia, a velhice, a lazeira, qualquer coisa que nos torne incapazes, restituir-nos-á a liberdade...

— Enfim!

— Ficaremos soltos, na rua, por pouco tempo, arrancando alguma erva que aí deixem crescer para recreio da vista. Mas que valem duas dentadas de erva, que nem sempre é viçosa? Enfraqueceremos; a idade ou a lazeira ir-nos-á matando, até que, para usar esta metáfora humana, esticaremos a canela. Então teremos a liberdade de apodrecer. Ao fim de três dias, a vizinhança começa a notar que o burro cheira mal; conversação e queixumes. No quarto dia, um vizinho, mais atrevido, corre aos jornais, conta o fato e pede uma reclamação. No quinto dia, sai a reclamação impressa. No sexto dia, aparece um agente, verifica a exatidão da notícia; no sétimo, chega uma carroça, puxada por outro burro, e leva o cadáver.

Seguiu-se uma pausa.

— Tu és lúgubre — disse o burro da esquerda. — Não conheces a língua da esperança.

— Pode ser, meu colega; mas a esperança é própria das espécies fracas, como o homem e o gafanhoto; o burro distingue-se pela fortaleza sem par. A nossa raça é essencialmente filosófica. Ao homem que anda sobre dois pés, e provavelmente à águia, que voa alto, cabe a ciência da astronomia. Nós nunca seremos astrônomos; mas a filosofia é nossa. Todas as tentativas humanas a este respeito são perfeitas quimeras. Cada século...

O freio cortou a frase ao burro, porque o cocheiro encurtou as rédeas, e travou o carro. Tínhamos chegado ao ponto terminal. Desci e fui mirar os dois interlocutores. Não podia crer que fossem eles mesmos. Entretanto, o cocheiro e o condutor cuidaram de desatrelar a parelha para levá-la ao outro lado do carro; aproveitei a ocasião e murmurei baixinho, entre os dois burros:

— *Houyhnhnms*!

Foi um choque elétrico. Ambos deram um estremeção, levantaram as patas e perguntaram-me cheios de entusiasmo:

— Que homem és tu, que sabes a nossa língua?

Mas o cocheiro, dando-lhes de rijo uma lambada, bradou para mim, que lhe não espantasse os animais. Parece que a lambada devera ser em mim, se era eu que espantava os animais; mas como dizia o burro da esquerda, ainda agora: Onde está a justiça deste mundo?

Gazeta de Notícias, 16 de outubro de 1892

Todas as coisas têm a sua filosofia

Todas as coisas têm a sua filosofia. Se os dois anciãos, que o bonde elétrico atirou para a eternidade esta semana, houvessem já feito por si mesmos o que lhes fez o bonde, não teriam entestado com o progresso que os eliminou. É duro de dizer; duro e ingênuo, um pouco à La Palice, mas é verdade. Quando um grande poeta deste século perdeu a filha, confessou, em versos doloridos, que a criação era uma roda que não podia andar sem esmagar alguém. Por que negaremos a mesma fatalidade aos nossos pobres veículos?

Há terras onde as companhias indenizam as vítimas dos desastres (ferimentos ou mortes) com avultadas quantias, tudo ordenado por lei. É justo; mas essas terras não têm, e deviam ter, outra lei que obrigasse os feridos e as famílias dos mortos a indenizarem as companhias pela perturbação que os desastres trazem ao horário do serviço. Seria um equilíbrio de direitos e de responsabilidades. Felizmente, como não temos a primeira lei, não precisamos da segunda, e vamos morrendo com a única despesa do enterro e o único lucro das orações.

Falo sem interesse. Dado que venhamos a ter as duas leis, jamais a minha viúva indenizará ou será indenizada por nenhuma companhia. Um precioso amigo meu, hoje morto, costumava dizer que não passava pela frente de um bonde, sem calcular a hipótese de cair entre os trilhos e o tempo de levantar-se e chegar ao outro lado. Era um bom conselho, como o *Doutor Sovina* era uma boa farsa, antes das farsas do Pena. Eu, o Pena dos cautelosos, levo o cálculo adiante: calculo ainda o tempo de escovar-me no alfaiate próximo. Próximo pode ser longe, mas muito mais longe é a eternidade.

Em todo caso, não vamos concluir contra a eletricidade. Logicamente, teríamos de condenar todas as máquinas, e, visto que há naufrágios, queimar todos os navios. Não, senhor. A necrologia dos bondes tirados a burros é assaz comprida e lúgubre para mostrar que o governo de tração não tem nada com os desastres. Os jornais de quinta-feira disseram que o carro ia apressado, e um deles explicou a pressa, dizendo que tinha de chegar ao ponto à hora certa, com prazo curto. Bem; poder-se-iam combinar as coisas, espaçando os prazos e aparelhando carros novos, elétricos ou muares, para acudir à necessidade pública. Digamos mais cem, mais duzentos carros. Nem só de pão vive o acionista, mas também da alegria e da integridade dos seus semelhantes.

Convenho que, durante uns quatro meses, os bondes elétricos andem muito mais aceleradamente que os outros, para fugir ao riso dos vadios e à toleima dos ignaros. Uns e outros imaginam que a eletricidade é uma versão do processo culinário à *la minute,* e podem vir a enlamear o veículo com alcunhas feias. Lembra-me (era bem criança) que, nos primeiros tempos do gás no Rio de Janeiro, houve uns dias de luz frouxa, de onde os moleques sacaram este dito: *o gás virou lamparina.* E o dito ficou e impôs-se, e eu ainda o ouvi aplicar aos amores expirantes, às belezas murchas, a todas as coisas decaídas.

Ah! se eu for a contar memórias da infância, deixo a semana no meio, remonto os tempos e faço um volume. Paro na primeira estação, 1864, famoso ano da suspensão de pagamentos (Ministério Furtado); respiro, subo e paro em 1867, quando a febre das ações atacou a esta pobre cidade, que só arribou à força do quinino do desengano. Remonto ainda e vou a...

Aonde? Posso ir até antes do meu nascimento, até Law. Grande Law! Também tu tiveste um dia de celebridade; depois, viraste embromador e caíste na casinha da história, o lugar dos lava-pratos. E assim irei de século a século, até o paraíso terrestre, forma rudimentária do encilhamento, onde se vendeu a primeira ação do mundo. Eva comprou-a à serpente, com ágio, e vendeu-a a Adão, também com ágio, até que ambos faliram. E irei ainda mais alto, antes do paraíso terrestre, ao *Fiat lux,* que, bem estudado ao gás do entendimento humano, foi o princípio da falência universal.

Não; cuidemos só da semana. A simples ameaça de contar as minhas memórias diminuiu-me o papel em tal maneira que é preciso agora apertar as letras e as linhas.

Semana quer dizer finanças. Finanças implicam financeiros. Financeiros não vão sem projetos, e eu não sei formular projetos. Tenho ideias boas, e até bonitas, algumas grandiosas, outras complicadas, muito 2%, muito lastro, muito resgate, toda a técnica da ciência; mas falta-me o talento de compor, de dividir as ideias por artigos, de subdividir os artigos em parágrafos, e estes em letras *a b c*; sai-me tudo confuso e atrapalhado. Mas por que não farei um projeto financeiro ou bancário, lançando-lhe no fim as palavras da velha praxe: *salva a redação?* Poderia baralhar tudo, é certo; mas não se joga sem baralhar as cartas; de outro modo é embaçar os parceiros.

Adeus. O melhor é ficar calado. Sei que a semana não foi só de finanças, mas também de outras coisas, como a crise de transportes, a carne, discursos extraordinários ou explicativos, um projeto de estrada de ferro que nos põe às portas de Lisboa, e a mulher de César, que reapareceu no seio do Parlamento. Vi entrar esta célebre senhora por aquela casa, e, depois de alguns minutos, vi-a sair. Corri à porta e detive-a: — "Ilustre Pompeia, que vieste fazer a esta casa?" — "Obedecer ainda uma vez à citação da minha pessoa. Que queres tu? meu marido lembrou-se de fazer uma bonita frase, e entregou-me por todos os séculos a amigos, conhecidos e desconhecidos."

Gazeta de Notícias, 23 de outubro de 1892

Tempos do papa!
tempos dos cardeais!

Tempos do papa! tempos dos cardeais! Não falo do papa católico, nem dos cardeais da santa igreja romana, mas do nosso papa e dos nossos cardeais. F. Otaviano, então jornalista, foi quem achou aquelas designações para o senador Eusébio e o estado-maior do partido conservador. Era eu pouco mais que menino...

Fica entendido que, quando eu tratar de fatos ou pessoas antigas, estava sempre na infância, se é que seria nascido. Não me façam mais idoso do que sou. E depois, o que é idade? Há dias, um distinto nonagenário apertava-me a mão com força e contava-me as vivas impressões que lhe deixara a obra de Bryce acerca dos Estados Unidos; acabava de lê-la, dois grossos volumes, como sabem. E despediu-se de mim, e lá se foi a andar seguro e lépido. Realmente, os anos nada valem por si mesmos. A questão é saber aguentá-los, escová-los bem, todos os dias, para tirar a poeira da estrada, trazê-los lavados com água de higiene e sabão de filosofia.

Repito, era pouco mais que menino, mas já admirava aquele escritor fino e sóbrio, destro no seu ofício. A atual mocidade não conheceu Otaviano; viu apenas um homem avelhantado e enfraquecido pela doença, com um resto pálido daquele riso que Voltaire lhe mandou do outro mundo. Nem resto, uma sombra de resto, talvez uma simples reminiscência deixada no cérebro das pessoas que o conheceram entre trinta e quarenta anos.

Um dia, um domingo, havia eleições, como hoje. Papa e cardeais tinham o poder nas mãos, e, sendo o regime de dois graus, entraram eles próprios nas chapas de eleitores, que eram escolhidos pelos votantes. Os liberais resolveram lutar com os conservadores, apresentaram chapas suas e os desbarataram. O pontífice, com todos os membros do consistório, mal puderam sair suplentes. E Otaviano, fértil em metáforas, chamou-lhes esquifes. *Mais um esquife*, dizia ele no *Correio Mercantil*, durante a apuração dos votos. Luta de energias, luta de motejos. Rocha, jornalista conservador, ria causticamente do *lencinho branco* de Teófilo Otôni, o célebre lenço com que este conduzia a multidão, de paróquia em paróquia, aclamando e aclamado. A multidão seguia, alegre, tumultuosa, levada por sedução, por um instinto vago, por efeito da palavra, um pouquinho por ofício. Não me lembra bem se houve alguma urna quebrada; é possível que sim. Hoje mesmo as urnas não são de bronze. Não vou ao ponto de afirmar que não as houve pejadas. Que é a política senão obra de homens? Crescei e multiplicai-vos.

Hoje, domingo, não há a mesma multidão, o eleitorado é restrito; mas podia e devia haver mais calor. Trata-se não menos que de eleger o primeiro Conselho municipal do Distrito Federal, que é ainda e será a capital verdadeira e histórica do Brasil. Não é eleição que apaixone, concordo; não há paixões puramente políticas. Nem paixões são coisas que se encomendem, como partidos não são coisas que se evoquem. Mas (permitam-me esta velha banalidade) há sempre a paixão do bem e do interesse público. Eia, animai-vos um pouco, se não é tarde; mas, se é tarde, guardai-vos para a primeira eleição que vier. Contanto que não quebreis urnas, nem as fecundeis — a conselho meu —, agitai-vos, meus caros eleitores, agitai-vos um tanto mais.

Por hoje, leitor amigo, vai tranquilamente dar o teu voto. Vai, anda, vai escolher os intendentes que devem representar-nos e defender os interesses comuns da nossa cidade. Eu, se não estiver meio adoentado, como estou, não deixarei de levar a minha cédula. Não leias mais nada, porque é bem possível que eu nada mais escreva, ou pouco. Vai votar; o teu futuro está nos joelhos dos deuses, e assim também o da tua cidade; mas por que não os ajudarás com as mãos?

Outra coisa que está nos joelhos dos deuses é saber se a terceira prorrogação que o Congresso Nacional resolveu decretar é a última e definitiva. Pode haver quarta e quinta. Daqui a censurar o Congresso é um passo, e passo curto; mas eu prefiro ir à Constituinte, que é o mesmo Congresso *avant la lettre*. Por que diabo fixou a Constituinte em quatro meses a sessão anual legislativa, isto é, o mesmo prazo da Constituição de 1824? Devia atender que outro é o tempo e outro o regime.

Felizmente, li esta semana que vai haver uma revisão de Constituição no ano próximo. Boa ocasião para emendar esse ponto, e ainda outros, se os há, e creio que há. Nem faltará quem proponha o governo parlamentar. Dado que esta última ideia passe, é preciso ter já de encomenda uma casaca, um par de colarinhos, uma gravata branca, uma pequena mala com alocuções brilhantes e anódinas, para as grandes festas oficiais, e um Carnot, mas um Carnot autêntico, que vista e profira todas aquelas coisas sem significação política. Salvo se arranjarmos um meio de combinar os presidentes e os ministros responsáveis, um Congresso que mande um Ministério seu ao presidente, para cumprir e não cumprir as ordens opostas de ambos. Enfim, esperemos. O futuro está nos joelhos dos deuses.

Mas não me faças ir adiante, leitor amado. Adeus, vai votar. Escolhe a tua Intendência e ficarás com o direito de gritar contra ela. Adeus.

Gazeta de Notícias, 30 de outubro de 1892

Vou contar às pressas o que me acaba de acontecer

Vou contar às pressas o que me acaba de acontecer.

Domingo passado, enquanto esperava a chamada dos eleitores, saí à praça do Duque de Caxias (vulgarmente largo do Machado) e comecei a passear defronte da igreja matriz da Glória. Quem não conhece esse templo grego, imitado da Madalena, com uma torre no meio, imitada de coisa nenhuma? A impressão que se tem diante daquele singular conúbio não é cristã nem pagã; faz lembrar, como na comédia, "o casamento do grão-turco com a República de Veneza". Quando ali passo, desvio sempre os olhos e o pensamento. Tenho medo de pecar duas vezes, contra a torre e contra o templo, mandando-os ambos ao diabo, com escândalo da minha consciência e dos ouvidos das outras pessoas.

Daquela vez, porém, não foi assim. Olhei, parei e fiquei a olhar. Entrei a cogitar se aquele ajuntamento híbrido não será antes um símbolo. A irmandade que mandou fazer a torre pode ter escrito, sem o saber, um comentário. Supôs batizar uma sinagoga (devia crer que era uma sinagoga), e fez mais, compôs uma obra representativa do meio e do século. Não há ali um só sino para repicar aos domingos e dias santos, com afronta dos pagãos de Atenas e dos cristãos de Paris, há talvez uma página de psicologia social e política.

Sempre que entrevejo uma ideia, uma significação oculta em qualquer objeto, fico a tal ponto absorto, que sou capaz de passar uma semana sem comer. Aqui, há anos, estando sentado à porta de casa, a meditar no célebre axioma do dr. Pangloss, que os narizes fizeram-se para os óculos, e que é por isso que usamos óculos, sucedeu cair-me a vista no chão, exatamente no lugar em que estava uma ferradura velha. Que haveria naquele sapato de cavalo, tão comido de dias e de ferrugem?

Pensei muito — não posso dizer se uma ou duas horas —, até que um clarão súbito espancou as trevas do meu espírito. A figura é velha, mas não tenho tempo de procurar outra. Cresci diante de Pangloss. O grande filósofo, achando a razão dos narizes, não advertiu que, ainda sem eles, podíamos trazer óculos. Bastava um pequeno aparelho de barbantes, que fosse por cima das orelhas até a nuca. Outro era o caso da ferradura. Só o duro casco do animal podia destinar-se à ferradura, uma vez que não há meio de fazê-la aderir sem pregos. Aqui a finalidade era evidente. De conclusão em conclusão, cheguei às ave-marias; tinham-me já chamado para jantar três vezes; comi mal, digeri mal, e acordei doente. Mas tinha descoberto alguma coisa.

Fica assim explicada a minha longa meditação diante da torre e do templo, e o mais que me aconteceu. Cruzei os braços nas costas, com a bengala entre as mãos, apoiando-me nela. Algumas pessoas que iam passando, ao darem comigo, paravam também e buscavam descobrir por si o que é que chamava assim a atenção de um homem tão grave. Foram-se deixando estar; outras vieram também e foram ficando, até formarem um grupo numeroso, que observava tenazmente alguma coisa digníssima da atenção dos homens. É assim que eu admiro muita música; basta ver o Artur Napoleão parado.

Nem por isso interrompi as reflexões que ia fazendo. Sim, aquela junção da torre e do templo não era somente uma opinião da irmandade.

Não tenho aqui papel para notar todos os fenômenos históricos, políticos e sociais que me pareceram explicar o edifício do largo do Machado; mas, ainda que o tivesse de sobra, calar-me-ia pela incerteza em que ainda estou acerca das minhas conclusões. Dois exemplos estremes bastam para justificação da dúvida. A nossa independência política, que os poetas e oradores, até 1864, chamavam *grito de Ipiranga*, não se pode negar que era um belo templo grego. O tratado que veio depois, com algumas de suas cláusulas, e o seu imperador honorário, além do efetivo, poderá ser comparado à torre da matriz da Glória? Não ouso afirmá-lo. O mesmo digo do quiosque. O quiosque, apesar da origem chinesa, pode ser comparado a um templo grego, copiado de Paris; mas o charuto, o bom café barato e o bilhete de loteria que ali se vendem, serão acaso equivalentes daquela torre? Não sei; nem também sei se os foguetes que ali estouram, quando anda a roda e eles tiram prêmios, representam os repiques de sinos em dias de festa. Há hesitações grandes e nobres; minha pobre alma as conhece.

Pelo que respeita especialmente ao caso da matriz da Glória, concordo que ele exprima a reação do sentimento local contra uma inovação apenas elegante. Nós mamamos ao som dos sinos, e somos desmamados com eles; uma igreja sem sino é, por assim dizer, uma boca sem fala. Daí nasceu a torre da Glória. A questão não é achar esta explicação, é completá-la.

Não me tragam aqui o mestre Spencer com os seus aforismos sociológicos. Quando ele diz que "o estado social é o resultado de todas as ambições, de todos os interesses pessoais, de todos os medos, venerações, indignações, simpatias etc. tanto dos antepassados, como dos cidadãos existentes", não serei eu que o conteste. O mesmo farei, se ele me disser, a propósito do templo grego: "Posto que as ideias adiantadas, uma vez estabelecidas, atuem sobre a sociedade e ajudem o seu progresso ulterior, ainda assim o estabelecimento de tais ideias depende da aptidão da sociedade para recebê-las. Na prática, é o caráter popular e o estado social que determinam as ideias que hão de ter curso; mas não as ideias correntes que determinam o estado social e o caráter..."

Sim, concordo que o templo grego sejam as ideias novas, e o caráter e o estado social a torre, que há de sobrepor-se por muito tempo às belas colunas antigas, ainda que a gente se oponha com toda a força ao voto das irmandades...

Neste ponto das minhas reflexões, o sino da torre bateu uma pancada, logo depois outra... Estremeço, acordo, eram ave-marias. Sem saber o que fazia, corro à igreja para votar.

— Para quê? — diz-me o sacristão.
— Para votar.
— Mas eleição foi domingo passado.
— Que dia é hoje?
— Hoje é sábado.
— Deus de misericórdia!

Senti-me fraco, fui comer alguma coisa. Sete dias para achar a explicação da torre da Glória, uma semana perdida. Escrevo este artigo a trouxe-mouxe, em cima dos joelhos, servindo-me de mesa um exemplar da Bíblia, outro de Camões, outro de Gonçalves Dias, outro da Constituição de 1824 e outro da Constituição de 1889 — dois templos gregos, com a torre do meu nariz em cima.

Gazeta de Notícias, 6 de novembro de 1892

Quem se não preocupar

"Quem se não preocupar com saber (escreveu Grimm) que tal estava o tempo em Roma no dia em que César foi assassinado, nunca há de saber história." Há aqui uma grande verdade. Quando não a haja para o resto do mundo, poderemos crer que a há para nós. Um exemplo:

O Senado rejeitou na sessão noturna de sexta-feira o projeto da Câmara dos deputados, prorrogando a sessão legislativa até o dia 22 do corrente. Era um duelo entre os dois ramos do Congresso. A Câmara queria prorrogação para discutir a questão financeira e os créditos militares. O Senado, que não queria a questão financeira, rejeitou o projeto de prorrogação. Os superficiais contentam-se em ler a notícia do voto; os curiosos irão até à leitura dos nomes dos senadores favoráveis e dos adversos. Os espíritos profundos, desde que aceitem a doutrina de Grimm, procurarão saber se na noite de sexta-feira chovia ou ventava.

Ventava e chovia. Vou contar-lhes o que se passou. De tarde, perto das seis horas, estando eu na rua do Ouvidor, soube que o Senado faria sessão noturna para resolver sobre a prorrogação; isto é, rejeitá-la, como lhe parecia bem. Resolvi ir ao Senado. Corri para casa, jantei às pressas, e, mal começava a beber o café, o vento, que já era rijo alguns minutos antes, entrou a soprar com violência; logo depois principiou a chover grosso, mais grosso, uma noite ríspida. Três vezes tentei sair; recuei sem ânimo.

Suponhamos agora que não chovia; eu ia ao Senado, trepava a uma das galerias para assistir aos debates. Ouviria as melhores razões dos adversos à prorrogação, e, no meio do pasmo de todos, fazia de cima este breve discurso:

— Senhores, ouço que recusais a prorrogação por falta de tempo necessário ao debate do projeto financeiro. Realmente, dez dias não parecem muito para matéria tão relevante. Permiti, porém, que vos cite um velho parlamentar. Uma folha europeia, não há muitas semanas, lembrava este dito de Disraeli: "Tenho ouvido muitos discursos em minha vida; alguns conseguiram mudar a minha opinião; *nenhum mudou o meu voto*". Basta, pois, uma prorrogação de cinco minutos, dez, vinte, o tempo de votar, verificar a votação e arquivar o projeto. Não façamos correr mundo o boato falso de que os debates alteram os votos preexistentes. Disraeli, com todo o seu talento, não era único.

Esse simples discurso mudaria a orientação dos espíritos. Não o fiz porque não saí de casa, e não saí de casa porque choveu. E assim se podem explicar muitos outros sucessos políticos.

Com certeza, não choveu em Ouro Preto, por ocasião da revolução e da contrarrevolução municipal. As águas do céu, ou por serem do céu, ou por qualquer razão meteorológica que me escapa, não deixam sair as revoluções à rua. Em verdade, o guarda-chuva não é revolucionário, nem estético. O único homem que venceu com ele foi o rei Luís Filipe, e daí lhe veio o apoio dos chapeleiros e toda a grande e pequena burguesia. Mais tarde, não tendo querido unir o martelo ao guarda-chuva, perdeu este e o cetro. Mas tudo isto é história antiga.

Moderno e antigo a um tempo é o novo desastre produzido pelo bonde elétrico, não por ser elétrico, mas por ser bonde. Parece que contundiu, esmagou, fez não sei que lesão a um homem. O cocheiro evadiu-se.

O cocheiro evadiu-se. Há estribilhos mais animados que este; não creio que nenhum o alcance na regularidade e na graça do ritmo. O cocheiro evadiu-se. O bonde mata uma pessoa; dou que não a mate, que a vítima perca simplesmente uma perna, um dedo ou os sentidos. O cocheiro evadiu-se. Ninguém ignora que todas as revisões de jornais têm ordem de traduzir por aquelas palavras um sinal posto no fim das notícias relativas a desastres veiculares. Vá, aceitem o adjetivo; é novo, mas lógico. Veículo, patíbulo. Patibulares, veiculares.

Há tempos (ponhamos cinquenta anos), um cocheiro de bonde descuidou-se e foi preso; mas o público teve notícia de que, além das qualidades técnicas que o recomendavam, o automedonte ensinava um sobrinho a ler e escrever, e foi esta afirmação doméstica do grande princípio da instrução gratuita e obrigatória que o salvou. Talvez não fosse bem assim; eu mal era nascido; ouvi a história entre outras da minha infância. Também não sei se o bonde era elétrico.

Nem se diga que há culpa da parte das testemunhas em não prender os delinquentes e entregá-los à primeira praça que acudir. Estudemos o espírito dos tempos. Há trinta anos, dado um delito, o grito dos populares era este: *pega*! *pega*! Nos últimos dez ou quinze anos, o grito, em caso de prisão, é este outro: *não pode*! *não pode*! Tudo está nesses dois clamores. No primeiro caso, o povo constituía-se gratuita e estouvadamente em auxiliar da força. No segundo, converteu-se em protesto vivo e baluarte das liberdades públicas.

Entenda-se bem que, falando de cocheiros, não me restrinjo aos modestos funcionários que têm exclusivamente esse nome, nem particularmente às companhias de bondes. Há outras companhias, cujos cocheiros também fogem, logo que há desastre, ou desde que os passageiros descobrem que continuam sentados, mas que há muito tempo perderam as calças e as pernas. Há ainda outra espécie de cocheiros mais alevantados. Agora mesmo, em Venezuela, quando o general Crespo tomou conta do carro do Estado, o cocheiro intruso que lá estava, evadiu-se com dois milhões. Fugir, afinal de contas, é um instinto universal.

Gazeta de Notícias, 13 de novembro de 1892

Cariocas, meus patrícios

Cariocas, meus patrícios, meus amigos, coroai-vos de flores, trazei palmas nas mãos e dançai em torno de mim, com pé alterno, à maneira antiga. Sus, triste gente malvista e malquista da outra gente brasileira, que não adora a vossa frouxidão, a vossa apatia, a vossa personalidade perdida no meio deste grande e infinito bazar! Sus! Aqui vos trago alguma coisa que repara as lacunas da história, o mau gosto dos homens e o equívoco dos séculos. Eia, amigos meus, patrícios meus, escutai!

Depois de um exórdio destes, é impossível dizer nada que produza efeito; pelo que — e para imitar os pregadores, que depois do exórdio ajoelham-se no púlpito, com a cabeça baixa, como a receber a inspiração divina — inclino-me por alguns instantes, até que a impressão passe; direi depois a grande notícia. Ajoelhai-vos também, e pensai em outra coisa.

Pensai nas festas de 15 de novembro e na espécie de julgamento egípcio, que toda a imprensa fez nesse dia acerca da República. Houve acordo em reconhecer a aceitação geral das instituições, e a necessidade de esforço para evitar erros cometidos. As festas estiveram brilhantes. Notou-se, é verdade, a ausência do corpo diplomático no palácio do governo. Espíritos desconfiados chegaram a crer em algum acordo prévio; mas esta ideia foi posta de lado, por absurda.

Não importa! Crédulo, quando teima, teima. Não faltou quem citasse o fato da nota coletiva acerca de uns tristes lazaretos, para concluir que não somos amados dos outros homens, e dar assim à ausência coletiva um ar de nota coletiva. Explicação que nada explica, porque se a gente fosse a amar a todas as pessoas a quem tem obrigação de tirar o chapéu, este mundo era vale de amores, em vez de ser um vale de lágrimas.

Não penseis mais nisso. Pensai antes nas festas nacionais dos estados, posto seja difícil, a respeito de alguns, saber a verdade dos telegramas. Aqui estão dois da Fortaleza, Ceará, datados de 16. Um: "Foi imenso o regozijo pelo aniversário da proclamação da República". Outro: "O dia 15 de novembro correu frio, no meio da maior indiferença pública". Vá um homem crer em telegramas! A mim custa-me muito; Bismarck não cria absolutamente, tanto que confessa agora haver alterado a notícia de um, para obrigar à guerra de 1870. Assim o diz um telegrama publicado aqui, sexta-feira; mas é verdade que isto, dito por telegrama, não pode merecer mais fé que o dizer de outros telegramas. O melhor é esperar cartas.

Aqui está uma delas, e com tal notícia que, antes de inspirar piedade, encher-nos-á de orgulho. Não há telegrafices, nem para bem, nem para mal. Refiro-me àquele engenheiro Bacelar e àquele empreiteiro Dionísio, que em Aiuruoca foram presos por um grupo de calabreses, trabalhadores da linha férrea. O pagamento andava atrasado; os calabreses, para haver dinheiro, pegaram dos dois pobres-diabos, que iam de viagem, e disseram a um terceiro que antes de pagos não lhes dariam liberdade, e dar-lhe-iam a morte, se vissem aparecer força. O companheiro veio aqui ver se há meio de os resgatar. O caso é de meter piedade.

Sobretudo, como disse, é de causar orgulho. Maomé chamou a montanha, e, não querendo ela vir, foi ele ter com ela. Nós chamamos a Calábria, e a Calábria acudiu logo. Vivam as regiões dóceis! É certo que pagamos-lhe a passagem; mas era o menos que pedia a justiça. O ato agora praticado difere sensivelmente dos velhos costumes, porque a Calábria, desta vez, era e é credora; trabalhou e não lhe pagaram. Mas, enfim, o uso de prender gente até que ela lhe pague, com ameaça de morte, é assaz duro. Antes a citação pessoal e a sentença impressa; porque, se o devedor tem certo pejo, faz o diabo para pagar a dívida, por um ou por outro modo: se não o tem, que vale a publicidade do caso e do nome? Talvez a publicidade traga vantagens especiais ao condenado: perde os dedos e ficam-lhe os anéis. Napoleão dizia: *On est considéré à Paris, à cause de sa voiture, et non à cause de sa vertu.* Por que não há de suceder a mesma coisa na Calábria?

Outro assunto que merece particularmente a vossa atenção é a reunião da Intendência, a primeira eleita, a que vem inaugurar o regime constitucional da cidade. Corresponderá às esperanças públicas? Vamos crer que sim; crer faz bem, crer é honesto. Quando o mal vier, se vier, dir-se-á mal dele. Se vier o bem, como é de esperar, hosanas à Intendência. Por ora, boa viagem!

E agora, patrícios meus, cariocas da minha alma, vamos concluir o sermão, cujo exórdio lá ficou acima.

Sabeis que o nosso distrito é a capital interina da União. Já se está trabalhando em medir e preparar a capital definitiva. Eis a disposição constitucional; é o art. 3º, título F: "Fica pertencendo à União, no planalto central da República, uma zona de 14.400 quilômetros quadrados, que será oportunamente demarcada, para nela estabelecer-se a futura capital federal. — Parágrafo único. Efetuada a mudança da capital, o atual Distrito Federal passará a constituir um Estado".

Eis o ponto do sermão. Temos de constituir em breve um estado. O nome de capital federal, que aliás não é propriamente um nome, mas um qualificativo legal, ir-se-á com a mudança para a capital definitiva. Haveis de procurar um nome. *Rio de Janeiro* não pode ser, já porque há outro estado com esse nome, já porque não é verdade; basta de aguentar com um rio que não é rio. Que nome há de ser? A primeira ideia que pode surgir em alguns espíritos distintos, mas preguiçosos, é aplicar ao estado o uso de algumas ruas — Estado do dr. João Mariz, por exemplo —, uso que, na América do Norte, é limitado aos chamados *homens-sanduíches,* uns sujeitos metidos entre duas tábuas, levando escrita em ambas esta ou outra notícia: "*dr. Dix's celebrated female powders; guaranteed superior to all others*". Não é bom sistema para intitular estados.

Também não vades fabricar nomes grandiosos: Nova Londres ou Novíssima York. Prata de casa, prata de casa.

Não me cabe a escolha; sou duas vezes incompetente, por lei e por natureza. E depois, dou para piegas: podia adotar Carioca mesmo, ou Guanabara, usado pelos poetas da outra geração. Dir-me-eis que é preciso contar com o mundo, que só conhece o antigo Rio de Janeiro e não se acostumará à troca. Isso é convosco, patrícios meus. Nem eu vos anunciei a princípio uma grande descoberta senão para ter o gosto de trazer-vos até aqui, coluna abaixo, ansioso, à espera do segredo, e olhando apenas um fim de semana, um adeus e um ponto final.

Gazeta de Notícias, 20 de novembro de 1892

Um dos meus velhos hábitos

Um dos meus velhos hábitos é ir, no tempo das câmaras, passar as horas nas galerias. Quando não há câmaras, vou à municipal ou Intendência, ao júri, onde quer que possa fartar o meu amor dos negócios públicos, e, mais particularmente, da eloquência humana. Nos intervalos, faço algumas cobranças, ou qualquer serviço leve que possa ser interrompido sem dano, ou continuado por outro. Já se me têm oferecido bons empregos, largamente retribuídos, com a condição de não frequentar as galerias das câmaras. Tenho-os recusado todos; nem por isso ando mais magro.

Nas galerias das câmaras ocupo sempre um lugar na primeira fila dos bancos; leva-se mais tempo a sair, mas como eu só saio no fim, e às vezes depois do fim, importa-me pouco essa dificuldade. A vantagem é enorme; tem-se um parapeito de pau, onde um homem pode encostar os braços e ficar a gosto. O chapéu atrapalhou-me muito no primeiro ano (1857), mas desde que me furtaram um, meio novo, resolvi a questão definitivamente. Entro, ponho o chapéu no banco e sento-me em cima. Venham cá buscá-lo!

Não me pergunteis a que vem esta página dos meus hábitos. É ler, se queres. Talvez haja alguma conclusão. Tudo tem conclusão neste mundo. Eu vi concluir discursos, que ainda agora suponho estar ouvindo.

Cada coisa tem uma hora própria, leitor feito às pressas. Na galeria, é meu costume dividir o tempo entre ouvir e dormir. Até certo ponto, velo sempre. Daí em diante, salvo rumor grande, apartes, tumulto, cerro os olhos e passo pelo sono. Há dias em que o guarda vem bater-me no ombro.

— Que é?
— Saia daí, já acabou.

Olho, não vejo ninguém, recomponho o chapéu e saio. Mas estes casos não são comuns.

No Senado, nunca pude fazer a divisão exata, não porque lá falassem mal; ao contrário, falavam geralmente melhor que na outra câmara. Mas não havia barulho. Tudo macio. O estilo era tão apurado, que ainda me lembra certo incidente que ali se deu, orando o finado Ferraz, um que fez a lei bancária de 1860. Creio que era então ministro da Guerra, e dizia, referindo-se a um senador: "Eu entendo, sr. presidente, que o nobre senador não entendeu o que disse o nobre ministro da Marinha, ou fingiu que não entendeu". O visconde de Abaeté, que era o presidente, acudiu logo: "A palavra *fingiu* acho que não é própria". E o Ferraz replicou: "Peço perdão a v. ex.ª, retiro a palavra".

Ora, deem lá interesse às discussões com estes passos de minuete! Eu, mal chegava ao Senado, estava com os anjos. Tumulto, saraivada grossa, caluniador para cá, caluniador para lá, eis o que pode manter o interesse de um debate. E que é a vida senão uma troca de cachações?

A República trouxe-me quatro desgostos extraordinários; um foi logo remediado; os outros três, não. O que ela mesma remediou foi a desastrada ideia de meter as câmaras no Palácio da Boa Vista. Muito político e muito bonito para quem anda com dinheiro no bolso; mas obrigar-me a pagar dois níqueis de passagem por dia, ou ir a pé, era um despropósito. Felizmente, vingou a ideia de tornar a pôr as câmaras em contato com o povo, e descemos da Boa Vista.

Não me falem nos outros três desgostos. Suprimir as interpelações aos ministros, com dia fixado e anunciado; acabar com a discussão da resposta à fala do trono; eliminar as apresentações de ministérios novos...

Oh! as minhas belas apresentações de ministérios! Era um regalo ver a Câmara cheia, agitada, febril, esperando o novo gabinete. Moças nas tribunas, algum diplomata, meia dúzia de senadores. De repente, levantava-se um sussurro, todos os olhos voltavam-se para a porta central, aparecia o Ministério com o chefe à frente, cumprimentos à direita e à esquerda. Sentados todos, erguia-se um dos membros do gabinete anterior e expunha as razões da retirada; o presidente do Conselho erguia-se depois, narrava a história da subida, e definia o programa. Um deputado da oposição pedia a palavra, dizia mal dos dois ministérios, achava contradições e obscuridades nas explicações, e julgava o programa insuficiente. Réplica, tréplica, agitação, um dia cheio.

Justiça, justiça. Há usos daquele tempo que ficaram. Às vezes, quando os debates eram calorosos — e principalmente nas interpelações —, eu da galeria entrava na dança, dava palmas. Não sei quando começou este uso de dar palmas nas galerias. Deve vir de muitos anos. O presidente da Câmara bradava sempre: "As galerias não podem fazer manifestações!" Mas era como se não dissesse nada. Na primeira ocasião, tornava a palmear com a mesma força. Vieram vindo depois os bravos, os apoiados, os não apoiados, uma bonita agitação. Confesso que eu nem sempre sabia das razões do clamor, e não raro me aconteceu apoiar dois contrários. Não importa; liberdade, antes confusa, que nenhuma.

Esse costume prevaleceu, não acompanhou os que perdi, felizmente. Em verdade, seria lúgubre, se, além de me tirarem as interpelações e o resto, acabassem metendo-me uma rolha na boca. Era melhor assassinar-me logo, de uma vez. A liberdade não é surda-muda, nem paralítica. Ela vive, ela fala, ela bate as mãos, ela ri, ela assobia, ela clama, ela vive da vida. Se eu na galeria não posso dar um berro, onde é que o hei de dar? Na rua, feito maluco?

Assim continuei a intervir nos debates, e a fazer crescer o meu direito político; mas estava longe de esperar o reconhecimento imediato, pleno e absoluto que me deu a Intendência nova. Tinha ganho muito na outra galeria; enriqueci na da Intendência, onde o meu direito de gritar, apupar e aplaudir foi bravamente consagrado. Não peço que se ponha isto por lei, porque então, gritando, apupando ou aplaudindo, estarei cumprindo um preceito legal, que é justamente o que eu não quero. Não que eu tenha ódio à lei; mas não tolero opressões de espécie alguma, ainda em meu benefício.

O melhor que há no caso da Intendência nova, é que ela mesma deu o exemplo, excitando-se de tal maneira, que me fez esquecer os mais belos dias da Câmara. Em minha vida de galeria, que já não é curta, tenho assistido a grandes distúrbios parlamentares; raro se terá aproximado das estreias da nova representação do município. Não desmaie a nobre corporação. Berre, ainda que seja preciso trabalhar.

Pela minha parte, fiz o que pude, e estou pronto a fazer o que puder e o que não puder. Embora não tenha a superstição do respeito, quero que me respeitem no exercício de um jus adquirido pela vontade e confirmado pelo tempo. *J'y suis, j'y reste*, como tenho ouvido dizer nas câmaras. Creio que é latim ou francês. Digo, por linguagem, que ainda posso ir adiante; e finalmente que, se há por aí alguma frase menos incorreta, é reminiscência da tribuna parlamentar ou judiciária. Não se arrasta uma vida inteira de galeria em galeria sem trazer algumas amostras de sintaxe.

Gazeta de Notícias, 27 de novembro de 1892

Os acontecimentos parecem-se com os homens

Os acontecimentos parecem-se com os homens. São melindrosos, ambiciosos, impacientes, o mais pífio quer aparecer antes do mais idôneo, atropelam tudo, sem justiça nem modéstia... E quando todos são graves? Então é que é ver um miserável cronista, sem saber em qual pegue primeiro. Se vai ao que lhe parece mais grave de todos, ouve clamar outro que lhe não parece menos grave, e hesita, escolhe, torna a escolher, larga, pega, começa e recomeça, acaba e não acaba...

Justamente o que ora me sucede. Toda esta semana falou-se na invasão do Rio Grande do Sul. Realmente, a notícia era grave, e, embora não se tivesse dado invasão, falou-se dela por vários modos. Alguns a têm como iminente, outros provável, outros possível, e não raros a creem simples conjetura. Trouxe naturalmente sustos, ansiedade, curiosidade, e tudo o mais que aquela parte da República tem o condão de acarretar para o resto do país. Imaginei que era assunto legítimo para abrir as portas da crônica.

Mal começo, chega-me aos ouvidos o clamor dos banqueiros que voltam do palácio do governo, aonde foram conferenciar sobre a crise do dinheiro. E dizem-me eles que a questão financeira e bancária afeta toda a República, ao passo que a invasão, grave embora, toca a um só Estado. A prioridade é da crise, além do mais, porque existia e existirá, até que alguém a decifre e resolva.

Bem; atendamos à crise financeira. Mas, eis aqui, ouço a voz do general Pego dizendo que a crise política do Sul afeta a todos os estados, e pode pôr em risco as próprias instituições. Uma folha desta capital, o *Tempo*, pesando as palavras daquele ilustre chefe, declara que qualquer que seja o desenlace da luta (se luta houver) "não crê que a federação fique perdida, e com ela a forma republicana". De onde se infere que faz depender a República da federação, ao contrário de outra folha desta mesma capital, o *Rio News*, que acha a República praticável, e a federação impraticável. Eu, sempre divergente do gênero humano, quisera adotar uma opinião média, mas não posso, ao menos, por ora; esperemos que os acontecimentos me deem lugar.

Como não me dão lugar, vou fazer com eles o que o Senado não quis fazer com a questão financeira: resolvê-los, liquidá-los. Talvez alguém prefira ver-me calar, como o Senado, e ir para casa dormir. Mas, ai! uma coisa é ser legislador, outra é ser narrador. O Senado tem o poder de fechar os olhos, esperar o sono, não ver as coisas, nem sonhar com elas; tem até o poder de ficar admirado, quando acordar e vir que elas cresceram, tais como crescem as plantas, quando dormimos, ou como nós crescemos também. Todos estes poderes faltam ao simples contador da vida.

Vá, liquido tudo. Liquido a jovem Intendência, que aqui vem eleita e verificada. Grave sucesso, relativamente ao Distrito Federal, pede, reclama o seu posto, e eu respondo que ela o tem aí, ao pé dos maiores. Não parece logo, por causa do nosso método de escrever seguido. Felizes os povos que escrevem por linhas verticais! Podem arranjar as crônicas de maneira que os acontecimentos fiquem sempre em cima; a parte inferior das linhas cabe às considerações de menor monta, ou absolutamente estranhas. Moralmente, é assim que escrevo.

Fica aí, Intendência amiga, onde te ponho, para que todos te vejam e te perguntem o que sairá de ti. Responde que só desejas o bem e o acertado; mas que tu mesma não sabes se há de sair o bem, se o mal. O futuro a Deus pertence, dizem os cristãos. Os pagãos diziam mais praticamente: o futuro repousa nos joelhos dos deuses. E sendo certo que, por uma lei de linguagem, figuram as deusas entre os deuses, é doce crer que o futuro esteja também nos joelhos das moças celestes. Antes a nossa cabeça que o futuro. A Intendência, deusa desta cidade, tem nos seus joelhos o futuro dela. Cabe-lhe ensaiá-la a governar-se a si própria — ou a confessar que não tem vocação representativa.

E aí chegam outros acontecimentos graves da semana. Para longe, café falsificado, café composto de milho podre e carnaúba! Gerações de lavradores, que dormis na terra mãe do café; lavradores que ora suais trabalhando, portos de café, alfândega, saveiros, navios que levais este produto-rei para toda a terra, ficai sabendo que a capital do café bebe café falsificado. Como faremos eleições puras, se falsificamos o café, que nos sobra? Espírito da fraude, talento da embaçadela, vocação da mentira, força é engolir-vos também de mistura com a honestidade de tabuleta.

Outro acontecimento grave, o anarquismo, também aqui fica mencionado, com o seu lema: *Chi non lavora non mangia*. Há divergências sobre os limites da propaganda de uma opinião. O positivismo, por órgão de um de seus mais ilustres e austeros corifeus, veio à imprensa defender o direito de propagar as ideias anarquistas, uma vez que não cheguem à execução. Acrescenta que só a religião da humanidade pode resolver o problema social, e conclui que os *maus constituem uma pequena minoria...*

Uma pequena minoria! Estás bem certo disso, Positivismo ilustre? Uma pequena minoria de maus, e tudo o mais puro, santo e benéfico... Talvez não seja tanto, amigo meu, mas não brigaremos por isso. Para ti, que prometes o reino da humanidade na terra, deve ser assim mesmo. Jesus, que prometia o reino de Deus nos céus, achava que muitos seriam os chamados e poucos os escolhidos. Tudo depende da região e da coroa. Em um ponto estão de acordo a igreja positivista e a igreja católica. "Estas (assustadoras utopias) só podem ser suplantadas pelas teorias científicas sobre o mundo, a sociedade e o homem, que acabarão por fazer com que a razão reconheça a sua impotência, e a necessidade de subordinar-se *à fé...*" que fé? Eis a conclusão do trecho de Teixeira Mendes: "não mais em Deus; mas na humanidade". Eis aí a diferença.

Pelo que me toca, eterno divergente, não tenho tempo de achar uma opinião média. Temo que a Humanidade, viúva de Deus, se lembre de entrar para um convento; mas também posso temer o contrário. Questão de humor. Há ocasiões em que, neste fim de século, penso o que pensava há mil e quatrocentos anos um autor eclesiástico, isto é, que o mundo está ficando velho. Há outras ocasiões em que tudo me parece verde em flor.

Gazeta de Notícias, 4 de dezembro de 1892

Dizem as sagradas letras

Dizem as sagradas letras que o homem nasceu simples, mas que ele próprio se meteu em infinitas questões. O mesmo direi das questões. Nascem simples; depois complicam-se... Vede a questão Chopim.

A questão Chopim é a mais antiga de todas as questões deste mundo. Nasceu com o primeiro homem. Toda gente sabe que o paraíso terreal foi obra de um sindicato composto de Adão e Eva, para o fim de pôr a caminho a concessão da vida. O serviço da organização era gratuito; mas a serpente persuadia aos dois organizadores da companhia que o art. 3º § 3º do Decreto nº 8 do primeiro ano da criação (data transferida mais tarde para 17 de janeiro de 1890) autorizava a tirar as vantagens e prêmios do capital realizado, e não dos lucros líquidos. Adão e Eva recusaram crer, a princípio; achavam o texto claro. Não desmaiou a serpente, e provou-lhes: 1º que as publicações do Senhor eram incorretas pela ausência obrigada da imprensa; 2º que muitas outras companhias se tinham organizado, de acordo com a explicação que ela dava, a das abelhas, a dos castores, a das pombas, a dos elefantes, e a dos lobos e cordeiros; estes fizeram uma sociedade juntos, assaz engenhosa, porque não havia dividendos, mas divididos.

Adão e Eva cederam à evidência. Não faço ao cristão que me lê, a injustiça de supor que não conhece as palavras do Senhor a Adão: "Pois que comeste da árvore que eu te havia ordenado que não comesses (o art. 3º § 3º), a terra te produzirá espinhos e abrolhos". Daí as calamidades deste mundo; e, para só falar de Chopim, um processo, uma reunião, uma desunião, lutas, capotes rasgados, capotes cerzidos, capotes outra vez rasgados, o diabo!

Agora, se notarmos que ao pé de uma tal questão teve esta semana muitas outras de vário gênero... Melhor é não falar de nenhuma. Que direi do conflito Paula Ramos, se o não entendo? Há telegramas que atribuem o não desembarque daquele cavalheiro a agentes da autoridade; outros afirmam que foi o povo. Os primeiros dizem que a indignação é geral; outros que, ao contrário, só é geral a alegria.

Outra questão complicada é (ornitologicamente falando) a dos *pica-paus* e dos *vira-bostas*, que são os nomes populares dos partidos do Rio Grande do Sul. Eu, quanto à política daquela região, sei unicamente um ponto, é que a Constituição política do Estado admite o livre exercício da medicina. Conquanto seja lei somente no estado, não faltará quem deseje vê-la aplicada, quando menos ao Distrito Federal; eu, por exemplo. Neste caso, entendo que não se pode cumprir a notícia dada pelo *Tempo* de hoje, a saber, que vai ser preso um curandeiro conhecidíssimo, do qual é vítima uma pessoa de posição e popular entre nós.

Não há curandeiros. O direito de curar é equivalente ao direito de pensar e de falar. Se eu posso extirpar do espírito de um homem certo erro ou absurdo, moral ou científico, por que não lhe posso limpar o corpo e o sangue das corrupções? A eventualidade da morte não impede a liberdade do exercício. Sim, pode suceder que eu mande um doente para a eternidade; mas que é a eternidade senão uma extensão do convento, ao qual posso muito bem conduzir outro enfermo pela cura da alma? Não há curandeiros, há médicos sem medicina, que é outra coisa.

Não menos complexa foi a ressaca. Deixem-me confessar um pecado; eu gosto de ver o mar agitado, encapelado, comendo e vomitando tudo diante de si. Compreendo a observação de Lucrécio. Há certo prazer em ver de terra os náufragos lutando com o temporal. Nem sempre, é verdade; agora, por exemplo, não gostei de ver naufragar uma parte da ponte da Companhia de Melhoramentos da Cidade do Rio de Janeiro, não porque seja acionista, nem por qualquer sentimento estético; mas porque tenho particular amor às obras paradas. As montanhas-russas da Glória são a minha consolação. O tapume da Carioca deu-me horas deliciosas.

E não param aqui as questões complicadas. Um telegrama de França, noticiando os trabalhos da comissão de inquérito parlamentar acerca do canal do Panamá, acrescenta: "Documentos achados por ela constituem novas provas da pirataria exercida em torno daquele extraordinário empreendimento. Os jornais de maior circulação bradam que os crimes cometidos precisam de um castigo correspondente à lesão enorme que sofre o povo com o processo da empresa".

Tudo o que abala aquele país, pode dizer-se que abala também o nosso. Pelo que respeita especialmente à patifaria Panamá, repitamos, com o *Times* de 16 do mês passado, que a decisão que mandou meter em processo Lesseps e outros diretores da companhia "é um choque para o mundo civilizado".

Na verdade, será triste e duro que Lesseps, carregado de glórias e de anos (oitenta e oito!), vá acabar os seus dias na cadeia. Esperemos que nada lhe seja achado. Oremos pelo autor de Suez. Oxalá que, no meio das provas descobertas e das que vierem a descobrir-se, nada haja que obrigue a justiça a puni-lo. A lei que se desafronte com outros, saindo ileso e sem mácula o nome do grande homem, que a folha londrina considera o maior dos franceses vivos.

Não faltam réus na porcaria Panamá; sejam eles castigados, como merecem. O que eu desejo, e o que a França não me pode levar a mal, porque não lhe aconselho frouxidões próprias de uma sociedade inconsciente, é que Lesseps saia puro. Quando um homem tem a glória de Suez e o perpétuo renome, é triste vê-lo metido com papeluchos falsos.

Gazeta de Notícias, 11 de dezembro de 1892

Ontem, querendo ir pela rua da Candelária

Ontem, querendo ir pela rua da Candelária, entre as da Alfândega e Sabão (velho estilo), não me foi possível passar, tal era a multidão de gente. Cuidei que havia briga, e eu gosto de ver brigas; mas não era. A massa de gente tomava a rua, de uma banda a outra, mas não se mexia; não tinha a ondulação natural dos cachações. Procissão não era; não havia tochas acesas nem sobrepelizes. Sujeito que mostrasse artes de macaco ou vendesse drogas, ao ar livre, com discursos, também não.

Estava neste ponto, quando vi subir a rua da Alfândega um digno ancião, a quem expus as minhas dúvidas.

— Não é nada disso — respondeu-me cortesmente. — Não há aqui procissão nem macaco. Briga, no sentido de murros trocados, também não há, pelo menos, que me conste. Quanto à suposição de estar aí alguma pessoa apregoando medalhinhas e vidrilhos, como os bufarinheiros da rua do Ouvidor, esquina da do Carmo ou da Primeiro de Março, menos ainda.

— Já sei, é uma seita religiosa que se reúne aqui para meditar sobre as vaidades do mundo, um troço de budistas...

— Não, não.

— Adivinhei: é um *meeting*.

— Onde está o orador?

— Esperam o orador.

— Que orador? que *meeting*? Ouça calado. O senhor parece ter o mau costume de vir apanhar as palavras dentro da boca dos outros. Sossegue e escute.

— Sou todo ouvidos.

— Este é o célebre Encilhamento.

— Ah!

— Vê? Há mais tempo teria tido o gosto dessa admiração, se me ouvisse calado. Este é o Encilhamento.

— Não sabia que era assim.

— Assim como?

— Na rua. Cuidei que era uma vasta sala ou um terreno fechado, particular ou público, não este pedaço de rua estreita e aborrecida. E olhe que nem há meio de passar; eu quis romper, pedi licença... Entretanto, creio que temos a liberdade de circulação.

— Não.

— Como não?

— Leia a Constituição, meu senhor, leia a Constituição. O art. 72 é o que compendia os direitos dos nacionais e estrangeiros; são trinta e um parágrafos; nenhum deles assegura o direito de circulação... O direito de reunião, porém, é positivo. Está no § 8º: "A todos é lícito reunirem-se livremente e sem armas, não podendo intervir a polícia, senão para manter a ordem pública". Estes homens que aqui estão trazem armas?

— Não as vejo.

— Estão desarmados, não perturbam a ordem pública, exercem um direito, e, enquanto não infringirem as duas cláusulas constitucionais, só a violência os poderá tirar daqui. Houve já uma tentativa disso. Eu, se fosse comigo, recorria aos tribunais, onde há justiça. Se eles ma negassem, pedia o júri, onde ela é indefectível, como na velha Inglaterra. Note que a violência da polícia já deu algum lucro. Como as moléculas do Encilhamento, por uma lei natural, tendiam a unir-se logo depois de dispersadas, a polícia, para impedir a recomposição, fazia disparar de quando em quando dois praças de cavalaria. Mal sabiam elas que eram simples animais de corrida. As pessoas que as viam correr, apostavam sobre qual chegaria primeiro a certo ponto. — É a da esquerda. — É a da direita. — Quinhentos mil-réis. — Aceito. — Pronto. — Chegou a da esquerda; dê cá o dinheiro.

— De maneira que a própria autoridade...

— Exatamente. Ah! meu caro, dinheiro é mais forte que amor. Veja o negócio do chocolate. Chocolate parece que não convida à falsificação; tem menos uso que o café. Pois o chocolate é hoje tão duvidoso como o café. Entretanto, ninguém dirá que os falsificadores sejam homens desonestos nem inimigos públicos. O que os leva a falsificar a bebida não é o ódio ao homem. Como odiar o homem, se no homem está o freguês? É o amor da pecúnia.

— Pecúnia? chocolate?

— Sim, senhor, um negócio que se descobriu há dias. O senhor, ao que parece, não sabe o que se passa em torno de nós. Aposto que não teve notícia da revolução de Niterói?

— Tive.

— Eu tive mais que notícia, tive saudades. Quando me falaram em revolução de Niterói, lembrei-me dos tempos da minha mocidade, quando Niterói era Praia Grande. Não se faziam ali revoluções, faziam-se patuscadas. Ia-se de falua, antes e ainda depois das primeiras barcas. Quem ligou nunca Niterói e São Domingos a outra ideia que não fosse noite de luar, descantes, moças vestidas de branco, versos, uma ou outra charada? Havia presidente, como há hoje; mas morava do lado de cá. Ia ali às onze horas, almoçado, assinava o expediente, ouvia uma dúzia de sujeitos cujos negócios eram todos a salvação pública, metia-se na barca e vinha ao Teatro Lírico ouvir a Zecchini. Havia também uma Assembleia legislativa; era uma espécie do antigo Colégio de Pedro II, onde os moços tiravam carta de bacharel político, e marchavam para São Paulo, que era a Assembleia geral. Tempos! tempos!

— Tudo muda, meu caro senhor. Niterói não podia ficar eternamente Praia Grande.

— De acordo; mas a lágrima é livre.

— É talvez a coisa mais livre deste mundo, senão a única. Que é a liberdade pessoal? O senhor vinha andando, rua acima, encontra-me, faço-lhe uma pergunta, e aqui está preso há vinte minutos.

— Pelo amor de Deus! Tomara eu destes grilhões! São grilhões de ouro.

— Agradeço-lhe o favor. Nunca o favor é tão honroso e grande como quando sai da boca ungida pelo saber e pela experiência; porque a bondade é própria dos altos espíritos.

— Julga-me por si; é o modo certo de engrandecer os pequenos.

— O que engrandece os pequenos é o sentimento da modéstia, virtude extraordinária; o senhor a possui.

— Nunca me esquecerei deste feliz encontro.

— Na verdade, é bom que haja Encilhamento; se o não houvesse, a rua era livre, como a lágrima, eu teria ido o meu caminho, e não receberia este favor do céu, de encontrar uma inteligência tão culta. Aqui está o meu cartão.

— Aqui está o meu. Sempre às suas ordens.

— Igualmente.

— *(À parte)* Que homem distinto!

— *(À parte)* Que estimável ancião!

Gazeta de Notícias, 18 de dezembro de 1892

É DESENGANAR

É desenganar. Gente que mamou leite romântico pode meter o dente no rosbife naturalista; mas em lhe cheirando a teta gótica e oriental, deixa o melhor pedaço de carne para correr à bebida da infância. Oh! meu doce leite romântico! Meu licor de Granada! Como ao velho Goethe, aparecem novamente as figuras aéreas que outrora vi ante os meus olhos turvos.

Com efeito, enquanto vós outros cuidáveis da reforma financeira e tantos fatos da semana, enquanto percorríeis as salas da nossa bela exposição preparatória da de Chicago, eu punha os olhos em um telegrama de Constantinopla, publicado por uma das nossas folhas. Não são raros os telegramas de Constantinopla; temos sabido por eles como vai a questão dos Dardanelos; mas desta vez alguma coisa me dizia que não se tratava de política. Tirei os óculos, limpei-os, fitei o telegrama. Que dizia o telegrama?

"Cinco odaliscas..." Parei; lidas essas primeiras palavras, senti-me necessitado de tomar fôlego. Cinco odaliscas! Murmura esse nome, leitor: faze escorrer da boca essas quatro sílabas de mel, e lambe depois os beiços, ladrão. Pela minha parte, achei-me, em espírito, diante de cinco lindas mulheres, com o véu transparente no rosto, as calças largas e os pés metidos nas chinelas de marroquim amarelo, *babuchas,* que é o próprio nome. Todas as *orientais* de Hugo vieram chover sobre mim as suas rimas de ouro e sândalo. Cinco odaliscas! Mas que fizeram essas cinco odaliscas? Não fizeram nada. Tinham sido mandadas de presente ao sultão. Pobres moças! Entraram no harém, lá estiveram não sei quanto tempo, até que foram agora assassinadas... Sim, leitor compassivo, assassinadas por mandado das outras mulheres que já lá estavam, e por ciúmes...

Não, aqui é força interromper o capítulo, por um instante. Não continuo sem advertir que o ano é bissexto, ano de espantos. Míseras odaliscas! Assassinadas por ciúmes, não do sultão, que tem mais que fazer com o grande urso eslavo, por ciúmes dos eunucos. Singulares eunucos! eunucos de ano bissexto! Todo o harém posto em ódio, em tumulto, em sangue, por causa de meia dúzia de guardas, que o sultão tinha o direito de supor fiéis ao trono e à cirurgia.

O mundo caduca, reflexionou tristemente um dia não sei que cardeal da santa igreja romana, e fez bem em morrer pouco depois, para não ouvir da parte do oriente este desmentido de incréus: o mundo reconstitui-se. O sultão tem ainda um recurso, dissolver o corpo dos seus guardas, como fizemos aqui com o corpo de polícia de Niterói, e recompô-lo com os companheiros de Maomé II. Eles acudirão à chamada do imperador; os velhos ossos cumprirão o seu dever, atarraxando-se uns nos outros, e, com as órbitas vazias, com o alfanje pendente dos dedos sem carne, correrão a vigiar e defender as odaliscas antigas e recentes.

Ossos embora, hão de ouvir as vozes femininas, e, pois que tiveram outra função social, estremecerão ao eco dos séculos extintos. A frase vai-me saindo com tal ou qual ritmo que parece verso. Talvez por causa do assunto. Falemos de um triste leitão, que ouvi grunhir agora mesmo no largo da Carioca. Ia atado pelos pés, dorso para baixo, seguro pela mão de um criado, que o levava de presente a alguém; é véspera de Natal. Presente cristão, costume católico, parece que adotado para fazer figa ao judaísmo. Será comido amanhã, domingo; irá para a mesa com a antiga rodela de limão, à maneira velha. Pobre leitão! Berrava como se já o estivessem assando. Talvez o desgraçado houvesse notícia do seu destino, por algumas relações verbais que passem entre eles de pais a filhos. Pode ser que eles ainda aguardem uma desforra. Tudo se deve esperar na terra. *Tout arrive,* como dizem os franceses.

Não quero dizer dos franceses o que me está caindo da pena. Melhor é calá-lo. Como se não bastassem a essa briosa nação os delitos de Panamá, está a desmoralizar-se com o escândalo de tantos processos. Corrupção escondida vale tanto como pública; a diferença é que não fede. Que é que se ganha em processar? Fulano corrempeu sicrano. Pedro e Paulo uniram-se para embaçar uma rua inteira, fizeram vinte discursos, trinta anúncios, e deixaram os ouvintes sem dinheiro nem nada. Que valem demandas? Dinheiro não volta; ao passo que o silêncio, além de ser ouro, conforme o adágio árabe, tem a vantagem de fazer esquecer mais depressa. Toda a questão é que os empulhados não se deixem embair outra vez pelos empulhadores.

Gazeta de Notícias, 25 de dezembro de 1892

Inventou-se esta semana um crime

Inventou-se esta semana um crime. O nosso século tem estudado criminologia como gente. Os italianos estão entre os que mais trabalham. Um dos meus vizinhos fronteiros, velho advogado, com as reminiscências que lhe ficaram do antigo Teatro Provisório (*O'bell'alma innamorata*! — *Gran Dio, morir sì giovane*, — *Eccomi in Babilônia etc. etc.*), vai entrando pelos livros florentinos e napolitanos, como o leitor e eu entramos por um almanaque. Pois assegurou-me esse homem, há poucos minutos, que o crime agora inventado não existe em tratadista algum moderno, seja de Parma ou da Sicília.

Julgue o leitor por si mesmo. O crime foi inventado em sessão pública do Conselho municipal. Três intendentes, não concordando com a verificação de poderes, a qual se estava fazendo entre os demais eleitos, tinham recorrido ao presidente da República e aos tribunais judiciários, os quais todos se declararam incompetentes para decidir a questão. Não alcançando o que pediam, resolveram tomar assento no Conselho municipal. Um deles, em discurso cordato, moderado e elogiativo, declarou que, no ponto a que as coisas chegaram, ele e os companheiros tinham de adotar um destes dois alvitres: renunciar ou tomar posse das cadeiras. "Renunciar (disse) entendemos que não podíamos fazê-lo, porquanto seria um crime..."

Deus me é testemunha de ter vivido até hoje na persuasão de que renunciar um mandato qualquer, político ou não político, era um dos direitos do homem. Cincinnatus foi o primeiro que me meteu esta ideia na cabeça, quando renunciou, ao cabo de seis dias, a ditadura que lhe deram por seis meses. Agora mesmo, um deputado inglês, e dos melhores, Balfour, sendo presidente de uma companhia que faliu, julgou-se inabilitado para a Câmara dos comuns, e renunciou à cadeira, como se falência e Parlamento fossem incompatíveis; mas cada um tem a sua opinião.

Hoje, não digo que tenha mudado inteiramente de parecer, mas vacilo. Talvez a renúncia seja realmente um crime. Os crimes nascem, vivem e morrem como as outras criaturas. Matar, que é ainda hoje uma bela ação nas sociedades bárbaras, é um grande crime nas sociedades polidas. Furtar pode não ser punido em todos os casos; mas em muitos o é. Nunca me há de esquecer um sujeito que, com o pretexto (aliás honesto) de estar chovendo, levou um guarda-chuva que vira à porta de uma loja; o júri provou-lhe que a propriedade é coisa sagrada, ao menos, sob a forma de um guarda-chuva, e condenou-o não sei a quantos meses de prisão.

Pode ter havido excesso no grau da pena; mas a verdade é que de então para cá não me lembra que se haja furtado um só guarda-chuva. As amostras vivem sossegadas às portas das fábricas. É assim que os crimes morrem; é assim que a própria ideia de furto ou fraude (sinônimos neste escrito) irá acabando os seus dias de labutação na terra. Um publicista inglês, tratando do recém-finado Jay Gould, *rei das estradas de ferro,* aplica-lhe o dito atribuído a Napoleão Bonaparte: "Os homens da minha estofa não cometem crimes". Dito autocrático: a democracia, que invade tudo, há de pô-lo ao alcance dos mais modestos espíritos.

Não falando na renúncia atribuída ao presidente do Estado do Rio de Janeiro — notícia desmentida —, tivemos esta semana a do Banco da República, relativamente à sua personalidade, e vamos ter, na que entra, a do Banco do Brasil, para formarem o Banco do Estado. Já se fala na fusão de outros, não porque os alcance o recente decreto, mas porque um pão com um pedaço é pão e meio. *Primo vivere.* Crer que tornará o banquete de 1890-1891 é grande ilusão. "Acabaram-se os belos dias de Aranjuez." Sintamos bem a melancolia dos tempos. Compreendamos a inutilidade das brigas diárias e públicas entre companhias e trechos de companhia, entre diretorias e trechos de diretoria. Melhor é ajuntar os restos do festim, mandar fazer o que a arte culinária chama *roupa velha,* e comê-la com os amigos, sem vinho. Café sim, mas de carnaúba e milho podre.

Há fatos mais extraordinários que a desolação de Babilônia. Há o fato de um preto de Uberaba que, fugindo agora da casa do antigo senhor, veio a saber que estava livre desde 1888, pela Lei da Abolição. Faz lembrar o velho adágio inglês: "Esta cabana é pobre, está toda esburacada; aqui entra o vento, entra a chuva, entra a neve, mas não entra o rei". O rei não entrou na casa do ex-senhor de Uberaba, nem o presidente da República. O que completa a cena é que uns oito homens armados foram buscar o João (chama-se João) à casa do engenheiro Tavares, onde achara abrigo. Que ele fosse agarrado, arrastado e espancado pelas ruas, não acredito; são floreios telegráficos. Ainda se fosse de noite, vá; mas às 2 horas da tarde... Creio antes que a polícia prendesse já dois dos sujeitos armados e esteja procedendo com energia. Agora, se a energia irá até o fim, é o que não posso saber, porque (emendemos aqui o nosso Schiller) os belos dias de Aranjuez ainda não acabaram.

Renunciar ao escravo é um crime, terá dito o senhor de Uberaba, e já é outro voto para a opinião do nosso intendente. Também os mortos não renunciam ao seu direito de voto, como parece que sucedeu na eleição da Junta Comercial. Vieram os mortos, pontuais como na balada, e sem necessidade de tambor. Bastou a voz da chamada; ergueram-se, derrubaram a laje do sepulcro e apresentaram-se com a cédula escrita. Se assinaram o livro de presença, ignoro; a letra devia ser trêmula — trêmula, mas bem-pensante.

Quem me parece que renuncia, sem admitir que comete um crime, é o Senhor Deus Sabbaoth, três vezes santo, criador do céu e da terra. Consta-me que abandonou completamente este mundo, desgostoso da obra, e que o passou ao diabo pelo custo. O diabo pretende organizar uma sociedade anônima, dividindo a propriedade em infinitas ações e prazo eterno. As ações, que ele dirá nos anúncios serem excelentes, mas que não podem deixar de ser execráveis, conta vendê-las com grande ágio. Há quem presuma que ele fuja com a caixa para outro planeta, deixando o nosso sem diabo nem Deus. Outros pensam que ele reformará o mundo, contraindo um empréstimo com Deus, sem lhe pagar um ceitil. Adeus, boas saídas do outro e melhores entradas deste.

Gazeta de Notícias, 1º de janeiro de 1893

Quem houver acompanhado

Quem houver acompanhado, durante a semana, as recapitulações da imprensa, ter-se-á admirado de ver o que foi aquele ano de 1892.

A Igreja recomenda a confissão, ao menos, uma vez cada ano. Esta prática, além das suas virtudes espirituais, é útil ao homem, porque o obriga a um exame de consciência. Vivemos a retalho, dia por dia, esquecendo uma semana por outra, e os onze meses pelo último. Mas o exame de consciência evoca as lembranças idas, congrega os sucessos distanciados, recorda as nossas malevolências, uma ou outra dentada nos amigos e até nos simples indiferentes. Tudo isso junto, em poucas horas, traz à alma um espetáculo mais largo e mais intenso que a simples vida seguida de um ano.

O mesmo sucede ao povo. O povo precisa fazer anualmente o seu exame de consciência: é o que os jornais nos dão a título de retrospecto. A imprensa diária dispersa a atenção. O seu ofício é contar, todas as manhãs, as notícias da véspera, fazendo suceder ao homicídio célebre o grande roubo, ao grande roubo a ópera nova, à ópera o discurso, ao discurso o estelionato, ao estelionato a absolvição etc. Não é muito que um dia pare, e mostre ao povo, em breve quadro, a multidão de coisas que passaram, crises, atos, lutas, sangue, ascensões e quedas, problemas e discursos, um processo, um naufrágio. Tudo o que nos parecia longínquo aproxima-se; o apagado revive; questões que levavam dias e dias são narradas em dez minutos; polêmicas que se estenderam das câmaras à imprensa e da imprensa aos tribunais, cansando e atordoando, ficam agora claras e precisas. As comoções passadas tornam a abalar o peito.

Mas vamos ao meu ofício, que é contar semanas. Contarei a que ora acaba e foi mui triste. A desolação da rua Primeiro de Março é um dos espetáculos mais sugestivos deste mundo. Já ali não há turcas, ao pé das caixas de bugigangas; os engraxadores de sapatos com as suas cadeiras de braços e o demais aparelho desapareceram; não há sombra de tabuleiro de quitanda, não há samburá de fruta. Nem ali nem alhures. Todos os passeios das calçadas estão despejados dela. Foi o prefeito municipal que mandou pôr toda essa gente fora do olho da rua, a pretexto de uma postura, que se não cumpria.

Eu de mim confesso que amo as posturas, mas de um amor desinteressado, por elas mesmas, não pela sua execução. O prefeito é da escola que dá à arte um fim útil, escola degradante, porque (como dizia um estético) de todas as coisas humanas a única que tem o seu fim em si mesma é a arte. Municipalmente falando, é a postura. Que se cumpram algumas, é já uma concessão à escola utilitária; mas deixai dormir as outras todas nas coleções edis. Elas têm o sono das coisas impressas e guardadas. Nem se pode dizer que são feitas *para inglês ver*.

Em verdade, a posse das calçadas é antiga. Há vinte ou trinta anos, não havia a mesma gente nem o mesmo negócio. Na velha rua Direita, centro do comércio, dominavam as quitandas de um lado e de outro, africanas e crioulas. Destas, as baianas eram conhecidas pela trunfa, um lenço interminavelmente enrolado na cabeça, fazendo lembrar o famoso retrato de mme. de Staël. Mais de um lorde Oswald do lugar achou ali a sua Corina. Ao lado da Igreja da Cruz vendiam-se folhetos de vária espécie, pendurados em barbantes. Os pretos-minas teciam e cosiam chapéus de palha. Havia ainda... Que é que não havia na rua Direita?

Não havia turcas. Naqueles anos devotos, ninguém podia imaginar que gente de Maomé viesse quitandar ao pé de gente de Jesus. Afinal um turco descobriu o Rio de Janeiro e tanto foi descobri-lo como dominá-lo. Vieram turcos e turcas. Verdade é que, estando aqui dois padres católicos, do rito maronita, disseram missa e pregaram domingo passado, com assistência de quase toda a colônia turca, se é certa a notícia que li anteontem. De maneira que os nossos próprios turcos são cristãos. Compensam-nos dos muitos cristãos nossos, que são meramente turcos, mas turcos de lei.

Cristãos ou não, os turcos obedecem à postura, como os demais mercadores das calçadas. Os italianos, patrícios do grande Nicolau, têm o maquiavelismo de a cumprir sem perder. Foram-se, levando as cadeiras de braços, onde o freguês se sentava, enquanto lhe engraxavam os sapatos; levaram também as escovas da graxa, e mais a escova particular que transmitia a poeira das calças de um freguês às calças de outro, tudo por dois vinténs.

O tostão era preço recente; não sei se anterior, se posterior à Geral. Creio que anterior. Em todo caso, posterior à Revolução Francesa. Mas aqui está no que eles são finos; os filhos, introdutores do uso de engraxar os sapatos ao ar livre, já saíram à rua com a caixeta às costas, a servir os necessitados. Irão pouco a pouco estacionando; depois, irão os pais, e, quando se for embora o prefeito, tornarão à rua as cadeiras de braços, as caixas das turcas e o resto.

Assim renascem, assim morrem as posturas. Está prestes a nascer a que restitui o Carnaval aos seus dias antigos. O ensaio de fazer dançar, mascarar e pular no inverno durou o que duram as rosas; *l'espace d'un matin*. Não me cortem esta frase batida e piegas; a falta de carne ao almoço e ao jantar desfibra um homem, preciso ser chato com esta folha de papel que recebe os meus suspiros. Felizmente uma notícia compensa a outra. A volta do Carnaval é uma lição científica. O Conselho municipal, em grande parte composto de médicos, desmente assim a ilusão de serem os folguedos daqueles dias incompatíveis com o verão. Aí está uma postura que vai ser cumprida com delírio.

Gazeta de Notícias, 8 de janeiro de 1893

Onde há muitos bens, há muitos que os comam

Onde há muitos bens, há muitos que os comam, diz o *Eclesiastes,* e eu não quero outro manual de sabedoria. Quando me afligirem os passos da vida, vou-me a esse velho livro para saber que tudo é vaidade. Quando ficar de boca aberta diante de um fato extraordinário, vou-me ainda a ele para saber que nada é novo debaixo do sol.

Nada é novo debaixo do sol. Onde há muitos bens, há muitos que os comam. Quer dizer que já por essas centenas de séculos atrás os homens corriam ao dinheiro alheio; em primeiro lugar, para ajuntar o que andava disperso pelas algibeiras dos outros; em segundo lugar, quando um metia o dinheiro no bolso, corriam a dispersar o ajuntado. Apesar deste risco, o conselho de Iago é que se meta dinheiro no bolso. *Put money in thy purse.*

Esta semana tivemos boatos falsos e notícias que podem ser verdadeiras, tudo relativo a dinheiro, não falando na moeda falsa, cujos fabricantes afinal foram descobertos, nem nos atos que vários cidadãos, em folhas públicas, lançam em rosto uns aos outros, os clamores por dividendos que não aparecem, os pedidos de liquidação, os protestos contra ela, as insinuações, as acusações, os murmúrios. Hoje diz um telegrama de Londres, que Balfour, complicado em questões de bancos, embarcou de nome trocado para o Rio de Janeiro. Hão de lembrar-se que há duas semanas dei notícia de haver esse homem político renunciado à cadeira que tinha na Câmara dos comuns; mas estava longe de crer na fuga, se há fuga. Menos ainda que viesse para a nossa capital. Mas então, por que é que outros de igual nome saem daqui? Mistério dos mistérios, tudo é mistério.

No meio de tantos sucessos, ou à sombra deles, o parlamentarismo quis fazer uma entrada no Conselho municipal. Felizmente, o sr. Oscar Godói deu alarma a tempo. "Isto é parlamentarismo", disse o sr. Godói ao sr. Franklin Dutra, e o parlamentarismo foi abolido; "V. ex.ª já não vê interpelação nem nas câmaras." O sr. Franklin Dutra, se levava a ideia de propor uma interpelação ao prefeito, abriu mão dela e limitou-se a uma simples indicação. O assunto era a questão das carnes verdes; mas eu não falo de carnes verdes, como não falo das congeladas, que algumas pessoas comparam às carnes espatifadas de Maria de Macedo. Creio que esta pilhéria fará carreira; é lúgubre, mas é também medíocre.

Uma só coisa me interessou no debate municipal; foi o tratamento de excelência. Não que seja coisa rara a boa educação. Também não direi que seja nova. O que não posso é indicar desde quando entrou naquela casa esta natural fineza. Provavelmente, foi a reação do legítimo amor-próprio contra desigualdades injustificáveis.

De feito, a antiga Câmara municipal tinha o título de senhoria e de ilustríssima; mas pessoalmente os seus membros não tinham nada. Um decreto de 18 de julho de 1841 concedeu aos membros do Senado o tratamento de excelência, acrescentando: "e por ele (tratamento) se fale e se escreva aos atuais senadores e aos que daqui em diante exercerem o dito lugar". Aos deputados foi dado por decreto da mesma data o tratamento de senhoria, mas limitado aos que assistiram à coroação do finado imperador. O tratamento era pessoal; embora sobrevivesse ao cargo, não passava dos agraciados.

Naturalmente os deputados futuros reagiram contra a diferença que se estabelecia entre eles e os senadores, diferença já acentuada por outros sinais externos, desde a vitaliciedade até o subsídio. Começaram a usar da excelência. O poder não teve remédio; curvou-se à prática. As Assembleias provinciais acanharam-se; mas a antiga *salinha* de Niterói (provavelmente foi a primeira) declarou por atos que as liberdades locais não eram menos dignificáveis que as liberdades imperiais, e o tratamento de excelência deu entrada naquela casa. Um dos seus chefes não perdeu nunca, ou quase nunca, o velho costume do tratamento indireto, e dizia: *o honrado membro*. "Perdoe-me o honrado membro; não é isso o que tenho ouvido ao honrado membro."

Já disse que não posso indicar em que tempo a excelência penetrou na Câmara municipal. Não é provável que fosse antes da publicação dos debates. Sem impressão não há estilo. *Verba volant, scripta manent.* Mas são cronologias estéreis, que nada servem ao fim proposto, a saber, que as maneiras finas são o freio de ouro das paixões, e não prejudicam em nada a liberdade; só a podem ofender pela restrição aos membros de uma câmara. Desde, porém, que se estenda a todos, é a igualdade em ação, mas em ação graciosa e culta.

De resto, se a explicação que dou não é aceitável, achar-se-á outra que acerte com a verdade. Não há problemas insolúveis, exceto o da Paraíba do Sul, cujo estado oscila entre o seio de Abraão e a Guerra de Troia (*sem Homero*). Ninguém disse ainda, que na Paraíba do Sul se vive como nas demais cidades e vilas do Rio de Janeiro, *tant bien que mal.* O pêndulo da opinião vai do ótimo ao péssimo, do adorável ao execrável, e é preciso crer uma coisa ou outra, a não querer brigar com ambas as partes.

Tenho ideia de que há ainda outro problema insolúvel; mas não me demoro em procurá-lo. Di-lo-ei depois, se o achar. Adeus. Se sair errada alguma frase ou palavra, levem o erro à conta da letra apressada, não da revisão. Na outra semana, saiu impresso que "a imprensa diária *dispensa* a atenção", em vez de "a imprensa diária *dispersa* a atenção", ideia mui diferente. A revisão é severa; eu é que sou desigual na escrita, mais inclinado ao pior que ao melhor.

Dizem de Napoleão que a sua assinatura, depois de Austerlitz, era antes *Ugulay* que *Napoléon*. Há aqui na nossa Biblioteca Pública uma carta dele a d. João VI, outro príncipe regente, cuja assinatura, se não é *Ugulay*, é coisa mais feia. Cito este exemplo, não só porque a gente deve desculpar-se com os grandes, mas ainda porque, escrevendo eu um pouco melhor que Bonaparte, acabo este artigo com tal ou qual sentimento de haver ganho a Batalha de Waterloo.

Gazeta de Notícias, 15 de janeiro de 1893

A QUESTÃO CAPITAL
ESTÁ NA ORDEM DO DIA

A questão Capital está na ordem do dia. Tempo houve em que na República Argentina não se falou de outra coisa. Lá, porém, não se tratava de trocar a capital da Província de Buenos Aires por outra, mas de tirar à cidade deste nome o duplo caráter de capital da província e da República. Um dia resolveram fazer uma cidade nova, La Plata, que dizem ser magnífica, mas que custou naturalmente empréstimos grossos.

Entre nós, a questão é mais simples. Trata-se de mudar a capital do Rio de Janeiro para outra cidade que não fique sendo um prolongamento da rua do Ouvidor. Convém que o Estado não viva sujeito ao botão de Diderot, que matava um homem na China. A questão é escolher entre tantas cidades. A ideia legislativa até agora é Teresópolis; assim se votou ontem na Assembleia. Era a do finado capitalista Rodrigues, que escreveu artigos sobre isso. Grande *viveur*, o Rodrigues! Em verdade, Teresópolis está mais livre de um assalto, é fresca, tem terra de sobra, onde se edifique para oficiar, para legislar e para dormir.

Campos quer também a capitalização. Reúne-se, discute, pede, insta. Vassouras não quer ficar atrás. Velha cidade de um município de café, julga-se com direito a herdar de Niterói, e oferece dinheiros para auxiliar a administração. Petrópolis também quer ser capital, e parece invocar algumas razões de elegância e de beleza; mas tem contra si não estar muito mais longe da rua do Ouvidor, e até mais perto, por dois caminhos. Também há quem indique Nova Friburgo; e, se eu me deixasse levar pelas boas recordações dos hotéis Leuenroth e Salusse, não aconselharia outra cidade. Mas, além de não pertencer ao estado (sou puro carioca), jamais iria contra a opinião dos meus concidadãos unicamente para satisfazer reminiscências culinárias. Nem só culinárias; também as tenho coreográficas... Oh, bons e saudosos bailes do salão Salusse!

Convivas desse tempo, onde ides vós? Uns morreram, outros casaram, outros envelheceram; e, no meio de tanta fuga, é provável que alguns fugissem. Falo de catorze anos atrás. Resta ao menos este miserável escriba, que, em vez de lá estar outra vez, no alto da serra, aqui fica a comer-lhes o tempo.

Niterói não pede nada, olha, escuta, aguarda. Vai para a barca, se tem cá o emprego; se o tem lá mesmo, vai ver chegar ou sair a barca. Vê sempre alguma coisa, outrora as lanchas, depois as barcas. Pobre subúrbio da velha corte, não tens forças para reagir contra a descapitalização; não representas, não requeres. Vais para a galeria da Assembleia ouvir as razões com que se tiram o chapéu da cabeça; não indagues se são boas ou más. São razões.

Vale-lhe uma coisa: não está só. O Estado de Minas Gerais, que desde o tempo do Império já sonhava com outra capital, põe mãos à obra deveras, mandando fazer uma capital nova. Já aí saiu uma comissão em busca de território e clima adequados. Ouro Preto tem de ceder. Dizem que lhe custa; mas o que é que não custa? Quanto à capital da República, é matéria constitucional, e a comissão encarregada de escolher e delimitar a área já concluiu os seus trabalhos, ou está prestes a fazê-lo, segundo li esta mesma semana. Telegrama de Uberaba diz que ali chegou o chefe, Luís Cruls.

Não há dúvida que uma capital é obra dos tempos, filha da história. A história e os tempos se encarregarão de consagrar as novas. A cidade que já estiver feita, como no estado do Rio, é de esperar que se desenvolva com a capitalização. As novas devemos esperar que serão habitadas logo que sejam habitáveis. O resto virá com os anos.

Entretanto, os donativos e ofertas por parte de algumas cidades fluminenses mostram bem que nem as cidades querem andar na turbamulta, por mais que a produção e a riqueza as distingam. Tudo vale muito, mas não vale tudo, antes da coroa administrativa. Datar as leis de Campos é dar o comando a Campos; datá-las de Vassouras é dá-lo a Vassouras; e nada vale o comando, nem a própria santidade.

A capital da República, uma vez estabelecida, receberá um nome deveras, em vez deste que ora temos, mero qualificativo. Não sei se viverei até a inauguração. A vida é tão curta, a morte tão incerta, que a inauguração pode fazer-se sem mim, e tão certo é o esquecimento, que nem darão pela minha falta. Mas, se viver, lá irei passar algumas férias, como os de lá virão aqui passar outras. Os cariocas ficarão sempre com a baía, a esquadra, os arsenais, os teatros, os bailes, a rua do Ouvidor, os jornais, os bancos, a praça do Comércio, as corridas de cavalos, tanto nos circos, como nos balcões de algumas casas cá embaixo, os monumentos, a Companhia Lírica, os velhos templos, os rabequistas, os pianistas...

Ponhamos também os melhoramentos projetados na cidade. São muitos, e creio haver boa resolução de levar a obra a cabo. Oxalá não desanimem os poderes do município. Também ficaremos com os processos de toda a sorte, as sociedades sem cabeça e as sociedades de duas cabeças, como a Colonizadora, imitação da águia austríaca. Aqui ficará o grande banco. A mesma ponte truncada da baía, que o mar começou a comer, e as montanhas-russas inacabadas da Glória também ficarão aqui, tão inacabadas e tão truncadas como podemos pedi-lo aos deuses.

Perderemos, é certo, o Supremo Tribunal de Justiça; mas, tendo a Câmara municipal do Tubarão, em um assomo de cólera, qualificado um ato daquela instituição como *ignobilmente anormal*, e não nos convindo, nem cortar as relações com o Tubarão, nem sair da escola do respeito, melhor é que o Tribunal se mude e nos deixe. Grande Tubarão! Tudo por causa de um homem. O que não dirá ele por um princípio?

Gazeta de Notícias, 22 de janeiro de 1893

Gosto deste homem pequeno e magro chamado Barata Ribeiro

Gosto deste homem pequeno e magro chamado Barata Ribeiro, prefeito municipal, todo vontade, todo ação, que não perde o tempo a ver correr as águas do Eufrates. Como Josué, acaba de pôr abaixo as muralhas de Jericó, vulgo *Cabeça de porco*. Chamou as tropas, segundo as ordens de Javé; durante os seis dias da escritura, deu volta à cidade e depois mandou tocar as trombetas. Tudo ruiu, e, para mais justeza bíblica, até carneiros saíram de dentro da *Cabeça de porco,* tal qual da outra Jericó saíram bois e jumentos. A diferença é que estes foram passados a fio de espada. Os carneiros não só conservaram a vida mas receberam ontem algumas ações de sociedades anônimas.

Outra diferença. Na velha Jericó houve, ao menos, uma casa de mulher que salvar, porque a dona tinha acolhido os mensageiros de Josué. Aqui nenhuma recebeu ninguém. Tudo pereceu, portanto, e foi bom que perecesse. Lá estavam para fazer cumprir a lei a autoridade policial, a autoridade sanitária, a força pública, cidadãos de boa vontade, e cá fora é preciso que esteja aquele apoio moral, que dá a opinião pública aos varões provadamente fortes.

Não me condenem as reminiscências de Jericó. Foram os lindos olhos de uma judia que me meteram na cabeça os passos da Escritura. Eles é que me fizeram ler no livro do Êxodo a condenação das imagens, lei que eles entendem mal, por serem judeus, mas que os olhos cristãos entendem pelo único sentido verdadeiro. Tal foi a causa de não ir, desde anos, à procissão de são Sebastião, em que a imagem do nosso padroeiro é transportada da catedral ao Castelo. Sexta-feira fui vê-la sair. Éramos dois, um amigo e eu; logo depois éramos quatro, nós e as nossas melancolias. Deus de bondade! Que diferença entre a procissão de sexta-feira e as de outrora. Ordem, número, pompa, tudo o que havia quando eu era menino, tudo desapareceu. Valha a piedade, posto não faltaram olhos cristãos, e femininos — um par deles —

para acompanhar com riso amigo e particular uma velha opa encarnada e inquieta. Foi o meu amigo que notou essa passagem do *Cântico dos cânticos*. Todo eu era pouco para evocar a minha meninice...

E tu, Belém Efrata... Vede ainda uma reminiscência bíblica; é do profeta Miqueias... Não tenho outra para significar a vitória de Teresópolis. De Belém tinha de vir o salvador do mundo, como de Teresópolis há de vir a salvação do estado fluminense. Está feito capital o lindo e fresco deserto das montanhas. Peso de Campos (agora é imitar o profeta Isaías), peso de Vassouras, peso de Niterói. Não valeram riquezas, nem súplicas. A ti, pobre e antiga Niterói, não te valeu a eloquência do teu Belisário Augusto, nem sequer a rivalidade das outras cidades pretendentes. Tinha de ser Teresópolis. "E tu, Belém Efrata, tu és pequenina entre as milhares de Judá..." Pequenina também é Teresópolis, mas pequenina em casas; terras há muitas, pedras não faltam, nem cal, nem trolhas, nem tempo. Falta o meu velho amigo Rodrigues — ora morto e enterrado —, que possuía uma boa parte daquelas terras desertas. Ai, Justiniano! Os teus dias passaram como as águas que não voltam mais. É ainda uma palavra da Escritura.

Fora com estes sapatos de Israel. Calcemo-nos à maneira da rua do Ouvidor, que pisamos, onde a vida passa um burburinho de todos os dias e de cada hora. Chovem assuntos modernos. O banco, por exemplo, o novo banco, filho de dois pais, como aquela criança divina que era, dizia Camões, nascida de duas mães. As duas mães, como sabeis, eram a madre de sua madre, e a coxa de seu padre, porque no tempo em que Júpiter engendrou esse pequerrucho, ainda não estava descoberto o remédio que previne a concepção para sempre, e de que ouço falar na rua do Ouvidor. Dizem até que se anuncia, mas eu não leio anúncios.

No tempo em que os lia, até os ia catar nos jornais estrangeiros. Um destes, creio que americano, trazia um de excelente remédio para não sei que perturbações gástricas; recomendava, porém, às senhoras que o não tomassem, em estado de gravidez, pelo risco que corriam de abortar... O remédio não tinha outro fim senão justamente este; mas a polícia ficava sem haver por onde pegar do invento e do inventor. Era assim, por meios astutos e grande dissimulação, que o remédio se oferecia às senhoras cansadas de aturar crianças.

A moeda falsa, que previne a miséria, não a previne para sempre, visto que a polícia tem o poder iníquo de interromper os estudos de gravura e meter toda uma academia na detenção. Já li que se trata de *demolir caracteres*, e também que a autoridade está *atacando o capital*. Eu, em se me falando esta linguagem, fico do lado do capital e dos caracteres. Que pode, sem eles, uma sociedade?

Um criado meu, que perdeu tudo o que possuía na compra de *desventuras*... perdoem-lhe; é um pobre homem que fala mal. Ensinei-lhe a correta pronúncia de *debêntures*, mas ele disse-me que desventuras é o que elas eram, desventuras e patifarias. Pois esse criado também defende o capital; a diferença é que não se acusa a si de atacar o dos outros, e sim aos outros de lhe terem levado o seu. Quanto aos caracteres, entende que, se alguma coisa quer demolir, não são os caracteres, mas as próprias caras, que são os caracteres externos, e não o faz por medo da polícia.

Lê tudo o que os jornais publicam, este homem. Foi ele que me deu notícia da nova denúncia contra a Geral; ele chama-lhe nova, não sei se houve outra. Contou-me também uma história de discursos, paraninfos e retratos, e mais um contrabando de objetos de prata dentro de um canapé velho.

— Não ganho dinheiro com isto — conclui ele —; mas consolo-me das minhas desventuras.

— Debêntures, José Rodrigues.

Gazeta de Notícias, 29 de janeiro de 1893

Contaram algumas folhas esta semana

Contaram algumas folhas esta semana que um homem, não querendo pagar por um quilo de carne preço superior ao taxado pela Prefeitura, ouvira do açougueiro que poderia pagar o dito preço, mas que o *quilo seria mal pesado*.

Para, amigo leitor; não te importes com o resto das coisas, nem dos homens. Com um osso, queria o outro reconstruir um animal, com aquela só palavra, podemos recompor um animal, uma família, uma tribo, uma nação, um continente de animais. Não é que a palavra seja nova. É menos velha que o diabo, mas é velha. Creio que no tempo das libras, já havia libras mal pesadas, e até arrobas. O nosso erro é crer que inventamos, quando continuamos, ou simplesmente copiamos. Tanta gente pasma ou vocifera diante de pecados, sem querer ver que outros iguais pecados se pecaram, e ainda outros se estão pecando, por várias outras terras pecadoras.

Andamos em boa companhia. Não nos hão de lapidar por atos que são antes efeito de uma epidemia do tempo. Ou lapidem-nos, mas no sentido em que se lapida um diamante, para se lhe deixar o puro brilho da espécie. Neste ponto, força é confessar que ainda há por aqui impurezas e defeitos graves; mas o belo diamante Estrela do Sul, que hoje pertence a não sei que coroa europeia, não foi achado na bagagem prestes a ser engastado, mas naturalmente bruto. Há impurezas. Há inépcia, por exemplo, muita inépcia. Quando não é inépcia, são inadvertências. Apontam-se diamantes que tanto têm de finos como de pataus, e só o longo estudo da mineralogia poderá dar a chave da contradição.

Mas, *sursum corda*, como se diz na missa. Subamos ao alto valor espiritual da resposta do açougueiro. *Um quilo mal pesado*. Pela lei, um quilo mal pesado não é quilo, são novecentos e tantos gramas, ou só novecentos. Mas a persistência do nome é que dá a grande significação da palavra e a consequente teoria. Trata-se de uma ideia que o vendedor e o comprador entendem, posto que legalmente não exista. Eles creem e juram que há duas espécies de quilo, o de peso justo e o mal pesado. Perderão a carne ou o preço, primeiro que a convicção.

Ora bem, não será assim com o resto? Que são notas falsas, se acaso estão de acordo com as verdadeiras, e apenas se distinguem delas por uma tinta menos viva, ou por alguns pontos mais ou menos incorrectos? Falsas seriam, se se parecessem tanto com as outras, como um rótulo de farmácia com um bilhete do Banco Emissor de Pernambuco, para não ir mais longe; mas se entre as notas do mesmo banco houver apenas diferenças miúdas de cor ou de desenho, as chamadas falsas estão para as verdadeiras, como o quilo mal pesado para o quilo de peso justo. Excluo naturalmente o caso de emissões clandestinas, porque as notas de tais emissões nunca se poderão dizer mal pesadas. O peso é o mesmo. A alteração única está no acréscimo do mantimento, determinado pelo acréscimo dos quilos. Quanto ao mais, falsas ou verdadeiras, valha-nos aquela benta francesia que diz que *tout finit par des chansons.*

Pañuelo a la cintura,
Pañuelo al cuello,
Yo no sé donde salen
Tantos pañuelos!

Saiam donde for, basta que enfeitem a moça andaluza. Não lhe faltarão guitarras nem guitarreiros que levantem até a lua os seus méritos, ainda que eles sejam mal pesados. Que valem cinquenta ou cem gramas de menos a um merecimento, se lhe não tiram este nome? Tudo está no nome. Vi estadistas que tinham de ciência política um quilo muito mal pesado, e nunca os vi gritar contra o açougueiro; alguns acabaram crendo que o peso era justo, outros que até traziam um pedaço de quebra...

— Isto prova — interrompe-me aqui o açougueiro —, que o senhor entende pouco do que escreve. Se realmente tivesse ideias claras, saberia que não há só quilos mal pesados; também os há bem pesados. Mas quem os recebe da segunda classe, não corre às folhas públicas. Creia-me, isto de filosofia não se faz com a pena no papel, mas também com o facão na alcatra. Saiba que o mundo é uma balança, em que se pesam alternadamente aqueles dois quilos, entre brados de alegria e de indignação. Para mim, tenho que o quilo mal pesado foi inventado por Deus, e o bem pesado pelo Diabo; mas os meus fregueses pensam o contrário, e daí um povo de cismáticos, uma raça perversa e corrupta...

— Bem; faça o resto da crônica.

Gazeta de Notícias, 5 de fevereiro de 1893

FALECI ONTEM, PELAS SETE HORAS DA MANHÃ

Faleci ontem, pelas sete horas da manhã. Já se entende que foi sonho; mas tão perfeita a sensação da morte, a despegar-me da vida, tão ao vivo o caminho do céu, que posso dizer haver tido um antegosto da bem-aventurança.

Ia subindo, ouvia já os coros de anjos, quando a própria figura do Senhor me apareceu em pleno infinito. Tinha uma ânfora nas mãos, onde espremera algumas dúzias de nuvens grossas, e inclinava-a sobre esta cidade, sem esperar procissões que lhe pedissem chuva. A sabedoria divina mostrava conhecer bem o que convinha ao Rio de Janeiro; ela dizia enquanto ia entornando a ânfora:

— Esta gente vai sair três dias à rua com o furor que traz toda a restauração. Convidada a divertir-se no inverno, preferiu o verão, não por ser melhor, mas por ser a própria quadra antiga, a do costume, a do calendário, a da tradição, a de Roma, a de Veneza, a de Paris. Com temperatura alta, podem vir transtornos de saúde, algum aparecimento de febre, que os seus vizinhos chamem logo amarela, não lhe podendo chamar pior... Sim, chovamos sobre o Rio de Janeiro.

Alegrei-me com isto, posto já não pertencesse à terra. Os meus patrícios iam ter um bom Carnaval, velha festa, que está a fazer quarenta anos, se já os não fez. Nasceu um pouco por decreto, para dar cabo do entrudo, costume velho, datado da colônia e vindo da metrópole. Não pensem os rapazes de vinte e dois anos que o entrudo era alguma coisa semelhante às tentativas de ressurreição, empreendidas com bisnagas. Eram tinas d'água, postas na rua ou nos corredores, dentro das quais metiam à força um cidadão todo — chapéu, dignidade e botas. Eram seringas de lata; eram limões de cera. Davam-se batalhas porfiadas de casa a casa, entre a rua e as janelas, não contando as bacias d'água despejadas à traição. Mais de uma tuberculose caminhou em três dias o espaço de três meses. Quando menos, nasciam as constipações e bronquites, rouquidões e tosses, e era a vez dos boticários, porque, naqueles tempos infantes e rudes, os farmacêuticos ainda eram boticários.

Cheguei a lembrar-me, apesar de ir a caminho do céu, dos episódios de amor que vinham com o entrudo. O limão de cera, que de longe podia escalavrar um olho, tinha um ofício mais próximo e inteiramente secreto. Servia a molhar o peito das moças; era esmigalhado nele pela mão do próprio namorado, maciamente, amorosamente, interminavelmente...

Um dia veio, não Malherbe, mas o Carnaval, e deu à arte da loucura uma nova feição. A alta-roda acudiu de pronto; organizaram-se sociedades, cujos nomes e gestos ainda esta semana foram lembrados por um colaborador da *Gazeta*. Toda a fina flor da capital entrou na dança. Os personagens históricos e os vestuários pitorescos, um doge, um mosqueteiro, Carlos V, tudo ressurgia às mãos dos alfaiates, diante de figurinos, à força de dinheiro. Pegou o gosto das sociedades, as que morriam eram substituídas, com vária sorte, mas igual animação.

Naturalmente, o sufrágio universal, que penetra em todas as instituições deste século, alargou as proporções do Carnaval, e as sociedades multiplicaram-se, como os homens. O gosto carnavalesco invadiu todos os espíritos, todos os bolsos, todas as ruas. *Evohé! Bacchus est roi!* dizia um coro de não sei que peça do Alcazar Lírico, outra instituição velha, mas velha e morta. Ficou o coro, com esta simples emenda: *Evohé! Momus est roi!*

Não obstante as festas da terra, ia eu subindo, subindo, subindo, até que cheguei à porta do céu, onde são Pedro parecia aguardar-me, cheio de riso.

— Guardaste para ti tesouros no céu ou na terra? — perguntou-me.

— Se crer em tesouros escondidos na terra é o mesmo que escondê-los, confesso o meu pecado, porque acredito nos que estão no morro do Castelo, como nos cento e cinquenta contos fortes do homem que está preso em Valhadolide. São fortes, segundo o meu criado José Rodrigues, quer dizer que são trezentos contos. Creio neles. Em vida fui amigo de dinheiro, mas havia de trazer mistério. As grandes riquezas deixadas no Castelo pelos jesuítas foram uma das minhas crenças da meninice e da mocidade; morri com ela, e agora mesmo ainda a tenho. Perdi saúde, ilusões, amigos e até dinheiro; mas a crença nos tesouros do Castelo não a perdi. Imaginei a chegada da ordem que expulsava os jesuítas. Os padres do colégio não tinham tempo nem meios de levar as riquezas consigo; depressa, depressa, ao subterrâneo, venham os ricos cálices de prata, os cofres de brilhantes, safiras, corais, as dobras e os dobrões, os vastos sacos cheios de moeda, cem, duzentos, quinhentos sacos. Puxa, puxa este santo Inácio de ouro maciço, com olhos de brilhantes, dentes de pérolas; toca a esconder, a guardar, a fechar...

— Para — interrompeu-me são Pedro —; falas como se estivesses a representar alguma coisa. A imaginação dos homens é perversa. Os homens sonham facilmente com dinheiro. Os tesouros que valem são os que se guardam no céu, onde a ferrugem os não come.

— Não era o dinheiro que me fascinava em vida, era o mistério. Eram os trinta ou quarenta milhões de cruzados escondidos, há mais de século, no Castelo; são os trezentos contos do preso de Valhadolide. O mistério, sempre o mistério.

— Sim, vejo que amas o mistério. Explicar-me-ás este de um grande número de almas que foram daqui para o Brasil e tornaram sem se poderem incorporar?

— Quando, divino apóstolo?

— Ainda agora.

— Há de ser obra de um médico italiano, um doutor... esperai... creio que Abel, um doutor Abel, sim, Abel... É um facultativo ilustre. Descobriu um processo para esterilizar as mulheres. Correram muitas, dizem; afirma-se que nenhuma pode já conceber; estão prontas.

— As pobres almas voltavam tristes e desconsoladas; não sabiam a que atribuir essa repulsa. Qual é o fim do processo esterilizador?

— Político. Diminuir a população brasileira, à proporção que a italiana vai entrando; ideia de Crispi, aceita por Giolitti, confiada a Abel...

— Crispi foi sempre tenebroso.

— Não digo que não; mas, em suma, há um fim político, e os fins políticos são sempre elevados... Panamá, que não tinha fim político...
— Adeus, tu és muito falador. O céu é dos grandes silêncios contemplativos.

Gazeta de Notícias, 12 de fevereiro de 1893

É MEU VELHO COSTUME LEVANTAR-ME CEDO

É meu velho costume levantar-me cedo e ir ver as belas rosas, frescas murtas, e as borboletas que de todas as partes correm a amar no meu jardim. Tenho particular amor às borboletas. Acho nelas algo das minhas ideias, que vão com igual presteza, senão com a mesma graça. Mas deixemo-nos de elogios próprios; vamos ao que me aconteceu ontem de manhã.

Quando eu mais perdido estava a mirar uma borboleta e uma ideia, parado no jardim da frente, ouvi uma voz na rua, ao pé da grade:

— Faz favor?

Não é preciso mais para fazer fugir uma ideia. A minha escapou-se-me, e tive pena. Vestia umas asas de azul-claro, com pintinhas amarelas, cor de ouro. Cor de ouro embora, não era a mesma (nem para lá caminhava) do banqueiro Oberndoerffer, que depôs agora no processo Panamá. Esse cavalheiro foi quem deu à companhia a ideia da emissão de bilhetes de loteria e o respectivo *plano*, para falar como no beco das Cancelas. Pagaram-lhe só por esta ideia dois milhões de francos. O presidente do Tribunal ficou assombrado. Mas um dos diretores, réu no processo, explicou o caso dizendo que o banqueiro tinha grande influência na praça, e que assim trabalharia a favor da companhia, em vez de trabalhar contra. Teve uma feliz ideia, disse o juiz ao depoente; mas para os acionistas, era melhor que não a tivesse tido. O depoente provou o contrário e retirou-se.

Tivesse eu a mesma ideia, e não a venderia por menos. Olhem, não fui eu que ideei esta outra loteria, mais modesta, do Jardim Zoológico, mas, se o houvesse feito, não daria a minha ideia por menos de cem contos de réis; podia fazer algum abate, cinco por cento, digamos dez. Relativamente não se pode dizer que fosse caro. Há invenções mais caras.

Mas, vamos ao caso de ontem de manhã. Olhei para a porta do jardim, dei com um homem magro, desconhecido, que me repetiu cochichando.

— Faz favor?

Cheguei a supor que era uma relíquia do Carnaval; erro crasso, porque as relíquias do Carnaval vão para onde vão as luas velhas. As luas velhas, desde o princípio do mundo, recolhem-se a uma região que fica à esquerda do infinito, levando apenas algumas lembranças vagas deste mundo. O mundo é que não guarda nenhuma lembrança delas. Nem os namorados têm saudades das boas amigas, que, quando eram moças e cheias, tanta vez os cobriram com o seu longo manto transparente. E suspiravam por elas; cantavam à viola mil cantigas saudosas, dengosas ou simplesmente tristes; faziam-lhes versos, se eram poetas:

> Era no outono, quando a imagem tua,
> À luz da lua...

> *C'etait dans la nuit brune,*
> *Sur le clocher jauni,*
> *La lune...*

Todos os metros, todas as línguas, enquanto elas eram moças; uma vez encanecidas, adeus. E lá vão elas para onde vão as relíquias do Carnaval — não sei se mais esfarrapadas, nem mais tristes; mas vão, todas de mistura, trôpegas, deixando pelo caminho as metáforas e os descantes de poetas e namorados.

Reparando bem, vi que o homem não era precisamente um trapo carnavalesco. Trazia na mão um papel, que me mostrava de longe, a princípio, calado, depois dizendo que era para mim. Que seria? Alguma carta, talvez um telegrama. Que me dirá esse telegrama? Agora mesmo, houve em Blumenau a prisão do sr. Lousada. Telegrafaram a 16 esta notícia, acrescentando que "o povo dá demonstração sensível de indignação". Para quem conhece a técnica dos telegramas, o povo estava jogando o bilhar. Tanto é assim que o próprio telegrama, para suprir a dubiedade e o vago daquelas palavras, concluiu com estas: "esperam-se acontecimentos gravíssimos". Sabe-se que o superlativo paga o mesmo que o positivo; naturalmente o telegrama não custou mais caro.

Vejam, entretanto, como me enganei. Realmente, houve acontecimentos gravíssimos; a 17 telegrafaram que vinte homens armados feriram gravemente o comissário de polícia: esperavam-se outras cenas de sangue. Vinte homens não são o algarismo ordinário de um povo; mas eram graves os sucessos. Outro telegrama, porém, não fala de tal ataque; diz apenas que uma comissão do povo foi exigir providências do juiz de direito, que este pedia a coadjuvação do povo para manter a ordem, e ficou solto Lousada. Tudo isto, se não é claro, traz-me recordações da infância, quando eu ia ao teatro ver uma velha comédia de Scribe, o *Chapéu de palha da Itália*. Havia nela um personagem que atravessava os cinco atos exclamando alternadamente, conforme os lances da situação: "Meu genro, tudo está desfeito!" "Meu genro, tudo está reconciliado!"

— Telegrama? — perguntei.
— Não, senhor — disse o homem.
— Carta?
— Também não. Um papel.

Caminhei até a porta. O desconhecido, cheio de afabilidade que lhe agradeço nestas linhas, entregou-me um pedacinho de papel impresso, com alguns dizeres manuscritos. Pedi-lhe que esperasse; respondeu-me que não havia resposta, tirou o chapéu, e foi andando. Lancei os olhos ao papel, e vi logo que não era para mim, mas para o meu vizinho. Não importa; estava aberto e pude lê-lo. Era uma intimação da Intendência municipal.

Esta intimação começava dizendo que ele tinha de ir pagar a certa casa, na rua Nova do Ouvidor, a quantia de mil e quinhentos réis, preço da placa do número da casa em que mora. Concluí que também eu teria de pagar mil e quinhentos, quando recebesse igual papel, porque a minha casa também recebera placa nova. O papel era assinado pelo fiscal. Achei tudo correto, salvo o ponto de ir pagar a um particular, e não à própria Intendência; mas a explicação estava no fim.

Se a pessoa intimada não pagasse no prazo de três dias, incorreria na multa de trinta mil-réis. Estaquei por um instante; três dias, trinta mil-réis, por uma placa, era um pouco mais do que pedia o serviço, um serviço que, a rigor, a Intendência é que devia pagar. Mas estava longe dos meus espantos. Continuei a leitura, e vi que, no caso de reincidência, pagaria o dobro (sessenta mil-réis) e teria oito dias de cadeia. Tudo isto em virtude de um contrato.

O papel e a alma caíram-me aos pés. Oito dias de cadeia e sessenta mil-réis se não pagar uma placa de mil e quinhentos! Tudo por contrato. Afinal apanhei o papel, e ainda uma vez o li; meditei e vi que o contrato podia ser pior, podia estatuir a perda do nariz, em vez da simples prisão. A liberdade volta; nariz cortado não volta. Além disso, se Xavier de Maistre, em quarenta e dois dias de prisão, escreveu uma obra-prima, por que razão, se eu for encarcerado por causa da placa, não escreverei outra? Quem sabe se a falta de cadeia não é que me impede esta consolação intelectual? Não, não há pena; esta cláusula do contrato é antes um benefício.

Verdade é que um legista, amigo meu, afirma que não há carcereiro que receba um devedor remisso de placas. Outro, que não é legista, mas é devedor, há três meses, assevera que ainda ninguém o convidou a ir para a detenção. A pena é um espantalho. Que desastre! Justamente quando eu começava a achá-la útil. Pois se não há cadeia de verdade, é o caso de vistoria e demolição.

Gazeta de Notícias, 19 de fevereiro de 1893

O QUE MAIS ME ENCANTA NA HUMANIDADE É A PERFEIÇÃO

O que mais me encanta na humanidade é a perfeição. Há um imenso conflito de lealdades debaixo do sol. O concerto de louvores entre os homens pode dizer-se que é já música clássica. A maledicência, que foi antigamente uma das pestes da terra, serve hoje de assunto a comédias fósseis, a romances arcaicos. A dedicação, a generosidade, a justiça, a fidelidade, a bondade, andam a rodo, como aquelas moedas de ouro com que o herói de Voltaire viu os meninos brincarem nas ruas de El-Dorado.

A organização social podia ser dispensada. Entretanto, é prudente conservá-la por algum tempo, como um recreio útil. A invenção de crimes, para serem publicados à maneira de romances, vale bem o dinheiro que se gasta com a segurança e a justiça públicas. Algumas dessas narrativas são demasiado longas e enfadonhas, como a *Maria de Macedo,* cujo sétimo volume vai adiantado; mas isso mesmo é um benefício. Mostrando aos homens os efeitos de um grande enfado, prova-se-lhes que o tipo do maçante — ou *cacete,* como se dizia outrora — é dos piores deste mundo, e impede-se a volta de semelhante flagelo. Uma das boas instituições do século é a *falange das coisas perdidas,* composta dos antigos gatunos e incumbida de apanhar os relógios e carteiras que os descuidados deixam cair, e restituí-los a seus donos. Tudo efeito de discursos morais.

Posto que inútil, pela ausência de crimes, o júri é ainda uma excelente instituição. Em primeiro lugar, o sacrifício que fazem todos os meses alguns cidadãos em deixarem os seus ofícios e negócios para fingirem de réus é já um grande exemplo de civismo. O mesmo direi dos jurados. Em segundo lugar, o torneio de palavras a que dá lugar entre advogados constitui uma boa escola de eloquência. Os jurados aprendem a responder aos quesitos, para o caso de aparecer algum crime. Às vezes, como sucedeu há dias, enganam-se nas respostas, e mandam um réu para as galés, em vez de o devolverem à família; mas, como são simples ensaios, esse mesmo erro é benefício, para tirar aos homens alguma pontinha de orgulho de sapiência que porventura lhes haja ficado.

Mas a perfeição maior, a perfeição máxima, é a de que nos deu notícia esta semana o cabo submarino. O grão-turco, por ocasião do jubileu do papa, escreveu-lhe uma carta autógrafa de felicitações, acompanhada de presentes de alta valia. Não se pode dizer que sejam cortesias temporais. O papa já não governa, como o sultão da Turquia. A fineza é ao chefe espiritual, tão espiritual como o jubileu. Já cismáticos e heréticos tinham feito a mesma coisa; faltava o grão-turco, e já não falta. Alá cumprimentou o Senhor, Maomé a Cristo. Tudo o que era contraste, fez-se harmonia, o oposto ajustou-se ao oposto. Ondas e ondas de sangue custou o conflito de dois livros. A cruz e o crescente levaram atrás de si milhares e milhares de homens. Houve cóleras grandes. Houve também grandes e pequenos poetas que cantaram os feitos e os sentimentos evangélicos, ora pela nota marcial, ora pela nota desdenhosa. Um deles dedilhou no alaúde romântico a história daquele sultão que requestava uma cantarina de Granada, e lhe prometia tudo:

> *Je donnerais sans retour*
> *Mon royaume pour Médine,*
> *Médine pour ton amour.*

— Rei sublime, faze-te primeiramente cristão — respondeu a bela Juana —; danado é o prazer que uma mulher pode achar nos braços de um incrédulo.

Tempos de Granada! Já não é preciso que os sultões se cristianizem. Agora é a Sublime Porta, com a sua chancelaria, as suas circulares diplomáticas, os seus gestos ocidentais, que desaprendeu o *crê ou morre* para celebrar a festa de um grande incrédulo do Corão. Onde vão as guerras de outrora? Onde param os alfanjes tintos de sangue cristão? Naturalmente estão com as espadas tintas de sangue muçulmano. Vivam os vivos!

Eu, se pudesse dar um conselho em tais casos, propunha a emenda do breviário. *Glória a Deus nas alturas,* deve ficar; mas para que acrescentar: *e na terra paz aos homens*? A paz aí está, completa, universal, perene. Vede Ubá. Vede que magnífico espetáculo deu ela a todos os municípios do estado mineiro, fazendo uma eleição tranquila, sem as ruins paixões que corrompem os melhores sentimentos deste mundo. O governador de São Paulo achou-se em casa com cerca de oitenta bombons de dinamite — excelente produto da indústria local que conseguiu reduzir um explosivo tão violento a simples doce de confeitaria.

Não falo de Pernambuco, nem do Rio Grande do Sul, nem das amazonas de Daomé, nem das danças de Madri, a que chamaram tumultos, por ignorância do espanhol, nem da Guaratiba, nem de tantas outras partes e artes, que são consolações da nossa humanidade triunfante.

Mas a paz não basta. Falta dizer da alegria. Oh! doce alegria dos corações! Um só exemplo, e dou fim a isto. Aqui está o parecer dos síndicos da Geral, publicado sexta-feira. Diz que entre os nomes da proposta de concordata há alguns jocosos e outros obscenos. O parecer censura esse gênero de literatura concordatária. Escrito com a melancolia que a natureza, para realçar a alegria do século, pôs na alma de todos os síndicos, o parecer não compreende a vida e as suas belas flores. Isto quanto aos nomes jocosos. Pelo que toca aos obscenos, é preciso admitir que, assim como há bocas recatadas, também as há lúbricas. A alegria tem todas as formas, não se há de excluir uma, por não ser igual às outras. A monotonia é a morte. A vida está na variedade.

Demais, que se há de fazer com acionistas que ainda devem de entradas oitenta e cinco mil oitocentos e quarenta e seis contos, cento e sessenta mil e duzentos réis (85.846:160$200)? Rir um pouco, e bater-lhes na barriga. Ora, cada um ri com a boca que tem. Mas a prova de que a obscenidade, como a jocosidade, formas de alegria, são de origem legítima e autêntica, é que todas as firmas foram legalmente reconhecidas. Quando a alegria entra nos cartórios, é que a tristeza fugiu inteiramente deste mundo.

Gazeta de Notícias, 26 de fevereiro de 1893

Quando os jornais anunciaram

Quando os jornais anunciaram para o dia 1º deste mês uma parede de açougueiros, a sensação que tive foi mui diversa da de todos os meus concidadãos. Vós ficastes aterrados; eu agradeci o acontecimento ao céu. Boa ocasião para converter esta cidade ao vegetarismo.

Não sei se sabem que eu era carnívoro por educação e vegetariano por princípio. Criaram-me a carne, mais carne, ainda carne, sempre carne. Quando cheguei ao uso da razão e organizei o meu código de princípios, incluí nele o vegetarismo; mas era tarde para a execução. Fiquei carnívoro. Era a sorte humana; foi a minha. Certo, a arte disfarça a hediondez da matéria. O cozinheiro corrige o talho. Pelo que respeita ao boi, a ausência do vulto inteiro faz esquecer que a gente come um pedaço de animal. Não importa, o homem é carnívoro.

Deus, ao contrário, é vegetariano. Para mim, a questão do paraíso terrestre explica-se clara e singelamente pelo vegetarismo. Deus criou o homem para os vegetais, e os vegetais para o homem; fez o paraíso cheio de amores e frutos, e pôs o homem nele. Comei de tudo, disse-lhe, menos do fruto desta árvore. Ora, essa chamada árvore era simplesmente carne, um pedaço de boi, talvez um boi inteiro. Se eu soubesse hebraico, explicaria isto muito melhor.

Vede o nobre cavalo! o paciente burro! o incomparável jumento! Vede o próprio boi! Contentam-se todos com a erva e o milho. A carne, tão saborosa à onça — e ao gato, seu parente pobre —, não diz coisa nenhuma aos animais amigos do homem, salvo o cão, exceção misteriosa, que não chego a entender. Talvez, por mais amigo que todos, comesse o resto do primeiro almoço de Adão, de onde lhe veio igual castigo.

Enfim, chegou o dia 1º de março; quase todos os açougues amanheceram sem carne. Chamei a família; com um discurso mostrei-lhe que a superioridade do vegetal sobre o animal era tão grande, que devíamos aproveitar a ocasião e adotar o são e fecundo princípio vegetariano. Nada de ovos, nem leite, que fediam a carne. Ervas, ervas santas, puras, em que não há sangue, todas as variedades das plantas, que não berram nem esperneiam, quando lhes tiram a vida. Convenci a todos; não tivemos almoço nem jantar, mas dois banquetes. Nos outros dias a mesma coisa.

Não desmaieis, retalhistas, nesta forte empresa. Dizia um grande filósofo que era preciso recomeçar o entendimento humano. Eu creio que o estômago também, porque não há bom raciocínio sem boa digestão, e não há boa digestão com a maldição da carne. Morre-se de porco. Quem já morreu de alface? Retalhistas, meus amigos, por amor daquele filósofo, por amor de mim, continuai a resistência. Os vegetarianos vos serão gratos. Tereis morte gloriosa e sepultura honrada, com ervas e arbustos. Não é preciso pedir, como o poeta, que vos plantem um salgueiro no cemitério; plantar é conosco; nós cercaremos as vossas campas de salgueiros tristes e saudosos. Que é nossa vida? Nada. A vossa morte, porém, será a grande reconstituição da humanidade. Que o Senhor vo-la dê suave e pronta.

Compreende-se que, ocupado com esta passagem da doutrina à prática, pouco haja atendido aos sucessos de outra espécie, que, aliás, são filhos da carne. Sim, o vegetarismo é pai dos simples. Os vegetarianos não se batem; têm horror ao sangue. Gostei, por exemplo, de saber que a multidão, na noite do desastre do Liceu de Artes e Ofícios, atirou-se ao interior do edifício para salvar o que pudesse; é ação própria da carne, que avigora o ânimo e o cega diante dos grandes perigos. Mas, quando li que, de envolta com ela, entraram alguns homens, não para despejar a casa, mas para despejar as algibeiras dos que despejavam a casa, reconheci também aí o sinal do carnívoro. Porque o vegetariano não cobiça as coisas alheias; mal chega a amar as próprias. Reconstituído segundo o plano divino, anterior à desobediência, ele torna às ideias simples e desambiciosas que o Criador incutiu no primeiro homem.

Se não pratica o furto, é claro que o vegetariano detesta a fraude e não conhece a vaidade. Daí um elogio a mim mesmo. Eu não me dou por apóstolo único desta grande doutrina. Creio até que os temos aqui, anteriores a mim, e — singular aproximação! — no próprio Conselho municipal. Só assim explico a nota jovial que entra em alguns debates sobre assuntos graves e gravíssimos.

Suponhamos a instrução pública. Aqui está um discurso, saído esta semana, mas proferido muito antes do dia 1º de março; discurso meditado, estudado, cheio de circunspeção (que o vegetariano não repele, ao contrário) e de muitas pontuações alegres, que são da essência da nossa doutrina. Tratava-se dos jardins da infância. O sr. Capelli notava que tais e tantos são os dotes exigidos nas *jardineiras,* beleza, carinho, idade inferior a trinta anos, boa voz, canto, que dificilmente se poderão achar neste país moças em quantidade precisa.

Não conheço o sr. Maia Lacerda, mas conheço o mundo e os seus sentimentos de justiça, para me não admirar do cordial *não apoiado* com que ele repeliu a asseveração do sr. Capelli. Não contava com o orador, que aparou o golpe galhardamente: "Vou responder ao seu *não apoiado*", disse ele. "As que encontramos, remetendo-as para lá, receio que, bonitas como soem ser as brasileiras, corram o risco de não voltar mais, e sejam apreendidas como belos espécimes do tipo americano".

Outro ponto alegre do discurso é o que trata da necessidade de ensinar a língua italiana, fundando-se em que a colônia italiana aqui é numerosa e crescente, e espalha-se por todo o interior. Parece que a conclusão devia ser o contrário; não ensinar italiano ao povo, antes ensinar a nossa língua aos italianos. Mas, posto que isto não tenha nada com o vegetarismo, desde que faz com que o povo possa ouvir as óperas sem libreto na mão, é um progresso.

Gazeta de Notícias, 5 de março de 1893

Que cuidam que me ficou dos últimos acontecimentos políticos do Amazonas?

Que cuidam que me ficou dos últimos acontecimentos políticos do Amazonas? Um verbo: *desaclamar-se*. Está em um dos telegramas do Pará e refere-se ao cidadão que, por algumas horas, estivera com o poder nas mãos. "Tendo em ofício participado a sua aclamação e marcado o prazo de 12 horas para a retirada do governador, *desaclamou-se* em seguida por outro ofício..."

Pode ser (tudo é possível) que o intuito da palavra fosse antes gracejar com a ação; mas as palavras, como os livros, têm os seus fados, e os desta serão prósperos. É uma porta aberta para as restituições políticas. Resignar, como abdicar, exprime a entrega de um poder legítimo, que o uso tornou pesado, ou os acontecimentos fizeram caduco. Mas, como se há de exprimir a restituição do poder que a aclamação de alguns entregou por horas a alguém? Desaclamar-se. Não vejo outro modo.

Mérimée confessou um dia que da história só dava apreço às anedotas. Eu nem às anedotas. Contento-me com palavras. Palavra brotada no calor do debate, ou composta por estudo, filha da necessidade, oriunda do amor ao requinte, obra do acaso, qualquer que seja a sua certidão de batismo, eis o que me interessa na história dos homens. Desta maneira fico abaixo do outro, que só curava de anedotas. Sim, meus amigos, nunca me vereis vencido por ninguém. Alta ou baixa que seja uma ideia, acreditai que tenho outra mais alta ou mais baixa. Assim o autor da *Crônica de Carlos IX* dava Tucídides por umas memórias autênticas de Aspásia ou de um escravo de Péricles. Eu dou as memórias deste escravo pela notícia da palavra que Péricles aplicava, em particular, aos cacetes e amoladores do seu tempo.

Que valem, por exemplo, todas as lutas do nosso velho parlamentarismo, em comparação com esta simples palavra: *inverdade*? Inverdade é o mesmo que mentira, mas mentira de luva de pelica. Vede bem a diferença. Mentira só, nua e crua, dada na bochecha, dói. Inverdade, embora dita com energia, não obriga a ir aos queixos da pessoa que a profere. "Perdoe-me v. ex.ª, mas o que acaba de dizer é uma inverdade; nunca o presidente da Paraíba afirmou tal coisa." "Inverdade é a sua; desculpe-me que lhe diga em boa amizade; v. ex.ª neste negócio tem espalhado as maiores inverdades possíveis! para não ir mais longe, o crime atribuído ao redator do *Imparcial*..." "São pontos de vista; peço a palavra."

Parece que inexatidão bastava ao caso; mas é preciso atender ao uso das palavras. Não cansam só as línguas que as dizem; elas próprias gastam-se. Quando menos, adoecem. A anemia é um dos seus males frequentes; o esfalfamento é outro. Só um longo repouso as pode restituir ao que eram, e torná-las prestáveis.

Não achei a certidão de batismo da inverdade; pode ser até que nem se batizasse. Não nasceu do povo, isso creio. Entretanto, esta moça pode ainda casar, conceber e aumentar a família do léxicon. Ouso até afirmar que há nela alguns sinais de pessoa que está de esperanças. E o filho é macho; e há de chamar-se *inverdadeiro*. Não se achará melhor eufemismo de mentiroso; é ainda mais doce que sua mãe, posto que seja feio de cara; mas quem vê cara, não vê corações.

Vi muitos outros viventes de igual condição, que mereceriam algumas linhas; mas o tempo urge, e fica para outra vez. Nem há só viventes separados; tenho visto irmãos, fileira de irmãos, saídos da mesma coxa ou do mesmo útero, com o nome de uma só família, apenas diferenciado pelo sufixo, cuja significação não alcanço. Um exemplo, e despeço-me.

A chefia, e particularmente a chefia de polícia, é uma dona robusta, de grandes predicados e alto poder. Supus por muitos anos que era filha única do velho chefe; mas os tempos me foram mostrando que não. Tem irmãs, tem irmãos, tem *chefação,* pessoa de igual ou maior força, porque a desinência é mais enérgica. Tem *chefança*. Vi muitas vezes esta outra senhora, à frente da polícia ou de um partido, disputar às irmãs o domínio exclusivo, sem alcançar mais que comparti-lo com elas. Vi ainda a nobre *chefatura,* tão válida e tão ambiciosa como as outras. Dos irmãos só conheço o esbelto *chefado,* que, alegando o sexo, pretendeu sempre a chefança, a chefatura, a chefação ou a chefia da família.

Parece que, à semelhança dos filhos de Jacó, invejosos de José, que era particularmente amado do pai, os filhos e filhas do velho chefe, vendo a predileção deste pela linda chefia, cuidaram de a matar. Estavam prestes a fazê-lo, quando surgiu a ideia de a meter na cisterna, e dizê-la morta por uma fera, como na Escritura; mas a vinda dos mesmos israelitas, com os seus camelos, carregados de mirra e aromas...

Velha imaginação, onde vais tu, pelos caminhos do sonho? Deixa os camelos e a sua carga, deixa o Egito, fecha as asas, abre os olhos, desce; esta é a rua do Ouvidor, onde não se mata José nem chefia; mas unicamente o tempo, esse bom e mau amigo, que não tem pai, nem mãe, nem irmãos, e domina todo este mundo, desde antes de Jacó até Deus sabe quando.

Para crônica, é pouco; mas para matar o tempo, sobra.

Gazeta de Notícias, 12 de março de 1893

Somos todos criados com três ou quatro ideias

Somos todos criados com três ou quatro ideias que, em geral, são o nosso farnel da jornada. Felizes os que podem colher, de caminho, alguma fruta, uma azeitona, um pouco de mel de abelhas, qualquer coisa que os tire do ramerrão de todos os dias. Para esses guardam os anjos um lugar delicioso, e um néctar, que não chamam especial para não confundi-lo com a goiabada ou o chá dos nossos armazéns humanos, mas que não é, com certeza, o néctar do vulgacho. Deixem ir néctar com anjos; todas as crenças se confundem neste fim de século sem elas.

Uma daquelas ideias com que nos criam e nos põem a andar é a do papelório. Julgo não ser preciso dizer o que seja papelório. Papelório exprime o processo do executivo, os seus trâmites e informações; ninguém confunde esta ideia com outra. Quando um homem não tem outra cólera, tem esta bela cólera contra o papelório. Terra do papelório!, costuma dizer um ancião que por falta de meios, amor ao distrito, medo ao mar, doença ou afeições de família, nunca pôs o nariz fora da barra. Terra do papelório! Ele não quer saber se a burocracia francesa é mãe da nossa. Também não lhe importa verificar se a administração inglesa é o que diz dela o filósofo Spencer, complicada, morosa e tardia. Terra do papelório! É uma ideia.

Essa ideia, mamada com o leite da infância, nunca foi aplicada aos negócios judiciários. Entretanto, esta mesma semana vi publicado o despacho de um juiz mandando que o escrivão numere os autos da Companhia Geral das Estradas de Ferro desde as folhas mil e tantas, em que a numeração havia parado. O despacho não diz quantas são as folhas por numerar, nem a imaginação pode calcular as folhas que terão de ser ainda escritas e ajuntadas a este processo. Duas mil? Três mil? Estendendo pela imaginação todas as folhas possíveis, ao lado das linhas férreas que a companhia chegaria a possuir, creio que o papel venceria o ferro.

Que papelório maior, e, a certos respeitos, que mais inútil? Os escrivães lucram, não há dúvida, e escrivão também é gente; mas é muita folha. Afinal, quem vem a lucrar deveras é o Taine de 1950. Quando esse investigador curioso entrar a farejar o que está debaixo dos tempos, para saber o que se pensou, se disse e se fez; e for às casas particulares e às públicas, aos cartórios e aos jornais, e escavar montanhas de papel, manuscrito ou impresso, descomposturas e defesas, arrazoados de toda a sorte, para extrair, recolher e recompor, então é que podem valer demandas, artigos, inquéritos. À falta de um Taine, um Balzac retrospectivo.

Talvez o meu espanto seja risível. Pode ser que os processos de milhares de folhas andem a rodo; em tal caso, perde-se no ar toda essa cantilena em que venho por aqui abaixo. Não digo que não. Eu não conheço o foro. Conheci um fiel de feitos, mas não vi se há ainda agora fiéis de feitos. O tal era um sujeito magro, esguio, velho, paletó e calças de brim safado, e uns sapatos rasos sem tacão nem escova. Debaixo do braço um protocolo e autos. Levava autos de um lado para outro, aos juízes, aos advogados, ao cartório. Como levaria ele o processo da Companhia Geral de Estradas de Ferro ou qualquer outro do mesmo tamanho? De carro, naturalmente. Talvez tivesse carro... Pobre Juvêncio! Morreu tarde para as suas misérias, mas cedo para as suas glórias.

Se já não houver fiel de feitos, quem fará hoje esse ofício? As próprias partes não pode ser, posto que um bom acordo e palavra dada valham mais que a diligência de um desgraçado. Os procuradores também não; os escrivães precisam escrever. Não adivinho. É caso para inventar um fiel mecânico, um velocípede consciente, mais rápido que o homem, e tão honrado. Tu, se tens o costume de inventar, recolhe-te em ti mesmo, e procura, investiga, acha, compõe, expõe, desenha, escreve um requerimento, e corre a sentar-te à sombra da lei dos privilégios.

Quando o velocípede assim aperfeiçoado entregar autos e recolher os recibos no protocolo, pode ser aplicado às demais esferas da atividade social, e teremos assim descoberto a chave do grande problema. Dez por cento da humanidade bastarão para os negócios do mundo. Os noventa por cento restantes são bocas inúteis, e, o que é pior, reprodutivas. Vinte guerras formidáveis darão cabo delas; um bom preservativo estabelecerá o equilíbrio para os séculos dos séculos. Talho em grande; não sou homem de pequenas vistas nem de golpes à flor.

Até lá, usemos da chocadeira, que um distinto ginecologista recomendou esta semana, em artigo sobre o famoso assunto da esterilização, que vai a caminho das outras coisas deste mundo. A chocadeira é conhecida; foi inventada para completar cá fora a vida do ente que não a pôde acabar alhures. Por lei fatal, não viveria; a chocadeira impõe-lhe a vida, vencendo assim a natureza. Bem comparando, é o velocípede consciente. O autor do artigo chama-lhe mãe artificial.

Propondo a chocadeira ao processo da esterilização, mostra ele que tal aparelho é necessário para um país que precisa de braços. Aviso aos nativistas. Quem não quiser aqui uma Babel de línguas, é chocar os tristes candidatos à existência, que não chegam a matricular-se. Aí terão eles matrícula e aprovação.

Quem és tu, pobre coisa de nada, que a metafísica do amor, ajudada da física, trouxe até às portas da existência? *Ego sum qui non sum.* Pois serás, meio filho de entranhas impacientes; aqui vemos com que sejas. Não te digo se, uma vez conhecido, serás bispo, general ou mendigo; digo-te que antes mendigo que nada.

Uma coisa, porém, que o autor do artigo não previu, nem o da chocadeira, é que extintas as demais aristocracias, virá essa outra, a dos nascidos a termo. O chocado fará o papel de plebeu. A sociedade compor-se-á de nascidos e chocados; e filho de chocadeira será a última injúria.

Gazeta de Notícias, 19 de março de 1893

Entrou o outono

Entrou o outono. Despontam as esperanças de ouvir Sarah Bernhardt e *Falstaff*. A arte virá assim, com as suas notas de ouro, cantadas e faladas, trazer à nossa alma aquela paz que alguns homens de boa vontade tentaram restituir à alma rio-grandense, reunindo-se quinta-feira na rua da Quitanda.

Creio que a arte há de ser mais feliz que os homens. Da reunião destes resultou saber-se que não havia solução prática de acordo com os seus intuitos. Talvez os convidados que lá não foram e mandaram os seus votos em favor do que passasse já adivinhassem isso mesmo. Viram de longe o texto da moção final, e a assinaram de véspera. Há desses espíritos que, ou por sagacidade pronta, ou por esforço grande, leem antes da meia-noite as palavras que a aurora tem de trazer escritas na capa vermelha e branca, saúdam as estrelas, fecham as janelas e vão dormir descansados. Alguns sonham, e creio que sonhos generosos; mas a imaginação e o coração não mudam a torrente das coisas, e os homens acordam frescos e leves, sem haver debatido nem incandescido nada.

Comecemos por pacificar-nos. Paz na terra aos homens de boa vontade — é a prece cristã; mas nem sempre o céu a escuta, e, apesar da boa vontade, a paz não alcança os homens e as paixões os dilaceram. Para este efeito, a arte vale mais que o céu. A própria guerra, cantada por ela, dá-nos a serenidade que não achamos na vida. Venha a arte, a grande arte, entre o fim do outono e o princípio do inverno.

Confiemos em Sarah Bernhardt com todos os seus ossos e caprichos, mas com o seu gênio também. Vamos ouvir-lhe a prosa e o verso, a paixão moderna ou antiga. Confiemos no grande *Falstaff*. Não é poético, decerto, aquele gordo sir John; afoga-se em amores lúbricos e vinho das Canárias. Mas tanto se tem dito dele, depois que o Verdi o pôs em música, que mui naturalmente é obra-prima.

O pior será o libreto, que, por via de regra, não há de prestar; mas leve o diabo libretos. Antes do dilúvio, ou mais especificamente, pelo tempo do *Trovador,* dizia-se que o autor do texto dessa ópera era o único libretista capaz. Não sei; nunca o li. O que me ficou é pouco para provar alguma coisa. Quando a cigana cantava: *Ai nostri monti ritorneremo,* a gente só ouvia o vozeirão da Casaloni, uma mulher que valia, corpo e alma, por uma companhia inteira. Quando Manrico rompia o famoso: *Di quella pira l'orrendo fuoco,* rasgaram-se as luvas com palmas ao Tamberlick ou ao Mirate. Ninguém queria saber do Camarano, que era o autor dos versos.

Resignemo-nos ao que algum mau alfaiate houver cortado na capa magnífica de Shakespeare. Têm-se aqui publicado notícias da obra nova, e creio haver lido que um trecho vai ser cantado em concerto; mas eu prefiro esperar. Demais, pouco é o tempo para ir seguindo esta outra guerra civil, a propósito do facultativo italiano, que mostra ser patrício de Maquiavel. Fez o seu anúncio, e entregou a causa aos adversários. Estes fazem, sem querer, o negócio dele; e se algum vai ficando conhecido, a culpa é das coisas, não da intenção; não se pode falar sem palavras, e as palavras fizeram-se para ser ouvidas. Não digo entendidas, posto que as haja de fina casta, tais como a isquioebetomia, a isquiopubiotomia, a sinfisiotomia, a cofarectomia, a histerectomia, a histero-salpingectomia, e outras que andam pelos jornais, todas de raça grega e talvez do próprio sangue dos atridas.

Tudo isto a propósito de um processo ignoto e célebre. Descobriu-se agora (segundo li) que uma senhora já o conhece e emprega. Seja o que for, é uma questão reduzida aos médicos; não passará aos magistrados. Vamos esquecendo; é o nosso ofício.

Bem faz o dr. Castro Lopes, que trabalha no silêncio, e de quando em quando aparece com uma descoberta, seja por livro, ou por artigo. Anuncia-se agora um volume de questões econômicas, em que ele trata, além de outras coisas, de uma moeda universal. Um só rebanho e um só pastor, é o ideal da Igreja católica. Uma só moeda deve ser o ideal da igreja do diabo, porque há uma igreja do diabo, no sentir de um grande padre. Venha, venha depressa esse volapuque das riquezas. Não lhe conheço o tamanho; pode ser do tamanho da de Licurgo ou das areias do mar. Mas não aconteça com a moeda universal o mesmo que aconteceu com o volapuque. Acabo de ler que um dos mais influentes propugnadores daquela língua reconhece a inutilidade do esforço. O comércio do mundo inteiro não pega, e prefere os seus dizeres antigos às combinações dos que gramaticaram aquele invento curioso. É que o artificial morre sempre, mais cedo ou mais tarde.

Gazeta de Notícias, 26 de março de 1893

Parece que um ou mais diretores de clubes esportivos

Parece que um ou mais diretores de clubes esportivos acusaram os *bookmakers* de atos de corrupção. Já apanhei a questão no meio, não posso dar todos os pormenores. Trata-se do suborno de jóqueis, para que estes façam perder os cavalos que lhes estão confiados, a fim de que tais e tais outros ganhem. Justamente indignados, os *bookmakers* repeliram a acusação, retorquindo que os próprios diretores é que subornam os jóqueis. Não tenho fundamento para crer em nenhum dos dois libelos; rejeito-os ambos. Uma coisa, porém, é afirmada por uma e outra banda, e dada por verdadeira: é que há jóqueis subornados.

Este é o ponto. E o que se pode chamar uma bela sociedade. Todos os domingos e dias feriados, centenas de pessoas atiram-se aos prados de corridas. Outras centenas, menos andareiras, deixam-se ficar aqui mesmo, apostando pelo telefone. A simpatia, a tradição, o palpite, levam grande parte de umas e outras aos cavalos *King, Otelo* ou *Moltke*. Tudo por *Otelo*! tudo por *Moltke*! tudo por *King*! dá-se o sinal. Os cavalos saem, correm, voam, chegam. Com eles vão outros, o *Veloz*, que os vai seguindo, depois *Vespasiano*, depois *Marte*... Lá vão, lá passam, lá ganham. Os jóqueis dos primeiros dobram-se cada vez mais sobre eles, tomam o freio nos dentes, voam inteiros, corpo e alma, tudo, mas não podem. Hurra por *Marte*! Hurra por *Veloz*! Hurra por *Vespasiano*!

Três pangarés, dizem os que perdem; como é que três animais ínfimos puderam vencer três cavalos de primeira ordem, os primeiros da capital? Abre-se debate, fez-se tumulto; não se atina com a razão. Algum haverá que atribua o caso a milagre; outro vai logo ao suborno. Daí as acusações.

Conversando com um senhor, um estrangeiro, creio que polaco, disse-me ele que os que perdem não creem jamais que tudo se passe naturalmente; há de haver milagre ou corrupção, isto é, intervenção de Deus ou do diabo.

— Então parece-lhe que realmente o *Moltke,* o *King* e *Otelo* deviam perder a corrida?
— Se quisessem, por que não?
— Se quisessem...?
— Ouça-me. Há entre os cavalos uma espécie de maçonaria. Cansados de se verem reduzidos a cartas de jogar ou dados, com o falaz pretexto de apurar a raça, os cavalos resolvem, às vezes, entre si, iludir as esperanças dos homens. Trocam os papéis, creio que de véspera, ou no próprio encilhamento, ao ouvido, às vezes por sinais de olhos. Quando a luta começa, os homens ficam embaraçados. Os cavalos, não podendo rir para fora, riem para dentro.
— Não é má!
— Não mofe, que é imitar os ignorantes. Que os cavalos façam acordos entre si, é coisa sabida por todos os que folheiam livros antigos. Diculasius, *op.*, lib. XXI, refere: "Os númidas contam que os seus cavalos combinam entre si, à imitação dos homens, a marcha que hão de ter, quando presumem que esta os fatigue em excesso, se forem pelo acordo dos cavaleiros". Cneius Publius, confirmando essa versão, acrescenta que a espécie cavalar é daquelas em que mais se ajustam as vontades. Mas o primeiro que estudou detidamente este assunto (não falando dos árabes) foi o filósofo Claudius Morbus; esse achou que os cavalos escarnecem dos homens: "Os ruins cavalos", diz ele em um dos seus tratados, "são muita vez cavalos excelentes; para escarnecer dos homens, fazem-se ruins, empacam, afrouxam o passo, ou simplesmente os cospem de si, para que eles os não aborreçam mais. Os cavalos que falam aos homens, como o de Aquiles, são raros, se é que ainda existe algum; geralmente falam entre si. Tendo estudado os gestos de cabeça e de olhos, não menos que os relinchos, cheguei a formular um vocabulário, que me tem servido para alguma coisa".
— O senhor está falando sério?
— Como quer que lhe fale?
— É que não me consta...
— Ah! isto não se acha nos grandes autores clássicos; é preciso vasculhar livros que poucos leem, que só lê a gente erudita, desculpe a expressão.
— Então, os cavalos...
— Os cavalos são homens; e não está longe o século em que os homens correrão também para recreio e lucro dos cavalos. Ora, se, nessas corridas do futuro, os homens, por meio de sinais, sussurro ou até meias-palavras, combinarem entre si uma troca de palpites, de modo que os últimos cheguem primeiro, e os considerados primeiros cheguem por último, que dirá o senhor?
— Perdão...
— Note que a hipótese é ainda mais natural com os homens, pela razão do domínio que eles têm sobre a terra, das civilizações anteriores e do orgulho que daí nasce. Que mais natural que isto, e que mais justo? O senhor não se admirará, decerto...
— Decerto.
— Por que se admira então de que os cavalos façam o mesmo?

— Eu lhe digo...

— Não me diga nada. Adivinho o que me vai dizer. Respondo-lhe que há de ser pior com o homem, sem que isso prove que o homem seja pior que o cavalo. O orgulho do cavalo é grande; ele não tem só a vaidade que lhe supõem os inadvertidos. Nas corridas lutam as mais das vezes com lealdade, por amor-próprio, defendem o nome e os brios. O próprio sangue os aguilhoa e leva. Quando, porém, os aborrecemos, dizem consigo provavelmente que não nasceram para gamão, nem loteria, ajustam-se e trocam de papel; *King* faz ganhar a *Vespasiano,* como *Otelo* cede o lugar a *Veloz.*

— Seja como for, perdemos o dinheiro que estava ganho.

— Tem graça! Não se perde nada, porque assim como os que deviam ganhar, perdem, assim também os que deviam perder, ganham. Há compensação. É o que se pode chamar uma bela sociedade.

Gazeta de Notícias, 2 de abril de 1893

O Conselho municipal vai regulamentar o serviço doméstico

O Conselho municipal vai regulamentar o serviço doméstico. Já há um projeto, apresentado esta semana pelo sr. intendente João Lopes, para substituir o que se adiara, e em breve estará, como se diz em dialeto parlamentar, no tapete da discussão.

Não me atribuam nenhuma trapalhice de linguagem, chamando intendente a um membro do Conselho municipal. Assim se chamam eles entre si. Podem retrucar que, no tempo das câmaras municipais, os respectivos membros eram vereadores. É verdade; mas, nesse caso, fora melhor ter conservado os nomes antigos, que eram uma tradição popular, uma ligação histórica, e creio até que a intendência que primeiro substituiu a Câmara, é menos democrática. Intendência e intendente cheiram a ofício executivo.

Mas, seja Câmara, Intendência ou Conselho, vai reformar o serviço doméstico, e desde já tem o meu apoio, embora os balanços da fortuna possam levar-me algum dia a servir, quando menos, o ofício de jardineiro. As flores (não é poesia) são a minha alma. Eu daria a coroa de Madagascar por uma rosa do Japão. Outros sacrificariam todas as flores de leste e de oeste pela coroa da ilha das Enxadas. São gostos. Agora mesmo, o corretor Souto, achando-se em graves embaraços pecuniários, pôs termo à vida. Pessoas há que, nas mesmas circunstâncias, criam alma nova. Pontos de vista.

Enquanto, porém, não me chega o infortúnio, quero o regulamento, que é muito mais a meu favor do que a favor do meu criado. Na parte em que me constrange, não será cumprido, porque eu não vim ao mundo para cumprir uma lei, só porque é lei. Se é lei, traga um pau; se não traz um pau, não é nada.

Um exemplo à mão. Qual é a primeira das liberdades, depois da de respirar? É a da circulação, suponho. Pois para que a tenhamos no meio da rua da Candelária, e no princípio da da Alfândega, vulgo *Encilhamento*, é preciso que andem ali a defendê-la dois praças de cavalaria. Desde 1890 estabeleceu-se naquele lugar uma massa compacta de cidadãos, que não deixava passar ninguém. Não digo que o motivo fosse expressamente restringir a liberdade alheia; pode ser que o intuito da reunião fosse tão somente formar um istmo, que de algum modo imitasse o de Panamá. Um Panamá que se desfazia todas as tardes, à mesma hora em que as antigas quitandeiras da rua Direita levantavam as suas tendas. Pode ser; o espírito de imitação é altamente fecundo.

Entretanto (é a minha tese), tirem dali os dois praças de cavalaria, e o *Encilhamento* continua. Já ali estiveram dois, e, para manter a liberdade da circulação, eram obrigados a disparar de vez em quando. Dispersavam a gente, é verdade, mas faziam perder e ganhar muito conto de réis, porque os jogadores apostavam sobre eles mesmos, a saber, qual dos dois praças chegaria a uma dada linha da rua. Saíram os praças, refez-se o istmo.

Mas venhamos ao nosso projeto municipal. Tem coisas excelentes; entre outras, o art. 18, que manda tratar os criados com bondade e caridade. A caridade, posta em regulamento, pode ser de grande eficácia, não só doméstica, mas até pública. Outra disposição que merece nota é a que respeita aos atestados passados pelo amo em favor dos criados; segundo o regulamento, devem ser conscienciosos. Na crise moral deste fim de século, a decretação da consciência é um grande ato político e filosófico. Pode criar-se assim uma geração capaz de encarar os tremendos problemas do futuro e refazer o caráter humano. Que tenha defeitos, admito. Assim, por exemplo, o art. 19 obriga amo e criado a darem parte à polícia dos seus ajustes, sob pena de pagar o amo trinta mil-réis de multa e de sofrer o criado cinco dias de prisão; isto é, ao amo tira-se o dinheiro, e ao criado ainda se lhe dá casa, cama e mesa. É irrisório, mas pode emendar-se.

Quando os criados fizerem os regulamentos, não creiam que sejam tão benignos com os amos. A primeira de suas disposições será naturalmente que toda a pessoa que contratar um criado, pagar-lhe-á certa quantia, a título de indenização, pelo incômodo de o tirar de seus lazeres. A segunda proverá à composição de um pequeno dicionário, em que se inscrevam as palavras duras, ou simplesmente imundas, que os criados poderão dizer aos amos, quando estes achem um copo menos transparente. A terceira definirá os casos em que um gatuno possa perder paulatinamente o vício, servindo a um homem e fumando-lhe os charutos, com tal graduação que, antes de vinte meses, só os fume comprados com o seu dinheiro.

Tudo isto quer dizer que a legislação, como a vida, é uma luta, cujo resultado obedece à influência mesológica. Oh! a influência do meio é grande. Que vemos no Rio Grande do Sul? Combate-se e morre-se para derrocar e defender um governo. Venhamos a Niterói, mais próximo do Teatro Lírico. Trata-se de depor a Intendência. Reúnem-se os autores e propugnadores da ideia, escrevem e assinam uma mensagem, nomeiam uma comissão, que sai a cumprir o mandato. A Intendência, avisada a tempo, está reunida; talvez de casaca. A comissão sobe, entra, corteja, fala:

— Vimos pedir, em nome do povo, que a Intendência deponha os seus poderes.

A Intendência, para imitar alguém, imita Mirabeau:

— Ide dizer ao povo, que estamos aqui pelos seus votos, e só sairemos pela força das baionetas!

A comissão corteja e vai levar a resposta ao povo. O povo, na sua qualidade de Luís XVI, exclama:

— É pois uma rebelião?

— Não, real senhor, é uma conservação.

Tudo isto limpo, correto, sem ódio nem teimosia, antes do jantar, antes do voltarete, antes do sono. Se alguém ficou sem pinga de sangue, não o perdeu na ponta de uma espada; foi só por metáfora, uma das mais belas metáforas da nossa língua, e ainda assim duvido que ninguém empalidecesse. Talvez houvesse programa combinado. Quantos fatos na história que, parecendo espontâneos, são filhos de acordo entre as partes!

Gazeta de Notícias, 9 de abril de 1893

Há hoje um eclipse do sol

Há hoje um eclipse do sol. Está anunciado. Os astrônomos chegaram a esta perfeição de descrever antecipadamente esta casta de fenômenos, com o minuto exato do princípio e do fim, o primeiro e o último contato. Não há mais que aguardá-lo e mirá-lo, mais ou menos, segundo ele for total ou parcial. E assim se vai o melhor da vida, que é o inopinado. O incerto é o sal do espírito! Ah! bons tempos em que os eclipses não andavam por almanaques, e queriam dizer alguma coisa, tais quais os cometas, que eram um sinal da cólera dos deuses. Os deuses foram-se, levando a cólera consigo. Assim pagaram as oferendas e os poemas que receberam de milhões e milhões de criaturas.

Tudo acabou. Eclipses, cometas, sonhos, entranhas de vítimas, número treze, pé esquerdo, quantos capítulos rasgaram a alma humana, para substituí-los por outros, exatos e verdadeiros, mas profundamente insípidos. Quando Javé tomou conta do Olimpo, os homens tinham um resto dos antigos medos, e porventura criaram outros; mas o tempo os foi roendo. Pode ser que ainda agora haja algum, em vilas interiores, como as modas do ano passado; mas são restos de restos. O cálculo substituiu a novidade, o anúncio matou o espanto.

Que lhes diga isto em verso? Ah! leitor amigo, quisera fazê-lo, e, a rigor, não era difícil, contanto que as palavras, escritas em papelinhos e metidas dentro de um chapéu, fossem baralhadas com algum furor, para não dissentir do verdadeiro nefelibatismo. Creio que é assim que se escreve. Se é de outro modo, paciência; antes um erro de ortografia que de doutrina. A doutrina é sacudir bem o chapéu.

E, vamos lá, não faltaria matéria. Como se poderia contar, com verossimilhança, em simples prosa, o caso de Santa Catarina? O governador dissolveu um tribunal; divergem as opiniões no ponto de saber se ele podia ou não fazê-lo. Compreendo a divergência; são questões legais ou constitucionais, e os princípios fizeram-se para isto mesmo, para dividir os homens, já divididos pelas paixões e pelos interesses. Não compreendo, porém, os efeitos do ato. Os telegramas noticiam que o regozijo público e a indignação pública são enormes. O governador é objeto de aclamações e vitupérios. Gargalhadas e ranger de dentes enchem o ar do Estado. Essas contradições só o movimento político as poderia fazer aceitar.

Convém notar que, a princípio, julguei que era gracejo dos empregados do telégrafo, e gracejo comigo. Cheguei a escrever cinco ou seis mofinas, com assinatura e estilo diferentes. Em uma delas cotejava essas notícias contraditórias com as da Havas, todas acordes, ainda quando esta agência passa da notícia à profecia, como fez agora, a propósito de dois presos políticos de Santiago, dos quais diz que "vão ser condenados à morte". É ter muita ou nenhuma confiança nos tribunais.

Fora do caso catarinense, tudo o mais pode ser dito em prosa, nesta prosa nua e chã, como a alma do prosador. Que metro é preciso para contar que vamos perder os quiosques? Dizem que o Conselho municipal trata de acabar com eles. Não quero que morram, sem que eu explique cientificamente a sua existência. Logo que os quiosques penetraram aqui, foi meu cuidado perguntar às pessoas viajadas a que é que os destinavam em Paris, donde vinha a imitação; responderam-me que lá eram ocupados por uma mulher, que vendia jornais. Ora, sendo o nosso quiosque um lugar em que um homem vende charutos, café, licor e bilhetes de loteria, não há nesta diferença de aplicação um saldo a nosso favor? A diferença do sexo é a primeira, e porventura a maior; a rua fez-se para o homem, não para a mulher, salvo a rua do Ouvidor. O charuto, tão universal como o licor, é uma necessidade pública. Não cito o café; é a bebida nacional por excelência. Quanto ao bilhete de loteria, esse emblema da luta de Jacó com o anjo, que é como eu considero a caça à sorte grande, pode ser que a venda dele nos quiosques diminua os lucros do beco das Cancelas; mas o beco é triste, não solta foguetes quando lhe saem prêmios, se é que lhe saem prêmios. Os quiosques alegram-se quando os vendem, e é certo que os vendem em todas as loterias.

Não obstante, lá vão os quiosques embora. Assim foram as quitandeiras crioulas, as turcas e árabes, os engraxadores de botas, uma porção de negócios da rua, que nos davam certa feição de grande cidade levantina. Por outro lado, se Renan fala verdade, ganhamos com a eliminação, porque tais cidades, diz ele, não têm espírito político, ou sequer municipal; há nelas muita tagarelice, todos se conhecem, todos falam uns dos outros, mobilidade, avidez de notícias, facilidade em obedecer à moda, sem jamais inventá-la. Não; vão-se os quiosques, e valha-nos o Conselho municipal. Os defeitos ir-se-ão perdendo com o tempo. Ganhemos desde logo ir mudando de aspecto.

Sim, valha-nos o Conselho; não perca tempo. Já perdeu algum, por ocasião de declarar um intendente haver sido convidado a votar contra a sua própria opinião. Logo que ele se sentou, ergueu-se outro intendente e fez outro discurso, aprovando o primeiro; veio terceiro, veio quarto, veio quinto, todos de aprovação. Achei talvez demais. Salvo a paz de Varsóvia, reminiscência que esmaltou dois períodos de um dos discursos, nada se disse que fosse diferente, e para casos destes é que se fizeram os *apoiados gerais*.

Valha-nos também a polícia, não autorizando a guarda particular que se lhe pediu, não sei para que lugar da cidade. Isto de guarda particular de um bairro, feita à custa dos moradores, até parece caçoada com o poder público. Há opiniões contrárias a esta; mas eu, no capítulo das opiniões, tenho verdadeiros despropósitos. Não deferia o requerimento; diria que quem guardava a casa era eu, e só eu responderia por ela.

Adeus. Vou continuar a leitura do último artigo do autor da esterilização, em resposta aos que têm deposto contra ele. É comprido e custa ler, por causa da muita fisiologia e anatomia de alcova, que exige palavras científicas. Acho que ele faz bem em defender-se, mormente depois que uma das testemunhas assegurou que não sei que senhora, depois de operada, deixou de ter um filho para ter dois. Este defeito, se fosse verdadeiro, seria mais grave que o efeito moral. Era a desconsideração do processo. Contrariamente ao velho adágio, era ir buscar tosquia e sair lanzuda. Creio que estou ficando excessivamente científico...

Gazeta de Notícias, 16 de abril de 1893

Eu, se tivesse de dar *Hamlet* em língua puramente carioca

Eu, se tivesse de dar *Hamlet* em língua puramente carioca, traduziria a célebre resposta do príncipe da Dinamarca: *Words, words, words,* por esta: *Boatos, boatos, boatos.* Com efeito, não há outra que melhor diga o sentido do grande melancólico. Palavras, boatos, poeira, nada, coisa nenhuma.

Toda a semana finda viveu disso, salvo a parte que não veio por boatos, mas por fatos, como o caso do coreto da praça Tiradentes. Ninguém boquejou nada sobre aquela construção; por isso mesmo deu de si uma porção de consequências graves. Os boatos, porém, andavam a rodo, os rumores iam de ouvido em ouvido, nas lojas, corredores, em casa, entre a pera e o queijo, entre o basto e a espadilha. Conspirações, dissensões, explosões. Uns davam à distribuição dos boatos a forma interrogativa, que é ainda a melhor de todas. Homem, será certo que X furtou um lenço? O ouvinte, que nada sabe, nada afirma; mas aqui está como ele transmite a notícia: — Parece que X furtou um lenço. Um lenço de seda? Provavelmente; não valeria a pena furtar um lenço de algodão. A notícia chega à Tijuca com esta forma definitiva: X furtou dois lenços, um de seda, e, o que é mais nojento, outro de algodão, na rua dos Ourives.

Não me digam que imito assim a fábula do marido e do ovo. Na fábula, quando o marido chega a ter posto uma dúzia de ovos, há ao menos o único ovo de galinha com que ele experimentou de manhã a discrição da esposa. Aqui não há sequer as cascas. E, se não, vejam o que me aconteceu quarta-feira.

Estava à porta de uma farmácia, conversando com dois amigos sobre os efeitos prodigiosos do quinino, quando apareceu outro velho amigo nosso, o qual nos revelou muito à puridade que na quinta-feira teríamos graves acontecimentos, e que nos acautelássemos. Quisemos saber o que era, instamos, rogamos, não alcançamos nada. Graves acontecimentos. Ele falava de boa-fé. Tinha a expressão ingênua da pessoa que crê, e a expressão piedosa da pessoa que avisa. Retirou-se; ficamos a conjeturar e chegamos a esta conclusão, que os sucessos anunciados eram o desenlace fatal dos boatos que andavam na rua. Todas essas cegonhas bateriam as asas à mesma hora, convertidas em abutres, que nos comeriam em poucos instantes.

Para mistério, mistério e meio. Saí dali, corri à casa de um armeiro, onde comprei algumas espingardas e bastante cartuchame. Além disso, com o pretexto de saudar o dia 21 de abril, alcancei por empréstimo duas peças de artilharia. Assim armado, recolhi-me a casa, jantei, digeri, e meti-me na cama. Naturalmente não dormi; mas também não vi a aurora, nem o sol de quinta--feira. Portas e janelas fechadas. Nenhum rumor em casa, comidas frias para não fazer fogo, que denunciasse pelo fumo a presença de refugiados. Ensinei à família a senha monástica; andávamos calados, interrompendo o silêncio de quando em quando para dizermos uns aos outros que era preciso morrer. Assim se passou a quinta-feira.

Na sexta-feira, pelas seis horas da manhã, ouvi tiros de artilharia. Ou é a salva de Tiradentes, disse à família, ou é a revolução que venceu. Saí à rua; era a salva. Perguntei pelos mortos. Que mortos? Pelos acontecimentos. Que acontecimentos? Nada houvera; toda a cidade vivera em paz. Assim se desvaneceram os sustos, filhos de boatos, filhos da imaginação. Assim se desvaneçam todos os demais ovos do marido de La Fontaine.

Só um fato se havia dado, como disse, o do coreto. Fui à praça ver os destroços, mas já não vi nada; achei a estátua e curiosos. Desandei, atravessei o largo de São Francisco e desci pela rua do Ouvidor, ao encontro do préstito de Tiradentes. Soube que já não havia préstito. Era pena; esta cidade tem, para Tiradentes, não só a dívida geral da glorificação, como precursor da Independência e mártir da liberdade, mas ainda a dívida particular do resgate. Ela festejou com pompa a execução do infeliz patriota, no dia 21 de abril de 1792, vestindo-se de galas e ouvindo cantar um *Te-Deum*.

Espiando para casa, lembrei-me que esse dia 21 era ainda aniversário de outra tentativa política. O povo desta cidade e os eleitores convocados revolucionariamente pelo juiz da comarca reuniram-se na praça do Comércio e pediram ao rei a Constituição espanhola, interinamente. A Constituição foi dada na mesma noite, contra a vontade de algumas pessoas, e retirada no dia seguinte, depois de alguns lances próprios de tais crises, não por ser Constituição — visto que, dois anos depois, tínhamos outra —, mas naturalmente por ser espanhola. De Espanha só mulheres, guitarras e pintores.

    Tudo são aniversários. Que é hoje senão o dia aniversário natalício de Shakespeare? Respiremos, amigos; a poesia é um ar eternamente respirável. Miremos este grande homem; miremos as suas belas figuras, terríveis, heroicas, ternas, cômicas, melancólicas, apaixonadas, varões e matronas, donzéis e donzelas, robustos, frágeis, pálidos, e a multidão, a eterna multidão forte e movediça, que execra e brada contra César, ouvindo a Bruto, e chora e aclama César, ouvindo a Antônio, toda essa humanidade real e verdadeira. E acabemos aqui; acabemos com ele mesmo, que acabaremos bem. *All is well that ends well.*

Gazeta de Notícias, 23 de abril de 1893

Uma folha diária

Uma folha diária, recordando que as quermesses tinham sido fechadas por serem verdadeiras casas de tavolagens, noticiou que elas começam a reaparecer. Já há uma na rua do Teatro; o pretexto é uma festa de caridade. E a folha chama a atenção da polícia.

    A notícia — dizemo-lo sem ofensa — é mui própria de um século utilitário e prático. Não se poderia achar exemplo mais vivo do espírito da nossa idade, que põe a alma das coisas de lado para só admirar a face das coisas. Invertemos a caridade; ela não é, para nós, o móvel da ação, o sentimento da esmola e do benefício; é o resultado da coleta. Dou cinco mil-réis para comprar uns sapatos de criança (se há ainda sapatos de cinco mil-réis); o mundo, se os sapatos não são comprados, grita contra a especulação. Querem a caridade escriturada, legalizada, regulamentada, com relatório anual, contas, receita e despesa, saldo. Onde está aqui o espírito cristão?

    A quermesse é tavolagem. Que tenho eu com isso, se me convida a fazer bem? Não se trata (reflita o colega), não se trata de beneficiar a um estranho, mas a minha alma. Vá o dinheiro para um faminto, para a escola, ou simplesmente para as algibeiras do empresário, nada tem com isso a minha salvação. A caridade não é um efeito, é uma causa. As quermesses são ocasiões inventadas para a prática do Evangelho. O fim dessas instituições é exercitar a virtude, e tanto melhor se o dinheiro recolhido alimentar um vício. É o preceito de Horácio e do gasômetro: *Ex fumo dare lucem.*

    Um exemplo. Há em certa rua, por onde passo todos os dias, um homem sentado na soleira de uma porta, chapéu na mão, a pedir uma *esmolinha*. Esse homem, que deve andar por cinquenta e tantos anos, padece de um pé sujo — creio que o esquerdo. Quando lhe descobri essa única moléstia, travou-se em minha consciência um terrível conflito. Darei o meu vintém ao homem ou não? Fui ao meu grande são Paulo, ao meu santo Agostinho, fui principalmente aos casuístas mais célebres, e achei em todos que não se tratava do pé de um homem, mas da alma de outro. A rigor, pode-se dar até a um pé lavado. Daí em diante, dou ao homem o meu vintém certo. E não se diga que é porque fui estudar a solução do problema nos livros moralistas. Tenho visto pobres mulheres que passam com o seu vestidinho desbotado, a sua cor doentia, pararem adiante, e, às escondidas, tirarem do bolso o vintenzinho ganho à força de agulha ou de goma, e irem depositá-lo no chapéu do homem. Este, em bemol: "Os anjos a acompanhem, minha santa senhora!"

A quermesse pode ter os pés sujos. Não me cabe verificar se os vai lavar; cabe-me, sim, dar o dinheiro (e, quanto mais, melhor), para cumprir o preceito de Jesus: "Não queirais entesourar para vós tesouros na terra, onde a ferrugem e a traça os consome; mas entesourai para vós tesouros no céu, onde não os consome a ferrugem nem a traça..."

A terra fez-se para entesourar algumas coisas, mas só as que não entendem com a nossa consciência moral, os atos que não vêm do coração, mas da cabeça. Que rico tesouro da terra nos deu a Comissão de instrução pública do Conselho municipal! No meio dos debates daquela casa — tantas vezes acres e apaixonados — é doce e consolador elevar o espírito a sentenças como esta: "Foi esta lei (a instrução) que organizou as sociedades primitivas, que regeu seus principais destinos, que domina as condições de existência dos primeiros povos e que os obrigou a esse longo peregrinar dos séculos". E, depois de comparar a instrução a um elo que liga o passado ao presente e o presente ao futuro, escreve esta ousada e forte imagem, seguida de outra não menos ousada nem menos forte: "A humanidade, porém, é como a hiena faminta e insaciável. É como o Ahasverus da lenda, que não pode parar — tem de caminhar e caminhar sempre!" Não se pode pintar melhor a necessidade crescente da instrução da espécie humana.

Ao mesmo tempo, lembra-me os dias da mocidade. Ó, Ahasverus! Também eu te vi caminhar, caminhar, caminhar sempre, naquela madrugada dos meus anos, tão linda, e tão remota. De noite, quando a insônia me arregalava os olhos com os seus dedos magros, ou de manhã, quando eles se abriram ao sol, via o eterno andador, andando, andando... Lá me saiu um verso; há de ser algum que não me chegou a sair da cabeça.

Via o eterno andador, andando, andando. Justamente, um verso. Aí está o que é ter metrificado lendas em criança; não se pode falar delas, sem vir a métrica de permeio. Ó infância, ó versos! E as associações? Havia algumas nesse tempo em que se discutiam e votavam teses históricas e filosóficas. Qual foi maior: César ou Napoleão? Esta era a mais comum dos debates; e se alguma coisa pode consolar esses dois grandes homens da morte que os tomou, é a certeza de que têm cá em cima da terra verdadeiros amigos e certo equilíbrio de sufrágios.

Também agora há teses, mas são outras. Esta semana o Instituto dos Advogados debateu um ponto interessante, a saber, se, em face da Constituição e das leis, os títulos nobiliários dados por governos estrangeiros fazem perder a qualidade de cidadão. A maioria adotou a afirmativa: 16 votos contra 8.

Mas, examinando a tese, o Instituto esqueceu uma hipótese. O sr. Geminiano Maia, do Estado do Ceará, recebeu de um governo estrangeiro o título de barão de Camocim. Pergunto: esta hipótese entra acaso na tese do Instituto? O título pelo doador é estrangeiro, mas é nacional pela localidade. Camocim é no território do Brasil. Para mim, que não tenho preparos jurídicos, este título não tira a qualidade de cidadão ao sr. Maia: antes o faz mais brasileiro, se é possível. Maia é um nome comum. Camocim é um nome nacional. Examine o Instituto essa hipótese.

Gazeta de Notícias, 30 de abril de 1893

Abriu-se o Congresso Nacional

Abriu-se o Congresso Nacional. Uma folhinha que aqui tenho dá nas efemérides este único acontecimento do dia 3 de maio do ano findo: "Não se abriu o Congresso por falta de número". Curioso dia em que só aconteceu não acontecer nada. Não foi assim este ano. O Congresso abriu-se no próprio dia constitucional.

Há quem deseje saber o que dará de si esta sessão. No anterior regime já havia a mesma curiosidade. Mas eu creio, como os antigos, que o futuro repousa nos joelhos dos deuses. Creio também nos deuses; mas, se privasse com eles, e soubesse o que nos dará o Congresso este ano, não viria dizê-lo ao público, nem ainda aos amigos. Não porque seja avaro de notícias, mas por medo ao Código Penal, onde há um artigo que castiga duramente as pessoas que adivinham o futuro; tão duramente como as que aplicam drogas para excitar ódio ou amor. Por que somente o ódio e o amor, leitora, e não também a ambição e a prodigalidade? Amiga minha, são segredos dos códigos.

Afinal, o melhor é fazer como os fregueses das galerias. Esses não querem saber o que vai sair das câmaras; pedem verbo, mas verbo grosso, discurso lacerado de apartes, apodos, violência, agitação. A história das galerias não é das menos instrutivas. A princípio, ouviam caladas o que se passava, desciam depois à rua para ver saírem os oradores. Um dia, intervieram com palmas. O presidente bradou-lhes cá de baixo:

— As galerias não podem dar sinais de agrado ou desagrado.

Repetindo-se mais tarde as manifestações, o presidente repetiu a declaração, com o acréscimo de que as faria evacuar, se continuassem. Quando elas viram que esta ameaça não era outra coisa, prosseguiram nos aplausos e nos rumores. Com o tempo estabeleceu-se um direito consuetudinário. Quando o presidente dizia que as galerias não podiam manifestar-se, era um modo de dividir o coro dos aplausos por estrofes. Mais ação de artista que de autoridade. Elas tornavam a aplaudir, ele tornava a ameaçá-las, até dar a hora.

— Está levantada a sessão.

De uma vez, apresenta-se à Câmara um Ministério novo. A apresentação de um Ministério era um daqueles banquetes romanos do bravo e guloso Luculo. Tanta era a gente, que não cabia nas galerias; desceu aos corredores laterais da Câmara, ao próprio recinto, que ficou atopetado. De repente, ergue-se um deputado, faz um discurso de vinte minutos e termina aclamando a República. As galerias de cima e de baixo repetiram os vivas. Em vão o presidente bradava que as galerias não podiam manifestar-se; tanto podiam que o faziam. Quando acabou a sessão, um deputado do Norte, saindo com alguns amigos, dizia-lhes: "Meus amigos, a República está feita". Meses depois, era verdade.

Parece que este ano a Câmara tranca o recinto aos estranhos, sem exceção. Por que sem exceção? *Ni cet excès d'honneur, ni cette indignité*. Além de que não há regra sem ela, sucede que a exceção pode ser odiosa ou legítima, segundo os casos. Se houver uma só pessoa admitida, e for eu, a exceção é legítima. Ideia banal, não é? Mas aqui está a razão psicológica do meu dito. Quando a exceção recai em Pedro ou Paulo, eu lanço os olhos a Sancho e a Martinho, e a todos os nomes do calendário, e posso medir a injustiça daquele único ponto no meio da extensão vastíssima dos homens. Quando, porém, a escolha recai em mim, recolho-me em mim mesmo por um movimento involuntário; o mundo exterior desaparece, fico com a minha individualidade, com o meu direito anterior e superior. Todo eu sou regra; não acho, não posso achar injustiça na escolha. Comigo está o universo.

Não falo das vantagens exteriores da unidade, tão óbvias são. Isto de ser o único admitido no recinto, estar ao pé de uma bancada, falar aos deputados que entram e saem, aos secretários que descem, ao próprio presidente, chama logo a atenção da galeria. E eu gosto da galeria; todos os meus atos não têm outro fito senão ela; deleito-me com ser visto, apontado, admirado. Daí a variedade das minhas atitudes. Não há uma só que seja natural. Às vezes cruzo os braços e derreio a cabeça, outras meto as mãos nas algibeiras das calças; chapéu na anca, ou seguro pela aba, na altura do estômago; quatro dedos no bolso esquerdo do colete. Note-se — e esta é a minha arte suprema — em qualquer dessas atitudes ninguém dirá que olho para a galeria, e a verdade é que não miro outra coisa. Ela é tudo; nação, opinião pública, história e posteridade são outros tantos sinônimos com que eu sirvo a minha castelã.

Excetue-me a Câmara, e terá dado um passo justo. Em paga, digo-lhe que há muito o que fazer, e que ela o fará, com o esforço de que é capaz. Li que se fizeram reuniões de governistas e de oposicionistas. Não gosto destas denominações vagas, mas não há ainda outras, porque não há partidos que tragam os seus nomes próprios, e com eles as suas ideias, e por elas o seu apoio ou a sua oposição. É talvez cedo; o tempo os trará, com os seus programas. Não é que eu exija a execução integral dos programas. Execução integral só a peço aos poetas, quando se dispõem a cantar alguma, a cólera de Aquiles, *arma virumque*, a primeira desobediência do homem, os ritos semibárbaros dos piagas, ou o herói daquela nossa joia chamada *Uruguai*. Esses hão de dar-me para ali o que prometem, e em belos versos — coisa que não exijo dos partidos —, nem belos versos, nem bela prosa.

Gazeta de Notícias, 7 de maio de 1893

Ontem de manhã

Ontem de manhã, descendo ao jardim, achei a grama, as flores e as folhagens transidas de frio e pingando. Chovera a noite inteira; o chão estava molhado, o céu feio e triste, e o Corcovado de carapuça. Eram seis horas; as fortalezas e os navios começaram a salvar pelo quinto aniversário do Treze de Maio. Não havia esperanças de sol; e eu perguntei a mim mesmo se o não teríamos nesse grande aniversário. É tão bom poder exclamar: "Soldados, é o sol de Austerlitz!" O sol é, na verdade, o sócio natural das alegrias públicas; e ainda as domésticas, sem ele, parecem minguadas.

Houve sol, e grande sol, naquele domingo de 1888, em que o Senado votou a lei, que a regente sancionou, e todos saímos à rua. Sim, também eu saí à rua, eu o mais encolhido dos caramujos, também eu entrei no préstito, em carruagem aberta, se me fazem favor, hóspede de um gordo amigo ausente; todos respiravam felicidade, tudo era delírio. Verdadeiramente, foi o único dia de delírio público que me lembra ter visto. Essas memórias atravessavam-me o espírito, enquanto os pássaros trinavam os nomes dos grandes batalhadores e vencedores, que receberam ontem nesta mesma coluna da *Gazeta* a merecida glorificação. No meio de tudo, porém, uma tristeza indefinível. A ausência do sol coincidia com a do povo? O espírito público tornaria à sanidade habitual?

Chegaram-me os jornais. Deles vi que uma comissão da sociedade, que tem o nome de Rio Branco, iria levar à sepultura deste homem de Estado uma coroa de louros e amores-perfeitos. Compreendi a filosofia do ato; era relembrar o primeiro tiro vibrado na escravidão. Não me dissipou a melancolia. Imaginei ver a comissão entrar modestamente pelo cemitério, desviar-se de um enterro obscuro, quase anônimo, e ir depor piedosamente a coroa na sepultura do vencedor de 1871. Uma comissão, uma grinalda. Então lembraram-me outras flores. Quando o Senado acabou de votar a lei de 28 de setembro, caíram punhados de flores das galerias e das tribunas sobre a cabeça do vencedor e dos seus pares. E ainda me lembraram outras flores...

Estas eram de climas alheios. *Primrose day*! Oh! se pudéssemos ter um *prim-rose day*! Esse dia de primaveras é consagrado à memória de Disraeli pela idealista e poética Inglaterra. É o da sua morte, há treze anos. Nesse dia, o pedestal da estátua do homem de Estado e romancista é forrado de seda e coberto de infinitas grinaldas e ramalhetes. Dizem que a primavera era a flor da sua predileção. Daí o nome do dia. Aqui estão jornais que contam a festa de 19 do mês passado. *Primrose day*! Oh! quem nos dera um *primrose day*! Começaríamos, é certo, por ter os pedestais.

Um velho autor da nossa língua — creio que João de Barros; não posso ir verificá-lo agora; ponhamos João de Barros... Este velho autor fala de um provérbio que dizia: "os italianos governam-se pelo passado, os espanhóis pelo presente e os franceses pelo que há de vir". E em seguida dava "uma repreensão de pena à nossa Espanha", considerando que Espanha é toda a península, e só Castela é Castela. A nossa gente, que dali veio, tem de receber a mesma repreensão de pena; governa-se pelo presente, tem o porvir em pouco e o passado em nada ou quase nada. Eu creio que os ingleses resumem as outras três nações.

Temo que o nosso regozijo vá morrendo, e a lembrança do passado com ele, e tudo se acabe naquela frase estereotipada da imprensa nos dias da minha primeira juventude. Que eram afinal as festas da Independência? Uma parada, um cortejo, um espetáculo de gala. Tudo isso ocupava duas linhas, e mais estas duas: as fortalezas e os navios de guerra nacionais e estrangeiros surtos no porto deram as *salvas de estilo*. Com este pouco, e certo, estava comemorado o grande ato da nossa separação da metrópole.

Em menino, conheci de vista o major Valadares; morava na rua Sete de Setembro, que ainda não tinha este título, mas o vulgar nome de rua do Cano. Todos os anos, no dia 7 de setembro, armava a porta da rua com cetim verde e amarelo, espalhava na calçada e no corredor da casa *folhas da Independência*, reunia amigos, não sei se também música, e comemorava assim o dia nacional. Foi o último abencerragem. Depois ficaram as salvas do estilo.

Todas essas minhas ideias melancólicas bateram as asas à entrada do sol, que afinal rompeu as nuvens, e às três horas governava o céu, salvo alguns trechos onde as nuvens teimavam em ficar. O Corcovado desbarretou-se, mas com tal fastio, que se via bem ser obrigação de vassalo, não amor da cortesia, menos ainda amizade pessoal ou admiração. Quando tornei ao jardim, achei as flores enxutas e lépidas. Vivam as flores! Gladstone não fala na Câmara dos comuns sem levar alguma na sobrecasaca; o seu grande rival morto tinha o mesmo vício. Imaginai o efeito que nos faria Rio Branco ou Itaboraí com uma rosa ao peito, discutindo o orçamento, e dizei-me se não somos um povo triste.

Não, não. O triste sou eu. Provavelmente má digestão. Comi favas, e as favas não se dão comigo. Comerei rosas ou primaveras, e pedir-vos-ei uma estátua e uma festa que dure, pelo menos, dois aniversários. Já é demais para um homem modesto.

Gazeta de Notícias, 14 de maio de 1893

Tudo se desmente neste mundo

Tudo se desmente neste mundo, e o século acaba com os pés na cabeça. Podia acabar pior. Quem se não lembra com saudades do último verão? Dias frescos, chuvas temperando os dias de algum calor, e obituário pobre. Chegou março, abotoou abril, desabotoou maio, parecia que entrávamos em um período de delícias ainda maiores. Justamente o oposto. Calor, doenças, grande obituário.

A própria ciência parece não saber a quantas anda. Tempo há de vir em que o xarope de Cambará não cure, e talvez mate. Já agora são os bondes que empurram as bestas; esperemos que os passageiros os não puxem um dia.

Quando éramos alegres — ou, o que dá no mesmo, quando eu era alegre —, aconteceu que o gás afrouxou enormemente. Como se despicou o povo da calamidade? Com um mote: *O gás virou lamparina*. Ouvia-se isto por toda a parte, lia-se no meio de grande riso público. Lá vão trinta anos. Agora nem já sabemos pagar-nos com palavras. Quando, há tempos, o gás teve um pequeno eclipse, levantamos as mãos ao céu, clamando por misericórdia.

A semana foi cheia desde os primeiros dias. Novidades de todos os tamanhos e cores. Para os que as buscam por todos os recantos da cidade, deve ter sido uma semana trapalhona; para mim, que não as procuro fora da rua do Ouvidor, a semana foi interessante e plácida. Pode ser que erre; mas ninguém me há de ver pedir notícias em outras ruas. Às vezes perco uma verdade da rua da Quitanda por uma invenção da rua do Ouvidor; mas há nesta rua um cunho de boa roda, que dá mais brilho ao exato, e faz parecer exato o inventado. Acresce a qualidade de pasmatório. As ruas de simples passagem não têm graça nem excitam o desejo de saber se há alguma coisa. O pasmatório obriga ao cotejo. Enquanto um grupo nos dá uma notícia, outro, ao lado, repete a notícia contrária; a gente coteja as duas e aceita uma terceira.

Foi o que me aconteceu anteontem. Deram-me duas versões do que se passava na Câmara dos deputados; segundo uma, não se estava passando nada; segundo outros, passava-se o diabo. Cheguei a ouvir citar o ano de 93, como sendo o primeiro aniversário secular do Terror. E diziam-me que, assim como há bodas de prata, bodas de ouro, bodas de diamante, havia também bodas de sangue, as bodas de sangue da liberdade: eram os cem anos da Convenção. Achei plausível; corri à Câmara. Primeira decepção: não vi Robespierre. Discutia-se uma questão de votação, e a Câmara resolvia continuar no dia seguinte, ontem, em comissão-geral. Eram quatro horas e meia da tarde; a sessão começara ao meio-dia.

Saí murcho e contente. Murcho por não achar nada, e contente por não serem as comissões-gerais daqui semelhantes às da Câmara dos comuns, que são medonhas. Não há dúvida que a Câmara dos comuns governa; mas governa a troco de quê? Governar assim e matar-se é a mesma coisa.

Para não ir mais longe, aqui está a sessão do dia 24 de março último, em que houve comissão-geral. Principiou pela sessão ordinária, às duas horas e cinco minutos da tarde. O chefe da oposição perguntou ao primeiro-ministro se podia responder a um *voto de censura* que lhe faria em dia que designou; respondeu o sr. Gladstone; e começou a discussão de um bil financeiro. Ouviram-se cinco ou seis discursos; às três e pouco, entrou em discussão outro bil, que levou até perto de sete horas. Interrompeu-se a sessão às sete, jantaram ali mesmo, e continuou às nove. Tratou-se então do subsídio aos deputados; ouviram-se sete discursos até que caiu o projeto, votando 276 contra e 229 a favor. Era meia-noite. Parece que estava ganho o dia; oito horas de trabalho (descontadas as do jantar) eram de sobra. Mas é não conhecer a Câmara dos comuns, que possui o gênio do tédio.

Era meia-noite; foi então que a Câmara se converteu em comissão-geral, para discutir o quê? O bil de forças de terra. À uma e meia da noite, rejeitava o art. 2º, por 234 votos contra 110. Antes das duas rejeitava uma emenda; eram três horas, discutiam já o art. 7º; às quatro, o art. 8º; às quatro e meia estava discutido e votado o art. 9º. Seguiu-se o art. 10, depois o art. 11. Querendo um sr. Bartley propor uma coisa fora de propósito, gritaram-lhe que era obstrução. Obstrução de madrugada! Votou-se o encerramento entre aplausos, por uma maioria de 154 votos. Eram cinco horas e um quarto da manhã.

Não contesto que a Câmara dos comuns governe; mas arrenego de tal governo. Eu, que não governo, passei a noite de 24 de março e todas as outras debaixo de lençóis. A primeira coisa que eu propunha, se fosse inglês, era a reforma de tal câmara. Uma instituição que me obriga a cuidar dos negócios públicos desde as duas horas e cinco minutos da tarde até às cinco e um quarto da manhã, com intervalo de duas horas para comer, pode ser muito boa a outros respeitos; mas não é instituição de liberdade. Quando é que esses homens vão ao teatro lírico?

Gazeta de Notícias, 21 de maio de 1893

Depois da semana da criação

Depois da semana da criação, não houve certamente outra tão cheia de acontecimentos como a que ontem acabou. E ainda a semana da criação começou por fazer a luz, separá-la das trevas e compor o primeiro dia, enquanto que esta começou por apagar o sol do primeiro dia e fazer a sessão secreta do Senado. Verdade é que o Senado não tinha nada que criar, mas destruir.

Quando eu cheguei à rua do Ouvidor, segunda-feira, não levava a menor esperança de saber coisa nenhuma. Trevas são trevas, segredo é segredo. Quando muito, o Senado comunicaria o seu voto ao sr. Governo; podia ser até que o fizesse com tinta invisível ou por sinais. Só no dia seguinte saberíamos da recusa ou da aceitação do prefeito, não por indiscrição do Senado, mas por declaração do governo. Compreendi e esperei.

Nisto cai a notícia de que o *Almirante Barroso* naufragara no mar Vermelho. Era já uma destruição; a semana parecia querer ser destrutiva. Mas, enfim, que valia a perda de um navio, tão longe da Casa Bernardo, para quem esperava saber se o prefeito ficava ou não? Quantos navios não se perdem por esses mares de Cristo? Deixei que o nosso fosse ter com as carroças de faraó, não desestimei que as vidas houvessem escapado, e meti-me outra vez em mim, à espera da solução. Cheguei a desconfiar que o naufrágio era uma alegoria. O Senado seria o mar, o prefeito o navio. A salvação das vidas devia ser a reserva que o Senado faria da integridade moral e da capacidade intelectual do funcionário. O que me confirmou esta ilusão foi a indiferença com que toda a gente falava do naufrágio. Mas em breve soube que não podia ser alegoria; a sessão continuava e o segredo com ela.

Sintoma interessante: ninguém apostava. Esta cidade que, durante *l'année terrible* (1890-91), apostou sobre todas as coisas do céu e da terra, não apostava em relação ao desfecho da sessão secreta. Certeza não era. Ao contrário, justamente quando há certeza é que se aposta melhor, porque sempre se encontram espíritos trôpegos de dúvida e cobiçosos de ganho. Concluir daí que perdemos o senso da aposta é concluir do fastio de uma hora para a desnecessidade da alimentação. É não acompanhar o movimento dos bancos esportivos. É não ver por essas ruas um pobre homem aleijado das pernas, dentro de um carrinho, que outro homem puxa. Pedia esmola e achava aberta a bolsa da caridade; mas entendeu um dia destes que, inválido das pernas, não o estava das mãos, e podia trabalhar em vez de pedir. Vende bilhetes de loteria, e ouço dizer que premiados.

Afinal chegou a notícia da rejeição do prefeito por treze votos. Não lhe dei crédito por se tratar de sessão secreta; na terça-feira, porém, a notícia era confirmada e sabia-se tudo, os nomes dos senadores presentes, dos que falaram, dos que votaram contra e pró e até da hora em que a sessão acabou.

Espanto do Senado. Como é que uma deliberação, passada em segredo, assim se tornava pública? Realmente, era de estranhar. Mas tudo se explica neste mundo, ainda o inexplicável. Um filósofo do século atual, para acabar com as tentativas de explicar o inexplicável chamou-lhe incognoscível, que parece mais definitivamente fora do alcance do homem. Não importa; sempre há de haver curiosos. E depois as deliberações humanas não são o mesmo que a origem das coisas. Não são precisas grandes metafísicas para conhecê-las; basta um fonógrafo.

Os primeiros fonógrafos que se conheceram foram as paredes, por terem ouvidos que tudo colhem, memória para retê-lo, e boca para repeti-lo. Ainda agora são excelentes crônicas, e as do Senado magníficas, por serem obra antiga e forte, datadas do tempo em que se construía para um século. Depois das paredes, veio o barbeiro do rei Midas, que confiou ao buraco aberto na terra a notícia das orelhas do freguês. Quem não a supusera eternamente enterrada? Nasceram os caniços, vieram os ventos, e a notícia foi contada e sabida deste mundo. Afinal, surgiu Edison, com o seu aparelho, guardando falas e cantigas e transmitindo-as de um mar a outro e de um céu a outro céu. Os próprios ventos são mensageiros. Homero põe na boca dos seus zéfiros coisas bonitas e exatas. Podemos crer que, antes mesmo das paredes, já eles eram fonógrafos.

Aí tem o Senado muito onde achar a explicação que procura. Se nenhuma lhe servir, tem ainda aqui uma anedota.

Há longos anos, um deputado — chamemos-lhe Buarque de Macedo —, antes de ir para a Câmara, foi à casa de um dos ministros. Discutia-se, creio que o orçamento, e o deputado, membro da respectiva comissão, quis entender-se com o ministro da pasta. Achou-o pouco diligente, pouco falador, muito distraído, e adiando tudo; respondia-lhe que depois, que iria à Câmara, lá se entenderiam... E o deputado insistia; era conveniente assentarem ali mesmo certos pontos. Pois sim, tornava-lhe o ministro, mas não era sangria desatada; falariam na Câmara, iria cedo, às 2 horas ou antes, talvez antes... De repente, o deputado:

— Por que me não há de você dizer tudo?
— Tudo quê?
— Ora, tudo. Eu sei que vocês resolveram pedir demissão.

Espanto do ministro. Como é que ele podia saber de uma resolução concertada na véspera, à noite, em tanto segredo, que os ministros prometeram não confiá-la nem às próprias mulheres? E o deputado sorria. E ainda sorria quando me referia o caso, anos depois, falando de segredos políticos.

Confesso que esta anedota é que me levou a estudar e descobrir a natureza do segredo político. O segredo político é uma solitária do ouvido, microscópica durante os primeiros segundos, a qual atinge o máximo desenvolvimento em um prazo que varia de dez a sessenta minutos. As estéreis são poucas. As fecundas reproduzem-se logo que chegam à maioridade. O ovo interna-se, sobe ao cérebro, desce, passa ao laringe, sai pela boca e cai no primeiro ouvido que passa, onde cresce e concebe de igual maneira. Sobre a causa dessa marcha imediata do ovo, não posso dizer nada com segurança. Cada solitária engendra, termo médio, vinte e cinco. Há casos de três ou quatro apenas, mas são raros; também os há de duzentos e trezentos, mas são raríssimos.

A verdade é que o segredo foi publicado integralmente, e não só se soube da votação, como dos seus elementos e trâmites. É provável que a mesma coisa aconteça com o prefeito novo, pela razão científica exposta acima. Ninguém tem culpa das solitárias que traz e ainda menos dos seus costumes.

Gazeta de Notícias, 28 de maio de 1893

TODA UMA SEMANA EPISCOPAL

Toda uma semana episcopal. Em vão a maçonaria procura dominar os acontecimentos. Imitando o seu grande homônimo, são Paulo expediu esta semana a *Primeira aos Coríntios*. Grande alarma em Jerusalém; mas o jovem Estado, copiando o modelo evangélico, perguntou de longe se também ele não é apóstolo, se não pode viver sobre si, espalhar a palavra da ordem e reger os seus conversos. E porque Pedro (em linguagem maçônica Macedo Soares) inquirisse dos seus títulos, são Paulo "resistiu-lhe na cara", tal qual o apóstolo das gentes. Assim se repete a história.

Parece negócio de família, e é mais extenso que ela. Já se aventa a ideia de ter cada estado o seu Grande Oriente particular. A pátria paulista terá assim inspirado as demais pátrias, e a maçonaria, em vez de um sol único, passará a ser uma constelação. Perder-se-á, maçonicamente falando, a unidade nacional. Talvez que este fenômeno de violenta paixão autonômica seja efeito da excessiva centralização de outro tempo. É natural e útil, uma vez que tudo se passe como nas famílias amigas, e não entre vizinhos rabugentos.

Mas tudo isso é nada ao pé da troca do bispo d. José pelo arcebispo d. João. Eis a nota principal da semana. Apesar da separação da Igreja e do Estado, viviam ambos em tal concórdia, que antes pareciam casados de ontem, que divorciados desta manhã. O esposo dava uma pensão à esposa; a esposa orava por ele. Quando se viam, não eram só corteses, eram amigos, falavam talvez com saudades do tempo em que viveram juntos, sem todavia querer tornar a ele. A razão do esposo é um princípio, a da esposa é outro princípio. Não sei o nome, mas ainda me lembra a figura de um velho padre que encontrei no largo da Carioca, no dia em que apareceu o decreto abolindo o padroado. Era a felicidade pura; tinha um grande riso nos olhos. Não parecia ter mais de vinte anos e devia orçar por sessenta.

A substituição do prelado fluminense veio alterar a harmonia das partes. Artigos e discursos, moções e projetos de lei, representações ao papa, uma ventania de cóleras soprou por toda esta superfície tranquila, e as ondas ergueram-se cheias de furor. Renasceu a questão religiosa, outros dizem que política; ponhamos eclesiástica, palavra que abrange ambos os sentidos, e cada um pode ler a seu modo. Não faltou quem acudisse pela liberdade da esposa na escolha dos seus servos, nem quem replicasse que não é de boa vizinhança a escolha de servos que façam barulho. Outros não falaram em liberdade, mas em intrigas; outros, porém, citaram alcunhas feias e ameaçaram os donos delas, coisa esta que nos empurra da igreja para a sacristia.

Sim; há já um cheiro de sacristia pelos jornais fora, e não de sacristia patusca somente, senão também penosa e dura. Há velhas cinzas mornas. Não ouso falar em ódios, mas rusgas. Que não passasse disso, é o que eu quisera, porque, em suma, posto que menos nobre, a causa seria também menos grávida de consequências. Rusgas de sacristia devem ser como bens de sacristão: cantando vêm, cantando vão. Oxalá pudesse ser isto apenas!

O pior é que o povo de Piraí, tendo lido nos nossos jornais que o bispo fora deposto, entendeu ao pé da letra a notícia e depôs o vigário. O telegrama diz: "Grande massa de povo", expressão que, tendo em vista a distância, pode referir-se a vinte ou trinta varões resolutos, peitos largos. No interior da Bahia, onde se deu igual ação, mas com diferente vítima, porque o vigário, não esperando que o depusessem, pegou em mil pessoas e desterrou um pastor protestante — na Bahia, digo, esse número de mil pessoas não subiu provavelmente dos mesmos trinta, peitos largos, resolutos. Mas a distância, sendo maior, grande tinha de ser o número, telegraficamente falando, para dar uma ideia adequada da indignação pública. Não se me dá de crer que o que faz tamanhos os exércitos europeus é o Atlântico.

Com outros mil homens, um fanático de Entre-Rios, no mesmo estado, anda aconselhando aos contribuintes que não paguem impostos. Já destroçou cinquenta policiais, matando alguns; marcharam contra ele forças de linha. Não deis a César o que é de César, tal é a máxima desse chefe de seita. Se é certo o que ouço, acharia aqui grande safra de almas; dizem até que há fiéis a essa doutrina, que absolutamente a ignoram, nos termos formulados; cedem ao instinto, ao forte instinto de enganar o Estado. Sim, a moral é assaz variada, como as estações, os climas, as cores, as disposições de espírito. A minha é tal, que paro aqui mesmo.

Gazeta de Notícias, 4 de junho de 1893

Antes de relatar a semana

Antes de relatar a semana, costumo passar pelos olhos os jornais dos sete dias. É um modo de refrescar a memória. Pode ser também um recurso para achar uma ideia que me falha. As ideias estão em qualquer coisa; toda a questão é descobri-las.

Há algumas ideias boas nesta casaca, dizia o alfaiate de um grande poeta. *Es liegen einige gute Ideen in diesen Rocke.* Quantas não acharia ele em uma loja de casacas da rua Sete de Setembro... Não digo o número, para me não suporem sócio comanditário; mas procurem nos anúncios. Note-se que nada houve mais casual do que a achada deste anúncio, porque a semana foi, entre todas, cheia de lances, debates, cóleras, acontecimentos, notícias e boatos; tais coisas não deixam tempo à leitura de anúncios. Mas eu ia a dobrar uma folha para passar à outra, quando ele me chamou a atenção com as suas grossas letras normandas, e um título por cima.

Nada mais simples: "Casacas e coletes para todos os corpos; *alugam-se na rua...*" Isto só, e não foi preciso mais para esquecer por instantes o resto do mundo. Uma pedrinha, uma folha seca, um fiapo de pano têm dessas virtudes de exclusão e absorção! Eis aqui uma pequena concha velha, enegrecida, sem valor nem graça; foi arrancada a um sofá de concha — como eles se faziam antigamente — de uma chácara sem cultura, em que há uma casa sem conserto, paredes sem caio, varanda sem limpeza, tudo debaixo de muitos anos sem regresso. Muitos, mas não tantos que não caibam na pequena concha enegrecida, que os encerra a todos, com os seus óbitos e núpcias, alegrias e desesperos... Tornemos às casacas e coletes de aluguel.

Quando acabei de ler o anúncio, entrei a malucar. Imaginei um baile, para o qual fossem convidados cem homens que não possuíssem casaca, nem dinheiro para mandar fazê-la. Comparecimento obrigado; corriam todos à loja, onde havia justamente cem casacas e cem coletes. É muita imaginação; mas eu não estou dosando um elixir para cérebros práticos. Estou contando o que me aconteceu. Naturalmente, os fregueses não correram à uma; como, porém, tinham poucas horas, houve certa aglomeração. Os matinais levaram as casacas mais adequadas; os retardatários saíam menos bem servidos. De quando em quando, um trecho de diálogo:

— Aquela que aquele sujeito está vestindo é que me servia.

— Se ele não ficar com ela...

— Fica; mandou embrulhar.

— Não importa; as casacas agora usam-se um pouco folgadas. As pessoas magras, como o senhor, precisam justamente de arredondar a figura. Menino, embrulha esta casaca. Que é que o senhor quer?

— Acho esta casaca demasiado estreita, comprime-me as costelas; a gola enforca-me...

— Mas então o senhor queria meter o seu corpo num saco? As pessoas cheias precisam disfarçar qualquer excesso de gordura vestindo casacas apertadas. Demais, é a moda.

— Assim, com estas abazinhas pendidas lá atrás?

— É boa! Então as abas deviam estar adiante? As abas da casaca não são feitas para os olhos da pessoa que a põe, mas para os dos outros. As suas estão muito bem. Veja-se a este espelho, assim, volte-se, volte-se mais, mais...

— Não posso mais, e não vejo nada.

— Mas, vejo eu, senhor!

A última casaca foi alugada sem exame, não havia onde escolher, e o comparecimento era obrigado.

Corri a espiar o baile. Os cem convidados tinham acabado de dançar uma polca e passeavam pelos salões as suas casacas alugadas. Vi então uma coisa única. Metade das casacas não se ajustavam aos corpos. Vi corpos grossos espremidos em casacas estreitas; outros, magros, nadavam dentro de casacas infinitas. Alguns, de pequena estatura, traziam abas que pareciam buscar o chão, enquanto as golas tendiam a subir pelos lustres. Outros, de tronco extenso e pernas compridas, pareciam estar de jaqueta, tal era a exiguidade das abas. E jaqueta curta, porque mal passava da metade do tronco.

Deu-me vontade de apitar, como nos teatros, quando se faz mutação à vista, a fim de ver trocadas as casacas e restituída a ordem e a elegância; mas nem tinha apito comigo, nem era certo que a troca das casacas melhorasse grandemente o espetáculo. Quando muito, aliviaria alguns corpos e daria a outros a sensação de estarem realmente vestidos; nada mais. Havia satisfação relativa em todos, posto que nem sempre; uma ou outra vez detinham-se, lançavam um olhar rápido sobre si e ficavam embaraçados, ou então buscavam um canto ou um vão de janela. Consolava-os a vista dos companheiros; persuadiam-se talvez de que era uma epidemia de casacas mal ajustadas. A música chamava à dança; todos corriam a convidar pares.

Quando a minha imaginação cansou, deixei o baile e recolhi-me ao gabinete. Vi as folhas de papel diante de mim, esperando as palavras e as ideias. E eu tive uma ideia. Sim, considerei a vida, remontei os anos, vim por eles abaixo, remirei o espetáculo do mundo, o visto e o contado, cotejei tantas coisas diversas, evoquei tantas imagens complicadas, combinei a memória com a história, e disse comigo:

— Certamente, este mundo é um baile de casacas alugadas.

Meditei sobre essa ideia, e cada vez me pareceu mais verdadeira. Os desconcertos da vida não têm outra origem, senão o contraste dos homens e das casacas. Há casacas justas, bem-postas, bem-cabidas, que valem o preço do aluguel; mas a grande maioria delas divergem dos corpos, e porventura os afligem. A dança dissimula o aspecto dos homens e faz esquecer por instantes o constrangimento e o tédio. Acresce que o uso tem grande influência, acabando por acomodar muitos homens à sua casaca.

Condoído desse melancólico espetáculo, Jesus achou um meio de corrigir os desconcertos, removendo deste mundo para o outro a esperança das casacas justas. Bem-aventurados os mal encasacados, porque eles serão vestidos no céu! Profetas há, porém, que entendem que o mal do mundo deve ser curado no próprio mundo. E muitos foram os alvitres, vários os processos, alguns não provaram nada, outros dizem que serão definitivos. Pode ser; mas o mal está no único ponto de serem alugadas as casacas. Que a fortuna ou a providência, com a melhor tesoura do globo, talhe as casacas por medida, e as prove uma e muita vez no corpo de cada pessoa, e não as haverá largas nem estreitas, longas nem curtas, todas parecerão ter sido cosidas na própria pele dos convidados. Sem isso, o baile será esplêndido pela profusão de luzes e flores, pelo serviço de boca, pela multidão e variedade das danças, mas não haverá perdido este pecado original de ser um baile de casacas alugadas.

Gazeta de Notícias, 11 de junho de 1893

O AMOR PRODUZIU DUAS TRAGÉDIAS ESTA SEMANA

O amor produziu duas tragédias esta semana. Não as fez só, mas de colaboração com o ciúme. São dois grandes mestres. O ódio também cultiva o gênero, com vigor e frequência. Há ambições trágicas; são as do ramo nobre da família, porque há outras pacientes, inertes, com horror ao sangue. Vede a inveja; também essa tem calcado o coturno dos grandes pés de Sófocles. Só a amizade, branda e polida, restringe-se à comédia de salão; só ela empulha sem matar, morde sem ferir, debica sem ofender, e, dada a hora de dormir, vai para a cama sonhar tranquilamente com Castor e Pólux.

Mas a amizade é única. O resto das afeições não se contenta com obras médias. A planta humana precisa de sangue, como a outra precisa de orvalho. Toda a gente lastima a morte de Abel, por um hábito de escola e de educação; mas a verdade é que Caim deu um forte exemplo às gerações futuras. Tendo apresentado os primeiros frutos da sua lavoura ao Senhor, como Abel apresentara as primícias do seu rebanho, não podia tolerar que o Senhor só tivesse olhos benévolos para o irmão e as suas ofertas, e, não podendo matar o Senhor, matou o irmão. Daqui nasceu a iniquidade, que é o *grano salis* deste mundo.

Quando eu não tenho que fazer, entro a pensar no sangue que tem corrido, desde a origem dos séculos, e concluo que enchia bem uma pipa.

Não digo o tamanho da pipa; não os quero assustar. Não venho aqui para meter medo a ninguém, mas para conversar tranquilamente sobre os casos ocorridos, certo de não enfadar, porque o leitor tem a porta aberta para ir-se embora quando quiser.

Há um bom costume na Índia, que eu quisera ver adotado no resto do mundo, ou pelo menos aqui no Rio de Janeiro. A visita não é que se despede; é o dono da casa que a manda embora! Oh! rara penetração oriental! Morte, oh! morte certa dos amoladores, que o diabo envia a quem quer tentar e perder! Pois esse costume, tão fácil de transportar para o ocidente, só existe aqui no caso de leituras aborrecidas, e é muito mais sumário: o maçado despede o maçador, com um piparote, sem que ele tenha notícia do desastre.

Tornemos ao sangue. As rivalidades não são só deste mundo, mas ainda do outro. Um deputado queixava-se há dias de não ver em discussão o projeto que oferecera para um monumento a Deodoro, ao passo que caminhara o projeto de monumento a Benjamim Constant. A comissão explicou a demora e prometeu dar parecer. Outro deputado falou a respeito de Tiradentes, pedindo para outro precursor da Independência os louros da posteridade. Essa competência na distribuição póstuma da glória mostra bem que o repouso eterno é uma ilusão. De resto, já alguém disse que os mortos governam os vivos, pura verdade; e o sr. Catunda afirmou outro dia, no Senado, que o passado governa o presente, verdade não menos pura.

Que o passado governa o presente, houve aqui notícia, trazida por jornais americanos, descrevendo a viagem do *sino da liberdade* até Chicago, onde foi tomar parte na exposição. Esse famoso sino repicou pela liberdade das colônias americanas, há mais de século. Já não toca, é uma velha relíquia. Eu, se ele me pertencesse, já me não lembrava sequer do seu tamanho. Mas o ianque é uma singular mistura de dólar e pomba mística. Tem a veneração daquele sino. Um *gentleman,* escreve um noticiarista, saído da multidão, tirou uma rosa que trazia ao peito, e pediu a um dos condutores da grande relíquia que tocasse a rosa nela. Assim se fez, e o homem repôs a flor ao peito, tão cheio de si como se levasse o maior brilhante do mundo. Políticos fizeram discursos, meninas colegiais saíram a saudar o sino da liberdade; onde quer que ele passou, fez palpitar alguma coisa íntima e profunda.

Adeus. Curta é a crônica. Se soubessem como e onde a escrevo, com que alma turva, com que mãos cansadas, e com que olhos doentes! Também a semana não deu para muito mais. Houve negócios grandes, mas eu não sou pretor, curo só dos mínimos. Adeus, não espero que imites os filhos da Índia; não é preciso que mostres a porta da rua, lá estou; adeus, passa bem e sê feliz.

Gazeta de Notícias, 18 de junho de 1893

Desde criança, ouço dizer

Desde criança, ouço dizer que aos condenados à morte cumprem-se os últimos desejos. Dá-se-lhes doce de coco, lebre, tripas, um cálice de Tocai, qualquer coisa que eles peçam. Nunca indaguei se isto era exato ou não, e já agora ficaria aborrecido, se o não fosse. Há nesse uso uma tal mescla de piedade e ironia, que entra pela alma da gente. A piedade, só por si, é triste; a ironia, sem mais nada, é dura; mas as duas juntas dão um produto brando e jovial.

Li até que um condenado à morte, perguntando-se-lhe, na manhã do dia da execução, o que queria, respondeu que queria aprender inglês. Há de ser invenção; mas achei o desejo verossímil, não só pelo motivo aparente de dilatar a execução, mas ainda por outro mais sutil e profundo. A língua inglesa é tão universal, tem penetrado de tal modo em todas as partes deste mundo, que provavelmente é a língua do outro mundo. O réu não queria entrar estrangeiro no reino dos mortos.

Pois, senhores, antes de pegar na pena para contar-lhes a semana, vendo que esta foi, entre todas, financeira, tive ideia de ir aprender primeiro finanças. O meu cálculo era fino; suspendia por algum tempo esta obrigação hebdomadária, e descansava. Mas a pessoa a quem consultei sobre o método de aprender finanças disse-me que havia dois, além do único. O mais fácil ensinava-me em duas horas ou menos, muito a tempo de escrever estas linhas; consistia em decorar um pequeno vocabulário de algibeira, e não entender a teoria do câmbio. O segundo método pedia mais algum tempo; era escrever um opúsculo sobre o *déficit* ou sobre os saldos, publicá-lo e confiá-lo aos amigos, que fariam o resto. Como a maior parte dos homens não sabe finanças, disse-me ele, ainda que os sabedores me atacassem, o público ficava em dúvida, se a razão estava comigo ou com eles, porque de ambas as partes ouvia falar em conversão de dívida e impostos. Quando o católico ouve missa, uma vez que o padre diga o que está no missal, não quer saber se ele sabe latim, ou se quem o sabe é o padre do altar fronteiro. Tudo é missa, tudo são finanças.

Considerei que realmente esse homem tinha razão, ou parecia tê-la, o que vem a dar na mesma. Há um ano ouvi dizer o diabo de um plano financeiro; ouço agora dizer o diabo do plano contrário, e provavelmente dir-se-á o diabo de algum terceiro plano que apareça e vingue. Salvo o diabo, tudo é missa. Já cheguei a suspeitar que todos estão de acordo, não havendo outra divergência mais que na escolha do vocábulo, querendo uns que se diga encampação, em vez de fusão; outros fusão, em vez de encampação; mas pessoa que reputo hábil nestas matérias afirmou-me que as duas palavras exprimem coisas diferentes — o que eu acredito por ser pessoa, além de hábil, sisuda.

Conheci um banqueiro... Era no tempo em que um homem só, ou com outro, podia ser banqueiro, sem incomodar acionistas, sem gastar papel com estatutos, sem dividendos, sem assembleias. Simples Rothschilds. Era banqueiro e voou na tormenta de 1864. Anos depois, descobria que havia diferença entre papel-moeda e moeda-papel, e não encontrava um

amigo a quem não repetisse as duas formas. Depois de as repetir, explicava-
-as; depois de as explicar, repetia-as. Se tem demorado em banqueiro, talvez
não as soubesse nunca.

O que ele fazia com os dois papéis, farei eu com a fusão e a encampação. Já lá vão alguns anos, deu-se na Câmara dos deputados um incidente
que devia estar gravado em letras de bronze na memória da nação, se nós
tivéssemos outra memória, além da que nos faz lembrar o que almoçamos
hoje. Um deputado desenvolvia as suas ideias políticas, e era interrompido
por dois colegas, um liberal, outro conservador. A cada coisa que ele dizia
querer, acudia o liberal: "é liberal!", e o conservador: "é conservador!" Isto
durou cerca de dez minutos, calculados pelo trecho impresso, e dificilmente se imaginará mais completo acordo de espíritos. Quantos desconcertos
seriam evitados, se todos imitassem aqueles três membros do Parlamento!

Repito, vou aprender finanças. Vou aprender igualmente a teoria da
propriedade, e particularmente a da propriedade intelectual, para assistir ao
debate do tratado literário na Câmara esta semana. A maioria da comissão
nega o tratado, que os srs. Nilo Peçanha e Spencer defendem, defendendo o
direito de propriedade. A sessão há de ser brilhante. A matéria não é das que
inflamam os homens; ao contrário, é um tema para dissertações pausadas,
sossegadas, em que Homero, se for chamado, desarmará primeiro Aquiles e
Heitor, para que eles possam ocupar um lugar na tribuna dos diplomatas.
Vênus, se baixar aos combates, não sairá ferida pelas armas dos combatentes,
a não ser com beijos. Será uma ressurreição dos torneios, à maneira da que
fizeram agora em Roma — espetáculo sem sangue, rutilante e festivo.

Vou também aprender a ourives, para falar das joias de Sarah Bernhardt, aprender também um pouco de história (pelos livros de Dumas) para
compará-las ao colar da rainha. Onde estarão essas esquivas joias? Como é
que diamantes, em terra de diamantes, se lembram de deixar o colo, o cinto
e os pés de Cleópatra? Oh! bela filha do Egito! Talvez haja no roubo um símbolo. Pode ser até que seja menos um roubo que uma ideia, como se o autor
quisesse dizer que todas as joias do mundo não valem a única joia do Nilo.
Não confundas com a de Sardou. Quem sabe se não vai nisso também uma
lição? A Cleópatra falsa de Sardou pedia pedras verdadeiras; a de Shakespeare contentar-se-ia com pedras falsas, como devem ser as de cena, porque as
verdadeiras seriam unicamente ele e tu. Em cena, ó grande imperatriz, tudo
é postiço, exceto o gênio.

Que mais irei aprender? Nada mais que tirar o chapéu com graça, ar-
rastar o pé e sair. Não posso aprender sequer a acender pistolas e tirar sortes
de são João. São talentos desaprendidos. Meu bom são João, companheiro
do romantismo, da idade em flor, e de várias relíquias que os santos de outra
idade levaram consigo. Vejo as moças e os moços em volta da mesa, livro de
sortes aberto, dados no copo, copo na mão, e o leitor do livro lendo o título
da página: "Se alguém *lhe* ama em segredo". A moça deitava os dados: cinco
e dois. O leitor corria ao número sete, onde se dizia por verso que sim, que
havia uma pessoa, um moço que, por sinal, estava com fome. "É o Rangel!,

bradava um gracioso; "tragam o chá, que o Rangel está com fome." E riam moços e moças, e continuavam o copo, os dados, as quadras, o leitor do livro, o Rangel, o gracioso, até que todos iam dormir os seus sonos desambiciosos, sem querer saber da fusão, nem de encampação, nem de tratados literários, nem de joias, nem de Cleópatras, nem de nada.

Gazeta de Notícias, 25 de junho de 1893

Uns cheques falsos

Uns cheques falsos estiveram quase a dar aos seus autores cerca de quatrocentos contos. Descoberto a tempo este negócio, interveio a polícia, e os inventores viram burlada a invenção. Salvo a quantia, que era grossa, o caso é de pouca monta, e não entraria nesta coluna, se não fora a lição que se pode tirar dele.

De fato, eu creio que foi um erro acabar com o movimento de três anos atrás. Então, os mesmos quatrocentos contos seriam tirados, mas com cheques verdadeiros. Vede bem a diferença. Os cheques verdadeiros tinham por si a legitimidade e a segurança. Centenas e milhares de contos podiam andar assim, às claras, sem canseiras da polícia, nem aborrecidos inquéritos. A moral não condena a saída do dinheiro de uma algibeira para outra, e a economia política o exige. Uma sociedade em que os dinheiros ficassem parados seria uma sociedade estagnada, um pântano.

Com o desaparecimento quase absoluto dos cheques verdadeiros, entraram os falsos em ação. Foi, por assim dizer, um convite à fraude. Perderam-se as chaves, surdiram as gazuas, naturais herdeiras de suas irmãs mais velhas. Tornemos às chaves; empulhemos os empulhadores.

Tirando o caso dos cheques, a morte do preto Timóteo, indigitado autor do assassinato de Maria de Macedo, o benefício de Sarah Bernhardt, a perfídia de dois sujeitos que venderam a um homem, como sendo notas falsas, simples papéis sujos, zombando assim da lealdade da vítima, e pouco mais, todo o interesse da semana concentrou-se no Congresso. O benefício da filha de Minos e de Pasífae deu ensejo a uma bela festa ao seu grande talento; a morte de Timóteo veio suspender um processo interminável, e o logro das notas falsas põe ainda uma vez em evidência que a boa-fé deve fugir deste mundo; não é aqui o seu lugar. Contra um homem leal, há sempre dois meliantes.

Na Câmara dos deputados, o sr. Nilo Peçanha, em um brilhante discurso, defendeu a propriedade literária, merecendo os aplausos dos próprios que a negam, e dos que, como eu, não adotam o tratado. Mas as questões literárias não têm a importância das políticas, por mais que haja dito Garrett da ação das letras na política. "Com romances e com versos", bradava ele, "fez Chateaubriand, fez Walter Scott, fez Lamartine, fez Schiller, e fizeram os nossos também, esse movimento reacionário que hoje querem sofismar e granjear para si os prosistas e calculistas da oligarquia." Respeito muito o grande poeta, mas ainda assim creio que a política está em primeiro lugar. Uma revista, dizia não sei que estadista inglês, deve ter duas pernas, uma política, outra literária, sendo a política a perna direita. Eu se prefiro a todas as políticas de Benjamim Constant o seu único *Adolfo*, é porque este romance tem de viver enquanto viver a língua em que foi escrito, não por sentimento de exclusivismo. Assim também, se nunca pedi ao céu que me pusesse nos tempos dos homens de Plutarco para admirá-los, e fui vê-los em Plutarco e nos outros que os salvaram do esquecimento com os seus livros, foi unicamente porque, se o céu me fizesse contemporâneo de tais homens, já eu teria morrido uma e muitas vezes — em vez de estar aqui vivo, escrevendo esta *semana*.

Houve no Senado a sessão secreta para examinar a nomeação do prefeito. Posto que secreta, a sessão foi pública. A mesma coisa aconteceu à sessão anterior. As outras também não foram reservadas. Direi mais, para acercar-me da verdade, *cercando il vero,* que as sessões secretas são ainda mais públicas que as públicas. Basta anunciar que tratam de matérias cujo exame não se pode fazer às escâncaras, antes devem ficar trancadas, para que todos as destranquem e tragam à rua. O pão vedado aguça o apetite, é verso de um poeta.

Verdade é que não basta o apetite da pessoa, é preciso que haja da parte do pão certa inércia e vontade de ser comido. Os segredos não se divulgam sem a ação da língua. Da primeira ou segunda vez que o Senado fez sessão secreta e a viu divulgada, tratou-se ali de examinar a origem da revelação. Se não me engano, o secretário afirmou que todas as portas estiveram fechadas. Um membro da casa achou difícil que se mantivesse segredo entre tantas pessoas, o que lhe acarretou veementes protestos. Não se descobrindo nada, resolveu-se então, como agora, que a ata da sessão fosse impressa.

Esta impossibilidade de esconder o que se passa no segredo das deliberações faz-me crer no ocultismo. É ocasião de emendar Hamlet: "Há entre o palácio do conde dos Arcos e a rua do Ouvidor muitas bocas mais do que cuida a vossa inútil estatística".

A meu ver, o remédio é tornar públicas as sessões, anunciá-las, convidar o povo a assistir a elas. Talvez seja o meio seguro de as fazer tanto ou quanto secretas. Desde que as portas sejam francas, pouca ou nenhuma gente irá assistir ao exame das nomeações. Distância é o diabo. A rua do Ouvidor é a principal causa desta tal ou qual inércia de que nos acusam. Em três pernadas a andamos toda, e, se o não fazemos em três minutos, é porque temos o passo vagaroso; mas em três horas vamos do beco das Cancelas ao largo de São Francisco.

Gazeta de Notícias, 2 de julho de 1893

Uma batalha não tem o mesmo interesse

Uma batalha não tem o mesmo interesse para o estrategista que para o pintor. Este cuida principalmente da composição dos grupos, da expressão dos combatentes, do modo de obter a unidade da ação na variedade dos pormenores, e de dar ao vencedor o lugar que lhe cabe. O estrategista pensa, antes de tudo, na concepção do ataque, no movimento e na distribuição das forças, na concordância dos meios para alcançar a vitória. Já o fornecedor não é assim. Sem preocupação estética nem militar, cuida tão somente na execução dos seus contratos, mediante aquela porção de fidelidade compatível com lucros extraordinários. É claro que há fornecedores que acabam pobres, como há generais que perdem batalhas, e pintores que as pintam execravelmente.

Com os espetáculos da natureza dá-se a mesma diversidade de interesse. O geólogo cuidará da composição interior da montanha, que para o engenheiro dará ideia de uma via férrea elevada ou de um simples túnel. Vede o mar, vede o céu. Vede esta flor. Entregue pela noiva ao noivo, à despedida, traz consigo todos os aromas dela, as suas graças, os seus olhos, a poesia que ela respira e comunica à alma do outro, e ainda as recordações de uma noite, de um beijo, a fugir entre a porta e a escada. Nas mãos de um botanista é um simples exemplar da espécie, a que ele dá certo nome latino. Grave, seco, sem ternura, ele diz o nome da espécie e da classe, e deita fora a flor, como um simples diário velho. Quantos olhos, tantas vistas. Essa variedade é que torna suportável este mundo, pela satisfação das aptidões, das situações e dos temperamentos. O contrário seria o pior dos fastios.

Digo tudo isso, que talvez seja banal... Mas o que não é banal debaixo do sol, desde o amor até o empréstimo? Digo tudo isso a propósito do acontecimento central da semana, o caso dos estudantes e da Câmara dos deputados. Esse acontecimento teve para os homens políticos um aspecto. Condenando ou atenuando o ato, combinando ou divergindo na solução da crise, os políticos estão de acordo com os seus próprios olhos, aos quais o sucesso apareceu como um incidente na vida pública.

Eu, porém, achei nele outra coisa, não pela origem, senão pelo efeito. Todos viram a *emoção* produzida pelo caso. Viram ainda que ele deu lugar a uma florescência de *moções*. Na formação das línguas neolatinas observou-se um fenômeno, consistente na troca, transposição ou queda de certas letras. A ciência da linguagem remontou ainda no estudo desses e outros fenômenos; fiquemos naquele caso particular. Sou leigo em glossologia; mas os leigos também rezam, e pela cartilha dos padres. Ora, dizem os padres da glossologia que a palavra *botica*, por exemplo, veio de *apotheca*, perdendo a primeira vogal. Aplicando esta observação da fonética à psicologia política, não se pode dizer que entre *emoção e moção* há, com a mesma perda da letra inicial, uma filiação evidente? Explico-me.

No regime imperial, uma emoção destas levava à moção imediata. A Constituição republicana não mudou os hábitos morais dos homens, e, no meio da agitação produzida pela manifestação escolar, a primeira fórmula que ocorreu para consubstanciar os sentimentos da Câmara foi a moção, e não uma, nem duas, mas seis e sete. A consequência é que o parlamentarismo parece estar ainda na massa do sangue — outra ideia banal — mas eu hoje estou banal como um triste molambo velho.

Concluir daí que sou parlamentarista é imitar aquele homem que me dizia, uma vez, notando-lhe eu que certa casa estava pintada de amarelo:

— Ah! o senhor gosta do amarelo?

— Perdão: digo-lhe que esta casa está pintada de amarelo...

— Estou vendo; mas que graça acha em semelhante cor?

Mandei o homem ao diabo. Vá o leitor ter com ele, se concluir a mesma coisa. O que eu digo é que esta bota parlamentarista há de levar tempo a descalçar. Que não seja próprio do clima, não serei eu que o negue; mas a minha questão no capítulo das botas (Sganarello achou um capítulo dos chapéus) é que a bota parlamentarista, por menos ajustada que haja sido ao pé, há de levar tempo a arrancá-la. São costumes. Fazia doer os calos e cambava para o lado de fora, mas era de fábrica inglesa, Westminster & Companhia, e nós sempre gostamos de fábricas estrangeiras. Nos primeiros tempos éramos todos franceses; no Segundo Reinado passamos aos bretões. Vida, patrícios, vida para a indústria nacional!

Gazeta de Notícias, 9 de julho de 1893

Sarah Bernhardt é feliz

Sarah Bernhardt é feliz. Sequiosa de emoções, não terá passado sem elas, estes poucos dias que dá ao Brasil. Grande roubo de joias aqui, em São Paulo quase uma revolução. Eis aí quanto basta para matar a sede. Mas as organizações como a ilustre trágica são insaciáveis. Pode ser que ela acarinhe a ideia de pacificar o Rio Grande. Sim, quem sabe se, terminado o número das representações contratadas, não é plano dela meter-se em um iate e aproar ao sul? O capitão do navio terá medo, como o barqueiro de César. Ela copiará o romano: "Que temes tu? Levas Sarah e a sua fortuna".

As águas do porto, as areias, os ventos, os navios, as fortificações, a gente da terra, armada e desarmada, tudo deixará passar Semíramis. Um diadema, nem castilhista nem federalista, ou ambas as coisas, lhe será oferecido, apenas entre em Porto Alegre. A notícia correrá por todo o estado; a guerra cessará, os ódios fugirão dos corações, porque não haverá espaço bastante para o amor e a fidelidade. Começará no Sul um grande reino. O Congresso Federal deliberará se deve reduzi-lo pelas armas ou reconhecê-lo, e adotará o segundo alvitre, por proposta do sr. Nilo Peçanha, considerando que não se trata positivamente de uma monarquia, porque não há monarquia sem rei ou rainha no trono, e o gênio não tem sexo. O gênio haverá assim alcançado a paz entre os homens.

 Uma vez coroada, Semíramis resolverá a velha questão das obras do porto do Rio Grande, como a sua xará de Babilônia fez com o Eufrates, apagará os males da guerra e decretará a felicidade, sob pena de morte. Um dia, amanhecendo aborrecida, imitará Salomão — se é certo que este rei escreveu o *Eclesiastes* — e repetir-nos-á, como o grande enjoado daquele livro, que tudo é vaidade, vaidade e vaidade. Então abdicará; e, para maior espanto do mundo, dará a coroa, por meio de concurso, ao mais melancólico dos homens. Sou eu. Não me demorarei um instante; irei logo, mar em fora, até a bela capital do Sul, e subirei ao trono. Para celebrar esse acontecimento, darei festas magníficas, e convidarei a própria rainha abdicatária a representar uma cena ou um ato do seu repertório.

 — Peço a vossa majestade que me não obrigue à recusa — responder-me-á ela —; eu provei a realidade do trono, e achei que era ainda mais vã que a simples imitação teatral. *Omnia vanitas*. Falo-lhe em latim, mas creia que o meu tédio vai até o sueco e o norueguês. Há um refúgio para todos os desenganados deste mundo; vou fundar um convento de mulheres budistas no Malabar.

 E Sarah acabará budista, se é que acabará nunca.

 Deixem-me sonhar, se é sonho. A realidade é o luto do mundo, o sonho é a gala. Desde que a pena me trouxe até aqui, sinto-me rei e grande rei. Já uma vez fui santo e fiz milagres. Já fui dragão, íbis, tamanduá. Mas de todas as coisas que tenho sido, em sonhos, a que maior prazer me deu, foi panarício. Questão de amores. Eu suspirava por uma moça, que fugia aos meus suspiros. Uma noite, como lhe apertasse os dedos, interrogativamente, ela puxou a mão e deitou-me um tal olhar de desprezo, que me tonteou. Vaguei até tarde, jurei matá-la, recolhi-me, e fui dormir. Dormindo, sonhei que, sob a forma de panarício, nascia e crescia no dedo da moça.

 O gosto que tive não se descreve, nem se imagina. É preciso ter sido ou ser panarício, para entender esse gozo único de doer em uma carne odiosa. Ela gemia, mordia os beiços, chorava, perdia o sono. E eu doía-lhe cada vez mais. Doendo, falava; dizia-lhe que o meu gesto de afeto não merecia o seu desprezo, e que era em vingança do que me fez que eu lhe dava agora aquela imensa dor. Ela prometia a Nossa Senhora, sua madrinha, um dedo de cera, se a dor acabasse; mas eu ria-me e ia doendo. Nunca senti regalo semelhante ao meu despeito de tumor.

 Mas nem tudo são panarícios. Há gozos, não tamanhos, mas ainda grandes e sadios. Esta noite, por exemplo, sonhei que era um casal de burros de bonde, creio que das Laranjeiras. Como é que a minha consciência se pôde dividir em duas, é que não atino; há aí um curioso fenômeno para os estudiosos. Mas a verdade é que era um casal de burros. Eu sentia que éramos gordos, tão gordos e tão fortes, que pedíamos ao cocheiro, por favor, que nos desse pancadas, para não parecer que puxávamos de vontade livre. Queríamos ser constrangidos. O cocheiro recusava. Não nos batia com um gancho de ferro, nem com as pontas das rédeas, não nos fazia arfar, nem gemer, nem morrer. Não nos excitava sequer com estalos contínuos de língua no paladar. Ia cheio de si, como se a nossa robustez fosse obra dele, e nós voávamos. Pagou caro a gentileza, porque chegamos antes da hora, e ele foi multado.

Na antevéspera tinha sonhado que era um mocinho de quinze a dezesseis anos, prestes a derrubar este mundo e a criar outro, tudo porque me deram a *Lúcia de Lammermoor* e a *Sonâmbula*. Quando eu senti que no lábio superior não tinha mais que um buçozinho, e na alma umas melodias novas e ternas, fiquei fora de mim. Que Mefistófeles era esse que me fizera voltar para trás? Estava aqui um Fausto; faltava achar Margarida. Ei-la que sai de uma igreja; fitei-a bem, era um anjo-cantor de procissão. O tempo do sonho era o de Bellini e das procissões, de Donizetti e das fogueiras na rua, do primeiro Verdi e do Sinhazinha, provincial dos franciscanos.

É ainda um sonho esse frade, uma flor da adolescência, que vim achar entre duas folhas secas. De onde lhe vinha a alcunha? Ignoro; já a achei, não lhe pedi os títulos de origem. As alcunhas eclesiásticas são de todos os tempos. Agora mesmo andam muitas aí, nessa questão que não acaba mais, acerca do bispo e do arcebispo. A fama do pregador Sinhazinha é que achou. Sinhazinha! Naqueles dias até as alcunhas eram maviosas. Hoje é de *perereca seca* para baixo.

Gazeta de Notícias, 16 de julho de 1893

Desde que há rebanhos

Desde que há rebanhos, são as ovelhas que voltam ao aprisco; cá em casa foi o pastor que voltou ao rebanho, com esta segunda diferença, que os pastores envelhecem com o tempo, e este remoçou. Aí está o que é aquele continente que o sr. Luís Gomes quer pôr a poucas horas do Rio de Janeiro. Não digo que o pastor saísse daqui velho, nem sequer maduro; saiu meio verde — um pouco mais de meio —, e volta verde de todo. Rijo e lépido; alegria e saúde.

Neste andar pode ir longe, sem cansar muito. Pode fazer a mesma viagem do sr. visconde de Barbacena, que completou quinta-feira noventa e um anos. Há mais quem tenha noventa e um anos; mas tê-los frescos e sadios, cavalgar com eles duas e três léguas, andar por essas ruas com eles, pé firme e rápido, juízo claro, memória aguda, eis o que não é comum. É isto o venerando Barbacena; pode sê-lo um dia o nosso Ferreira de Araújo. Creio que pelos anos de 1940 ou 1950 é que este meu amigo aprontará as malas para aquele outro continente, que o sr. Luís Gomes não quer, nem deve aproximar do Rio de Janeiro, qualquer que seja a garantia de juro.

Já lá me achará. Correrei a recebê-lo, ao sair do barco de Caronte. Dá cá esses ossos! Dá cá os teus! E diremos coisas alegres e finas; ele me levará notícias deste mundo; eu lhe darei as do outro. Compará-las-emos umas às outras, e chegaremos à conclusão de que muitas delas se parecem. Falaremos primeiro dos nossos amigos; todos estarão lá, menos o João. Que é feito do João, que não chega? Foi promovido. Ainda? Ainda; mas agora é definitivamente; foi promovido a Padre Eterno. Havia de acabar por aí, direi eu, cheio de melancolia com a ideia de que não o verei mais, e eu amo o nosso João, companheiro certo e amigo. Falaremos da história do mundo, do estado das sociedades humanas e das sociedades vegetais, do filoxera e das facções; conversaremos das novas formas de governo, se as houver.

— Cá neste mundo — explicarei eu —, rege só a anarquia; ninguém manda, ninguém obedece; as sombras vagam de um lado para outro, à vontade, sem se abalroarem, ligando-se, desligando-se... Olha, ali vêm duas figuras conhecidas, o Deodoro e o Benjamim Constant.

— Como, amigos?

— Creio que eles nunca brigaram na terra; mas, ainda que houvessem brigado, aqui somos todos amigos, e íntimos. Queres ver? Olá, Deodoro! Olá, Benjamim!

Chegarão os dois a nós, e, depois dos primeiros cumprimentos, saberão que na terra andam brigados, por causa da colocação das suas estátuas. Desde a terceira semana de julho de 1893 (a que ora finda), foi votado pela Câmara dos deputados que Deodoro teria uma estátua na praça da República; mas, havendo Deodoro decretado uma estátua a Benjamim na mesma praça, entrou a dificuldade de saber onde se poria a estátua de Deodoro. A ideia do largo do Depósito foi logo excluída. As praças Quinze de Novembro e Tiradentes estavam ocupadas. No largo da Prainha impediria a passagem rápida das pessoas que buscam a barca de Petrópolis. No do Catete estava Alencar. O da Lapa era antes uma encruzilhada que um largo. No do Valdetaro, onde se quis pôr a de Buarque, existia um chafariz. Onde se poria Deodoro?

Alguém propôs uma solução que lhe pareceu simples; era pôr as duas estátuas na mesma praça da República, assaz vasta para ambas, uma dentro do parque, outra fora, caso não as quisessem juntas. Se os dois cidadãos foram os fundadores da República, nada mais natural que ficarem na mesma praça, e justamente naquele lugar histórico. A primeira impressão foi uma gargalhada universal. Como assim? Duas estátuas na mesma praça! É irrisório etc. Passados dias, a ideia foi parecendo a alguns menos desprezível; chegaram a dizer que a estética não se opunha à solução, e que a história a pedia. Contestação, luta, adiamento. Decretou-se um período de cinco anos para refletir. Ninguém refletiu, e a questão arrastou-se assim até o fim do século. De acordo tácito, calou-se o negócio até 1913.

Renovada a questão no começo de 1914, tornou a aparecer a ideia de pôr as duas estátuas na mesma praça da República; mas então formaram-se dois partidos, o de Benjamim e o de Deodoro, ambos fortes e intransigentes. Já nenhum cedia a praça ao outro.

La maison est à moi, c'est à vous d'en sortir.

Os partidos caem muita vez em tal subjetividade, que a bandeira vale menos que as suas pantalonas. Assim, complicados de azedume, de irritação e de ódio, cada um deles tratou menos de erigir a estátua de um cidadão que a sua própria. Daí a suspensão virtual dos decretos comemorativos.

Deodoro e Benjamim, ao saberem disto, olharão espantados um para o outro; depois, um ar de riso, meio piedade, meio lástima, alumiará os seus rostos tranquilos. Enfim, darão de ombros, e continuarão a andar, e a conversar, de braço dado, enquanto eu, considerando as notícias recentes deste mundo, comporei um discurso sobre as incompatibilidades da vida e da morte...

Mas onde me leva a imaginação? Criança vadia, já, já, para casa; anda, vai calçar os sapatos; vai pentear essa grenha; estás cheirando a defunto; vou trancar-te por três meses! Tudo porque falei no tempo e nos seus efeitos variados. Em que há de sonhar um varão maduro? O tempo escoa-se depressa para aqueles que já vêm de longe. É o que acontece à Câmara dos deputados. Prestes a findar os dias, não quer deixar a obra por fazer e decretou multiplicar o tempo pelo trabalho, celebrando duas sessões, uma de dia, outra de noite. Mas, como a medida era arriscada, pôs-lhe uma cláusula; baixou o *quorum* da noite; a sessão noturna pode abrir-se com menor número de membros que a diurna.

Compreende-se o pensamento do legislador; é uma combinação de orçamento e *Falstaff*. Para se não arriscar a não ter sessão, às noites, aplicou ao seu regimento aquele artigo da lei das sociedades anônimas, que permite deliberar com qualquer número, depois de duas convocações sem eco. Se me fosse lícito propor alguma coisa aos legisladores, eu lhes lembraria duas resoluções da Câmara dos comuns, uma de 1620 e outra de 1628. A ideia de liberdade esteve sempre ligada a essa casa célebre. Eis aqui dois exemplos.

Um investigador, um tal Gibson Bowles, descobriu que no primeiro daqueles anos, 1620, mês de fevereiro, a Câmara resolveu mandar buscar debaixo de vara a todos e quaisquer membros que não se achassem presentes às sessões, estando na cidade. Oito anos depois, a Câmara, não contente com haver ferido no braço, enterrou a faca na barriga, foi às algibeiras, determinando, em 9 de abril de 1628, que cada membro que não comparecesse à sessão pagaria a multa de 10 libras esterlinas. Legislador à fina força.

Gazeta de Notícias, 23 de julho de 1893

Toda esta semana se falou em paz

Toda esta semana se falou em paz. Para um homem que cultiva as artes da paz, como eu, parece que não pode haver assunto mais fagueiro. Nem sempre. A paz tem benefícios, não contesto; mas a guerra — aqui cito Empédocles — é a mãe de todas as coisas. E nem sempre vale trocar todas as coisas por alguns benefícios. Um exemplo à mão.

Sem desdenhar dos catarinenses — alguns conheço que honrariam qualquer comunhão social — posso dizer que Santa Catarina não faria falar de si; vivia na mais completa obscuridade. De quando em quando vinha um telegrama do governador Machado; mas que vale, por si mesmo, um telegrama? Santa Catarina não inventava, não criava, não gerava. De repente, anuncia-se dali uma fagulha, uma agitação, um aspecto de guerra; digo de guerra, posto não haja sangue; mas também há guerra sem sangue. Já esta produziu mais do que longos meses de sossego. Se vier sangue, a produção será maior. A vantagem do sangue sobre a água é que esta rega para o presente, e aquele para o presente e futuro. Os estragos do sangue, posto que longos, não são eternos; os seus frutos, porém, entram no celeiro da humanidade.

Vamos ao meu ponto. Um telegrama de Santa Catarina, esta semana, trouxe um produto novo, filho do conflito, nada menos que um verbo. Meditai na superioridade do verbo sobre o homem, relendo são João. "No princípio era o verbo, e o verbo se fez carne." É superior e anterior. Qualquer que seja o resultado da luta entre os srs. Machado e Hercílio, há um ganho efetivo. Temos um verbo. Os homens passam, os verbos ficam. Um dos telegramas que dão notícia da aclamação do sr. Hercílio para o lugar do governador do Estado, acrescenta: "Quedou afinal o governo do tenente Machado".

A princípio cuidei que era um estratagema do fio. Obrigado a passar a notícia, e não sabendo em que paravam as modas, teria empregado um vocábulo que pelo sentido natural desse ideia contrária à que trazia. Quedou o governo, isto é, ficou, prossegue, está quieto. Mas abri mão da suspeita; o resto e o princípio do telegrama não permitiam semelhante interpretação. *Quedar*, no sentido telegráfico, era *levar queda, cair*. Os substantivos, filhos de verbos, dão assim novos verbos. Se de cair se fez *queda*, era tempo que de *queda* se fizesse *quedar*. Dia virá em que este verbo, como o avô *cair*, produza também um substantivo, *quedação*. Passados anos, quando Hercílio e Machado descansarem para sempre no seio do Senhor, a geração haverá continuado. Santa Catarina poderá então telegrafar: "*Quedacionou* o governo de X..." Quem calculará o limite dessa geração contínua?

Notai que o que legitima um vocábulo destes é a sua espontaneidade. Eles nascem como as plantas da terra. Não são flores artificiais de academias, pétalas de papelão recortadas em gabinetes, nas quais o povo não pega. Ao contrário, as geradas naturalmente é que acabam entrando nas academias. Um grave orador dizia há anos: "Senhores, sobre isto não me resta *coisíssima* nenhuma". É um solecismo, concordo; mas vive. Também os aleijados vivem. Onde param tantas palavras bem conformadas de puros gramáticos?

Não é de gramáticas, nem de solecismos, que cuida o nosso Conselho municipal. Corporação útil, execra todos os ornamentos; veste pura estamenha, sem grande roda, nem cauda, nem folhos. Um saco sem fundo, enfiado pela cabeça abaixo. Em vão lhe buscareis uma florzinha na cabeça, uma fita no pescoço, um botão, nada.

Entretanto, que mais simples, mais belo, mais barato ornamento que a modéstia? Essa virtude, a um tempo cristã e pagã, tão pregada pelos padres da Igreja, como pelos sábios da Antiguidade, a santa, a nobre, a pura modéstia, que não ocupa lugar, não tira o pão nem o sono de ninguém, não mata nem esfola; a modéstia não tem entrada no Conselho municipal. Um conselheiro... A propósito, se o nome da instituição é conselho, não cabe o nome de intendente aos seus membros, e o de membro do Conselho municipal é muito comprido. Por que não adotaremos conselheiro? Não era feio, vinha deduzido do outro, e não precisava dizer conselheiro municipal. Conselheiro bastava. O conselheiro fulano... Que tal? É uma ideia.

Como ia dizendo, um conselheiro falava sobre um assunto, e explicava-se: "Mal preparado (*não apoiados*), não cursei academias, e apenas frequentei um colégio, recebendo uma parca instrução". Que há de dizer o presidente, interrompendo o orador? "Previno a v. ex.a que isto não tem relação com o projeto."

Realmente, não compreendo. Se o orador, em vez daquilo, dissesse que se considerava um dos primeiros homens do Conselho, espírito ilustrado, sagaz, profundo, pessoa virtuosa, interessante, dotada de graça, de piedade, de originalidade, firme nos bons sentimentos, patriotismo inexcedível, autor do melhor unguento contra os reumatismos crônicos, admito a interrupção e o reparo do presidente. Mas, longe disso, o orador confessa que tem poucas habilitações. Se é verdade, a verdade nasceu para se dizer; se há alguma exageração, mais um motivo para consenti-la. Abençoada exageração que nos leva a desaparecer diante dos outros. Impedir esse simples ornamento é não querer nem uma rude flor do mato. Mas então o presidente do Conselho... Presidente do Conselho! Outro modo de dizer, igualmente deduzido, sem necessidade do adjetivo municipal, ou qualquer outro. Presidente do Conselho! Que tal? É uma ideia. Todo eu sou hoje ideias.

Gazeta de Notícias, 30 de julho de 1893

A *Gazeta* completou os seus dezoito anos

A *Gazeta* completou os seus dezoito anos. Ao sair da festa de família com que ela celebrou o seu aniversário, fui pensando no que me disse um conviva, excelente membro da casa, a saber, que os dois maiores acontecimentos dos últimos trinta anos nesta cidade foram a *Gazeta* e o bonde.

Tens razão, Capistrano. Um e outro fizeram igual revolução. Há um velho livro do padre Manuel Bernardes, cujo título, *Pão partido em pequeninos*, bem se pode aplicar à ação dos dois poderosos instrumentos de transformação. Antigamente as folhas eram só assinadas; poucos números avulsos se vendiam, e, ainda assim, era preciso ir comprá-los ao balcão, e caro. Quem não podia assinar o *Jornal do Commercio,* mandava pedi-lo emprestado, como se faz ainda hoje com os livros, com esta diferença que o *Jornal* era restituído, e com esta semelhança que voltava mais ou menos enxovalhado. As outras folhas não tinham o domínio da notícia e do anúncio, da publicação solicitada, da parte comercial e oficial; demais, serviam a partidos políticos. A mor parte delas (para empregar uma comparação recente) vivia o que vivem as rosas de Malherbe.

Quando a *Gazeta* apareceu, o bonde começava. A moça que vem hoje à rua do Ouvidor, sempre que lhe parece, à hora que quer, com a mamãe, com a prima, com a amiga, porque tem o bonde à porta e à mão, não sabe o que era morar fora da cidade ou longe do centro. Tínhamos diligências e ônibus; mas eram poucos, com poucos lugares, creio que oito ou dez, e poucas viagens. Um dos lugares era eliminado para o público. Ia nele o *recebedor,* um homem encarregado de receber o preço das passagens e abrir a portinhola para dar entrada ou saída aos passageiros. Um cordel, vindo pelo tejadilho, punha em comunicação o cocheiro e o recebedor; este puxava, aquele parava ou andava. Mais tarde, o cocheiro acumulou os dois ofícios. Os veículos eram fechados, como os primeiros bondes, antes que toda a gente preferisse os dos fumantes, e inteiramente os desterrasse.

— Já passou a diligência? Lá vem o ônibus! Tais eram os dizeres de outro tempo. Hoje não há nada disso. Se algum homem, morador em rua que atravesse a da linha, grita por um bonde que vai passando ao longe, não é porque os veículos sejam tão raros, como outrora, mas porque o homem não quer perder este bonde, porque o bonde para, e porque os passageiros esperam dois ou três minutos, quietos. Esperar, se me não falha a memória, é a última palavra do *Conde de Monte-Cristo*. Todos somos Monte-Cristos, posto que o livro seja velho. Falemos à gente moça, à gente de vinte e cinco anos, que era apenas desmamada, quando se lançaram os primeiros trilhos, entre a rua Gonçalves Dias e o largo do Machado. O bonde foi posto em ação, e a *Gazeta* veio no encalço.

Tudo mudou. Os meninos, com a *Gazeta* debaixo do braço e o pregão na boca, espalhavam-se por essas ruas, berrando a notícia, o anúncio, a pilhéria, a crítica, a vida, em suma, tudo por dois vinténs escassos. A folha era pequena; a mocidade do texto é que era infinita. A gente grave, que, quando não é excessivamente grave, dá apreço à nota alegre, gostou daquele modo de dizer as coisas sem retesar os colarinhos. A leitura impôs-se, a folha cresceu, barbou, fez-se homem, pôs casa: toda a imprensa mudou de jeito e de aspeito.

Não me puxem as orelhas pelo que disse acerca das folhas políticas. Se não eram vivedouras outrora, se hoje o não podem ser sem outro algum condimento, a culpa não é minha. E digo mal, políticas; partidárias é que deve ser. De política também tratam as outras. A questão é um pouco mais longa que esta página, e mais profunda que esta crônica; mas sempre lhes quero contar uma história.

Um telegrama datado de Buenos Aires, 3, deu notícia de que a *Nación,* órgão do general Mitre, aconselha a união de todos os cidadãos, no meio da desordem que vai por algumas províncias argentinas. Ora, ouçam a minha história que é de 1868. Nesse ano, Mitre, que assumira o poder em 1860, depois de uma revolução, concluiu os dois prazos constitucionais do presidente; fizera-se a eleição do presidente e saíra eleito Sarmiento, que então era representante diplomático da República nos Estados Unidos. Vi este Sarmiento, quando passou por aqui para ir tomar conta do governo argentino. Boas carnes, olhos grandes, cara rapada. Tomava chá no Clube Fluminense, no momento em que eu ia fazer o mesmo, depois de uma partida de xadrez com o professor Palhares. Pobre Palhares! Pobre Clube Fluminense! Era um chá sossegado, entre nove e dez horas, um baile por mês, moças bonitas, uma principalmente... *Une surtout, um ange...* O resto está em Victor Hugo. *Un ange, une jeune espagnole.* A diferença é que não era espanhola. Sarmiento vinha, creio eu, do paço de são Cristóvão ou do Instituto Histórico; estava de casaca, bebia o chá, trincava torradas, com tal modéstia que ninguém diria que ia governar uma nação.

Quando Sarmiento chegou a Buenos Aires e tomou conta do governo, quiseram fazer a Mitre, que o entregava, uma grande manifestação política. A ideia que vingou foi criar um jornal e dar-lho. Esse jornal é esta mesma *Nación,* que é ainda órgão de Mitre, e que ora aconselha (um quarto de século depois) a união de todos os cidadãos. É um jornal enorme de não sei quantas páginas.

Em trocos miúdos, os jornais partidários precisam de partido, um partido faz-se com homens que votem, que paguem, que leiam. Há ler sem pagar; não é a isso que me refiro. Há também pagar sem ler; falo de outra coisa. Digo ler e pagar, digo votar, digo discutir, escolher, fazer opinião. Sem ela, sem uma boa opinião ativa, pode haver algumas veleidades, mas não há vontade. E a vontade é que governa o mundo.

Gazeta de Notícias, 6 de agosto de 1893

Entre tantos sucessos desta semana

Entre tantos sucessos desta semana, que valeu por quatro, um houve que principalmente me encheu o espírito. Foi a proclamação do ex-governador Hercílio, ao deixar o poder de algumas horas.

Talvez o leitor nem saiba dela, tão certo é que os vencidos não merecem compaixão. Eu também não a li; não sei se é longa ou breve, nem em que língua é escrita, dado que os revolucionários fossem alemães, como disseram telegramas — ou teuto-brasileiros, fórmula achada no Rio Grande do Sul para exprimir a dupla origem de alguns concidadãos nossos. Também ignoro se a proclamação ataca o poder federal, como fez um telegrama do próprio ex-governador. Propriamente, a minha questão não é política. A parte política só me ocupa quando, do ato ou do fato, sai alguma psicologia interessante.

Ora, a proclamação do sr. Hercílio, quando deixou o poder, é um documento de alta significação psicológica. Não a conheço, mas vi notícia telegráfica de que saiu impressa em *cetim azul com letras de ouro*.

À primeira vista parece nada; os amigos e correligionários é que naturalmente tiveram a ideia de pôr em relevo as palavras do chefe, dando-lhes esse veículo de ouro e cetim. Penetrando, porém, com olhos mais sagazes, compreende-se que essa preocupação da forma é a manifestação inconsciente da garridice da nossa alma. Podemos matar ou ferir. Naquele mesmo tumulto pereceu um médico, ainda não se sabe com bala de quem, porque ambos os lados repelem a autoria do tiro. Mas, cessadas as hostilidades, voltamos à graça e ao adorno. Papel preto, letras amarelas, fazendo lembrar o aspecto dos caixões mortuários, tal devia ser a proclamação de um vencido. Poeta que a inventasse, recorreria a lâminas de aço com letras de bronze. Tudo filho da ideia que conjuga o desbarato e a melancolia — ou, quando muito, a ameaça. A generalidade dos homens adotou, em vez disso, o simples papel branco e letra preta. Os espíritos garridos, porém, não cedem do enfeite, e, quando tudo parece que devia estar lívido, está cor de ouro.

Concluamos que há uma força íntima que nos impele a fazer de uma calamidade uma gravata, e de um tiro mortal um ósculo comprido. Não; nós não levamos a paixão política ao ponto a que a levou agora a gente do Rosário, província argentina, onde a polícia era defendida das soteias das casas pelos bombeiros e pelos presos. Quando a opinião dos homens chega a defender a própria polícia que os encarcerou, é que eles são chegados àquele grau em que uma nação dá de si. Brutos. Esmagar a polícia é o impulso natural de todo cidadão capturado; mas trepar nas soteias para defendê-la a tiro é ato que sai do homem para entrar no romano.

Também isso me veio por telegrama; eu quase não leio outra coisa, tanta é a ocupação do meu tempo. Alguma notícia que vi, como o arrombamento de um cartório e o desaparecimento de uns autos, é por ouvi-la contar. Essa mesma do cartório não a pude ouvir bem. Chovia e ventava muito, o bonde tinha as cortinas alagadas; as cortinas, longe de serem de oleado, eram de pano de algodão que se encharcam mais, posto custem menos dinheiro. Não devia zangar-me com isso, porque o bonde era de Botafogo, companhia de que sou acionista, e quanto menos custarem as cortinas, mais valerão os papéis. Entretanto, zanguei-me, porque o pano molhado, tocado pelo vento, batia-me na cara, nas pernas e no chapéu, sem deixar-me ouvir o lance dos autos e do cartório. Só depois de apeado e recolhido é que recobrei a alegria. Com efeito, tinha estragado o chapéu; mas chapéu não rende, e ação rende.

Lembro-me que, quando entrei na rua Gonçalves Dias, ia chuviscando, e ainda fui ao fim da rua do Senador Dantas para achar lugar em bonde de Botafogo. Mandei ao diabo a ideia de retirar o ponto dos bondes da rua Gonçalves Dias; mas outra sensação expeliu a primeira. Quando descansei da viagem, em casa, lembrei-me que esse dia era justamente o aniversário natalício do nosso poeta nacional. Corri a enfeitar de flores o seu retrato, e recitei algumas estrofes, como na missa se faz com pedaços do Evangelho. Esta semana é, aliás, uma semana de poetas. Nela nasceram também o Magalhães, poeta e diplomata, e S. Carlos, poeta e frade. Vi Gonçalves Dias duas vezes. Da primeira adivinhei quem era, não sentindo mais que o passo rápido de um homenzinho pequenino. Era ele, o autor da "Canção do exílio", que eu soletrara desde os dez anos... Vamos adiante!

Vamos à rua do Ouvidor; é um passo. Desta rua ao *Diário de Notícias* é ainda menos. Ora, foi no *Diário de Notícias* que eu li uma defesa do alargamento da dita rua do Ouvidor — coisa que eu combateria aqui se tivesse tempo e espaço. Vós que tendes a cargo o aformoseamento da cidade, alargai outras ruas, todas as ruas, mas deixai a do Ouvidor assim mesmo — uma viela, como lhe chama o *Diário* — um canudo, como lhe chamava Pedro Luís. Há nela, assim estreitinha, um aspecto e uma sensação de intimidade. É a rua própria do boato. Vá lá correr um boato por avenidas amplas e lavadas de ar. O boato precisa do aconchego, da contiguidade, do ouvido à boca para murmurar depressa e baixinho, e saltar de um lado para outro. Na rua do Ouvidor, um homem, que está à porta do Laemmert, aperta a mão do outro que fica à porta do Crashley, sem perder o equilíbrio. Pode-se comer um sanduíche no Castelões e tomar um cálice de madeira no Deroche, quase sem sair de casa. O característico desta rua é ser uma espécie de loja, única, variada, estreita e comprida.

Depois, é mister contar com a nossa indolência. Se a rua ficar assaz larga para dar passagem a carros, ninguém irá de uma calçada a outra para ver a senhora que passa — nem a cor dos seus olhos, nem o bico dos seus sapatos, e onde ficará em tal caso "o culto do belo sexo", se lhe escassearem os sacerdotes?

Outra prova. Houve domingo passado o grande prêmio do Derby-Club. Dizem que se apostaram cerca de quatrocentos contos de réis no lugar das corridas. Mais, muito mais, deram as apostas cá embaixo. Uma das vantagens das corridas de cavalos é poder a gente apostar nelas sem sair da freguesia. Faz lembrar os velhos mendigos de Nicolau Tolentino, que, de uma praça de Lisboa, acompanhavam os exércitos europeus, marchas e contramarchas, ganhavam batalhas, retificavam fronteiras, até que voltavam ao seu ofício, se aparecia alguém:

> E tendo dado cidades,
> Nos vêm pedir uma esmola.

Na Inglaterra, onde o cavalo é uma instituição nacional, quando chega o dia do grande prêmio toda a gente vai às corridas. A própria Câmara dos comuns, que não tem folga, seja de gala, seja de tristeza, abala e dá consigo no Derby. Pode ser que, sobre a tarde, como as suas sessões entram pela noite velha, vá aos trabalhos parlamentares; mas não perde a grande festa. Lá, porém, o clima é frio. Que seria aqui esse nobre exercício do cavalo, se, para acompanhar as corridas, fosse preciso ir vê-las? Com certeza, morria. O mesmo acontecerá à rua do Ouvidor, se a fizerdes mais larga.

Gazeta de Notícias, 13 de agosto de 1893

CE PAYS FÉERIQUE

Ce pays féerique... Assim se exprime Sarah Bernhardt, em relação ao Brasil, no telegrama com que desmente os conceitos que uma folha argentina lhe atribuiu. Cara Melpômene, quem te levou a escrever essas palavras que me matam? Tu sabes, ou fica sabendo que te admiro, não só pelo gênio, mas ainda pela originalidade. O banal afoga-me. O vulgar é o Cabrion deste teu Pipelet. Assim, tudo o que fazes, e não faz nenhuma outra pessoa no mundo, é para mim um atrativo. Uma das minhas convicções (e tenho poucas) era esta: se algum dia Sarah escrever a nosso respeito, não empregará a velha chapa de todos os viajantes que por aqui passam: *ce pays féerique*. E tu, amiga minha, tu arrancas-me sem piedade desta ilusão do meu outono.

Não é só chapa, é estilete. O meu sentimento nativista, ou como quer que lhe chamem — patriotismo é mais vasto —, sempre se doeu desta adoração da natureza. Raro falam de nós mesmos: alguns mal, poucos bem. No que todos estão de acordo, é no *pays féerique*. Pareceu-me sempre um modo de pisar o homem e as suas obras. Quando me louvam a casaca, louvam-me antes a mim que ao alfaiate. Ao menos, é o sentimento com que fico; a casaca é minha; se não a fiz, mandei fazê-la. Mas eu não fiz, nem mandei fazer o céu e as montanhas, as matas e os rios. Já os achei prontos, e não nego que sejam admiráveis; mas há outras coisas que ver.

Há anos chegou aqui um viajante, que se relacionou comigo. Uma noite falamos da cidade e sua história; ele mostrou desejo de conhecer alguma velha construção. Citei-lhe várias; entre elas a Igreja do Castelo e seus altares. Ajustamos que no dia seguinte iria buscá-lo para subir o morro do Castelo. Era uma bela manhã, não sei se de inverno ou primavera. Subimos; eu, para dispor-lhe o espírito, ia-lhe pintando o tempo em que por aquela mesma ladeira passavam os padres jesuítas, a cidade pequena, os costumes toscos, a devoção grande e sincera. Chegamos ao alto, a igreja estava aberta e entramos. Sei que não são ruínas de Atenas; mas cada um mostra o que possui. O viajante entrou, deu uma volta, saiu e foi postar-se junto à muralha, fitando o mar, o céu e as montanhas, e, ao cabo de cinco minutos: "Que natureza que vocês têm!"

Certo, a nossa baía é esplêndida; e no dia em que a ponte que se vê em frente à Glória for acabada e tirar um grande lanço ao mar para aluguéis, ficará divina. Assim mesmo, interrompida, como está, a ponte dá-lhe graça. Mas, naquele tempo, nem esse vestígio do homem existia no mar: era tudo natureza. A admiração do nosso hóspede excluía qualquer ideia da ação humana. Não me perguntou pela fundação das fortalezas, nem pelos nomes dos navios que estavam ancorados. Foi só a natureza.

Navios e fortalezas, aí está o que se pode ver no mar. Em terra, musa trágica, podias ver agora a morte de um bravo soldado, um dos restantes heróis da Guerra do Paraguai. Também nós tivemos a nossa grande guerra. Um argentino, há muitos anos, comparecendo ao júri, em França, por delito de imprensa, ouviu ao acusador falar com riso das pequeninas lutas de poucas centenas de homens, que se travam na América, e respondeu com acerto:

"Senhores, sabeis o que se faz nas nossas guerras minúsculas? Faz-se o que se faz nas vossas: morre-se. *On y meurt, messieurs!*"

Naquela guerra morreram aos milhares. Um dos mais gloriosos sobreviventes, o que lhe pôs remate com extraordinário denodo, é o que ora entrou definitivamente na história do seu país. A morte tem esta punição: faz viver aqueles a quem não pode matar. Mas são tantos os que sucumbem, e tão poucos os que vivem, que a punição é tolerável. Vencedor de Aquibadá, tu serás um dos grandes testemunhos da geração que vai morrer.

Mas em terra não há só grandes finados, nem memórias gloriosas. Há aqui obras de outra casta, seja de arte, seja de política, seja de ciência, obras que podem recomendar-nos, embora não espantem a estranhos. Nem todas serão boas. Nesta semana, por exemplo, enlouqueceu um espírita; mas, além de que isto não prova contra o espiritismo — que alguns cérebros lúcidos e fortes estudam e aprofundam —, em toda a parte há cérebros fracos que se perdem. Nem todos podem fitar o abismo. Não é razão para condenar as ciências ocultas. E de onde nos vieram elas? O ocultismo está em moda na Europa. Os livreiros daqui recebem obras com títulos ilegíveis, à força de escuridade, e todas as folhas anunciam certo livro de S. Cipriano, vindo de Lisboa, que dizem ser maravilhoso para achados, curas e casamentos.

A ciência da pela, dado que seja oculta, também não é nossa. Veio da outra banda e de tempos idos. O que é desta banda, é a arte de envergar o arco, em que são exímios os caboclos, se eles ainda valem os de que fala o poeta:

> São todos destros
> No exercício da flecha, que arrebatam
> Ao verde papagaio o curvo bico
> Voando pelo ar.

Há aí talvez uma ideia para alguma associação nova. A menos que os bicos dos papagaios sejam simples pintura, ilusão óptica, não acho hipótese de fraude nesse exercício. Contestou-se que a poesia nacional estivesse no caboclo; ninguém poderá contestar, a sério, que esteja nele a nacionalização do esporte. O caboclo e o capoeira podem fazer-se úteis, em vez de inúteis e perigosos.

Gazeta de Notícias, 20 de agosto de 1893

Quando eu cheguei à rua do Ouvidor

Quando eu cheguei à rua do Ouvidor e soube que um empregado do correio adoecera do cólera, senti algo parecido com susto, se não era ele próprio.

Contaram-me incidentes. Nenhum hospital quisera receber o enfermo. Afinal fora conduzido para o da Jurujuba, e insulado, como de regra.

Conversei, para distrair-me, mas não estava bom. Podia estar melhor. No bonde, quando me recolhia, eram seis horas da tarde, havia já três casos de cólera — o do correio, o de uma senhora que estava comprando sapatos, e o de um carroceiro na Saúde. Na Lapa entrou um homem, que me disse ter assistido ao caso postal. A figura do doente metia medo. Chegaram a ver o bacilo...

— O bacilo? — perguntei admirado.

— Sim, senhor, o bacilo vírgula; era assim — disse ele, virgulando o ar com o dedo indicador —, e foi o diabo para matá-lo. Ele corria, abaixo e acima, no ar, no chão, nas paredes, metia-se por baixo das mesas, nos chapéus, nas malas, em tudo. Felizmente, tinham-se fechado as portas, e um servente com a vassoura deu cabo do bicho. Aquele não pega outro.

Examinei bem o homem, que podia ser um debicador, mas não era. Tinha a feição pura do crédulo eterno. Fosse como fosse, não fiquei melhor do que estava na rua do Ouvidor, e cheguei a casa sorumbático. Jantei mal. De noite, li um pouco de Dante, e não fiz bem, porque, no círculo de voluptuosos, aqueles versos

E come i gru van cantando lor lai,
Facendo in aere di sè lunga riga,

foram a minha perseguição durante o pesadelo, um terrível pesadelo que me acometeu entre uma e duas horas.

Com efeito, sonhei que era esganado por uma vírgula, um bacilo, o próprio bacilo do cólera, tal qual o descrevera o homem do bonde. Morto em poucos minutos, desci ao inferno, enquanto cá em cima me amortalhavam, encaixotavam e levavam ao cemitério. No inferno, depois de atravessar vários círculos, fui dar a um, cujo ar espesso era povoado das mais infames criaturas que é possível imaginar. Era uma longa fila de bacilos, tamanhos como um palmo; e não só o vírgula, mas todas as figuras da pontuação.

E come i gru van cantando lor lai

cantavam eles uma trova, sempre a mesma, meio triste, meio escarninha. O que dizia a trova, não sei; era uma língua estranhíssima. Vulto humano nenhum; cuidei que ia viver ali perpetuamente, e não pude reter as lágrimas.

Nisto vi ao longe duas sombras, que se aproximaram lentamente e me pegaram na mão. — "Sou Epicuro", disse-me uma delas; "este é Demócrito, que recebeu de outro a doutrina dos átomos, a qual eu perfilhei, e que tu, após tantos séculos, vais concluir. Fica sabendo que estes bacilos são os próprios átomos em que fizemos consistir a matéria; por isso dissemos que eles tinham todas as figuras, desde as retilíneas até às curvas. Curvo é o tal vírgula que te trouxe a este mundo, do qual vais sair para pregar a verdade. Vamos dar-te o batismo da filosofia."

Epicuro assobiou. Correram dois bacilos, forma de parênteses, e fecharam-me entre eles, como se faz na escritura (assim); depois chegou o bacilo da interrogação, a que não pude responder nada. Vendo o meu silêncio, empertigou-se o bacilo da admiração, enquanto os dois parênteses iam-se fechando cada vez mais, mais, mais. Já me rasgavam as carnes; entravam-me como alfanjes; eu torcia-me sem voz, até que pude gritar: Epicuro, Demócrito! José Rodrigues!

— Que é, patrão?

Abri os olhos, vi ao pé da cama o meu criado José Rodrigues — aquele mesmo ignaro que traduzira *debêntures* por *desventuras*. Ao cabo, um bom homem; pouca suficiência intelectual, mas uma alma... Deu-me água e ficou ao pé de mim, contando-me histórias alegres, até que adormeci.

De manhã corri aos jornais para saber quantos teriam morrido do cólera durante a noite; soube que nenhum; suspeita e medo, nada mais. Entretanto, choviam conselhos e vinham descrições, não só do bacilo vírgula, mas de todos os outros, causas das nossas enfermidades.

Li tudo a rir. Sobre a tarde, pensei no anúncio de Epicuro. Era um sonho vão; mas trazia uma ideia. Quem sabe se eu não tinha o bacilo do gênio... Dei um pulo, estava achada mais uma doutrina definitiva. Ei-la aqui, de graça.

Cada um de nós é um composto de cidades, não da mesma nação, mas de várias nações e diferentes línguas, um mundo romano. Isto posto, as moléstias que nos assaltam, são revoluções interiores. As macacoas não passam de distúrbios, a que a polícia põe cobro. Tudo obra de bacilos; mas como também os há da saúde, bons cidadãos, ordeiros, amigos da lei, da paz e do trabalho, esses não só nos conservam a saúde, como subjugam e muitas vezes eliminam os tumultuosos. Os médicos recebem cá fora honorários que a justiça mandaria pagar a esses dignos defensores da paz interior, se eles precisassem de dinheiro. Outras vezes são vencidos; os bacilos perversos matam o homem; é a anarquia e a dissolução.

Os bacilos da saúde não são só modelos de virtudes públicas e privadas. Dotados de algum intelecto, associam-se para compor um talento ou um gênio, e são eles que formam as novas ideias, discursos e livros. Há uns poéticos, outros oratórios, outros políticos, outros cientistas. Dante era um homem de muitos bacilos. A vontade também se rege por eles; uma grande ação pode não ser mais que o esforço comum dos bacilos do coração e dos rins. Enquanto eles consolidam um tecido, Napoleão ganha a batalha de Iena.

Por outro lado, sendo a sociedade um organismo, nós somos os bacilos da sociedade. Segundo forem as qualidades desta, assim se poderá dizer que casta de bacilos é a que predomina no organismo. Não se pode dizer, por exemplo, que tenhamos o bacilo do júri. Após quatro ou cinco semanas de espera, compor-se-á em dois dias o Tribunal, e ainda assim só depois de várias admoestações e lástimas por ver caída semelhante instituição. Erro dos que lastimam e admoestam. É claro que não possuímos o bacilo próprio a essa espécie de justiça. Uma instituição pode ser bonita, liberal, de boa origem, sem que todos a pratiquem eficazmente, desde que falte o bacilo criador. A consideração de julgar os pares não tira ninguém de casa, e muita gente há que confia mais na toga que na casaca, não que a casaca seja mais cruel, ao contrário. Sobre isto o melhor é ler um autor recente, o sr. Conceição, rua da Alegria nº 22, um homem que foi por seu pé inscrever-se na lista dos jurados, que acudia ao júri com sacrifício do trabalho e do descaso, e que, ao fim de pouco tempo, viu-se recusado sempre por ambas as partes, advogado e promotor.

Mas, enfim, tudo isso são minúcias que não importam aos lineamentos da doutrina. Talvez não nos falte o bacilo do júri, mas o da reunião, o da assembleia, o de tudo que exige presença obrigada. A razão de estar a rua do Ouvidor sempre cheia é poder cada um ir-se embora; ficam todos. Há nada melhor que uma ópera que entra pelo ouvido, enquanto os olhos, pegados ao binóculo, percorrem a sala? São pontos que merecem estudo particular.

Resumo a doutrina. Tudo é bacilo no mundo, o que está dentro do homem, no homem e fora do homem. A terra é um enorme bacilo, como os planetas e as estrelas, bacilos todos do infinito e da eternidade — dois bacilos sem medida de alguém que quer guardar o incógnito.

Gazeta de Notícias, 27 de agosto de 1893

Quando eu soube da primeira representação do *Alfageme de Santarém*

Quando eu soube da primeira representação do *Alfageme de Santarém,* do "pranteado e notabilíssimo escritor visconde de Almeida Garrett", como dizem respeitosamente os anúncios, e logo depois a do *Lohengrin,* de Wagner, fiz tenção de dizer aos moços que não desdenhassem do passado, e aos velhos que não recusassem o futuro. Acrescentaria que a frescura vale a consagração, e a consagração a frescura, e acabaria com esta máxima: — A beleza é de todos os tempos.

Não perderia muito em escrever assim, e o papel gasto valeria o assunto. Não o digo ou não continuo a dizer o que aí fica, porque seria dar entrada nesta coluna a matérias de outra competência, espetáculos ou livros, óbitos ou discursos. Por que lancei essas linhas? Unicamente para mostrar que há no nosso espírito assaz confiança e liberdade para poder aplaudir as obras de arte sem cuidar do cólera, que espero não venha, mas que pode vir. O cadáver levado à Copacabana, sem cara, que provavelmente os peixes haverão comido, e esses peixes, se forem pescados — ou comidos por outros maiores, que se pesquem —, eis aí uma porção de ideias torvas. De São Paulo nada há mais, salvo uma carta oficial que confirma haver aparecido e desaparecido o terrível mórbus. No Pará e Santa Catarina, receios. Enfim, estamos a trancar os portos a outros portos. Tudo isso, porém, não nos dispensa da arte — passada ou futura — *Lohengrin* ou *Puritanos.*

O próprio caso do *Carlo R.* dava obra de arte nas mãos de um artista, um Poe, não menos. Ninguém receberá esse veículo da peste e da morte, que embarcou mil imigrantes, já iscados da moléstia, e veio por essas águas fora, em vez de tornar logo ao porto da saída. Um Poe imaginaria que os passageiros, agora, no alto mar, desesperados contra o capitão, pegavam dele e o alçavam ao mastro grande. Um dos passageiros, meio náutico, tomaria conta do navio. Vivo e sem comer, o capitão veria morrer no tombadilho todas as suas vítimas e algozes, cinco a cinco, dez a dez, até que ele único escaparia ao mal, por encontro de outro vapor que passasse e o recebesse a bordo. E de duas uma: ou o capitão levava em si a moléstia para bordo do navio salvador, e pagaria o bem com o mal, sem o sentir, ou não levava o cólera, mas o espetáculo do tombadilho o perseguiria por toda a parte. Deste ou daquele modo, um Poe daria o último capítulo.

Esperemos que o navio não nos haja deixado o mal, como aquele árabe do poeta, que foi buscar a doença a Granada, para comunicá-la aos seus vencedores cristãos. Não se sabe ainda se os cadáveres de Santos são da mesma origem que o da Copacabana; sabe-se só que o mar os não quis guardar consigo. Comeu-lhes algum pedaço, mas rejeitou-os, ou por serem coléricos, ou por serem cadáveres. A terra que os engula. O fogo, se pega a lembrança, que os consuma.

Seja o que for, como pode acontecer que o navio haja deixado algum vestígio de si, vamos desinfetando o corpo e a alma, para qualquer eventualidade futura. Nada se perde com isto. Da alma, além do que nos pode dar a estética, incumbe-se a religião; e aqui devo notar, de passagem, que tive anteontem, sexta-feira, uma visão de outros tempos. Do bonde em que ia, de manhã, vi em poucos minutos quatro homens de opa, vara e bacia. Outrora eram muitos, depois escassearam, depois acabaram. Agora, só em uma direção achei quatro. É natural que reviva o tipo. Não me parece que seja mau; é característico, ao menos, e o incolor nos vai matando. Em criança, eu sabia de todas as cores de opas, verdes, roxas, brancas, encarnadas. Perdi-lhes o sentido, mas achei a sensação. Faltava, é certo, a esses *irmãos* a melopeia antiga; não pediam cantando, nem na ocasião pediam nada. Iam cosidos com a parede e levavam já muitas esmolas.

Do corpo cuidemos ao sabor da autoridade, menos eu, talvez, mas por uma razão só minha, e que, aliás, pode ser de muita gente. Tenho um grande amigo, não menor médico, ao qual ouvi uma vez — pedindo-lhe eu algum xarope que me tirasse um defluxo — que não era costume deste receitar xaropes aos amigos. Não entendi bem a resposta; mas, tendo lido algures que não há doenças, mas doentes, pareceu-me que, uma vez que eu tivesse fé, a simples vista dos anúncios de xaropes me restituiria a saúde. Dei-me a essa terapêutica. Pegava dos jornais, ia-me aos anúncios dos xaropes, às cartas dos curados, agradecimentos, atestados médicos, isto durante dez minutos, em jejum; quatro dias depois, estava pronto.

Tempo virá em que os princípios sejam inalados pelo mesmo processo, com um pouco de água por cima. Fórmulas e água. E talvez os princípios não esperem pelo *Lohengrin*, se é que já não vieram com o *Alfageme*. De um ou de outro modo, direi como de começo — aos moços que não desdenhem o passado —, e aos velhos, que não recusem o futuro. A verdade, como a beleza, é de todos os tempos. Assim para os xaropes, como para os seus derivados.

O que também se pode dar indistintamente por obra do passado ou do futuro é o que tivemos anteontem, pequeno drama de amor da rua do Senador Pompeu. O namorado atirou sobre ela e em si, morreu logo, a moça escapará. Há dois modos de tratar este assunto. Cair em cima do namorado, é o primeiro, em nome da moral e da justiça. O segundo é levantá-lo às nuvens como um modelo de paixão, que nem quis deixar a moça neste mundo, matando-se, nem sacrificá-la só, dando-lhe a morte, e com três tiros buscou corrigir a fortuna e a natureza. Qualquer que ele seja, há uma consequência certa, é que a vítima não esquecerá o algoz. No turbilhão das coisas humanas, más ou boas, chochas ou terríveis, ou tudo junto, por mais que os anos se acumulem e se multipliquem, com grandes caramelos à cabeça, ou inteiramente pelados, trôpegos, quase sem vida, como os do casal austro-húngaro, que acaba de celebrar as suas bodas seculares, a última ideia que se apagará no cérebro da vítima, será a daquele homem que, por paixão, tentou assassiná-la. Tudo se perdoa ao amor; tudo perdoamos aos que nos adoram. E isto quer se trate de casamento, quer de poder, quer de glória. A diferença é que os gloriosos esquecem, às vezes, e os poderosos podem esquecer muitas.

Gazeta de Notícias, 3 de setembro de 1893

Quarta-feira, quando eu desci do bonde

Quarta-feira, quando eu desci do bonde que me trouxe à cidade, a primeira voz que ouvi, foi este grito: "Olha o 2537, é a sorte grande para hoje!" Mais de um homem, atordoado pelos graves acontecimentos do dia, não chegaria a ouvir essas palavras; eu ouvi-as, decorei-as, guardei o próprio som comigo. De cinco em cinco minutos, a voz do pequeno (porque era um pequeno o dono da voz) berrava aos meus ouvidos: "Olha o 2537, é a sorte grande para hoje!"

Agora mesmo, ao escrever o caso, ouço o mesmo grito, e não pode ser outro pequeno, nem outra loteria, porque a voz é a mesma, e o número é 2537. É a memória que repercute o que a singularidade do momento lhe confiou, é o espectro do largo da Carioca que me acompanha, para lembrar-me que, no meio da maior agitação do espírito público, há sempre um número 2537 para ser apregoado, comprado e premiado.

Nunca mais esquecerei esse número. Um amigo meu, ora finado, que havia sido poeta romântico, petimetre e pródigo, guardava de memória o número 122. Tinha sempre encomendado um bilhete de loteria com esse número. Não importa que lhe saísse branco; ele teimava em comprá-lo. Viveu assim anos. Poucos dias antes de morrer, saindo-lhe ainda uma vez branco o bilhete, mandou comprar outro. Como eu lhe dissesse que era melhor comprar bilhete para a viagem do céu (tinha bastante franqueza com ele para lhe falar assim), respondeu-me com ternura e melancolia:

— Sei que lá estarei antes do fim da semana, mas é preciso justamente que leve este número. Se tal pudesse ser o da sepultura que me há de cobrir, a minha felicidade seria completa. Não te espantes, amigo meu. Esse número era o do carro em que recebi pela primeira vez a mulher que amei. Era uma caleça, o cocheiro era gordo, foi no largo da Mãe do Bispo...

Não conto o resto; seria desvendar muitas coisas, e tu, bela dama grisalha, com os teus olhos longos e moribundos, podia ser que acabasses de morrer por uma vez, não de amor, mas de despeito. Descansa; calo o resto. Fica sabendo apenas, se o não sabias até agora, que a caleça tinha o número 122. Era o dos amores, não podia ser o da loteria; mas tanto vale o provérbio como a superstição. Quem perdeu com isso? A loteria teve um freguês, tu uma saudade, ele um lugar no céu. Se entre os meus leitores há algum confiado em números, tente o 122; não sendo o da caleça dos seus primeiros amores, pode ser que lhe dê a sorte grande. Eu guardo o 2537, mas por outra razão diversa.

Diversa e grave. Esse número é um documento, meio humano, meio carioca. Ele prova que há um tanto de Pitágoras na nossa alma. Nem de outro modo se explicaria a generalidade e persistência da polca, senão pela harmonia das esferas. Assim também o valor físico e metafísico do número é uma relíquia da velha filosofia. Não se pode dizer que tenhamos algum dia dançado sobre um vulcão, porque esse verbo é mais extenso e menos característico, além de ser a fórmula incompleta. O que nós alguma vez fizemos, foi polcar e cantar.

O eventual seduz-nos, como um pedaço de mistério. O boi Ápis, se aqui viesse, ganharia mais dinheiro que a preta velha, ama de Washington, inventada por Barnum. Que nos importariam amas de ninguém? Mas um boi que faria a felicidade ou a desgraça de uma pessoa, segundo aceitasse ou não a erva que ela lhe desse, eis aí alguma coisa que fala ao coração dos homens. O boi Ápis recusou a comida que Germânico lhe ofereceu, quando foi consultado; e Plínio, que não era tolo, observa com seriedade que Germânico morreu pouco depois.

Tu explicarias o suposto oráculo pelo fato evidente da falta de apetite. Há até alguém, cujo nome não me ocorre, que afirma não haver entre o homem e a besta outra diferença senão esta: que o homem come, ainda quando não tem fome; o que melhor explica o oráculo de Ápis. Mas, frequentemente, que é que lucramos com a explicação? A realidade é seca, a ciência é fria; viva o mistério e a credulidade!

Para não sair do boi, Cincinnati conta alguns grandes ricaços de matadouro, que eram pobres há poucos anos, e ora possuem não sei quantos milhões de dólares. O meu açougueiro — e não é porque venda carne boa nem barata — nunca pôde amuar quatro patacas no fundo da gaveta. Há pouco tempo disse consigo que o melhor era vender a carne ainda mais cara e ruim, e com o lucro comprar um bilhete de Espanha. Em boa hora o fez; tirou a sorte grande e vai fechar o açougue, ou dá-lo. Eu, quando soube do caso, ouvi cantar, ao longe, com a mesma voz, qual ouvi há um quarto de século, este trecho dos *Bavards*:

> *C'est l'Espagne qui nous donne.*
> *Des bons vins, des belles fleurs.*

Vede lá; outro eco da memória. Um dia, daqui a um quarto de século, pode ser que algum açougueiro recorra ao mesmo processo para enriquecer, como os de Cincinnati. Tanto melhor se o número de Espanha for este mesmo 2537, porque eu referirei ambos os casos em uma só crônica, salvo se estiver morto — o que é possível.

Gazeta de Notícias, 10 de setembro de 1893

No mesmo dia em que a imprensa anunciou

No mesmo dia em que a imprensa anunciou o bombardeamento, duas damas anunciaram coisa diversa. "Uma senhora séria precisa de um homem honesto que a proteja ocultamente; quem estiver nas condições" etc. Assim falou uma. Aqui está a linguagem da outra: "Uma moça distinta e bem-educada precisa de um cavalheiro rico que a proteja ocultamente; carta" etc.

Assim, enquanto as forças públicas se dividiam, forças particulares cuidavam de unir-se a outras forças, e ainda uma vez se dava esse contraste do caso particular com o social — contraste aparente, como todos os demais fenômenos deste mundo. No exemplo que ora cito, é evidente que as duas obras se completam, desde que se procura corrigir a mortalidade pela natalidade. Parece um ato de moças vadias, e é uma operação econômica.

Vindo aos anúncios, notai em ambos eles o verbo e o advérbio: "Que as proteja ocultamente". Proteger é sinônimo de amar — um eufemismo, dirão as pessoas graves —, uma corruptela, replicarão as pessoas leves. Eu digo que é uma revivescência. O amor antigo era simples proteção. Em vez da sociedade em comandita, a que a civilização o trouxe, com lucros iguais, era um ato de domínio do homem e de submissão da mulher. Vede os costumes bíblicos, as doutrinas muçulmanas, as instituições romanas e gregas. Tudo que é primitivo traz esse característico do amor. Agora, que a revivescência seja puramente verbal, como tantas outras coisas, que apenas valem pelo nome, é o que não contesto. Mas é uma boa forma, delicada, modesta, graciosa, e que não paga mais por linha de impressão.

Quanto ao advérbio, é o mais ajustado e sugestivo possível. Traz um indício e uma promessa. É indício do recato e da situação da pessoa, cujas relações sociais ou obrigações domésticas não permitem aceitar afoitamente um protetor oficial, confessá-lo, publicá-lo, impô-lo. Por outro lado, é uma porta aberta à imaginação. Porta travessa, se querem; mas tudo são portas, uma vez que se abram e deem passagem à pessoa, seja para o quintal, seja para um corredor escuro. Vai-se às apalpadelas, mas os pés e as mãos têm olhos, os passos estão contados, um trecho de escada, uma saleta, outra porta...

Eis o que está no advérbio. Eis aqui agora o que não está. Não está o ódio de família, nem o veneno de Romeu, nem a morte dele e de Julieta, para acabar o quinto ato e a peça. Há peça, mas não há quinto ato. Não é preciso disputar se canta o rouxinol ou a calhandra, se é meia-noite ou madrugada; o protetor traz o relógio no bolso do colete. Quando muito, Julieta arguirá o relógio de adiantado.

— Não está adiantado; são cinco horas e um quarto.
— É impossível.
— Acertei-o ainda hoje pelo Castelo, ao meio-dia.
— Creio; mas pode não regular bem.
— Regula perfeitamente. *Patek Philippe,* uma das melhores fábricas do mundo.
— Cinco horas e um quarto! Como passa o tempo!
— Agora amanhece tarde; é por isso que está escuro. Adeus!
— Adeus! Olha a chave do trinco.
— Está aqui. Adeusinho!
— Adeusinho!

Isso, quando muito. Como veem, não há sombra de perigo. Há o mistério bastante para dar a cor do pão vedado, e pôr na alma de um homem correto duas páginas de aventura. Perde a vaidade, mas nem tudo é vaidade neste mundo, como quer o *Eclesiastes.*

Que a gente nem sempre se acomode com o segredo, acredito. Tal será possivelmente o caso da segunda anunciante. A primeira não exige mais que amor e mistério; é uma necessitada do coração, e da vida; contenta-se com beijos, vestido e prato. Não pede as estrelas do céu, nem as grandes cédulas dos bancos; a casinha lhe basta, os pés podem levá-la à rua do Ouvidor, uma vez que o protetor os calce, e não exigem botinas do Queirós.

A outra senhora quer mais. É distinta, bem-educada, pede proteção e segredo, mas o cavalheiro há de ser rico. Este é o ponto grave. Certamente, não faltam homens ricos de dinheiro e de amor, amigos do mistério, vadios do coração, ou de tal atividade que o possam distribuir às moças pobres. Suponho que aparece à anunciante um homem de boas referências. É aceito, sai de lá tonto.

Não se calcula até onde pode ir o amor de um homem em tais condições. Pode ir muito além da seda e do ouro; pode chegar ao brilhante, ao carro, à parelha de cavalos, ao lacaio de libré, ao camarote de assinatura, à apólice. A apólice guarda-se; mas o carro e os cavalos fizeram-se para andar na rua. Os vestidos e os brilhantes saem a passeio. A graça não fica em casa, nem a elegância, nem a beleza; todos esses bens do céu e da terra amam o ar livre: "Quem é esta que sobe pelo deserto, como uma varinha de fumo, composta de aromas de mirra e de incenso, e de toda a casta de polvilhos odoríferos?" Assim falam da Sulamites as sagradas letras. Em linguagem menos airosa:

— Quem é esta pequena que ali vem, rua abaixo?

— Onde?
— Quase a chegar à *Gazeta*.
— Ah!
— Não é? Não a conheço; mas já vi aquela cara não sei bem onde. A figura é esbelta; pisa que parece uma rainha. E que luxo!
— Parou; está falando com o desembargador Garcia.
— Quem será?
— Não sei, mas é de truz. Ora, espera, ontem vi-a passar no Catete, de carro, um lindo cupê, cavalos negros, branquejando de espuma que fazia gosto. Toda a gente do bonde voltou a cabeça para o lado.
— Libré escura?
— Cor de azeitona.
— Então é a mesma que vi, há dias, em Botafogo; agora me lembro, era esta mesma moça.

Ao lado dos interlocutores, parado, está o homem das boas referências, triste e aborrecido por não poder arrancar da boca a rolha do mistério, e bradar a todos os ventos: "Sou eu! eu é que sou o dono e o autor. Eu sou o cavalheiro rico; eu é que a protejo ocultamente, que a visto, que a calço, que a adorno, que lhe pus carro e cavalo. São cavalos ruços. Eu, não outro, eu é que a amo e sou amado. Toda ela é minha; aquele pisar é meu, aquela graça pertence-me, aquela beleza existia, mas fui eu que lhe dei essa rica e linda moldura. Imprimam que sou eu. Adeus muros, chaves do trinco, passos surdos, vozes baixas, adeus! Adeus relógios certos ou incertos! Entre o sol pela casa dela, como pela minha alma; abram todas as janelas do mundo. Sou eu! sou eu! sou eu!".

Gazeta de Notícias, 17 de setembro de 1893

Há uma cantiga andaluza

Há uma cantiga andaluza, tão apropriada ao meu intento, que é por ela que começo esta crônica:

> *Un remendero fué a misa,*
> *Y no sabia rezar,*
> *Y andaba por los altares:*
> *Zapatos que remendar?*

Eu sou esse remendão da cantiga. Ao pé dos altares, pergunto por tacões corroídos e solas rotas; é o meu breviário. Nem sou o único remendão deste mundo. Dizem de Alexandre Magno, que costumava dormir com a *Ilíada* à cabeceira. Conquanto ele fosse amigo de ler poetas e filósofos, creio que esta preferência dada a Homero resultava da opinião que tinha do poema, a saber, que era um manancial das artes bélicas. Assim, naquilo em que todos vão buscar modelos de poesia, ele, grande general, buscava a arte de combater. Eu sou um Alexandre às avessas. Nas artes bélicas procuro a lição do estilo. Ides vê-lo.

Neste momento, sete horas da manhã, ouço uns tiros ao longe. São fortes, mas não sei se tão fortes como os de ontem, sexta-feira, à tarde, quando toda a gente correu às praias e aos morros. Nenhum deles, porém, vale o bombardeamento do princípio da semana, entre 2 horas e duas e meia, e mais tarde entre quatro e cinco. Eu, nessa noite, fiz como os demais habitantes da cidade, acordei assombrado. Sonhava, ah! se soubessem em que sonhava! Sonhava que dormia, e era despertado por umas cócegas na testa. Abri os olhos, dei com um raio da lua, que entrara pela janela aberta. E dizia-me o raio da lua: "Monta em mim, nobre mortal, anda fazer uma viagem pelo infinito acima". Perguntei-lhe se a viagem era por tempo limitado ou eterna; respondeu-me que eterna. Eu gosto das coisas eternas. Eia, belo raio da lua, holofote da natureza, eu vou contigo, deixa-me só enfiar as calças. A toalete é na lua, replicou ele; montei e subimos.

Não ponho aqui a impressão que me fez o céu, e principalmente a terra, à medida que eu ia subindo. Guardo essa parte para um livro sobre a teoria dos sonhos. Cheguei à beira do astro, desmontei, e pus o pé no chão. Segui por um caminho estreito, que ia ter a uma vasta praça, onde um número infinito de criaturas humanas mudara as vestes carnais por outras fluidas. A operação foi rápida. Depois seguia-se a segunda parte da toalete, a restituição das ideias. Todas as pessoas que tinham vivido de ideias alheias, entregava-as a um coletor, que as restituía logo aos donos, ou ficava com elas, para quando os donos houvessem de subir. Um compadre meu, que me fez sempre pasmar pela variedade e profundeza das concepções, ficou sem migalha delas; eu, para que ele não aparecesse absolutamente varrido, emprestei-lhe duas ideias chochas, que ele beijou e guardou, como fazem os pobres com os vinténs de esmolas. Despidos da humanidade, seguimos todos para a outra beira da lua, onde uma infinidade de raios nos esperavam para levar-nos ao paraíso celestial. Quando eu ia montar no meu raio, ouvi na grande noite um grito enorme e pavoroso; estremeci todo e achei-me na cama; logo depois outro grito, eram os tiros do bombardeamento.

Sentei-me na cama, e fiquei como o leitor há de ter ficado durante os primeiros segundos. Os tiros continuaram, levantei-me e fui à janela. Qualquer pessoa acharia naquele rumor tremendo as ideias de combate que ele trazia em si; eu, em todo esse tumulto bélico, achei uma ideia literária. *Zapatos que remendar.* Realmente, dizia eu comigo, quem uma vez tiver ouvido este rumor enorme, que abala tudo, dificilmente acabará de crer que haja entrado em circulação o verbo *explodir.* Ponho de lado a circunstância de o achar detestável; são antipatias, e antipatias não são razões. Outrossim, não nego que ele venha do latim, ainda que por via de França; nunca me hão de ver contestar genealogias ilustres. Fiquemos no fato material. Quem não sente, ouvindo estes tiros medonhos, que estouram como diabo? Quem não vê que eles saem dos canhões com verbos enérgicos, e que é por isso que fazem estremecer as casas?

Uma vez metido nessa ordem de raciocínio, esqueci completamente as causas e os efeitos dos tiros, para ficar-me só com as sugestões léxicas.

Eu escrevo — não sei se lhes disse isto alguma vez — pela língua do meu criado, imitando Molière com a cozinheira. Ora, o José Rodrigues nunca absolutamente viu explodir uma bomba, uma granada, um simples grão de milho posto ao fogo. Para ele tudo estala, rebenta, estoura. O que ele faz é graduar a aplicação dos verbos, de modo que jamais a pipoca estoura. Quem lhe ensinou isto, não sei. Talvez o leite de sua mãe.

Quando dei por mim, tudo estava silencioso. Foi o próprio silêncio que me chamou à realidade. Eram duas horas e meia passadas. Meti-me outra vez na cama, fechei os olhos, e — caso extraordinário — achei-me no mesmo sonho, exatamente no ponto em que o deixara. Estava à beira da lua; cavalguei o meu raio, e, em menos tempo do que ponho aqui esta vírgula, cheguei à porta do céu. Mas vede agora o reflexo da realidade na cerebração inconsciente. Éramos milhares. São Pedro, à porta do céu, acolhia as almas com benevolência. O céu é de todos, dizia ele; mas, para não haver tumulto, entrem por classes. Quinze ou vinte vezes, tentei entrar, mas era sempre detido por ele, com um santo gesto misericordioso. E acrescentava que esperasse, que eu era dos pedantes. Afinal, chegou a minha vez.

Vexado da designação, entrei. Um serafim veio ter comigo e deu-me um grosso livro fechado. Fui dar a um vastíssimo espaço, onde são Paulo dizia missa, não diante da imagem de Jesus, mas do próprio Jesus ressuscitado. Milhões de milhões de criaturas estavam ali ajoelhadas. Ajoelhei-me também, e, vendo que todos tinham os seus livros abertos, abro o meu... Oh! que não sei de nojo como o conte! Era um dicionário. Era o breviário dos pedantes. Corri as páginas todas à cata de uma reza, não achei nada, um padre-nosso que fosse, uma ave-maria, nada; tudo palavras, definições e exemplos. *Zapatos que remendar?*

A missa foi longa. Quando acabou, fiquei ajoelhado, sem ousar erguer o corpo nem os olhos. Uma ideia ruim atravessou a minha alma; preferi a terra com os seus pecados ao céu e suas bem-aventuranças. Quando este desejo me corrompeu, ouvi um clamor enorme; pareceu-me que eram as vozes de todos os eleitos que me repeliam dali, mas não eram. Senti faltar-me o chão, achei-me solto no ar; para não rolar, cavalguei o livro, e vim por ali abaixo, até cair na cama, com os olhos abertos e uma zoada nos ouvidos. Recomeçava o bombardeamento. Rebentavam, estouravam as primeiras granadas.

Gazeta de Notícias, 24 de setembro de 1893

LEITOR, O MUNDO ESTÁ PARA VER
ALGUMA COISA MAIS GRAVE DO QUE PENSAS

Leitor, o mundo está para ver alguma coisa mais grave do que pensas. Tu crês que a vida é sempre isto, um dia atrás do outro, as horas a um de fundo, as semanas compondo os meses, os meses formando os anos, os anos marchando como batalhões de uma revista que nunca mais acaba. Quando olhas para a vida, cuidas que é o mesmo livro que leram os outros homens — um livro delicioso ou nojoso, segundo for o teu temperamento, a tua filosofia ou a tua idade. Enganas-te, amigo. Eu é que não quero fazer um sermão sobre tal assunto; diria muita coisa longa e aborrecida, e é meu desejo ser, se não interessante, suportável.

Este é, aliás, o dever de todos nós. Sejamos suportáveis, cada um a seu modo, com perdigotos, com charadas, puxando as mangas ao adversário, dizendo ao ouvido, baixinho, todas as coisas públicas deste mundo — que choveu, que não choveu, que vai chover, que chove. Este último gênero é o do homem discreto. Antes mil indiscretos; antes uma boa loja de barbeiro, uma boa farmácia, uma boa rua. Mas, enfim, cada um tem o seu jeito peculiar. Pela minha parte, não farei o sermão. *Esto brevis.* Vamos ao ponto do começo.

Já notaste que o inverno vai sendo mais longo e mais intenso do que costuma? Os últimos três dias foram quentes, é verdade; mas logo o primeiro deu sinal de chuva; no seguinte ventou e choveu; agora venta e chove. Com mais dois ou três dias, tornamos à temperatura de inverno. Quem acorda cedo, quando a Aurora, como na Antiguidade, abre as portas do céu com os seus dedos cor-de-rosa, entenderá bem o que digo. Eu levanto-me com ela, aspiro o ar da manhã, e não me queixo; eu amo o frio. De todos os belos versos de Álvares de Azevedo, há um que nunca pude entender:

Sou filho do calor, odeio o frio.

Eu adoro o frio; talvez por ser filho dele; nasci no próprio dia em que o nosso inverno começa. Procura no almanaque, leitor; marca bem a data, escreve-a no teu canhenho, e manda-me nesse dia alguma lembrança. Não quero prendas custosas, uma casa, cem apólices, um cronômetro, nada disso. Um quadro de Rafael, basta; um mármore grego, um bronze romano, uma edição *princeps,* objetos em que o valor pecuniário, por maior que seja, fica a perder de vista do valor artístico. Sei que tais objetos podem não achar-se aqui, à mão; mas tens tempo de os mandar buscar à Europa. Só na hipótese de não os haver disponíveis, aceito a casa ou as cem apólices. Quanto a retrato a óleo, não aceito senão com a condição de trazer moldura riquíssima, a fim de que se diga que o acessório vale mais que o principal.

Voltemos ao começo. Enquanto o nosso frio tem sido mais prolongado e intenso, noto que os povos da Europa sentem um calor demorado e fortíssimo. Diz-se que os homens andam com o chapéu na mão, bufando, ingerindo gelados, dando ao diabo a estação. Apesar disso, fizeram-se as eleições em França, operação formidável por causa dos inúmeros comícios em que é preciso estar, falar ou ouvir. De Londres referiu-nos o cabo telegráfico, cada semana, que se tinham realizado as corridas de Epsom. Pior que Epsom, pior que as eleições francesas, devem ter sido as sessões parlamentares de Inglaterra. O primeiro--ministro deu-se ao trabalho de contar os discursos proferidos na discussão do famoso projeto irlandês, e somou 1393 (mil trezentos e noventa e três), isto quando ele encetava justamente a última série deles. Verdade é que todos esses discursos gastaram apenas 210 horas (duzentas e dez), número que, dividido pelos discursos, dá a estes uma média muito pequena. Não posso explicar isto. Talvez os ingleses falem depressa; talvez seja uso tratar somente do objeto em discussão — verdadeira restrição à liberdade da tribuna. Se um homem não pode, a propósito da Irlanda, falar da pesca e da demissão de um carteiro, deem ao diabo o Parlamento. O Parlamento é o editor dos homens que falam. Ora, nunca os editores dos homens que escrevem, cortam ou riscam o que estes põem nos seus livros, tenha ou não cabida ou relação com o assunto, desde o micróbio até o macróbio. Enfim, são costumes.

Comparando os dois fenômenos, lá e cá, repito o que disse a princípio. Leitor, o mundo está para ver alguma coisa mais grave do que pensas. Que tenhamos de patinar na neve, que cair na rua do Ouvidor, e que os parisienses, os londrinos e outros cidadãos europeus hajam de dormir em redes, na calçada, ou com as portas abertas, é matéria que deixo à ciência. Não me cabe saber de climatologia, nem de geologias; basta-me crer que anda alguma coisa no ar.

Que coisa? Não sei. Qualquer coisa, um feto que está nas entranhas do futuro — ou cinco fetos, para imitar uma senhora de Aracati, estação da Estrada de Ferro Leopoldina, que acaba de dar à luz cinco criaturas. Todas gozam perfeita saúde. Eis o que se chama vontade de criar. Parecem uns retardatários, munidos de bilhetes, que receiam perder o espetáculo, e entram aos magotes. Não, amiguinhos, não é tarde; qualquer que seja a hora, chegareis a tempo. O espetáculo é semelhante ao panorama do Rio de Janeiro, de Vítor Meireles; está sempre no mesmo pavilhão. Assim pensam espíritos aborrecidos, desde a Judeia até a Alemanha. Um padre do século... Esqueceu-me o século; mas há muitos séculos. Esse padre dizia que o mundo já naquele tempo ia envelhecendo. Vedes bem que errava; o padre é que envelhecia. Como os seus cabelos brancos se refletissem nas folhas verdes da primavera, imaginou que a primavera morrera e que as neves estavam caindo. Boca que perdeu todos os dentes, pode descrer da rigidez do coco; mas o coco existe, e não é preciso correr aos grupos de cinco para trincá-lo. Fique isto de conselho às futuras crianças.

Mas como ligo eu esta ideia da constância das coisas à da probabilidade de uma coisa nova? Não peças lógica a uma triste pena hebdomadária. A regra é deixá-la ir, papel abaixo, pingando as letras e as palavras, e, se for possível, as ideias. Estas acham-se muita vez desconcertadas, entre outras que não conhecem, ou são suas inimigas. Não ligo nada, meu amigo. Quem puder que as ligue; eu escrevo, concluo e despeço-me.

Gazeta de Notícias, 1º de outubro de 1893

Entrou a estação eleitoral

Entrou a estação eleitoral. Começa a florescência das circulares políticas. Há climas em que este gênero de planta é mais decorativo que efetivo; as arengas aí valem mais. Entre nós, sem deixar de ser decorativa, a circular dispensa o discurso.

Realmente, ajuntarem-se trezentas, seiscentas, mil, duas, três, cinco mil pessoas para escutar durante duas horas o que pensa o sr. X. de algumas questões públicas, não é negócio de fácil desempenho. Creio que vai nisso mais costume ou afetação que necessidade política. Vai também um tanto de astúcia. Os candidatos percebem naturalmente que homens juntos são mais aptos para aceitar uma banalidade do que absolutamente separados. Mais aptos, note-se, não nego que, dentro do próprio quarto, sem mulher, sem filhos, sem criados, sem retratos, sem sombra de gente, um homem tenha a aptidão precisa para aceitar uma ideia sem valor. A aptidão, porém, cresce com o número e a comunhão das pessoas.

A circular é outra coisa. A primeira vantagem da circular é não ser longa. Não pode ser longa; é cada vez mais curta, algumas são curtíssimas. A segunda vantagem é ir buscar o eleitor; não é o eleitor que vai ouvi-la da boca do candidato. Vede bem a diferença. Em vez de convidar-me a deixar a família, o sossego, o passeio, a palestra, a circular deixa-me digerir em paz o jantar e dormir. Na manhã seguinte, ao café, é que ela aparece, ou em forma de carta selada, ou simplesmente impressa nos jornais, o que é mais expedito e mais para se ler. É preciso não conhecer a natureza humana para não ver que há já em mim alguma simpatia para o homem que assim me comunica as suas ideias, no remanso do meu gabinete, pelo telefone de Gutenberg.

Agora mesmo acabo de ler a circular do sr. Malvino Reis. É um documento interessante e prático. Tenho notado que o espírito acadêmico, o *scholar*, inclina-se particularmente à teoria, pronto em admitir uma ideia apenas indicada no livro de propaganda. O homem de outra origem e diversa profissão é essencialmente prático; vai ao necessário e ao possível. Não se deixa levar pela beleza de uma doutrina, muita vez inconsciente, muita vez oposta à realidade das coisas. Por exemplo, o sr. Malvino Reis não apresenta programa político, e dá a razão desta lacuna: "No momento atual em que infelizmente nossa pátria se acha envolvida em uma comoção interna, que todos lastimamos e que todo o coração brasileiro acha-se enlutado, não é ocasião própria para a apresentação de programas políticos..."

A tese é discutível. Parece, ao contrário, que os programas políticos são sempre indispensáveis, uma vez que é por estes que o eleitor avalia a candidatura; mas é preciso ler para diante, a fim de apanhar todo o pensamento: "...programas políticos, que geralmente são alterados...". Aqui está o espírito prático. Explica-se a lacuna, porque os programas costumam ser alterados; não alterados ao sabor do capricho ou do interesse, mas segundo a hipótese formulada no final do período: "... alterados, quando assim o exige o bem público". Não é usual esta franqueza; por isso mesmo é que esse documento político se destacará da grande maioria deles.

Outro ponto em que a circular confirma o meu juízo é o *post-scriptum*. Diz-se aí que "o 2º distrito é composto das freguesias de São José, Sacramento, Santo Antônio, Sant'Ana, Espírito Santo e São Cristóvão". Aparentemente é ocioso. Indo ao âmago, vê-se a necessidade, e descobre-se quanto o candidato conhece o eleitor. O eleitor é, em grande parte, distraído, indolente e um pouco ignorante. Pode saber a que freguesia pertence, mas, em geral, não suspeita do seu distrito. Daí o *memento* final. É prático. Outros cuidariam mais da linguagem; melhor é curar do que interessa ao voto e seus efeitos.

Não me acusem de parcialidade, nem de estar a recomendar um nome. Não conheço nomes, emprego-os porque é um modo de distinguir os homens. Um ponto há em que a circular do sr. Malvino Reis combina com as do sr. Ribeiro de Almeida e dr. Alves da Silva, candidatos pelo 7º distrito de Minas: é a economia dos dinheiros públicos. Nunca leio esta frase que me não lembre de um ministério de 186..., cujo programa, exposto pelo respectivo chefe, consistia em duas coisas: a economia dos dinheiros públicos e a execução das leis. Eis aí um credo universal, um templo único. Eu, se estivesse então na Câmara, qualquer que fosse o meu programa político, alterava-o com certeza. Assim o exigia o bem público.

Não pus o ano exato do Ministério, por me não lembrar dele, não por esconder a minha idade. Assim também — entre parênteses —, se na crônica passada disse conhecer o finado Garnier, há vinte anos, a culpa não foi minha, nem da composição, nem da revisão, mas desta letra do diabo. Trinta anos é que devia ter saído. Mas que querem? Também a letra envelhece. A minha, quando moça, não era bonita, mas fazia-se entender melhor. Há dias dei com um antigo bilhete de José Telha. Que corte de letra, Deus dos exércitos! era um regimento de soldados, mais ou menos bem alinhados, marchando com regularidade, a tempo. Hoje é uma turba de recrutas. Entretanto, José Telha não é velho; mas, se há pessoas que precedem a letra, como o sr. senador Cristiano Otôni, cuja escrita de octogenário tem a virilidade antiga, letras há que precedem a pessoa; é o caso de José Telha. Em qual das classes estarei eu? *Retournons à nos moutons*.

Estes carneiros eram, se bem me lembro, a execução das leis e a economia dos dinheiros públicos.

Seria injustiça dizer que os dois candidatos do 7º distrito de Minas limitam à economia o seu programa. Há mais que ela. Uma das circulares, posto tenha apenas dez linhas, encerra quatro ideias. Não são novas, mas são ideias. A outra é menos curta, mas pouco mais tem do dobro. Entre os artigos do programa desta, figura a liberdade religiosa, que não parece bastante ao candidato, uma vez que o casamento civil é obrigatório; quer torná-lo facultativo. A circular fala também da necessidade de medidas que fixem o trabalhador nas fazendas. Pela minha parte, não vejo nada tão eficaz como o contrato da antiga Câmara municipal com um empresário da numeração de casas, legalizado por uma postura. Muda-se o número de uma casa, põe-se-lhe placa nova, e o morador recebe um aviso impresso desse benefício, no qual se lhe diz que vá pagar o preço à rua (creio que Nova do Ouvidor) sob pena de cadeia.

Quanto às outras partes do programa da circular... Mas aonde vou eu neste andar administrativo e político? Musa da crônica, musa vária e leve, sacode essas grossas botas eleitorais, calça os sapatinhos de cetim, e dança, dança na pontinha dos pés, como as bailarinas de teatro; gira, salta, deixa-te cair de alto, com todas as tuas escumilhas e pernas postiças. Antes postiças que nenhumas.

Gazeta de Notícias, 15 de outubro de 1893

— ...Mas por que é que
não adoece outra vez?

— ...Mas por que é que não adoece outra vez? No domingo passado, esteve aqui um senhor alto, cheio, bem-parecido, que me deu notícias suas, disse-me que havia adoecido — adoecido ou nadado...
— Adoecido; mas doenças, minha senhora, não se compram na botica, posto se agravem nela, alguma vez. A minha achou felizmente um boticário consciencioso, que, depois de me haver dado um vidro de remédio e o troco do dinheiro, disse-me com um gesto mais doutoral que farmacêutico: "Não desanime; a sua moléstia tem um prazo certo; são três períodos". Quis pedir o dinheiro, restituir o vidro e esperar o fim do prazo certo, mas o homem já ouvia outro freguês, igualmente enfermo dos olhos, e naturalmente ia preparar-lhe o mesmo remédio, pelo mesmo preço, com o mesmo prazo e igual animação.
— Então, não foi nadando que...
— Não, bela criatura, eu não sei nadar. Outrora, quando tomava banhos de mar... Sim, houve tempo em que penetrei no seio de Anfitrite, com estes pés que a senhora está vendo, e com estes braços, ficávamos peito a peito; eu chegava a meter a cabeça na bela coma verde da deusa, mas não saía da beira da praia. Se o seio lhe intumescia um pouco mais, por efeito de algum suspiro, eu, cheio de respeito, desandava. Quando Vênus a flagelava muito, eu não penetrava; deixava-me ficar do lado de fora, olhando, com vontade e com pena.
— (À parte) Singular banhista!
— A senhora diz?
— Que tinha bem vontade de ver outra vez o senhor que aqui esteve, domingo passado. Ele que faz?
— Minha senhora, ele presentemente cessa de engordar. Anda lépido, come bem, dorme bem, escreve bem, nada bem. Quer-me até parecer que o nadador de que lhe falou, é ele mesmo; disse aquilo para desviar as atenções, mas não é outro.
— Ah! também penetra no seio de Anfitrite?
— Penetra, e sempre com estes dois versos de Camões, na boca:

Todas as deusas desprezei do céu,
Só para amar das águas a princesa.

— Gracioso!

— Gracioso, mas falso; é um modo de cativar a deusa. A senhora sabe que não há coisa que mais enterneça uma deusa, que falar de sentimentos exclusivos. Ele é fino; não há de ir dizer a Anfitrite que a todas as deusas prefere a majestosa Juno ou a guerreira Palas; mas creia que é também guerreiro e majestoso. Naquele dia, enquanto bracejava através da onda marinha, fazia de Mercúrio, com a diferença que levava os recados na barriga.

— Então, deveras, foi ele?

— Positivamente, não sei: mas vou dizendo que foi, já por vingança, já porque não conheço nada mais recreativo que espalhar um boato. O vício é muita vez um boato falso, e há virtudes que nunca foram outra coisa. Digo-lhe mais: este mundo em que a senhora supõe viver, não passa talvez de um simples boato. Os anjos, para matar o imortal tempo, fizeram correr pelo infinito o boato da criação, e nós, que imaginamos existir, não passamos das próprias palavras do boato, que rolam por todos os séculos dos séculos.

— Palavras apenas?

— Palavras, frases. A senhora é uma linda frase de artista. Tem nas formas um magnífico substantivo: os adjetivos são da casa de madame Guimarães. A boca é um verbo. *Et verbo caro facta est.*

— Aí vem o senhor com as suas graças sem graça. Não me há de fazer crer que a explosão da ilha Mocanguê foi uma vírgula...

— Não foi outra coisa. O bombardeio é uma reticência, a moléstia um solecismo, a morte um hiato, o casamento um ditongo, as lutas parlamentares, eleitorais e outras uma cacofonia.

— Ainda uma vez, por que não adoeceu esta semana? Está soporífero. Quisera saber de uma porção de coisas, mas não lhe pergunto nada. Adeus.

— Não, não me mande embora, deixe-me ficar ainda um instante. É tão bom vê-la, mirá-la... E depois, advirto que estou apenas na tira oitava, e tenho de dar, termo médio, doze.

— Vamos; fale por tiras.

— Tomara poder falar-lhe por volumes, por bibliotecas. Não esgotaria o assunto; tudo seria pouco para dizer os seus feitiços e o gosto que sinto em estar a seu lado. Compreendo Tartufo ao pé de Elmira: *Je tâte votre habit; l'étoffe en est moelleuse...* Vá; responda que a senhora é *fort chatouilleuse*, para conservar a rima do texto, mas emendemos Molière. Eu, para mim, tenho que Tartufo é um caluniado. A verdade é que, sem acomodações com o céu, este mundo seria insuportável. E o céu é o mais acomodatício dos credores. Judas ainda pode ser perdoado. Pilatos também; lembre-se que ele começou por lavar as mãos; lave a alma, e está a caminho. Sendo assim, que mal há na bonomia que Tartufo atribui ao céu? "Oh! fazenda macia que é a deste seu vestido!" Que estremeções são esses, meu Deus?

— Ouço o bombardeio.

— Não é bombardeio. É o meu coração que bate. A artilheria do meu amor é extraordinária; não digo única, porque há a de Otelo. Pouco abaixo de Otelo, estamos Fedra e eu. Já notou que não me comparo nunca a gente miúda?

— Já; assim como tenho notado que o senhor é muito derretido.

— Querida amiga, isso não depende da cera, mas do fogo. Que há de fazer uma vela acesa, senão derreter-se? É a única razão de haver fábricas de velas; se elas durassem sempre, acabavam as fábricas, os fabricantes, e consequentemente as próprias velas. Creio que há aqui alguma contradição; mas a contradição é deste mundo. Para longe os raciocínios perfeitos e os homens imutáveis! Cada erro de lógica pode ser um tento que a imaginação ganhe, e a imaginação é o sal da vida. Quanto aos homens imutáveis, são de duas ordens, os que se limitam a sê-lo sem confessá-lo, e os que o são, e o proclamam a todos os ventos. A perfeição é dizê-lo sem o ser. Um homem que passe por várias opiniões, e demonstre que só teve uma opinião na vida, esse é a perfeição buscada e alcançada. A modo que a senhora está bocejando? A culpa é sua, se me meto em assuntos áridos; podíamos ter continuado Tartufo.

— Quantas tiras?

— Começo a décima segunda. A senhora faz-me lembrar uma borboleta que encontrei ontem na rua da Assembleia. A rua da Assembleia não é passeio ordinário de borboletas; não há ali flores nem árvores. Esta de que lhe falo, agitava as asas de um lado para outro, abaixo e acima, de porta em porta. Suspendendo as minhas reflexões aborrecidas, parei alguns instantes para observar. Evidentemente, estava perdida; descera de algum morro ou fugira de algum jardim, se os há por ali perto. De repente, sumiu-se; eu meti a cabeça no chão e segui com as minhas cogitações tétricas. Mas a borboleta apareceu de novo, para tornar a sumir-se e reaparecer, segundo eu estacava o passo ou ia andando. Finalmente, encontrei um amigo que me convidou a tomar uma xícara de café e quatro boatos. A borboleta sumiu-se de todo. Conclua.

— As asas eram azuis?

— Azuis.

— Rajadas de ouro?

— De ouro.

— Não era eu; era um fiozinho de poeira, que forcejava por arrancá-lo aos pensamentos lúgubres. Há desses fenômenos. Agora mesmo, parece-me ver, ao longe, um pontozinho luminoso.

— Não, senhora; está perto, e é escuro; é o ponto final.

— Que não seja um boato, como tantos!

Gazeta de Notícias, 29 de outubro de 1893

Há na comédia *Verso* e reverso

Há na comédia *Verso e reverso*, de José de Alencar, um personagem que não vê ninguém entrar em cena, que não lhe pergunte:

— Que há de novo? Esse personagem cresceu com os trinta e tantos anos que lá vão, engrossou, bracejou por todos os cantos da cidade, onde ora ressoa a cada instante:

— Que há de novo? Ninguém sai de casa que não ouça a infalível pergunta, primeiro ao vizinho, depois aos companheiros de bonde. Se ainda não a ouvimos ao próprio condutor do bonde, não é por falta de familiaridade, mas porque os cuidados políticos ainda o não distraíram da cobrança das passagens e da troca de ideias com o cocheiro. Tudo, porém, chega a seu tempo e compensa o perdido.

Confesso que esta semana entrei a aborrecer semelhante interrogação. Não digo o número de vezes que a ouvi, na segunda-feira, para não parecer inverossímil. Na terça-feira, cuidei lê-la impressa nas paredes, nas caras, no chão, no céu e no mar. Todos a repetiam em torno de mim. Em casa, à tarde, foi a primeira coisa que me perguntaram. Jantei mal; tive um pesadelo; trezentas mil vozes bradaram do seio do infinito: — *Que há de novo?* Os ventos, as marés, a burra de Balaão, as locomotivas, as bocas de fogo, os profetas, todas as vozes celestes e terrestres formavam este grito uníssono: — *Que há de novo?*

Quis vingar-me; mas onde há tal ação que nos vingue de uma cidade inteira? Não podendo queimá-la, adotei um processo delicado e amigo. Na quarta-feira, mal saí à rua, dei com um conhecido que me disse, depois dos bons-dias costumados:

— Que há de novo?
— O terremoto.
— Que terremoto? Verdade é que esta noite ouvi grandes estrondos, tanto que supus serem as fortalezas todas juntas. Mas há de ser isso, um terremoto; as paredes da minha casa estremeceram; eu saltei da cama, assustado; estou ainda surdo... Houve algum desastre?
— Ruínas, senhor, e grandes ruínas.
— Não me diga isso! A rua do Ouvidor, ao menos...
— A rua do Ouvidor está intata, e com ela a *Gazeta de Notícias*.
— Mas onde foi?
— Foi em Lisboa.
— Em Lisboa?
— No dia de hoje, 1 de novembro, há século e meio. Uma calamidade, senhor! A cidade inteira em ruínas. Imagine por um instante, que não havia o marquês de Pombal, ainda o não era, Sebastião José de Carvalho, um grande homem, que pôs ordem a tudo, enterrando os mortos, salvando os vivos, enforcando os ladrões, e restaurando a cidade. Fala-se da reconstrução de Chicago, eu creio que não lhe fica abaixo o caso de Lisboa, visto a diferença

dos tempos, e a distância que vai de um povo a um homem. Grande homem, senhor! Uma calamidade! uma terrível calamidade!

Meio embaçado, o meu interlocutor seguiu caminho, a buscar notícias mais frescas. Peguei em mim e fui por aí fora distribuindo o terremoto a todas as curiosidades insaciáveis. Tornei satisfeito a casa; tinha o dia ganho.

Na quinta-feira, dois de novembro, era minha intenção ir tão somente ao cemitério; mas não há cemitério que valha contra o personagem do *Verso e reverso*. Pouco depois de transpor o portão da lúgubre morada, veio a mim um amigo vestido de preto, que me apertou a mão. Tinha ido visitar os restos da esposa (uma santa!), suspirou e concluiu:

— Que há de novo?
— Foram executados.
— Quem?
— A coragem, porém, com que morreram, compensou os desvarios da ação, se ela os teve; mas eu creio que não. Realmente, era um escândalo. Depois, a traição do pupilo e afilhado foi indigna; pagou-se-lhe o prêmio, mas a indignação pública vingou a morte do traído.
— De acordo; um pupilo... Mas quem é o pupilo?
— Um miserável, Lázaro de Melo.
— Não conheço. Então, foram executados todos?
— Todos; isto é, dois. Um dos cabeças foi degradado por dez anos.
— Quais foram os executados?
— Sampaio...
— Não conheço.
— Nem eu; mas tanto ele, como o Manuel Beckman, executados neste triste dia de mortos... Lá vão dois séculos! Em verdade, passaram mais de duzentos anos, e a memória deles ainda vive. Nobre Maranhão!

O viúvo mordeu os beiços; depois, com um toque de ironia triste, murmurou:

— Quando lhe perguntei o que havia de novo, esperava alguma coisa mais recente.
— Mais recente só a morte de Rocha Pita, neste mesmo dia, em 1738. Note como a história se entrelaça com os historiadores; morreram no mesmo dia, talvez à mesma hora, os que a fazem e os que a escrevem.

O viúvo sumiu-se; eu deixei-me ir costeando aquelas casas derradeiras, cujos moradores não perguntam nada, naturalmente porque já tiveram resposta a tudo. Necrópole da minha alma, aí é que eu quisera residir e não nesta cidade inquieta e curiosa, que não se farta de perscrutar, nem de saber. Se aí estivesse de uma vez, não ouviria como no dia seguinte, sexta-feira, a mesma eterna pergunta. Era já cerca de 11 horas quando saí de casa, armado de um naufrágio, um terrível naufrágio, meu amigo.

— Onde? Que naufrágio?
— O cadáver da principal vítima não se achou; o mar serviu-lhe de sepultura. Natural sepultura; ele cantou o mar, o mar pagou-lhe o canto arrebatando-o à terra e guardando-o para si. Mas vá que se perdesse o homem;

o poema, porém, esse poema, cujos quatro primeiros cantos aí ficaram para mostrar o que valiam os outros... Pobre Brasil! pobre Gonçalves Dias! Três de novembro, dia horrível; 1864, ano detestável! Lembro-me como se fosse hoje. A notícia chegou muitos dias depois do desastre. O poeta voltava ao Maranhão...

Raros ouviam o resto. Os que ouviam, mandavam-me interiormente a todos os diabos. Eu, sereno, ia contando, e recitava versos, e dizia a impressão que tive a primeira vez que vi o poeta. Estava na sala de redação do *Diário do Rio* quando ali entrou um homem pequenino, magro, ligeiro. Não foi preciso que me dissessem o nome; adivinhei quem era. Gonçalves Dias! Fiquei a olhar, pasmado, com todas as minhas sensações e entusiasmos da adolescência. Ouvia cantar em mim a famosa "Canção do exílio". E toca a repetir a canção, e a recitar versos sobre versos. Os intrépidos, se me aguentavam até o fim, marcavam-me; eu só os deixava moribundos.

No sábado, notei que os perguntadores fugiam de mim, com receio, talvez, de ouvir a queda do Império Romano ou a conquista do Peru. Eu, por não fiar dos tempos, saí com a morte de Torres Homem no bolso; era recentíssima, podia enganar o estômago. Creio, porém, que a explosão da véspera bastou às curiosidades vadias. Não me arguam de impiedade. Se é certo, como já se disse, que os mortos governam os vivos, não é muito que os vivos se defendam com os mortos. Dá-se assim uma confederação tácita para a boa marcha das coisas humanas.

Hoje não saio de casa; ninguém me perguntará nada. Não me perguntes tu também, leitor indiscreto, para que eu te não responda como na comédia, após o desenlace: — *Que há de novo?* inquire o curioso, entrando. E um dos rapazes: — *Que vamos almoçar.*

Gazeta de Notícias, 5 de novembro de 1893

Durante a semana houve algumas pausas

Durante a semana houve algumas pausas, mais ou menos raras, mais ou menos prolongadas; mas os tiros comeram a maior parte do tempo. Basta dizer que foram mais numerosos que os boatos. Aquela quadra pré-histórica, em que um tiro de peça, ouvido à noite, era o sinal para consultar e acertar os relógios, não se pode já comparar a estes dias terríveis, em que os tiros parecem pancadas de um relógio enorme, de um relógio que para às vezes, mas a que se dá corda com pouco:

Never — forever,
Forever — never,

tal qual na balada de Longfellow. A poesia, meus amigos, está em tudo, na guerra como no amor.

Relevem-me aqui uma ilustre banalidade. Que é o amor mais que uma guerra, em que se vai por escaramuças e batalhas, em que há mortos e feridos, heróis e multidões ignoradas? Como os outros bombardeios, o amor atrai curiosos. A vida, neste particular, é uma interminável praia da Glória ou do Flamengo. Quando Dáfnis e Cloé travam as suas lutas, são poucos os óculos e binóculos da gente vadia para contar as balas, ou que se perdem, ou que se aproveitam, não falando dos naturais holofotes que todos trazemos na cara.

De mim digo, porém, que aborreço a galeria. Uma vez desci do bonde, na praia da Glória, para ceder ao convite de um amigo que queria ver o bombardeio. Desci ainda outra vez para escapar a um sujeito que me contava a Guerra da Crimeia, onde não esteve, não havendo nunca saído daqui, mas que se ligava à sua adolescência, por serem contemporâneos. Ninguém ignora que os sucessos deste mundo, domésticos ou estranhos, uma vez que se liguem de algum modo aos nossos primeiros anos, ficam-nos perpetuados na memória. Por que é que, entre tantas coisas infantis e locais, nunca me esqueceu a notícia do golpe de Estado de Luís Napoleão? Pelo espanto com que a ouvi ler. As famosas palavras: *Saí da legalidade para entrar no direito* ficaram-me na lembrança, posto não soubesse o que era direito nem legalidade. Mais tarde, tendo reconhecido que este mundo era uma infância perpétua, concluí que a proclamação de Napoleão III acabava como as histórias de minha meninice: "Entrou por uma porta, saiu por outra, manda el-rei nosso senhor que nos conte outra". Por exemplo, o dia de hoje, 12 de novembro, é o aniversário do golpe de Estado de Pedro I, que também saiu da legalidade para entrar no direito.

Mas não quero ir adiante sem lhes dizer o que me sucedeu, quando pela segunda vez desci na praia da Glória, a pretexto de ver o bombardeio. Estive ali uns dez minutos, os precisos para ouvir a um homem, e depois a outro homem, coisas que achei dignas do prelo. O primeiro defendia a tese de que os tiros eram necessários, mormente os de canhão-revólver, e também as explosões de paióis de pólvora. Dizia isto com tal placidez, que cuidei ouvir um simples amador; mas o segundo homem retificou esta minha impressão, dizendo-me, logo que o outro se retirou: — "É um vidraceiro; não quer a morte de ninguém, quer os vidros quebrados". E o segundo homem, ar grave, declarou que abominava as lutas civis, concluindo que ninguém tinha a vida segura nesta troca de bombardas; ele, pela sua parte, já fizera testamento, não sabendo se voltaria para casa, visto que a existência dependia agora de uma bala fortuita. Gostei de ouvi-lo. Era o contraste judicioso e melancólico do primeiro. Quando ele se despediu, perguntei a um terceiro: "Quem é este senhor?" — "É um tabelião", respondeu-me.

Assim vai o mundo. Nem sempre o cidadão mata o homem. *E Bruto, o cidadão, também é homem,* diz um verso de Garrett. Deixem-me acrescentar, em prosa, que o homem é muitas vezes mulher, por esse vício de curiosidade que herdou da nossa mãe Eva — outra ilustre banalidade. É a segunda que digo hoje. Rigorosamente, devia parar aqui; mas então não falaria das emissões particulares que estão aparecendo em Joinville, Cataguases e Campos. A *Gazeta,* anteontem, transcreveu três notas campistas, e indignou-se. Prova que é mais moça que eu. Há muitos anos, 1868 ou 1869, lembra-me bem ter visto em Petrópolis bilhetes de emissões particulares, não impressos, mas ingenuamente manuscritos. Não traziam filetes nem emblemas; não se davam ao escrúpulo dos números de série. *Vale tanto,* ou *vale isto,* mais nada. Não posso afirmar com segurança se ainda se conhecia a origem de alguns; mas creio que sim.

    Esta questão prende com uma teoria, que reputo verdadeira, a saber, que o direito de emitir é individual. Cada homem pode pôr em circulação o número de bilhetes que lhe parecer. Serão aceitos até onde for a confiança. O crédito responderá pelo valor. Nesta hipótese, melhor é o manuscrito que o impresso; porque o impresso é de todos, e o manuscrito é meu. Entendam-me bem. Não admito a cláusula forçada da troca do bilhete por ouro, prata ou papel do Estado; seria rebaixar a uma permuta de coisas tangíveis uma operação que deve repousar pura e simplesmente no crédito, "essa alavanca do progresso e da civilização", para falar como o meu criado. Isto posto, a sociedade terá achado o eixo que perdeu desde a morte do Feudalismo. A fome morrerá de fome. Ninguém pedirá, todos darão.

    Não me acordeis, se é sonho. Mas não é sonho. Vejo mais que todos vós que vos supondes acordados. Se descredes disto, chegareis a descrer do espiritismo, perdereis a própria razão. Que radioso paraíso! Nesse dia, o tempo será aquele mesmo relógio que o poeta americano pôs na escada dos seus versos; mas a pêndula não baterá mais que amor, paz e abundância, com esta pequena alteração do estribilho:

    Ever — forever!
    Forever — ever!

Gazeta de Notícias, 12 de novembro de 1893

Um dia destes

Um dia destes, lendo nos diários alguns atestados sobre as excelências do xarope Cambará, fiz uma observação tão justa que não quero furtá-la aos contemporâneos, e porventura aos pósteros. Verdadeiramente, a minha observação é um problema, e, como o de Hamlet, trata da vida e da morte. Quando a gente não pode imitar os grandes homens, imite ao menos as grandes ficções.

    E por que não hei de eu imitar os grandes homens? Conta-se que Xerxes, contemplando um dia o seu imenso exército, chorou com a ideia de que, ao cabo de um século, toda aquela gente estaria morta. Também eu contemplo, e choro, por efeito de igual ideia; o exército é que é outro. Não são os homens que me levam à melancolia persa, mas os remédios que os curam. Mirando os remédios vivos e eficazes, faço esta pergunta a mim mesmo: Por que é que os remédios morrem?

Com efeito, eu assisti ao nascimento do xarope... Perdão; vamos atrás. Eu ainda mamava quando apareceu um médico que "restituía a vista a quem a houvesse perdido". Chamava-se o autor Antônio Gomes, que o vendia em sua própria casa, rua dos Barbonos nº 26. A rua dos Barbonos era a que hoje se chama de Evaristo da Veiga. Muitas pessoas colheram o benefício inestimável que o remédio prometia. Saíram da noite para a luz, para os espetáculos da natureza, dispensaram a muleta de terceiro, puderam ler, escrever, contar. Um dia, Antônio Gomes morreu. Era natural; morreu como os soldados de Xerxes. O inventor da pólvora, quem quer que ele fosse, também morreu. Mas por que não sobreviveu o colírio de Antônio Gomes, como a pólvora? Que razão houve para acabar com o autor uma invenção tão útil à humanidade?

Não se diga que o colírio foi vencido pelo rapé Grimstone, "vulgarmente denominado de alfazema", seu contemporâneo. Esse, conquanto fosse um bom específico para moléstias de olhos, não restituía a vista a quem a houvesse perdido; ao menos, não o fazia constar. Quando, porém, tivesse esse mesmo efeito, também ele morreu, e morreu duas vezes, como remédio e como rapé.

As inflamações de olhos tinham, aliás, outro inimigo terrível nas "pílulas universais americanas"; mas, como estas eram universais, não se limitavam aos olhos, curavam também sarnas, úlceras antigas, erupções cutâneas, erisipela e a própria hidropisia. Vendiam-se na farmácia de Lourenço Pinto Moreira; mas o único depósito era na rua do Hospício nº 40. Eram pílulas provadas; não curavam a todos, visto que há diferença nos humores e outras partes; mas curavam muita vez e aliviavam sempre. Onde estão elas? Sabemos o número da casa em que moravam; não conhecemos o da cova em que repousam. Não se sabe sequer de que morreram; talvez em duelo com as "pílulas catárticas do farmacêutico Carvalho Júnior", que também curavam as inflamações de olhos e moléstias da pele, com esta particularidade que dissipavam a melancolia. Eram úteis no reumatismo, eficazes nos males de estômago, e faziam vigorar a cor do rosto. Mas também estas descansam no Senhor, como os velhos hebreus.

Para que falar do "elixir antiflegmático", do "bálsamo homogêneo" e tantos outros preparados contemporâneos da Maioridade? O xarope, a cujo nascimento assisti, foi o "xarope do Bosque", um remédio composto de vegetais, como se vê do nome, e deveras miraculoso. Era bem pequeno, quando este preparado entrou no mercado; chego à maturidade, já não o vejo entre os vivos. É certo que a vida não é a mesma em todos; uns a tiveram mais longa, outros mais breve. Há casos particulares, como o das sanguessugas; essas acabaram por causa do gasto infinito. Imagine-se que há meio século vendiam-se "aos milheiros" na rua da Alfândega nº 15. Não há produção que resista a tamanha procura. Depois, o barbeiro sangrador é ofício extinto.

Por que é que morreram tantos remédios? Por que é que os remédios morrem? Tal é o problema. Não basta expô-lo; força é achar-lhe solução. Há de haver uma razão que explique tamanha ruína. Não se pode compreender que drogas eficazes no princípio de um século, sejam inúteis ou insuficientes no fim dele. Tendo meditado sobre este ponto algumas horas longas, creio haver achado a solução necessária.

Esta solução é de ordem metafísica. A natureza, interessada na conservação da espécie humana, inspira a composição dos remédios, conforme a graduação patológica dos tempos. Já alguém disse, com grande sagacidade, que não há doenças, mas doentes. Isto que se diz dos indivíduos, cabe igualmente aos tempos, e a moléstia de um não é exatamente a de outro. Há modificações lentas, sucessivas, por modo que, ao cabo de um século, já a droga que a curou não cura; é preciso outra. Não me digam que, se isto é assim, a observação basta para dar a sucessão dos remédios. Em primeiro lugar, não é a observação que produz todas as modificações terapêuticas; muitas destas são de pura sugestão. Em segundo lugar, a observação, a substância, não é mais que uma *sugestão refletida* da natureza.

Prova desta solução é o fato curiosíssimo de que grande parte dos remédios citados e não citados, existentes há quarenta e cinquenta anos, curavam particularmente a erisipela. Variavam as outras moléstias, mas a erisipela estava inclusa na lista de cada um deles. Naturalmente, era moléstia vulgar; daí a florescência dos medicamentos apropriados à cura. O povo, graças à ilusão da providência, costuma dizer que Deus dá o frio conforme a roupa; o caso da erisipela mostra que a roupa vem conforme o frio.

Não importa que daqui a algumas dezenas de anos, um século ou ainda mais, certos medicamentos de hoje estejam mortos. Verificar-se-á que a modificação do mal trouxe a modificação da cura. Tanto melhor para os homens. O mal irá recuando. Essa marcha gradativa terá um termo, remotíssimo, é verdade, mas certo. Assim, chegará o dia em que, por falta de doenças, acabarão os remédios, e o homem, com a saúde moral, terá alcançado a saúde física, perene e indestrutível, como aquela.

Indestrutível? Tudo se pode esperar da indústria humana, a braços com o eterno aborrecimento. A monotonia da saúde pode inspirar a busca de uma ou outra macacoa leve. O homem receitará tonturas ao homem. Haverá fábricas de resfriados. Vender-se-ão calos artificiais, quase tão dolorosos como os verdadeiros. Alguns dirão que mais.

Gazeta de Notícias, 19 de novembro de 1893

SOMBRE QUATRE-VINGT-TREIZE!

Sombre quatre-vingt-treize! É o caso de dizer, com o poeta, agora que ele se despede de nós, este ano em que perfez um século o ano terrível da Revolução. Mas a crônica não gosta de lembranças tristes, por mais heroicas que também sejam; não vai para epopeias, nem tragédias. Coisas doces, leves, sem sangue nem lágrimas.

No banquete da vida, para falar como outro poeta... Já agora falo por poetas; está provado que, apesar de fantásticos e sonhadores, são ainda os mais hábeis contadores de histórias e inventores de imagens. A vida, por exemplo, comparada a um banquete é ideia felicíssima. Cada um de nós tem ali o seu lugar; uns retiram-se logo depois da sopa, outros antes do *coup du milieu*, não raros vão até a sobremesa. Tem havido casos em que o conviva se deixa estar comido, bebido, e sentado. É o que os noticiários chamam *macróbio* — e, quando a pessoa é mulher, por uma dessas liberdades que toda gente usa com a língua, *macróbia*.

Felizes esses! Não que o banquete seja sempre uma delícia. Há sopas execráveis, peixes podres e não poucas vezes esturro. Mas, uma vez que a gente se deixou vir para a mesa, melhor é ir farto dela, para não levar saudades. Não se sente a marcha; vai-se pelos pés dos outros. Houve desses retardatários, Moltke esteve prestes a sê-lo, Gladstone creio que acaba por aí, como os nossos Saldanha Marinho e Tamandaré. Deus os fade a todos!

Imaginemos um homem que haja nascido com o século e morra com ele. Victor Hugo já o achou com dois anos (*ce siècle avait deux ans*), e pode ser que contasse viver até o fim; não passou da casa dos oitenta. Mas Heine, que veio ao mundo no próprio dia 1 de janeiro de 1800, bem podia ter vivido até 1899, e contar tudo o que se passou no século, com a sua pena mestra de *humour*... Oh! página imortal! Assistir à santa-aliança e à dinamite! Vir do legitimismo ao anarquismo, parando aqui e ali na liberdade, eis aí uma viagem interessante de dizer e de ouvir. Revoluções, guerras, conquistas, uma infinidade de constituições, grande variedade de calças, casacas e chapéus, escolas novas, novas descobertas, ideias, palavras, danças, livros, armas, carruagens, e até línguas... Viver tudo isso, e referi-lo ao século XX, grande obra, em verdade.

Deus ou a paralisia não o quis. Heine notaria, melhor que ninguém, o advento do anarquismo, se é certo que este governo inédito tem de sair à luz com o fim do século. Ninguém melhor que ele faria o paralelo do legitimismo do princípio com o anarquismo do fim, Carlos X e Nada. Que excelentes conclusões! Nem todas seriam cabais, mas seriam todas belas. Aos homens da ciência ficam as razões sólidas com que afirmam a marcha ascendente para a perfeição. Os poetas variam; ora creem no paraíso, ora no inferno, com esta particularidade que adotam o pior para expô-lo em versos bonitos. Heine tinha a vantagem de o saber expor em bonita prosa.

Mas, como ia dizendo, no banquete da vida... Leve-me o diabo se sei a que é que vinha este banquete. Talvez para notar que a distribuição dos lugares põe a gente, às vezes, ao pé de maus vizinhos, em cujo caso não há mais poderoso remédio que descansar do paradoxo da esquerda na banalidade da direita, e vice-versa. Se a ideia não foi essa, então foi dizer que a crônica é prato de pouca ou nenhuma resistência, simples molho branco. Ideia velha, mas antes velha que nada. Uns fazem a história pela ação pessoal e coletiva, outros a contam ou cantam pela tuba canora e belicosa... Tuba canora e belicosa é expressão de poeta — de Camões, creio. A crônica é a frauta ruda ou agreste avena do mesmo poeta. Vivam os poetas! Não me acode outra gente para coroar este ano que nasce.

Quanto ao que morre, 1893, não vai sem pragas nem saudades, como os demais anos seus irmãos, desde que há astronomia e almanaques. Tal é a condição dos tempos, que são todos duros e amenos, segundo a condição e o lugar. Se esta banalidade da direita lhe parece cansativa, volte-se o leitor para a esquerda, e ouvirá algum paradoxo que o descanse dela — este, por exemplo, que o melhor dos anos é o pior de todos. Toda a questão (lhe dirá a esquerda) está em definir o que seja bom ou mau.

Por exemplo, a guerra é má, em si mesma; mas a guerra pode ser boa, comparada com o anarquismo. Se este vier, 1893, tu haverás sido uma das suas datas históricas, pelos golpes que deste, pelo princípio de sistematização do mal. Que será o mundo contigo? Não consultemos Xenofonte, que, ao ver as trocas de governo nas repúblicas, monarquias e oligarquias, concluía que o homem era o animal mais difícil de reger, mas, ao mesmo tempo, mirando o seu herói e a numerosa gente que lhe obedecia, concluía que o animal de mais fácil governo era o homem. Se já por essa noite dos tempos fosse conhecido o anarquismo, é provável que a opinião do historiador fosse esta: que, embora péssimo, era um governo ótimo. A variedade dos pareceres, a sua própria contradição, tem a vantagem de chamar leitores, visto que a maior parte deles só lê os livros da sua opinião. É assim que eu explico a universalidade de Xenofonte.

Não me atribuam desrespeito ao escritor; isto é rir, para não fazer outra coisa que deixe de aliviar o baço. Em todo caso, antes gracejar de um homem finado há tantos séculos, que estrear já o Carnaval com este imenso calor, como fez ontem uma associação. Agora tu, Terpsícore, me ensina...

Gazeta de Notícias, 1º de janeiro de 1894

Quem será esta cigarra que me acorda todos os dias

Quem será esta cigarra que me acorda todos os dias neste verão do diabo — quero dizer, de todos os diabos, que eu nunca vi outro que me matasse tanto. Um amigo meu conta-me coisas terríveis do verão de Cuiabá, onde, a certa hora do dia, chega a parar a administração pública. Tudo vai para as redes. Aqui não há rede, não há descanso, não há nada. Este tempo serve, quando muito, para reanimar conversações moribundas, ou para dar que dizer a pessoas que se conhecem pouco e são obrigadas a vinte ou trinta minutos de bonde. Começa-se por uma exclamação e um gesto, depois uma ou duas anedotas, quatro reminiscências, e a declaração inevitável de que a pessoa passa bem de saúde, a despeito da temperatura.

— Custa-me a suportar o calor, mas de saúde passo maravilhosamente bem. Não sei se é isso que me diz todas as manhãs a tal cigarra. Seja o que for, é sempre a mesma coisa, e é notícia d'alma, porque é dita com um grau de sonoridade e tenacidade que excede os maiores exemplos de gargantas musicais, serviçais e rijas. A minha memória, que nunca perde essas ocasiões, recita logo a fábula de La Fontaine e reproduz a famosa gravura de Gustavo Doré, a bela moça da rabeca, que o inverno veio achar com a rabeca na mão, repelida por uma mulher trabalhadeira, como faz a formiga à outra. E o quadro e os versos misturam-se, prendem-se de tal maneira, que acabo recitando as figuras e contemplando os versos.

Nisto entra um galo. O galo é um maometano vadio, relógio certo, cantor medíocre, ruim vianda. Entra o galo e faz com a cigarra um concerto de vozes, que me acorda inteiramente. Sacudo a preguiça, colijo os trechos de sonho que me ficaram, se algum tive, e fito o dossel da cama ou as tábuas do teto. Às vezes fito um quintal de Roma, de onde algum velho galo acorda o ilustre Virgílio, e pergunto se não será o mesmo galo que me acorda, e se eu não serei o mesmíssimo Virgílio. É o período de loucura mansa, que em mim sucede ao sono. Subo então pela via Ápia, dobro a rua do Ouvidor, esbarro com Mecenas, que me convida a cear com Augusto e um remanescente da companhia geral. Segue-se a vez de um passarinho, que me canta no jardim, depois outro, mais outro. Pássaros, galo, cigarra, entoam a sinfonia matutina, até que salto da cama e abro a janela.

Bom dia, belo sol. Já daqui vejo as guias torcidas dos teus magníficos bigodes de ouro. Morro verde e crestado, palmeiras que recortais o céu azul, e tu, locomotiva do Corcovado, que trazeis o sibilo da indústria humana ao concerto da natureza, bom dia! Pregão da indústria, tu, "duzentos contos, Paraná, último de resto!", recebe também a minha saudação. Que és tu, senão a locomotiva da fortuna? Tempo houve em que a gente ia dos arrabaldes à casa do João Pedro da Veiga, rua da Quitanda, comprar o número da esperança. Agora és tu mesmo, número solícito, que vens cá ter aos arrabaldes, como os simples mascates de fazendas e os compradores de garrafas vazias. Progresso quer dizer concorrência e comodidade. Melhor é que eu compre a riqueza a duas pessoas, à porta de minha casa, do que vá comprar à casa de uma só, a dois tostões de distância.

Eis aí começam a deitar fumo as chaminés vizinhas; tratam do café ou do almoço. Na rua passa assobiando um moleque, que faz lembrar aquele chefe do Ministério austríaco, a que se referiu quinta-feira, na *Gazeta de Notícias*, Max Nordau. Ouço também uma cantiga, um choro de criança, um bonde, os prelúdios de alguma coisa ao piano, e outra vez e sempre a cigarra cantando todos os seus *erres* sem *efes*, enquanto o sol espalha as barbas louras pelo ar transparente.

Ir-me-á cantar, todo o verão, esta cigarra estrídula? Canta, e que eu te ouça, amiga minha; é sinal de que não haverei entrado no obituário do mesmo verão, que já sabe de cinquenta pessoas diárias. Disseram-mo; eu não me dou ao trabalho de contar os mortos. Percebo que morre mais gente, pela frequência dos carros de defuntos que encontro, quando volto para casa e eles voltam do cemitério, com o seu aspecto fúnebre e os seus cocheiros menos fúnebres. Não digo que os cocheiros voltem alegres; posso até admitir, para facilidade da discussão, que tornem tristes; mas há grande diferença entre a tristeza do veículo e a do automedonte. Este traz no rosto uma expressão de dever cumprido e consciência repousada, que inteiramente escapa às frias tábuas de um carro.

De mim peço ao cocheiro que me levar, que já na ida para o cemitério vá francamente satisfeito, com uma pontinha de riso e outra de cigarro ao canto da boca. Pisque o olho às amas secas e frescas, e criaturas análogas que for encontrando na rua; creia que os meus manes não sofrerão no outro mundo; ao contrário, alegrar-se-ão de saber a cara ajustada ao coração, e a indiferença interior não desmentida pelo gesto. Imite as suas mulas, que levam com igual passo César e João Fernandes.

Ah! enquanto eu ia escrevendo essas melancolias aborrecidas, o sol foi enchendo tudo; entra-me pela janela, *já tudo é mar; ao mar já faltam praias*, dizia Ovídio por boca de Bocage. Aqui o dilúvio é de claridade; mas uma claridade cantante, porque a cigarra não cessa, continua a cigarrear no arvoredo, fundindo o som no espetáculo. Como há pouco, na cama, miro a cantiga e ouço o clarão. Se todos estes dias não fossem isto mesmo, eu diria que era a comemoração da chegada dos três reis.

Essa festa popular, não sei se perdurará no interior; aqui morreu há muitos anos. Cantar os Reis era uma dessas usanças locais, como o presépio, que o tempo demoliu e em cujas ruínas brotou a árvore do Natal, produção do norte da Europa, que parece pedir os gelos do inverno. O nosso presépio era mais devoto, mas menos alegre. Durava, em alguns lugares, até o Dia de Reis. A cantiga da festa de ontem era a mesma em toda a parte,

Ó de casa nobre gente,
Acordai e ouvireis,

e o resto, que pode parecer simplório e velho, mas o velho foi moço e o simplório também é sinal de ingênuo.

Gazeta de Notícias, 7 de janeiro de 1894

Anda aí nas folhas públicas

Anda aí nas folhas públicas um aviso esportivo que me tem dado que pensar. Diz-se nele que, do dia 1 do corrente em diante, as apostas ganhas e não reclamadas no prazo máximo de trinta dias, contados da respectiva data, prescrevem e ficam sem valor.

Não nego a prescrição. Tudo prescreve debaixo do sol, desde o amor até o furor. O próprio sol tem os seus séculos contados. Por que estaria fora dessa lei universal o simples esporte? Não; não nego a prescrição, nem a sua conveniência. No presente caso, é decisivo que uma instituição não se organiza para guardar apostas atrasadas; seria preciso uma turma de empregados e um lote de livros especiais para a respectiva escrituração. Despesas maiores. Maiores responsabilidades.

O que me dá que pensar, não é o aviso em si, é a causa dele. Pois quê! Há apostas esquecidas? Quando eu vou a uma dessas casas fazer uma quiniela, pelotaris ou qualquer outra ação húngara, castelhana ou latina, não é para esperar a pé firme e trazer comigo o meu dinheiro, quero dizer, o dinheiro dos meus adversários? É para lá deixar essa quantia, qualquer que seja, ganha com o suor de um cavalo ou de um homem — de alguém, em suma? Eis aí um fato novo para mim; vivi todos estes anos com a persuasão contrária.

Repito: era crença minha que uma pessoa não se abala de casa para apostar, senão com a ideia de trazer o dinheiro dos outros. Pode lá deixar o seu, mas é raro. Ainda nesse caso, não se perde propriamente, ganha-se por outra via, porquanto tu és eu e eu sou tu. Perdendo, ganho por tuas mãos e para as tuas algibeiras. Ao contrário, quando eu ganho uma aposta, a aposta é nossa. Eu a trago, nós a ganhamos. Esta definição do gênero humano explica todos os grandes sentimentos de piedade, de amor, de dedicação. Não é sem razão que existe nas línguas cultas o vocábulo *humanidade*; ele exprime um sentimento que, em resumo, é a afirmação da unidade espiritual dos homens. Não somos todos *uns*, mas todos somos *um*; não sei se me explico.

Entretanto, é claro que Pedro não vai apostar com Paulo para deixar a aposta nas mãos de Sancho ou Martinho. O natural é que a traga consigo. Admito que a deixe por um dia ou dois, casualmente, dada alguma razão de ordem superior, uma causa inesperada; mas 30 dias, 6 semanas, 2, 6 meses, eis o que dificilmente se poderia crer, se não fosse este aviso. Assim que tudo se esquece neste mundo, as alegrias, as opiniões, as paixões velhas, os empréstimos novos e velhos, e agora as apostas. Que pode haver seguro, se nem as quinielas estão certas de viver na memória dos vencedores? Tudo perece. Tão precária é esta máquina humana, que uma pessoa capaz de desmaiar, se perder uma aposta, é igualmente capaz de a esquecer, se a ganhar. Em que fiar, então? Assim vai um homem reformando as suas ideias, deitando fora as que ficam rançosas, ou as que reconhece que eram falsas.

O pior é quando essa limpa do espírito pode deitar abaixo planos longamente meditados. Um desses, que eu trazia desde alguns anos, era suprimir o cavalo e fazer sem ele apostas de corridas; não para substituí-lo pelo homem, pois entrava no meu plano a supressão do homem e de qualquer outro instrumento de luta, que pudesse pôr em jogo a força, a agilidade ou a destreza. A ideia fundamental da minha reforma era que, assim como há comédia e pantomima, eu podia fazer corridas por simples gestos e apostas por sinais; pantomima, nada mais. A princípio, para ir gastando a dureza do hábito, daria nomes a cavalos imaginários. Podia descer ao trocadilho, e dizer que, em vez de construir um Hipódromo, construía uma Hipótese. Pelo som pareceria que a primeira parte era a mesma em ambos os vocábulos, *hippos*, cavalo. Jogo grego, calendas gregas, tudo grego.

Podem elogiar-me à vontade. Não me cansarão com boas palavras, antes me darão alma nova para outros cometimentos. Quem sabe se não irei ainda mais longe? Um homem não sabe o que fará neste mundo, antes de fazer alguma coisa, e ainda assim pode não saber nada imediatamente. A glória leva às vezes um ano, outras vinte, outras dois meses, cinco semanas, e não são raras as de vinte e quatro horas. Depende da espécie do tempo e do meio. Há glórias tardias e glórias prontas, como devia dizer La Palisse. Eu, desde que faça corrida de cavalos sem cavalos, posso ir longe, muito longe. Que não suprimirei eu depois disso? Inventarei vinho sem vinho. O pão, que a piedade dos nossos padeiros reduziu às proporções da divina partícula da comunhão, pode ainda subir, por esforço meu, na graduação do mistério; nós o comeremos sem vê-lo, quase sem havê-lo. Havê-lo-á, porque os mistérios existem ainda fora do alcance dos sentidos humanos; mas pão, propriamente pão, não haverá mais. E, todavia, ele dará alimento, como uma simples quiniela, a tal ponto que muitos o deixarão na padaria, como hoje se deixam as apostas, e os padeiros serão obrigados a marcar trinta dias de espera. Não haja medo de o receber duro.

Não me censurem se a pena me levou a este elogio de mim mesmo. Bem sei que é feio; alguém, que não foi o marquês de Maricá, escreveu que louvor em boca própria é vitupério. Não conheço o autor da máxima; ouvi-a muita vez, em pequeno, a um vizinho que não era capaz de a ter inventado; creio até que morreu sem saber o que era vitupério... Memórias da infância! Tempos em que eu tinha corridas de cavalos sem quinielas; eram cavalos de pau.

Gazeta de Notícias, 14 de janeiro de 1894

ACHA-SE IMPRESSO
MAIS UM LIVRO

Acha-se impresso mais um livro que estes meus olhos nunca hão de ler: é o *Código de posturas*. Não por ser código, nem por serem posturas; as leis devem ser lidas e conhecidas. Mas eu conheço tanta postura que se não cumpre, que receio ir dar com outras no mesmo caso e acabar o livro cheio de melancolia.

Também não é por serem posturas que muitos não gostam de obedecer-lhes; o nome não faz mal à coisa. É por ser coisa legal. Pessoas há que acham palavras duras contra a inobservância de um decreto federal, e, ao dobrar a primeira esquina, infringem tranquilamente o mais simples estatuto do município. O sentimento da legalidade, vibrante como oposição, não o é tanto como simples dever do indivíduo. A primeira criatura que me falou indignada (há tantos anos!) da postergação das leis, era um homem ruivo, que não pagava as décimas das casas.

Agora mesmo deu-se uma ocorrência de alguma significação. Um homem fez um cortiço no quintal. Não sei o nome do homem, nem o da rua; ignoro o próprio nome da freguesia. Sei apenas que, não podendo por lei municipal fazer o cortiço, o proprietário deixou de tirar licença. Realmente, seria loucura, uma vez que tinha de infringir a lei, ir declará-lo à autoridade; e se era vedada a construção, vedada era a licença. Tudo isso é elementar. Sucedeu que o Conselho municipal acudiu a tempo, querelou do homem e venceu a demanda. Mas os pedreiros foram mais ativos, e, acabado o processo, estava finda a construção.

 Suscitou-se a questão de saber se a sentença devia ser executada, ou se era melhor que a Municipalidade desistisse da demanda, embora com perda das custas. Árdua questão! Venceu o segundo alvitre, pela consideração de que, havendo falta de casinhas para as pessoas pobres, e satisfazendo aquelas as prescrições higiênicas, segundo se provou com vistoria, era absurdo mandá-las pôr abaixo. Eu teria votado o contrário, sem todavia afirmar que a verdade estivesse comigo; votaria para machucar o infrator da postura.

 No debate desse negócio declarou um dos membros do Conselho que a Municipalidade, em regra, perde as suas demandas. Daí tirou argumento para exortar os colegas a aceitarem aquela vitória rara; mas não propôs, como lhe cumpria, mandar benzer a instituição. Não se podendo admitir que a Municipalidade deixe de ter razão em tudo o que reclama, e sendo incrível que os juízes a aborreçam, a conclusão é que há mau olhado, quebranto ou coisa análoga, lesão para a qual é remédio eficacíssimo um livro de S. Cipriano, que por aí se vende, e tira tudo, até o diabo do corpo.

 Mas se não é caso de benzedura, é de encomendar a alma a Deus, e esperar. Tempo virá em que a Municipalidade também ganhe as suas demandas. "A questão dos micróbios nada tem com o orçamento", disse há dias o presidente do Conselho municipal, advertindo um orador. Dia virá também em que tenhamos tudo, quando esses interessantes colaboradores da morte entrarem definitivamente na cogitação de todos os mortais. Notai que o orador, que proferira, dias antes, um discurso, que é a mais extensa e completa monografia que tenho lido dos usos funerários dos povos, desde a mais remota Antiguidade, podia responder que, havendo falado então de Dario e dos citas, nada obstava a que tratasse agora dos micróbios mais recentes que eles; limitou-se, porém, a continuar o discurso. Talvez eu fizesse a mesma coisa.

 Esta questão de acomodar o discurso à matéria em discussão não é tão fácil como parece. Em primeiro lugar, onde é que a matéria acaba? Em segundo lugar, se é verdade que o regimento da casa é a postura que obriga os seus membros, não menos o é que não há ali artigo restringindo os discursos. São coisas de praxe e de costume, que se irão estabelecendo com o andar dos anos. Não se há de regular instantaneamente a liberdade oral, e acaso cerceá-la, o que é pior. Quem imaginará que se pegue de um homem dos campos, onde respira o ar livre e puro, para meter-lhe uns calções de corte e fazê-lo dançar o minuete? Sucede mais que, em outras partes, há variedade de tribunas e de jornais, onde um pensador pode publicar o fruto dos seus estudos e meditações; aqui não. A imprensa diária pouco espaço deixa a tais trabalhos; a tribuna comum não existe, não por falta de direito, mas de gosto e de uso. Resta a tribuna legislativa, onde os assuntos podem ser tratados com certa amplitude, introduzindo memórias dessas, que mais tarde se desliguem dos anais, como se faz com os trechos de eloquência que vão para as seletas.

Nem isso, quando fosse mal, seria mal grande. Maior que ele é o que eu disse a princípio, o gosto de não obedecer às leis. Aqui vai um exemplo. É mínimo; mas nem todas as flores são dálias e camélias; o pequeno miosótis também ocupa lugar ao sol. Ontem, ia andando um bonde, com pouca gente, três pessoas. A uma destas pareceu que o cocheiro estava fumando um cigarro; via-lhe ir a mão esquerda frequentes vezes à boca, de onde saía um fiozinho de fumo, que não chegava a envolver-lhe a cabeça, porque, com o andar do veículo, espalhava-se pelas pessoas que iam dentro deste.

— Os cocheiros podem fumar em serviço? — perguntou a pessoa ao condutor. Fê-lo em voz baixa, tranquila, como quem quer saber, só por saber. O condutor, não menos serenamente, respondeu-lhe que não era permitido fumar.

— Então...?

— Mas ele fuma só aqui, no arrabalde; lá para o centro da cidade não fuma, não senhor.

Grande foi o espanto da pessoa, ouvindo essa tradução de Pascal, tão ajustada ao cigarro e ao bonde. *Vérité en deçà, erreur au delà.* Mas, pensando bem, este caso não é igual aos outros; aqui a singeleza da resposta mostra a sinceridade da interpretação.

Não lhes disse, em tudo isto, que o dr. Melo Morais foi o compilador do código. As musas, por mais que sejam musas, não são avessas às obras de utilidade. Outra prova disso deu-nos o mesmo dr. Melo Morais, que é poeta, iniciando a publicação dos documentos da cidade. Verdade seja que, a despeito do ar administrativo dos papéis, há neles aquela vetustez, que ainda é poesia, e o caráter da história a que preside uma das musas.

Eu, como gosto muito da minha Carioca, por maiores tachas que lhe ponham, amo os que a amam também, e os que a bendizem. Terá defeitos esta minha boa cidade natal, reais ou fictícios, nativos ou de empréstimo; mas eu execro as perfeições. Tudo há de ter o jeito de coisa nascida — e não cabal, portanto.

Gazeta de Notícias, 21 de janeiro de 1894

Dizem que esta semana será sancionada

Dizem que esta semana será sancionada a lei que transfere provisoriamente para Petrópolis a capital do Estado do Rio de Janeiro. Já se trata da mudança; compram-se ou arrendam-se casas para alojar as repartições públicas. Com poucos dias, estará Niterói restituída às velhas tradições da Praia Grande. A escolha de Petrópolis fez-se sem bulha nem matinada, com pouca e leve oposição. Campos queria a eleição, Vassouras e Nova Friburgo apresentaram-se igualmente; mas Petrópolis é tão cheia de graça que não lhe foi difícil ouvir: *Ave, Maria; a assembleia é contigo; bendita és tu entre as cidades.*

Teresópolis, que tem de ser a capital definitiva, não verá naturalmente essa eleição com olhos quietos. Conhece os feitiços da outra, e receará que o provisório se perpetue. Bem pode ser que Vassouras, Campos e Nova Friburgo tivessem a mesma ideia, e daí os seus requerimentos. É mui difícil sair donde se está bem. Esperemos, porém, que o medo não passe de medo. Em verdade, Petrópolis ficará sendo uma cidade essencialmente federal e internacional, sem embargo dos aparelhos da administração complexa e numerosa de capital de Estado. Que fazer? Deixemos Pompeia a Diomedes e aos seus ócios. O meu voto, se tivesse voto, seria por Niterói, não provisória, mas definitiva.

De resto, estamos assistindo a uma florescência de capitais novas. A Bahia trata da sua; turmas de engenheiros andam pelo interior cuidando da zona em que deve ser estabelecida a futura cidade. Sabe-se que Minas já escolheu o território da sua capital, cuja descrição Olavo Bilac está fazendo na *Gazeta*. Chama-se Belo Horizonte. Eu, se fosse Minas, mudava-lhe a denominação. Belo Horizonte parece antes uma exclamação que um nome. Sobram na história mineira nomes honrados e patriotas para designar a capital futura. Quanto à nova capital da República, não é mister lembrar que já está escolhido o território, faltando só a obra da construção e da mudança, que não é pequena.

Esta nova Carioca, ou que outro nome tenha ou mereça, ficará decapitada, como Niterói. Contentemo-nos com ser uma espécie de Nova York, aperfeiçoemos a nova Broadway, e não abramos mão da ópera italiana. Cá virão os deputados, por turmas, ouvir as sumidades líricas. Se já então estiver resolvido o problema da navegação aérea (dizem os jornais que Edison está em vias de resolvê-lo), os deputados virão todos, depois de jantar, assistirão ao espetáculo, e voltarão no balão da madrugada para estarem presentes à sessão do meio-dia. Como viver, como legislar, sem música? Não me falem de telefones. O telefone transmite, ainda que mal, as vozes dos cantores e as notas da partitura, mas não transmite os olhos das prima-donas, nem as pernas dos pajens, papéis que, em geral, são dados a moças bem-feitas.

Que essa mudança de capitais seja um fenômeno político interessante, é fora de dúvida. Eu é que não entro nele, por não entender cabalmente de política. Nestes negócios, vou pouco além de um vizinho meu, homem quadragenário e discreto, que não tem profissão nem dinheiro, mas possui em grau altíssimo a vocação de público. Não perde sessão de câmaras. Atento e curioso, quando assiste a algum duelo de discursos, torna-se cheio de entusiasmo, se sobrevém uma saraivada de apartes, mas apartes fortes. Começado o exame do orçamento, cochila, e, se dura muito tempo, passa pelo sono. Os algarismos, o *déficit*, o saldo, a taxa agrária, o imposto industrial, o quilograma, o quilômetro, são outras tantas papoulas que lhe fariam cair as pálpebras. Mas não se fiem no sono do homem, acorda à primeira troca de palavras duras, tem para elas o olhar aceso e as orelhas escancaradas. Já uma vez deu palmas da galeria, com outros, obrigando o presidente da Câmara dos deputados a repetir esta velha fórmula: *as galerias não podem manifestar--se*, e a não mandar pôr fora os manifestantes.

Falei em sono, e sinto cochilar a pena. O calor não pede outra coisa, este calor tão grande e mortífero, que começa a meter medo aos mais animosos. O obituário sobe com ele; estamos já na casa dos setenta. Que melancólica semana!

Felizmente, trata-se de impor às casas que se construírem algum meio de ventilação, que minore tal flagelo. Esta semana assisti ao debate final da postura relativa à construção, e particularmente ao do art. 15, creio eu, que determina haja no forro das casas umas gregas para ventilação ou ventiladores especiais. Um membro do Conselho municipal propôs que o artigo fosse ampliado, e apresentou emenda indicando um meio de ventilação, as *telhas higiênicas Nascimento*. "Com oito telhas dessas", disse o orador, "tem-se um metro quadrado coberto, ao passo que das telhas comuns são necessárias quinze." Assim, há uma economia de nove por cento. Não propôs que o uso das *telhas higiênicas Nascimento* fosse obrigatório, mas facultativo. O Conselho aprovou a emenda.

Também eu aprovo, conquanto me pareça restritiva demais. Tenho um amigo, chamado Navarro, que estuda o assunto com afinco, e presume ter descoberto umas telhas higiênicas, ainda mais econômicas, pois apenas bastarão sete para cobrir um metro quadrado. Suponhamos, porém, que há ilusão no cálculo; basta que a economia seja igual. Pela redação da emenda ficam excluídas as *telhas higiênicas Navarro*. Não é justo. Eu proporia, se ainda fosse tempo, que se dissesse no artigo, depois da palavra *Nascimento*, estas: "ou outras quaisquer nas mesmas condições". Também concordaria em restringir um pouco o texto, dizendo: "as telhas higiênicas Nascimento e as telhas higiênicas Navarro", conquanto o Navarro ainda não haja chegado à publicação do invento, nem o faça tão cedo, ficava já com uma espécie de garantia provisória que seria definitiva no dia em que as telhas estivessem prontas. Convém animar as invenções; este Navarro pode vir a ser o nosso Edison.

Gazeta de Notícias, 28 de janeiro de 1894

Quando eu li que este ano não pode haver Carnaval na rua

Quando eu li que este ano não pode haver Carnaval na rua, fiquei mortalmente triste. É crença minha, que no dia em que o deus Momo for de todo exilado deste mundo, o mundo acaba. Rir não é só *le propre de l'homme*, é ainda uma necessidade dele. E só há riso, e grande riso, quando é público, universal, inextinguível, à maneira dos deuses de Homero, ao ver o pobre coxo Vulcano.

Não veremos Vulcano estes dias, cambaio ou não, não ouviremos chocalhos, nem guizos, nem vozes tortas e finas. Não sairão as sociedades, com os seus carros cobertos de flores e mulheres, e as ricas roupas de veludo e cetim. A única veste que poderá aparecer é a cinta espanhola, ou não sei de que raça, que dispensa agora os coletes e dá mais graça ao corpo. Esta moda quer-me parecer que pega; por ora, não há muitos que a tragam. Quatrocentas pessoas? quinhentas? Mas toda religião começa por um pequeno número de fiéis. O primeiro homem que vestiu um simples colar de miçangas, não viu logo todos os homens com o mesmo traje; mas pouco a pouco a moda foi pegando, até que vieram atrás das miçangas, conchas, pedras verdes e outras. Daí até o capote, e as atuais mangas de presunto, em que as senhoras metem os braços, que caminho! O chapéu baixo, feltro ou palha, era há 25 anos uma minoria ínfima. Há uma chapelaria nesta cidade, que se inaugurou com chapéus altos em toda a parte, nas portas, vidraças, balcões, cabides, dentro das caixas, tudo chapéus altos. Anos depois, passando por ela, não vi mais um só daquela espécie; eram muitos e baixos, de vária matéria e formas variadíssimas.

Não admira que acabemos todos de cinta de seda. Quem sabe se não é uma reminiscência da tanga do homem primitivo? Quem sabe se não vamos remontar os tempos até ao colar de miçangas? Talvez a perfeição esteja aí. Montaigne é de parecer que não fazemos mais que repisar as mesmas coisas e andar no mesmo círculo; e o Eclesiastes diz claramente que o que é, já foi, e o que foi, é o que há de vir. Com autoridades de tal porte, podemos crer que acabarão algum dia alfaiates e costureiras. Um colar apenas, matéria simples, nada mais; quando muito, nos bailes, um simulacro de *gibus* para pedir com graça uma quadrilha ou uma polca. Oh! a polca das miçangas! Há de haver uma com esse título, porque a polca é eterna, e quando não houver mais nada, nem sol, nem lua, e tudo tornar às trevas, os últimos dois ecos da catástrofe derradeira dançarão ainda, no fundo do infinito, esta polca, oferecida ao Criador: *Derruba, meu Deus, derruba*!

Como se disfarçarão os homens pelo Carnaval, quando voltar a idade da miçanga? Naturalmente, com os trajes de hoje. A *Gazeta de Notícias* escreverá por esse tempo um artigo, em que dirá: "Pelas figuras que têm aparecido nas ruas, terão visto os nossos leitores até onde foi, séculos atrás, já não diremos o mau gosto, que é evidente, mas a violação da natureza, no modo de vestir dos homens. Quando possuíam as melhores casacas e calças, que são a própria epiderme, tão justa ao corpo, tão sincera, inventaram umas vestiduras perversas e falsas. Tudo é obra do orgulho humano, que pensa aperfeiçoar a natureza, quando infringe as suas leis mais elementares. Vede o lenço; o homem de outrora achou que ele tinha uma ponta de mais, e fez um tecido de quatro pontas, sem músculos, sem nervos, sem sangue, absolutamente imprestável, desde que não esteja ao alcance da pessoa. Há no nosso Museu Nacional um exemplar dessa ridicularia. Hoje, para dar uma ideia viva da diferença das duas civilizações, publicamos um desenho comparativo, dois homens, um moderno, outro dos fins do século XIX; é obra de um jovem pintor, que diz ser descendente de Belmiro; foi descoberto por um dos redatores desta folha, o nosso excelente companheiro João, amigo de todos os tempos".

Que não possa eu ler esse artigo, ver as figuras, compará-las, e repetir os ditos do Eclesiastes e de Montaigne, e anunciar aos povos desse tempo que a civilização mudará outra vez de camisa! Irei antes, muito antes, para aquela outra Petrópolis, capital da vida eterna. Lá ao menos há fresco, não se morre de insolação, nome que já entrou no nosso obituário, segundo me disseram esta semana. Não se pode imaginar a minha desilusão. Eu cria que, apesar de termos um sol de rachar, não morreríamos nunca de semelhante coisa. Há anos deram-se aqui alguns casos de não sei que moléstia fulminante, que disseram ser isso; mas vão lá provar que sim ou que não. Para se não provar nada, é que o mal fulmina. Assim, nem tudo acaba em cajuada, como eu supunha; também se morre de insolação. Morreu um, morrerão ainda outros. A chuva destes dias não fez mais que açular a canícula.

De resto, a morte escreveu esta semana em suas tabelas, algumas das melhores datas, levando consigo um Dantas, um José Silva, um Coelho Bastos. Não se conclui que ela tem mais amor aos que sobrenadam, do que aos que se afundam; a sua democracia não distingue. Mas há certo gosto particular em dizer aos primeiros, que nas suas águas tudo se funde e confunde, e que não há serviços à pátria ou à humanidade, que impeçam de ir para onde vão os inúteis ou ainda os maus. Vingue-se a vida guardando a memória dos que o merecem, e, na proporção de cada um, distintos com distintos, ilustres com ilustres.

Essa há de ser a moda que não acaba. Ou caminhemos para a perfeição deliciosa e eterna, ou não façamos mais que ruminar, perpétuo camelo, o mesmo jantar de todas as idades, a moda de morrer é a mesma... Mas isto é lúgubre, e a primeira das condições do meu ofício é deitar fora as melancolias, mormente em dia de Carnaval. Tornemos ao Carnaval, e liguemos assim o princípio e o fim da crônica. A razão de o não termos este ano, é justa; seria até melhor que a proibição não fosse precisa, e viesse do próprio ânimo dos foliões. Mas não se pode pensar em tudo.

Gazeta de Notícias, 4 de fevereiro de 1894

Nunca houve lei mais fielmente cumprida

Nunca houve lei mais fielmente cumprida do que a ordem que proibiu, este ano, as folias do Carnaval. Nem sombra de máscara na rua. Fora da cidade, diante de uma casa, vi Quarta-feira de Cinza alguns confetes no chão. Crianças naturalmente que brincaram da janela para a rua, a menos que não fosse da rua para a janela. Os chapéus altos, que desde tempos imemoriais não ousavam atravessar aquela região do mundo que fica entre a rua dos Ourives e a rua Gonçalves Dias, e que é propriamente a rua do Ouvidor, iam este ano abaixo e acima, sem a menor surriada. Quem nos deu tal rigorismo na observância de um preceito? Se eu falasse em verso, diria que era o sentimento da situação, pois o verso tem vantagens que faltam inteiramente à prosa, não lhe sendo, aliás, superior em nada. Em prosa, creio que foi a certeza de que a ordem era séria. Pode ser também que a escassez do dinheiro...

Não se diga que calunio o meu século. Quem tem culpa, se há culpa, é o sr. dr. Sousa Lima, que todos os anos dá uma edição nova dos seus conselhos e súplicas, lembra os regulamentos sanitários, e mostra a vanidade dos seus esforços higiênicos. Isto quando se trata de morrer, que é a ação mais dura da gente viva. Talvez haja demasiada confiança nos conselhos. Quanto aos regulamentos, se os considerarmos à luz da verdadeira filosofia (a falsa é a do meu vizinho), reconheceremos que não passam de puras abstrações. Há coisas mais concretas.

Também o céu possui os seus regulamentos, e nem por serem obra divina, são mais eficazes que os nossos. Pelo menos há dúvida sobre a significação de alguns dos respectivos artigos. Haja vista o desacordo do astrônomo Falb com o sr. dr. Antão de Vasconcelos. Aprova o primeiro que o fim do século é o fim do mundo, pelo encontro que se dará em 1899 entre a terra e certo cometa. O segundo contesta energicamente a predição alemã, e não com palavras, mas com raciocínios, com algarismos, com leis científicas, por onde se vê que a destruição da terra, nos termos anunciados, é meramente impossível. Quando muito, se acaso fosse admissível o encontro do cometa, haveria tal chuva de fogo, que acabaria com a vida animal; mas a terra propriamente dita continuaria a andar como dantes.

Não aparecendo ninguém para rebater ou apoiar as afirmações do nosso patrício, a questão morreu de silêncio. Entretanto, não falta amor à astronomia. Flammarion, citado pelo sr. dr. Vasconcelos, é lido e meditado por muitas pessoas, que o céu atrai, como há de sempre atrair os homens. Creio até que, de todas as ciências, é a astronomia a que maior número conta de amadores. Qual será a causa deste fenômeno? Talvez a vertigem dos números. Realmente, por mais que a invisibilidade dos micróbios assombre a gente, não chega a estontear como os algarismos astronômicos.

Por exemplo, o cometa de 1811 — li na contestação do sr. Vasconcelos — media da cabeça ao núcleo 1.800.000 (um milhão e oitocentos mil) quilômetros. Que extensão tinha a cauda de tal monstro? 176.000.000 de quilômetros; leiam bem, por extenso, cento e setenta e seis milhões de quilômetros. A marcha é de 42.000 metros por segundo; calculem por minuto, por hora, por dia e por ano. Mais tarde, o cometa de 1811 dividiu-se em dois, ficando vizinhos, com a distância apenas de 500.000 léguas. Essa orgia de léguas e quilômetros é que há de dar sempre à astronomia maior número de amadores, do que têm a arte dramática e a política. Sabe-se que estes dois ofícios do espírito humano contam grande número de curiosos. Um homem, desde que tenha a voz dura e certo ar ferrenho, faz os pais desnaturados, os perseguidores do órfão e da viúva. A voz meiga escolhe as partes de galã. Às vezes, é o contrário, como nos teatros de obrigação; mas cada um fica com o seu próprio ar, para não desmentir a natureza. A política seduz tanto ou mais. Nenhuma delas, porém, é comparável à astronomia.

A imaginação gosta de mergulhar nestes abismos de números, que nunca mais acabam. É um modo que o homem tem de se fazer crescer a si mesmo. Há também um sentimento, que não sei como defina; melhor é dizer a coisa com muitas palavras que com uma. A pessoa que nos refere de um cometa que anda quarenta mil metros por segundo, parece que os contou por si mesma, relógio na mão. Tem não sei que consciência de haver andado por seus próprios pés os cento e oitenta milhões de quilômetros de um desses bichos. É um sentimento muito particular.

Quem sabe se a vertigem dos números não é a explicação dos oito mil e tantos contos, pedidos ao Conselho municipal por quinhentos e tantos bois? Há duas astronomias, a do céu e a da terra; a primeira tem astros e algarismos, a segunda dispensa os astros, e fica só com os algarismos. Mas há também entre o céu e a terra, Horácio, muitas coisas mais do que sonha a vossa vã filosofia. Uma dessas coisas é, como digo, a vertigem dos números. No tempo do dilúvio (1890-1891) havia aqui um homem que acordou um dia com vinte mil contos; foi o que me disseram. Uma semana depois afirmaram que tinha trinta mil, e dois dias mais tarde, quarenta, cinquenta, sessenta mil contos de réis. Antes de um mês subira a cento e dez mil. Empobreceu com duzentos mil contos. A verdade é que nunca tivera mais de quinze mil. Mas a imaginação do vulgo, principalmente o vulgo pobre, não se contenta em dar a um homem pequenas quantias. Gosta dos Cresos. Suas esmolas são minas de diamantes. Ofir e Golconda são os seus bancos.

Os bois parecem explicar-se por essa razão psicológica. Senhores, eu conheci um homem que, durante a guerra de 1870, não era francês nem alemão, mas *aritmético*. A volúpia com que ele falava das centenas de milhares de soldados, era única; parecia que ele os comandava a todos de um e outro lado, que compusera os dois exércitos, que eram seus, sangue do seu sangue, carne de sua carne. A batalha de 24 de maio, na Guerra do Paraguai, mostrou-me igual fenômeno; um sujeito, aliás bom patriota, tão fascinado ficou pelo número dos combatentes, que não atendia ao fulgor da batalha, e dizia que era a primeira da América do Sul, não pelos prodígios de valor, mas pela quantidade dos homens.

Assim este caso. Oito mil contos, guardada a distância que vai da terra ao céu, é alguma coisa parecida com a cauda do cometa de 1811.

Gazeta de Notícias, 11 de fevereiro de 1894

HÁ UMA LEVA DE BROQUÉIS

Há uma leva de broquéis, vulgo dinamite, que parece querer marcar este final de século. De toda a parte vieram esta semana notícias de explosões, e aqui mesmo houve tentativa de uma. Digam-me que paz de espírito pode ter um pobre historiador de coisas leves, para quem a pólvora devia ser, como os maus versos, o termo das cogitações destrutivas. Inventou-se, porém, maior resistência, e daí o maior ataque, naturalmente, a pólvora sem fumaça, o torpedo, a dinamite; mas, que diabo! basta-lhes a guerra, como necessidade que é da vida universal. A paz universal, esse belo sonho de almas pias e vadias, seria a dissolução final das coisas. Façamos guerra, mas fiquemos nela.

Talvez haja nisso um pouco de rabugem — e outro pouco de injustiça. A anarquia pode acabar sendo uma necessidade política e social, e o melhor dos governos humanos, aquele que dispensa os outros. Voltaremos ao paraíso terrestre, sem a serpente, e com todas as frutas. Adão e Eva dormirão as noites, passearão as tardes; Caim e Abel escreverão um jornal sem ortografia nem sintaxe, porque a anarquia social e política haverá sido precedida pela da língua. Antes do último ministro terá expirado o derradeiro gramático. Os adjetivos ganharão o resto de liberdade que lhes falta. Muitos que viviam atrelados a substantivos certos, não terão agora nenhum, e poderão descer a preposições, a artigos.

Há de ser rabugem, creio. Acordei hoje mal disposto. Sei que nada tendes com disposições más nem boas, quereis a obrigação cumprida, e, se estou doente, que me meta na cama. Que me meta na cova, se estou morto. Não, a cova há de ser quente como trinta mil diabos. A terra fria que tem de me comer os ossos, segundo a fórmula, não será tão fria, neste tempo em que tudo arde. Lá mesmo o verão me flagelará com o seu açoite de chamas. Certo, este final de semana é menos quente que os primeiros dias, graças à chuva de quinta-feira; mas esse dia enganou-me. Pelo ar brusco, pela carga de nuvens, tive esperanças de mais oito de grandes águas, e não vieram grandes nem pequenas. Eis aí explicada a minha rabugem.

Já uma vez disse, e ora o repito: não nasci para os estos do verão. Quem me quiser, é com invernos. Deus, se eu lhe merecesse alguma coisa, diria ao estio de cada ano: "Vai, estio, faze arder a tudo e a todos, menos o meu fiel servo, o semanista da *Gazeta*, não tanto pelas virtudes que o adornam e são dignas de apreço particular, como porque lhe dói suar e bufar, e os seus padecimentos afligiriam ao próprio céu". Mas Deus gosta de parecer, às vezes, injusto. Essa exceção, que não faria a mais ninguém, para não vulgar o benefício, mostraria ainda uma vez um ato de alta justiça divina. A exceção só é odiosa para os outros; em si mesma é necessária.

A terra é quente. Lá mesmo haverá epidemias, que não sabemos, e um subobituário, mais numeroso que o obituário destes dias. É a nossa enfatuação de vivos que nos leva a crer que só há calamidades para nós; também os mortos terão as suas, acomodadas ao estado. Nem o purgatório significa outra coisa senão as doenças de que os mortos podem sarar e saram. O inferno é um hospício de incuráveis. Raros, bem raros, cinco por século, subirão logo para o céu.

O que me consola um pouco é que em outras partes estão morrendo de frio. A certeza de que, quando eu bufo aqui e corro a comprar gelo, morre alguém na Noruega, por havê-lo de graça, ajuda a suportar o calor. Não é preciso o botão de Diderot; não fica na alma essa sombra de sombra de remorso, que pode trazer a ideia de haver apunhalado diretamente, ainda que de longe, uma pessoa. A certeza basta, e sem interesse pecuniário, note-se bem. É o que o povo formulou, dizendo que o mal de muitos consolo é. Expirai às mãos de vossa mãe, filhos da neve, enquanto os filhos do sol aqui morremos às mãos do nosso grande pai.

Que isto não seja pio, creio; mas é verdade. É o que começa a pôr uma nota doce na cara tétrica e feroz com que me levantei hoje da cama. Assim o diz o espelho. Realmente, se tanto se morre ao frio como ao sol, não vale a pena deixar este clima; tudo é morrer, poupemos a viagem. Deixai correr os dias, até que o equinócio de março traga outros ares, maio outros legisladores, julho e agosto outras óperas, porque os *Huguenotes* já começam a afligir-nos.

Digo isto de passagem, como um aviso aos empresários líricos; não vos amofineis com *Huguenotes*. Eles já vão orçando pela *Favorita*. Esse par de muletas que ajudaram o bom Ferrari a levar esta vida, ameaçam deixar o coxo na rua. *Il nous faut du nouveau, n'en fût-il plus au monde*. Sempre há de haver por esse mundo uma *Cavalleria rusticana* inédita.

Antes dos legisladores, vêm as eleições, que chegam ainda antes do equinócio. Vêm com os idos de março. Há já candidatos, mas não se sabe ainda quais os candidatos recomendados pelos chefes. Aparecem nomes nos *a pedidos*, à maneira da terra; mas o ato é tão solene e a ocasião tão grave, que podíamos mudar de processo. Que os chefes digam, que os jornais repitam o que disserem os chefes, para que os eleitores saibam o que devem fazer; sem o quê, é provável que não façam nada... Deus de misericórdia! Creio que estou ainda mais lúgubre que no princípio; tornemos à morte, às febres, à dinamite; tornemos aos cemitérios, aos epitáfios:

> AQUI JAZ
> UMA CRÔNICA DA SEMANA
> TRISTÍSSIMA,
> BREVÍSSIMA.
> ORAI POR ELA!

Gazeta de Notícias, 18 de fevereiro de 1894

TODA ESTA SEMANA FOI DADA À LITERATURA ELEITORAL

Toda esta semana foi dada à literatura eleitoral. Não digo que se discutisse largamente a matéria, mas escreveram-se muitos nomes, surgiram candidaturas novas e novíssimas, organizaram-se chapas e contrachapas, e, desde a circular até a simples indicação de uma pessoa, feita por *um grupo de eleitores*, por *alguns eleitores firmes* ou simplesmente pelos *eleitores da Gamboa*, quase que se não leu outra coisa. Lembra-me que um amigo meu, há anos, querendo ser eleito, teve a ideia singularíssima de recomendar o seu nome nos *a pedidos* dos jornais (!) com esta assinatura: *A aclamação pública*. Recolheu dois votos, o meu e o dele.

Não entendo de política, limito-me a ouvir as considerações alheias. Uns notam que os elementos são cabais para uma boa eleição, outros que há tal ou qual desorientação na movimentação, pouca responsabilidade política, inclusões, exclusões, transposições; alguns mais ríspidos falam de um tumulto semelhante à confusão das línguas. Não posso dizer até que ponto a segunda observação é verdadeira, nem se o fenômeno é inevitável. Não distingo bem as palavras na multidão de vozes que estamos ouvindo, mas é o que me acontece com quase todos os cantores italianos ou nacionais. Parte da culpa será da articulação imperfeita; mas é preciso convir que o acompanhamento da música ajuda muito a falta de audiência. Eu por mim entendo as óperas mais pelos gestos que pelas palavras. Os coros, então, são impossíveis.

No meio da grande partitura desta semana, apareceu uma atriz-cantora que aumentou a minha confusão. Atriz-cantora é uma espécie de artista particular ao nosso clima, e não conta vinte anos de existência. Antigamente, havia na Companhia João Caetano (dizem) uma d. Margarida Lemos, incumbida de cantar alguma coisa no intervalo dos atos ou entre o drama e a comédia. Era um modo de dar música italiana aos frequentadores do Teatro Dramático. O Martinho (ainda o alcancei) cantava também nos intervalos "uma das suas melhores árias", mas era só ator. A atriz-cantora nasceu com a sra. Rosa Villiot, creio, ou com outra, não sei bem. É planta local. Não digo que se não recite e cante a um tempo; seria negar o *vaudeville* e negar o francês, que o inventou; digo, sim, que o título dobrado é que é nosso.

Tudo isto para falar da confusão eleitoral que me trouxe a sra. Irene Manzoni. Vi este nome assinando um artigo, com a dupla qualidade de atriz-cantora. Se o visse antes do título do artigo, não se daria o que se deu; mas eu li primeiro o título, era o nome de um senhor que não conheço; imaginei uma candidatura política. A assinatura feminina era nova; mas todas as velharias foram novidades, e o direito eleitoral da mulher é matéria de propaganda, de discussão e até de legislação. Gostei de ver a novidade da assinatura; eu sou daquela escola que não deixa secar a tinta de uma ideia no livro propagandista, e já a quer ver aplicada. Fui talvez o primeiro que bradou entre nós pela representação das minorias, sem embargo de não termos ainda maioria — ou por isso mesmo.

Corri ao artigo; era um agradecimento e uma recomendação de não sei que xarope eficacíssimo. Fiz o que fazem todos os espíritos de boa-fé: caí das nuvens. Depois lancei a apóstrofe do estilo: "Mulher perversa, quem te deu o direito de intervir nas preocupações eleitorais por essa forma dúbia, que parece recomendar mais um candidato, e apenas louva uma droga e um droguista? Quem principalmente te ensinou a bulir comigo?" Disse ainda outras palavras fortes e acerbas; mas não pude acabar, porque a reflexão veio logo com o seu passo lento e olhos baixos, e me disse o que vou repetir no parágrafo que se segue.

Pode ser que o droguista seja realmente um candidato e a droga um programa. Tem-se discutido se pode haver agora programas políticos, e as opiniões dividem-se, sendo uns pela afirmativa, outros pela negativa. Talvez a droga seja veículo de ideias. Suponhamos que é adstringente; significará os planos radicais da pessoa. A droga emoliente corresponderá ao temperamento moderado das opiniões. Assim a farmácia terá um préstimo político, e a sra. Irene Manzoni imitará, de longe, a Menenius Agrippa. Quando o povo romano quis castigar o Senado para comprar mais barato o trigo, sabe-se que foi aquele cidadão, com o apólogo do estômago e dos membros do corpo, que salvou a paz pública. A fisiologia serviu assim de arma à política; por que não servirá a farmácia? a cirurgia? a medicina? Todas as comparações estão na natureza. A questão é sabê-las achar e compor.

Quem, por exemplo, comparar a eleição e a loteria terá achado uma ideia, posto que óbvia, interessante. O cotejo da roda que anda com a urna que fala é o mais justo possível, dada a diferença única, talvez, que no caso da urna eleitoral sempre se há de saber quem tirou a sorte grande. Publica-se o nome, a pessoa aparece, é aclamada, louvada, pode ser que descomposta, uma vez que as opiniões são livres. Sendo assim, é na quarta-feira que anda a roda. Não conheço o plano desta loteria; não sei se há terminações premiadas, nem se se tira o mesmo dinheiro. Provavelmente os bilhetes brancos serão muitos. É o que faz da eleição e da loteria uma espécie de evangelho, onde também os chamados são muitos e os escolhidos poucos.

Mas fora comparações! Venhamos à ideia direta e única. Trata-se de teu dia, povo soberano, rei sem coroa nem herdeiro, porque és continuamente rei, é o dia em que tens de escolher os teus ministros, a quem confias, não o princípio soberano, que esse fica sempre em ti, mas o exercício do teu poder. Vais dar o que, por outras palavras, se chama *veredictum* da opinião ou sentença das urnas.

Certo, o teu reino não é como a ilha de Próspero; não tens a força de criar tempestades, por mais que te arguam delas. Serás o mar, quando muito; o vento é outro. Mais depressa seria eu o Próspero do poeta; não qual este o criou, acabando por tornar ao seu ducado de Milão e mandando embora os ministros das suas mágicas. Eu ficaria na ilha, com os bailados e mascaradas. Quando muito, diria à velha política: "Vai, Caliban, tartaruga, venenoso escravo!" E a Ariel: "Tu ficas, meu querido espírito". E não sairia mais da ilha, nem por Milão, nem pelas milanesas. Comporia algumas peças novas; diria à bela Miranda que jogasse comigo o xadrez, um jogo delicioso, por Deus! imagem da anarquia, onde a rainha come o peão, o peão come o bispo, o bispo come o cavalo, o cavalo come a rainha, e todos comem a todos. Graciosa anarquia, tudo isso sem rodas que andem, nem urnas que falem!

Gazeta de Notícias, 25 de fevereiro de 1894

QUANDO EU CHEGUEI À SEÇÃO ONDE TINHA DE VOTAR

Quando eu cheguei à seção onde tinha de votar, achei três mesários e cinco eleitores. Os eleitores falavam do tempo. Contavam os maiores verões que temos tido; um deles opinava que o verão, em si mesmo, não era mau, mas que as febres é que o tornavam detestável. A quanto não ia a amarela? Chegaram mais três eleitores, depois um, depois sete, que, pelo ar, pareciam da mesma casa. Os minutos iam com aquele vagar do costume quando a gente está com pressa. Mais três eleitores. Nove horas e meia. Os conhecidos faziam roda. Uns falavam mal dos gelados, outros tratavam do câmbio. Um velho, ainda maduro, aventou uma boceta de rapé. Foi uma alegria universal. Com quê, ainda tomava rapé? No meu tempo, disse o velho sorrindo, era o melhor laço de sociabilidade; agora todos fumam, e o charuto é egoísta.

Nove e três quartos. Trinta e cinco eleitores. Alguns almoçados. Os almoçados interpretavam o regulamento eleitoral diferentemente dos que o não eram. Daí algumas conversações particulares à meia voz, dizendo uns que a chamada devia começar às dez horas em ponto, outros que antes.

— Meus senhores, vai começar a chamada — disse o presidente da mesa.

Eram dez horas, menos um minuto. Havia quarenta e sete eleitores. Abriram-se as urnas, que foram mostradas aos eleitores, a fim de que eles vissem que não havia nada dentro. Os cinco mesários já estavam sentados, com os livros, papéis e penas. O presidente fez esta advertência:

— Previno aos senhores eleitores que as cédulas que contiverem nomes riscados e substituídos não serão apuradas; é disposição da lei nova.

Quis protestar contra a lei nova. Pareceu-me (e ainda me parece) opressiva da liberdade eleitoral. Pois eu escolho um nome, para presidente da República, suponhamos; ou senador, ou deputado que seja; em caminho, ao descer do bonde, acho que o nome não é tão bom como outro, e não posso entrar numa loja, abrir a cédula e trocar o voto? Não posso também ceder a um amigo que me diga que a nossa amizade crescerá se eu preferir o Bernardo ao Bernardino? Que é então liberdade? É o verso do poeta: *E o que escrevo uma vez nunca mais borro*? Pelo amor de Deus! Tal liberdade é puro despotismo, e o mais absurdo dos despotismos, porque faz de mim mesmo o déspota. Obriga-me a não votar, ou a votar às dez e meia em pessoa que, pouco depois das dez, já me parecia insuficiente. Não é que eu tivesse de alterar as minhas cédulas; mas defendo um princípio.

Tinha começado a chamada e prosseguia lentamente para não dar lugar a reclamações. Nove décimos dos eleitores não respondiam por isto ou por aquilo.

— Antônio José Pereira — chamava o mesário.

— Está na Europa — dizia um eleitor, explicando o silêncio.

— Pôncio Pilatos!

— Morreu, senhor; está no credo.

Um eleitor, brasileiro naturalizado, francês de nascimento, disse-me ao ouvido:

— Por que não se põe aqui a lei francesa? Na França, para cada eleição há diplomas novos com o dia da eleição marcado, de maneira que só serve para esse. Se fizéssemos isto, não chamaríamos o sr. Pereira, que desde 1889 vive em Paris, 28 *bis*, rua Breda, nem o procurador da Judeia, pela razão de que eles não teriam vindo tirar o diploma, oito dias antes. Compreendeis?

— Compreendi; mas há também abstenções.

— Não haveria abstenção de votos. Os abstencionistas não tirariam diplomas.

A chamada ia coxeando. Cada nome, como de regra, era repetido, com certo intervalo, e eu estava três quarteirões adiante. Queixei-me disto ao ex--francês, que me disse:

— Mas, senhor, também este método de chamar pelos nomes é desusado.

— Como é então? Chama-se pelas cores? pelas alturas? pelos números das casas?

— Não, senhor; abre-se o escrutínio por certo número de horas; os eleitores vão chegando, votando e saindo.

— Sério?

— Sério.

— Não creio que nos Estados Unidos da América...

Outro eleitor, brasileiro naturalizado, norte-americano de nascimento, acudiu logo que lá era a mesma coisa.

— A mesma coisa, senhor. Não se esqueça que o *time is money* é invenção nossa. Não seríamos nós que iríamos perder uma infinidade de tempo a ouvir nomes. O eleitor entra, vota, retira-se e vai comprar uma casa, ou vendê-la. Às vezes faz mais, vai casar-se.

— Sem querer saber do resultado da eleição?

— Perdão, o resultado há de ser-lhe dito em altos brados na rua, ou em grandes cartazes levados por homens pagos para isso. Já tem acontecido a um noivo estar dizendo à noiva que a ama, que a adora, e ser interrompido por um pregoeiro que anuncia a eleição do presidente da República. O noivo, que viveu dois meses em *meetings*, bradando contra os republicanos, se é democrata, ou contra os democratas, se é republicano, solta um *hurra* cordial, e repete que a ama, que a adora....

— Padre Diogo Antônio Feijó! — prosseguia o mesário.

Pausa.

— Padre Diogo Antônio Feijó!

Pausa.

Eu gemia em silêncio. Consultei o relógio; faltavam sete minutos para as onze, e ainda não começara o meu quarteirão. Quis espairecer, levantei--me, fui até à porta, onde achei dois eleitores, fumando e falando de moças bonitas. Conhecia-os; eram do meu quarteirão. Um era o farmacêutico Xisto, outro um jovem médico, formado há um ano, o dr. Zózimo. Feliz idade! pensei comigo; as moças fazem passar o tempo; e daí talvez já tenham almoçado...

Enfim, começou o meu quarteirão; respirei, mas respirei cedo, porque a lista era quase toda composta de abstencionistas, e os nomes dos ausentes ou mortos gastam mais tempo, pela necessidade de esperar que os donos apareçam. Outra demora: cinco eleitores fizeram a toalete das cédulas à boca da urna; quero dizer que ali mesmo é que as fecharam, passando a cola pela língua, alisando o papel com vagar, com amor, quase que por pirraça. Para quem guarda Deus as paralisias repentinas? As congestões cerebrais? As simples cólicas? Não me pareciam homens que pusessem os princípios acima de uma pontada aguda. Mas, Deus é grande! chegou a minha vez. Votei e corri a almoçar. Relevem a vulgaridade da ação. Tartufo, neste ponto, emendaria o seu próprio autor:

Ah! pour être électeur, je n'en suis pas moins homme.

Gazeta de Notícias, 4 de março de 1894

Escrevo com o pé no estribo

Escrevo com o pé no estribo. É um modo de dizer, que talvez esteja prestes a mudar de clima. Para onde, não sei. Se consultasse o meu desejo, iria para a ilha da Trindade. Pelo que leio, foi um cidadão norte-americano, casado, com uma linda moça de Nova York, que entrou pela ilha dentro, não achou viva alma, tomou conta do território e trata de colonizá-lo. Dizem as notícias que a ilha será um principado, e já tem o seu brasão: um triângulo de ouro com uma coroa ducal. Dizem mais que o posseiro já embarcou para a Europa, a fim de ser reconhecido pelas potências. Justamente o contrário do que eu faria; mas se os gostos fossem iguais, já não haveria mundo neste mundo.

Eu, entrado que fosse na ilha, começava por não sair mais dela; far-me-ia rei sem súditos. Ficaríamos três pessoas, eu, a rainha e um cozinheiro. Mais tarde, poetas e historiadores concordariam em dizer que as três pessoas da ilha é que deram ocasião ao título desta; a diferença é que os poetas diriam a coisa em verso, sem documentos, e os historiadores di-la-iam em prosa com documentos. Entretanto, não só o título é anterior, mas não haveria em mim a menor intenção simbólica.

Rei sem súditos! Oh! sonho sublime! imaginação única! Rei sem ter a quem governar, nem a quem ouvisse, sem petições, nem aborrecimentos. Não haveria partido que me atacasse, que me espiasse, que me caluniasse, nem partido que me bajulasse, que me beijasse os pés, que me chamasse sol radiante, leão indômito, cofre de virtude, o ar e a vida do universo. Quando me nascesse uma espinha na cara, não haveria uma corte inteira para me dizer que era uma flor, uma açucena, que todas as pessoas bem constituídas usavam por enfeite; nenhum, mais engenhoso que os outros, acrescentaria: "Senhor, a natureza também tem as suas modas". Se eu perdesse um pé, não teria o desprazer de ver coxear os meus vassalos.

Entretanto, para que a mentira não se pudesse supor exilada do meu reino, eu ensinaria à rainha e ao cozinheiro uma geografia nova; dir-lhes-ia que a terra era um pão de açúcar, ou uma pirâmide, para ser mais egípcio, e que a minha ilha era o cume da pirâmide. Tudo mais estava abaixo. O sol não era propriamente um sol, mas um mensageiro que me traria todos os dias as saudações da parte inferior da terra. As estrelas, suas filhas, incumbidas de velar-me à noite, eram as aias destinadas unicamente ao rei da Trindade.

— Mas também em Nova York há estrelas e na Virgínia, e na Califórnia — diria a rainha da Trindade durante as primeiras lições,

— Jasmim do Cabo (este é o nome que eu lhe daria), Jasmim do Cabo e do meu coração, as estrelas de Nova York, da Califórnia e da Virgínia não são filhas do sol, mas enteadas. Hás de saber que o sol é casado em segundas núpcias com a lua, que lhe trouxe todas essas filhas que operam lá embaixo. As daqui são filhas dele mesmo; são as de raça pura e divina.

E eu acabaria crendo nos meus próprios sonhos, que é a vantagem deles, e a mais positiva do mundo. Prova disso é a notícia da moratória dada esta semana a um comerciante, por credores de cerca de sete mil contos. Foi tal o efeito que isto produziu em mim, que eu entrei a supor-me devedor de sete, de dez, de vinte mil contos. Comecei por uma pontinha de inveja; não pela moratória, que para mim seria indiferente; com ela ou sem ela, o principal é dever tantos mil contos de réis. As pequenas dívidas são aborrecidas como moscas. As grandes, logicamente, deviam ser terríveis como leões, e são mansíssimas.

Cri-me devedor dos sete mil contos, tanto mais feliz quanto que não lidara com dinheiros tão altos. Este sonho, que afligiria a espíritos menos sublimes, para mim foi tal que se converteu em realidade, e não pude acabar de crer que não devia nada, quando o meu criado me quis provar hoje de manhã que todas as minhas pequenas contas estavam pagas. As pequenas, creio; mas as grandes? Sim, eu devo ainda, pelo menos, uns cinco mil contos. Que não posso dever vinte mil! Quem não prefere ser devedor de vinte mil contos, a ser credor de quatro patacas?

Demais, tenho veneração aos grandes números. Acho que a marcha da civilização explica-se pelo crescimento numérico dos séculos. Que podia ser o século IV em comparação com o século XIX? Que poderá ser o século XIX, em comparação com o século MDCCCLXXXVIII? O maior número implica maior perfeição.

Vede o obituário. À medida que vai crescendo, deixa de ser a lista vulgar dos outros dias: impõe, aterra. Já é alguma coisa morrerem para mais de cento e setenta pessoas. Podemos chegar a duzentas e a trezentas. Certamente não é alegre; há espetáculos mais joviais, leituras mais leves; mas o interesse não está na leveza nem na alegria. A tragédia é terrível, é pavorosa, mas é interessante. Depois, se é verdade que os mortos governam os vivos, também o é que os vivos vivem dos mortos. Esta outra ideia é banal, mas não podemos deixar de reconhecer que os alugadores de carros, os cocheiros, os farmacêuticos, os físicos (para falar à antiga), os marmoristas, os escrivães, os juízes, alfaiates, sem contar a Empresa Funerária, ganham com o que os outros perdem. *Ex fumo dare lucem.*

Mas deixemos números tristes, e venhamos aos alegres. O dos concorrentes literários da *Gazeta* é respeitável. Por maior que seja a lista dos escritos fracos, certo é que ainda ficou boa soma de outros, e dos vencidos ainda os haverá que pugnem mais tarde e vençam. Bom é que, no meio das preocupações de outra ordem, as musas não tenham perdido os seus devotos e ganhem novos. Magalhães de Azeredo, que ficou à frente de todos, pode servir de exemplo aos que, tendo talento como ele, quiserem perseverar do mesmo modo. Vivam as musas! Essas belas moças antigas não envelhecem nem desfeiam. Afinal é o que há mais firme debaixo do sol.

Gazeta de Notícias, 11 de março de 1894

Logo que se anunciou a batalha do dia 13

Logo que se anunciou a batalha do dia 13, recolhi-me a casa, disposto a não aparecer antes de tudo acabado. Convidaram-me a subir a um dos morros, onde o perigo era muito menor que o sol; mas o sol era grande. Nem a vista dos homens que passavam, desde manhã, com óculos e binóculos, me animou a ir também ver a batalha. A preguiça ajudou o temor, e ambos me ataram as pernas.

Em casa, ocorreu-me que podia ter a visão da batalha, sem sol nem fadiga. Era bastante que me ajudasse o gênio humano com o seu poder divino. A história, por mais animada que fosse, não sei se me daria a própria sensação da coisa. A poesia era melhor; Homero, por exemplo, com a *Ilíada*. Nada mais apropriado que este poema. Troia, um campo entre a cidade e os navios, e no campo e nos navios as tropas gregas. Aqui as fortalezas e as balas formariam o campo.

Ouço uma objeção. A pólvora não estava inventada no tempo de Homero. É certo; mas também é certo que outras coisas havia no tempo de Homero, que totalmente se perderam. Nem eu pedia mais que a vista da realidade por sugestão da poesia.

Ao meio-dia, troando os primeiros tiros, abri o poeta. Pouco a pouco fui mergulhando na ação cantada. As pancadas que os cocheiros de bondes davam com os pés, para instigar as mulas, cansadas de puxar tanta gente, já me pareciam o tumulto dos carros dos guerreiros. Percebi o efeito da leitura. Quando o meu criado me levou ao gabinete uma cajuada, cuidei que era a deusa Hebe que me servia uma taça de néctar, e disse:

— Hebe divina, graças à tua excelsa bondade, vou apreciar esta delícia, desconhecida aos homens.

José Rodrigues, com espanto de si mesmo, retorquia-me:

— Tu és já um deus, tu estás no próprio Olimpo, ao lado de Júpiter.

Vi que era assim mesmo. Mas, em vez de entrar na luta dos homens, como os outros deuses, meus colegas, deixei-me estar mirando o furor dos combates, o retinir das lanças nos broquéis, o estrondo das armaduras quebradas, o sangue que corria dos peitos, das pernas e dos ombros, os homens que morriam e as vozes grandes de todos. Era belo ver os deuses intervindo na pugna, disfarçados em pessoas da terra, desviando os golpes de uns, guiando a mão de outros, cobrindo a estes com uma nuvem para fazê-los sair do campo, falando, animando, descompondo, se era preciso. Os seus próprios ardis eram admiráveis.

De quando em quando, a memória e o ouvido juntavam-se à leitura, e a realidade ia de par com a ficção. Assim, no momento em que Marte, lanceado por Diomedes, volta ao céu, onde Péon lhe deita um bálsamo suavíssimo, na ferida, que o faz sarar logo, veio-me à lembrança a notícia lida naquela manhã de estarem fechadas todas as farmácias da cidade, menos a do sr. Honório Prado. Depois, quando o capacete de Agamêmnon recolhe os sinais dos guerreiros, o arauto os agita, e tira-se à sorte qual será o valente que terá de lutar com Heitor, ouvi, lembro-me bem que ouvi uma voz conhecida na rua: "Um de resto! vinte contos!" Tudo, porém, se confundia na minha imaginação; e a realidade presente ou passada era prontamente desfeita na contemplação da poesia.

Todos os guerreiros me apareciam, com as armas homéricas, rutilantes e fortes, os seus escudos de sete e oito couros de boi, cobertos de bronze, os arcos e setas, as lanças e capacetes, Agamêmnon, rei dos reis, o divino Aquiles, Diomedes, os dois Ájax, e tu, artificioso Ulisses, enfrentando com Heitor, com Eneias, com Páris, com todos os bravos defensores da santa Ílion. Via o campo coalhado de mortos, de armas, de carros. As cerimônias do culto, as libações e os sacrifícios vinham temperar o espetáculo da cólera humana; e, posto que a cozinha de Homero seja mais substancial que delicada, gostava de ver matar um boi, passá-lo pelo fogo e comê-lo com essa mistura de mel, cebola, vinho e farinha, que devia ser mui grata ao paladar antigo.

A ação ia seguindo, com a alternativa própria das batalhas. Ora perdia um, ora outro. Este avançava até à praia, depois recuava, terra dentro. O clamor era enorme, as mortes infinitas. Heróis de ambos os lados caíam, ensopados em sangue. O terror desfazia as linhas, a coragem as recompunha, e os combates sucediam aos combates. Eu, do Olimpo, mirava tudo, tão tranquilo como agora que escrevo isto. Minto; não podia esquivar-me à comoção dos outros deuses. Assim, quando Pátroclo, vendo os seus quase perdidos, saiu a combater com as armas de Aquiles, senti a grandeza do espetáculo; mas nem esse nem outro gosto algum pode ser comparado ao que me deu o próprio Aquiles, quando soube que o amigo morrera às mãos de Heitor.

Vi, ninguém me contou, vi as lágrimas e a fúria do herói. Vi-o sair com as novas armas que o próprio Vulcano fabricou para ele; vi depois ainda novos e terríveis combates. No mais renhido deles, desceram todos os deuses e dividiram-se entre os exércitos, conforme as suas simpatias. Só ficamos Júpiter e eu. E disse-me o rei dos deuses:

— Anônimo (chamo-te assim, porque ainda não tens nome no céu), contempla comigo este quadro não menos deleitoso que acerbo. Até os rios buscaram combater Aquiles; mas o filho de Peleu vencerá a todos.

Não direi o que vi, nem o que ouvi: teria de repetir aqui uma interminável história. Foi medonho e belo. Os deuses, mais que nunca, ajudavam os homens. Momento houve em que eles próprios combateram uns com outros, entre grandes palavradas, cão, cadela, e muito murro, muita pedrada, uma luta de raivas e despeitos. Enfim, Aquiles matou Heitor. Jamais esquecerei as lamentações das mulheres troianas. Assisti depois às festas da vitória, corridas a cavalo e a pé, o disco e o pugilato.

Eram seis horas da tarde, quando me chamaram para jantar. Pessoas vindas dos morros próximos contaram que não houvera batalha alguma; desmenti esse princípio de balela, referindo tudo o que vira, que foi muito, longo e áspero. Não me deram crédito. Um insinuou que eu tinha o juízo virado. Outro quis fazer-me crer que a fogueira em que ardiam os restos de Heitor era um simples incêndio na ilha das Cobras. Os jornais estão de acordo com os meus contraditores; mas eu prefiro crer em Homero, que é mais velho.

Gazeta de Notícias, 18 de março de 1894

A SEMANA FOI SANTA

A semana foi santa — mas não foi a Semana Santa que eu conheci, quando tinha a idade de mocinho nascido depois da Guerra do Paraguai. Deus meu! Há pessoas que nasceram depois da Guerra do Paraguai! Há rapazes que fazem a barba, que namoram, que se casam, que têm filhos, e, não obstante, nasceram depois da batalha de Aquidabã! Mas então que é o tempo? É a brisa fresca e preguiçosa de outros anos, ou este tufão impetuoso que parece apostar com a eletricidade? Não há dúvida que os relógios, depois da morte de López, andam muito mais depressa. Antigamente tinham o andar próprio de uma quadra em que as notícias de Ouro Preto gastavam cinco dias para chegar ao Rio de Janeiro. Ia-se a São Paulo por Santos. Ainda assim, na semana, os estudantes de direito desciam a serra de Cubatão e vinham tomar o vapor de Santos para o Rio. Que digo? Caso houve em que vieram unicamente assistir à primeira representação de uma peça de teatro. Lembras-te, Ferreira de Meneses? Lembras-te, Sizenando Nabuco? Não respondem; creio que estão mortos.

Aí vou escorregando para o passado, coisa que não interessa no presente. O passado que o jovem leitor há de saborear é o presente, lá para 1920, quando os relógios e os almanaques criarem asas. Então, se ele escrever nesta coluna, aos domingos, será igualmente insípido com as suas recordações: "Tempo houve (dirá ele) em que o primeiro frontão da rua do Ouvidor, descendo, à esquerda, perto da rua de Gonçalves Dias, era uma confeitaria, a Confeitaria Pascoal. Este nome, que nenhuma comoção produz na alma do rapaz nascido com o século, acorda em mim saudades vivíssimas. A casa da mesma rua, esquina da dos Ourives, onde ainda ontem (perdoem ao guloso) comprei um excelente paio, era uma casa de joias, pertencente a um italiano, um Farani, César Farani, creio, na qual passei horas excelentes. Fora, fora, memórias importunas!".

Assim poderá escrever o leitor, em 1920, nesta ou noutra coluna, e para os jovens desse ano não será menos aborrecido.

Mas, por isso mesmo que os há de enfadar, deixe-me enfadá-lo um pouco, repetindo que a Semana Santa que acabou ontem ou acaba hoje não é a Semana Santa anterior à passagem do Passo da Pátria ou ao último Ministério Olinda.

As semanas santas de outro tempo eram, antes de tudo, muito mais compridas. O Domingo de Ramos valia por três. As palmas que se traziam das igrejas eram muito mais verdes que as de hoje, mais e melhor. Verdadeiramente já não há verde. O verde de hoje é um amarelo escuro. A segunda-feira e a terça-feira eram lentas, não longas; não sei se percebem a diferença. Quero dizer que eram tediosas, por serem várias. Raiava, porém, a quarta-feira de trevas; era o princípio de uma série de cerimônias, e de ofícios, de procissões, de sermões de lágrimas, até o Sábado de Aleluia, em que a alegria reaparecia, e finalmente o domingo de Páscoa que era a chave de ouro.

Tenho mais critério que meu sucessor de 1920; não quero matá-lo com algumas notícias que ele não há de entender. Como entender, depois da passagem de Humaitá, que as procissões do enterro, uma de São Francisco de Paula, outra do Carmo, eram tão compridas que não acabavam mais? Como pintar-lhe os andores, as filas de tochas inumeráveis, as Marias Beús, segundo a forma popular, o centurião, e tantas outras partes da cerimônia, não contando as janelas das casas iluminadas, acolchoadas e atopetadas de moças, bonitas, moças e velhas, porque já naquele tempo havia algumas pessoas velhas, mas poucas. Tudo era da idade e da cor das palmas verdes. A velhice é uma ideia recente. Data do berço de um menino que eu vi nascer com o Ministério Sinimbu. Antes deste, ou mais exatamente, antes do Ministério Rio Branco, tudo era juvenil no mundo, não juvenil de passagem, mas perpetuamente juvenil. As exceções, que eram raras, vinham confirmar a regra.

Não entenderíeis nada. Nem sei se chegareis a entender o que me sucedeu agora, indo ver o ofício da Paixão em uma igreja. Outrora, quando de todo o sermão da montanha eu só conhecia o padre-nosso, a impressão que recebia era mui particular, uma mistura de fé e de curiosidade, um gosto de ver as luzes, de ouvir os cantos, de mirar as alvas e as casulas, o hissope e o turíbulo. Entrei na igreja. A gente não era muita; sabe-se que parte da população está fora daqui. Metade dos fiéis ali presentes eram senhoras, e senhoras de chapéu. Nunca me esqueceu o escândalo produzido pelos primeiros chapéus que ousaram entrar na igreja em tais dias; escândalo sem tumulto, nada mais que murmuração. Mas o costume venceu a repugnância, e os chapéus vão à missa e ao sermão. Algumas senhoras rezavam por livros, outras desfiavam rosários, as restantes olhavam só ou rezariam mentalmente. Não quero esquecer um velho cantor de igreja, que ali achei, e que, em criança, ouvira cantar nas festas religiosas; creio que nunca fez outra coisa, salvo o curto período em que o vi no coro da defunta Ópera Nacional. Que idade teria? Sessenta, setenta, oitenta...

Soou o cantochão. Chegou-me o incenso. A imaginação deixou-se-me embalar pela música e inebriar pelo aroma, duas fortes asas que a levaram de oeste a leste. Atrás dela foi o coração, tornado à simpleza antiga. E eu ressurgi, antes de Jesus. E Jesus apareceu-me antes de morto e ressuscitado, como nos dias em que rodeava a Galileia, e, abrindo os lábios, disse-me que a sua palavra dá solução a tudo.

— Senhor — disse eu então —, a vida é aflitiva, e aí está o Eclesiastes que diz ter visto as lágrimas dos inocentes, e que ninguém os consolava.

— Bem-aventurados os que choram, porque eles serão consolados.

— Vede a injustiça do mundo. "Nem sempre o prêmio é dos que melhor correm", diz ainda o Eclesiastes, "e tudo se faz por encontro e casualidade."

— Bem-aventurados os que têm fome e sede de justiça, porque eles serão fartos.

— Mas é ainda o Eclesiastes que proclama haver justos, aos quais provêm males...

— Bem-aventurados os que são perseguidos por amor da justiça, porque deles é o reino do céu.

E assim por diante. A cada palavra de lástima respondia Jesus com uma palavra de esperança. Mas já então não era ele que me aparecia, era eu que estava na própria Galileia, diante da montanha, ouvindo com o povo. E o sermão continuava. Bem-aventurados os pobres de espírito. Bem-aventurados os pacíficos. Bem-aventurados os mansos...

Gazeta de Notícias, 25 de março de 1894

Enfim!

Enfim! Vai entrar em discussão no Conselho municipal o projeto que ali apresentou o sr. dr. Capeli, sobre higiene. Ainda assim, foi preciso que o autor o pedisse, anteontem. Já tenho lido que o Conselho trabalha pouco, mas não aceito em absoluto esta afirmação. Conselho municipal ou Câmara municipal, a instituição que dirige os serviços da nossa velha e boa cidade foi sempre objeto de censuras, às vezes com razão, outras sem ela, como aliás acontece a todas as instituições humanas.

Trabalhe pouco ou muito, é de estimar que traga para a discussão o projeto do sr. dr. Capeli. Se ele não resolve totalmente a questão higiênica (nem a isso se propõe), pode muito bem resolvê-la em parte. Não entro no exame dos seus diversos artigos; basta-me o primeiro. O primeiro artigo estabelece concurso para a nomeação dos comissários de higiene, que se chamarão de ora avante inspetores sanitários.

É discutível a ideia do concurso. Não me parece claro que melhore o serviço, e pode não passar de simples ilusão. O artigo, porém, dispõe, como ficou dito, que os comissários de higiene se chamem de ora avante inspetores sanitários, e essa troca de um nome por outro é meio caminho andado para a solução. Os nomes velhos ou gastos tornam caducas as instituições. Não se melhora verdadeiramente um serviço deixando o mesmo nome aos seus oficiais. É do Evangelho, que não se põe remendo novo em pano velho. O pano aqui é a denominação. O próprio Conselho municipal tem em si um exemplo do que levo dito. Câmara municipal não era mau nome, tinha até um ar democrático; mas estava puído. O nome criou a personagem da coisa, e a má fama levou consigo a obra e o título. Conselho municipal, sendo nome diverso, exprime a mesma ideia democrática, é bom e é novo.

Outro exemplo, e de fora. Sabe-se que a Câmara dos lordes está arriscada a descambar no ocaso, ou a ver-se muito diminuída. Não duvido que os seus últimos atos tenham dado lugar à guerra que lhe movem, com o próprio chefe do governo à frente, se é certo o que nos disse há pouco um telegrama. Mas quem sabe se, trocando oportunamente o título, não teria ela desviado o golpe iminente, embora ficasse a mesma coisa, ou quase?

Conta-se de um homem (creio que já referi esta anedota) que não podia achar bons copeiros. De dois em dois meses, mandava embora o que tinha, e contratava outro. Ao cabo de alguns anos chegou ao desespero; descobriu, porém, um meio com que resolveu a dificuldade. O copeiro que o servia então chamava-se José. Chegado o momento de substituí-lo, pagou-lhe o aluguel, e disse:

— José, tu agora chamas-te Joaquim. Vai pôr o almoço, que são horas.

Dois meses depois, reconheceu que o copeiro voltara a ser insuportável. Fez-lhe as contas, e concluiu:

— Joaquim, tu passas agora a chamar-te André. Vai lá para dentro.

Fê-lo João, fê-lo Manuel, fê-lo Marcos, fê-lo Rodrigo, percorreu toda a onomástica latina, grega, judaica, anglo-saxônia, conseguindo ter sempre o mesmo ruim criado, sem andar a buscá-lo por essas ruas. Entendamo-nos: eu creio que a ruindade desaparecia com a investidura do nome, e voltava quando este principiava a envelhecer. Pode ser também que não fosse assim, e que a simples novidade do nome trouxesse ao amo a ilusão da melhoria. De um ou de outro modo, a influência dos nomes é certa.

Por exemplo, quem ignora a vida nova que trouxe ao ensino da infância a troca daquela velha tabuleta "Colégio de Meninos" por esta outra "Externato de instrução primária"? Concordo que o aspecto científico da segunda forma tenha parte no resultado; antes dele, porém, há o efeito misterioso da simples mudança. Mas eu vou mais longe.

Vou tão longe, que ouso crer nas reabilitações históricas, unicamente ou quase unicamente pela alteração do nome das pessoas. O atual processo para esses trabalhos é rever os documentos, avaliar as opiniões, e contar os fatos, comparar, retificar, excluir, incluir, concluir. Todo esse trabalho é inútil, se se não trocar o nome por outro. Messalina, por exemplo. Esta imperatriz chegou à celebridade do substantivo, que é a maior a que pode aspirar uma criatura real ou fingida: uma messalina, um tartufo. Se quiserdes tirá-la da lama histórica, em que ela caiu, não vos bastará esgravatar o que disseram dela os autores; arrancai-lhe violentamente o nome. Chamai-lhe Anastácia. Quereis fazer uma experiência? Pegai em Suetônio e lede com o nome de Anastácia tudo o que ele refere de Messalina; é outra coisa. O asco diminui, o horror afrouxa, o escândalo desaparece, e a figura emerge, não digo para o céu, mas para uma colina. Em história, o ocupar uma colina é alguma coisa. Gregorovius, como outros autores deste século, quis reabilitar Lucrécia Bórgia; acho que o fez, mas esqueceu-se de lhe mudar o nome, e toda gente continua a descompô-la em prosa com Victor Hugo, ou em verso e por música com Donizetti.

Voltando aos comissários de higiene, futuros inspetores sanitários, repito que o serviço melhorará muito com essa alteração do título, e não é pouco. Mas é preciso que, sem dizê-lo na lei, nem no parecer, nem nos debates, fiquem todos combinados em alterar periodicamente o título, desde que o serviço precise reforma. Não me compete lembrar outros, nem me ocorre nenhum. Digo só que, passados mais quatro ou cinco, títulos, não será má política voltar ao primeiro. Os nomes têm, às vezes, a propriedade de criar pele nova, só com o desuso ou descanso. Comissário de higiene, que vai ser descalçado agora, desde que repouse alguns anos, ficará com sola nova e tacão direito. Assim acontecesse aos meus sapatos!

Gazeta de Notícias, 1ª de abril de 1894

Quinta-feira à tarde

Quinta-feira à tarde, pouco mais de três horas, vi uma coisa tão interessante, que determinei logo de começar por ela esta crônica. Agora, porém, no momento de pegar na pena, receio achar no leitor menor gosto que eu para um espetáculo, que lhe parecerá vulgar, e porventura torpe. Releve-me a impertinência; os gostos não são iguais...

Entre a grade do jardim da praça Quinze de Novembro e o lugar onde era o antigo passadiço, ao pé dos trilhos de bondes, estava um burro deitado. O lugar não era próprio para remanso de burros, donde concluí que não estaria deitado, mas caído. Instantes depois, vimos (eu ia com um amigo), vimos o burro levantar a cabeça e meio corpo. Os ossos furavam-lhe a pele, os olhos meio mortos fechavam-se de quando em quando. O infeliz cabeceava, mas tão frouxamente, que parecia estar próximo do fim.

Diante do animal havia algum capim espalhado e uma lata com água. Logo, não foi abandonado inteiramente; alguma piedade houve no dono ou quem quer que é que o deixou na praça, com essa última refeição à vista. Não foi pequena ação. Se o autor dela é homem que leia crônicas, e acaso ler esta, receba daqui um aperto de mão. O burro não comeu do capim, nem bebeu da água; estava já para outros capins e outras águas, em campos mais largos e eternos.

Meia dúzia de curiosos tinham parado ao pé do animal. Um deles, menino de dez anos, empunhava uma vara, e se não sentia o desejo de dar com ela na anca do burro para despertá-lo, então eu não sei conhecer meninos, porque ele não estava do lado do pescoço, mas justamente do lado da anca.

Diga-se a verdade; não o fez — ao menos enquanto ali estive, que foram poucos minutos. Esses poucos minutos, porém, valeram por uma hora ou duas. Se há justiça na terra, valerão por um século, tal foi a descoberta que me pareceu fazer, e aqui deixo recomendada aos estudiosos.

O que me pareceu é que o burro fazia exame de consciência. Indiferente aos curiosos, como ao capim e à água, tinha no olhar a expressão dos meditativos. Era um trabalho interior e profundo. Este remoque popular: *por pensar morreu um burro* mostra que o fenômeno foi mal-entendido dos que a princípio o viram; o pensamento não é a causa da morte, a morte é que o torna necessário. Quanto à matéria do pensamento, não há dúvida que é o exame da consciência. Agora, qual foi o exame da consciência daquele burro, é o que presumo ter lido no escasso tempo que ali gastei. Sou outro Champollion, porventura maior; não decifrei palavras escritas, mas ideias íntimas de criatura que não podia exprimi-las verbalmente.

E diria o burro consigo:

"Por mais que vasculhe a consciência, não acho pecado que mereça remorso. Não furtei, não menti, não matei, não caluniei, não ofendi nenhuma pessoa. Em toda a minha vida, se dei três coices, foi o mais, e isso mesmo antes de haver aprendido maneiras de cidade e de saber o destino do verdadeiro burro, que é apanhar e calar. Quanto ao zurro, usei dele como linguagem. Ultimamente é que percebi que me não entendiam, e continuei a zurrar por ser costume velho, não com ideia de agravar ninguém. Nunca dei com homem no chão. Quando passei do tílburi ao bonde, houve algumas vezes homem morto ou pisado na rua, mas a prova de que a culpa não era minha, é que nunca segui o cocheiro na fuga; deixava-me estar aguardando a autoridade.

"Passando a ordem mais elevada de ações, não acho em mim a menor lembrança de haver pensado sequer na perturbação da paz pública. Além de ser a minha índole contrária a arruaças, a própria reflexão me diz que, não havendo nenhuma revolução declarado os direitos do burro, tais direitos não existem. Nenhum golpe de Estado foi dado em favor dele; nenhuma coroa os obrigou. Monarquia, democracia, oligarquia, nenhuma forma de governo teve em conta os interesses da minha espécie. Qualquer que seja o regime, ronca o pau. O pau é a minha instituição, um pouco temperada pela teima, que é, em resumo, o meu único defeito. Quando não teimava, mordia o freio, dando assim um bonito exemplo de submissão e conformidade. Nunca perguntei por sóis nem chuvas; bastava sentir o freguês no tílburi ou o apito do bonde, para sair logo. Até aqui os males que não fiz; vejamos os bens que pratiquei.

"A mais de uma aventura amorosa terei servido, levando depressa o tílburi e o namorado à casa da namorada — ou simplesmente empacando em lugar onde o moço que ia no bonde podia mirar a moça que estava na janela. Não poucos devedores terei conduzido para longe de um credor importuno. Ensinei filosofia a muita gente, esta filosofia que consiste na gravidade do porte e na quietação dos sentidos. Quando algum homem, desses que chamam patuscos, queria fazer rir os amigos, fui sempre em auxílio dele, deixando que me desse tapas e punhadas na cara. Enfim..."

Não percebi o resto, e fui andando, não menos alvoroçado que pesaroso. Contente da descoberta, não podia forrar-me à tristeza de ver que um burro tão bom pensador ia morrer. A consideração, porém, de que todos os burros devem ter os mesmos dotes principais, fez-me ver que os que ficavam, não seriam menos exemplares que esse. Por que se não investigará mais profundamente o moral do burro? Da abelha já se escreveu que é superior ao homem, e da formiga também, coletivamente falando, isto é, que as suas instituições políticas são superiores às nossas, mais *racionais*. Por que não sucederá o mesmo ao burro, que é maior?

Sexta-feira, passando pela praça Quinze de Novembro, achei o animal já morto.

Dois meninos, parados, contemplavam o cadáver, espetáculo repugnante; mas a infância, como a ciência, é curiosa sem asco. De tarde já não havia cadáver nem nada. Assim passam os trabalhos deste mundo. Sem exagerar o mérito do finado, força é dizer que, se ele não inventou a pólvora, também não inventou a dinamite. Já é alguma coisa neste final de século. *Requiescat in pace.*

Gazeta de Notícias, 8 de abril de 1894

Tudo está na China

Tudo está na China. De quando em quando aparece notícia nas folhas públicas de que um invento, de que a gente supõe da véspera, existe na China desde muitos séculos. Esta *Gazeta*, para não ir mais longe, ainda anteontem noticiou que o socialismo era conhecido na China desde o século XI. Os propagandistas da doutrina diziam então que era preciso destruir "o velho edifício social". Verdade seja que muito antes do século XI, se formos à Palestina, acharemos nos profetas muita coisa que há quem diga que é socialismo puro. Por fim, quem tem razão é ainda o Eclesiastes: *Nihil sub sole novum.*

A notícia da *Gazeta* deu-me que pensar. Creio que já li (ou estarei enganado) que o telefone também existia na China, antes de descoberto pelos americanos. O velocípede não sei, mas é possível que lá exista igualmente, não com o mesmo nome, porque os chins teimam em falar chinês, mas com outro que signifique a mesma coisa ou dê o som aproximado da forma original. O bonde verão que já é usado naquelas partes, talvez com outros cocheiros e condutores. Não falo dos grandes inventos que tiveram berço naquela terra prodigiosa.

Confesso que, às vezes, é a própria China que está com a gente ocidental. Há dias, por exemplo, houve aqui no Conselho municipal um trecho de debate que talvez haja passado despercebido ao leitor ocupado com outros negócios. Um dos conselheiros, reclamando contra alguns apartes que lhe puseram na boca, afirmou estranhá-los, tanto mais quanto que nenhuma razão havia para proferi-los. E acrescentou, explicando-se: "Eu sou dos poucos que ouvem os discursos do meu colega". Outro conselheiro protestou, dizendo que era dos muitos. Mas o reclamante insistiu que dos poucos, e lembrou que, por ocasião do último discurso, ele estivera ao pé da mesa, outro ao pé da porta, algum sentado, creio que, ao todo, havia uns cinco ouvintes. Se na China há conselhos municipais — e tudo há nela —, é provável que os debates tenham desses clarões súbitos.

O que a China não faz é deixar os seus trajes velhos, nem o arroz, nem o pagode, nem nada. Quando eu vejo aí nas ruas algum filho do Celeste Império mascarado com as nossas roupas cristãs, cai-me o coração aos pés. Imagino o que terá padecido essa triste alma desterrada, sem as vestes com que veio da terra natal. Jovem leitor, eu os vi a todos os que aqui amanheceram um dia e se fizeram logo quitandeiros de marisco. Vi-os correr por essas ruas fora, vestidos à sua maneira, longa vara ao ombro e um cesto pendente em cada ponta da vara. Ao italiano, que o substituiu, falta a novidade, a cara feia, a perna fina, rija e rápida...

Mas basta de chins e de incréus. Venhamos à nossa terra. Não nos aflijamos se o socialismo apareceu na China primeiro que no Brasil. Cá virá a seu tempo. Creio até que há já um esboço dele. Houve, pelo menos, um princípio de questão operária, e uma associação de operários, organizada para o fim de não mandar operários à Câmara dos deputados, o contrário do que fazem os seus colegas ingleses e franceses. Questão de meio e de tempo. Cá chegará; os livros já aí estão há muito; resta só traduzi-los e espalhá-los. Mas basta principalmente de incréus; venhamos aos cristãos.

Tivemos esta semana uma cerimônia rara. Uma moça de 23 anos recebeu o véu de irmã conversa da Congregação dos Santos Anjos. Não assisti à cerimônia, mas pessoa que lá esteve, diz-me que foi tocante. Eu quisera ter ido também para contemplar essa moça que dá de mão ao mundo e suas agitações, troca o piano pelo órgão, e o figurino vário como a fortuna pelo vestido único e perpétuo de uma congregação.

Certo, o espetáculo devia ser interessante. É comum amar a Deus e à modista, ouvir missa e ópera, não ao mesmo tempo, mas a missa de manhã e a ópera de noite. Casos há em que se ouvem as duas coisas a um tempo, mas então não é ópera, é opereta, como nos dá o carrilhão de São José, que chama os fiéis pela voz de *D. Juanita*, ou coisa que o valha. Não há maldizer do duplo ofício do ouvido, uma vez que se ouça a missa de um modo e a ópera de outro... Isto leva-me a interromper o que ia dizendo, para publicar uma anedota.

Há muitos anos, houve aqui um tenor italiano, chamado Gentili, que fez as delícias, como se costuma dizer, da população carioca. Esteve aqui mais de uma estação lírica, talvez três ou quatro. Era simpático, patusco e benquisto. Fisionomia alegre, baixo, um tanto calvo, se me não engana a memória, e olhos vivos. Fez o que fazem tenores, cantou, amou, bateu-se em cena pelas amadas, arrebatou-as algumas vezes, salvou a mãe da fogueira, como no *Trovador*, viu-se entre duas damas, como na *Norma*, assaltou castelos, tudo com grandes aplausos, até que se foi embora, como sucede a tenores e diplomatas.

Passaram anos. Um dia, um amigo meu, o C. C. P., viajando pela Itália, achava-se, não me lembro onde, e não posso mandar agora perguntar-lho. Suponhamos que em Palermo. Era manhã, domingo, saiu de casa e foi à missa. Esperou; daí a pouco entrou o padre e subiu ao altar. Deus eterno! Era o Gentili. Duvidou a princípio; mas sempre que o celebrante mostrava o rosto, aparecia o tenor. Podia ser algum irmão. Acabada a missa, correu o meu amigo à sacristia; era ele, o próprio, o único, o Gentili. Foi visitá-lo depois, falaram do Rio de Janeiro e dos tempos passados. Vieram nomes de cá, fatos, um mundo de reminiscências e saudades, que, se não eram inteiramente de Sião, também não eram de Babilônia. O padre era jovial, sem destempero.

Como ia dizendo, a cerimônia da recepção do véu deve ter sido interessante. Que não temos muitas vocações religiosas, parece coisa sabida. Ontem, vendo descer de um bonde um seminarista, lembrei-me da carta recente do ex-bispo do Rio de Janeiro, em que trata da escassez de padres ordenados no nosso seminário — um por ano, há vinte anos. Não tendo estatísticas à mão, nem papel bastante, concluo aqui mesmo.

Gazeta de Notícias, 15 de abril de 1894

Uma das nossas folhas deu notícia

Uma das nossas folhas deu notícia de haver morrido em Paris uma bailarina, que luziu nos últimos anos do Império, e deixara não menos de três milhões de francos. Três milhões! Abençoadas pernas! Pernas dignas de serem fundidas em ouro e penduradas em um templo de ágata ou safira! Onde está Píndaro, que não as vem cantar? Onde está Fídias, que não as transfere ao mármore eterno? Que músculos, que sangue, que tecidos as fizeram? Que mestre as instruiu? Três milhões!

Alguns cariocas hão de lembrar-se de uma bailarina que aqui houve, há bastantes anos, chamada Ricciolini. Era um destroço, creio eu, de algum corpo de baile antigo. Como o público de então não dispensava algumas piruetas, qualquer que fosse a peça da noite, tragédia ou comédia, *Olgiato* ou *Fantasma Branco*, a Ricciolini dançava muitas vezes; mas não consta, ainda assim, que deixasse três milhões. Questão de data, questão de meio. A evolução, porém, pode levar esta cidade aos três, aos quatro, aos cinco milhões. Este último quarto de século é o princípio de uma era nova e extraordinária.

E é aqui que eu pego os anarquistas. Como já estão em São Paulo, não é preciso levantar muito a voz para ser ouvido além do Atlântico. Concordo com eles que a sociedade está mal organizada; mas para que destruí-la? Se a questão é econômica, a reforma deve ser econômica; abramos mão dos sonhos legislativos de Bebel, de Liebknecht, de Proudhon, de todos os que procuram, mais generosos que prudentes, consertar as costelas deste mundo. O remédio está achado. A repartição das riquezas faz-se com pouco, três rabecas, um regente de orquestra, uma batuta e pernas.

Quando a arte se contentava com ser gloriosa, as pernas rendiam pouco. Vestris, o famoso *deus da dança* do século passado, não sei se deixou vintém. O filho de Vestris, tão hábil que diziam dele que, "para não vexar os colegas, punha algumas vezes os pés no chão", não foi mais nababo que o pai. Entretanto, em monografia que se publicou há pouco, referem-se os tumultos, paixões, aclamações, havidos por causa dele, verdadeiramente populares e gloriosos.

Quem lê a correspondência de Balzac fica triste, de quando em quando, ao ver as aflições do pobre-diabo, correndo abaixo e acima, à cata de dinheiro, vendendo um livro futuro para pagar com o preço uma letra e o aluguel da casa, e metendo-se logo no gabinete para escrever o livro vendido, entregá-lo, imprimi-lo, e correr outra vez a buscar dinheiro com que pague o aluguel da casa e outra letra. Glória e dívidas!

Vede agora Zola. É o sucessor de Balzac. Talento pujante, grande romancista, mas que pernas! Como Vestris Júnior, põe algumas vezes os pés no chão. Inventou passos extraordinários e complicados, todos os de Citera, inclusive o da vaca. Inventou o sapateado de Jesus Cristo, com aquele famoso passo a dois do canapé. Trabalha agora no bailado religioso de *Lourdes*. Glória e três milhões.

Questão de data. Balzac foi contemporâneo da nossa Ricciolini, Zola da bailarina que acaba de falecer. Os resultados correspondem-se. Trago essas duas figuras principais, com o fim de comparar as situações, e também para mostrar que a arte da dança pode amparar todas as outras. A dinamite não edifica, apenas destrói e altera. Com ela, o anarquismo dispensa todas as artes, não se fazendo mais que ação violenta e arrasadora. Para que livros? Não se irão compor frases, mas descompô-las; não se tratará já de metáforas, mas de formas de linguagem diretas e positivas.

Como disse, porém, o remédio está achado: é a pirueta. Quando toda a gente dançar, é claro que ninguém ganhará três milhões, mas cada pessoa pode ganhar dois, um que seja. É quanto basta para universalizar as riquezas, e acabar de vez com o duelo do capital e do trabalho. Um que dança hoje, irá amanhã para a plateia ver dançar os outros, e dançará outra vez, e assim se alternarão os bailarinos; a arte ganhará, não menos que as algibeiras. Mas as mãos? As mãos servirão de instrumento ao espírito. A oração, a escrita, as artes, o gesto no Parlamento, o adeus, a saudação, o juramento de vária espécie, judiciário ou amoroso, tudo o que é gratuito ou sublime, caberia às mãos. Só o lucro pertenceria aos pés. Eis aí o homem dividido mais racionalmente do que até agora; eis aí a sociedade reconstituída e a criação acabada.

Certamente que isto se não fará em vinte e quatro horas, nem em vinte e quatro semanas; tudo precisa de noviciado, e as melhores construções são as que levam mais tempo. Comparam uns chamados *chalets* que aí há, com o convento da Ajuda; os *chalets* vão-se com os aluguéis, o convento, quando o quiserem deitar abaixo, há de custar. Instituam-se desde já cadeiras de dança em todos os estabelecimentos de ensino, públicos e particulares. Outrora aprendia-se a dançar por mestre, e era apenas uma prenda, igual ao piano. Que não será quando a dança for uma instituição social e definitiva?

Corrijam-se as línguas no sentido da reforma. Emendem-se os adágios. Dize-me com quem *danças*, dir-te-ei quem és. Quem não *dança*, não mama. O frade onde *dança*, aí janta. Invente-se uma filosofia em que todas as coisas provenham da dança; e mostre-se que a tentação de Eva no paraíso foi o primeiro exemplo da dança das serpentes. Pinte-se o Criador com uma batuta de fogo na mão, tirando do nada um grande bailado.

Quando todos dançarem, a vida será alegre, e a própria morte não será morte, mas transferência de benefício ou rompimento de contrato. Assim se dará ao mundo, além da justiça, o prazer. Nenhuma divisão, nenhuma tristeza entre os homens. Antes disso, ai de nós! há de correr muita água para o mar.

Gazeta de Notícias, 22 de abril de 1894

A PESSOA QUE ME SUBSTITUIU NA SEMANA PASSADA

A pessoa que me substituiu na semana passada, em vez de me mandar os últimos sacramentos, veio mofar de mim *coram populo*. Entretanto, é certo que estive à morte, e só por milagre ainda respiro. São assim os homens. O vil interesse os guia; almas baixas, duras e negras, não veem no mal de um amigo outra coisa mais que uma ocasião de brilhar. Não falemos nisto. Desde pequeno, ouço dizer que a má ação fica com quem a faz.

Estive doente, muito doente. Que é que me salvou? A falar verdade, não sei. A primeira coisa que me receitaram foi a medicina do padre Kneipp. Este padre, que, em vez de curar as almas, deu para tratar dos corpos, tem-me aborrecido grandemente. Não o li a princípio. Desde que percebi que se tratava de nova terapêutica, imaginei que era uma das muitas descobertas que vi nascer, crescer e morrer, como aquela de que já aqui falei, e falarei sempre que vier a propósito — o xarope do Bosque, que Deus haja. Assisti à carreira brilhante desse preparado único. Que outro houve, nem haverá jamais, que se lhe compare? Curava tudo e todos, integralmente. Pessoas circunspetas afirmavam tê-lo visto arrancar do leito mortuário cadáveres amortalhados, que descruzavam as mãos, pediam alguma coisa, mudavam de roupa, e no dia seguinte iam para os seus empregos. Alguns desses cadáveres, por serem mais nervosos, escapavam da moléstia, mas faleciam segunda vez do temor que lhes causava a própria mortalha. Esses não saravam mais, visto que o xarope não se obrigava a curar da segunda morte, mas só da primeira. Nem todos, porém, são nervosos, e salvou-se muita gente.

Se a água do padre Kneipp é isto, fará sua carreira; não é preciso quebrar-me os ouvidos com anúncios. Foi o que pensei; mas afinal li alguma coisa sobre o invento e achei interesse. Realmente, não só cura e ressuscita, como é a mais gratuita das farmácias deste mundo. Só o que parece custar algum dinheiro é a roupa, que há já feita e apropriada; o mais é a água, que Deus dá. Água e pouca. Venha de lá a invenção, disse eu, e lembrando-me que era cisma dos nossos indígenas que a água da Carioca adoçava a voz da gente, imaginei mandar buscá-la ao grande chafariz histórico. Era um modo de adquirir a saúde e o dó do peito. O meu fiel criado José Rodrigues fez-me então algumas ponderações, no sentido de dizer que água sem alma dificilmente pode dar vida a ninguém.

— Pois se ela não a tem em si, como há de dá-la a um homem?

— Mas que chamas tu água sem alma? — perguntei-lhe.

— Senhor, a alma da água (perdoe-me vosmecê que lhe ensine isto) é a uva. Ponha-lhe dois ou três dedos do tinto, e beba-a, em vez de se meter nela; é o que lhe digo. O vendeiro da esquina podia muito bem, agora anda aí esse doutor Naipe... Naipe de quê? Há de ser copas, decerto. Copas como elas se pintavam nas cartas antigas, que eram o que chamamos copos, copos de beber.

— Não é isso: é Kneipp.

— Ou o que quer que seja, que a mim nunca me importaram nomes, desde que não sejam cristãos. Pois o vendeiro da esquina, como ia dizendo, podia muito bem vendê-la pura, e ganhava dinheiro; mas é consciencioso, põe-lhe uns dois dedos de alma, e é o que eu bebo todos os dias. Vosmecê sabe que saúde é a deste seu criado. Água no corpo de um homem, pelo lado de fora, isso dá maleitas, senhor; eu tive umas sezões, há muitos anos, que com certeza foram obra de um banho frio que me deram pelo entrudo. O banho deve ser pouco e morno, para a limpeza que Deus ama, contanto que nos não leve a sustância, que é o principal...

— A sustância é a liquidação do acervo da Geral...

— Não me fale nisso, patrão! Eu já lhe pedi que me não falasse em semelhante bandalheira.

E, perguntando-lhe eu que lhe parecia do plano de vender em leilão o acervo da companhia, ou combinar em um negócio, para ver se vendia alguma coisa mais, vi-o meditar profundamente, e depois soltar um suspiro tão grande, que pareceu trazer-lhe as entranhas para fora. Hão de lembrar-se que este pobre-diabo é portador de debêntures. Acabado o suspiro, disse-me que havia sido tão comido neste negócio, que não podia escolher, e que o melhor de tudo era passar-me os papeluchos por cem mil-réis; não queria saber mais nada. Ponderei-lhe que isto nem era imitar o vendeiro da esquina, pois esse deitava dois dedos de alma na água, e o que ele me queria vender era, água pura ou impura, água sem nada. Concordou que assim era, mas que, sendo eu mais atilado que ele, acharia maneira de descobrir alguma coisa, ainda que fosse um micróbio — porque os micróbios (ficasse eu certo disso), com os progressos da ciência em que vamos, ainda acabam alimentando a gente, em vez de nos pôr a espinhela abaixo. De si não achava escolha; ante os dois caminhos que lhe mostravam, leilão ou combinação, não sabia em qual deles devia meter o pé, salvo se fosse pé de verso, porque as duas palavras rimavam; mas, não se tratando de poesia, e sim de dinheiro, que é a prosa do bom cristão, não acabava de saber se era melhor vender hoje por nada ou amanhã por menos. Concluiu...

Não concluiu; eu é que, para estancar-lhe o discurso, ordenei que fosse ao chafariz da Carioca buscar um barril d'água. Saiu e fiquei esperando. Não havia passado meia hora, voltou José Rodrigues à casa, sem água, cheio de espanto. O chafariz não tinha água. A água única que achou escorria a um lado, no chão, em frente à rua de São José; mas não era água comum, nem pela cor, nem pelo cheiro, e ainda assim ouviu que por causa da chuva é que o cheiro era pouco; em havendo sol, fortalece-se mais e parece botica. Perguntou a um morador do lugar se ali continuavam a pousar ou dormir os cavalos e burros dos bondes da Companhia Jardim Botânico; soube que não, que ali só iam homens, e de passagem, em quantidade grande, e a qualquer hora do dia ou da noite, e mais ainda de dia que de noite.

Eu, que conheço a minha gente, percebi que a lembrança da Geral o havia transtornado muito, tal era a confusão das palavras, a trapalhice das ideias. Ordenei-lhe que se recolhesse e dormisse. Ficando só, levantei-me, vesti-me e saí; quando tornei à casa, estava são e salvo. Qual foi o remédio que me curou, não sei; talvez a vista de algum mais doente que eu. Uma vez curado, quis mandar um cartel de desafio à pessoa que me substituiu na semana passada, exigindo satisfação das injúrias que me lançou nesta mesma coluna. Adverti que era tempo perdido. Homem que lê *Tu, só tu, puro amor,* não se bate, suspira. *Ergo, bibamus,* como diz Goethe:

Ich hatte mein freundliches Liebchen geseh'n,
Da dacht' ich mir: Ergo bibamus!

Gazeta de Notícias, 6 de maio de 1894

Escreveu um grande pensador

Escreveu um grande pensador que a última coisa que se acha, quando se faz uma obra, é saber qual é a que se há de pôr em primeiro lugar. A Câmara dos deputados, com a escolha do presidente, prova que esta máxima pode ser também política. E eu gosto de ver a política entrar pela literatura; anima a literatura a entrar na política, e dessa troca de visitas é que saem as amizades. Mas ser amigo não é intervir no governo da casa dos outros. Os sonetos podem continuar a ser feitos sem o regimento da Câmara, e os discursos, uma vez que sejam eloquentes, claros, sinceros, patrióticos, não precisam de arabescos literários. Portanto, aqui me fico, em relação ao presidente, atestando pela coincidência que o dito de Pascal não é tão limitado como ele supunha.

Já não faço a mesma coisa com relação ao presidente do Conselho municipal. Releve o digno representante do nosso distrito que lhe diga: acho que, para presidente, faz amiudados discursos. Ainda esta semana, deixou a cadeira presidencial para discutir um projeto. Não acho estético. A estética é o único lado por onde vejo os negócios públicos; não sei de praxes nem regras. É possível até que as regras e praxes fundamentem o meu modo de ver, mas eu fico na estética.

Note-se que, a respeito do Instituto Comercial, talvez tenha alguma razão o presidente. Não li o projeto; mas pode ser que haja ensino demais, sem que eu queira com isto aceitar o gracioso exemplo alegado por um intendente, a saber: que os açougueiros, sem estudos acadêmicos, sabem muito bem que um quilo pesa setecentos e cinquenta gramas. Isto apenas mostra vocação. Há vocações sem estudos. Mas os estudos servem justamente para afiar, armar, dar asas às vocações. Um homem que, além de conhecer o peso prático do quilo, souber cientificamente que a lebre é uma exageração do gato, exageração inútil, e acaso perigosa, renovará a alimentação pública sem deixar de enriquecer.

Quaisquer, porém, que sejam as opiniões, insisto em que o presidente deve presidir. Uma das qualidades do cargo é a impassibilidade. O senador Nabuco, combatendo um dia a intervenção imperial na luta dos partidos, citou o lance do poema de Homero, quando Vênus desce entre os combatentes e sai ferida por um deles. O poder moderador é a Vênus, concluiu Nabuco. Sabe-se que esse ilustre jurisconsulto intercalava o Pegas com Homero, e chegava ao extremo (desconfio) de achar Homero ainda superior ao Pegas. Eu, sem conhecer o Pegas, sou de igual opinião. Apliquemos a comparação ao nosso caso; é a mesma coisa. A presidência precisa ser, não só imparcial, mas impassível.

Ah! não falemos de impassibilidade, que me faz lembrar um caso ocorrido na matriz da Glória. Imaginai que era a hora da missa. Havia na igreja pouca gente, era cedo, umas vinte pessoas ao todo. Senhoras ajoelhadas, outras sentadas, homens em pé, esperando. Profundo silêncio. Eis que aparece o sacristão com uma toalha. Imediatamente, algumas senhoras, que estavam orando, mudaram de lugar e foram ajoelhar-se mais acima, em fila. O sacristão estendeu diante delas a toalha, em que cada uma pegou com os dedos. Já percebeis que iam comungar.

Desaparece o sacristão, e torna alguns segundos depois, acompanhando o padre. Conheceis a cerimônia; não é preciso entrar em minudências. O padre foi buscar o cibório. Chegou às penitentes, tendo ao lado o sacristão com uma tocha acesa. Também conheceis o gesto e as palavras: *Senhor, eu não sou digno* etc. Ia já na terceira penitente, quando sucedeu uma coisa extraordinária. Aqui é que eu quisera ver trabalhar a imaginação das pessoas que me leem. Cada qual adivinhará a seu modo o que poderá ter acontecido, quando o padre ia dando a sagrada partícula à penitente. Trabalhai, dramaturgos e romancistas; forjai de cabeça mil coisas novas ou complicadas, escandalosas ou terríveis, e ainda assim não atinareis com o que sucedeu na matriz da Glória, naquele instante em que o padre ia dar à penitente a sagrada partícula.

Sucedeu isto: o sacristão distraiu-se, ou fraqueou-lhe a mão, inclinou a tocha, e a manga da sobrepeliz do padre pegou fogo. O melhor modo de julgar um caso é pô-lo em si. Que farias tu? Fogo não brinca nem espera. Tu saltavas; adeus, cibório! adeus, partículas! penitentes, adeus! E se não te acudissem a tempo, o fogo ia andando, voando, podias morrer queimado, que é das piores mortes deste mundo, onde só é boa a de César. Pois foi o contrário, meu amigo.

O padre viu o fogo e não se mexeu, não deixou cair a partícula dos dedos, nem o cibório da mão, não deu um passo, não fez um gesto. Disse apenas ao sacristão, em voz baixinha: "Apague". E o sacristão, atarantado, às pressas, com as mãos tratou de abafar o fogo que ia subindo. O padre olhava só, esperando. Quando o fogo morreu, inclinou-se para a penitente e continuou tranquilo: *Senhor, eu não sou digno*...

Padre que eu não conheço, recebe daqui as minhas invejas, se essa impassibilidade é o teu estado ordinário. Se foi ato de virtude, esforço do espírito sobre o corpo, pela consciência da santidade do ofício e da gravidade do momento, és também invejável, e relativamente mais invejável. Mas eu contento-me com o menos, padre amigo. Basta-me a impassibilidade natural, não ser abalado por nenhuma coisa, nem do céu nem da terra, nem por fogo nem por água. Esta é meia liberdade, meu caro levita do Senhor, ou antes toda, se é certo que não a há inteira; mas eu não estou aqui para discutir questões árduas ou insolúveis.

Mire-se no espelho que aí lhe deixo o presidente do Conselho municipal. Quando a discussão lhe fizer o mesmo efeito da chama na sobrepeliz do padre da Glória, não deixe a cadeira para atalhar o incêndio; diga ao sacristão que apague. O sacristão dos leigos é o tempo. Não me retruque que não pode. Ainda agora um digno intendente, entrando em última discussão este último artigo de um projeto: *Ficam revogadas as disposições em contrário*, pediu a palavra para examinar todo o projeto, confessando nobremente, lealmente, que, quando se discutiram os outros artigos, estava distraído. Ora, eu não li que o presidente redarguisse com afabilidade e oportunidade: "Mas, meu caro colega, nós não estamos aqui para nos distrairmos". Salvo se o taquígrafo eliminou por sua conta o reparo; mas se os taquígrafos passam a governar os debates, melhor é que componham logo os discursos e os atribuam a quem quiser. Os supostos oradores farão apenas os gestos. Quem sabe? Será talvez a última perfeição dos corpos legislativos.

Gazeta de Notícias, 13 de maio de 1894

Creio em poucas coisas

Creio em poucas coisas, e uma das que entram no meu credo é a justiça, tanto a do céu quanto a da terra, assim a pública como a particular. Além da fé, tinha a vocação, e, mais dia menos dia, não seria de estranhar que propusesse uma demanda a alguém. O adágio francês diz que o primeiro passo é que é difícil; autuada a primeira petição, iriam a segunda e a terceira, a décima e a centésima, todas as petições, todas as formas de processo, desde a ação de dez dias até à de todos os séculos.

Tal era o meu secreto impulso, quando o Instituto dos Advogados teve a ideia de escrever e votar que a justiça não é exercida, porque dorme ou conversa, não sabe o que diz, tudo se mistura com uma história de leiloeiros, síndicos e outras coisas que não entendi bem. Como nos grandes dias do romantismo, senti um abismo aberto a meus pés. A fé, que abala montanhas, chegou a ficar abalada em si mesma, e estive quase a perder uma das partes do meu credo. Consertei-o depressa; mas não é provável que nestes meses mais próximos litigue nada ou querele de ninguém. Poupo as custas, é verdade, do mesmo modo que poupo o dinheiro, não assinando um lugar no Teatro Lírico; quem me dará *Lohengrin* e um libelo?

Entretanto, sem examinar o capítulo da conversação nem o dos leiloeiros, creio que a inconsistência ou variedade das decisões pode ser vantajosa em alguns casos. Por exemplo, um dos nossos magistrados decidiu agora que a briga de galos não é jogo de azar, e não o fez só por si, mas com vários textos italianos e adequados. Realmente — e sem sair da nossa língua —, parece que não há maior azar na briga de galos que na corrida de cavalos, pelotaris e outras instituições. O fato da aposta não muda o caráter da luta. Dois cavalos em disparada ou dois galos às cristas são, em princípio, a mesma coisa. As diferenças são exteriores. Há os palpites na corrida de cavalos, prenda que a briga de galos ainda não possui, mas pode vir a ter. Os cavalos têm nomes, alguns cristãos, e os galos não se distinguem uns dos outros. Enfim, parece que já chegamos à economia de fazer correr só os nomes sem os cavalos, não havendo o menor desaguisado na divisão dos lucros. Desceremos às sílabas, depois às letras; não iremos aos gestos, que é o exercício do *pick-pocket*.

Sim, não é jogo de azar; mas se a sentença fosse outra, podia não ser legal, mas seria justa, ou, quando menos, misericordiosa. Os galos perdem a crista na briga, e saem cheios de sangue e de ódio; não é o brio que os leva, como aos cavalos, mas a hostilidade natural, e isto não lhes dói somente a eles, mas também a mim. Que briguem por causa de uma galinha, está direito; as galinhas gostam que as disputem com alma, se são humanas, ou com o bico, se são propriamente galinhas. Mas que briguem os galos para dar ordenado a curiosos ou vadios, está torto.

Se o homem, como queria Platão, é um galo sem penas, compreende-se esta minha linguagem; trato de um semelhante, defendendo a própria espécie. Mas não é preciso tanto. Pode ser também que haja em mim como que um eco do passado. O espiritismo ainda não chegou ao ponto de admitir a encarnação em animais, mas lá há de ir, se quiser tirar todas as consequências da doutrina. Assim que pode ser que eu tenha sido galo em alguma vida anterior, há muitos anos ou séculos. Concentrando-me, agora, sinto um eco remoto, alguma coisa parecida com o canto do galo. Quem sabe se não fui eu que cantei as três vezes que serviram de prazo para que são Pedro negasse a Jesus? Assim se explicarão muitas simpatias.

Só a doutrina espírita pode explicar o que sucedeu a alguém, que não nomeio, esta mesma semana. É homem verdadeiro; encontrei-o ainda espantado. Imaginai que, indo ao gabinete de um cirurgião-dentista, achou ali um busto, e que esse busto era o de Cícero. A estranheza do hóspede foi enorme. Tudo se podia esperar em tal lugar, o busto de Cadmo, alguma alegoria que significasse aquele velho texto: *Aqui há ranger de dentes*, ou qualquer outra composição mais ou menos análoga ao ato; mas que ia fazer Cícero naquela galera? Prometi à pessoa, que estudaria o caso e lhe daria daqui a explicação.

A primeira que me acudiu foi que, sendo Cícero orador por excelência, representava o nobre uso da boca humana, e consequentemente o da conservação dos dentes, tão necessários à emissão nítida das palavras. Como bradaria ele as catilinárias, sem a integridade daquele aparelho? Essa razão, porém, era um pouco remota. Mais próxima que essa seria a notícia que nos dá Plutarco, relativamente ao nascimento do orador romano; afirma ele — e não vejo por onde desmenti-lo — que Cícero foi parido sem dor. Sem dor! A supressão da dor é a principal vitória da arte dentária. O busto do romano estaria ali como um símbolo eloquente — tão eloquente como o próprio filho daquela bendita senhora. Mas esta segunda explicação, se era mais próxima, era mais sutil; pula de lado.

Refleti ainda, e já desesperava da solução, quando me acudiu que provavelmente Cícero fora dentista em alguma vida anterior. Não me digam que não havia então arte dentária; havia a China, e na China — como observei aqui há tempos — existe tudo, e o que não existe, é porque já existiu. Ou dentista, ou um daqueles mandarins que sabiam proteger as artes úteis, e deu nobre impulso à cirurgia da boca. Tudo se perde na noite dos tempos, meus amigos; mas a vantagem da ciência — e particularmente da ciência espírita — é clarear as trevas e achar as coisas perdidas.

Um sabedor dessa escola vai dar em breve ao prelo um livro, em que se verão a tal respeito revelações extraordinárias. Há nele espíritos, que não só vieram ao mundo duas e três vezes, mas até com sexo diverso. Um tempo viveram homens, outro mulheres. Há mais! Um dos personagens veio uma vez e teve uma filha; quando tornou, veio o filho da filha. A filha, depois de nascer do pai, deu o pai à luz.

Algum dia (creio eu) os espíritos nascerão gêmeos e já casados. Será a perfeição humana, espiritual e social. Cessará a aflição das famílias, que buscam aposentar as moças, e dos rapazes que procuram consortes. Virão os casais já prontos, dançando o minuete da geração... Haverá assim grande economia de espíritos, visto que os mesmos irão mudando de consortes, depois de um pequeno descanso no espaço.

Nessa promiscuidade geral dos desencarnados, pode suceder que os casais se recomponham, e, após duas ou três existências com outros, Adão tornará a nascer com Eva, Fausto com Margarida, Filêmon com Báucis. Mas a perfeição das perfeições será quando os espíritos nascerem de si mesmos. Com alguns milhões deles se irá compondo este mundo, até que, pela decadência natural das coisas, baste um único espírito dentro da única e derradeira casa de saúde. Ó abismo dos abismos!

Gazeta de Notícias, 20 de maio de 1894

Morreu um árabe, morador na rua do Senhor dos Passos

Morreu um árabe, morador na rua do Senhor dos Passos. Não há que dizer a isto; os árabes morrem e a rua do Senhor dos Passos existe. Mas o que vos parece nada, por não conhecerdes sequer esse árabe falecido, foi mais um golpe nas minhas reminiscências românticas. Nunca desliguei o árabe destas três coisas: deserto, cavalo e tenda. Que importa houvesse uma civilização árabe, com alcaides e bibliotecas? Não falo da civilização, falo do romantismo, que alguma vez tratou do árabe civilizado, mas com tal aspecto, que a imaginação não chegava a desmembrar dele a tenda e o cavalo.

Quando eu cheguei à vida, já o romantismo se despedia dela. Uns versos tristes e chorões que se recitavam em língua portuguesa, não tinham nada com a melancolia de René, menos ainda com a sonoridade de Olímpio. Já então Gonçalves Dias havia publicado todos os seus livros. Não confundam este Gonçalves Dias com a rua do mesmo nome; era um homem do Maranhão, que fazia versos. Como ele tivesse morado naquela rua, que se chamava dos Latoeiros, uma folha desta cidade, quando ele morreu, lembrou à Câmara municipal que desse o nome de Gonçalves Dias à dita rua. O sr. Malvino teve igual fortuna, mas sem morrer, afirmando-se ainda uma vez aquela lei de desenvolvimento e progresso, que os erros dos homens e as suas paixões não poderão jamais impedir que se execute.

Cumpre lembrar que, quando falo da morte de Gonçalves Dias, refiro-me à segunda, porque ele morreu duas vezes, como sabem. A primeira foi de um boato. Os jornais de todo o Brasil disseram logo, estiradamente, o que pensavam dele, e a notícia da morte chegou aos ouvidos do poeta como os primeiros ecos da posteridade. Este processo, como experiência política, pode dar resultados inesperados. Eu, deputado ou senador, recolhia-me a alguma fazenda, e ao cabo de três meses expedia um telegrama, anunciando que havia morrido. Conquanto sejamos todos benévolos com os defuntos recentes, sempre era bom ver se na água benta das necrologias instantâneas não cairiam algumas gotas de fel. Tal que houvesse dito do orador vivo, que era "uma das bocas de ouro do Parlamento", podia ser que escrevesse do orador morto, que "se nunca se elevou às culminâncias da tribuna política, jamais aborreceu aos que o ouviam".

A propósito de orador, não esqueçamos dizer que temos agora na Câmara um deputado Lamartine, e que estivemos quase a ter um Chateaubriand. Estes dois nomes significam certamente o entusiasmo dos pais em relação aos dois homens que os tornaram famosos. Recordem-se do espanto que houve na Europa, e especialmente em França, quando a Revolução de Quinze de Novembro elevou ao governo Benjamim Constant. Perguntaram se era francês ou filho de francês. Neste último caso, não sei se foi o homem político ou o autor de *Adolfo* que determinou a escolha do nome. Os drs. Washington e Lafayette foram evidentemente escolhidos por um pai republicano e americano. Que concluo daqui? Nada, em relação aos dois últimos; mas em relação aos primeiros acho que é ainda um vestígio de romantismo. Estou que as opiniões políticas de Lamartine e Chateaubriand não influíram para o batismo dos seus homônimos, mas sim a poesia de um e a prosa de outro. Foi homenagem aos cantores de Elvira e de Atalá, não ao inimigo de Bonaparte, nem ao domador da insurreição de junho.

Vede, porém, o destino. Não são só os livros que têm os seus fados; também os nomes os têm. Os portadores brasileiros daqueles dois nomes são agora meramente políticos. Assim, a amorosa superstição dos pais achou-se desmentida pelo tempo, e os nomes não bastaram para dar aos filhos idealidades poéticas. Não obstante esta limitação, devo confessar que me afligiu a leitura de um pequeno discurso do atual deputado. Não foi a matéria, nem a linguagem; foi a senhoria. Há casos em que as fórmulas usuais e corteses devem ser, por exceção, suprimidas. Quando li: *O sr. Lamartine*, repetido muitas vezes, naquelas grossas letras normandas do *Diário Oficial*, senti como que um sacudimento interior. Esse nome não permite aquele título; soa mal. A glória tem desses ônus. Não se pode trazer um nome imortal como a simples gravata branca das cerimônias. Ainda ontem vieram falar-me dos negócios de um sr. Leônidas; creio que rangeram ao longe os ossos do grande homem.

Mas tudo isso me vai afastando do meu pobre árabe morto na rua do Senhor dos Passos. Chamava-se Assef Aveira. Não conheço a língua arábica, mas desconfio que o segundo nome tem feições cristãs, salvo se há erro tipográfico. Entretanto, não foi esse nome o que mais me aborreceu, depois da residência naquela rua, sem tenda nem cavalo; foi a declaração de ser o árabe casado. Não diz o obituário se com uma ou mais mulheres; mas há nessa palavra um aspecto de monogamia que me inquieta. Não compreendo um árabe sem Alcorão, e o Alcorão marca para o casamento quatro mulheres. Dar-se-á que esse homem tenha sido tão corrompido pela monogamia cristã, que chegasse ao ponto de ir contra o preceito de Mafoma? Eis aí outra restrição ao meu árabe romântico.

Não me demoro em apontar as obrigações da carta de fiança, da conta do gás e outras necessidades prosaicas, tão alheias ao deserto. O pobre árabe trocou o deserto pela rua do Senhor dos Passos, cujo nome lembra aqueles religionários, em quem seus avós deram e de quem receberam muita cutilada. Pobre Assef! Para cúmulo, morreu de febre amarela, uma epidemia exausta à força de civilização ocidental, tão diversa do cólera-mórbus, essa peste medonha e devastadora como a espada do profeta.

Miserável romantismo, assim te vais aos pedaços. A anemia tirou-te a pouca vida que te restava, a corrução não consente sequer que fiquem os teus ossos para memória. Adeus, Árabes! adeus, tendas! adeus, deserto! Cimitarras, adeus! adeus!

Gazeta de Notícias, 27 de maio de 1894

Ontem de manhã, indo ao jardim, como de costume

Ontem de manhã, indo ao jardim, como de costume, achei lá um burro. Não leram mal, não está errado (como na *Semana* passada, em que saiu Banco União, em vez de Banco Único); não, meus senhores, era um burro, um burro de carne e osso, de mais osso que carne. Ora, eu tenho rosas no jardim, rosas que cultivo com amor, e que me querem bem, que me saúdam todas as manhãs com os seus melhores cheiros, e dizem sem pudor coisas mui galantes sobre as delícias da vida, porque eu não consinto que as cortem do pé. Hão de morrer onde nasceram.

Vendo o burro naquele lugar, lembrei-me de Lucius. o Lucius da Tessália, que, só com mastigar algumas rosas, passou outra vez de burro a gente. Estremeci, e — confesso a minha ingratidão — foi menos pela perda das rosas, que pelo terror do prodígio. Hipócrita, como me cumpria ser, saudei o burro com grandes reverências, e chamei-lhe Lucius. Ele abanou as orelhas, e retorquiu:

— Não me chamo Lucius.

Fiquei sem pinga de sangue; mas para não agravá-lo com demonstrações de espanto, que lhe seriam duras, disse:

— Não? Então o nome de vossa senhoria...?

— Também não tenho senhoria. Nomes só se dão a cavalos, e quase exclusivamente a cavalos de corridas. Não leu hoje telegramas de Londres, noticiando que nas corridas de Oaks venceram os cavalos fulano e sicrano? Não leu a mesma coisa quinta-feira, a respeito das corridas de Epsom? Burro de cidade, burro que puxa bonde ou carroça, não tem nome; na roça pode ser. Cavalo é tão adulado que, vencendo uma corrida na Inglaterra, manda-se-lhe o nome a todos os cantos da terra. Não pense que fiz verso; às vezes saem-me rimas da boca, e podia achar editor para elas, se quisesse; mas não tenho ambições literárias. Falo rimado, porque falo poucas vezes, e atrapalho-me. Pois, sim, senhor. E sabe de quem é o primeiro dos cavalos vencedores de Epsom, o que se chama Ladas? É do próprio chefe do governo, lord Roseberry, que ainda não há muito ganhou com ele dois mil guinéus.

— Quem é que lhe conta todas essas coisas inglesas?

— Quem? Ah! meu amigo, é justamente o que me traz a seus pés — disse o burro ajoelhando-se, mas levantando-se logo, a meu pedido. E continuou: — Sei que o senhor se dá com gente de imprensa, e vim aqui para lhe pedir que interceda por mim e por uma classe inteira, que devia merecer alguma compaixão...

— Justiça, justiça — emendei eu com hipocrisia e servilismo.

— Vejo que me compreende. Ouça-me; serei breve. Em regra, só se devia ensinar aos burros a língua do país; mas o finado Greenough, o primeiro gerente que teve a Companhia do Jardim Botânico, achou que devia mandar ensinar inglês aos burros dos bondes. Compreende-se o motivo do ato. Recém-chegado ao Rio de Janeiro, trazia mais vivo que nunca o amor da língua natal. Era natural crer que nenhuma outra cabia a todas as criaturas da terra. Eu aprendi com facilidade...

— Como? Pois o senhor é contemporâneo da primeira gerência?

— Sim, senhor; eu e alguns mais. Somos já poucos, mas vamos trabalhando. Admira-me que se admire. Devia conhecer os animais de 1869 pela valente decrepitude com que, embora deitando a alma pela boca, puxamos os carros e os ossos. Há nisto um resto da disciplina, que nos deu a primeira educação. Apanhamos, é verdade, apanhamos de chicote, de ponta de pé, de ponta de rédea, de ponta de ferro, mas é só quando as poucas forças não acodem ao desejo; os burros modernos, esses são teimosos, resistem mais à pancadaria. Afinal, são moços.

Suspirou e continuou:

— No meio de tanta aflição, vale-nos a leitura, principalmente de folhas inglesas e americanas, quando algum passageiro as esquece no bonde. Um deles esqueceu anteontem um número do *Truth*. Conhece o *Truth*?

— Conheço.

— É um periódico radical de Londres — continuou o burro, dando à força a notícia, como um simples homem. — Radical e semanal. É escrito por um cidadão, que dizem ser deputado. O número era o último, chegadinho de fresco. Mal me levaram à manjedoura, ou coisa que o valha, folheei o periódico de Labouchère... Chama-se Labouchère o redator. O periódico publica sempre, em duas colunas, notícia comparativa das sentenças dadas pelos tribunais londrinos, com o fim de mostrar que os pobres e desamparados têm mais duras penas que os que o não são, e por atos de menor monta. Ora, que hei de ler no número chegado? Coisas destas. Um tal John Fearon Bell, convencido de maltratar quatro potros, não lhes dando suficiente comida e bebida, do que resultou morrer um e ficarem três em mísero estado, foi condenado a cinco libras de multa; ao lado desse vinha o caso de Fuão Thompson, que foi encontrado a dormir em um celeiro e condenado a um mês de cadeia. Outra comparação. Elliot, acusado de maltratar dezesseis bezerros, cinco libras de multa e custas. Mary Ellen Connor, acusada de vagabundagem, um mês de prisão. William Pope, por não dar comida bastante a oito cavalos, cinco libras e custas. William Dudd, aprendiz de pescador, réu de desobediência, vinte e dois dias de prisão. Tudo mais assim. Um rapaz tirou um ovo de faisão de um ninho: quatorze dias de cadeia. Um senhor maltratou quatro vacas, cinco libras e custas.

— Realmente — disse eu sem grande convicção —, a diferença é enorme...

— Ah! meu nobre amigo! Eu e os meus pedimos essa diferença, por maior que seja. Condenem a um mês ou um ano os que tirarem ovos ou dormirem na rua; mas condenem a cinquenta ou cem mil-réis aqueles que nos maltratam por qualquer modo, ou não nos dando comida suficiente, ou, ao contrário, dando-nos excessiva pancada. Estamos prontos a apanhar, é o nosso destino, e eu já estou velho para aprender outro costume; mas seja com moderação, sem esse furor de cocheiros e carroceiros. O que o tal inglês acha pouco para punir os que são cruéis conosco, eu acho que é bastante. Quem é pobre não tem vícios. Não exijo cadeia para os nossos opressores, mas uma pequena multa e custas, creio que serão eficazes. O burro ama só a pele; o homem ama a pele e a bolsa. Dê-se-lhe na bolsa; talvez a nossa pele padeça menos.

— Farei o que puder; mas...

— Mas quê? O senhor afinal é da espécie humana, há de defender os seus. Eia, fale aos amigos da imprensa; ponha-se à frente de um grande movimento popular. O Conselho municipal vai levantar um empréstimo, não? Diga-lhe que, se lançar uma pena pecuniária sobre os que maltratam burros, cobrirá cinco ou seis vezes o empréstimo, sem pagar juro, e ainda lhe sobrará dinheiro para o Teatro Municipal, e para teatros paroquiais, se quiser. Ainda uma vez, respeitável senhor, cuide um pouco de nós. Foram os homens que descobriram que nós éramos seus tios, senão diretos, por afinidade. Pois, meu caro sobrinho, é tempo de reconstituir a família. Não nos abandone, como no tempo em que os burros eram parceiros dos escravos. Faça o nosso *treze de maio*. Lincoln dos teus maiores, segundo o evangelho de Darwin, expede a proclamação da nossa liberdade!

Não se imagina a eloquência destas últimas palavras. Cheio de entusiasmo, prometi, pelo céu e pela terra, que faria tudo. Perguntei-lhe se lia o português com facilidade; e, respondendo-me que sim, disse-lhe que procurasse a *Gazeta* de hoje. Agradeceu-me com voz lacrimosa, fez um gesto de orelhas, e saiu do jardim vagarosamente, cai aqui, cai acolá.

Gazeta de Notícias, 10 de junho de 1894

Um membro do Conselho municipal

Um membro do Conselho municipal, discutindo-se ali esta semana a questão que os jornais chamaram tentativa de Panamá, deu dois apartes, que vou transcrever aqui, sem dizer o nome do autor. Não há neles nada que ofenda a ninguém; mas eu só falo em nomes, quando não posso evitá-los. Tenho meia dúzia de virtudes, algumas grandes. Uma das mais apreciáveis é este horror invencível aos nomes próprios. Mas vamos aos dois apartes.

A propósito da notícia que as folhas deram da chamada tentativa, reabriu-se esta semana a discussão dos papelinhos. Vários falaram, varrendo cada um a sua testada, e fizeram muito bem. A opinião geral foi que a questão não devia ser trazida a público, opinião que é também a minha, e era já a de Napoleão. Uma vez trazida, era preciso liquidá-la.

Entre as declarações feitas, em discurso, uma houve de algum valor; foi a de um conselheiro que revelou terem-lhe oferecido muitos contos de réis para não discutir certo projeto. Não se lhe pediu defesa, mas abstenção, tão certo é que a palavra é prata e o silêncio é ouro. O conselheiro recusou; eu não sei se recusaria. Certamente, não me falta hombridade, nem me sobra cobiça, mas distingo. Dinheiro para falar, é arriscado; naturalmente (a não ser costume velho), a gente fala com a impressão de que traz o preço do discurso na testa, e depois é fácil cotejar o discurso e o boato, e aí está um homem perdido. Ou meio perdido: um homem não se perde assim com duas razões. Mas dinheiro para calar, para ouvir atacar um projeto sem defendê-lo, dar corda ao relógio, enquanto se discute, concertar as suíças, examinar as unhas, adoecer, ir passar alguns dias fora, não acho que envergonhe ninguém, seja a pessoa que propõe, seja a que aceita.

Há quem veja nisso algo imoral; é opinião de espíritos absolutos, e tu, meu bom amigo e leitor, foge de espíritos absolutos. Os casuístas não eram tão maus como nos fizeram crer. Atos há que, aparentemente repreensíveis, não o são na realidade, ou pela pureza da intenção, ou pelo benefício do resultado; e ainda os há que não precisam de condição alguma para serem indiferentes. Depois, quando seja imoralidade, convém advertir que esta tem dois gêneros, é ativa ou passiva. Quando alguém, sem nenhum impulso generoso, pede o preço do voto que vai dar, pratica a imoralidade ativa, e ainda assim é preciso que o objeto do voto não seja repreensível em si mesmo. Quando, porém, é procurado para receber o dinheiro, essa outra forma, não só é diversa, mas até contrária, é a passiva, e tanto importa dizer que não existe. Ninguém afirmará que cometi suicídio porque me caiu um raio em casa.

A própria lei faz essa distinção. Supõe que estás com sete contos na carteira, para saíres a umas compras no interior. Vais ao passeio público ouvir música ou ver o mar. Chega-se um homem e propõe-te vender pelos sete contos uma caixa contendo duzentos contos de notas falsas. Tu reflletes, tu calculas: "O negócio é bom; eu preciso justamente de duzentos contos para comprar a fazenda do Chico Marques e pagar a casa em que está o Banco Indestrutível. Matuto não conhece nota falsa nem verdadeira; passo tudo na roça e volto com o dinheiro bom... duzentos contos... Está feito!" Ajustas lugar e hora, levas os sete contos, ele dá-te a caixa, levantas a tampa, está socada de bilhetes novos em folha. De noite ou na manhã seguinte, queres contar os duzentos contos e abres a caixa. Que achas tu? Que todas as notas de cima são verdadeiras, uns quinhentos mil-réis. Tudo o mais são panos velhos e retalhos de jornais. O primeiro gesto é levar as mãos à cabeça, o segundo é correr à polícia. A polícia ouve, escreve, sai no encalço do homem, que ainda está com os sete contos intatos. Ele vai para a cadeia e tu para a roça.

Por que vais tu para a roça e ele para a cadeia? Não é só, como te dirão, por não teres praticado nem tentado delito algum, não podendo a lei alcançar os recessos da consciência, nem punir a ilusão. É também, e principalmente, pela passividade do teu papel. Tu estavas muito sossegado, mirando o mar e escutando a banda de música. Quem te veio tentar, foi ele. No *Fausto* é a mesma coisa. Margarida sobe ao céu. Fausto sai arrastado por Mefistófeles.

Mas vamos aos dois apartes. Já disse em que consistiu o principal da discussão outro dia. Esse principal, convém notá-lo, não foi a maior parte. Examinaram-se projetos de lei, com atenção, com zelo, sem que a primeira parte da sessão influísse na segunda. Os apartes, porém, a que me refiro, foram dados na primeira hora, quando se discutia justamente a questão principal.

Dois oradores tinham opinião diversa sobre ela. Um condenou francamente a ideia de trazer ao conhecimento público o negócio dos papéis, e fê-lo por este modo: "Para que trazer tais coisas ao conhecimento do Conselho, dando lugar a murmurações?" "Isso é tristíssimo!", apoiou um membro. Mas dizendo outro orador que o lugar próprio para liquidar o negócio era o Tribunal, acudiu o membro que sim: "Apoiado: a mesa saberá cumprir o seu dever".

Há aí duas opiniões, uma em cada aparte. Com a de Napoleão, que é a minha, são três. É o que parece; mas também pode suceder que duas se combinem ou se completem. O primeiro aparte condenou a publicidade; o segundo, uma vez que a publicidade se fez, pede o Tribunal. Creio que é isto mesmo. Assim pudesse eu explicar a contradição dos aguaceiros de ontem e de hoje com a hora de sol desta manhã. Sol divino, Hélios amado, quando te vi hoje espiar para todas as árvores que me cercavam fiquei alegre. Havia um pedaço de céu azul, não muito azul; tinha ainda umas dedadas de nuvens grossas, mas caminhava para ficar todo azul. O vento era frio. Duas palmeiras, distantes no espaço, mas abraçadas à vista, recortavam-se justamente no pedaço azul, movendo as folhas de um verde cristalino. Viva o sol! bradei eu atirando a pena. Eis que a chuva, aborrecida velha de capote, entra pela cidade, deixando flutuar ao vento as saias cheias de lama...

Gazeta de Notícias, 17 de junho de 1894

Peguei na pena, e ia começar esta *Semana*

Peguei na pena, e ia começar esta *Semana*, quando ouvi uma voz de espectro: "São João! sortes de são João!" A princípio cuidei que era alguma loteria nova, e molhei a pena para cumprir esta obrigação. Não tinha assunto, tantos eram eles; mas a boa regra, quando eles são muitos, é deixar ir os dedos pelo papel abaixo, como animais sem rédea nem chicote. Os dedos dão conta da mão, salvo o trocadilho.

Mal escrevera o título, ouvi outra vez bradar: "São João! sortes de são João!" Ergui-me como um só homem, desci à rua e fui direito ao espectro. O espectro levava meia dúzia de folhetinhos na mão; eram sortes, eram versos para a noite de são João, que foi ontem. Arregalei os olhos, que é o primeiro gesto, quando se vê alguma coisa incrível; depois fechei-os para não ver o espectro, mas o espectro bradava-me aos ouvidos; tapei os ouvidos, ele fitava-me os velhos olhos cavados de alma do outro mundo. Vai, disse eu, o Senhor te dê a salvação. O vulto pegou em si e continuou a apregoar as sortes do santo, arrastando os pés e a voz, como se realmente fizesse penitência.

Tornei à casa, e, como nos mistérios espíritas, concentrei-me. A concentração levou-me a anos passados, se muitos ou poucos não sei, não os contei; era no tempo em que havia são João e a sua noite. Gente moça em volta da mesa, um copo de marfim e dois ou três dados. Fora ardiam as últimas achas da fogueira; tinham-se comido carás e batatas; ia-se agora à consulta do futuro. Um ledor abria o livro das sortes, e dizia o título do capítulo: "Se há de ser feliz com a pessoa a quem adora." Corriam os dados. O ledor buscava a quadrinha indicada pelo número, e sibilava:

Felicidades não busques,
Incauta...

Vós que nascestes depois da morte de são João, e antes da *Morte de d. João*, não cuideis que invento. Não invento nada; era assim mesmo. Remontemos ao dia 24 de junho de 1841. Se pertenceis ao número dos meus inimigos, como Lulu Sênior, repetireis a velha chalaça de que foi nesse ano que eu fiz a barba pela primeira vez. Eu me calo, Adalberto, eu não respondo, como dizia João Caetano em não sei que tragédia, contemporânea do santo do seu nome. Tudo morto, o santo, a tragédia, o ator, talvez o teatro — o nacional, que o municipal aí vem.

Remontemos ao dito ano de 1841. Aqui está uma folha do dia 23 de junho. Como é que veio parar aqui à minha mesa? O vento dos tempos nem sempre é a brisa igual e mansa que tudo esfolha e dispersa devagar. Tem lufadas de tufão, que fazem ir parar longe as folhas secas ou somente murchas. Esta desfaz-se de velha; não tanto, porém, que se não leiam nela os anúncios de livros de sortes. É o *Fado*, que a Casa Laemmert publicava, quando estava na rua da Quitanda, um livro repleto de promessas, que mostrava tudo o que se quisesse saber a respeito de riquezas, heranças, amizades, contendas, gostos. Aqui vem outro, o *Novíssimo jogo de sortes*, "por meio do qual as senhoras podem vir ao conhecimento do que mais lhes interessa saber, como seja o estado que terão na vida, se encontrarão um consorte que as estime e respeite, se terão abundância de bens de fortuna, se serão felizes com amores". Cá está *A mulher de Simplício*, que dava uma edição extraordinária "com mais de mil sortes". Eis agora o *Oráculo das senhoras*, conselheiro oculto, diz o subtítulo, e acrescenta: "respondendo de um modo infalível a todas as questões sobre as épocas e acontecimentos mais importantes da vida, confirmado pela opinião de filósofos e fisiologistas mais célebres, Descartes, Buffon, Lavater, Gall e Spurzheim".

Quem não ia pela fé, ia pela ciência, e, à força do Batista ou de Descartes, agarravam-se pelas orelhas os segredos mais recônditos do futuro, para trazê-los ao clarão das velas, porque ainda não havia gás. Tudo por dez tostões, brochado; encadernado, dois mil-réis. O mistério ao alcance de todas as bolsas era uma bela instituição doméstica. As cartomantes creio que levam dois ou cinco mil-réis, segundo as posses do freguês; é mais caro. Quanto à Pítia, avó de todas elas, os presentes que iam ter ao templo de Delfos eram custosos, ouro para cima. E nem sempre falava claro, que parece ter sido o defeito dos adivinhos antigos e de alguns profetas. Ao contrário, os nossos livros eram francos, diziam tudo, bem e com graça, uma vez que os buscassem unicamente em três dias do ano.

Agora já não há dias especiais para consultar a fortuna. Os santos do céu rebelaram-se, deram com a oligarquia de junho abaixo e proclamaram a democracia de todos os meses. Não se limitaram a anunciar coisas futuras, disseram claramente que já as traziam nas algibeiras, e que era só pedi-las. A terra estremeceu de ansiedade. Todas as mãos estenderam-se para o céu. No atropelo era natural que nem todas apanhassem tudo. Não importa: continuaram estendidas, esperando que lhes caísse alguma coisa.

Entretanto, a fartura precisa de limite, e onde entra excesso, pode muito bem entrar aflição. Os oráculos vieram cá abaixo disputar a veracidade dos seus dizeres, e cada um pede para os outros o rigor da autoridade. A opinião de uns é que os outros corrompem os corações imberbes ou barbados, que têm a fé pura e o sangue generoso. Tal é a luta que aí vemos, em artigos impressos, entre santa Loteria, são *Bookmaker*, são Frontão, e não sei se também são Prado, dizendo uns aos outros palavras duras e agrestes. Parece que a liberdade da adivinhação, proclamada contra a oligarquia de junho, não está provando bem, e que o meio de todos comerem é não comerem todos. Esta descoberta, a falar verdade, é antiga, é o fundamento da esmola; mas nenhum dos contendores quer receber esmola, todos querem dá-la, e daí o conflito.

Que sairá deste? Não creio na exterminação de ninguém; pode haver algum acordo que permita a todos irem comendo, ainda que moderadamente. Uma religião não se destrói por excesso de religionários. O pão místico há de chegar a todos, e basta que um par de queixos mastigue de verdade, para fazer remoer todos os queixos vazios. O que eu quisera é que, no meio da consulta universal, são João continuasse o seu pequeno e ingênuo negócio, congregando a gente moça, como em 1841, para lhes dizer pela boca do *Fado* ou do *Oráculo das senhoras:*

Felicidades não busques,
Incauta...

Poetas, completai a estrofe. Cabe à poesia eternizar a mocidade, e este Batista, que nos pintam com o seu carneirinho branco, é patrão natural dos moços — e das moças também. Digo-vos isto no próprio estilo adocicado daquele tempo.

Gazeta de Notícias, 24 de junho de 1894

Quinta-feira de manhã
fiz como Noé

Quinta-feira de manhã fiz como Noé, abri a janela da arca e soltei um corvo. Mas o corvo não tornou, de onde inferi que as cataratas do céu e as fontes do abismo continuavam escancaradas. Então disse comigo: As águas hão de acabar algum dia. Tempo virá em que este dilúvio termine de uma vez para sempre, e a gente possa descer e palmear a rua do Ouvidor e outros becos. Sim, nem sempre há de chover. Veremos ainda o céu azul como a alma da gente nova. O sol, deitando fora a carapuça, espalhará outra vez os grandes cabelos louros. Brotarão as ervas. As flores deitarão aromas capitosos.

Enquanto pensava, ia fechando a janela da arca e tornei depois aos animais que trouxera comigo, à imitação de Noé. Todos eles aguardavam notícias do fim. Quando souberam que não havia notícia nem fim, ficaram desconsolados.

— Mas que diabo vos importa um dia mais ou menos de chuva? — perguntei-lhes. — Vocês aqui estão comigo, dou-lhes tudo; além da minha conversação, viveis em paz, ainda os que sois inimigos, lobos e cordeiros, gatos e ratos. Que vos importa que chova ou não chova?

— Senhor meu — disse-me um espadarte —, eu sou grato, e todos os nossos o são, ao cuidado que tivestes em trazer para aqui uma piscina, onde podemos nadar e viver; mas piscina não vale o mar: falta-nos a onda grossa e as corridas de peixes grandes e pequenos, em que nos comemos uns aos outros, com grande alma. Isto que nos destes, prova que tendes bom coração, mas nós não vivemos do bom coração dos homens. Vamos comendo, é verdade, mas comendo sem apetite, porque o melhor apetite...

Foi interrompido pelo galo, que bateu as asas, e, depois de cantar três vezes, como nos dias de Pedro, proferiu esta alocução:

— Pela minha parte, não é a chuva que me aborrece. O que me aborreceu desde o princípio do dilúvio foi a vossa ideia de trazer sete casais de cada vivente, de modo que somos aqui sete galos e sete galinhas, proporção absolutamente contrária às mais simples regras da aritmética, ao menos as que eu conheço. Não brigo com os outros galos, nem eles comigo, porque estamos em tréguas, não por falta de *casus belli*. Há aqui seis galos demais. Se os mandássemos procurar o corvo?

Não lhe dei ouvidos. Fui dali ver o elefante enroscando a tromba no surucucu, e o surucucu enroscando-se na tromba do elefante. O camelo esticava o pescoço, procurando algumas léguas de deserto, ou, quando menos, uma rua do Cairo. Perto dele, o gato e o rato ensinavam histórias um ao outro. O gato dizia que a história do rato era apenas uma longa série de violências contra o gato, e o rato explicava que, se perseguia o gato, é porque o queijo o perseguia a ele. Talvez nenhum deles estivesse convencido. O sabiá suspirava. A um canto, a lagartixa, o lagarto e o crocodilo palestravam em família. Coisa digna da atenção do filósofo é que a lagartixa via no crocodilo uma formidável lagartixa, e o crocodilo achava na lagartixa um crocodilo mimoso; ambos estavam de acordo em considerar o lagarto um ambicioso sem gênio (versão lagartixa) e um presumido sem graça (versão crocodilo).

— Quando lhe perguntam pelos avós — observou o crocodilo —, costuma responder que eles foram os mais belos crocodilos do mundo, o que pode provar com papiros antiquíssimos e autênticos...

— Tendo nascido — concluiu a lagartixa —, tendo nascido na mais humilde fenda de parede, como eu... Crocodilo de bobagem!

— Notai que ele fala muito do loto e do nenúfar, refere casos do hipopótamo, para enganar os outros, mas confunde Cleópatra com o Kediva e as antigas dinastias com o governo inglês...

Tudo isso era dito sem que o lagarto fizesse caso. Ao contrário, parecia rir, e costeava a parede da arca, a ver se achava algum calor de sol. Era então sexta-feira, à tardinha. Pareceu-me ver por uma fresta uma linha azul. Chamei uma pomba e soltei-a pela janela da arca. Nisto chegou o burro, com uma águia pousada na cabeça, entre as orelhas. Vinha pedir-me, em nome das outras alimárias, que as soltasse, qualquer que fosse o risco. Falou-me teso e quieto, não tanto pela circunspeção da raça, como pelo medo, que me confessou, de ver fugir-lhe a águia, se mexesse muito a cabeça. E dizendo-lhe eu que acabava de soltar a pomba, agradeceu-me e foi andando. Pelas dez horas da noite, voltou a pomba com uma flor no bico. Era o primeiro sinal de que as águas iam descendo.

— As águas são ainda grandes — disse-me a pomba —, mas parece que foram maiores. Esta flor não foi colhida de erva, mas atirada pela janela fora de uma arca, cheia de homens, porque há muitas arcas boiando. Esta de que falo deitou fora uma porção de flores, colhi esta que não é das menos lindas.

Examinei a flor; era de retórica. Nenhum dos animais conhecia tal planta. Expliquei-lhes que era uma flor de estufa, produto da arte humana, que ficava entre a flor de pano e a da campina. Há de haver alguma academia aí perto, concluí, academia ou Parlamento.

Ontem, sobre a madrugada, tornei a abrir a janela e soltei outra vez a pomba, dizendo aos outros que, se ela não tornasse, era sinal de que as águas estavam inteiramente acabadas. Não voltando até o meio-dia, abri tudo, portas e janelas, e despejei toda aquela criação neste mundo. Desisto de descrever a alegria geral. As borboletas e as aranhas iam dançando a tarantela, a víbora adornava o pescoço do cão, a gazela e o urubu, de asa e braço dados, voavam e saltavam ao mesmo tempo... Viva o dilúvio! e viva o sol!

Gazeta de Notícias, 1º de julho de 1894

O EMPRESÁRIO MANCINELLI VEM FECHAR A ERA DAS REVOLUÇÕES

O empresário Mancinelli vem fechar a era das revoluções. O nosso engano tem sido andar por vários caminhos à cata de uma solução que só podemos achar na música. A música é a paz, a ópera é a reconciliação. A unidade alemã e a unidade italiana são devidas, antes de tudo, à vocação lírica das duas nações. Cavour sem Verdi, Bismarck sem Wagner não fariam o que fizeram. A música é a ilustre matemática, apta para resolver todos os problemas. É pelo contraponto que o presente corrige o passado e decifra o futuro.

Não quero ir agora a escavações históricas nem a estudos étnicos, por onde mostraria que os povos maviosos são os que têm vida fácil, forte e unida. Os judeus unem-se muito, sem terem sido grandes músicos, exceto Davi e Meyerbeer. O primeiro, como se sabe, aplacava as fúrias de Saul, ao som da cítara. Os cativos de Babilônia penduravam as harpas dos salgueiros, para não cantarem, donde se infere que cantavam antes. Há ainda o famoso canto de Débora, os salmos e alguma coisa mais que me escapa. Esse pouco basta para que os descendentes de Abraão, Isaac e Jacó não desprezem totalmente a música. Vede Rothschild; apesar de saber que adoramos a música, jamais nos respondeu com o sarcasmo da formiga à cigarra: *Vous chantiez? J'en suis fort aise*. Não, senhor; sempre nos emprestou os seus dinheiros, certo de que a música faz os devedores honestos. E se, fechado o empréstimo, nos dissesse: *Eh bien! dansez maintenant,* seria por saber que há em nós uma gota de sangue do rei Davi, que saía a dançar diante da arca santa. Nós descansamos da ópera no baile, e do baile na ópera.

Os franceses dizem que entre eles *tout finit par des chansons*. Digamos, pela mesma língua, que entre nós *tout finit par des opéras*. Sim, Mancinelli veio trancar a era das revoluções. Notai que a ópera coincide com a representação nacional. Não é só a comunhão da arte, onde gregos e troianos, entre duas voltas, esquecem o que os divide e irrita. É ainda, até certo ponto, a reprodução paralela da legislatura.

A questão é demasiado complexa para ser tratada sobre a perna. Já aí ficam algumas indicações, às quais acrescento uma, a saber, que a própria estrutura dos corpos deliberantes reproduz a cena lírica. A mesa é a orquestra, o chefe da maioria o barítono, o da oposição o tenor; seguem-se os comprimários e os coros. No sistema parlamentar, cada ministério novo canta aquela ária: *Eccomi alfine in Babilonia*. Quando sucede cair um gabinete, a ária é esta: *Gran Dio, morir sì giovane*. Antes, muito antes que alguém se lembrasse de pôr em música o *Hamlet*, já nas assembleias legislativas se cantava (à surdina) o monólogo da indecisão: *To be or not to be, that is the question*. Aquela frase de Hamlet, quando Ofélia lhe perguntou o que está lendo: *Words, words, words,* muita vez a ouvi com acompanhamento de violinos. Ouvi também a talentos de primeira ordem árias e duos admiráveis, executados com rara mestria e verdadeira paixão.

Quem quiser escrever a história do canto entre nós, há de ter diante dos olhos os efeitos políticos desta arte. Sem isso, fará uma crônica, não uma história. Pela minha parte, não conhecendo a crônica, não poderia tentar a história. Pouco sei dos fatos. Não remontando a um soprano que aqui viveu e morreu, homem alto, gordo e italiano, que cantava somente nas igrejas, sei que a ópera lírica, propriamente dita, começou a luzir de 1840 a 1850, com outro soprano, desta vez mulher, a célebre Candiani. Quem não a haverá citado? Netos dos que se babaram de gosto nas cadeiras e camarotes do Teatro de São Pedro, também vós a conheceis de nome, sem a terdes visto, nem provavelmente vossos pais. Já é alguma coisa viver durante meio século na memória de uma cidade, não tendo feito outra coisa mais que cantar o melancólico Bellini.

Ao que parece, o canto era tal que arrebatava as almas e os corpos, elas para o céu, eles para o carro da diva, cujos cavalos eram substituídos por homens de boa vontade. Não mofeis disto; para a cantora foi a glória, para os seus aclamadores foi o entusiasmo, e o entusiasmo não é tão mesquinha coisa que se despreze. Invejai antes esses cavalos de uma hora...

A raça acabou. Hoje os homens ficam homens, aplaudem sem transpirar, muitos com as palmas, alguns com a ponta dos dedos, mas sentem e basta. A ingenuidade é menor? a expressão comedida? Não importa, contanto que vingue a arte. Onde ela principia, cessam as canseiras deste mundo. Partidos irreconciliáveis, partidários que se detestam, conciliam-se e amam-se, por um minuto ao menos. Grande minuto, meus caros amigos, um minuto grandíssimo, que vale por um dia inteiro.

Vivam os povos cantarinos, as almas entoadas e particularmente a terra da modinha e da viola. A viola foi-se da capital com os cavalos, recolheu-se ao interior, onde os peregrinismos são menos aceitos. As peregrinas pode ser que sim; mas as novas cantoras já se não deixam ir dos braços de Polião ou de Manrico aos de um senhor da plateia, como a La-Grua, e antes dela a Candiani. Águas passadas; mas nem por serem passadas deixam de refrescar a memória dos seus contemporâneos. O caso da La-Grua entristece-me, porque um amigo meu a amava muito. Tinha vinte anos, uma lira nas mãos, um triste emprego e aquele amor, não sabido de ninguém. Salvo o emprego, era riquíssimo. Não combatia entre os lagruístas contra os chartonistas; era franco-atirador. Não queria meter o seu amor na multidão dos entusiasmos de passagem. O seu amor era eterno, dizia em todos os versos que compunha, à noite, quando vinha do teatro para casa. E ria-se muito de um senhor de suíças que, da plateia, devorava com os olhos a La-Grua.

Uma noite, acabado o espetáculo, o moço poeta recolheu-se, compôs dois sonetos e dormiu com os anjos. O mais adorável deles era a própria imagem da La-Grua. Na manhã seguinte, ele e a cidade acordaram assombrados. A diva desaparecera, o senhor das suíças não tornou à plateia, e o meu rapaz adoeceu, definhou, até morrer de melancolia. Assim lhe fecharam a era das revoluções.

Gazeta de Notícias, 8 de julho de 1894

QUANDO ESTAS LINHAS APARECEREM AOS OLHOS DOS LEITORES

Quando estas linhas aparecerem aos olhos dos leitores, é de crer que toda a população eleitoral do Rio de Janeiro caminhe para as urnas, a fim de eleger o presidente do Estado. Renhida é a luta. Como na *Farsália*, de Lucano, pela tradução de um finado sabedor de coisas latinas,

> Nos altos, frente a frente, os dois caudilhos,
> Sôfregos de ir-se às mãos, já se acamparam.

Não sei quem seja aqui César nem Pompeu. Contento-me em que não haja morte de homem, nem outra arma além da cédula. Se falo na batalha de hoje, não é que me proponha a cantá-la; eu, nestas campanhas, sou um simples Suetônio, curioso, anedótico, desapaixonado. Assim que, propondo aos meus concidadãos uma reforma eleitoral, não cedo a interesse político, nem falo em nome de nenhuma facção; obedeço a um nobre impulso que eles mesmos reconhecerão, se me fizerem o favor de ler até ao fim.

Ninguém ignora que nas batalhas como a de hoje costuma roncar o pau. Esta arma, força é dizê-lo, anda um tanto desusada, mas é tão útil, tão sugestiva, que dificilmente será abolida neste final do século e nos primeiros anos do outro. Não é épica nem mística, está longe de competir com a lança de Aquiles, ou com a espada do arcanjo. Mas a arma é como o estilo, a melhor é que se adapta ao assunto. Que viria fazer a lança de Aquiles entre um capanga sem letras e um eleitor sem convicção? Menos, muito menos que o vulgar cacete. A pena, "o bico de pena", segundo a expressão clássica, traz vantagens relativas, não tira sangue de ninguém; não faz vítimas, faz atas, faz eleitos. O vencido perde o lugar, mas não perde as costelas. É preciso forte vocação política para preferir o contrário.

O grande mal das eleições não é o pau, nem talvez a pena, é a abstenção, que dá resultados muita vez ridículos. Urge combatê-la. Cumpre que os eleitores elejam, que se movam, que saiam de suas casas para correr às urnas, que se interessem, finalmente, pelo exercício do direito que a lei lhes deu, ou lhes reconheceu. Não creio, porém, que baste a exortação. A exortação está gasta. A indiferença não se deixa persuadir com palavras nem raciocínios; é preciso estímulo. Creio que uma boa reforma eleitoral, em que esta consideração domine, produzirá efeito certo. Tenho uma ideia que reputo eficacíssima.

Consiste em pouco. A imprensa tem feito reparos acerca do estado do nosso turfe, censurando abusos e pedindo reformas, que, segundo acabo de ler, vão ser iniciadas. Um cidadão, por nome M. Elias, dirigiu a este respeito uma carta ao *Jornal do Commercio*, concordando com os reparos, e dizendo: "Ora, a nossa população esportiva, constituída por dois terços da população municipal, pode assim continuar sujeita, como até agora, ao assalto de combinações escandalosas?". Foi este trecho da carta do sr. Elias que me deu a ideia da reforma eleitoral.

A princípio não pude raciocinar. A certeza de que dois terços da nossa população é esportiva, deixou-me assombrado e estúpido. Voltando a mim, fiquei humilhado. Pois quê! dois terços da população é esportiva, e eu não sou esportivo! Mas que sou então neste mundo? Melancolicamente adverti que talvez me faltem as qualidades esportivas, ou não as tenha naquele grau eminente ou naquele extenso número em que elas se podem dizer suficientemente esportivas. A memória ajudou-me nesta investigação. Recordei-me que, há alguns anos, três ou quatro, fui convidado por um amigo a ir a uma corrida de cavalos. Não me sentia disposto, mas o amigo convidava de tão boa feição, o carro dele era tão elegante, os cavalos tão galhardos e briosos, que não resisti, e fui. Não tendo visto nunca uma corrida de cavalos, imaginei coisa mui diversa do que é, realmente, este nobre exercício. Fiquei espantado quando vi que as corridas duravam três ou quatro minutos, e os intervalos meia hora. Nos teatros, quando os intervalos se prolongam, os espectadores batem com os pés, uso que não vi no circo, e achei bom. Vi que, no fim de cada corrida, toda a gente ia espairecer fora dos seus lugares, e tornava a encher as galerias, apenas se comunicava a corrida seguinte. Uma destas ofereceu-me um episódio interessante. Ao saírem os cavalos, caiu o jóquei de um, ficando imóvel no chão, como morto. Cheio de um sentimento pouco esportivo, quis gritar que acudissem ao desgraçado; mas, vendo que ninguém se movia, cuidei que era uma espécie de partido que o jóquei dava aos adversários; não tardaria a levantar-se, correr, apanhar o cavalo, montá-lo e vencer. Dois verbos mais que César. De fato, o cavalo dele ia correndo; mas, pouco a pouco, vi que o animal, não se sentindo governado, afrouxava, até que de todo parou. Nisto entraram dois homens no circo, tomaram do jóquei imóvel, cujas pernas e braços caíam sem vida, e levaram o cadáver para fora. Não lhe rezei por alma, unicamente por não saber o nome da pessoa. Não veio no obituário, nem os jornais deram notícia do desastre. Perder assim a vida e a corrida, obscuro e desprezado, é por demais duro.

Vindo à minha ideia, acho que a reforma eleitoral, para ser útil e fecunda, há de consistir em dar às eleições um aspecto acentuadamente esportivo. Em vez de esperar que o desejo de escolher representantes leve o eleitor às urnas, devemos suprir a ausência ou a frouxidão desse impulso pela atração das próprias urnas eleitorais. A lei deve ordenar que os candidatos sejam objeto de apostas, ou com os próprios nomes, ou (para ajudar a inércia dos espíritos) com outros nomes convencionais, um por pessoa, e curto. Não entro no modo prático da ideia; cabe ao legislador achá-lo e decretá-lo. A abstenção ficará vencida, e nascerá outro benefício da reforma.

Este benefício será o aumento das naturalizações. Com efeito, se nos dois terços da população esportiva há naturalmente certo número de estrangeiros, não é de crer que essa parte despreze uma ocasião tão esportiva, pela única dificuldade de tirar carta de naturalização. A lei deve até facilitar a operação, ordenando que o simples talão da aposta sirva de título de nacionalidade.

Se a ideia não der o que espero, recorramos então ao exemplo da Nova Zelândia, onde por uma lei recente as mulheres são eleitoras. Em virtude dessa lei, qualificaram-se cem mil mulheres, das quais logo na primeira eleição, há cerca de um mês, votaram noventa mil. Elevemos a mulher ao eleitorado; é mais discreta que o homem, mais zelosa, mais desinteressada. Em vez de a conservarmos nessa injusta minoridade, convidemo-la a colaborar com o homem na oficina da política.

Que perigo pode vir daí? Que as mulheres, uma vez empossadas das urnas, conquistem as câmaras e elejam-se entre si, com exclusão dos homens? Melhor. Elas farão leis brandas e amáveis. As discussões serão pacíficas. Certos usos de mau gosto desaparecerão dos debates. Aquele, por exemplo, que consiste em dizer o orador que lhe faltam os precisos dotes de tribuna, ao que todos respondem: *Não apoiado*, havendo sempre uma voz que acrescenta: "É um dos ornamentos mais brilhantes desta Câmara", esse uso, digo, não continuará, quando as câmaras se compuserem de mulheres. Qualquer delas que tivesse o mau gosto de começar o discurso alegando não poder competir em beleza e elegância com as suas colegas, ouviria apenas um silêncio respeitoso e aprovador.

Os homens, que fariam os homens nesse dia? Deus meu, iriam completar o último terço que falta para que a população inteira fique esportiva. O contágio far-nos-ia a todos esportivos. Seria a vitória última e definitiva da esportividade.

Gazeta de Notícias, 15 de julho de 1894

Trapizonda já não existe!

Trapizonda já não existe! Dizem telegramas que um terremoto a destruiu inteiramente. Constantinopla, a dar crédito às notícias telegráficas que há cerca de duas semanas são aqui recebidas, deve estar quase destruída também. Os mortos são muitos, os feridos muitíssimos, as perdas materiais calculam-se por milhões de piastras.

Tempo houve em que tais fenômenos seriam considerados como provas claras de que a intenção de Deus era destruir a casa otomana. Hoje, não só não se diz isso, mas ainda pode ser que os cardeais da santa igreja católica assinem algumas liras em benefício das vítimas do desastre. Outro é o século. Vimos o papa escrever às igrejas cismáticas e heréticas, para aconselhar-lhes que se acolhessem ao grêmio católico, formando um só rebanho e um só pastor. O czar reata as relações com o sumo pontífice. O próprio sultão da Turquia, se bem me recordo, mandou uma carta de parabéns a Leão XIII, quando este celebrou o seu jubileu de ordenação. Agora mesmo o rabino de França teceu grandes louvores à cabeça visível da Igreja.

Há um vento de tolerância no mundo, vento brando, como lhe cumpre, feito de amor e boa vontade. Deixai lá que a China e o Japão declarem guerra entre si, e que o pobre rei da Coreia, segundo soubemos ontem pelo cabo, seja o primeiro prisioneiro dos japoneses ou dos japões, como diziam os velhos clássicos. Não duvido que seja a última guerra. Pode ser que, além dessa, ainda haja outra; mas depois estão acabadas as guerras, o mundo espiritual em perfeita unidade concilia todos os antagonismos sociais, nacionais e políticos, e faz caminhar a civilização para aquele sumo grau que a espera.

Nisso estamos de acordo. A questão é saber onde fica esse grau sumo, se no fim, quando o mundo não chegar para mais ninguém, se no princípio, quando ele era de sobra. Questão mais árdua do que parece. Podemos conceber que, quando à terra faltar espaço, este mundo será uma infinita Chicago, com casas de vinte e trinta andares. O dinheiro, que à primeira vista pode parecer que não baste, há de bastar, se a produção do ouro continuar na proporção dos algarismos publicados anteontem por uma das nossas folhas, dos quais se vê que só a produção africana dobra pés com cabeça. A família Rothschild não morrerá, por aquela lei que põe o remédio ao pé do mal, e o empréstimo à mão das urgências. Quando venha a faltar o ouro, teremos a prata, e, acabada a prata, ficará o níquel, com as modificações do projeto Coelho Rodrigues, para que não emigre. Em último caso, recorreremos ao honesto papel, mais valioso, pela sua fabricação, que todas as outras matérias, e, por isso mesmo que é moeda fiduciária, melhor exprime a solidariedade humana.

Tudo isso é verdade. Mas, não cessando a produção da gente humana, a consequência é que tudo há de ir crescendo, até que o *solvet saeclum* venha destruir o que a civilização fez desde o primeiro ao sumo grau. *Teste David cum Sibylla*. Ora, eu contesto ambas estas autoridades. Não creio que um sonho tão bonito acabe tão friamente. Mais vale então continuar a guerra, que se incumbirá de preparar alojamentos para as gerações vindouras, e liquidará os orçamentos, com saldos, é verdade, mas sem aquele excesso de saldos que ainda há pouco perturbavam as finanças anglo-americanas.

Outro é o meu sonho. Creio que o sumo grau está no princípio, e a ele tornaremos. Eis aqui o processo. A civilização remontará o rio bíblico, a Escritura será vivida para trás, até chegar ao ponto em que Deus pôs Adão e Eva no paraíso. Haverá outro paraíso, com Adão e Eva, último casal, que resumirá em si os tempos, as ideias, os sentimentos, toda a florescência moral e mental da primavera humana, através dos séculos. A língua atual não conhece palavras que pintem o que será esse dia paradisíaco, os campos verdes, os ares lavados, as águas puríssimas e frescas.

Surge uma dúvida. O último casal acabará tudo, no derradeiro enlevo do sumo grau, ou repetirá a conversação do *Gênesis*, para dar outro surto à humanidade, já então perfeita e mais-que-perfeita? Problema difícil. Há razões boas para crer na extinção, e outras não menos boas para admitir a renovação aperfeiçoada. Talvez a mesma dúvida assalte o espírito do derradeiro casal. Cuido ouvir este trecho de diálogo no paraíso do fim:

— Que te parece, Eva?

— Adão, é certo que há boas razões de um lado e boas razões de outro, como dizia, há muitos séculos, um escritor...

— Paz à sua alma!

— Amém!

— Mas, dada a igualdade das razões, quais preferes tu, mulher?

— Homem, eu dizer as que prefiro, não digo. Pergunta-me se o dia é claro e se a noite é escura, e a minha resposta será que a noite é escura, quando não há luar, e o dia é claro, quando há sol.

— Bem, então parece-te...

— Parece-me que os figos e os sapotis estão frescos. Ontem, as águas do rio deslizavam com muita velocidade. O colibri dança em cima da flor, e a flor exala um cheiro suavíssimo. Que flor preferes tu, Adão?

— A da tua boca, Eva. E que flor preferes tu?

— A que deve estar no cimo daquela montanha, Adão.

— Vou colhê-la para ti, Eva.

Nisto a serpente dirá com a voz melíflua que o diabo lhe deu:

Si cette histoire vous embête,
Nous allons la recommencer.

Mas Deus, vendo o que é bom, como na Escritura, acudirá: — Não, meus filhos, para experiência basta.

Gazeta de Notícias, 29 de julho de 1894

QUEREIS VER O QUE SÃO DESTINOS?

Quereis ver o que são destinos? Escutai.

Ultrajada por Sexto Tarquínio, uma noite, Lucrécia resolve não sobreviver à desonra, mas primeiro denuncia ao marido e ao pai a aleivosia daquele hóspede, e pede-lhes que a vinguem. Eles juram vingá-la, e procuram tirá-la da aflição dizendo-lhe que só a alma é culpada, não o corpo, e que não há crime onde não houve aquiescência. A honesta moça fecha os ouvidos à consolação e ao raciocínio, e, sacando o punhal que trazia escondido, embebe-o no peito e morre.

Esse punhal podia ter ficado no peito da heroína, sem que ninguém mais soubesse dele; mas, arrancado por Bruto, serviu de lábaro à revolução que fez baquear a realeza e passou o governo à aristocracia romana. Tanto bastou para que Tito Lívio lhe desse um lugar de honra na história, entre enérgicos discursos de vingança. O punhal ficou sendo clássico. Pelo duplo caráter de arma doméstica e pública, serve tanto a exaltar a virtude conjugal, como a dar força e luz à eloquência política.

Bem sei que Roma não é a Cachoeira, nem as gazetas dessa cidade baiana podem competir com historiadores de gênio. Mas é isso mesmo que deploro. Essa parcialidade dos tempos, que só recolhem, conservam e transmitem as ações encomendadas nos bons livros, é que me entristece, para não dizer que me indigna. Cachoeira não é Roma, mas o punhal de Lucrécia, por mais digno que seja dos encômios do mundo, não ocupa tanto lugar na história, que não fique um canto para o punhal de Martinha. Entretanto, vereis que esta pobre arma vai ser consumida pela ferrugem da obscuridade.

Martinha não é certamente Lucrécia. Parece-me até, se bem entendo uma expressão do jornal *A Ordem*, que é exatamente o contrário. "Martinha (diz ele) é uma rapariga franzina, moderna ainda, e muito conhecida nesta cidade, de onde é natural." Se é moça, se é natural da Cachoeira, onde é muito conhecida, que quer dizer *moderna*? Naturalmente quer dizer que faz parte da última leva de Citera. Esta condição, em vez de prejudicar o paralelo dos punhais, dá-lhe maior realce, como ides ver. Por outro lado, convém notar que, se há contraste das pessoas, há uma coincidência de lugar: Martinha mora na rua do Pagão, nome que faz lembrar a religião da esposa de Colatino.

As circunstâncias dos dois atos são diversas. Martinha não deu hospedagem a nenhum moço de sangue régio ou de outra qualidade. Andava a passeio, à noite, um domingo do mês passado. O Sexto Tarquínio da localidade, cristãmente chamado João, com o sobrenome de Limeira, agrediu e insultou a moça, irritado naturalmente com os seus desdéns. Martinha recolheu-se a casa. Nova agressão, à porta. Martinha, indignada, mas ainda prudente, disse ao importuno: "Não se aproxime, que eu lhe furo". João Limeira aproximou-se, ela deu-lhe uma punhalada, que o matou instantaneamente.

Talvez esperásseis que ela se matasse a si própria. Esperaríeis o impossível, e mostraríeis que me não entendestes. A diferença das duas ações é justamente a que vai do suicídio ao homicídio. A romana confia a vingança ao marido e ao pai. A cachoeirense vinga-se por si própria, e, notai bem, vinga-se de uma simples intenção. As pessoas são desiguais, mas força é dizer que a ação da primeira não é mais corajosa que a da segunda, sendo que esta cede a tal ou qual sutileza de motivos, natural deste século complicado.

Isto posto, em que é que o punhal de Martinha é inferior ao de Lucrécia? Nem é inferior, mas até certo ponto é superior. Martinha não profere uma frase de Tito Lívio, não vai a João de Barros, alcunhado o Tito Lívio português, nem ao nosso João Francisco Lisboa, grande escritor de igual valia. Não quer sanefas literárias, não ensaia atitudes de tragédia, não faz daqueles gestos oratórios que a história antiga põe nos seus personagens. Não; ela diz simplesmente e incorretamente: "Não se aproxime, que eu lhe furo". A palmatória dos gramáticos pode punir essa expressão; não importa, o *eu lhe furo traz* um valor natal e popular, que vale por todas as belas frases de Lucrécia. E depois, que tocante eufemismo! Furar por matar; não sei se Martinha inventou esta aplicação; mas, fosse ela ou outra a autora, é um achado do povo, que não manuseia tratados de retórica, e sabe às vezes mais que os retóricos de ofício.

Com tudo isso, arrojo de ação, defesa própria, simplicidade de palavra, Martinha não verá o seu punhal no mesmo feixe de armas que os tempos resguardam da ferrugem. O punhal de Carlota Corday, o de Ravaillac, o de Booth, todos esses e ainda outros farão cortejo ao punhal de Lucrécia, luzidios e prontos para a tribuna, para a dissertação, para a palestra. O de Martinha irá rio abaixo do esquecimento. Tais são as coisas deste mundo! Tal é a desigualdade dos destinos!

Se, ao menos, o punhal de Lucrécia tivesse existido, vá; mas tal arma, nem tal ação, nem tal injúria existiram jamais, é tudo uma pura lenda, que a história meteu nos seus livros. A mentira usurpa assim a coroa da verdade, e o punhal de Martinha, que existiu e existe, não logrará ocupar um lugarzinho ao pé do de Lucrécia, pura ficção. Não quero mal às ficções, amo-as, acredito nelas, acho-as preferíveis às realidades; nem por isso deixo de filosofar sobre o destino das coisas tangíveis em comparação com as imaginárias. Grande sabedoria é inventar um pássaro sem asas, descrevê-lo, fazê-lo ver a todos, e acabar acreditando que não há pássaros com asas... Mas não falemos mais em Martinha.

Gazeta de Notícias, 5 de agosto de 1894

Anteontem, dez de agosto

Anteontem, dez de agosto, achando-se reunidas algumas pessoas, falou-se casualmente da emissão de trezentos contos de títulos, autorizada pela Assembleia do Maranhão. Queriam uns que fosse papel-moeda, outros que não. Dos primeiros alguns davam o ato por legítimo, outros negavam a legitimidade, mas admitiam a conveniência. Travou-se debate. O mais extremado opinou que o direito de emitir era inerente ao homem, qualquer podia imprimir as suas notas, e tanto melhor se as recebessem. Citou, como argumento, os bilhetes que circulam no interior, e concluiu sacando do bolso uma cédula de duzentos réis, que apanhou em Maragogipe, impressa na mesma casa de Nova York que imprime as nossas notas públicas.

Nesse terreno o debate foi não só brilhante mas fastidioso. As matérias financeiras e econômicas são graves. Geralmente, os espíritos que não conseguem ver claro nem dizer claro dão para a economia política e as finanças, atribuindo assim à ciência de muitos varões ilustres a obscuridade que está neles próprios. Conheci um homem, primor de alegria, que andou carrancudo um ano inteiro, por haver descoberto que papel-moeda era uma coisa e moeda-papel outra; não dizia mais nada, não dava bons-dias, mas papel-moeda, nem boas-noites, mas moeda-papel. Era lúgubre; um cemitério, ainda com chuva, ainda de noite, era um centro de hilaridade ao pé daquele desgraçado. Melhorou no fim de um ano, mas já não era o mesmo. A alegria, trazia-lhe não sei que ar torcido que mais parecia escárnio...

Do debate travado saiu, entretanto, uma ideia, a ideia de termos aqui a nossa moeda municipal. Contra ela protestavam os que eram pela unidade da emissão; os outros pegaram deles pelos ombros e os puseram na rua, esquecendo que as assembleias não se inventaram para conciliar os homens, mas para legalizar o desacordo deles. Ficamos nós. A ideia foi estudada e desenvolvida. Chegamos a formular um projeto autorizando o prefeito a emitir até dois mil contos de réis. Um, mais escrupuloso, queria que a emissão fosse garantida pelas propriedades municipais; mas esta sub-ideia não foi aceita. Com efeito, a propriedade municipal é incerta e difícil de definir. As árvores das ruas são próprios municipais? No caso afirmativo, como se explica que o meu criado José Rodrigues as tenha comprado ao empreiteiro dos calçamentos do bairro, para me poupar as despesas da lenha? A discussão tornou-se bizantina, resolvemo-nos pela emissão pura e simples, sem garantia, além da confiança do contribuinte e da lealdade do emissor. Concluído o projeto, acrescentou-se que um de nós iria dá-lo de presente ao Conselho municipal.

Mas aqui surgiu uma dúvida: Haverá Conselho municipal? A legislação era pela afirmativa. A imprensa diária, superficialmente lida, não o era menos. Vários fenômenos, porém, faziam suspeitar que o Conselho municipal não existia. A linguagem atribuída ao seu presidente, na sessão de quarta-feira, era um desses fenômenos. Disse ele (pelo que referem os jornais) que o Conselho, convocado desde 3 do mês passado, raras vezes se reunira; assim, vendo que os membros não compareciam, ia oficiar-lhes pessoalmente chamando-os aos trabalhos. Há aí contradição nos termos, porquanto, se o Conselho foi convocado desde mais de um mês, e não se reunia, é que não tinha membros, e se não tinha membros não era Conselho. Um dos presentes defendeu, entretanto, a probabilidade da existência.

— Há razões para crer que o Conselho existe — disse ele. — A primeira é que a vinte e oito do mês passado houve sessão, proferiram-se alguns discursos, resolvendo-se afinal que era preciso ler e meditar as matérias sujeitas a deliberação. Deu-se até um incidente que explica até certo ponto a falta de sessão nos outros dias. Um dos intendentes, referindo-se a um velho projeto, disse: "Estando a comissão em dúvida sobre alguns pontos do projeto, desejava que o seu autor aparecesse nesta casa, a fim de interrogá-lo; s. ex., porém, não tem aparecido..." Daqui se pode concluir que não há frequência, que um intendente aparece, às vezes, que é recebido com demonstrações de saudade: "Ora seja muito bem aparecido!" Mas não parece clara a conclusão contra a existência do Conselho. A segunda razão que me faz vacilar na negativa da existência é que, intimados pessoalmente, no dia 7, o Conselho fez sessão logo a 9. Verdade é que já hoje, 10, não houve sessão. Enfim, tenho um indício veemente de que o Conselho existe, é a resignação do cargo por dois de seus membros. Está nos jornais.

A maioria não aceitou este modo de ver. A publicação dos atos do conselho não era prova da existência deste, podiam ser variedades literárias. A literatura, como Proteu, troca de formas, e nisso está a condição da sua vitalidade. Podia ser também um processo engenhoso de mostrar a necessidade de termos um Conselho municipal. Quem se não lembra da famosa *Batalha de Dorking*, opúsculo publicado há anos, descrevendo uma batalha que não houve, mas pode haver, se a Inglaterra não aumentar as forças navais? Já se escreveu uma *História do que não aconteceu*. Demais, é necessidade da imprensa agradar aos leitores, dando-lhes matéria interessante, e principalmente nova. Ora, se o Conselho municipal não existe, nada mais novo que supô-lo trabalhando.

Essa opinião da maioria irritou os poucos que admitiam a probabilidade da existência, dando em resultado afirmarem agora o que antes era para eles simples presunção. Um da minoria ergueu-se e demonstrou a existência do Conselho pela consideração de que o município é a base da sociedade e dizendo coisas latinas acerca do município romano. Naturalmente, a maioria indignou-se. Um, para provar que o preopinante errava, chamou-lhe asno, ao que retorquiu aquele que as suas orelhas eram felizmente curtas. Essa alusão às orelhas compridas do outro fez voar um tinteiro e ia começar a dança das bengalas, quando me ocorreu uma ideia excelente.

— Meus amigos — disse eu —, peço-vos um minuto de atenção. Estamos aqui a discutir a existência do Conselho municipal, a propósito da emissão de títulos maranhenses, que talvez não exista, tal qual o Conselho. Mas, dado que a emissão de títulos seja real, é certo que há de durar pouco, tanto mais que é por antecipação de receita, enquanto que aqui está outra emissão do Maranhão, muito mais duvidosa que essa. Este dia 10 de agosto é o aniversário do nascimento de Gonçalves Dias. Há setenta e um anos que o Maranhão no-lo deu, há trinta que o mar no-lo levou, e os seus versos de grande poeta perduram, tão viçosos, tão coloridos, tão vibrantes como nasceram. Viva a poesia, meus amigos! Viva a sacrossanta literatura! como dizia Flaubert. Não sei se existem intendentes, mas os *Timbiras* existem.

Gazeta de Notícias, 12 de agosto de 1894

Têm havido grandes cercos e entradas da polícia em casas de jogo

Têm havido grandes cercos e entradas da polícia em casas de jogo. Sistematicamente, a autoridade procura dispersar os religionários da fortuna, e trancar os antros da perdição. Esta frase não é nova, mas o vício também é velho, e não se põe remendo novo em pano velho, diz a Escritura. Já se jogava no tempo da Escritura; lançaram-se dados sobre a túnica de Jesus Cristo. Na China, em que há tudo desde muitos milhares de anos, é provável que o jogo se perca na noite dos tempos. Maomé, que tinha algumas partes de grande homem, apesar de ser o próprio cão tinhoso, consentiu o uso do xadrez aos seus árabes, e fez muito bem; é um jogo que não admite quinielas, e, apesar de ter cavalos, não se dá ao aperfeiçoamento da raça cavalar, como os vários *derbys* deste mundo.

Antes de ir adiante, deixem-me pôr aqui uma observação que fiz e me pareceu digna de nota. Compilador do século XX, quando folheares a coleção da *Gazeta de Notícias*, do ano da graça de 1894, e deres com estas linhas, não vás adiante sem saber qual foi a minha observação. Não é que lhe atribua nenhuma mina de ouro, nem grande mérito; mas há de ser agradável aos meus manes saber que um homem de 1944 dá alguma atenção a uma velha crônica de meio século. E se levares a piedade ao ponto de escrever em algum livro ou revista: "Um escritor do século XIX achou um caso de cor local que não nos parece destituído de interesse...", se fizeres isto, podes acrescentar como o soldado da canção francesa:

Du haut du ciel — ta demeure dernière —
Mon colonel, tu dois être content.

Sim, meu jovem capitão, ficarei contente, desde já te abençoo, compilador do século XX; mas vamos à minha observação.

A marcha ordinária da polícia é entrar na casa, apreender a roleta, as cartas, os dados, multar o dono em quinhentos mil-réis e sair. Enquanto ela entra, os fregueses escondem-se ou fogem pelos muros ou pelos telhados. O dono da casa raramente foge; afeito à guerra, sabe que recebeu um balázio, e força é deixar algum sangue. Quando, porém, acontece serem todos apanhados entre o 10 e o 22, ou entre a sota e o ás, parece que há gestos de acatamento e consideração. É quase provável que, terminada a ação policial, todos eles acompanhem os agentes até o patamar, com reverências.

Ora bem; telegramas de Espanha dizem que a polícia deu em uma casa de jogo de Madri, onde achou muitos fidalgos. Que pensais que fizeram os fregueses? Que fugiram pelos fundos ou pelos telhados? Não, senhor; os fregueses correram aos trabucos que haviam trazido consigo e travaram combate com a polícia. Não dizem os telegramas se venceram ou foram vencidos, nem quantos morreram. Também não quero sabê-lo. O que me importa em tudo isso é a cor local. Vede bem como estamos na Espanha. Um fidalgo, que terá talvez o direito de se cobrir diante do rei, jamais consentirá que um aguazil lhe deite mão ao ombro, e primeiro a decepará com uma bala.

Essa notícia, que parece nada, explica o fracasso da nossa Ópera Nacional. O caso da tavolagem de Madri daria nas mãos de um Mérimée uma novela como a *Carmen*, de onde viria um maestro extrair uma ópera. Os espanhóis têm a sua ópera, que é a zarzuela. Não lhes hão de faltar assuntos, pois que sabem fugir da realidade chata das lutas incruentas, e os bons fidalgos defendem o rei de copas com o mesmo brio e prontidão com que defenderiam o rei da Espanha. Como fazermos a mesma coisa? Não só não há trabucos nas nossas casas de jogo, mas as próprias bengalas são esquecidas nos momentos de crise. Ao primeiro apito, pernas. Ao primeiro vulto, muros. Quando sucede faltarem as pernas e os muros, sobram sorrisos e barretadas. Nunca deixarei de aprovar uma atitude ou um movimento que exprima respeito à autoridade e reconhecimento implícito do erro; mas com isto fazem-se catecismos, apólogos morais e partes de polícia. Óperas é que não.

Explicado assim o fracasso da nossa Ópera Nacional, deixem-me confessar que nem tudo são óperas neste mundo. Há palavras sem música. Daí as nossas diligências, que, se perdem pelo lado estético, lucram pelo lado moral. Por isso mesmo, convém apoiá-las. Toda repressão é pouca. Se, porém, basta o zelo da autoridade e a energia dos seus agentes, não sei. Pode suceder que a ação da polícia seja igual à das Danaides, e que o imenso tonel não chegue a depositar um litro de água. Primeiro seria preciso calafetá-lo, a fim de que a água não se escoe da rua do Lavradio para a dos Inválidos. Onde está, porém, esse tanoeiro ciclópico?

Não induzam daqui que eu quero ver interrompido o serviço das Danaides, nem concluam da citação do telegrama de Madri que aprovo o uso do trabuco. Não, Deus meu; tanto não quero uma coisa, nem aprovo outra, que aplaudo ambas as contrárias. E perdoem-me se insisto neste ponto. Nem todos os leitores concluem logicamente. Muitos há que, se alguém acha o Rangel mais elegante que o Bastos, exclamam convencidos:

— Ah! já sei, é amigo do Rangel!

E todo o tempo é pouco para replicar:

— Não, homem de Deus, não sou amigo nem inimigo do Rangel; creio até que ele me deve dez tostões. O que digo, é que, comparado com o Bastos, o Rangel é mais elegante.
— Pobre Bastos! Ódio velho não cansa. Por que não confessa logo que o detesta?
— Mas eu não detesto o Bastos; simpatizo até com ele, e, se bem me lembro, devo-lhe um favor, não pequeno, aqui há anos, tanto mais digno de lembrança quanto foi espontâneo...
— Mas por que lhe chama lapuz?
— Que lapuz? Não disse tal. Disse que acho o Rangel mais elegante...
— Que o adora, em suma.

Não há como sair daqui. O melhor, em tais casos, é calar a boca, ou encerrar o escrito, se se escreve. Viva Deus! Creio que está finda a crônica.

Gazeta de Notícias, 19 de agosto de 1894

Que vale a ruína de uma cidade ao pé da ruína de um coração?

Que vale a ruína de uma cidade ao pé da ruína de um coração? Crenças santas, crenças abençoadas, que são quarteirões de casas, ruas inteiras, palácios, monumentos que o tempo desfaz, comparados com uma só de vós que se perde? Eu cria em são Bartolomeu. Esperava o dia 24 de agosto, como quem espera o dia do noivado, tão somente por causa daqueles grandes ventos que o santo mandava a este mundo. Quando era criança, diziam-me que era o diabo que andava solto, e acreditei que sim; mas, com os anos, percebi que o diabo é menos violento que insidioso; quando se faz vento, é antes brisa que tufão. A brisa é mansa e velhaca, é a própria serpente tentadora do mal que se mete entre Adão e Eva para seduzi-los e perdê-los:

> Lembras-te ainda dessa noite, Elisa?
> Que doce brisa respirava ali!

Outro é o processo de Deus. O vento do céu é furacão, destrói, arrasa, castiga. Foi o que achei em relação ao Dia de são Bartolomeu, logo que tive o uso da razão. Compreendi que era o santo que soprava todas as cóleras celestes.

Este ano esperei, como nos outros, o Dia 24 de agosto. Assim, quando na véspera, à tarde, comecei a ver poeira e a ouvir uma coisa parecida com vento forte, senti um alegrão. Notai que eu execro o vento, maiormente o tufão. De todos os meteoros é o que me bole com os nervos e me tira o sono. Trovoadas são comigo; aguaceiros, principalmente se estou em casa, são agradáveis de escutar. Vento, nem sopro. Pois este ano esperava o Dia de são Bartolomeu com extraordinária ansiedade — talvez para ver se o vento levava aquele resto de ponte que fica em frente à praia da Glória.

Creio que essa obra prendia-se ao plano de aterrar uma parte do mar; não se tendo realizado o plano, a ponte ficou, do mesmo modo que ficaram na rua dos Ourives os trilhos de uma linha de bondes que se não fez. Nisto o mar parece-se com a terra. Nem há razão clara para ação diferente. O tempo trouxe algumas injúrias à obra, mas a ponte subsiste com os seus danos, à espera que os anos, mais vagarosos para as obras dos homens que para os mesmos homens, consumam esse produto da engenharia hidráulica.

Entre parênteses, não se pense que sou oposto a qualquer ideia de aterrar parte da nossa baía. Sou de opinião que temos baía demais. O nosso comércio marítimo é vasto e numeroso, mas este porto comporta mil vezes mais navios dos que entram aqui, carregam e descarregam, e para que há de ficar inútil uma parte do mar? Calculemos que se aterrava metade dele; era o mesmo que alargar a cidade. Ruas novas, casas e casas, tudo isso rendia mais que a simples vista da água movediça e sem préstimo. As ruas podiam ser de dois modos, ou estreitas, para se alargarem daqui a anos, mediante uma boa lei de desapropriação, ou já largas, para evitar fadigas ulteriores. Eu adotaria o segundo alvitre, mas por uma razão oposta, para estreitar as ruas, mais tarde, quando a população crescesse. É bom ir pensando no futuro. Telegramas de São Paulo dizem que foram edificadas naquela cidade, nos últimos seis meses, mais de quatrocentas casas; naturalmente, havia espaço para elas. Não o havendo aqui, força é prevê-lo.

Não sei por que razão, uma vez começado o aterro do porto, em frente à Glória, não iríamos ao resto e não o aterraríamos inteiramente. Nada de abanar a cabeça; leiam primeiro. Não está provado que os portos sejam indispensáveis às cidades. Ao contrário, há e teria havido grandes, fortes e prósperas cidades sem portos. O porto é um acidente e às vezes um mau acidente. Por outro lado, as populações crescem, a nossa vai crescendo, e ou havemos de aumentar as casas para cima, ou alargá-las. Já não há espaço cá dentro. Os subúrbios não estão inteiramente povoados, mas são subúrbios. A cidade, propriamente dita, é cá embaixo.

Se tendes imaginação, fechai os olhos e contemplai toda essa imensa baía aterrada e edificada. A questão do corte do Passeio Público ficava resolvida; cerceava-se-lhe o preciso para alargar a rua, ou eliminava-se todo, e ainda ficava espaço para um passeio público enorme. Que metrópole! que monumentos! que avenidas! Grandes obras, uma estrada de ferro aérea entre a Laje e Mauá, outra que fosse da atual praça do Mercado a Niterói, iluminação elétrica, aquedutos romanos, um teatro lírico onde está a ilha Fiscal, outro nas imediações da igrejinha de São Cristóvão, dez ou quinze circos para aperfeiçoamento da raça cavalar, estátuas, chafarizes, piscinas naturais, algumas ruas de água para gôndolas venezianas; um sonho.

Tudo isso custaria dinheiro, é verdade, muito dinheiro. Quanto? Quinhentos, oitocentos mil contos, o duplo, o triplo, fosse o que fosse, uma boa companhia poderia empreender esse cometimento. Uma entrada bastava, dez por cento do capital, era o preciso para os primeiros trabalhos do aterro; depois levantava-se um empréstimo. Convém notar que a renda da companhia principiaria desde as primeiras semanas. Como os pedidos de chãos para casas futuras deviam ser numerosíssimos, a companhia podia vendê-los antes do aterro, sob a denominação de *chãos ulteriores*, com certo abatimento. Assim também venderia o privilégio da iluminação, dos esgotos, da viação pública. Podia também vender os peixes que existissem antes de começar a aterrar o mar. Eram tudo fontes de riqueza e auxílios para a realização da obra.

Bem; mas, não se realizando este sonho, parece-me que o frangalho de ponte que existe diante da praia da Glória, é antes um desadorno que um adorno. Útil não é, visto achar-se já com duas ou três soluções de continuidade. Nem útil, nem moral. É uma série de paus fincados, com outros convulsos. Na mesma praia da Glória, cá em cima, houve até há pouco uma relíquia de não sei que coisas russas (montanhas, creio), que ali estaria até agora tapando a vista e aborrecendo a alma, se um incêndio benéfico não acabasse com o que os donos abandonaram. Não peço fogo para a ponte; mas é por isso mesmo que esperava ansiosamente o Dia de são Bartolomeu.

Veio o dia... Primeiro veio a véspera, que me deu alguma esperança, como acima ficou dito; houve poeira, galhos de árvores arrancados, voaram alguns chapéus. O dia, porém, oh! triste Dia de são Bartolomeu, chuvoso e pacato, sem um soprozinho para consolação. O único fenômeno importante foi o desconcerto de um bonde elétrico, que obrigou muita gente a vir a pé da Glória até a rua do Ouvidor; mas quando me lembro que isto se pode dar em qualquer dia, deixo de atribuir o caso ao santo. Vão-se os deuses. Morrem as doces crenças abençoadas. Ruínas morais, que são ao pé de vós as ruínas de um Império?

Gazeta de Notícias, 26 de agosto de 1894

Acabo de ler

Acabo de ler que os condutores de bondes tiram anualmente para si, das passagens que recebem, mais de mil contos de réis. Só a Companhia do Jardim Botânico perdeu por essa via, no ano passado, trezentos e sessenta contos. Escrevo por extenso todas as quantias, não só por evitar enganos de impressão, fáceis de dar com algarismos, mas ainda para não assustar logo à primeira vista, se os números saírem certos. Pode acontecer também, que tais números, sendo grandes, gerem incredulidade, e nada mais duro que escrever para incrédulos.

Parece que as companhias têm experimentado vários meios de fiscalizar a cobrança, sem claro efeito. Atribui-se ao finado Miller, gerente que foi da Companhia do Jardim Botânico, um dito mais gracioso que verdadeiro, assaz expressivo do cepticismo que distinguia aquele amável alemão. Dizia ele (se é verdade) que, pondo fiscais aos condutores, comiam condutores e fiscais, e assim era melhor que só comessem condutores. Há nisso parcialidade. Ou o espiritismo é nada, ou Miller foi condutor de bonde em alguma existência anterior, e daí essa proteção exclusiva a uma classe. Não haveria bondes, mas havia homens. Miller terá sido condutor de homens, os quais, juntos em nação, formam um vasto bonde, ora atolado e parado, como a China, ora tirado por eletricidade, como o Japão.

Mas eu não creio que Miller tenha dito semelhante coisa; há de ser invenção do cocheiro. Ninguém acusa o cocheiro de conivência na subtração dos mil e tantos contos, sendo aliás certo que, no organismo político e parlamentar do bonde, ele é o presidente do conselho, o chefe do gabinete. O condutor é o rei constitucional, que reina e não governa, os passageiros são os contribuintes. Que o condutor não governa, vê-se a todo instante pela desatenção do cocheiro à campainha, que o manda parar. "Advirta vossa majestade", diz o cocheiro com o gesto, "que a responsabilidade do governo é minha, e eu só obedeço à vontade do Parlamento, cujas rédeas levo aqui seguras." Segundo toque de campainha recomenda ao chefe do gabinete que, nesse caso, peça às câmaras um voto de aprovação. "Perfeitamente", responde o cocheiro, e requer o voto com duas fortes lambadas. O Parlamento, cioso das suas prerrogativas, empaca; é justamente a ocasião que o passageiro ágil e sagaz aproveita para descer e entrar em casa.

Não é preciso demonstrar que as sociedades anônimas, como as políticas, são outros tantos bondes, e se Miller não foi condutor de alguma destas, é que o foi de alguma daquelas. Mas deixemos suposições gratuitas. Ninguém jura ter ouvido ao próprio Miller as palavras que a lenda lhe atribui. Que ficam elas valendo? Valem o que valem outras tantas palavras históricas. Não percamos tempo com ficções.

Vamos antes a duas espécies de subtração, que devem ser contadas na soma total — uma contra as companhias, outra contra os passageiros. A primeira é rara, mas existe, como as anomalias do organismo. Tem-se visto algum passageiro tirar modestamente do bolso o níquel da passagem, ou não tirá-lo, (há duas escolas) e ir olhando cheio de melancolia para as casas que lhe ficam à direita ou à esquerda, segundo a ponta do banco em que está. Os olhos derramam ideias tristes. Se o condutor, distraído ou atrapalhado na cobrança, não convida o passageiro a ideias chistosas, dá-se este por pago, e o níquel torna surdamente para a algibeira de onde saiu, ou, se não saiu, lá fica.

A segunda espécie de subtração é também rara, e ainda mais prejudicial ao passageiro que à companhia. Consiste em pedir o condutor ao passageiro que espere o troco da nota que este lhe deu. Às vezes nem é preciso pedir, faz um gesto ou não faz nada: subentende-se que toda nota tem troco. O passageiro prossegue na leitura ou na conversação interrompida, se não vai simplesmente pensando na instabilidade das coisas desta vida. Acontece que chega à casa ou à esquina da rua em que mora, e manda parar o bonde. Igualmente sensível ao aspecto melancólico das habitações humanas, o condutor toca maquinalmente a campainha, e o homem desce, louvando ainda uma vez esta condução tão barata, que lhe permite ir por um tostão do largo de São Francisco ao campo de São Cristóvão.

Este segundo caso é de consciência. Com efeito, se o condutor não deu troco ao passageiro, há de entregar a nota à companhia? Não; seria fazer com que ela cobrasse dez vezes a mesma passagem. Há de trocar a nota para entregar só a passagem e ficar com o resto? Seria legitimar uma divisão criminosa. Há de anunciar a nota? Seria publicar a sua própria distração, e demais arriscar o emprego, coisa que um pai de família não deve fazer. A única solução é guardar tudo.

Mas, ainda sem estes dois elementos, parece que a perda anual é grande, e algum remédio é necessário. A ideia de interessar os próprios passageiros, ligados por um laço de caridade, pode ser fecunda, e, em todo caso, é elevada. O único receio que tenho é da pouca persistência nossa, por preguiça de ânimo ou outra coisa. O interesse é mais constante. José Rodrigues, a quem consultei sobre esta matéria, disse-me que isto de perder são os ônus do ofício; também a companhia de que ele tinha debêntures, perdeu-os todos. Mas lembrou-me um meio engenhoso e útil: incumbir os acionistas de vigiarem por seus próprios olhos a cobrança das passagens. Interessados em recolher todo o dinheiro, serão mais severos que ninguém, mais pontuais, não ficará vintém nem conto de réis fora da caixa.

Gazeta de Notícias, 2 de setembro de 1894

A morte de Mancinelli deu lugar a uma observação

A morte de Mancinelli deu lugar a uma observação, naturalmente tão velha ou pouco menos velha que o mundo, a saber, que o homem é um animal de sonhos e mistérios. Não gosta das verdades simples. Assim, relativamente ao motivo do suicídio, ouvi muitas versões remotas e complicadas. A mais espantosa foi que Mancinelli estava com ordem de prisão, por ter mandado lançar fogo ao Politeama, e recorrera à morte, não por desespero, mas por temor.

Confessemos que é ir um pouco longe. Entretanto, façamos justiça aos homens, a realidade era mais difícil de crer que a invenção e a fantasia. Um empresário que se mata por não poder pagar aos credores, orça pela Fênix e pela Sibila. Era natural não admitir que, em tal situação, um empresário prefira a bala ao paquete. O paquete é a solução comum, mas também há casos de simples discurso explicativo, palavras duras, uma redução, uma convenção, uma infração e o silêncio. Não me lembra nenhum caso mortal.

O pobre e fino artista foi o primeiro, e por muitos e muitos anos será o único, porque eu não creio que nenhum outro, nas mesmas condições, se meta tão cedo em tal ofício, para o qual não basta o sentimento da arte. Não o conheci de perto, nem de longe, mas parece que era profundamente sensível, tinha o orgulho alto, o pundonor agudo e o sentimento da responsabilidade vivíssimo. Não podendo lutar, preferiu a morte, que se lhe afigurou mais fácil que a vida e mais necessária também.

Há justamente um mês, deu-se em Oxford um suicídio, que, a certo respeito, é o de Mancinelli. Foi o de John Mowat. Este erudito era bibliotecário da universidade. Nomeado membro do Congresso das Ciências que ali se reunia agora, teve medo de não poder desempenhar cabalmente o mandato, pegou de uma corda e enforcou-se. Sabia-se que era homem de grande impressionabilidade. Vivendo feliz, sossegado, entregue aos livros, temeu cá fora um fiasco. Compreendo que a gente inglesa também recusasse tal motivo, e preferisse crer, visto tratar-se de um bibliotecário, que ele deitara fogo à biblioteca de Alexandria.

Realmente, matar-se um homem por suspeitar que pode ficar abaixo de um cargo é coisa que, ainda escrita, ninguém crê; parece uma página de Swift. Antes de tudo, esse sentimento de inferioridade é raríssimo. Quando existe, fica tão fundo na consciência, que só o olho perspicaz do observador pode senti-lo e palpá-lo cá de fora. A aparência é contrária; o ar da pessoa, o tom, o aspecto, tudo persuade à multidão que o cargo é que é pequeno. A verdade, porém, é que Mowat matou-se por causa dessa modéstia doentia, quando o seu dever era ser sadio e forte, crer que podia arrancar uma estrela do céu, e, obrigado a fazê-lo, tirá-la da algibeira.

Num e noutro caso, como nos demais, surge a questão de saber se o suicídio é um ato de coragem ou de fraqueza. Questão velha. Tem sido muito discutida, como a de saber qual é maior, se César ou Napoleão; mas esta é mais recente e indígena. Pode dizer-se que os dois grandes homens equilibram-se, nos votos, mas a questão do suicídio é antes resolvida no sentido da fraqueza que no da coragem. É um problema psicológico fácil de tratar entre o largo do Machado e o da Carioca. Se o bonde for elétrico, a solução é achada em metade do caminho.

Segundo os cânones, o suicídio é um atentado ao Criador, e o nosso primeiro e recente arcebispo aproveitou o caso Mancinelli para lembrá-lo aos párocos e a todo o clero, e consequentemente que os sufrágios eclesiásticos são negados aos que se matam. A circular de d. João Esberard é sóbria, enérgica e verdadeira; recorda que a sociedade civil e a filosofia condenam o suicídio, e que a natureza o considera com horror. No mesmo dia da expedição da circular (quinta-feira), um homem que padecia de moléstia dolorosa ou incurável, talvez uma e outra coisa, recorreu à morte como à melhor das tisanas. Suponho que não terá lido a palavra do prelado; mas outros suicidas virão depois dela, pois que os cânones são mais antigos, a filosofia também, e mais que todos a natureza.

Conta Plutarco que houve, durante algum tempo, em Mileto, uma coisa que ele chama conjuração, mas que eu, mais moderno, direi epidemia, e era que as moças do lugar entraram a matar-se umas após outras. A autoridade pública, para acudir a tamanho perigo, decretou que os cadáveres das moças que dali em diante se matassem seriam arrastados pelas ruas, inteiramente nus. Cessaram os suicídios. O pudor acabou com o que não puderam conselhos nem lágrimas. A privação dos sufrágios eclesiásticos é assaz forte para os crentes, embora não seja sempre decisiva; mas a incredulidade do século e a frouxidão dos próprios crentes hão de tornar improfícua muita vez a intervenção do prelado.

Pela minha parte, estou com os cânones, com a filosofia, com a sociedade e com a natureza, sem negar que são dois belos versos aqueles com que o poeta Garção fecha a ode que compôs ao suicídio:

> Todos podem tirar a vida ao homem,
> Ninguém lhe tira a morte.

Convenho que a morte seja propriedade inalienável do homem, mas há de ser com a condição de a conservar inculta, de lhe não meter arado nem enxada. Condição que não se pode crer segura, nem geralmente aceita. São matérias complicadas, longas, e cada vez sinto menos papel debaixo da pena. Enchamos o que falta com uma revelação e uma observação.

A revelação é um grito d'alma que ouvi, quando a notícia do suicídio de Mancinelli chegou a um lugar onde estávamos eu e um amigo. "Ora pílulas!" bradou este meu amigo; "é outro empresário que me leva a assinatura." Consolei-o dizendo que as assinaturas do Teatro Lírico, perdidas ou interrompidas neste mundo, são pagas em tresdobro no céu. A esperança de ouvir eternamente os *Huguenotes* e o *Lohengrin* alegrou a alma diletante e cristã do meu amigo. Disse-lhe que os anjos, como a eternidade é longa, estudam as óperas todas, para indenização das algibeiras e dos ouvidos defraudados pelo suicídio ou pelo paquete; acrescendo que os maestros no céu serão os regentes da orquestra das suas óperas, menos os judeus, que poderão mandar pessoa de confiança.

Quanto ao reparo, é um pouco velho, mas serve. Verificou-se ainda uma vez a supremacia da música em nossa alma. Certamente, as circunstâncias da morte de Mancinelli, as qualidades simpáticas do homem, os dons do artista, a honradez do caráter contribuíram muito para o terrível efeito da notícia. Creio, porém, que uma parte do efeito originou-se na condição de empresário lírico. A verdade é que nós amamos a música sobre todas as coisas e as prima-donas como a nós mesmos.

Gazeta de Notícias, 9 de setembro de 1894

QUE BOAS QUE SÃO AS SEMANAS POBRES!

Que boas que são as semanas pobres! As semanas ricas são ruidosas e enfeitadas, aborrecíveis, em suma. Uma semana pobre chega à porta do gabinete, humilde e medrosa:

— Meu caro senhor, eu pouco tenho que lhe dar. Trago as algibeiras vazias; quando muito, tenho aqui esta cabeça quebrada, a cabeça do Matias...

— Mas que quero eu mais, minha amiga? Uma cabeça é um mundo... Matias, que Matias?

— Matias, o leiloeiro que passava ontem pela rua de São José, escorregou e caiu... Foi uma casca de banana.

— Mas há cascas de banana na rua de São José?

— Onde é que não há cascas de bananas? Nem no céu, onde não se come outra fruta, com toda certeza, que é fruta celestial. Mate-me Deus com bananas. Gosto delas cruas, com queijo de Minas, assadas com açúcar, açúcar e canela... Dizem que é mui nutritiva.

Confirmo este parecer, e aí vamos nós, eu e a semana pobre, papel abaixo, falando de mil coisas que se ligam à banana, desde a botânica até a política. Tudo sai da cabeça do Matias. Não há tempo nem espaço, há só eternidade e infinito, que nos levam consigo; vamos pegando aqui de uma flor, ali de uma pedra, uma estrela, um raio, os cabelos de Medusa, as pontas do diabo, micróbios e beijos, todos os beijos que se têm consumido neste mundo, todos os micróbios que nos têm consumido, até que damos por nós no fim do papel. São assim as semanas pobres.

Mas as semanas ricas! Uma semana como esta que ontem acabou, farta de sucessos, de aventuras, de palavras, uma semana em que até o câmbio começou a esticar o pescoço pode ser boa para quem gostar de bulha e de acontecimentos. Para mim que amo o sossego e a paz é a pior de todas as visitas. As semanas ricas exigem várias cerimônias, algum serviço, muitas cortesias. Demais, são trapalhonas, despejam as algibeiras sem ordem e a gente não sabe por onde lhe pegue, tantas e tais são as coisas que trazem consigo. Não há tempo de fazer estilo com elas, nem abrir a porta à imaginação. Todo ele é pouco para acudir aos fatos.

— Como é que v. ex. pôde vir assim, tão carregada assim, não me dirá?

— Não é tudo.

— Ainda há mais fatos?

— Tenho-os ali fora, na carruagem; trouxe comigo os de maior melindre, vou mandar trazer os outros pelo lacaio... Pedro!

— Não se incomode v. ex.; eu mando o José Rodrigues. José Rodrigues! Vá ali à carruagem desta senhora e traga os pacotes que lá achar. Vêm todos os pacotes?

— Todos, menos o edifício da Fábrica das Chitas que afinal recebeu o último piparote do tempo e caiu. Pelo resultado, podemos dizer que foi o dedo da providência que o deitou abaixo; não matou ninguém. Imagine se o bonde que descia passasse no momento de cair o monstro, e que o homem que queria ir ver na casa arruinada a cadela que dava leite aos filhos houvesse chegado ao lugar onde estavam os cães. Que desastre, santo Deus! que terrível desastre!

— Terrível, minha senhora? Não nego que fosse feio, mas o mal seria muito menor que o bem. Perdão; não gesticule antes de ouvir até o fim... Repito que o bem compensaria o mal. Imagine que morria gente, que havia pernas esmigalhadas, ventres estripados, crânios arrebentados, lágrimas, gritos, viúvas, órfãos, angústias, desesperos... Era triste, mas que comoção pública! que assunto fértil para três dias! Recorde-se da Mortona.

— Que Mortona?

— Creio que houve um desastre deste nome; não me lembro bem, mas foi negócio em que se falou três dias. Nós precisamos de comoções públicas, são os banhos elétricos da cidade. Como duram pouco, devem ser fortes. Olhe o caso Mancinelli...

— A minha mana mais velha é que o trouxe consigo. Foi um suicídio, creio?

— Foi, foi um horrível suicídio que abalou a cidade em seus fundamentos. No dia da morte, cerca de mil pessoas foram ver o cadáver do triste empresário. Quando se deu o primeiro espetáculo a favor dos artistas, acudiram ao teatro dezessete pessoas, não contando os porteiros, que entram por ofício. Não há que admirar nessa diferença de algarismos; as comoções fortes são naturalmente curtas. Fortes e longas, seriam a mais horrível das nevroses. Foi uma pena não ter passado um bonde cheio de gente na ocasião em que ruiu a Fábrica das Chitas; cheio de gente, isto é, de crianças sem mães, maridos sem esposas, viúvas costureiras, sem os filhos, e muitos passageiros, muitos pingentes, como dizem dos que vão pendurados nos estribos incomodando os outros. Creia v. ex.; uma vez que os homens já não compõem tragédias, é preciso que Deus as faça, para que este teatro do mundo varie de espetáculo. Tudo fandango, minha senhora! Seria demais.

— Como o senhor é perverso!

— Eu? Mas...

— Vamos aos outros sucessos destes sete dias; trago muitos.

— Perdão; quero primeiro lavar-me da pecha que me pôs. Eu, perverso?

— Danado.

— Eu, danado? Mas em que é que sou danado e perverso? Não lhe disse, note bem, que eu faria ruir o edifício da Fábrica das Chitas, quando passasse o bonde, mas que era bom que ele ruísse quando o bonde passasse. Há um abismo...

— Pois sim; vamos ao mais. Aqui estão dois fatos importantes.

— ...um grande abismo. Nem falo só pelos outros, mas também por mim. Não tenho dúvida em confessar que o espetáculo de uma perna alanhada, quebrada, ensanguentada, é muito mais interessante que o da simples calça que a veste. As calças, esses simples e banais canudos de pano, não dão comoção. As próprias calças femininas, quando comovem, não é por serem calças...

— Vamos aos sucessos.

— ... mas por serem calçadas. É outro abismo. Repare que hoje só vejo abismos. Há uma chuva de abismos; a imagem não é boa, mas que há bom neste século, minha senhora, excluindo a ocupação do Egito? Dizem que se descobriu um elemento novo. Talvez seja falso, mas pode ser que não; tudo é relativo. O relativo é inimigo do absoluto; o absoluto, quando não é Deus, é (com licença) o tenor que canta as glórias divinas. Começo a variar, minha senhora; não me sinto bem...

— Então acabemos depressa; é tarde, preciso retirar-me.

— ...se é que não estou pior. O pior é inimigo do bom, dizem; mas os dicionários negam absolutamente essa proposição, e eu vou com eles...

— Oh! o senhor faz-me nervosa!

— ...não só por serem dicionários, mas por serem livros grossos. Oh! V. ex. não sabe o que são esses livros altos e de ponderação. Os dicionários, se não são eternos, deviam sê-lo. Uma só língua, um só dicionário, e eterno; era o ideal da sistematização. A sistematização é, para falar verdade...

— Não posso mais, adeus!
— José Rodrigues, fecha a porta; se esta senhora voltar, dize-lhe que saí. Ah!

Gazeta de Notícias, 16 de setembro de 1894

OS DEPOIMENTOS
DESTA SEMANA

Os depoimentos desta semana complicaram de tal maneira o caso da bigamia Lousada, que é impossível destrinçá-lo, sem o auxílio de uma grande doutrina. Essa doutrina, eu, que algumas vezes me ri dela, venho proclamá-la bem alto, como a última e verdadeira.

Com efeito, vimos que a primeira mulher do capitão é negada por ele, que afirma ser apenas sua cunhada. Outros, porém, dizem que a primeira mulher é esta mesma que aí está, e quem o diz é o vigário, que os casou em 1870, e o padrinho, que assistiu à cerimônia. Mas eis aí surge a certidão de óbito e o número da sepultura da primeira esposa, que, de outra parte, são negadas, porque a pessoa morta não é a mesma e tinha nome diverso. Há assim uma pessoa enterrada e viva, mulher, cunhada e estranha, um enigma para cinco polícias juntas, quanto mais uma.

Vinde, porém, ao espiritismo, e vereis tudo claro como água. Eu não cria no espiritismo até junho último, quando li na *União Espírita* que, há anos, um distinto jurisconsulto nosso, antigo deputado por Mato Grosso, consentiu em assistir a uma experiência. Foi evocado o espírito da sogra do deputado e respondeu o marquês de Abaeté: "Meu amigo; o espiritismo é uma verdade. *Abaeté*". Caíram-me as cataratas dos olhos. Certamente o caso não era novo; mais de uma resposta dessas aparecem, que eu sempre atribuí à simulação. A circunstância, porém, da assinatura é que me clareou a alma, não só porque o marquês era homem verdadeiro, mas ainda porque o espírito assinara, não o seu nome de batismo, mas o título nobiliário. Se houvesse charlatanismo, teria saído o nome de Antônio, para fazer crer que os espíritos desencarnados deixam neste mundo todas as distinções. A assinatura do título prova a autenticidade da resposta e a verdade da doutrina.

Sendo a doutrina verdadeira, está explicada a confusão da esposa, da cunhada e da senhora estranha, que se dá no processo do capitão, porquanto os doutores da escola ensinam que os espíritos renascem muita vez tortos, isto é, os filhos encarnam-se nos pais das mães, e não é raro ver um menino voltar a este mundo filho de um primo. Daí essa complicação de pessoas, que a polícia não deslindará nunca, sem o auxílio desta grande doutrina moderna e eterna.

Converta-se a polícia. Não há desdouro em abraçar a verdade, ainda que outros a contestem; todas as grandes verdades acham grandes incrédulos. Demais, a doutrina é consoladora. A resposta do marquês prova que os homens, de envolta com a carne, que é matéria, não deixam o título, que é uma forma particular de espírito. Quando o Japão começou a ter espírito, não adotou só o regime parlamentar, nacionalizou também os condes, e lá tem, entre outros, o seu conde Ito, que dizem ser estadista eminente. A China, invejosa e preguiçosa, ergueu a custo as pálpebras e murmurou como no nosso antigo Alcazar da rua Uruguaiana: *Vous avez de l'esprit? Nous aussi.* E criou um marquês, o marquês Tcheng, mas não foi adiante.

Quanto a mim, não só creio no espiritismo, mas desenvolvo a doutrina. Desconfiai de doutrinas que nascem à maneira de Minerva, completas e armadas. Confiai nas que crescem com o tempo. Sim, vou além dos meus doutores; creio firmemente que um espírito de homem pode reencarnar-se em um animal. Em Mogi-Mirim, Estado de São Paulo, acaba de enlouquecer um burro. Assim o conta a *Ordem* por estas palavras: "Segunda-feira passada, um burro do dr. Santo di Prospero enlouqueceu repentinamente". E refere os destroços que o animal fez até achar a morte. Ora, esta loucura do burro mostra claramente que o infeliz perdeu a razão. Que espírito estaria encarnado nesse pobre animal, amigo do homem, seu companheiro, e muita vez seu substituto? Talvez um gênio. A prova é que o perdeu. Com quatro pés, não pode entrar onde nós entramos com dois. Quanta vez teria ele dito consigo: — Não fosse a minha ilusão em reencarnar-me nesta besta, e estaria agora entre pessoas honradas e ilustradas, falando em vez de zurrar, colhendo palmas, em vez de pancadaria. É bem feito; a minha ideia de incorporar o burro na sociedade humana, se era generosa, não era prática, porque o homem nunca perderá o preconceito dos seus dois pés.

Outro ponto que me parece dever ser examinado e adicionado à nossa grande doutrina é a volta dos espíritos, encarnados (se assim posso dizer) em simples obras humanas, veículo ou outro objeto. Penso, entretanto, que a gradação necessária a todas as coisas exige para esta nova encarnação que o espírito haja primeiro tornado em algum bruto. Assim é que um espírito, desde que tenha sido reencarnado na tartaruga, logo que se desencarne, pode voltar novamente encarnado no bonde elétrico. Não dou isto como dogma, mas é doutrina assaz provável. Já não digo o mesmo da ideia (se a há) de que um serviço pode ser reencarnado em outro. Serviço é propriamente o efeito da atividade e do esforço humano em uma dada aplicação. Tirai-lhe essa condição, e não há serviço. É um resultado, nada mais. Pode não prestar, ser descurado, não valer dois caracóis, ou ao contrário pode ser excelente e perfeito, mas é sempre um resultado. Quem disser, por exemplo, que o serviço da antiga Companhia de bondes do Jardim Botânico está reencarnado no novo, provará com isto que de certo tempo a esta parte só tem andado de carro, mas andar de carro não é condição para ser espiritista. Ao contrário, a nossa doutrina prefere os humildes aos orgulhosos. Quer a fé e a ciência, não cocheiros embonecados, nem cavalos briosos.

Voltando à bigamia do capitão, digo novamente à polícia que estude o espiritismo e achará pé nessa confusão de senhoras. Sem ele, nada há claro nem sólido, tudo é precário, escuro e anárquico. Se vos disserem que é vezo de todas as doutrinas deste mundo darem-se por salvadoras e definitivas, acreditai e afirmai que sim, excetuando sempre a nossa, que é a única definitiva e verdadeira. Amém.

Gazeta de Notícias, 23 de setembro de 1894

Não escrevo para ti, leitor do costume

Não escrevo para ti, leitor do costume, nem para ti, venerando arcebispo, que ainda há pouco recebeste o pálio na nossa Catedral de São Sebastião. Não esperes que venha dizer mal de ti, em primeiro lugar porque o mal só se diz "por trás das pessoas", locução popular e graciosa; em segundo lugar, porque venho pedir-te um favor.

O favor que te peço, meu caro arcebispo, não é um benefício propriamente eclesiástico, nem carta de empenho, nem dinheiro de contado. Bênção não é preciso pedir-te; ela é de todo o rebanho, e, ainda que em mim os vícios superem as virtudes, terei sempre a porção dela que me sirva, não de prêmio, que o não mereço, mas de viático.

Meu caro arcebispo, não te peço nenhum milagre. Nem milagres são obras fáceis de fazer ou de aceitar. A mais incrédula, a respeito deles, é a própria Igreja, que acaba de declarar que os milagres de Maria de Araújo são simples embustes. Os louros de Bernadette tiravam o sono a essa moça do Juazeiro, que se meteu a milagrar também, nas ocasiões da comunhão, e é provável que comungasse todos os dias. Em vão o bispo do Ceará, depois de bem examinado o caso, reconheceu e declarou, em carta pastoral, "que eram fatos naturais, acompanhados de algumas circunstâncias artificiais"; o povo continuava a crer em Maria de Araújo, e não só leigos mas até padres iam vê-la ao Juazeiro. Como sabes, venerando prelado, a questão foi submetida à santa Sé, que considerou os fatos e os condenou, tendo-os por "gravíssima e detestável irreverência à santa eucaristia", e ordenando que as peregrinações à casa de Maria de Araújo fossem vedadas, e assim também quaisquer livros que a defendessem, e a simples conversação sobre tais milagres, e por fim que se queimassem os panos ensanguentados e outras relíquias da miraculosa senhora.

Eis aí Maria de Araújo obrigada a trocar de ofício. Eu, se fosse ela, casava-me e tinha filhos, que não é pequeno milagre, por mais natural que no-lo digam.

Perde a celebridade, é certo, mas não se pode ser tudo neste mundo, alguma coisa se há de guardar para o outro, e particularmente aos famintos anunciou Jesus que seriam fartos. Não haverá Zola que a ponha em letra redonda e vibrante, para deleite de ambos os mundos. Paciência; terá nos filhos os seus melhores autores, e basta que um deles seja um santo Agostinho, para canonizá-la pelo louvor filial, antes que a igreja o faça pela autoridade divina, como sucedeu a santa Mônica. Esta não fez milagres na terra, não teve panos ensanguentados, nem outros artifícios; ganhou o céu com piedade e doçura, virtudes tão excelsas que domaram a alma do marido e da própria mãe do marido.

Mas a quem estou ensinando os fastos da Igreja? Perdoa, meu rico prelado, perdoa-me esses descuidos da pena, tão pouco experta em matérias eclesiásticas. Perdoa-me, e vamos ao meu pedido. Hás de ter notado que, para pedinte, sou um tanto falador, sem advertir que a melhor súplica é a mais breve. Também eu ouço a suplicantes, porque também sou bispo, e a minha diocese, caro d. João Esberard, não tem menos nem mais pecados que as outras, e daí a necessidade da paciência, para que nos toleremos uns aos outros. Mas não há paciência que baste para ouvir um suplicante derramado. Todo suplicante conciso pode estar certo de despacho pronto, porque fixou bem o que disse, sem cansar com palavras sobejas. Vês bem que sou o contrário. Colhamos pois a vela ao estilo.

Peço-te um favor grande, em nome da estética. A estética, venerando pastor, é a única face das coisas que se me apresenta de modo claro e inteligível. Tudo o mais é confuso para estes pobres olhos que a terra há de comer, e não comerá grande coisa, que a vista é pouca e a beleza nenhuma. Não cuides que, falando assim, peço coisa estranha ao teu ofício. Há muitos anos, li em qualquer parte que a moral é a estética das ações. Pois troquemos a frase, e digamos que a estética é a moral do gosto, e a tua obrigação, caro mestre da ética, é defender a estética.

Eis aqui o favor. Manda deitar abaixo uma torre. Não me refiro a torres dessas cujos sinos tocam operetas e chamam à oração por boca de *D. Juanita*. A torre cuja demolição te peço é a da Matriz da Glória. Conheces bem o templo e o frontispício. Não sei se eles e a torre entraram no mesmo plano do arquiteto; todos os monstros, por isso mesmo que estão na natureza, podem aparecer na arte. Mas não é fora de propósito imaginar que a torre é posterior, e que foi ali posta para corrigir pela voz dos sinos o silêncio das colunas. Bom sentimento, decerto, religioso e pio, mas o efeito foi contrário, porque a torre e as colunas detestam-se, e a casa de Deus deve ser a casa do amor.

Sei o que valem sinos, lembra-me ainda agora a doce impressão que me deixou a leitura do capítulo de Chateaubriand, a respeito deles. Mas, prelado amigo, uma só exceção não será mais que a confirmação da regra. Manda deitar abaixo a torre da Glória. Se os sinos são precisos para chamar os fiéis à missa, manda pô-los no fundo da igreja, sem torre, ou na casa do sacristão, e benze a casa, e benze o sacristão, tudo é melhor que essa torre em tal templo. Ou então faze outra coisa — mais difícil, é verdade, mas que me não ofenderá em nada —, manda sacrificar o templo à torre, e que fique a torre só.

E aqui me fico, para o que for do teu serviço. Relendo estas linhas, advirto que uma só vez te não dei excelência, como te cabe pela elevação do posto. Não foi por imitar a Bíblia, nem a Convenção Francesa, mas por medo de ficar em caminho. São tantas as excelências que se cruzam nas sessões da Intendência municipal, que bem poucas hão de ficar disponíveis nas tipografias. Para não deixar a carta em meio, falei-te a ti, como se fala ao Senhor.

Gazeta de Notícias, 30 de setembro de 1894

Esta semana devia ser escrita com letras de ouro

Esta semana devia ser escrita com letras de ouro. Após três meses de espera, de sorteio, de convites, de multas, de paciência e de citações, constituiu-se o júri! É a segunda vez este ano. Talvez seja a penúltima vez deste século.

Quando eu abri os olhos à vida achei do júri a mesma noção que passei aos outros meninos que viessem depois: É uma nobre instituição, uma instituição liberal, o cidadão julgado por seus pares etc., toda aquela porção de frases feitas que se devem dar aos homens para o caso em que estes precisem de ideias.

As frases feitas são a companhia cooperativa do espírito. Dão o trabalho único de as meter na cabeça, guardá-las e aplicá-las oportunamente, sem dispensa de convicção, é claro, nem daquele fino sentimento de originalidade que faz de um molambo seda. Nos casos apertados dão matéria para um discurso inteiro e longo, dizem, mas pode ser exageração.

Um dia — ó dia nefasto! —, descobri em mim dois homens, eu e eu mesmo, tal qual sucedeu a Camões, naquela redondilha célebre: *Entre mim mesmo e mim*. A semelhança do fenômeno encheu-me a alma com grandes *abondanças,* para falar ainda como o próprio poeta. Sim; eu era dois, senti bem que, além de mim, havia eu mesmo. Ora, um dos homens que eu era dizia ao outro que a nobre instituição do júri, instituição liberal, o julgamento dos pares etc., não parecia estar no gosto do nosso povo carioca. Este povo era intimado e multado e nem por isso deixava os seus negócios para ir ser juiz. Ao que respondeu o outro homem que a culpa era da Câmara municipal que não cobrava as multas. Se cobrasse as multas, o povo iria. Espanto do primeiro homem, acostumado a crer que tudo o que se imprime acontece ou acontecerá. Retificação do primeiro: "Nem sempre; é preciso deixar uma parte para inglês ver. Inglês gosta de ver suas instituições armadas em toda a parte".

Assisti a esse duelo de razões, examinando-as com tal imparcialidade, que não estou longe de crer que, além dos dois homens, surdira em mim um terceiro. Nisto fui superior ao poeta. Examinei as razões, e desesperando de conciliar os autores, aventei uma ideia que me pareceu fecunda: estipendiar os jurados. Todo serviço merece recompensa, disse eu, e se o juiz de direito é pago, por que o não será o juiz de fato? Replicaram os dois que não era uso em tal instituição; ao que o terceiro homem (sempre eu!) replicou dizendo que os usos amoldam-se aos tempos e aos lugares. Usos não são leis, e as próprias leis não são eternas, salvo os tratados de perpétua amizade, que ainda assim têm duração média de 17 ½ anos. Tempo houve em que as comissões fiscais das sociedades anônimas eram gratuitas; hoje são pagas. São pagos todos os que compõem o Tribunal do júri, o presidente, o procurador da justiça, os advogados, os porteiros, possivelmente as testemunhas; a que título só os jurados, que deixam os seus negócios, hão de trabalhar de graça?

Notemos que o júri, difícil de constituir, uma vez constituído, é pontual e cumpre o seu dever. Tem até uma particularidade, as suas sessões secretas são secretas, ao contrário das sessões secretas do Senado, que são públicas. Esta semana foi particularmente fértil em sessões secretas do Senado, as quais foram mais públicas ainda que as públicas, por isso que, sendo secretas, toda a gente gosta de saber o que lá se passou. A própria reclamação de um dos membros do Senado contra a divulgação das sessões foi divulgada.

Eu, antes de ver explicada a divulgação, quisera ver explicado o segredo. É assim no Senado de Washington; mas, lá mesmo, por ocasião de algumas nomeações de Cleveland, na anterior presidência deste homem de Estado, membros houve que lembraram a ideia de fazer tais sessões públicas. Um escritor célebre, admirador da América, ponderou a tal respeito que a discussão pública dos negócios é o que mais convém às democracias. Deus meu! é uma banalidade, mas foi o que ele escreveu; não lhe posso atribuir um pensamento raro, profundo ou inteiramente novo. O que ele disse foi isso. Nem por ser banal, a ideia é falsa; ao contrário, há nela a sabedoria de todo mundo. Pelo que, e o mais dos autos, não vejo clara a necessidade das sessões secretas, mas também não digo que não seja claríssima. Todas as conclusões são possíveis, uma vez que é o mesmo sol que as alumia, com igual imparcialidade. A lua, mãe das ilusões, não tem parte nisto; mas o sol, pai das verdades, não o é só das verdades louras, como os seus raios fazem crer; também o é das verdades morenas.

Isto posto, não admira que se dê em mim, neste instante, uma equação de sentimentos relativamente à lei municipal que estabelece lotação de passageiros para os bondes, sob pena de serem multadas as companhias. Entre mim mesmo e mim travou-se a princípio grande debate. Um quer que a autoridade não tire ao passageiro o direito de ir incomodado, quando se pendura feito pingente. Outro replica que o passageiro pode ir incomodado uma vez que não incomode os demais, e mostra o remédio ao mal, que é aumentar o número dos veículos e alterar as tabelas das viagens. Protesto do primeiro, que é acionista, e defende os dividendos. O segundo alega que é público e quer ser bem servido.

Grande seria o meu desconsolo e terrível a luta, se eu não achasse um modo de conciliar as opiniões; digo mal, de as afastar para os lados. Esse modo é a esperança que nutro de que a lei municipal não será cumprida. Os seis meses dados, para que ela entre em execução, são suficientes para que os novos carros se comprem e as tabelas se alterem; mas não haverá carros novos no fim dos seis meses, e aparecerá um pedido de prorrogação por mais um semestre, digamos um ano. Dá-se o ano. No fim dele a terça parte dos atuais intendentes estarão mortos, outra terça parte haverá abandonado a política, poucos restarão nos seus lugares. Mas, francamente, quem mais se lembrará da lei? Leis não são dores, que se fazem lembrar doendo; leis não doem. Algumas só doem, quando se aplicam; mas não aplicadas, elas e nós gozamos perfeita saúde. Quando muito, marcar-se-á novo prazo, e será o último, dois anos, que não acabarão mais. Um conselho dou aqui às companhias: não discutam este negócio, deixem passar o tempo, e o silêncio *farà da sè*.

Gazeta de Notícias, 7 de outubro de 1894

Um cabograma

Um cabograma... Por que não adotaremos esta palavra? A rigor não preciso dela; para transmitir as poucas notícias que tenho, basta-me o velho telegrama. Mas as necessidades gerais crescem, e a alteração da coisa traz naturalmente a alteração do nome. Vede o homem que vai na frente do bonde elétrico. Tendo a seu cargo o motor, deixou de ser cocheiro, como os que regem bestas, e chamamos-lhe motorneiro em vez de *motoreiro*, por uma razão de eufonia. Há quem diga que o próprio nome de cocheiro não cabe aos outros, mas é ir longe demais, e em matéria de língua, quem quer tudo muito explicado, arrisca-se a não explicar nada.

Custa muito passar adiante, sem dizer alguma coisa das últimas interrupções elétricas; mas se eu não falei da morte do mocinho grego, vendedor de balas, que o bonde elétrico mandou para o outro mundo, há duas semanas, não é justo que fale dos terríveis sustos de quinta-feira passada. O pobre moço grego, se tivesse nascido antigamente, e entrasse nos jogos olímpicos, escapava ao desastre do largo do Machado. Dado que fosse um dia destruído pelos cavalos, como o jovem Hipólito, teria cantores célebres, em vez de expirar obscuramente no hospital, tão obscuramente que eu próprio, que lhe decorara o nome, já o esqueci.

Mas, como ia dizendo, um cabograma ou telegrama, à escolha, deu-nos notícia de haver falecido o célebre humorista americano Holmes. Não é matéria para crônica. Se os mortos vão depressa, mais depressa vão os mortos de terras alongadas, e para a minha conversação dominical tanto importam célebres como obscuros. Holmes, entretanto, escreveu em um de seus livros, o *Autocrata à mesa do almoço*, este pensamento de natureza social e política: "O cavalo de corrida não é instituição republicana; o cavalo de trote é que o é". Tal é o seu bilhete de entrada na minha crônica. Aprofundemos este pensamento.

Antes de tudo, notemos que ao nosso Conselho municipal, por inexplicável coincidência, foi apresentado esta mesma semana um projeto de resolução, cujo texto, se fosse claro, poderia corresponder ao pensamento de Holmes; mas, conquanto aí se fale em corridas a cavalo, não estando estas palavras ligadas às outras por ordem natural e lógica, antes confusamente, não têm sentido certo, nada se podendo concluir com segurança. A verdade, porém, é que o Conselho trata de combater por vários modos, não sei se sempre adequados, mas de coração, as múltiplas formas do jogo público. Um dos seus projetos, redigido em 1893, e revivido agora pelo próprio autor, vai tão longe neste particular que não se contenta de proibir a venda dos bilhetes de loteria nas ruas, chega a proibi-la expressamente. "É expressamente proibido vendê-los nas ruas e praças etc." diz o artigo 2º — *Expressamente* — não há por onde fugir.

Indo ao pensamento de Holmes, descubro que a melhor maneira de penetrá-lo é tão somente lê-lo. Que o leitor o leia; penetre bem o sentido daquelas palavras, não lhe sendo preciso mais que paciência e tempo; eu não tenho pressa, e aqui o espero, com a pena na mão. Talvez haja alguma exageração quando o ilustre americano compara o cavalo de corrida às mesas de roleta, *roulette tables*; mas quando, assim considerado, o apropria a duas fases sociais, definidas por ele com grande agudeza, não parece que exagere muito. Em compensação, a pintura do cavalo de trote, puxando o ônibus, o carro do padeiro e outros veículos úteis, basta que seja tão útil como os veículos, para que a devamos ter ante os olhos, de preferência a outros emblemas.

Não tenho pressa. Enquanto meditas e eu espero, Artur Napoleão conclui o hino que vai ser oferecido ao Estado do Espírito Santo por um dos seus filhos. Sobre isto ouvi duas opiniões contrárias. Uma dizia que não achava boa a oferta.

— Não o digo por desfazer na obra, que não conheço, nem na intenção, que é filial, menos ainda no Estado, que a merece. Eu preferia mandar comprar um exemplar único da Constituição Federal, impresso em pergaminho, encadernado em couro ou em ouro. Ou então uma carta profética do Brasil, o Brasil um século depois. Também podia ser um grande álbum em que os chefes de todos os Estados brasileiros escrevessem algumas palavras de solidariedade e concórdia, qualquer coisa que pudesse meter cada vez mais fundo na alma dos nossos patrícios do Espírito Santo o sentimento da unidade nacional... Um hino parece levar ideias de particularismo...

— Discordo — respondeu a outra opinião, pela boca de um homem magro, que ia na ponta do banco, porque esta conversação era no bonde, ontem de manhã, em viagem para o Jardim Botânico.

— Discorda?

— Sim, não acho inconveniente o hino, e tanto melhor se cada Estado tiver o seu hino particular. As flores que compõem um ramilhete, sr. Demétrio, podem conservar as cores e formas próprias, uma vez que o ramilhete esteja bem unido e fortemente apertado. A grande unidade faz-se de pequenas unidades...

A conversação foi andando assim, talhada em aforismos, enquanto eu descia do bonde, metia-me em outro e tornava atrás. Os animais, apesar de serem de trote, ignoravam este outro aforismo — *time is money* —, ou por não saberem inglês, ou por não saberem capim. Tinha chuviscado, mas o chuvisco cessou, ficando o ar sombrio e meio fresco. Apesar disso, ou por isso, trago uma dor de cabeça enfadonha que me obriga a parar aqui.

Gazeta de Notícias, 14 de outubro de 1894

Toda esta semana foi de amores

Toda esta semana foi de amores. A *Gazeta* deu-nos o capítulo esotérico do anel de Vênus desenhado a traço grosso na mão aberta do costume. Da Bahia veio a triste notícia de um assassinato por amor, um cadáver de moça que apareceu, sem cabeça nem vestidos. Aqui foi envenenada uma dama. Julgou-se o processo do bígamo Lousada. Enfim, o intendente municipal dr. Capelli fundamentou uma lei regulando a prostituição pública — "a vaga Vênus", dizia um finado amigo meu, velho dado a clássicos.

Outro amigo meu, que não gostava de romances, costumava excetuar tão somente os de Júlio Verne, dizendo que neles a gente aprendia. O mesmo digo dos discursos do dr. Capelli. Não são simples justificações rápidas e locais de um projeto de lei, mas verdadeiras monografias. Que se questione sobre a oportunidade de alguns desenvolvimentos, é admissível, mas ninguém negará que tais desenvolvimentos são completos, e que o assunto fica esgotado. Quanto ao estilo, meio didático, meio imaginoso, está com o assunto. Não perde por imaginoso. Na história há Macaulay e Michelet, e tudo é história. Nas nossas Câmaras legislativas perde-se antes por seco e desornado. Moços que brilharam nas associações acadêmicas e literárias entendem que, uma vez entrados na deliberação política, devem despir-se da clâmide e da metáfora, e falar chão e natural. Não pode ser; o natural e o chão têm cabida no Parlamento, quando são as próprias armas do lutador; mas se este as possui mais belas, com incrustações artísticas e ricas, é insensato deixá-las à porta e receber do porteiro um canivete ordinário.

Amor! assunto eterno e fecundo! Primeiro vagido da terra, último estertor da criação! Quem, falando de amor, não sentir agitar-se-lhe a alma e reverdecer a natureza, pode crer que desconhece a mais profunda sensação da vida e o mais belo espetáculo do universo. Mas, por isso mesmo que o amor é assim, cumpre que não seja de outro modo, não permitir que se corrompa, que se desvirtue, que se acanalhe. Onde e quando não for possível tolher o mal, é necessário acudir-lhe com a lei, e obstar à inundação pela canalização. Creio ser esta a tese do discurso do sr. Capelli. Não a pode haver mais alta nem mais oportuna.

Direi de passagem que apareceram ontem alguns protestos contra dois ou três períodos do discurso, vinte e quatro horas depois deste publicado, por parte de intendentes que declaram não os ter ouvido. Não conheço a acústica da sala das sessões municipais; não juro que seja má, visto que o texto impresso do discurso está cheio de aplausos, e houve um ponto em que os apartes foram muitos e calorosos. Um dos intendentes que ora protestam atribui as injustiças de tais trechos à revisão do manuscrito. Assim pode ser; em todo caso, as intenções estão salvas.

O que fica do discurso, excluídos esses trechos, e mais um que não cito para não alongar a crônica, é digno de apreço e consideração. Não há monografia do amor, digna de tal nome, que não comece pelo reino vegetal. O sr. Capelli principia por aí, antes de passar ao animal; chegando a este, explica a divisão dos sexos e o seu destino. Num período vibrante, mostra o nosso físico alcançando a divinização, isto é, vindo da promiscuidade até Epaminondas, que defende Tebas, até Coriolano, que cede aos rogos da mãe, até Sócrates, que bebe a cicuta. Todos os nomes simbólicos do amor espiritual são assim atados no ramilhete dos séculos, Colombo, Gutenberg, Joana d'Arc, Werther, Julieta, Romeu, Dante e Jesus Cristo. Feito isso, como o principal do discurso era a prostituição, o orador entra neste vasto capítulo.

O histórico da prostituição é naturalmente extenso, mas completo. Vem do mundo primitivo, Caldeia, Egito, Pérsia etc., com larga cópia de nomes e ações, mitos e costumes. Daí passa à Grécia e a Roma. As mulheres públicas da Grécia são estudadas e nomeadas com esmero, os seus usos descritos minuciosamente, as anedotas lembradas — lembradas igualmente as comédias de Aristófanes, e todos quantos, homens ou mulheres, estão ligados a tal assunto. Roma oferece campo vasto, desde a loba até Heliogábalo. Não transcrevo os nomes; teria de contar a própria história romana. Nenhum escapou dos que valiam a pena, porém, de imperadores ou poetas, de deusas ou matronas, as instituições com os seus títulos, as depravações com as suas origens e consequências. Chegando a Heliogábalo, mostrou o orador que a degeneração humana tocara o zênite. "O momento histórico era solene", disse ele, "foi então que apareceu Cristo."

Cristo trouxe naturalmente à memória a Madalena, e depois dela algumas santas, cuja vida impura se regenerou pelo batismo e pela penitência. A apoteose cristã é brilhante; mas história é história, e força foi dizer que a prostituição voltou ao mundo. Na descrição dessa recrudescência do mal, nada é poupado nem escondido, seja a hediondez dos vícios, seja a grandeza da consternação. Aqui ocorreu um incidente que perturbou a serenidade do discurso. O orador apelou para um novo Cristo, que viesse fazer a obra do primeiro, e disse que esse Cristo novo era Augusto Comte...

Muitos intendentes interromperam com protestos, e estavam no seu direito, uma vez que têm opinião contrária; mas podiam ficar no protesto. Não sucedeu assim. O sr. Maia de Lacerda bradou: *Oh! oh!* e retirou-se da sala. O sr. Capelli insistiu, os protestos continuaram...

O sr. Barcelos afirmou que o positivismo era doutrina subversiva. Defendeu-se o orador, pedindo que lhe respeitassem a liberdade de pensamento. Travou-se diálogo. Cresceram os *não apoiados*. O sr. Capelli parodiou Voltaire, dizendo que, se Augusto Comte não tivesse existido, era preciso inventá-lo. O sr. Pinheiro bradou: "Chega de malucos!" Enfim, o orador, compreendendo que iria fugindo ao assunto, limitou-se a protestar em defesa das suas ideias e continuou.

Esse lastimável incidente ocorreu na terceira coluna do discurso, e ele teve sete e meia. Vê-se que não posso acompanhá-lo, e, aliás, a parte que então começou não foi a menos interessante. O discurso enumera as causas da prostituição. A primeira é a própria constituição da mulher. Segue-se o erotismo, e a este propósito cita o célebre verso de Hugo: *Oh! n'insultez jamais une femme qui tombe!* Vem depois a educação, e explica que a educação é preferível à instrução. O luxo e a vaidade são as causas imediatas. A escravidão foi uma. Os internatos, a leitura de romances, os costumes, a mancebia, os casamentos contrariados e desproporcionados, a necessidade, a paixão e os D. Juans. De passagem, historiou a prostituição no Rio de Janeiro, desde d. João VI, passando pelos bailes do Rachado, do Pharoux, do Rocambole e outros. Nomeando muitas ruas degradadas pela vida airada, repetia naturalmente muitos nomes de santos, dando lugar a este aparte do sr. Duarte Teixeira: "Arre! quanto santo!"

Vieram finalmente os remédios, que são quatro: a educação da mulher, a proibição legal da mancebia, o divórcio e a regulamentação da prostituição pública. Toda essa parte é serena. Há imagens tocantes. "No pórtico da humanidade a mulher aparece como a estrela do amor." Depois, vem o projeto, que contém cinco artigos. Será aprovado? Pode ser. Será cumprido?

Gazeta de Notícias, 21 de outubro de 1894

O MOMENTO É JAPONÊS

O momento é japonês. Vede o contraste daquele povo que, enquanto acorda o mundo com o anúncio de uma nova potência militar e política, manda um comissário ver as terras de São Paulo, para cá estabelecer alguns dos seus braços de paz. Esse comissário, que se chama Sho Nemotre, escreveu uma carta ao *Correio Paulistano* dizendo as impressões que leva daquela parte do Brasil.

> *Levo, da minha visita ao Estado de São Paulo, as impressões mais favoráveis, e não vacilo em afirmar que acho esta região uma das mais belas e ricas do mundo. Pela minha visita posso afiançar que o Brasil e o Japão farão feliz amizade, a emigração será em breve encetada e o comércio será reciprocamente grande.*

Ao mesmo tempo, o sr. dr. Lacerda Werneck, um dos nossos lavradores esclarecidos e competentes, acaba de publicar um artigo comemorando os esforços empregados para a próxima vinda de trabalhadores japoneses. "É do Japão (diz ele) que nos há de vir a restauração da nossa lavoura." S. ex. fala com entusiasmo daquela nação civilizada e próspera, e das suas recentes vitórias sobre a China.

Não esqueçamos a circunstância de vir do Japão o novo ministro italiano, segundo li na *Notícia* de quinta-feira, fato que, se é intencional, mostra da parte do rei Humberto a intenção de ser agradável ao nosso país, e, se é casual, prova o que eu dizia a princípio, e repito, que o momento é japonês. Também eu creio nas excelências japonesas, e daria todos os tratados de Tien-Tsin por um só de Yokohama.

Não sou nenhuma alma ingrata que negue ao chim os seus poucos méritos; confesso-os, e chego a aplaudir alguns. O maior deles é o chá, merecimento grande, que vale ainda mais que a filosofia e a porcelana. E o maior valor da porcelana, para mim, é justamente servir de veículo ao chá. O chá é o único parceiro digno do café. Temos tentado fazer com que o primeiro venha plantar o segundo, e ainda me lembra a primeira entrada de chins, vestidos de azul, que deram para vender pescado, com uma vara ao ombro e dois cestos pendentes — o mesmo aparelho dos atuais peixeiros italianos. Agora mesmo há fazendas que adotaram o chim, e, não há muitas semanas, vi aqui uns três que pareciam alegres, por boca do intérprete, é verdade, e das traduções faladas se pode dizer o mesmo que das escritas, que as há lindas e pérfidas. De resto, que nos importa a alegria ou a tristeza dos chins?

A tristeza é natural que a tenham agora, se acaso o intérprete lhes lê os jornais; mas é provável que não os leia. Melhor é que ignorem e trabalhem. Antes plantar café no Brasil que "plantar figueira" na Coreia, perseguidos pelo marechal Yamagata. Já este nome é célebre! Já o almirante Ito é famoso! Do primeiro disse a *Gazeta* que é o Moltke do Japão. Um e outro vão dando galhardamente o recado que a consciência nacional lhes encomendou para fins históricos.

Aqui, há anos, o mundo inventou uma coisa chamada japonismo. Nem foi precisamente o mundo, mas os irmãos de Goncourt, que assim o declaram e eu acredito, não tendo razão para duvidar da afirmação. O *Journal des Goncourt* está cheio de japonismo. Uma página de 31 de março de 1875 fala do "grande movimento japonês", e acrescenta, por mão de Edmundo: *Ç'a été tout d'abord quelques originaux, comme mon frère et moi...*

Esse "grande movimento japonês" não era o que parece à primeira vista; reduzia-se a colecionar objetos do Japão, sedas, armas, vasos, figurinhas, brinquedos. Espalhou-se o japonismo. Nós o tivemos e o temos. Esta mesma semana fez-se um grande leilão na rua do Senador Vergueiro, em que houve larga cópia de sedas e móveis japoneses, dizem-me que bonitos. Muitos os possuem e de gosto. Chegamos (aqui ao menos) a uma coisa, que não sei se defina bem chamando-lhe a banalidade do raro.

Mas, enquanto os irmãos de Goncourt inventaram o japonismo, que faria o Japão, propriamente dito? Inventava-se a si mesmo. Forjava a espada que um dia viria pôr na balança dos destinos da Ásia. Enquanto uns coligiam as suas galantarias, ele armava as couraças e forças modernas e os aparelhos liberais. Mudava a forma de governo e apurava os costumes, decretava uma Constituição, duas Câmaras, um Ministério como outras nações cultas vieram fazendo desde a Revolução Francesa, cuja alma era mais ou menos introduzida em corpos de feição britânica. Vimos agora mesmo que o Micado, abertas as Câmaras, proferia a fala do trono, e ouvia delas uma resposta, à maneira dos comuns de Inglaterra, mas uma resposta de todos os diabos, mais para o resto do mundo que para o próprio governo. Este acaba de recusar intervenções da Europa, nega armistícios, não quer padrinhos nem médicos naquele duelo, e parece que há de acabar por dizer e fazer coisas mais duras.

São dois inimigos velhos; mas não basta que o ódio seja velho, é de mister que seja fecundo, capaz e superior. Ora, é tal o desprezo que os japoneses têm aos chins, que a vitória deles não pode oferecer dúvida alguma. Os chins não acabarão logo, nem tão cedo — não se desfazem tantos milhões de haveres como se despacha um prato de arroz com dois pauzinhos —, mas, ainda que se fossem embora logo e de vez, como o chá não é só dos chins, eu continuaria a tomar a minha chávena, como um simples russo, e as coisas ficariam no mesmo lugar.

O momento é japonês. Que esses braços venham lavrar a terra, e plantar, não só o café, mas também o chá, se quiserem. Se forem muitos e trouxerem os seus jornais, livros e revistas de clubes, e até as suas moças, alguma necessidade haverá de aprender a língua deles. O padre Lucena escreveu, há três séculos, que é língua superior à latina, e tal opinião, em boca de padre, vale por vinte academias. Tenho pena de não estar em idade de a aprender também. Estudaria com o próprio comissário Sho Nemotre, que esteve agora em São Paulo; ensinar-lhe-ia a nossa língua, e chegaríamos à convicção de que o almirante Ito é descendente de uma família de Itu, e que os japoneses foram os primeiros povoadores do Brasil, tanto que aqui deixaram a japona. Ruim trocadilho; mas o melhor escrito deve parecer-se com a vida, e a vida é, muitas vezes, um trocadilho ordinário.

Gazeta de Notícias, 28 de outubro de 1894

É VERDADE TRIVIAL

É verdade trivial que, quando o rumor é grande, perdem-se naturalmente as vozes pequenas. Foi o que se deu esta semana.

A semana foi toda de combatividade, para falar como os frenologistas. Tudo esteve na tela da discussão, desde a luz esteárica até a demora dos processos, desde as carnes verdes até a liberdade de cabotagem. De algumas questões, como a da luz esteárica, sei apenas que, se a lesse, não estaria vivo. A das carnes verdes é propriamente de nós todos; mas a disposição em que me acho, de passar a vegetariano, desinteressa-me da solução, e tanto faz que haja monopólio, como liberdade. *A liberdade é um mistério*, escreveu Montaigne, e eu acrescento que o monopólio é outro mistério, e, se tudo são mistérios neste mundo, como no outro, fiquem-se com os seus mistérios, que eu me vou aos meus espinafres.

De resto, nos negócios que não interessam diretamente, não é meu costume perder o tempo que posso empregar em coisas de obrigação. É assim, que aprovo e aprovarei sempre uma passagem que li na ata da reunião de comerciantes, que se fez na Intendência municipal, para tratar da crise de transportes. Orando, o sr. Antônio Werneck observou que havia pouca gente na sala. Respondeu-lhe um dos presentes, em aparte: "Eu, se não fosse o pedido de um amigo, não estaria aqui". Digo que aprovo, mas com restrições, porque não há amigos que me arranquem de casa, para ir cuidar dos seus negócios. Os amigos têm outros fins, se são amigos, se não, são mandados pelo diabo para tentar um homem que está quieto.

Não obstante a pequena concorrência, parece que o rumor do debate foi grande, pouco menor que o da questão de cabotagem na Câmara dos deputados. Mas, para mim, em matéria de navegação, tudo é navegar, tudo é encomendar a alma a Deus e ao piloto. A melhor navegação é ainda a daquelas conchas cor de neve, com uma ondina dentro, olhos cor do céu, tranças cor de sol, toda em verso e toda no aconchego do gabinete. Mormente em dias de chuva, como os desta semana, é navegação excelente, e aqui a tive, em primeiro lugar com o nosso Coelho Neto, que aliás não falou em verso, nem trouxe daquelas figuras do norte ou do levante, aonde a musa costuma levá-lo, vestido, ora de névoas, ora de sol. Não foi o Coelho Neto das *Baladilhas*, mas o dos *Bilhetes-postais* (dois livros em um ano), por antonomásia *Anselmo Ribas*. Páginas de *humour* e de fantasia, em que a imaginação e o sentimento se casam ainda uma vez, ante esse pretor de sua eleição. Derramados na imprensa, pareciam esquecidos; coligidos no livro, vê-se que deviam ser lembrados e relembrados. A segunda concha...

A segunda concha trouxe deveras uma ondina, uma senhora, e veio cheia de versos, os *Versos,* de Júlia Cortines. Esta poetisa de temperamento e de verdade disse-me coisas pensadas e sentidas, em uma língua inteiramente pessoal e forte. Que poetisa é esta? Lúcio de Mendonça é que apresenta o livro em um prefácio necessário, não só para dar-nos mais uma página vibrante de simpatia, mas ainda para convidar essa multidão de distraídos a deter-se um pouco a ler. Lede o livro; há nele uma vocação e uma alma, e não é sem razão que Júlia Cortines traduz, à pág. 94, um canto de Leopardi. A alma desta moça tem uma corda dorida de Leopardi. A dor é velha; o talento é que a faz nova, e aqui a achareis novíssima. Júlia Cortines vem sentar-se ao pé de Zalina Rolim, outra poetisa de verdade, que sabe rimar os seus sentimentos com arte fina, delicada e pura. O *Coração,* livro desta outra moça, é terno, a espaços triste, mas é menos amargo que o daquela; não tem os mesmos desesperos...

Eia! foge, foge, poesia amiga, basta de recordar as horas de ontem e de anteontem. A culpa foi da Câmara dos deputados, com a sua navegação de cabotagem, que me fez falar da tua concha eterna, para a qual tudo são mares largos e não há leis nem Constituições que vinguem. Anda, vai, que o cisne te leve água fora com as tuas hóspedes novas e nossas.

Voltemos ao que eu dizia do rumor grande, que faz morrer as vozes pequenas. Não ouviste decerto uma dessas vozes discretas, mas eloquentes; não leste a punição de três jóqueis. Um por nome José Nogueira não disputou a corrida com ânimo de ganhar; foi suspenso por três meses. Outro, H. Cousins, "atrapalhou a carreira ao cavalo Sílvio"; teve a multa de quinhentos mil-réis. Outro, finalmente, Horácio Perazzo, foi suspenso por seis meses, porque, além de não disputar a corrida com ânimo de ganhar, ofendeu com a espora uma égua.

Estes castigos encheram-me de espanto, não que os ache duros, nem injustos; creio que sejam merecidos, visto o delito, que é grave. Os capítulos da acusação são tais, que nenhum espírito reto achará defesa para eles. O meu assombro vem de que eu considerava o jóquei parte integrante do cavalo. Cuidei que, lançados na corrida, formavam uma só pessoa, moral e física, um lutador único. Não supunha que as duas vontades se dividissem, a ponto de uma correr com ânimo de ganhar a palma, e outra de a perder; menos ainda que o complemento humano de um cavalo embaraçava a marcha de outro cavalo, e muito menos que se lembrasse de ofender uma égua com a espora. Se os animais fossem cartas, em vez de cavalos, dir-se-ia que os homens furtavam no jogo.

Quinhentos mil-réis de multa! Pelas asas do Pégaso! devem ser ricos esses funcionários. Três e seis meses de suspensão! Como sustentarão agora as famílias, se as têm, ou a si mesmos, que também comem? Não irão empregar-se na Intendência municipal, onde a demora dos ordenados faz presumir que os jóqueis do expediente andam suspensos por ações semelhantes. Não hão de ir puxar carroça. Vocação teatral não creio que possuam. Se são ricos, bem; mas, então, por que é que não fundaram, há dois ou três anos, uma sociedade bancária, ou de outra espécie, onde podiam agora atrapalhar a marcha dos outros cavalos, esporear as éguas alheias, e, em caso de necessidade, correr sem ânimo de ganhar a partida? Este último ponto não seria comum, antes raríssimo; mas basta que fosse possível. Nem é outra a regra cristã, que manda perder a terra para ganhar o céu. Sem contar que não haveria suspensões nem multas.

Gazeta de Notícias, 4 de novembro de 1894

A ANTIGUIDADE CERCA-ME POR TODOS OS LADOS

A Antiguidade cerca-me por todos os lados. E não me dou mal com isso. Há nela um aroma que, ainda aplicado a coisas modernas, como que lhes troca a natureza. Os bandidos da atual Grécia, por exemplo, têm melhor sabor que os clavinoteiros da Bahia. Quando a gente lê que alguns sujeitos foram estripados na Tessália ou Maratona, não sabe se lê um jornal ou Plutarco. Não sucede o mesmo com a comarca de Ilhéus. Os gatunos de Atenas levam o dinheiro e o relógio, mas em nome de Homero. Verdadeiramente não são furtos, são reminiscências clássicas.

Quinta-feira um telegrama de Londres noticiou que acabava de ser publicada uma versão inglesa da *Eneida*, por Gladstone. Aqui há antigo e velho. Não é o caso do sr. Zama, que, para escrever de capitães, foi buscá-los à Antiguidade, e aqui no-los deu há duas semanas; o sr. Zama é relativamente moço. Gladstone é velho e teima em não envelhecer. É octogenário, podia contentar-se com a doce carreira de macróbio, e só vir à imprensa quando fosse para o cemitério. Não quer; nem ele, nem Verdi. Um faz óperas, outro saiu do Parlamento com uma catarata, operou a catarata e publicou a *Eneida* em inglês, para mostrar aos ingleses como Virgílio escreveria em inglês, se fosse inglês. E não será inglês Virgílio?

Como se não bastasse essa revivescência antiga, e mais o livro do sr. Zama, aparece-me Carlos Dias com os *Cenários*, um banho enorme de Antiguidade. Já é bom que um livro responda ao título, e é o caso deste, em que os cenários são cenários, sem ponta de drama, ou raramente. Que levou este moço de vinte anos ao gosto da Antiguidade? Diz ele, na página última, que foi uma mulher; eu, antes de ler a última página, cuidei que era simples efeito de leitura, com extraordinária tendência natural. Leconte de Lisle e Flaubert lhe terão dado a ocasião de ir às grandezas mortas, e a *Profissão de fé*, no desdém dos modernos, faz lembrar o soneto do poeta romântico.

Mas não se trata aqui da Antiguidade simples, heroica ou trágica, tal como a achamos nas páginas de Homero ou Sófocles. A antiguidade que este moço de talento prefere é a complicada, requintada ou decadente, os grandes quadros de luxo e de luxúria, o enorme, o assombroso, o babilônico. Há muitas mulheres neste livro, e de toda casta, e de vária forma. Pede-lhe vigor, pede-lhe calor e colorido, achá-los-ás. Não lhe peças — ao seu Nero, por exemplo — a filosofia em que Hamerling envolve a vida e a morte do imperador. Este grande poeta deu à farta daqueles quadros lascivos ou terríveis, em que a sua imaginação se compraz; mas corre por todo o poema um fluido interior, e a ironia final do César sai de envolta com o sentimento da realidade última: "O desejo da morte acabou a minha insaciável sede da vida".

Ao fechar o livro dos *Cenários*, disse comigo: "Bem, a Antiguidade acabou". — "Não acabou, bradou um jornal; aqui está uma nova descoberta, uma coleção recente de papiros gregos. Já estão discriminados cinco mil." — "Cinco mil!", pulei eu. E o jornal, com bonomia: "Cinco mil, por ora; dizem coisas interessantes da vida comum dos gregos, há entre eles uma paródia da *Ilíada*, uma novela, explicações de um discurso de Demóstenes... Pertence tudo ao museu de Berlim".

— Basta, é muita Antiguidade; venhamos aos modernos.

— Perdão — acudiu outra folha —, a França também descobriu agora alguma coisa para competir com a rival germânica; achou em Delos duas estátuas de Apolo. Mais Apolos. Puro mármore. Achou também paredes de casas antigas, cuja pintura parece de ontem. Os assuntos são mitológicos ou domésticos, e servem...

— Basta!

— Não basta; Babilônia também é gente — insinua uma gazeta —; Babilônia, em que tanta coisa se tem descoberto, revelou agora uma vasta sala atulhada de retábulos inscritos... Coisas preciosas! Já estão com a Inglaterra, a França, a Alemanha e os Estados Unidos da América. Sim; não é à toa que estes americanos são ingleses de origem. Têm o gosto da Antiguidade; e, como inventam telefone e outros milagres, podem pagar caro essas relíquias. Há ainda...

Sacudi fora os jornais e cheguei à janela. A Antiguidade é boa, mas é preciso descansar um pouco e respirar ares modernos. Reconheci então que tudo hoje me anda impregnado do antigo, e que, por mais que busque o vivo e o moderno, o antigo é que me cai nas mãos. Quando não é o antigo, é o velho, Gladstone substitui Virgílio. A comissão uruguaia que aí está, trazendo medalhas comemorativas da campanha do Paraguai, não sendo propriamente antiga, fala de coisas velhas aos moços. Campanha do Paraguai! Mas então, houve alguma campanha do Paraguai? Onde fica o Paraguai? Os que já forem entrados na história e na geografia, poderão descrever essa guerra, quase tão bem como a de Jugurta. Faltar-lhes-á, porém, a sensação do tempo.

Oh! a sensação do tempo! A vista dos soldados que entravam e saíam, de semana em semana, de mês em mês, a ânsia das notícias, a leitura dos feitos heroicos, trazidos de repente por um paquete ou um transporte de guerra... Não tínhamos ainda este cabo telegráfico, instrumento destinado a amesquinhar tudo, a dividir as novidades em talhadas finas, poucas e breves. Naquele tempo as batalhas vinham por inteiro, com as bandeiras tomadas, os mortos e feridos, número de prisioneiros, nomes dos heróis do dia, as próprias partes oficiais. Uma vida intensa de cinco anos. Já lá vai um quarto de século. Os que ainda mamavam quando Osório ganhava a grande batalha, podem aplaudi-lo amanhã revivido no bronze, mas não terão o sentimento exato daqueles dias...

Gazeta de Notícias, 11 de novembro de 1894

UMA SEMANA QUE INAUGURA
NA SEGUNDA-FEIRA UMA ESTÁTUA

Uma semana que inaugura na segunda-feira uma estátua e na quinta um governo não é qualquer dessas outras semanas que se despacham brincando. Isto em princípio; agora, se atenderdes à solenidade especial dos dois atos, à significação de cada um deles, à multidão de gente que concorreu a ambos, chegareis à conclusão de que tais sucessos não cabem numa estreita crônica. Um mestre de prosa, autor de narrativas lindas, curtas e duradouras, confessou um dia que o que mais apreciava na história eram as anedotas. Não discuto a confissão; digo só que, aplicada a este ofício de cronista, é mais que verdadeira. Não é para aqui que se fizeram as generalizações, nem os grandes fatos públicos. Esta é, no banquete dos acontecimentos, a mesa dos meninos.

Já a imprensa, por seus editoriais, narrou e comentou largamente os dois acontecimentos. Osório foi revivido, depois de o ser no bronze, e Bernardelli glorificado pela grandeza e perfeição com que perpetuou a figura do herói. Quanto à posse do sr. presidente da República, as manifestações de entusiasmo do povo e as esperanças dessa primeira transmissão do poder, por ordem natural e pacífica, foram registradas na imprensa diária, à espera que o sejam devidamente no livro. Nem foram esquecidos os serviços reais daquele que ora deixou o poder, para repousar das fadigas de dois longos anos de luta e de trabalho.

Não nego que um pouco de filosofia possa ter entrada nesta coluna, contanto que seja leve e ridente. As sensações também podem ser contadas, se não cansarem muito pela extensão ou pela matéria; para não ir mais longe, o que se deu comigo, por ocasião da posse, no Senado. Quinta-feira, quando ali cheguei, já achei mais convidados que congressistas, e mais pulmões que ar respirável. Na entrada da sala das sessões, fronteira à mesa da presidência, muitas senhoras iam invadindo pouco a pouco o espaço, até conquistá-lo de todo. Era novo; mais novo ainda a entrada de uma senhora, que foi sentar-se na cadeira do barão de São Lourenço. Ao menos, o lugar era o mesmo; a cadeira pode ser que fosse outra. Daí a pouco, alguns deputados e senadores ofereciam às senhoras as suas poltronas, e todos aqueles vestidos claros vieram alternar com as casacas pretas.

Quando isto se deu, tive uma visão do passado, uma daquelas visões chamadas imperiais (duas por ano), em que o regimento nunca perdia os seus direitos. Tudo era medido, regrado e solitário. Faltava agora tudo, até a figura do porteiro, que nesses dias solenes calçava as meias pretas e os sapatos de fivela, enfiava os calções, e punha aos ombros a capa. Os senadores, como tinham farda especial, vinham todos com ela, exceto algum padre, que trazia a farda da Igreja. O barão de São Lourenço, se ali ressuscitasse, compreenderia, ao aspecto da sala, que as instituições eram outras, tão outras como provavelmente a sua cadeira. Aquela gente numerosa, rumorosa e mesclada esperava alguém, que não era o imperador. Certo, eu amo a regra e dou pasto à ordem. Mas não é só na poesia que *souvent un beau désordre est un effet de l'art*. Nos atos públicos também; aquela mistura de damas e cavalheiros, de legisladores e convidados, não era das instituições, mas do momento; exprimia um "estado da alma" popular. Não seria propriamente um efeito da arte, concordo, e sim da natureza; mas que é a natureza senão uma arte anterior?

Gambetta achava que a República Francesa "não tinha mulheres". A nossa, ao que vi outro dia, tem boa cópia delas. Elegantes, cumpre dizê-lo, e tão cheias de ardor, que foram as primeiras ou das primeiras pessoas que deram palmas, quando entrou o presidente da República. Vede a nossa felicidade: sentadas nas próprias curuis, do legislador, nenhuma delas pensava ocupar, nem pensa ainda em ocupá-las à força de votos.

Não as teremos tão cedo em clubes, pedindo direitos políticos. São ainda caseiras como as antigas romanas, e, se nem todas fiam lá, muitas a vestem, e vestem bem, sem pensar em construir ou destruir ministérios.

Nós é que fazemos ministérios, e, se já os não fazemos nas câmaras, há sempre a imprensa, por onde se podem dar indicações ao chefe do Estado. O velho costume de recomendar nomes, por meio de listas publicadas a pedido nos jornais, ressuscitou agora, de onde se deve concluir que não havia morrido. Vimos listas impressas, desde muito antes da posse, a maior parte com algum nome absolutamente desconhecido. Esta particularidade deu-me que pensar. Por que esses colaboradores anônimos do poder executivo? E por que, entre nomes sabidos, um que se não sabe a quem pertence? Resolvi a primeira parte da questão, depois de algum esforço. A segunda foi mais difícil, mas não impossível. Não há impossíveis.

O que me trouxe a chave do enigma foi a própria eleição presidencial. As urnas deram cerca de trezentos mil votos ao sr. dr. Prudente de Morais, muitas centenas a alguns nomes de significação republicana ou monárquica, algumas dezenas a outros, seguindo-se uma multidão de nomes sabidos ou pouco sabidos, que apenas puderam contar um voto. Quando se apurou a eleição, parei diante do problema. Que queria dizer essa multidão de cidadãos com um voto cada um? A razão e a memória explicaram-me o caso. A memória repetiu-me a palavra que ouvi, há ano, a alguém, eleitor e organizador de uma lista de candidatos à deputação. Vendo-lhe a lista, composta de nomes conhecidos, exceto um, perguntei quem era este.

— Não é candidato — disse-me ele —, não terá mais de vinte a vinte e cinco votos, mas é um companheiro aqui do bairro; queremos fazer-lhe esta manifestaçãozinha de amigos.

Concluí o que o leitor já percebeu, isto é, que a amizade é engenhosa, e a gratidão infinita, podendo ir do pudim ao voto. O voto, pela sua natureza política, é ainda mais nobre que o pudim, e deve ser mais saboroso, pelo fato de obrigar à impressão do nome votado. Guarda-se a ata eleitoral, que não terá nunca outono. Toda glória é primavera.

Toda glória é primavera. A estátua de Osório vinha naturalmente depois desta máxima, mas o pulo é tão grande, e o papel vai acabando com tal presteza, que o melhor é não tornar ao assunto. Fique a estátua com os seus dois colaboradores, o escultor e o soldado; eu contento-me em contemplá-la e passar, e a *lembrar-me* das gerações futuras que hão de contemplar como eu.

Gazeta de Notícias, 18 de novembro de 1894

Vão acabando as festas uruguaias

Vão acabando as festas uruguaias. Daqui a pouco, amanhã, não haverá mais que lembrança das luminárias, músicas, flores, danças, corridas, passeios, e tantas outras coisas que alegraram por alguns dias a cidade. Hoje é a regata de Botafogo, ontem foi o baile do Cassino, anteontem foi a festa do Corcovado... Não. Não escrevo *pic-nic*, por ter a respeito deste vocábulo duas dúvidas, uma maior, outra menor, como diziam os antigos pregoeiros de praças judiciais.

Aqui está a maior. Sabe-se que esta palavra veio-nos dos franceses, que escrevem *pique-nique*. Como é que nós, que temos o gosto de adoçar a pronúncia e muitas vezes alongar a palavra, adotamos esta forma ríspida e breve: *pic-nic*? Eis aí um mistério, tanto mais profundo quanto que eu, quando era rapaz (anteontem, pouco mais ou menos), lia e escrevia *pique-nique*, à francesa. Que a forma *pic-nic* nos viesse de Portugal nos livros e correspondências dos últimos anos, sendo a forma que mais se ajusta à pronúncia da nossa antiga metrópole, é o que primeiro ocorre aos inadvertidos. Eu, sem negar que assim escrevam os últimos livros e correspondências daquela origem, lembrarei que Caldas Aulete adota *pique-nique*; resposta que não presta muito para o caso, mas não tenho outra à mão.

Não me digas, leitor esperto, que a palavra é de origem inglesa, mas que os ingleses escrevem *pick-nick*. Sabes muito bem que ela nos veio de França, onde lhe tiraram as calças londrinas, para vesti-la à moda de Paris, que neste caso particular é a nossa própria moda. Vede o *frac* dos franceses. Usamos hoje esta forma, que é a original, nós que tínhamos adotado anteontem (era eu rapaz) a forma adoçada de *fraque*.

A outra dúvida, a menor, quase não chega a ser dúvida, se refletirmos que as palavras mudam de significação com o andar do tempo, ou quando passam de uma região a outra. Assim que, *pique-nique* era aqui, e continua a ser algures, uma patuscada, banquete, ou como melhor nome haja, em que cada conviva entra com a sua cota. Quando um só é que paga o pato e o resto, a coisa tinha outro nome. A palavra ficou significando, ao que parece, um banquete campestre.

Foi naturalmente para acabar com tais dúvidas que o sr. dr. Castro Lopes inventou a palavra *convescote*. O sr. dr. Castro Lopes é a nossa Academia Francesa. Esta, há cerca de um mês, admitiu no seu dicionário a palavra *atualidade*. Em vão a pobre *atualidade* andou por livros e jornais, conversações e discursos; em vão Littrée a incluiu no seu dicionário. A academia não lhe deu ouvidos. Só quando uma espécie de sufrágio universal decretou a expressão é que ela a canonizou. Donde se infere que o sr. dr. Castro Lopes, sendo a nossa Academia Francesa, é também o contrário dela. É a academia pela autoridade, é o contrário pelo método. Longe de esperar que as palavras envelheçam cá fora, ele as compõe novas, com os elementos que tira da sua erudição, dá-lhes a bênção e manda-as por esse mundo. O mesmo paralelo se pode fazer entre ele e a Igreja católica. A Igreja, tendo igual autoridade, procede como a academia, não inventa dogmas, define-os.

Convescote tem prosperado, posto não seja claro, à primeira vista, como *engrossador,* termo recente, de aplicação política, expressivo e que faz imagem, como dizem os franceses. É certo que a clareza deste vem do verbo donde saiu. Quem o inventou? Talvez algum céptico, por horas mortas, relembrando uma procissão qualquer; mas também pode ser obra de algum religionário, aborrecido com ver aumentar o número dos fiéis. As religiões políticas diferem das outras em que os fiéis da primeira hora não gostam de ver fiéis das outras horas. Parecem-lhes inimigos; é verdade que as conversões, tendo os seus motivos na consciência, escapam à verificação humana, e é possível que um homem se ache repentinamente católico menos pelos dogmas que pelas galhetas. As galhetas fazem engrossar muito. Mas fosse quem fosse o inventor do vocábulo, certo é que este, apesar de anônimo e popular, ou por isso mesmo, espalhou-se e prosperou; não admirará que fique na língua, e se houver, aí por 1950, uma Academia Brasileira, pode bem ser que venha a incluí-lo no seu dicionário. O sr. dr. Castro Lopes poderia recomendá-lo a um alto destino.

Oh! se o nosso venerando latinista me desse uma palavra que, substituindo *mentira,* não fosse *inverdade*! Creio que esta segunda palavra nasceu no Parlamento, obra de algum orador indignado e cauteloso, que, não querendo ir até a *mentira,* achou que *inexatidão* era frouxa demais. Não nego perfeição à *inverdade,* nem eufonia, nem coisa nenhuma. Digo só que me é antipática. A simpatia é o meu léxico. A razão por que eu nunca *explodo,* nem gosto que os outros *explodam,* não é porque este verbo não seja elegante, belo, sonoro, e principalmente necessário; é porque ele não vai com o meu coração. *Le coeur a des raisons que la raison ne connaît pas,* disse um moralista.

A outra palavra, *mentira,* essa é simpática, mas faltam-lhe maneiras e anda sempre grávida de tumultos. Há cerca de quinze dias, em sessão do Conselho municipal, caiu da boca de um intendente no rosto de outro, e foi uma agitação tal, que obrigou o presidente a suspender os trabalhos por alguns minutos. Reaberta a sessão, o presidente pediu aos seus colegas que discutissem com a maior moderação; pedido excessivo, eu contentar-me-ia com a menor, era bastante para não ir tão longe.

De resto, a agitação é sinal de vida e melhor é que o Conselho se agite que durma. Esta semana o caso da bandeira, que é dos mais graciosos, agitou bastante a alma municipal. Se o leste, é inútil contar; se o não leste, é difícil. Refiro-me à bandeira que apareceu hasteada na sala das sessões do Conselho, em dia de gala, sem se saber o que era nem quem a tinha ali posto. Pelo debate viu-se que a bandeira era positivista e que um empregado superior a havia hasteado, depois de consentir nisso o presidente. O presidente explicou-se. Um intendente propôs que a bandeira fosse recolhida ao Museu Nacional, por ser "obra de algum merecimento". Outro chamou-lhe trapo. "Trapo não, que é de seda", corrigiu outro. O positivismo foi atacado. Crescendo o debate, alargou-se o assunto e as origens da revolução do Rio Grande do Sul foram achadas no positivismo, bem como a estátua de *Monroe* e um episódio do asilo de mendicidade.

Se assim é, explica-se o apostolado antipositivista, fundado esta semana, e não pode haver maior alegria para o apostolado positivista; não se faz guerra a fantasmas, a não ser no livro de Cervantes. Mas que pensa de tudo isto um habitante do planeta Marte, que está espiando cá para baixo com grandes olhos irônicos?

A bandeira não teve destino, foi a conclusão de tudo, e não será de admirar que torne a aparecer no primeiro dia de gala, para dar lugar a nova discussão — coisa utilíssima, pois da discussão nasce a verdade. Para mim, a bandeira caiu do céu. Sem ela esta página, que começou pedante, acabaria ainda mais pedante.

Gazeta de Notícias, 25 de novembro de 1894

QUANDO ME LERES

Quando me leres, poucas horas terão passado depois da tua volta do Cassino. Vieste da festa Alencar, é domingo, não tens de ir aos teus negócios, ou aos teus passeios, se és mulher, como me pareces. Os teus dedos não são de homem. Mas, homem ou mulher, quem quer que sejas tu, se foste ao Cassino, pensa que fizeste uma boa obra, e, se não foste, pensa em Alencar, que é ainda uma obra excelente. Verás em breve erguida a estátua. Uma estátua por alguns livros!

Olha, tens um bom meio de examinar se o homem vale o monumento etc. É domingo, lê alguns dos tais livros. Ou então, se queres uma boa ideia dele, pega no livro de Araripe Júnior, estudo imparcial e completo, publicado agora em segunda edição. Araripe Júnior nasceu para a crítica; sabe ver claro e dizer bem. É o autor de *Gregório de Matos*, creio que basta. Se já conheces *José de Alencar*, não perdes nada em relê-lo; ganha-se sempre em reler o que merece, acrescendo que acharás aqui um modo de amar o romancista, vendo-lhe distintamente todas as feições, as belas e as menos belas, o que é perpétuo, e o que é perecível. Ao cabo, fica sempre uma estátua do chefe dos chefes.

Queres mais? Abre este outro livro recente, *Estudos brasileiros*, de José Veríssimo. Aí tens um capítulo inteiro sobre Alencar, com a particularidade de tratar justamente da cerimônia da primeira pedra do monumento, e, a propósito dele, da figura do nosso grande romancista nacional. É a segunda série de estudos que José Veríssimo publica, e cumpre o que diz no título; é brasileiro, puro brasileiro. Da competência dele nada direi que não saibas: é conhecida e reconhecida. Há lá certo número de páginas que mostram que há nele também muita benevolência. Não digo quais sejam: adivinha-se o enigma lendo o livro; se, ainda lendo, não o decifrares, é que me não conheces.

E assim, relendo as críticas, relendo os romances, ganharás o teu domingo, livre das outras lembranças, como desta ruim semana. Guerra e peste; não digo fome, para não mentir, mas os preços das coisas são já tão atrevidos, que a gente come para não morrer.

A peste, essa anda perto, como espiando a gente. Oh! grão de areia de Cromwell, que vales tu, ao pé do bacilo vírgula? Qualquer Cromwell de hoje, com infinitamente menos que um grão de areia, cai do mais alto poder da terra no fundo da maior cova. Francamente, prefiro os tempos em que as doenças, se não eram maleitas, barrigas-d'água, ou espinhela caída, tinham causas metafísicas e curavam-se com rezas e sangrias, benzimentos e sanguessugas. A descoberta do bacilo foi um desastre. Antigamente, adoecia-se; hoje mata-se primeiro o bacilo da doença, depois adoece-se, e o resto da vida dá apenas para morrer.

Tantas pessoas têm já visto o bacilo vírgula e toda a mais pontuação bacilar, que não se me dá dizer que o vi também. Começa a ser distinção. Um homem capaz não pode já existir sem ter visto, uma vez que seja, essa extraordinária criatura. O bacilo vírgula é a Sarah Bernhardt da patologia, o cisne preto dos lagos intestinais, o bicho de sete cabeças, não tão raro, nem tão fabuloso. Quero crer que todas essas vírgulas que vou deitando entre as orações, não são mais que bacilos, já sem veneno, temperando assim a patologia com a ortografia — ou vice-versa.

Quanto à guerra, houve apenas duas noites de combate, investidas a quartéis e corpos de guarda, nacionais contra policiais, gregos contra troianos, tudo por causa de uma Helena, que se não sabe quem seja. Ouvi ou li que foi por causa de um chapéu. É pouco; mas lembremo-nos que assim como o bacilo vírgula substituiu o grão de areia de Cromwell, assim o chapéu substitui a mulher, e tudo irá diminuindo... Somos chegados às coisas microscópicas, não tardam as invisíveis, até que venham as impossíveis. Um chapéu de palhinha de Itália deu para um *vaudeville*; este, de palha mais rude, deu para uma tragédia. Tudo é chapéu.

Não quero saber de assassinatos, nem de suicídios, nem das longas histórias que eles trouxeram à hora da conversação; é sempre demais. Também não vi nem quero saber o que houve com as pernas de um pobre moço, no Catete, que ficaram embaixo de um bonde da Companhia Jardim Botânico. Ouvi que se perderam. Não é a primeira pessoa a quem isto acontece, nem será a última. A Companhia pode defender-se muito bem, citando Victor Hugo, que perdeu uma filha por desastre, e resignadamente comparou a criação a uma roda:

Que la création est une grande roue
Qui ne peut se mouvoir sans écraser quelqu'un.

A mesma coisa dirá a Companhia do Jardim Botânico, em prosa ou verso, mas sempre a mesma coisa: "Eu sou como a grande roda da criação, não posso andar sem esmagar alguma pessoa". Comparação enérgica e verdadeira. A fatalidade do ofício é que a leva a quebrar as pernas aos outros. O pessoal desta Companhia é carinhoso, o horário pontual, nenhum atropelo, nenhum descarrilamento, as ordens policiais contra os reboques são cumpridas tão exatamente, que não há coração bem formado que não chegue a entusiasmar-se. Se ainda vemos dois e três carros puxados por um elétrico, é porque a eletricidade atrai irresistivelmente, e os carros prendem-se uns aos outros; mas a administração estuda um plano que ponha termo a esse escândalo das leis naturais.

Terras há em que os casos, como os do Catete, são punidos com prisão, indenização e outras penas; mas para que mais penas, além das que a vida traz consigo? Demais, os processos são longos, não contando que a admirável instituição do júri — é a melhor escola evangélica destes arredores: "Quem estiver inocente, que lhe atire a primeira pedra!", exclama ele com o soberbo gesto de Jesus. E o réu, seja de ferimento ou simples estelionato, é restituído ao ofício de roda da criação.

O melhor é não punir nada. A consciência é o mais cru dos chicotes. O dividendo é outro. Uma companhia de carris que reparta igualmente aleijões ao público e lucros a si mesma verá nestes o seu próprio castigo, se é o caso de castigo; se o não é, para que fazê-la padecer duas vezes?

Não creio que o período anterior esteja claro. Este vai sair menos claro ainda, visto que é difícil ser fiel aos princípios e não querer que o prefeito saia das urnas. A verdade, porém, é que eu prefiro um prefeito nomeado a um prefeito eleito — ao menos, por ora. José Rodrigues, a quem consulto em certos casos, vai mais longe, entendendo que os próprios intendentes deviam ser nomeados. É homem de arrocho; o pai era saquarema.

Menos claro que tudo, é este período final. Tem-se discutido se o Hospício Nacional de Alienados deve ficar com o Estado ou tornar à Santa Casa de Misericórdia. Consultei a este respeito um doido, que me declarou chamar-se duque do Cáucaso e da Cracóvia, conde Estelário, filho de Prometeu etc., e a sua resposta foi esta:

— Se é verdade que o Hospício foi levantado com o dinheiro de loterias e de títulos nobiliários, que o José Clemente chamava imposto sobre a vaidade, é evidente que o Hospício deve ser entregue aos doidos, e eles que o administrem. O grande Erasmo (ó Deus!) escreveu que andar atrás da fortuna e de distinções é uma espécie de loucura mansa; logo a instituição, fundada por doidos, deve ir aos doidos, ao menos, por experiência. É o que me parece! é o que parece ao grande príncipe Estelário, bispo, *episcopus, papam*... O seu a seu dono.

Gazeta de Notícias, 2 de dezembro de 1894

Tudo tende à vacina

Tudo tende à vacina. Depois da varíola, a raiva; depois da raiva, a difteria; não tarda a vez do cólera-mórbus. O bacilo vírgula, que nos está dando que fazer, passará em breve, do terrível mal que é, a uma simples cultura científica, logo de amadores, até roçar pela banalidade. Uma vez regulamentado, fará parte dos cafés e confeitarias. Que digo? Entrará nos códigos de civilidade, oferecer-se-á às visitas um cálice de cólera-mórbus ou de outro qualquer licor. Os cavalheiros perguntarão graciosamente às damas: "v. ex. já tomou hoje o seu bacilo?" Far-se-ão trocadilhos:
— Que tal este *vírgula?*
— Vale um ponto de admiração!
Todas as moléstias irão assim cedendo ao homem, não ficando à natureza outro recurso mais que reformar a patologia. Não bastarão guerras e desastres para abrir caminho às gerações futuras; e demais a guerra pode acabar também, e os próprios desastres, quem sabe? obedecerão a uma lei, que se descobrirá e se emendará algum dia. Sem desastres nem guerras, com as doenças reduzidas, sem conventos, prolongada a velhice até as idades bíblicas, onde irá parar este mundo? Só um grande carregamento, ó doce mãe e amiga natureza, só um carregamento infinito de moléstias novas.

Mas a vacina não se deve limitar ao corpo; é preciso aplicá-la à alma e aos costumes, começando na palavra e acabando no governo dos homens. Já a temos na palavra, ao menos, na palavra política. Graças às culturas sucessivas, podemos hoje chamar bandido a um adversário, e, às vezes, a um velho amigo, com quem tenhamos alguma pequena desinteligência. Está assentado que bandido é um divergente. Corja de bandidos é um grupo de pessoas que entende diversamente de outra um artigo da Constituição. Quando os bandidos são também infames, é que venceram as eleições, ou legalmente, ou aproximativamente. Com tais culturas enrija-se a alma, poupam-se ódios, não se perde o apetite nem a consideração. Antes do fim do século, bandido valerá tanto como magro ou canhoto.

Assim também as opiniões. A vacina das opiniões é difícil, não como operação, mas como aceitação do princípio. Diz-se, e com razão, que o micróbio é sempre um mal; ora, a minha opinião é um bem, logo... Erro, grande erro. A minha opinião é um bem, decerto, mas a tua opinião é um mal, e do veneno da tua é que eu me devo preservar, por meio de injeções a tempo, a fim de que, se tiver a desgraça de trocar a minha opinião pela tua, não padeça as terríveis consequências que as ideias detestáveis trazem sempre consigo. E porque não é só a tua ideia que é perversa, mas todas as outras, desde que eu me vacine de todas, estou apto a recebê-las sucessivamente, sem perigo, antes com lucro.

O bacilo zigue-zague, causa da embriaguez... Mas para que ir mais longe? Conhecido o princípio, sabido que tudo deriva de um micróbio, inclusive o vício e a virtude, obtém-se pelo mesmo processo a eliminação de tantos males. O boato tem sido descomposto de língua e de pena, é um monstro, um inimigo público, é o diabo, sem advertirem os autores de nomes tão feios, que o boato é a cultura atenuada do acontecimento. Daqui em diante a história se fará com auxílio da bacteriologia.

As eleições — uma das mais terríveis enfermidades que podem atacar o organismo social — perderam a violência, e dentro em pouco perderão a própria existência nesta cidade, graças à cultura do respectivo bacilo. Aposto que o leitor não sabe que tem de eleger no último domingo deste mês os seus representantes municipais? Não sabe. Se soubesse, já andaria no trabalho da escolha do candidato, em reuniões públicas, ouvindo pacientemente a todos que viessem dizer-lhe o que pensam e o que podem fazer. Quando menos, estaria lendo as circulares dos candidatos, cujos nomes andariam já de boca em boca, desde dois e três meses, ou apresentados por si mesmos, ou indicados por diretórios.

Nem o leitor julgaria somente das ideias e dos planos dos candidatos, conheceria igualmente do estilo e da linguagem deles. Sei que a circular não basta; pode ser obra de algum amigo, sabedor de gramática e de retórica. O discurso, porém, mostrará o homem, e, ainda quando seja alheio e decorado, os ouvintes têm o recurso de lançar a desordem no rebanho das palavras e das ideias do orador. Este, roto o fio da oração, acabará dando por paus e por pedras. Deus meu! não exijo raptos de eloquência. Os discursos municipais podem ser malfeitos, sem conexão, nem lógica, nem clareza, atrapalhados, aborrecidos; é negócio que, salvos os gastos da impressão, só importa à fama dos autores. Mas as leis? O município tem leis, e as leis devem ser escritas.

Agora mesmo, anteontem, foi promulgada a lei que autoriza o prefeito a regularizar a direção dos veículos. Esta lei tem um art. 2º que diz assim:

> Art. 2º Os trilhos que servem de leito a veículos (bondes), os quais sobre os mesmos rodam normalmente, poderão ser mudados para lugares diversos dos que ocupam, somente com prévia aquiescência do Conselho, exceto quando se tratar de ligeiras mudanças de trilhos na mesma rua ou outra mais próxima e mais larga do que aquela em que entroncam os mesmos assentados.

Este art. 2º não está escrito. As palavras que o deviam compor não saíram do tinteiro; saíram outras, inteiramente estranhas, e ainda assim, com a grande pressa que havia, foram deixadas no papel para que se arrumassem por si mesmas; ora, as orações, como os regimentos, não marcham bem senão com muita lição do instrutor. As consequências são naturalmente graves. Como há de o prefeito cumprir esse artigo? Como hei de eu obedecer a outras leis que saiam assim desconjuntadas? Já não trato de algumas consequências mínimas. Conheço uma pessoa, muito dada a metáforas, que nunca mais dirá bonde, e sim "veículo que roda normalmente sobre trilhos".

O legislador municipal achou-se aqui na mesma dificuldade em que, há anos, esteve o redator de um projeto de lei contra os capoeiras. Não me recordo das palavras todas empregadas na definição do delito; as primeiras eram estas: "Usar de agilidade..." Compreendo o escrúpulo em definir bem o capoeira; mas por que não disse simplesmente capoeira? Não estivesse eu com pressa (os minutos correm) e iria pesquisar o texto de um ato ministerial do princípio do século, em que se davam ordens contra os capoeiras — mas só capoeiras, nada mais.

Sendo preciso escrever as leis municipais, não seria fora de propósito criar um ou dois lugares de redatores, nomeando-se para eles pessoas gramaticadas. Aí está uma ideia que podia servir a algum candidato, em circular ou discurso, se não estivéssemos vacinados contra o vírus eleitoral. A capital não quer saber de si. Alguns candidatos obscuros, lembrados por cidadãos ainda mais obscuros, irão aparecendo na última semana. Os mais econômicos mandarão apontar o seu nome, com duas linhas de impressão, entre o licor depurativo de taiuiá e o xarope de alcatrão e jataí. O mais será trabalhinho surdo, pedido particular e abstenção do costume, achaques leves que não matam nem amotinam.

Teremos, depois do último domingo deste mês, outro *vaudeville* como o de anteontem? Mudemos os homens se é preciso, mas não se perca a boa e velha chalaça. A peça é da verdadeira escola dos *vaudevilles*, enredo complicado, ditos alegres, muito quiproquó, diálogo vivo, desfecho inesperado, ainda que pouco claro. Os *couplets* finais vivíssimos. Mas por que chamar a esta peça *Sunt lacrymae rerum*?

Gazeta de Notícias, 9 de dezembro de 1894

Um telegrama de São Petersburgo

Um telegrama de São Petersburgo anunciou anteontem que a bailarina Labushka cometeu suicídio. Não traz a causa; mas, dizendo que ela era amante do finado imperador, fica entendido que se matou de saudade.

Que eu não tenha, ó alma eslava, ó Cleópatra sem Egito, que eu não tenha a lira de Byron para cantar aqui a tua melancólica aventura! Possuías o amor de um potentado. O telegrama diz que eras amante "declarada", isto é, aceita como as demais instituições do país. Sem protocolo, nem outras etiquetas, pela única lei de Eros, dançavas com ele a *redowa* da mocidade. Naturalmente eras a professora, por isso que eras bailarina de ofício; ele, discípulo, timbrava em não perder o compasso, e a santa Rússia, que dizem ser imensa, era para vós ambos infinita.

Um dia, a morte, que também gosta de dançar, pegou no teu imperador e transferiu-o a outra Rússia ainda mais infinita. A tristeza universal foi grande, porque era um homem bom e justo. Daqui mesmo, desta remota capital americana, vimos os grandiosos funerais e ouvimos as lamentações públicas. Não nos chegaram as tuas, porque há sempre um recanto surdo para as dores irregulares. Agora, porém, que tudo acabou, eis aí reboa o som de um tiro, que faltava para completar os funerais do autocrata. Rival da morte, quiseste ir dançar com ele a *redowa* da eternidade.

Há aqui um mistério. Não é vulgar em bailarinas essa fidelidade verdadeiramente eterna. Muitas vezes choram; estanques as lágrimas, recolhem as recordações do morto, outras tantas lágrimas cristalizadas em diamantes, contam os títulos de dívida pública, estão certos; as sedas são ainda novas, todos os tapetes vieram da Pérsia ou da Turquia. Se há um palacete, dado em dia de anos, as paredes, que viram o homem, passam a ver tão somente a sombra do homem, fixada nos ricos móveis do salão e do resto. Se não há palacete, há leiloeiros para vender a mobília. Como levá-la à velha hospedaria de outras terras, Belgrado ou Veneza, aonde a meia viúva se abriga para descansar do morto, e de onde sai, às vezes, pelo braço de um marido, barão autêntico e mais autêntico mendigo?

Eis o que se dá no mundo da pirueta. O teu suicídio, porém, última homenagem, e (perdoem-me a exageração) a mais eloquente das milhares que recebeu a memória do imperador, o teu suicídio é um mistério. Grande mistério, que só o mundo eslavo é capaz de dar. Foi telegrama o que li? Foi alguma página de Dostoiévski? A conclusão última é que amavas. Sacrificaste uma aposentadoria grossa, a fama, a curiosidade pública, as memórias que podias escrever ou mandar escrever, e, antes delas, as entrevistas para os jornais, os interrogatórios que te fariam sobre os hábitos do imperador e os teus próprios hábitos, e quantos copos de chá bebias diariamente, as cores mais do teu gosto, as roupas mais do teu uso, quem foram teus pais, se tiveste algum tio, se esse tio era alto, se era coronel, se era reformado, quando se reformou, quem foi o ministro que assinou a reforma etc., um rosário de notícias interessantes para o público de ambos os mundos. Tudo sacrificaste por um mistério.

Mistérios nunca nos aborrecem; a prova é que folgamos agora diante de dois mistérios enormes, dois verdadeiros abismos (insondáveis). Sempre gostamos do inextricável. Este país não detesta as questões simples, nem as soluções transparentes, mas não se pode dizer que as adore. A razão não está só na sedução própria do obscuro e do complexo, está ainda em que o obscuro e o complexo abrem a porta à controvérsia. Ora, a controvérsia, se não nasceu conosco, foi pelo fato inteiramente fortuito de haver nascido antes; se se não tem apressado em vir a este mundo, era nossa irmã gêmea; se temos de a deixar neste mundo, é porque ainda cá ficarão homens. Mas vamos aos nossos dois mistérios.

O primeiro deles anda já tão safado, que até me custa escrever o nome: é o câmbio. Está outra vez no "tapete da discussão". O segundo é recente, é novíssimo, começa a entrar no debate: é o bacilo vírgula. Os mistérios da religião não nos acendem uns contra os outros; para crer neles basta a fé, e a fé não discute. Os do Encilhamento aturdiram por alguns dias ou semanas; mas desde que se descobriu que o dinheiro caía do céu, o mistério perdeu a razão de ser. Quem, naquele tempo, pôs uma cesta, uma gamela, uma barrica, uma vasilha qualquer, ao luar ou às estrelas, e achou-se de manhã com cinco, dez, vinte mil contos, entendeu logo que só por falsificação é que fazemos dinheiro cá embaixo. Ouro puro e copioso é o que cai do eterno azul.

Eu, quando era pequenino, achei ainda uma usança da noite de são João. Era expor um copo cheio d'água ao sereno, e despejar dentro um ovo de galinha. De manhã ia-se ver a forma do ovo; se era navio, a pessoa tinha de embarcar; se era uma casa, viria a ser proprietária etc. Consultei uma vez o bom do santo; vi, claramente visto — vi um navio; tinha de embarcar. Ainda não embarquei, mas enquanto houver navios no mar, não perco a esperança. Por ocasião do Encilhamento, a maior parte das pessoas, não podendo sacudir fora as crenças da meninice, não punham gamelas vazias ao sereno, mas um copo com água e ovo. De manhã, viam navios, e ainda agora não veem outra coisa. Por que não puseram gamelas? Vivam as gamelas! Ou, se é lícito citar versos, digamos com o cantor dos *Timbiras*:

>Paz aos Gamelas!
>Renome e glória...

Há quem queira filiar o câmbio atual aos costumes do Encilhamento. A pessoa que me disse isto, provavelmente, soube explicar-se; eu é que não soube entendê-la. É uma complicação de dinheiro que se ganha ou se perde, sem saber como, anonimamente, com designação geral de baixistas e altistas. Um embrulho. Mas há de ser ilusão, por força. Quem se lembra daqueles belos dias do Encilhamento, sente que eles acabaram, como os belos dias de Aranjuez. Onde está agora o delírio? onde estão as imaginações? As estradas na lua, o anel de Saturno, a pele dos ursos polares, onde vão todos esses sonhos deslumbrantes, que nos fizeram viver, pois que a vida *es sueño*, segundo o poeta?

Tais sonhos ainda são possíveis com o mistério do bacilo vírgula. Toda esta semana andou agitado esse bicho da terra tão pequeno, para citar outro poeta, o terceiro ou quarto que me vem ao bico da pena. Há dias assim; mas eu suponho que hoje esta afluência de lembranças poéticas é porque a poesia é também um mistério, e todos os mistérios são mais ou menos parentes uns dos outros. Suponho, não afirmo; depois do que tenho lido sobre o famoso bacilo, não afirmo nada; também não nego. Autoridades respeitáveis dizem que o bacilo mata, pelo modo asiático; outras também respeitáveis juram que o bacilo não mata.

Hippocrate dit oui, et Gallien dit non.

Gazeta de Notícias, 16 de dezembro de 1894

A SEMANA ACABOU FRESCA

A semana acabou fresca, tendo começado e continuado horrivelmente cálida. Até quinta-feira à noite ninguém podia respirar. Sexta-feira trouxe mudança de tempo e baixa de temperatura. O fenômeno explicar-se-ia naturalmente, em qualquer ocasião, mas houve uma coincidência que me leva a atribuí-lo a causas transcendentais. Se cuidas que aludo ao encerramento do Congresso Nacional, enganas-te. O calor do Congresso tinha-se ido, há muito, com a Câmara dos deputados. O Senado, apesar da troca de regime e do mínimo da idade, há de ser sempre a antiga Sibéria, pelo próprio caráter da instituição. Não, a causa foi outra.

A causa foi o banquete que o ministro da Suécia e Noruega deu aos comandantes e oficiais da corveta e da canhoneira ancoradas no nosso porto, banquete a que assistiram os cônsules da Holanda e da Dinamarca. Homens do norte, amassados com gelo, curtidos com ventos ásperos, uma vez reunidos à volta da mesa, comunicaram uns aos outros as sensações antigas, e, por sugestão, transportaram para aqui algumas braçadas daqueles climas remotos. Estando em dezembro, evocaram o seu inverno deles, que não é o nosso moço lépido de são João, mas um velho pesado do Natal. Já antes da sopa, deviam tremer de frio. Eu próprio, ao ler-lhes os nomes, levantei a gola do fraque. Os bigodes pingavam neve. As rajadas de vento levavam os guardanapos.

Tendo sido na noite de quarta-feira o banquete escandinavo, o nosso céu ainda resistiu durante a quinta-feira, e com tal desespero que parecia queimar tudo; mas na sexta-feira já não pôde, e não teve remédio senão chover e ventar. Não choveu, nem ventou muito, não chegou a nevar, mas fez-nos respirar, e basta. O que talvez não baste é a explicação. Espíritos rasteiros não podem aceitar razões de certa elevação, mas com esses não se teima. Faz-se o que fiz sexta-feira ao meu criado, quando ele me entrou no gabinete para anunciar que não havia carne. Trazia os cabelos em pé, os olhos esbugalhados, a boca aberta, e só falou depois que a minha frieza, totalmente escandinava, não correspondendo a tanto assombro, acendeu nele o desejo de me dar a grande novidade. Eu, cada vez mais escandinavo, respondi-lhe que, se não havia carne, havia outras coisas. Não contestou a sabedoria da resposta, mas confessou que a razão do espanto e consternação em que vinha era o receio de não haver mais carne neste mundo.

— Não entendendo de leis — concluiu José Rodrigues —, cuidei que era alguma lei nova que mandava acabar com a carne...

Este José Rodrigues é bom, é diligente, respeitoso, mas coxeia do intelecto, não que seja doido, mas é estúpido. Não digo burro; burro com fala seria mais inteligente que ele. Ontem, depois do almoço, veio ter comigo, trazendo uma folha na mão:

— Patrão, leio aqui estes dois anúncios: "Para tosses rebeldes, xarope de jaramacaru". "Para intendente municipal, Calisto José de Paiva". Qual destes dois remédios é melhor? E que moléstia é essa que nunca vi?

— Tu és tolo, José Rodrigues.

— Com perdão da palavra, sim, senhor.

— Pois se as moléstias são duas, como é que me perguntas qual dos remédios é melhor? É claro que ambos são bons, um para tosses rebeldes, outro para intendente municipal.

— E esta moléstia é como a neurastenia, que o patrão me ensinou a dizer, e ainda não sei se digo direito, a tal moléstia nova, que é bem antiga; é a que chamávamos espinhela caída. Ou intendente será assim coisa de dentes?... O patrão desculpe; eu não andei por escolas, não aprendi leis nem medicina...

— José Rodrigues, há coisas que, não se entendendo logo, nunca mais se entendem. Onde andas tu que não sabes o que é intendente? Sabes o que é vereador?

— Vereador, sei; é o homem que o povo põe na Câmara para ver as coisas da cidade, a limpeza, a água, os lampiões.

— Pois é a mesma coisa.

— A mesma coisa? Entendo; é como a espinhela caída, que hoje se chama anatomia ou neurastenia. Pois, sim, senhor. Intendente é o mesmo que vereador. Cura-se então com o Paiva do anúncio? Mas, se o Paiva é remédio, conforme diz o patrão, não entendo que se aplique a neurastenia ou intendente...

— Tu não estás bom, José Rodrigues; vai-te embora.

— Para dizer a minha verdade, bom, bom, não estou; amanheci com uma dor do lado, que não posso respirar, e é por isso que vim perguntar ao patrão se era melhor o xarope, se o Paiva. Talvez o Paiva seja mais barato que o xarope. Isto de remédios, não é o serem mais caros... Às vezes os mais caros não prestam para nada, e um de pouco preço cura que faz gosto. Mas, enfim, não faço questão de preço. A saúde merece tudo. Vou ao Paiva... isto é, o jornal fala também de um Canedo, para a mesma moléstia... Não é Canedo que se diz? Talvez o Canedo seja ainda mais barato que o Paiva.

— Isto é coisa que só à vista das contas do boticário. Toma o que puderes; mas, antes disso, faz-me um favor. Vai ver se eu estou no largo da Carioca.

— Sim, senhor. Se não estiver, volto?

— Espera primeiro até às cinco horas; se até às cinco horas não me achares, é que não estou, e então volta para casa.

— Muito bem; mas se o patrão lá estiver, que quer que lhe faça?

— Puxa-me o nariz.

— Ah! isso não! Confianças dessas não são comigo. Gracejar, gracejo, e o patrão faz-me o favor de rir; mas não se puxa o nariz a um homem...

— Bem, dá-me então as boas-tardes e vem-te embora para casa.

— Perfeitamente.

Enquanto ele ia ao largo da Carioca, fui-me eu às notas da semana, e não achei mais nada que valesse a pena, salvo o planeta que se descobriu entre Marte e Mercúrio. Mas isso mesmo, para quem não é astrônomo, vale pouco ou nada; não que as grandezas do céu estejam trancadas aos olhos ignaros, francas estão, e o ínfimo dos homens pode admirá-las. Não é isso; é que um astrônomo diria sobre este novo planeta coisas importantes. Que direi eu? Nada ou algum absurdo. Buscaria achar alguma relação entre os planetas que aparecem e as cidades que ameaçam desaparecer com terremotos. A Calábria padeceu mais com eles que com os salteadores; pouco é o chão seguro debaixo dos pés das belas italianas ou do fortíssimo Crispi. Na Hungria houve um tremor há dois dias; outras partes do mundo têm sido abaladas.

Andará a Terra com dores de parto, e alguma coisa vai sair dela, que ninguém espera nem sonha? Tudo é possível. Quem sabe se o planeta novo não foi o filho que ela deu à luz por ocasião dos tremores italianos? Assim, podemos fazer uma astronomia nova; todos os planetas são filhos do consórcio da Terra e do Sol, cuja primogênita é a Lua, anêmica e solteirona. Os demais planetas nasceram pequenos, cresceram com os anos, casaram e povoaram o céu com estrelas. Aí está uma astronomia que Júlio Verne podia meter em romances, e Flammarion em décimas.

Também se pode tirar daqui uma política internacional. Quando a África, e o que resta por ocupar e civilizar, estiver ocupada e civilizada, os planetas que aparecerem ficarão pertencendo aos países cujas entranhas houverem sido abaladas na ocasião com terremotos; são propriamente seus filhos. Restará conquistá-los; mas o tetraneto de Edison terá resolvido este problema, colocando os planetas ao alcance dos homens, por meio de um parafuso elétrico e quase infinito.

Gazeta de Notícias, 23 de dezembro de 1894

A SORTE É TUDO

A sorte é tudo. Os acontecimentos tecem-se como as peças de teatro, e representam-se da mesma maneira. A única diferença é que não há ensaios; nem o autor nem os atores precisam deles. Levantado o pano, começa a representação, e todos sabem os papéis sem os terem lido. A sorte é o ponto.

Esse pequeno exórdio é a melhor explicação que posso dar do drama da praça da República, e a mais viva condenação da teimosia com que alguns jornais pediram a demolição dos pavilhões e arcos das festas uruguaias. Ainda bem que não pediram também a eliminação de três grinaldas de folhas secas, já sem cara de folhas, que ainda pendem dos arcos de gás na rua de São José. Oh! não me tirem essas pobres grinaldas! Não fazem mal a ninguém, não tolhem a vista, não escondem gatunos, e são verdadeiras máximas. Quando desço por ali, com a memória cheia de algumas folhas verdes que vieram comigo no bonde, acontece-me quase sempre parar diante delas. E elas dizem-me coisas infinitas sobre a caducidade das folhas verdes, e o prazer com que as ouço não tem nome na terra nem provavelmente no céu. *Ergo bibamus*! E aí me vou contente ao trabalho. Não é novo o que elas dizem, nem serão as últimas que o dirão. A banalidade repete-se de século a século, e irá até à consumação dos séculos; não é folha que perca o viço.

Vindo ao pavilhão da praça da República, o acontecimento de quinta-feira provou que ele era necessário, porque a sorte, que rege este mundo, já estava com o drama nas mãos para apontá-lo aos atores. E os atores foram cabais no desempenho. O gatuno que resistiu ao ataque de alguns homens de boa vontade dava um magnífico bandido. Um simples gatuno não defende com tanto ardor a liberdade, posto que a liberdade seja um grande benefício. As armas do gatuno são as pernas. Ele foge ao clamor público, à espada da polícia, à cadeia; pode dar um cascudo, um empurrão; matar, não mata. É certo que o tal Puga não podia fugir; mas os Pugas de lenços e outras miudezas, em casos tais, não tendo por onde fugir, entregam-se; preferem a prisão simples aos complicados remorsos. Nem lenços nem carteiras deixam remorsos. A própria casa, apólices, terrenos e outros bens, havidos capciosamente, não tiram o sono. O sangue, sim, o sangue perturba as noites.

Daí veio a suspeita de ser este Puga doido — e parece confirmá-la a declaração que ele fez de chamar-se Jesus Cristo. A declaração não basta, e podia ser um estratagema; mas há tal circunstância que me faz crer que ele é deveras alienado: é ser espanhol. Os bandidos espanhóis, embora salteiem e despojem a gente, não deixam de respeitar a religião. Dizem que levam bentinhos consigo, ouvem missas, quase que confessam os seus pecados.

A tragédia, se deveras é doido, foi assim mais trágica. Essa luta em um desvão, entre um louco e alguns homens valentes, um dos quais morreu e os outros saíram feridos, deve ter sido extraordinariamente lúgubre. Tal espetáculo, é claro, estava determinado. Era preciso que fosse em lugar que pudesse conter o milhar de espectadores que teve; logo, a praça da República; devia ser no alto de edifício vazio e livre, para onde só se pudesse ir por uma escada de mão; logo, o pavilhão das festas. Tudo vinha assim disposto, era só cumpri-lo à risca.

Os espectadores, que também fizeram parte do espetáculo, desempenharam bem o seu papel, mas parece que o haviam aprendido em Shakespeare. Assim é que, simultaneamente, aplaudiam os corajosos que subiam a escada de mão, e apupavam os que iam só a meio caminho e desciam amedrontados. Aclamações e assobios, de mistura, enchiam os ares, até a cena final, quando o Puga, subjugado, desceu ferido também. Aí Shakespeare cedeu o passo a Lynch, outro trágico, sem igual gênio, mas com a mesma inconsciência do gênio, cujo único defeito é não ter feito mais que uma tragédia em sua vida. A polícia interveio para se não representar essa outra peça, e, se salvou a vida ao Puga, praticou um ato muito menos liberal, que foi restaurar a censura dramática.

Ao enterramento do soldado que acabou a vida naquela luta, creio que acompanhou menos gente, os que pegaram no caixão, e alguns amigos particulares, se é que os tinha. O cocheiro acompanhou porque ia guiando os burros. Concluamos que o homem ama a luta e respeita a morte; entusiasta diante do herói, fica naturalmente triste e solitário diante do cadáver, e deixa-o ir para onde todos havemos de ir, mais tarde ou mais cedo.

Resumindo, direi ainda mais uma vez que a sorte é tudo, e não são só os livros que têm os seus fados. Também os têm os arcos e os pavilhões. Que digo? Também os têm as próprias palavras. Há dias, o sr. general Roberto Ferreira, referindo-se a uma notícia, encabeçou o seu artigo com estas palavras: *Consta não; é exato*. E todos discutiram o artigo, afirmando uns que constava, outros que era exato. A reflexão que tirei daí foi longa e profunda, não por causa da matéria em si mesma, que não é comigo, mas por outra causa que vou dizer, não tendo segredos para os meus leitores.

Conheço desde muito o velho *Constar*, era eu bem menino; lembra-me remotamente que foi um carioca, Antônio de Morais Silva, que o apresentou em nossa casa. Velho, disse eu? Na idade, era-o; mas na pessoa era um dos mais robustos homens que tenho visto. Alto, forte, pulso grosso, espáduas longas; dir-se-ia um Atlas. O moral correspondia ao físico. Era afirmativo, autoritário, dogmático. Quando referia um caso, havia de crer-se por força. As próprias histórias da carocha, que contava para divertir-nos, deviam ser aceitas como fatos autênticos. O carioca Morais, que tenho grande fé nele, dizia que era assim mesmo, e ninguém podia descrer de um, que era arriscar-se a levar um peteleco de ambos.

Poucos anos depois, tornando a vê-lo, caiu-me a alma aos pés — a alma e o chapéu, porque ia justamente cumprimentá-lo, quando lhe ouvi dizer com a voz trêmula e abafada: "Suponho... ouvi que... dar-se-á que seja?... Tudo é possível". Não me conhecia! Respondi-lhe que era eu mesmo, em carne e osso, e indaguei da saúde dele. Algum tempo deixou vagar os olhos em derredor, cochilou do esquerdo, depois do direito, e com um grande suspiro, redarguiu que ouvira dizer que ia bem, mas não podia afirmá-lo; era matéria incerta. "Macacoas", disse-lhe eu rindo para animá-lo. "Também não, isto é, creio que não", respondeu o homem. Dei-lhe o braço, e convidei-o a ir tomar café ou sorvete. Hesitou, mas acabou aceitando.

Conversamos cerca de meia hora. Deus de misericórdia! Não era já o dogmático de outro tempo, cujas afirmações, como espadas, cortavam toda discussão. Era um velho tonto, vago, dubitativo, incerto do que via, do que ouvia, do que bebia. Tomou um sorvete, crendo que era café, e achou o café extremamente gelado. Há sorvetes de café, disse eu, para ver se o traria à afirmação antiga; concordou que sim, embora pudesse ser que não. Um cético! um triste cético!

Que é isto senão a sorte? A sorte, e só ela, tirou ao velho *Constar* o gosto das ideias definitivas e dos fatos averiguados. A sorte, e só ela, decidirá da eleição do dia 6 de janeiro. Podem contar, somar e multiplicar os votos; a eleição há de ser o que ela quiser. A peça está pronta. Não nos espantemos do que virmos; preparemo-nos para analisar as cenas, os lances, o diálogo, porque a peça está feita.

A sorte acaba de golpear-me cruamente. Sempre cuidei que o meu silêncio modesto e expressivo indicasse ao sr. presidente da República onde estava a pessoa mais apta (posso agora dizê-lo sem modéstia) para o cargo de prefeito.

S. ex. não me viu. *Outrageous Fortune*! Tu és a causa desta preterição. Sem ti, o prefeito era eu, e eu te pagaria, sorte afrontosa, elevando-te um templo no mesmo lugar onde está o pavilhão das festas uruguaias.

Gazeta de Notícias, 30 de dezembro de 1894

SE A PEDRA DE SÍSIFO
NÃO ANDASSE JÁ TÃO GASTA

Se a pedra de Sísifo não andasse já tão gasta, era boa ocasião de dar com ela na cabeça dos leitores, a propósito do ano que começa. Mas tanto tem rolado esta pedra, que não vale um dos paralelepípedos das nossas ruas. Melhor é dizer simplesmente que aí chegou um ano, que veio render o outro, montando guarda às nossas esperanças, à espera que venha rendê-lo outro ano, o de 1896, depois o de 1897, em seguida o de 1898, logo o de 1899, enfim o de 1900...

Que inveja que tenho ao cronista que houver de saudar desta mesma coluna o sol do século xx! Que belas coisas que ele há de dizer, erguendo-se na ponta dos pés, para crescer com o assunto, todo auroras e folhas verdes! Naturalmente maldirá o século xix, com as suas guerras e rebeliões, pampeiros e terremotos, anarquia e despotismo, coisas que não trará consigo o século xx, um século que se respeitará, que amará os homens, dando-lhes a paz, antes de tudo, e a ciência, que é ofício de pacíficos.

A doutrina microbiana, vencedora na patologia, será aplicada à política, e os povos curar-se-ão das revoluções e maus governos, dando-se-lhes um mau governo atenuado e logo depois uma injeção revolucionária. Terão assim uma pequena febre, suarão um tudo-nada de sangue e no fim de três dias estarão curados para sempre. Chamfort, no século xviii, deu-nos a célebre definição da sociedade, que se compõe de duas classes, dizia ele, uma que tem mais apetite que jantares, outra que tem mais jantares que apetite.

Pois o século xx trará a equivalência dos jantares e dos apetites, em tal perfeição que a sociedade, para fugir à monotonia e dar mais sabor à comida, adotará um sistema de jejuns voluntários. Depois da fome, o amor. O amor deixará de ser esta coisa corruta e supersticiosa: reduzido a função pública e obrigatória, ficará com todas as vantagens, sem nenhum dos ônus. O Estado alimentará as mulheres e educará os filhos, oriundos daquela sineta dos jesuítas do Paraguai, que o senador Zacarias fez soar um dia no Senado, com grave escândalo dos anciãos colegas. Grave é um modo de dizer, e escândalo é outro. Não houve nada, a não ser o efeito explosivo da citação, caindo da boca de homem não menos austero que eminente.

Mas não roubemos o cronista do mês de janeiro de 1900. Ele, se lhe der na cabeça, que diga alguma palavra dos seus antecessores, boa ou má, que é também um modo de louvar ou descompor o século extinto. Venhamos ao presente.

O presente é a chuva que cai, menos que em Petrópolis, onde parece que o dilúvio arrasou tudo, ou quase tudo, se devo crer nas notícias; mas eu creio em poucas coisas, leitor amigo. Creio em ti, e ainda assim é por um dever de cortesia, não sabendo quem sejas, nem se mereces algum crédito. Suponhamos que sim. Creio em teu avô, uma vez que és seu neto, e se já é morto; creio ainda mais nele que em ti. Vivam os mortos! Os mortos não nos levam os relógios. Ao contrário, deixam os relógios, e são os vivos que os levam, se não há cuidado com eles. Morram os vivos!

Podeis concluir daí a disposição em que estou. Francamente, se esta chuva que vai refrescando o verão, fosse, não digo um dilúvio universal, mas uma calamidade semelhante à de Petrópolis, eu aplaudiria d'alma, contanto que me ficasse o gosto do poeta, e pudesse ver da minha janela o naufrágio dos outros.

Hoje há aqui, na capital da União, grandes naufrágios e alguns salvamentos. Falo por metáfora, aludo às eleições. Recompõe-se a Intendência, e os primeiros naufrágios estão já decretados, são os intendentes antigos. Com todo o respeito devido à lei, não entendi bem a razão que determinou a incompatibilidade dos intendentes que acabaram. Só se foi política, matéria estranha às minhas cogitações; mas indo só pelo juízo ordinário, não alcanço a incompatibilidade dos antigos intendentes. Se eram bons, e fossem eleitos, continuávamos a gozar as doçuras de uma boa legislatura municipal. Se não prestavam para nada, não seriam reeleitos; mas supondo que o fossem, quem pode impedir que o povo queira ser mal governado? É um direito anterior e superior a todas as leis. Assim se perde a liberdade. Hoje impedem-me de meter um pulha na Intendência, amanhã proíbem-me andar com o meu colete de ramagens, depois de amanhã decreta-se o figurino municipal.

Entretanto (vede as inconsequências de um espírito reto!), entretanto, foi bom que se incompatibilizassem os intendentes; não incompatibilizados, era quase certo que seriam eleitos, um por um, ou todos ao mesmo tempo, e eu não teria o gosto de ver na Intendência dois amigos particulares, um amigo velho, e um amigo moço, um pelo 2º distrito, outro pelo 3º, e não digo mais para não parecer que os recomendo. São do primeiro turno.

Mas deixemos a política e voltemo-nos para o acontecimento literário da semana, que foi a *Revista Brasileira*. É a terceira que com este título se inicia. O primeiro número agradou a toda gente que ama este gênero de publicações, e a aptidão especial do sr. J. Veríssimo, diretor da *Revista*, é boa garantia dos que se lhe seguirem. Citando os nomes de Araripe Júnior, Afonso Arinos, Sílvio Romero, Medeiros e Albuquerque, Said Ali e Parlagreco, que assinam os trabalhos deste número, terei dito quanto baste para avaliá-lo. Oxalá que o meio corresponda à obra. Franceses, ingleses e alemães apoiam as suas publicações desta ordem, e, se quisermos ficar na América, é suficiente saber que, não hoje, mas há meio século, em 1840, uma revista para a qual entrou Poe tinha apenas cinco mil assinantes, os quais subiram a cinquenta e cinco mil, ao fim de dois anos. Não paguem o talento, se querem; mas deem os cinco mil assinantes à *Revista Brasileira*. É ainda um dos melhores modos de imitar Nova York.

Gazeta de Notícias, 6 de janeiro de 1895

Foi a semana dos cadáveres

Foi a semana dos cadáveres; mas, por mais que eles aparecessem e me entrassem pelos olhos, custou-me desviar a vista deste telegrama de Viena: "Embaixadores japoneses procuram uma princesa europeia para casar com o príncipe herdeiro, *e, se não acharem, procurarão uma americana opulenta*".

Pelo que vai grifado, deveis perceber que o que mais me atrai nesse telegrama não é a arte oportuna do Japão, que pede uma princesa europeia no momento em que afirma o seu poder político e militar. As famílias régias não podem estranhar o pedido; tendo adotado instituições europeias, é natural que o Japão queira completá-las por meio de uma princesa, instituição viva. Eleições, Ministério, Parlamento, moções de confiança, orçamento e impostos votados, todo esse aparelho de civilização e de liberdade funciona perfeitamente em Tóquio; por que não há de funcionar uma princesa? Racionalmente, não há negativa que valha.

É possível, porém, que as princesas europeias não aceitem a proposta e deem pretextos em vez de razões. Tóquio é tão longe! A língua é tão difícil! e tão complicada! Tudo isso previa a chancelaria japonesa; se nenhuma princesa europeia quiser o trono que se lhe oferece, recorrerá às grandes herdeiras americanas. É isto que me prende os olhos. Sim, eu creio que os embaixadores japoneses não tornam com o tálamo vazio. Há herdeira americana destinada a ser imperatriz do sol-nascente.

Que destino que é o das herdeiras norte-americanas! Muitas delas penetraram e penetram nas mais cerradas aristocracias europeias. Há duquesas, cujos pais não foram nada, antes de milionários deste lado do Atlântico. Brasões velhos e dólares novos fazem boa companhia. Na batalha da vida, como na de Ricardo III, o grito é o mesmo: "Um cavalo! um cavalo! meu reino por um cavalo!" "Um milhão! um milhão! meu nome por um milhão!" "Um castelo! um castelo! meu milhão por um castelo!" Tal é a universalidade de Shakespeare. Demais, (não sou mulher, não posso sentir bem o que digo) creio que há de haver certo gosto particular em dar à luz um duque. Que não será em dar à luz um imperador?

Se algum fabricante de papel de Pensilvânia tem de ser avô do futuro micado, este século acaba como principiou, e o pai de Bernadotte acha um êmulo no industrial americano. Este, pensando em dar nova forma aos trapos velhos, fundará uma dinastia. Do papel que houver fabricado, é provável que muitas folhas hajam servido para escrever belas páginas; mas a melhor delas, a magnífica, será esse poema, conto ou ode, que fizer de uma simples herdeira a imperatriz futura. O resto é com os cronistas japoneses. Não faltará algum que o dê por um grande rei, tão amigo das letras e protetor de livros, que os seus súditos lhe puseram o cognome de *fabricante de papel*. A história é muitas vezes isso: um trocadilho.

Assim explicada a atração do telegrama, não tenho dúvida em fitar os cadáveres da semana, que foi uma semana de cadáveres, como ficou dito. Outro trocadilho. Muitos foram os que viemos recolhendo, de domingo para cá, ou diretamente do mar, ou das praias a que ele os arrojou. Alguns foram barra fora, como se achassem curto o trajeto entre a vida e a morte. Ainda podem aparecer outros, a morte é fecunda.

Muita gente citou agora, por ocasião da *Terceira*, o desastre da *Especuladora*, há meio século. Há quem se lembre que o mundo existia há cinquenta anos, e que as máquinas não são mais novas. Algum dia, se o mundo ainda durar meio século, e houver outra explosão nas barcas de Niterói, é provável que alguém se lembre da catástrofe da *Terceira*, e até as notícias e artigos de hoje. Estilo, meus senhores, deitem estilo nas descrições e comentários; os jornalistas de 1944 poderão muito bem transcrevê-los, e não é bonito aparecer despenteado aos olhos do futuro. Como se chamará a barca desse tempo? Aí está um objeto de apostas, agora que frontões e *bookmakers* tiveram alguns dias de férias.

Uma das coisas que me doeram na catástrofe da *Terceira* foi a injustiça feita aos passageiros da *Quinta*. Todos, à uma, condenaram esses homens que, segundo se disse, ameaçaram o mestre da barca com revólveres, palavras e punhos, se ele fosse em socorro dos passageiros da *Terceira*. Tachou-se esse procedimento de desumano, de feroz, de inqualificável, e o que vale aos pobres homens da *Quinta* é não se haver nomeado ninguém. Um deles é que se nomeou no inquérito. Aos outros fica o recurso de dizer que não vinham na *Quinta*. Já se lhes deixou uma pequena aberta, dizendo que não foram todos que ameaçaram o mestre, mas certo número deles. A unanimidade desumana pode ficar assim reduzida a uma piedosa maioria, que não teve meio de reagir contra meia dúzia de perversos.

Ninguém defendeu essas vítimas, não menos lastimosas que as outras, e mais interessantes, pois estão vivas, e as outras morreram. Cavemos fundo no assunto. Não consta que houvesse entre os passageiros das duas barcas a menor sombra de inimizade pessoal. O que se disse — e raras vezes a imprensa se verá assim tão concorde — é que os passageiros da *Quinta*, por medo de alguma explosão, deixaram morrer os da *Terceira*. Não houve propósito, mas um arrebatamento geral, e não contra a *Terceira*, mas em favor da *Quinta*. Compreendeis a diferença? É mister distinguir os motivos. Se o ato da *Quinta* fosse aproveitar o desastre da *Terceira* para deixar morrer a gente que lá vinha, não havia nos dicionários nem nas brigas de carroceiros vocábulo assaz duro para condenar semelhante ato de covardia.

Tratando-se, porém, de salvar os passageiros da *Quinta*, a que cederam eles, senão a um sentimento de conservação, mais forte neles que o da caridade, mas não menos legítimo? *Serva te ipsum*. A *blague* francesa disse que o conde Ugolino comeu os filhos para conservar-lhes um pai. Os passageiros da *Quinta*, sem chegar a esse extremo de voracidade, conservaram às vítimas alguns cidadãos sobreviventes, com tanto maior mérito que nenhum laço de sangue os prendia aos outros.

Há anos, deu-se um naufrágio no rio da Prata. Não me lembra o nome nem a nação do navio; ficou-me de memória um episódio. Vinham a bordo um noivo e uma noiva, ambos na flor da idade, e a água ia ser para eles, a um tempo, o tálamo e o túmulo. Os poetas, que estavam em terra almoçando, perderam essa bela ideia, porque os noivos não morreram. Um velho conseguira agarrar-se a uma tábua ou o que quer que era, que o arrancava à morte certa. Os dois noivos estavam prestes a perder-se. Então o velho, vendo a aflitiva situação de ambos, lembrou-se de lhes dar a tábua ou cinta de salvação, dizendo-lhes com doçura: "Vocês estão moços, devem viver". E, ficando sem algum socorro, mergulhou na água e sucumbiu. Os noivos, escapando com vida, referiram o caso em terra, onde o entusiasmo foi enorme. Os diários escreveram brilhantes artigos em homenagem ao velho. A opinião moveu-se; surgiu a ideia de perpetuar em bronze a memória de tão nobre ação, mas não foi adiante.

Certamente a ação foi sublime; mas nem todas as ações podem ser sublimes. Nem todas são simplesmente belas, como a daqueles que salvaram alguns passageiros da *Terceira,* sem os conhecer, por impulso de humanidade. Belas foram e virtuosas; mas a beleza e a virtude não são as notas surradas de papel-moeda, que andam em todas as algibeiras. São as moedas de ouro que os cambistas da rua Primeiro de Março expõem nas vitrinas, que pelo atual câmbio custam caro. Nem há só pessoas que salvaram vidas. Há outras que dão dinheiro para os órfãos e viúvas, e outras que se oferecem para educar as crianças cujos pais pereceram na catástrofe da *Terceira.* Nem tudo é o tombadilho da *Quinta.*

Gazeta de Notícias, 13 de janeiro de 1895

A SEMANA IA ANDANDO,
MEIA INTERESSANTE

A semana ia andando, meia interessante, com os seus *bookmakers,* frontões e outras liberdades, e mais a lei municipal, que as regulou, segundo uns, e, segundo outros, as suprimiu. Não examino qual dos verbos cabe ao caso; mas, relativamente aos substantivos regulados ou suprimidos, guio-me pela significação direta. Por isso indignei-me, quando vi o ato do prefeito e da polícia. Pois quê! exclamei; países como a Rússia têm ou tiveram censura literária, mas nunca se lembraram de regular ou suprimir escritores e arquitetos; por que é que, no regime democrático, a autoridade me impede de pôr um frontão na minha casa, ou fazer um livro, se não tiver mais que fazer?

Um senhor que ia a meu lado (era no bonde, e eu penso alto nos bondes) fez-me o favor de dizer que era engano meu, que os *bookmakers,* apesar do nome, nunca escreveram livros, e que há entre uma casa e outra mais frontões do que sonha minha vã filologia. Perguntei-lhe se falava sério ou brincando; respondeu-me que sério, e deu-me em penhor o seu cartão. Não digo o nome porque este senhor quer conservar o incógnito; nem posso afirmar se cheguei a lê-lo, tais eram os títulos científicos, honorários e outros que o precediam.

Agradeci-lhe a explicação; ele retrucou afavelmente que esta vida é uma troca de favores, e bem podia ser que eu lhe explicasse algum dia porque é que as colunas telefônicas, derrubadas na praia da Glória, há três meses, em um conflito de eletricidade, continuam deitadas no chão. Disse-lhe que ia estudar esse problema, não momentoso, e recordei-lhe que as montanhas-russas duraram muito mais tempo, na rua da mesma Glória, e que a ponte que entra pelo mar da mesma Glória, se a maré a não levar no século entrante, não a levarão os homens.

— As forças cegas da natureza são mais poderosas que as forças humanas — disse ele axiomaticamente.

Gostei da resposta. Eu aprecio muito os axiomas, mormente se a pessoa que os emite traz já um ar axiomático. Satisfeito com a explicação do que era *bookmaker* e frontão, no sentido legislativo e municipal, entendi que se tratava de vedar ou regular uma liberdade ou duas, e que toda a questão versava sobre o verbo aplicável ao ato. Assim posta a questão, reduzida unicamente à aplicação do verbo, estamos como no concílio de Niceia, e o símbolo que sair daqui será não menos respeitável que o outro, mal comparando. Qual é o verbo, na minha opinião? Leitor, eu entendo que o homem tem duas pernas para ir por dois caminhos. O verbo, a meu ver, depende do sujeito. Se o sujeito é sapiente, o verbo é rir. *Ride, si sapis.* Se é melancólico, o verbo é chorar. *Sunt lacrymae rerum.* É a única solução razoável, porque atende ao temperamento de cada um.

Quanto ao paciente da oração, leitor e discípulo amigo, a minha perna direita afirma que é o que sai perdendo; mas a esquerda, que também estuda sintaxe, diz que é o que sai ganhando. Eu, como ambas as pernas são minhas, hesito na solução. Se a civilização ainda estivesse em outra idade, eu responderia de um modo evasivo, dizendo que o paciente não era o fronteiro. Mas já não há fronteiros. O último que vi foi em cena, o *Fronteiro d'África,* escrito não sei por quem (tenho ideia vaga de que era um Abrantes), o qual arrancava palmas no Teatro de São Pedro de Alcântara. Tempo dos mouros. Muita cutilada, muito viva, muita fidelidade portuguesa, tudo por dois mil-réis, cadeira. Onde vão esses dias? Tornemos à semana.

A semana ia andando, como disse, cai aqui, cai acolá, e teria chegado ao fim, sem grandes assombros nem lances inesperados, se não fosse o trovão de França. Quando menos cuidávamos, resignou o presidente, um presidente que havia sido achado para não resignar nunca. Dizem que foi ato de fraqueza. A mensagem dele confessa que lhe faltava apoio. Qualquer que seja a causa, ou sejam ambas, é matéria política, e naturalmente estranha às minhas cogitações. Venhamos à estética.

Pelo lado estético é que o ato de Casimiro Périer me pareceu medíocre. Diz um telegrama que a mãe do ex-presidente opôs-se à renúncia. A recente morte do último rei de Nápoles trouxe à memória o heroísmo da jovem princesa, sua mulher, em Gaeta, que encheu o mundo inteiro de admiração. Os dois fatos provam que a República, como a Monarquia, pode achar no governo mais do que a graça e a distinção de uma senhora. Por que se não há de abolir a lei sálica nas repúblicas? Se a mulher pode ser eleitora, por que não poderemos elevá-la à presidência? O nascimento dá uma Catarina da Rússia ou uma Isabel de Inglaterra; por que não há de o sufrágio da nação escolher uma dama robusta capaz de governo? Onde há melhor regime que entre as abelhas? O mais que pode suceder, em um povo de namorados como o nosso, é dispersarem-se os votos, pela prova de afeição que muitos eleitores quererão dar às amigas da sua alma; mas com poucos votos se governa muito bem.

Talvez estejamos a julgar mal, cá de longe. Pode ser que a impopularidade do ex-presidente começasse a separar dele os homens públicos, e, para se não achar amanhã só, ele preferiu sair hoje mesmo. Isto, dado que realmente fosse impopular. Donde viria a impopularidade de Périer? Do nome? Da pessoa? Dos colarinhos? Realmente, os colarinhos, à maruja, em qualquer tempo não eram graves; vindo depois dos de Carnot, eram inadmissíveis. Um chefe de Estado, rigorosamente falando, não pode ter a liberdade dos colarinhos. Nesse ponto o novo presidente é mais correto. Os retratos que vi dele trazem o colarinho teso e alto. Assim que, além das suas qualidades políticas e morais, Félix Faure possui mais a de saber concordar o pescoço com o poder.

Gazeta de Notícias, 20 de janeiro de 1895

SE HÁ AINDA BOAS FADAS POR ESSE MUNDO

Se há ainda boas fadas por esse mundo, com certeza estarão agora junto ao berço do Partido Parlamentar, que vai nascer ou nasceu esta semana. O berço há de ser enorme, muito maior que o túmulo que Heine queria para o seu amor. E elas predir-lhe-ão grande futuro, brilhante e talvez próximo. Não vás contar a proximidade como é uso daqueles que pensam que o mundo acaba sexta-feira ou sábado; falo de uma proximidade relativa. Não sou procurador de fadas, mas juro que há de ser assim; se for o contrário, façamos de conta que não jurei nada.

Aparentemente, a ocasião não é própria à criação de um partido parlamentar, agora que os presidentes estão abdicando por não poderem formar ministérios. Mas é só aparentemente. Indo ao fundo das coisas, veremos que o caso do presidente argentino (aliás não aplicável) pode explicar-se com os suicídios de imitação, e o do presidente francês terá tido causas diversas. Ainda quando os dois fenômenos procedam da mesma causa única, resta provar que isto tem alguma coisa com o parlamentarismo. E quando provado, ainda há que provar que um sistema acarreta consigo as mesmas consequências, qualquer que seja o meio em que respire. A própria diversidade daquelas duas Repúblicas mostra que tenho razão.

Relevem-me que lhes fale assim grosso, fora das minhas frouxas melodias de menino, porque eu sou menino, leitor da minha alma; assim me chama um velho amigo, olho claro, cabeça firme, sobre a qual, só por esta exata noção que ele tem dos tempos e das pessoas, edificarei a minha igreja. Apesar disso, tenho uns dias, umas horas, em que dou para subir a montanha e doutrinar os homens. A natureza, que não faz saltos, também não gosta de andar torto, e depressa me repõe no caminho direito, que é na planície.

Mas, enfim, para acabar com isto, uma vez que comecei por aí, direi que o Partido Parlamentar está com visos de querer viver. Cabe aos presidencialistas lutar bastante para não correrem o risco de ver o princípio contrário infiltrar-se nas instituições. O sr. Saraiva, que nunca foi inventor de governos, propôs na Constituinte uma emenda que ninguém quis, e realmente não trazia boa cara. Refiro-me à emenda que reduzia a dois anos o prazo da presidência da República. À primeira vista era um presidencialismo vertiginoso; mas, bem considerada, era um parlamentarismo automático. Os dois anos não eram só da presidência, mas virtualmente eram também do Ministério. Não se pode dizer que tal prazo fosse excessivamente curto, mas estava longe de ser uma eternidade; era meia eternidade. Se tivesse sido deputado, o sr. César Zama, dado aos seus estudos romanos, viria propor ao Congresso uma emenda constitucional que reduzisse a presidência ao consulado, e os dois anos a um. Os Ministérios teriam assim um ano apenas. Era o parlamentarismo hiperautomático.

Não me digas que confundo alhos com bugalhos, ignorando que parlamentarismo quer dizer governo de Parlamento — coisa que nada tem com prazos curtos nem compridos. Eu sei o que digo, leitor; tu é que não sabes o que lês. Desculpa, se falo assim a um amigo, mas não é com estranhos que se há de ter tal ou qual liberdade de expressão, é com amigos, ou não há estima nem confiança.

Para não ouvir novo dichote, calo-me em relação a outro partido, que também nasceu esta semana, e já publicou manifesto. É do primeiro distrito da capital. Não pede parlamentarismo, embora admita alguma reforma constitucional, quando houvermos entrado no regime metálico e outros. Tem por fim organizar a opinião pública. O fim é útil e o estilo não é mau, salvo alguns modos de dizer, aliás bonitos, mas que esta pobre alma cansada e céptica já mal suporta. Tal qual o estômago, que não mais aceita certos manjares. Como Epicuro põe a alma no estômago, vem daí essa coincidência de fastio. A *terra da promissão*, por exemplo, já não é comigo. Citei-a muita vez, não só em prosa, mas ainda em verso, chamando-lhe, no segundo caso, pelo nome de Canaã, por causa das belas rimas (manhã, louçã etc.), mas tudo isso foi-se com os ventos.

Prosa ou verso, não quero já saber de Canaã, a não ser que me levem até lá os pretores encarregados de apurar as eleições municipais. Mas quando? O fim da apuração, se eu a vir algum dia, há de ser como Moisés viu a terra da promissão, de longe e do alto — digamos por um óculo, pois que o óculo está inventado. Só Josué a pisará, mas Josué ainda não nasceu. Bem sei que os pretores, em vez de fazer trabalho a olho, esgaravatam todas as atas, e, o que é mais, todos os artigos de lei. Sendo assim severos, que será da virtude e da verdade — da verdade eleitoral, ao menos? Que importa que em uma seção de distrito haja mais cédulas que eleitores? Outra terá mais eleitores que cédulas, e tudo se compensa. Adeus, o calor é muito.

Gazeta de Notícias, 27 de janeiro de 1895

Andam listas de assinaturas para uma petição ao Congresso Nacional

Andam listas de assinaturas para uma petição ao Congresso Nacional. Há já cerca de duzentas assinaturas, e espera-se que daqui até maio passarão de mil. Com o que se conta obter dos Estados, chegar-se-á a um total de cinco ou seis mil.

Não é demais para reformar a Constituição. Com efeito, trata-se de reformá-la, embora os inventores da ideia declarem que não é propriamente reforma, mas acréscimo de um artigo. Este sofisma é transparente. Não se emenda nenhum dos artigos constitucionais, mas a matéria do artigo aditivo é tal que altera o direito de representação, estabelecendo um caso de hereditariedade, contrário ao princípio democrático.

Não li a petição, mas alguém que a leu afirma que o que se requer ao Congresso é nada menos que isto: quando acontecer que um deputado, senador ou intendente municipal deixe de tomar assento, ou por morte, ou porque a apuração das atas eleitorais seja tão demorada que primeiro se esgote o prazo do mandato, o diploma do intendente, do deputado ou do senador passará ao legítimo herdeiro do eleito, na linha direta. Quis-se estender ao genro o direito ao diploma, visto que a filha não pode ocupar nenhum daqueles cargos; mas, tal ideia foi rejeitada por grande maioria. Também se examinou se o eleito, em caso de doença mortal, sobrevinda seis meses depois de começada a apuração dos votos, e na falta de herdeiro direto, podia legar o diploma por testamento. Os que defendiam essa outra ideia, e eram poucos, fundavam-se em que o mandato é uma propriedade temporária de natureza política, dada pela soberania nacional, para utilidade pública, e se era transmissível por efeito do sangue, igualmente o podia ser por efeito da vontade.

Negou-se esta conclusão, e a petição limita-se ao exposto.

O exposto é incompreensível. Entendo o caso de morte; mas, como se há de entender o de demora na apuração dos votos? Se a petição desse, para essa segunda hipótese, um terço do prazo do mandato ou um limite fixo, digamos um ano, isto é, se determinasse que, no caso em que a apuração eleitoral durasse um ano, o intendente, deputado ou senador poderia transmitir ao seu herdeiro varão o mandato recebido nas urnas, entendia-se a medida. Mas estabelecê-la para quando a apuração vá além do prazo do mandato é absurdo. Que é então que o eleito transmite se o mandato acabou? Não desconheço que a apuração pode ultrapassar o prazo do mandato, mas para esse caso a medida há de ser outra.

Outra objeção. Suponhamos que a apuração das últimas eleições municipais, já adiantada, acabe dentro de três meses. Pode um intendente eleito transmitir o mandato, no fim de tão curto prazo? Parece que devia haver um limite mínimo e outro máximo, seis meses e um ano. Não faltam objeções à reforma que se vai pedir ao Congresso. Uma das mais sérias é a que respeita às opiniões políticas. Pode haver transmissão de diploma no caso em que o filho do eleito professa opiniões diversas ou contrárias às do pai? Evidentemente não, porque os eleitores, votando no pai, votaram em certa ordem de ideias, que não podem ser excluídas da representação, sem audiência deles. É verossímil que alguns filhos mudem de ideias, ajustando as suas ao diploma, desde que não podem ajustar o diploma às suas; também se pode dizer, com bons fundamentos, que um diploma é em si mesmo um mundo de ideias. Conheci um homem que não possuía nenhuma antes de diplomado; uma vez diplomado, não só as tinha para dar, como para vender. Talvez o leitor conhecesse outro homem assim. O que não falta neste mundo são homens.

Esperemos o resultado. Não creio que tal reforma passe; ela é contrária, não só aos princípios democráticos, mas à boa razão. O que louvo na petição que está sendo assinada é o uso desse direito por parte do povo para requerer o que lhe parece necessário ao bem público. Só condeno a circulação clandestina. Que há que esconder no uso da petição? Que mania é essa de tratar um direito como se fora um crime?

Afinal, talvez fosse melhor trocar o modo eleitoral, substituindo o voto pela sorte. A sorte é fácil e expedita; escrevem-se os nomes dos candidatos, metem-se as cédulas dentro de um chapéu, e o nome escrito na cédula que sair é o eleito. Com este processo, fica reduzida a apuração a quinze dias, mais ou menos. Não é menos democrático. Cidades antigas o tiveram, de parceria com o outro, e Aristóteles faz a tal respeito excelentes reflexões no capítulo dos chapéus. Que seja sujeito à fraude, acredito; mas tudo corre o mesmo perigo. Um amigo meu, tendo de deixar o lugar que exercia em um conselho de cinco, assistia à cerimônia das cédulas e do chapéu. Saía o seu nome e saía ele. De noite, quando dormia, apareceu-lhe um anjo, que lhe falou por estas palavras: "Procópio, todas as cédulas tinham o teu nome, porque nenhum dos outros queria sair; para outra vez lê as cédulas, antes que as enrolem e te enrolem".

Disse que bastava sobre isto; resta-me agora, já que estamos no capítulo das petições, propor uma aos altos poderes do céu. Há mostras evidentes de nojo de Deus para com os homens; tal é a explicação dos desastres contínuos, das tempestades de neve na Europa, das de água, ventos e raios nesta cidade, quarta-feira última, da manga-d'água no Amparo, de tantos outros temporais, males diversos, grandes e acumulados.

As criaturas humanas vão imitando os desconcertos da natureza. Na Espanha, o general Fuentes pespega um sopapo no embaixador marroquino, diz um telegrama. Outro refere que na Áustria a embaixatriz japonesa acaba de converter-se ao catolicismo... Deus meu, não há loucura em ser católico; mas as embaixatrizes não nos tinham acostumado a esses atos de divergência com os embaixadores, seus maridos. Assim, só por uma sublime loucura se explicará esta conversão, que o marido chamará apostasia. Também pode ser que a conversão não passe de um ardil diplomático do embaixador, para ser agradável ao governo de sua majestade apostólica. Se estivesse na Turquia, talvez a esposa se fizesse muçulmana. Quando fores a Roma, sê romano, diz o adágio.

Oh! séculos idos em que são Francisco Xavier andou por aquelas partes do Japão, China e Índia, a recolher almas dentro da rede cristã! Hoje são elas mesmas que vão buscar o pescador católico. É verdade que o papa acaba de condecorar um rajá, sectário de Buda; mas é também verdade que este rajá auxilia do seu bolsinho a fundação de conventos cristãos. Vento de conciliação e de equidade tempera estes nossos ares controversos e turvos.

Gazeta de Notícias, 3 de fevereiro de 1895

As pessoas que foram crianças

As pessoas que foram crianças não esqueceram decerto a velha questão que se lhes propunha, sobre qual nasceu primeiro, se o ovo, se a galinha. Eu, cuja astúcia era então igual, pelo menos, à de Ulisses, achava uma solução ao problema, dizendo que quem primeiro nasceu foi o galo. Replicavam-me que não era isto, que a questão era outra, e repetiam os termos dela, muito explicados. Debalde citava eu o caso de Adão, nascido antes de Eva e de Caim; fechavam a cara e tornavam ao ovo e à galinha.

Esta semana lembrei-me do velho problema insolúvel. Com os olhos — não nos camarotes da quarta ordem, ao fundo, e o pé na casinha do ponto, como o Rossi —, mas pensativamente postos no chão, repeti o monólogo de Hamlet, perguntando a mim mesmo o que é que nasceu primeiro, se a baixa do câmbio, se o boato. Se ainda tivesse a antiga astúcia, diria que primeiro nasceram os bancos. Onde vai, porém, a minha astúcia? Perdi-a com a infância. A inocência em mim foi uma evolução, apareceu com a puberdade, cresceu com a juventude, vai subindo com estes anos maduros, a tal ponto que espero acabar com a alma virgem das crianças que mamam.

Não citei os bancos e continuei a recitar o monólogo. O enigma não queria sair do caminho. Quem nasceu primeiro? Não podia ser a baixa do câmbio. Esta semana, quando ele entrou a baixar, disseram-me que era por efeito de um boato sinistro; logo, quem primeiro nasceu foi o boato. Mas também me referiram que depois da baixa é que o boato nasceu; logo, a baixa é anterior. Os primeiros raciocinam alegando a sensibilidade nervosa do câmbio, que mal ouve alguma palavra menos segura, fica logo a tremer, enfraquecem-lhe as pernas, e ele cai. Ao contrário, redarguem os outros, é quando ele cai que o boato aparece, como se a queda fosse, mal comparando, a própria dor do parto. O diabo que os entenda, disse comigo; mas o problema continuava insolúvel, com os seus grandes olhos fulvos espetados em mim.

Nisto ouço uma terceira opinião, aqui mesmo, na *Gazeta*, uma pessoa que não conheço, e que em artigo de quinta-feira opinou de modo parecido com a minha solução do galo. Quem primeiro nasceu foi o papel-moeda; esse peso morto é a causa da baixa, e uma vez que se elimine a causa, eliminado fica o efeito. O remédio é reduzir o papel-moeda, mandando vir ouro de fora, e, como não seja possível mandá-lo vir a título de empréstimo, "é chegada a oportunidade de vender a Estrada de Ferro Central do Brasil".

A queda que este final do período me fez dar foi maior que a do câmbio; fiquei a $8\ ^{15}/_{16}$. Se o período concluísse pela venda das Pirâmides, da ponte de Londres ou da *Transfiguração*, não me assombraria mais. Esperava câmbio, papel-moeda, ouro, depois mais ouro, mais papel-moeda e mais câmbio, mas estava tão pouco preparado para a Central do Brasil, que nem tinha arrumado as malas. Entretanto, o artigo não ficou aí; depois da venda da Central, lembra o resgate da estrada de Santos a Jundiaí, em 1897, venda subsequente, e mais ouro. Em seguida, começam os milhões de libras esterlinas e os milhares de contos de réis, crescendo e multiplicando-se, com tal fecundidade e cintilação, que me trouxeram à memória os grandes discursos de Thiers, quando ele despejava na Câmara dos deputados, do alto da tribuna, todos os milhões e bilhões do orçamento francês e da aritmética humana. O câmbio, pelo artigo, não tem outro remédio senão subir a 20 e a 24; não logo, logo, mas devagar, para o fim de não produzir crises. Acaba-se a baixa, e resolve-se o problema.

O conhecimento que tenho de que a economia política não é a particular impede-me dizer que também eu recebo, não milhões, mas milhares de réis, e, se não há deselegância em comparar o braço humano ao trilho de uma estrada de ferro, e a cabeça a uma locomotiva, dão-me esse dinheiro pela minha Central; mas tão depressa me dão, como me levam tudo, visto que o homem não vive só da palavra de Deus, mas também de pão, e o pão está caro. A economia política, porém, é outra coisa; ouro entrado, ouro guardado. Por saber disto é que não me cito; além de quê, não é bonito que um autor se cite a si mesmo.

Há só uma sombra no quadro cintilante do câmbio alto pelo ouro entrado. É que o Congresso Nacional resolveu, por disposição de 1892, examinar um dia se há de ou não alienar as estradas federais, todas ou algumas, ou se as há de arrendar somente, ou continuar a trafegá-las; e, porque não se possa fazer isso sem estudo, ordenou primeiro um inquérito, que o governo está fazendo, segundo li nas folhas públicas, há algumas semanas. A disposição legal de que trato arreda um pouco a data dos deslumbramentos cambiais, e pode ser até que quando a União tiver resolvido transferir ao particular alguma estrada, já o câmbio esteja tão alto, que mal se lhe possa chegar, trepado numa cadeira. Não digo trepado num banco, para não parecer que faço trocadilho — *cette frinte de l'esprit, qui vole,* como se dizia em não sei que comédia do Alcazar.

Ao demais, o Congresso não tinha em vista o câmbio, e menos ainda o desta semana. E, francamente — sem tornar ao problema da anterioridade do câmbio ou do boato —, quem é que pode com o primeiro destes dois amigos? Contaram-me que na quinta-feira, tendo a alfândega suspendido o serviço e fechado as portas, em regozijo da solução das Missões, lembrou-se um inventivo de dizer que a causa da suspensão e do fechamento era a revolução que ia sair à rua. O câmbio esfriou, como se estivesse na Noruega, e caiu.

E em que dia, Deus de paz e de conciliação! No próprio dia em que uma sentença final e sem apelação punha termo à nossa velha querela diplomática. Quando nos alegrávamos com a vitória, e repetíamos o nome do homem eminente, Rio Branco, filho de Rio Branco, a cuja sabedoria, capacidade e patriotismo confiáramos a nossa causa, é que o câmbio desmaia ao primeiro dito absurdo. Não, não creio na anedota; a prova é que a alfândega já reabriu as portas, e o câmbio continua baixo. Por são Crispim e são Crispiniano, metam-lhe uns tacões debaixo dos pés!

Gazeta de Notícias, 10 de fevereiro de 1895

Se a rainha das ilhas Sandwich

Se a rainha das ilhas Sandwich tivesse procedido como acaba de proceder o rei de Sião, talvez não se achasse, como agora, despojada do trono e condenada à morte, segundo os últimos despachos.

O rei de Sião, príncipe que acode ao doce nome de Chulalongkorn, teve uma ideia, não direi genial, antes banal, e sobremodo espantosa para mim, que supunha esse potentado superior às aspirações liberais do nosso tempo. O rei decretou uma Assembleia legislativa. Não houve revolução, é claro; também não houve tentativa de revolução, conspiração, petição, qualquer coisa que mostrasse da parte do povo o desejo de emparelhar com o Japão no parlamentarismo. Foi tudo obra do rei (com licença) Chulalongkorn.

Tudo faz crer que a ideia do soberano foi antes criar um enfeite para a coroa, que propriamente servir à liberdade. É sabido que o homem selvagem começa pelo adorno, e não pelo vestido, ao contrário do civilizado, que primeiro se veste, e só depois de vestido, caso lhe sobre algum dinheiro, busca a ornamentação. Liberalmente falando, os siameses estavam nus; o rei quis pôr-lhes um penacho encarnado.

Se não foi isso, se o rei está verdadeiramente atacado de liberalismo ou liberalite, conforme lhe seja mais aplicável, convém notar que a doença não é mortal. O decreto que estatui a Assembleia legislativa tem uma fina cláusula, é a de acabar com ela logo que lhe dê na veneta. Francamente, assim é que deviam ser todas as assembleias deste mundo. O receio de morrer obrigá-las-ia a beber a droga do boticário — ou, em estilo nobre, a receber as algemas do poder. Há uma assembleia neste mundo (e haverá outras) que pede muita vez a própria dissolução: é a Câmara dos comuns. Mas dissolução não é revogação; é a volta dos que forem mais hábeis ou mais fortes. O terror da morte é salutar. Desde que uma assembleia saiba que pode "morrer de morte natural para sempre", como sucedia aos enforcados judicialmente, é de crer que se faça mansa, cortês, solícita, e não encete debate sem perguntar ao seu criador quais são as ideias do ano, e para onde hão de convergir os votos.

Além dessa cláusula, que evita os descaminhos, o rei de Sião compôs a Assembleia de poucos membros, os ministros e doze fidalgos. É pouco; mas a experiência tem mostrado que as assembleias numerosas são antes prejudiciais que úteis. Não haverá campainha para chamar à ordem, nem os insuportáveis tímpanos da nova Câmara dos deputados. Também não haverá contínuos para levar os papéis ao presidente. Uma mesa e algumas cadeiras em volta bastarão. Os negócios podem ir de par com o almoço, e a jovem Assembleia siamesa votará o orçamento do futuro exercício bebendo as últimas garrafas do exercício atual à saúde do rei e das novas instituições.

Mui sagaz será quem nos disser o ano em que desse embrião legislativo sairá o parlamentarismo. Entretanto, já não é difícil prever o tempo em que teremos o nosso parlamentarismo. Não dou cinco anos; mas suponhamos oito. Os que o fizerem, devem excluir a dissolução, conquanto digam alguns que é condição indispensável desse sistema de governo. Não há nada indispensável no mundo. Copiar o parlamentarismo inglês será repetir a ação de outros Estados; façamos um parlamentarismo nosso, local, particular. Sem o direito de dissolver a Câmara, o poder executivo terá de concordar com os ministros, ficando unicamente à Câmara o direito de discordar deles e de os despedir, entre maio e outubro. Tenho ouvido chamar a isto *válvula*. Também se pode completar a obra reduzindo o presidente da República às funções mínimas de respirar, comer, digerir, passear, valsar, dar corda ao relógio, dizer que vai chover, ou exclamar: "Que calor!"

Mas há ainda um ponto no decreto siamês, que, por ser siamês, não deixa de ser imitável. É que a Assembleia legislativa, nos casos de impedimento do rei por moléstia ou outra causa, promulga as suas próprias leis, uma vez que sejam votadas por dois terços. Pode-se muito bem incluir esta cláusula no nosso estatuto parlamentar, reduzindo os dois terços à maioria simples (metade e mais um). Destarte não há receio de ver o chefe do Estado descambar das funções fisiológicas ou de salão para as de natureza política. A Assembleia facilmente o persuadirá de que há lindas perspectivas no alto Tocantins, e assumirá por meses os dois poderes constitucionais.

Se a rainha Lilinakalon tem feito o mesmo que acaba de fazer o seu colega de Sião, não estaria em terra desde alguns meses. Não o fez, ou porque não tivesse a ideia (e há quem negue originalidade política às mulheres), ou por não achar meio adequado à reforma. Mas, Deus meu! onde é que não há doze fidalgos para compor uma Assembleia legislativa? Pode ser também que não previsse a revolução contra uma rainha jovem, graças à leitura de Camões, que só viu isso entre bárbaros lusitanos:

> Contra uma dama, ó duros cavalheiros,
> Feros vos amostrais e carniceiros?

Não valem Calíopes, quando falam outras musas, seja a liberdade, seja a bolsa, se é certo que no Movimento de Honolulu entrou uma operação mercantil. Menos ainda pode valer o puro galanteio ou a piedade. A verdade é que a rainha caiu. Não satisfeita da queda, tentou reaver o trono, e creio haver lido nos últimos despachos que a pobre moça foi condenada à morte, e também que a pena lhe fora comutada. Antes assim. Tudo isso lhe teria sido poupado, se ela decretasse a tempo uma pequena Assembleia legislativa.

Mas deixemos Honolulu e Bangkok; deixemos nomes estranhos, mormente os de Sião. Daqui a pouco talvez esteja no trono o filho da segunda mulher do rei, atual herdeiro, o príncipe Chuufa Maha Majiravadh, nome ainda mais doce que o do pai. Não é na doçura do nome que estão os bons sentimentos liberais. César é o mais belo nome do mundo, e foi o dono dele que confiscou a liberdade romana. Esperemos que o futuro rei de Sião não repita o exemplo, antes conclua o reinado, decretando que a Câmara legislativa de Bangkok dará uma resposta à fala do trono. Um de seus filhos aceitará os ministros da Assembleia, um de seus netos decretará a eleição dos deputados, tal como em Iedo, Londres e Rio.

Gazeta de Notícias, 17 de fevereiro de 1895

REFERE UM TELEGRAMA DO SUL

Refere um telegrama do sul, que o general Mitre deu esta semana, em não sei que cidade argentina, um jantar de quinhentos talheres.

Dispensem-me de dizer desde quando acompanho com admiração o general Mitre. Não o vi nascer, nem crescer, nem sentar praça. O buço mal começava a pungir-me, já ele comandava uma revolução, ganhava uma batalha, creio que em Pavón, e assumia o poder. Eleito presidente da República, foi reeleito por novo prazo, e, terminado este, assistiu à eleição de Sarmiento, um advogado que era então ministro em Washington. Vi este Sarmiento, quando ele aqui esteve de passagem para Buenos Aires, uma noite, às dez horas e meia, no antigo Clube Fluminense, onde se hospedara. O clube era na casa da atual Secretaria da Justiça e do Interior. Sarmiento tomava chá, sozinho, na grande sala, porque nesses tempos pré-históricos (1868) tomava-se chá no clube, entre nove e dez horas. Era um homem cheio de corpo, cara rapada, olhos vivos e grandes. Vinha de estar com o imperador em São Cristóvão e trazia ainda a casaca, a gravata branca e, se me não falha a memória, uma comenda.

Os amigos do general Mitre, deixando este o poder, deram-lhe em homenagem um jornal, a *Nación*, que ainda agora é dos primeiros e mais ricos daquela República. Ao patriota seguiu-se o jornalista, cujos artigos li com muito prazer. Sendo orador, proferia discursos eloquentes. Generalíssimo dos exércitos aliados contra López, fez baixar a célebre proclamação dos "três dias em quartéis, três semanas em campanha e três meses em Assunção", que não foi sublime, unicamente porque a sorte da guerra dispôs as coisas de outra maneira. A história é assim. A eternidade depende de pouco.

Pois bem, admirando o general Mitre nas várias fases da vida pública e no exercício dos seus múltiplos talentos, confesso que não senti jamais o atordoamento, o alvoroço, uma coisa que não sei como defina, ao ler a notícia do jantar de quinhentos talheres. Quinhentos talheres! É preciso ler isto, não com os olhos, não com a memória, mas com a imaginação. E de onde viria a diferença da sensação última?

Talvez haja em mim, sem que eu saiba, algo pantagruélico. Confesso que, em relação a Luculo, as batalhas que ele ganhou contra Mitridates nunca me agitaram tanto a alma como os seus banquetes. Não conheço golpe dado por ele em inimigo que valha este dito ao mordomo, que, por estar o patrão sozinho, lhe apresentou uma ceia de meia-tigela: "Não sabes que

Luculo ceia em casa de Luculo?". Comidas homéricas, tripas rabelaisianas, tudo que excede o limite ordinário acende naturalmente a imaginação. Jantares de família são a canalha das refeições.

Pode ser também que a causa da extraordinária sensação que me deu o jantar de quinhentos talheres, fosse a triste, a lívida, a miserável inveja da minha alma. Neste caso, se invejei o jantar de quinhentos talheres, foi menos pela comida que pelo preço. Eu quisera poder dá-lo, para não o dar. Que necessidade há de fazer quatrocentos e cinquenta estômagos ingratos, que é o mínimo das digestões esquecidas em um banquete de quinhentos? Os cinquenta estômagos fiéis valem certamente a despesa; mas a psicologia do estômago é tão complicada e obscura, que a fidelidade gástrica pode ser muita vez uma esperança não menos gástrica.

Tão de perto seguiu a este jantar de quinhentos talheres a parede dos operários de Cascadura, que não pude espancar da memória uma observação de Chamfort, a saber, que a sociedade é dividida em duas classes, uma que tem mais apetite que jantares, outra que tem mais jantares que apetite. Os paredistas queriam maior salário e buscavam o pior caminho. Há meios pacíficos e legais para obter melhoria de vencimentos. O direito de petição é de todos. Com ele, pode um cidadão só, e assim trinta, trezentos ou três mil, obter justiça e satisfação dos seus legítimos interesses. Não é novo nada disto, nem eu estou aqui para dizer coisas novas, mas velhas, coisas que pareçam ao leitor descuidado que é ele mesmo que as está inventando.

Não estranhei a parede em si mesma; estranhei que a fizessem operários sem chefes, porque o chefe do Partido Operário no Distrito Federal é um cidadão que não está aqui. Não me consta que esse cidadão, representante do distrito na Câmara dos deputados, capitaneasse nem animasse jamais coligações com o fim de suspender o trabalho; não me lembro, pelo menos. O que sei, e toda gente comigo, é que defendia com calor a classe operária e os seus interesses.

Nem ainda me esqueceu o dia em que, metendo-se um deputado do Norte ou do Sul a propor alguma coisa em favor dos operários da Central do Brasil, o chefe do partido emendou a mão ao intruso, redarguindo-lhe que "fosse cuidar dos operários do seu Estado". Para mim, é este o verdadeiro federalismo. Não bastam divisões escritas. Partidos locais, operários estaduais. O problema operário é terrível na Europa, em razão de ser internacional; mas, se nem o consentirmos nacional, e apenas distrital, teremos facilitado a solução, porque a iremos achando por partes, não se ocupando os respectivos chefes senão do que é propriamente seu. As classes conservadoras, desde que não virem os chefes juntos, formando um concílio, perdem o susto, e mais depressa poderão ser vencidas e convencidas.

Tudo isso é pesado, e começo a achar-me tão sério, que desconfio já do meu juízo. Em dia de Carnaval, a loucura é de rigor, mas há de ser a loucura alegre, não a grave, menos ainda a lúgubre. Sinto-me lúgubre. O melhor é recolher-me, apesar da saraivada de confete que principia.

Gazeta de Notícias, 24 de fevereiro de 1895

Tantas são as matérias
em que andamos discordes

Tantas são as matérias em que andamos discordes, que é grande prazer achar uma em que tenhamos a mesma opinião. Essa matéria é o Carnaval. Não há dois pareceres; todos confessam que este ano foi brilhante, e a mais de um espírito azedo e difícil de contentar ouvi que a rua do Ouvidor esteve esplêndida.

Ouvi mais. Ouvi que houve ali janela que se alugou por duzentos mil-réis, e terá havido outras muitas. É ainda uma causa da harmonia social, porquanto se há dinheiro que sobre, há naturalmente conciliação pública. Nas casas de pouco pão é que o adágio acha muito berro e muita sem-razão. Uma janela e três ou quatro horas por duzentos mil-réis é alguma coisa, mas a alegria vale o preço. A alegria é a alma da vida. Os máscaras divertem-se à farta, e aqueles que os vão ver passar não se divertem menos, não contando a troca de confete e de serpentinas, que também se faz entre desmascarados. Uns e outros esquecem por alguns dias as horas aborrecidas do ano.

Tal é a filosofia do Carnaval; mas qual é a etimologia? O sr. dr. Castro Lopes reproduziu terça-feira a sua explicação do nome e da festa. Discordando dos que veem no Carnaval uma despedida da carne para entrar no peixe e no jejum da quaresma (*caro vale,* adeus, carne), entende o nosso ilustrado patrício que o Carnaval é uma imitação das *lupercais* romanas, e que o seu nome vem daí. Nota logo que as *lupercais* eram celebradas em 15 de fevereiro; matava-se uma cabra, os sacerdotes untavam a cara com o sangue da vítima, ou atavam uma máscara no rosto e corriam seminus pela cidade. Isto posto, como é que nasceu o nome Carnaval?

Apresenta duas conjeturas, mas adota somente a segunda, por lhe parecer que a primeira exige uma ginástica difícil da parte das letras. Com efeito, supõe essa primeira hipótese que a palavra *lupercalia* perdeu as letras *l, p, i,* ficando *uercala;* esta, torcida de trás para diante, dá *careual;* a letra *u* entre vogais transforma-se em *v,* e daí *careval;* finalmente, a corrução popular teria introduzido um *n* depois do *r,* e ter *carneval,* que, com o andar dos tempos, chegou a *carnaval.* Realmente, a marcha seria demasiado longa. As palavras andam muito, em verdade, e nessas jornadas é comum irem perdendo as letras; mas, no caso desta primeira conjetura, a palavra teria não só de as perder, mas de as trocar tanto, que verdadeiramente meteria os pés pelas mãos, chegando ao mundo moderno de pernas para o ar. Ginástica difícil. A segunda conjetura parece ao sr. dr. Castro Lopes mais lógica, e é a que nos dá por solução definitiva do problema. Ei-la aqui.

> Era muito natural, diz o ilustrado linguista, que nessas festas se entoasse o *canto dos irmãos arvais;* muito naturalmente ter-se-á dito, às vezes, *a festa do canto arval* (cantus arvalis), palavras que produziram o termo *canarval,* cortada a última sílaba de *cantus* e as duas letras finais de *arvalis.* De *canarval* a *carnaval* a diferença é tão fácil, que ninguém a porá em dúvida.

A etimologia tem segredos difíceis, mas não invioláveis. A genealogia é a mesma coisa. Quem sabe se o leitor, plebeu e manso, jogador do voltarete e mestre-sala, não descende de Nero ou de Camões? As famílias perdem as letras, como as palavras, e a do leitor terá perdido a crueldade do imperador e a inspiração do poeta; mas se o leitor ainda pode matar uma galinha, e se entre os dezoito e vinte anos compôs algum soneto, não se despreze; não só pode descender de Nero ou de Camões, mas até de ambos.

Por isso, não digo sim nem não à explicação do sr. dr. Castro Lopes. Digo só que o sábio Ménage achou, pelo mesmo processo, que o *haricot* dos franceses vinha do latim *faba*. À primeira vista parece gracejo; mas eis aqui as razões do etimologista: *"On a dû dire* faba, *puis* fabaricus, *puis* fabaricotus, aricotus *et enfin* haricot". Há seguramente um ponto de partida conjetural, em ambos os casos. O *on a dû dire* de Ménage e o *ter-se-á dito* de Castro Lopes são indispensáveis, uma vez que nenhum documento ou monumento nos dá a primeira forma da palavra. O resto é lógico. Toda a questão é saber se esse ponto de partida conjetural é verdadeiro. Mas que há neste mundo que se possa dizer verdadeiramente verdadeiro? Tudo é conjetural. Dai-me um axioma: a linha reta é a mais curta entre dois pontos. Parece-nos que é assim, porque realmente, medindo todas as linhas possíveis, achamos que a mais curta é a reta; mas quem sabe se é verdade?

O que eu nego ao nosso Castro Lopes é o papel de Cassandra que se atribui, afirmando que não é atendido em nada. Não o será em tudo; mas há de confessar que o é em algumas coisas. Há palavras propostas por ele, que andam em circulação, já pela novidade do cunho, já pela autoridade do emissor. *Cardápio* e *convescote* são usados. Não é menos usado *preconício*, proposto para o fim de expelir o *réclame* dos franceses, embora tenhamos *reclamo* na nossa língua, com o mesmo aspecto, origem e significação. Que lhe falta ao nosso *reclamo*? Falta-lhe a forma erudita, a novidade, certo mistério. Eu, se não emprego convescote, é porque já não vou a tais patuscadas, não é que lhe não ache graça expressiva. O mesmo digo de cardápio.

Nem tudo se alcança neste mundo. Um homem trabalha quarenta anos para só lhe ficar a obra de um dia. Felizes os que puderem deixar uma palavra ou duas; terão contribuído para o lustre do estilo dos pósteros, e dado veículo asseado a uma ou duas ideias. Filinto Elísio mostra o exemplo do marquês de Pombal, que, tendo de expedir uma lei, introduziu nela a palavra *apanágio*, logo aceita por todos. "Apanágio passou; hoje é corrente", disse o poeta em verso. Ai, marquês! marquês! digo eu em prosa, quem sabe se de tantas coisas que fizeste, não é esta a única obra que te há de ficar?

Gazeta de Notícias, 3 de março de 1895

A AUTORIDADE RECOLHEU ESTA SEMANA

A autoridade recolheu esta semana à detenção duas feiticeiras e uma cartomante, levando as ferramentas de ambos os ofícios. Achando-se estes incluídos no código como delitos, não fez mais que a sua obrigação, ainda que incompletamente.

A minha questão é outra. As feiticeiras tinham consigo uma cesta de bugigangas, aves mortas, moedas de dez e vinte réis, uma perna de ceroula velha, saquinhos contendo feijão, arroz, farinha, sal, açúcar, canjica, penas e cabeças de frangos. Uma delas, porém, chamada Umbelina, trazia no bolso não menos de quatrocentos e treze mil-réis. Eis o ponto. Peço a atenção das pessoas cultas.

Nestes tempos em que o pão é caro e pequeno, e tudo o mais vai pelo mesmo fio, um ofício que dá quatrocentos e treze mil-réis pode ser considerado delito? Parece que não. Gente que precisa comer, e tem que pagar muito pelo pouco que come, podia roubar ou furtar, infringindo os mandamentos da lei de Deus. Tais mandamentos não falam de feitiçaria, mas de furto. A feitiçaria, por isso mesmo que não está entre o homicídio e a impiedade, é delito inventado pelos homens, e os homens erram. Quando acertam, é preciso examinar a sua afirmação, comparar o ato ao rendimento, e concluir.

Não se diga que a feitiçaria é ilusão das pessoas crédulas. Sou indigno de criticar um código, mas deixem-me perguntar ao autor do nosso: Que sabeis disso? Que é ilusão? Conheceis Poe? Não é jurisconsulto, posto desse um bom juiz formador da culpa. Ora, Poe escreveu a respeito do povo: "O nariz do povo é a sua imaginação; por ele é que a gente pode levá-lo, em qualquer tempo, aonde quiser". O que chamais ilusão é a imaginação do povo, isto é, o seu próprio nariz. Como fazeis crime a feitiçaria de o puxar até o fim da rua, se nós podemos puxá-lo até o fim da paróquia, do distrito ou até do mundo?

No nosso ano terrível, vimos esse nariz chegar mais que ao fim do mundo, chegar ao céu. Ninguém fez disso crime, alguns fizeram virtude, e ainda os há virtuosos e credores. Realmente, prometer com um palmo de papel um palácio de mármore é o mesmo que dar um verdadeiro amor com dois pés de galinha. A feiticeira fecha o corpo às moléstias com uma das suas bugigangas, talvez a ceroula velha — e há facultativo (não digo competente) que faz a mesma coisa, levando a ceroula nova. Que razão há para fazer de um ato malefício, e benefício de outro?

O código, como não crê na feitiçaria, faz dela um crime, mas quem diz ao código que a feiticeira não é sincera, não crê realmente nas drogas que aplica e nos bens que espalha? A psicologia do código é curiosa. Para ele, os homens só creem naquilo que ele mesmo crê; fora dele, não havendo verdade, não há quem creia outras verdades, como se a verdade fosse uma só e tivesse trocos miúdos para a circulação moral dos homens.

Tudo isto, porém, me levaria longe; limitemo-nos ao que fica; e não falemos da cartomante, em que se não achou dinheiro, provavelmente porque o tem na caixa econômica. Relativamente às cartomantes, confesso que não as considero como as feiticeiras. A cartomancia nasceu com a civilização, isto é, com a corrupção, pela doutrina de Rousseau. A feitiçaria é natural do homem; vede as tribos primitivas. Que também o é da mulher, confessá-lo-á o leitor. Se não for pessoa extremamente grave, já há de ter chamado feiticeira a alguma moça. Vão meter na cadeia uma senhora só porque fecha o corpo alheio com os seus olhos, que valem mais ainda que cabeças de frangos ou pés de galinha. Ou pés de galinha!

Podia dizer de muitas outras feitiçarias, mas seria necessário indagar o ponto de semelhança, e não estou de alma inclinada à demonstração. Nem à simples narração, Deus dos enfermos! Isto vai saindo ao sabor da pena e tinta. E por estar doente, e com grandes desejos de acudir à feitiçaria, é que me dói (sempre o interesse pessoal!) a prisão das duas mulheres. Talvez a moeda de dez réis me desse saúde, não digo uma só moeda, mas um milhão delas.

Sim, eu creio na feitiçaria, como creio nos bichos de Vila Isabel, outra feitiçaria, sem sacos de feijão. São sistemas. Cada sistema tem os seus meios curativos e os seus emblemas particulares. Os bichos de Vila Isabel, mansos ou bravios, fazem ganhar dinheiro depressa, e sem trabalho, tanto como fazem perdê-lo, igualmente depressa e sem trabalho, tudo sem trabalho, não contando a viagem de bonde, que é longa, vária e alegre. Ganha-se mais do que se perde, e tal é o segredo que esses bons animais trouxeram da natureza, que os homens, com toda a civilização antiga e moderna, ainda não alcançaram. Não sei se a feitiçaria dos bichos dá mais dos quatrocentos e treze mil-réis da Umbelina; talvez dê mais, o que prova que é melhor.

Além dessas, temos muitas outras feitiçarias; mas já disse, não vou adiante. A pena cai-me. Não trato sequer da política, aliás assunto que dá saúde. Há quem creia que ela é uma bela feitiçaria, e não falta quem acrescente que nesta, como na outra, o povo não pode nem anda desnarigado; é horrendo e incômodo.

Também não cito o júri, instituição feiticeira, dizem muitos. Ser-me-ia preciso examinar este ponto, longamente, profundamente, independentemente, e não há em mim agora profundeza, nem independência, nem me sobra tempo para tais estudos. Eu aprecio esta instituição que exprime a grande ideia do julgamento pelos pares; examina-se o fato sem prevenção de magistrados, nem câmara própria de ofício, sem nenhuma atenção à pena. O crime existe? Existe; eis tudo. Não existe; eis ainda mais. Depois, é para mim instituição velha, e eu gosto particularmente dos meus velhos sapatos; os novos apertam os pés, enquanto que um bom par de sapatos folgados é como os dos próprios anjos guerreiros, Miguel etc. etc. etc.

Gazeta de Notícias, 10 de março de 1895

O PRIMEIRO DIA DESTA SEMANA

O primeiro dia desta semana foi assinalado por um sucesso importante: venceu o burro. Venceu no Jardim Zoológico, onde vencem o ganso e o tigre. Mas não importa o lugar; uma vez que venceu, é para se lhe dar parabéns, a esse bom e santo companheiro de são José, na estrada de Jerusalém, e de Sancho Pança, em toda a sua vida, amigo do nosso sertanejo, e, ainda agora, em alguns lugares, rival da estrada de ferro.

Estávamos afeitos a dizer e ouvir dizer que venciam cavalo fulano e sicrano. É verdade que era no Derby e outras arenas de luta animal; mas, enfim, era só o cavalo que vencia, porque só ele apostava, deixando dez ou vinte mil-réis nas algibeiras de Pedro, e outras tantas saudades nas de Paulo, Sancho e Martinho. Dizem até que eram os mil-réis que corriam, e centenas de pessoas que vão às próprias arenas creem que os cavalos são puras entidades verbais. Fenômeno explicável pela frequência das casas em que não há cavalos: acaba-se crendo que eles não existem.

Venceu o burro. Digo *venceu* para usar do termo impresso; mas o verbo da conversação é *dar*. Deu o burro, amanhã dará o macaco, depois dará a onça etc. Sexta-feira, achando-me numa loja, vi entrar um mancebo, extraordinariamente jovial — por natureza ou por outra coisa —, e bradava que tinha dado a avestruz, expressão obscura para quem não conhece os costumes dos nossos animais. É mais breve, mais viva, e não duvido que mais verdadeira. Não duvido de nada. A zoologia corre assim parelhas com a loteria, e tudo acaba em ciência, que é o fim da humanidade.

Também a arqueologia é ciência, mas há de ser com a condição de estudar as coisas mortas, não ressuscitá-las. Se quereis ver a diferença de uma e outra ciência, comparai as alegrias vivas do nosso Jardim Zoológico com o projeto de ressuscitar em Atenas, após dois mil anos, os jogos olímpicos. Realmente, é preciso ter grande amor a essa ciência de farrapos para ir desenterrar tais jogos. Pois é do que trata agora uma comissão, que já dispõe de fundos e boa vontade. Está marcado o espetáculo para abril de 1896. Não há lá burros nem cavalos; há só homens e homens. Corridas a pé, luta corporal, exercícios ginásticos, corridas náuticas, natação, jogos atléticos, tudo o que possa esfalfar um homem sem nenhuma vantagem dos espectadores, porque não há apostas. Os prêmios são para os vencedores e honoríficos. Toda a metafísica de Aristóteles. Parece que há ideia de repetir tais jogos em Paris, no fim do século, e nos Estados Unidos em 1904. Se tal acontecer, adeus, América! Não valia a pena descobri-la há quatro séculos, para fazê-la recuar vinte.

Oxalá não se lembrem de nós. Fiquemos com os burros e suas prendas. Bem sei que eles não dão só dinheiro, dão também a morte e pernas quebradas. É o que dizem as estatísticas do dr. Viveiros de Castro, o qual acrescenta que o maior número de desastres dessa espécie é causado pelos bondes. Parece-lhe que o meio de diminuir tais calamidades é responsabilizar civilmente as companhias; desde que elas paguem as vidas e as pernas dos outros, procurarão ter cocheiros hábeis e cautelosos, em vez de os ter maus, dar-lhes fuga ou abafar os processos com empenhos.

A primeira observação que isto me sugere é que há já muitos responsáveis, o burro, o cocheiro, o bonde e a companhia. É provável que a eletricidade também tenha culpa. Por que não o Padre Eterno, que nos fez a todos? A segunda observação é que tal remédio, excelente e justo para que os criados não nos quebrem os pratos, uma vez que os paguem, é injusto e de duvidosa eficácia, relativamente às companhias de bondes. Injusto, porque o dinheiro da companhia é para os dividendos semestrais aos acionistas, e para o custeio do material. Os burros comem pouco, mas comem; os carros andam aos solavancos e descarrilham a miúdo, mas algum dia terão de ser consertados, não todos a um tempo, mas um ou outro; seria desumano, além de contrário aos interesses das companhias, fazer andar carros que se desfizessem na rua, ao fim de cinco minutos. Ora, se os desastres houvessem de ser pagos por elas, que ficará no cofre para as despesas necessárias?

Terceira observação. Se as companhias, no dizer do abalizado criminalista, abafam agora com empenhos os processos dos cocheiros, por que não abafarão os seus próprios, quando houverem de pagar vidas e pernas quebradas? Ou já não haverá empenhos? Pode havê-los até maiores, uma vez que as companhias tratem de defender, não já os seus auxiliares, mas os próprios fundos.

Vamos à quinta e derradeira observação. O autor afirma que a lei de 1871, feita para punir os delitos cometidos por imperícia ou imprudência, tem sido letra morta. Pergunto eu: quem nos dirá que a lei que se fizer para obrigar civilmente as companhias não será também letra morta? Que direito de preferência tem a lei de 1871? Ou, considerando que a morte da letra de uma lei é antes um desastre que um privilégio, por que razão a nova lei estará fora do alcance do mesmo astro ruim que matou a antiga? Por outro lado, incumbindo aos juízes a execução da lei de 1871, e tendo esta ficado letra morta, acaso consta que algum deles a tenha indenizado da vida que perdeu? Como obrigar as companhias à indenização da vida de um homem? Em que é que o homem é superior à lei?

São questões melindrosas. No dia 27 deste mês, por exemplo, começará a ter execução a lei de lotação dos bondes. Suponhamos que não começa; leis não são eclipses, que, uma vez anunciados, cumprem-se pontualmente; e ainda assim esta semana houve um eclipse da lua que ninguém viu aqui, não por falta do eclipse, é verdade, mas por falta da lua. Leis são obras humanas, imperfeitas como os autores. Suponhamos que não se cumpre a lei no dia 27; apostemos até alguma coisa, estou que este burro dá. Como exigir que a lei, não cumprida a 27, venha a sê-lo a 28, ou em abril, maio, ou qualquer outro mês do ano? Também há leis do esquecimento.

Gazeta de Notícias, 17 de março de 1895

Divino equinócio

Divino equinócio, nunca me hei de esquecer que te devo a ideia que vou comunicar aos meus concidadãos. Antes de ti, nos três primeiros dias hórridos da semana, não é possível que tal ideia me brotasse do cérebro. Depois, também não. Conheço-me, leitor. Há quem pense, transpirando; eu, quando transpiro, não penso. Deixo essa função ao meu criado, que, do princípio ao fim do ano, *pensa* sempre, embora seja o contrário do que me é agradável; por exemplo, escova-me o chapéu às avessas. Naturalmente, ralho.

— Mas, patrão, eu pensava...

— José Rodrigues — brado-lhe exasperado —; deixa de pensar alguma vez na vida.

— Há de perdoar, mas o pensamento é influência que vem dos astros; ninguém pode ir contra eles.

Ouço, calo-me e vou andando. Nos dias que correm, ter um criado que pense barato é tão rara fruta, que não vale a pena discutir com ele a origem das ideias. Antes mudar de chapéu que de ordenado.

A ideia que tive quinta-feira, em parte se pode comparar ao chapéu escovado de encontro ao pelo; mas será culpa da escova ou do chapéu? Cuido que do chapéu. O dia correu fresco, a noite fresquíssima, as estrelas fulguravam extraordinariamente, e, se o meu criado tem razão, foram elas que me influíram o pensamento. Saí para a rua. Havia próximo umas bodas. A casa iluminada chamava a atenção pública, muita gente fora, moças principalmente, que não perdem festas daquelas, e correm à igreja, às portas, à rua, para ver um noivado. Qualquer pessoa de mediano espírito cuidará que era este assunto que me preocupava. Não, não era; cogitava eleitoralmente, ao passo que rompia os grupos, perguntava a mim mesmo: Por que não faremos uma reforma constitucional?

Fala-se muito em eleições violentas e corrutas, a bico de pena, a bacamarte, a faca e o pau. Nenhuma dessas palavras é nova aos meus ouvidos. Conheço-as desde a infância. Crespas são deveras; na entrada do próximo século é força mudar de método ou de nomenclatura. Ou o mesmo sistema com outros nomes, ou estes nomes com diversa aplicação. Como em todas as coisas, há uma parte verdadeira na acusação, e outra falsa, mas eu não sei onde uma acaba, nem onde outra começa. Pelo que respeita à fraude, sem negar os seus méritos e proveitos, acho que algumas vezes podem dar canseiras inúteis. Quanto à violência, sou da família de Stendhal, que escrevia com o coração nas mãos: *Mon seul défaut est de ne pas aimer le sang.*

Não amando o sangue, temendo as incertezas da fraude, e julgando as eleições necessárias, como achar um modo de as fazer sem nenhum desses riscos? Formulei então um plano comparável ao gesto do meu criado, quando escova o chapéu às avessas. Suprimo as eleições. Mas como farei as eleições, suprimindo-as? Faço-as conservando-as. A ideia não é clara; lede-me devagar.

Sabeis muito bem o que eram os pelouros antigamente. Eram umas bolas de cera, onde se guardavam, escritos em papel, os nomes dos candidatos à vereação; abriam-se as bolas no fim do prazo da lei, e os nomes que saíam eram os escolhidos para a magistratura municipal. Pois este processo do Antigo Regime é o que me parece capaz de substituir o atual mecanismo, desenvolvido, adequado ao número de eleitos. Um grave tribunal ficará incumbido de escrever os nomes, não de todos os cidadãos que tiverem condições de elegibilidade, mas só daqueles que, três ou seis meses antes, se declararem candidatos. Outro tribunal terá a seu cargo abrir os pelouros, ler os nomes, escrevê-los, atestá-los, proclamá-los e publicá-los. Esta é a metade da minha ideia.

A outra metade é o seu natural complemento. Com efeito, restaurar os pelouros, sem mais nada, seria desinteressar o cidadão da escolha dos magistrados e universalizar a abstenção. Quem quereria sair de casa para resistir à estéril cerimônia da leitura de nomes? Poucos, decerto, pouquíssimos. Acrescentai a gravidade do tribunal e teremos um espetáculo próprio para fazer dormir. Não tardaria que um partido se organizasse pedindo o antigo processo, com todos os seus riscos e perigos, far-se-ia provavelmente uma revolução, correria muito sangue, e este aparelho, restaurado para eliminar o bacamarte, acabaria ao som do bacamarte.

Eis o complemento. O meneio das palavras será nem mais nem menos o dos bichos do Jardim Zoológico. O cidadão, em vez de votar, aposta. Em vez de apostar no gato ou no leão, aposta no Alves ou no Azambuja. O Azambuja dá, o Alves não dá, distribuem-se os dividendos aos devotos do Azambuja. Para o ano dará o Alves, se não der o Meireles.

Nem há razão para não amiudar as eleições, fazê-las algumas vezes semestrais, bimensais, mensais, quinzenais, e, tal seja a pouquidade do cargo, semanais. O espírito público ficará deslocado; a opinião será regulada pelos lucros, e dir-se-á que os princípios de um partido nos últimos dois anos têm sido mais favorecidos pela fortuna que os princípios adversos. Que mal há nisso? Os antigos não se regeram pela fortuna? Gregos e romanos, homens que valeram alguma coisa, confiavam a essa deusa o governo da República. Um deles (não sei qual) dizia que três poderes governam este mundo: Prudência, Força e Fortuna. Não podendo eliminar esta, regulemo-la.

O interesse público será enorme. Haverá palpites, pedir-se-ão palpites; far-se-á até, se for preciso, uma legião de adivinhos, incumbidos de segregar aos cidadãos os nomes prováveis ou certos. Haverá folhas especiais, bondes especiais, botequins especiais, onde o cidadão receba um refresco e um palpite, deixando dois ou três mil-réis. Esta quantia parece ser mais, e é menos que os mil e duzentos homens que acabam de morrer nas ruas de Lima. Sendo as pequenas revoluções, em substância, uma questão eleitoral, segue-se que o meu plano zoológico é preferível ao sistema de suspender a matança de tanta gente, por intervenção diplomática. A zoologia exclui a diplomacia e não mata ninguém. *Mon seul défaut* etc.

Gazeta de Notícias, 24 de março de 1895

DE QUANDO EM QUANDO APARECE-NOS O CONTO DO VIGÁRIO

De quando em quando aparece-nos o conto do vigário. Tivemo-lo esta semana, bem contado, bem ouvido, bem vendido, porque os autores da composição puderam receber integralmente os lucros do editor.

O conto do vigário é o mais antigo gênero de ficção que se conhece. A rigor, pode crer-se que o discurso da serpente, induzindo Eva a comer o fruto proibido, foi o texto primitivo do conto. Mas, se há dúvida sobre isso, não a pode haver quanto ao caso de Jacó e seu sogro. Sabe-se que Jacó propôs a Labão que lhe desse todos os filhos das cabras que nascessem malhados. Labão concordou, certo de que muitos trariam uma só cor; mas Jacó, que tinha plano feito, pegou de umas varas de plátano, raspou-as em parte, deixando-as assim brancas e verdes a um tempo, e, havendo-as posto nos tanques, as cabras concebiam com os olhos nas varas, e os filhos saíam malhados. A boa fé de Labão foi assim embaçada pela finura do genro; mas não sei que há na alma humana que Labão é que faz sorrir, ao passo que Jacó passa por um varão arguto e hábil.

O nosso Labão desta semana foi um honesto fazendeiro do Chiador, que, estando em uma rua desta cidade, viu aparecer um homem, que lhe perguntou por outra rua. Nem o fazendeiro, nem o outro desconhecido que ali apareceu também, tinha notícia da rua indicada. Grande aflição do primeiro homem recentemente chegado da Bahia, com vinte contos de réis de um tio dele, já falecido, que deixara dezesseis para os náufragos da *Terceira* e quatro para a pessoa que se encarregasse da entrega.

Quem é que, nestes ou em quaisquer tempos, perderia tão boa ocasião de ganhar depressa e sem cansaço quatro contos de réis? eu não, nem o leitor, nem o fazendeiro do Chiador, que se ofereceu ao desconhecido para ir com ele depositar na casa Leitão, largo de Santa Rita, os dezesseis contos, ficando-lhe os quatro de remuneração.

— Não é preciso que o acompanhe — respondeu o desconhecido —; basta que o senhor leve o dinheiro, mas primeiro é melhor juntar a este o que traz aí consigo.

— Sim, senhor — anuiu o fazendeiro.

Sacou do bolso o dinheiro que tinha (um conto e tanto), entregou-o ao desconhecido, e viu perfeitamente que este o juntou ao maço dos vinte; ação análoga à das varas de Jacó. O fazendeiro pegou do maço todo, despediu-se e guiou para o largo de Santa Rita. Um homem de má-fé teria ficado com o dinheiro, sem curar dos náufragos da *Terceira*, nem da palavra dada. Em vez disso, que seria mais que deslealdade, o portador chegou à casa do Leitão, e tratou de dar os dezesseis contos, ficando com os quatro de recompensa. Foi então que viu que todas as cabras eram malhadas. O seu próprio dinheiro, que era de uma só cor, como as ovelhas de Labão, tinha a pele variegada dos jornais velhos do costume.

A prova de que o primeiro movimento não é bom é que o fazendeiro do Chiador correu logo à polícia; é o que fazem todos. Mas a polícia, não podendo ir à cata de uma sombra, nem adivinhar a cara e o nome de pessoas hábeis em fugir, como os heróis dos melodramas, não fez mais que distribuir o segundo milheiro do conto do vigário, mandando a notícia aos jornais. Eu, se algum dia os contistas me pegassem, trataria antes de recolher os exemplares da primeira edição.

Aos sapientes e pacientes recomendo a bela monografia que podem escrever estudando o conto do vigário pelos séculos atrás, as suas modificações segundo o tempo, a raça e o clima. A obra, para ser completa, deve ser imensa. É seguramente maior o número das tragédias, tanta é a gente que se tem estripado, esfaqueado, degolado, queimado, enforcado, debaixo deste belo sol, desde as batalhas de Josué até os combates das ruas de Lima, onde as autoridades sanitárias, segundo telegramas de ontem, esforçam-se grandemente por sanear a cidade "empestada pelos cadáveres que ficaram apodrecidos ao ar livre". Lembrai-vos que eram mais de mil, e imaginai que o detestável fedor de gente morta não custa a vitória de um princípio. O conto é menos numeroso, e, seguramente, menos sublime; mas ainda assim ocupa lugar eminente nas obras de ficção. Nem é o tamanho que dá primazia à obra, é a feitura dela. O conto do vigário não é propriamente o de Voltaire, Boccaccio ou Andersen, mas é conto, um conto especial, tão célebre como os outros, e mais lucrativo que nenhum.

Pela minha parte não escrevo nada, limito-me a esta breve história da semana, em que tanta vez perco o fio, como agora, sem saber como passe do conto aos bichos. A proposta municipal para transformar o Jardim Jocológico em Jardim Zoológico, apresentada anteontem, até certo ponto ata-me as mãos; aguardo a votação do Conselho. Quando muito, visto que a proposta ainda não é lei, e ainda os bichos guardarão dinheiro, podia escrever uma petição em verso. Vi que esta semana a borboleta ganhou um dia. Juro-vos que não sabia da presença dela na coleção dos bichos recreativos, e não descrevo a pena que me ficou, porque a língua humana não tem palavras para tais lástimas.

Deus meu! a borboleta na mesma caixa do porco! O lindo inseto tão prezado de todos, e particularmente dos vitoriosos japoneses, agitando as asas naquele espaço em que costuma grunhir o animal detestado de Abraão, de Isaac e de Jacó! Onde nos levareis, anarquia da ética e da estética? Poetas moços, juntai-vos e componde a melhor das polianteias, um soneto único, mas um soneto-legião, em que se peça aos poderes da terra e do céu a exclusão da borboleta de semelhante orgia. Ganhe o pato, o porco, o peru, o diabo, que é também animal de lucro, mas fique a borboleta entre as flores, suas primas.

Gazeta de Notícias, 31 de março de 1895

Não há quem não conheça
a minha desafeição à política

Não há quem não conheça a minha desafeição à política, e, por dedução, a profunda ignorância que tenho desta arte ou ciência. Nem sequer sei se é arte ou ciência; apenas sei que as opiniões variam a tal respeito. Faltam-me os meios de achar a verdade. Quando era vivo um boticário que tive, lido em matérias especulativas, a tal ponto que me trocava os remédios, recorria a ele comumente, e nunca o apanhei descalço. A razão que o levava a estudar a literatura política, em vez da farmacêutica, não a pude entender nunca, salvo se era o natural pendor do homem, que vai para onde lhe leva o espírito. Já perguntei a mim mesmo se era porque na política haja de tudo, como na botica; mas não acertei com resposta. Deus lhe fale n'alma!

Depois que ele morreu, se acontece algum caso político em que deva falar, dou-me ao trabalho aspérrimo de ler tudo o que se tem escrito, desde Aristóteles até as mais recentes "publicações a pedido", e acabo sabendo ainda menos que os autores destas publicações. Foi o que me aconteceu esta semana com o caso da Bahia.

Não confundam com outro caso da Bahia, que chamarei especialmente da povoação dos Milagres, onde quatrocentos bandidos, depois de muitas mortes e arrombamentos, destruição de altares e de imagens, levaram o ardor ao ponto de desenterrar o cadáver de um capitão Canuto, e, depois de o castrarem, arrancaram-lhe uma orelha e a língua, e queimaram o resto.

Pode ser que haja política nesses movimentos, porque os bandidos de verdade não desenterram cadáveres senão para levar as joias, se as têm; mas eu inclino-me antes a crer em algum sentimento religioso. Esses inculcados bandidos são talvez portadores de uma nova fé. A fé abala montanhas: como não há de desenterrar cadáveres, operação muito mais fácil? Não se destroem imagens, não se queimam altares, não se matam famílias inteiras, não se queima um homem morto, senão por algum sentimento superior e forte. A Inquisição também queimava gente, mas gente viva, e depois de um processo enfadonhamente comprido, com certos regulamentos, tudo frio e sem alma. Não tinha aquela fúria, aquele desatino, aquela paixão formidável e invencível.

Não trato desses missionários, que talvez sejam os mesmos que andaram há tempos em Canavieiras e várias partes, e mataram há pouco em Santa Quitéria umas cinco pessoas, sem outro suplício além dos aparelhos naturais da morte. Não conheço o credo novo; os recentes profetas não escrevem nem imprimem nada. Talvez até falem pouco. Os melhores operários são silenciosos. Não trato deles, nem do moço que acaba de morrer, por ação de um bonde elétrico, que é o nosso bandido político ou missionário religioso, com um toque científico, inteiramente estranho aos de Milagres e Canavieiras. Concordo que o caso de anteontem é triste; não nego que os cocheiros (com perdão da palavra) dos bondes elétricos entendem pouco ou nada do ofício; mas a morte de um ou mais homens não vale um problema político.

Outrossim, não quero saber de bichos, que já me enfadam, nem do jogo de flores. Noutro tempo, este jogo era um divertimento de família; cada pessoa era uma flor, por escolha própria, camélia, sempre-viva, amor-perfeito, violeta, e travavam uma conversação em que as flores nomeadas, se não acudiam em tomar a palavra, pagavam prenda. Tempos bucólicos. Hoje parece que cada flor ou pessoa significa dez tostões. Tempos pecuniários.

Fiquemos no caso da Bahia. Os dois partidos daquele estado tratam da apuração dos votos eleitorais; mas sendo a situação gravíssima, e conveniente a paz, fazem-se tentativas de conciliação, tendo já entrado nisso o arcebispo, que nada alcançou. A intervenção do prelado e o nenhum efeito dos seus esforços provam que é séria a crise.

Uma das tentativas esteve quase a produzir fruto; foi inútil porque um dos partidos cedia o terço no Senado e na Câmara dos deputados, solução que o outro partido recusou, exigindo dezoito deputados, maioria e presidência do Senado. *Ecco il problema.*

Esse *ceder* um terço, esse *exigir* dezoito deputados, no ato da apuração, juro por todos os santos do céu e por todas as santas da terra, não me entra na cabeça. Virei e revirei o telegrama, confrontei-o com autores antigos e modernos, estudei a República de Platão e outras concepções filosóficas, interroguei os princípios, encarei-os de face e de perfil, passei-os da mão direita para a esquerda, e vice-versa, sem achar em nenhuma gente, por mais grega ou italiana que fosse, um raio de luz que me explicasse a cessão do terço e a exigência dos dezoito.

Menos difícil problema é o que resulta de outro telegrama da mesma procedência, ontem publicado, em que se dá o número total de votos de um distrito superior ao da respectiva população; porquanto, se o que eu ouvia em pequeno, deriva de alguma lei biológica, as urnas concebem. Quando era menino, ouvi muita vez afirmar que um grupo de santa Rita, um eleitor de são José, um mesário de sant'Ana, às vezes um simples inspetor de quarteirão de santo Antônio, punha a urna de esperanças. Se isto é verdade, não há problema, há um mero fenômeno interessante, digno de estudo, e porventura de saudades.

O primeiro caso, sim, é que é problema escuro e indecifrável. Como entender o que é acordo na apuração de votos, cedendo um terço ou exigindo dezoito deputados? Há presunção em dizer isto, pois que da própria aversão à política nasce a minha falta de entendimento; mas, enfim, é o que sinto. Dizia o meu boticário que, de quando em quando, se devem corrigir os costumes políticos. A carta régia de 1671 ao governador do Rio de Janeiro, recomendando-lhe que "*se não entromettesse nas eleiçoens de sojeitos para o governo da Republica*", ficou servindo-nos de norma política; mas as normas devem alterar-se para se acudir às necessidades e feições do século. A própria Igreja, conservando os seus dogmas, tem variado no que é terreno e perecível. Há práticas boas, justas e úteis em um século, e más ou inúteis em outro. Era uma das pílulas que me aplicava o meu defunto amigo.

Gazeta de Notícias, 7 de abril de 1895

Nada há pior que oscilar entre dois assuntos

Nada há pior que oscilar entre dois assuntos. A Semana Santa chama-me para as coisas sagradas, mas uma ideia que me veio do Amazonas chama-me para as profanas, e eu fico sem saber para onde me volte primeiro. Estou entre Jerusalém e Manaus; posso começar pela cidade mais remota, e ir depois à mais próxima; posso também fazer o contrário.

Havia um meio de combiná-las: era meter-me em uma das montarias ou igarités do Amazonas, com o meu amigo dr. J. Veríssimo, e deixar-me ir com ele, rio abaixo ou acima, ou pelos confluentes, à pesca do pirarucu, do peixe-boi, da tartaruga ou da infinidade de peixes que há no grande rio e na costa marítima. Não podia ter melhor companheiro; pitoresco e exato, erudito e imaginoso, dá-nos na monografia que acaba de publicar, sob o título *A pesca na Amazônia*, um excelente livro para consulta e deleite. Como se trata do pescado amazônico e acabamos a Semana Santa, iria eu assim a Jerusalém e a Manaus, sem sair do meu gabinete. Mas o bom cristão acharia que não basta pescar, como são Pedro, para ser bom cristão, e os amigos de ideias novas diriam que não há ideia nem novidade em moquear o peixe à maneira dos habitantes de Óbidos ou Rio Branco. Força é ir a Manaus e a Jerusalém.

Já que estou no Amazonas, começo por Manaus. As folhas chegadas ontem referem que naquela capital a Câmara dos deputados dividiu-se em duas. Essa dualidade de câmaras de deputados e de senados tende a repetir-se, a multiplicar-se, a fixar-se nos vários Estados deste país. Não são fenômenos passageiros; são situações novas, idênticas, perduráveis. Os olhos de pouca vista alcançam nisto um defeito e um mal, e não falta quem peça o conserto de um e a extirpação de outro. Não será consertar uma lei natural, isto é, violá-la? Não será extirpar uma vegetação espontânea, isto é, abrir caminho a outra?

Geralmente, as oposições não gostam dos governos. Partido vencido contesta a eleição do vencedor, e partido vencedor é simultaneamente vencido, e vice-versa. Tentam-se acordos, dividindo os deputados; mas ninguém aceita minorias. No Antigo Regime iniciou-se uma representação de minorias, para dar nas câmaras um recanto ao partido que estava debaixo. Não pegou bem, ou porque a porcentagem era pequena, ou porque a planta não tinha força bastante. Continuou praticamente o sistema da lavra única.

Os fatos recentes vão revelando que estamos em vésperas de um direito novo. Sim, leitor atento, é certo que a luta nasce das rivalidades, as rivalidades da posse e a posse da unidade de governo e de representação. Se, em vez de uma Câmara, tivermos duas, dois Senados em vez de um, tudo coroado por duas administrações, ambos os partidos trabalharão para o benefício geral. Não me digam que tal governo não existe nos livros, nem em parte alguma. Sócrates — para não citar Taine e consortes — aconselhava ao legislador que, quando houvesse de legislar, tivesse em vista a terra e os homens. Ora, os homens aqui amam o governo e a tribuna, gostam de propor, votar, discutir, atacar, defender e os demais verbos, e o partido que não folheia a gramática política acha naturalmente que já não há sintaxe; ao contrário, o que tem a gramática na mão julga a linguagem alheia obsoleta ou corrupta. O que estamos vendo é a impressão em dois exemplares da mesma gramática. Virão breve os tempos messiânicos, melhores ainda que os de Israel, porque lá os lobos deviam dormir com os cordeiros, mas aqui os cordeiros dormirão com os cordeiros, à falta de lobos.

Enquanto não vêm esses tempos messiânicos, vamo-nos contentando com os da Escritura, e com a Semana Santa que passou. Assim passo eu de Manaus a Jerusalém.

Há meia dúzia de assuntos que não envelhecem nunca; mas há um só em que se pode ser banal, sem parecê-lo, é a tragédia do Gólgota. Tão divina é ela que a simples repetição é novidade. Essa coisa eterna e sublime não cansa de ser sublime e eterna. Os séculos passam sem esgotá-la, as línguas sem confundi-la, os homens sem corrompê-la. "O Evangelho fala ao meu coração", escrevia Rousseau; é bom que cada homem sinta este pedaço de Rousseau em si mesmo...

Entretanto, se eu admiro o belo sermão da Montanha, as parábolas de Jesus, os duros lances da semana divina, desde a entrada em Jerusalém até à morte no calvário, e as mulheres que se abraçaram à cruz, e cuja distinção foi tão finamente feita por Lulu Sênior, quinta-feira, se tudo isso me faz sentir e pasmar, ainda me fica espaço na alma para ver e pasmar de outras coisas. Perdoe-me a grandeza do assunto uma reminiscência, aliás incompleta, pois não me lembra o nome do moralista, mas foi um moralista que disse ser a fidelidade dos namorados uma espécie de infidelidade relativa, que vai dos olhos aos cabelos, dos cabelos à boca, da boca aos braços, e assim passeia por todas as belezas da pessoa amada. Espiritualizemos a observação, e apliquemo-la ao Evangelho.

Assim é que, no meio das sublimidades do livro santo, há lances que me prendem a alma e despertam a atenção dos meus olhos terrenos. Não é amá-lo menos; é amá-lo em certas páginas. Grande é a morte de Jesus, divina é a sua paciência, infinito é o seu perdão. A fraqueza de Pilatos é enorme, a ferocidade dos algozes inexcedível...

Mas, não sendo primoroso o último ato dos discípulos, não deixa de ser instrutivo. Um, por trinta dinheiros, vendeu o mestre; os outros, no momento da prisão, desapareceram, ninguém mais os viu. Um só deles, sem se declarar, meteu-se entre a multidão, e penetrou no pretório entre os soldados. Três vezes lhe perguntaram se também não andava com os discípulos de Cristo; respondeu que não, que nem o conhecia, e, à terceira vez, cantando o galo, lembrou-se da profecia de Cristo, e chorou. São Mateus, contando o ato deste discípulo, diz que ele entrara no pretório, com os soldados, "a ver em que parava o caso". Hoje diríamos, se o Evangelho fosse de hoje, "a ver em que paravam as modas". Tal é a mudança das línguas e dos tempos!

Este versículo do evangelista não vale o sermão da Montanha, mas, usando da teoria do moralista a que há pouco aludi, esta é a pontinha da orelha do Evangelho.

Gazeta de Notícias, 14 de abril de 1895

Estão feitas as pazes
da China e do Japão

Estão feitas as pazes da China e do Japão.

Há muitos anos apareceu aqui uma companhia de acrobatas japoneses. Eram artistas perfeitos, davam novidades, tinham ideias próprias. O efeito foi grande; representaram não sei se no Teatro de São Pedro, onde agora representam, fora de portas, uns engraxadores italianos, se no antigo Provisório, cuja história não conto, por muito sabida, mas que devia ser ensinada nas escolas para exemplo do que pode a vontade. Lembro só que se chamava Provisório, e foi construído em cinco meses para substituir o Teatro de São Pedro, que ardera. Já isto é bastante: mas, se nos lembrarmos também que o Provisório foi tal que ficou permanente, e passou a Grande Ópera, teremos visto que a vontade é a grande alavanca... O resto acha-se nos discursos de inauguração. Também se pode achar em verso, em algum hino ao progresso, pouco mais ou menos assim:

> Bate, corta, desfaz, quebra, arranca
> Essas pedras que estão pelo chão;
> A vontade é a grande alavanca,
> Etc. etc.

Sabe-se o resto; é não perder de vista a alavanca da vontade e ir por diante derrubando pedreiras, morros, casas velhas, compondo estradas, muros, jardins, muita porta franca, muita parede branca. A vontade é a grande alavanca. Também se pode fazer o hino sem sentido; é mais difícil, mas uma vez que se lhe conserve a rima, tem vida, tem graça, ainda que lhe falte metro. Afinal, que é metro? Uma convenção. O sentido é outra convenção.

Bem; onde estávamos nós? Ah! nos japoneses. Eram exímios; a opinião geral é que eles não prestariam para mais nada, mas que, em subir por uma escada de uma maneira torta, e fazer outras dificuldades, ninguém os desbancava. Deixaram saudades. Grandes artistas tivemos de outras nações, miss Kate Ormond, os irmãos Lees... Onde vão eles? Talvez ela tenha fundado alguma seita religiosa no Alabama; eles, se não dirigem alguma companhia de vapores transatlânticos, é que dirigem outra coisa... Tudo mudado, tudo passado. Os japoneses, não me canso de o dizer, eram exímios.

Meti-me, logo que eles se foram embora, a estudar o Japão, de longe e nos livros. O país tinha adotado recentemente o governo parlamentar, o Ministério responsável, a fala do trono, a resposta, a interpelação, a moção de confiança e de desconfiança, os orçamentos ordinários, extraordinários e suplementares. Parte da Europa achava bom, parte ria; uma folha francesa de caricaturas deu um quadro representando a saída dos ministros do gabinete imperial com as pastas debaixo do braço. Que chapéus! que casacos! que sapatos! O Japão deixava rir e ia andando, ia estudando, ia pensando. Tinha uma ideia. Os povos são como os homens; quando têm uma ideia, deixam rir e vão andando. Parece que a ideia do

Japão era não continuar a ser unicamente um país de curiosos ou de estudiosos, de Loti e outros navegadores. Queria ser alguma coisa mais alta, coisa que até certo ponto mudasse a face da terra.

Não me digam que a ideia era ambiciosa. Sei que sim; a questão é se a frase é ambiciosa também, e aqui é que eu vacilo, não por falta de convicção, mas de papel e de tempo. A demonstração seria longa. Contentem-se em crer, e vão seguindo, meio desconfiados, se querem. Concordo que, depois dos boatos montevideanos e rio-grandenses, sobre revoluções, separações e saques, há lugar para duvidar um pouco das vitórias japonesas.

Eu creio no Japão. Na tragédia conjugal que houve há dias na rua do Matoso, até aí acho o meu ilustre e valente Japão. Não é só porque tais peças têm lá o mesmo desfecho, mas pelo estilo dos depoimentos das testemunhas do caso. Segundo um velho frade que narrou as viagens de são Francisco Xavier por aquelas terras, há ali diversos vocabulários para uso das pessoas que falam, a quem falam, de que falam, que idade têm quando falam e quantos anos têm aquelas a quem falam, não sabendo unicamente se há diferença de varões ou damas: o padre Lucena é muito conciso neste capítulo. Pois os depoimentos das testemunhas de cá usaram, quando muito, dois vocabulários, sendo um deles inteiramente contrário ao de Sófocles. Pão pão, queijo queijo. É claro que a justiça, sendo cega, não vê se é vista, e então não cora.

Viva o japonismo! Dizem telegramas que a ideia secreta do Japão é japonizar a China. Acho bom, mas se é só japonizar a crosta, não era preciso fazer-lhe guerra. Não faltam aqui salas, nem gabinetes, nem adornos japônicos. Os irmãos Goncourts gabam-se de terem sido na Europa os inventores do japonismo. Um bom leiloeiro, quando apregoa um vaso sem feições vulgares, chama-lhe japonês, e vende-o mais caro. Viva o japonismo! Quanto a mim, as pazes com a China estão feitas, e, por mais que as condições irritem a Europa, como há agora mais uma grande potência no mundo, é preciso contar com a vontade desta, e eu continuarei a ler com simpatia, mas sem fé, a propaganda do sr. dr. Nilo Peçanha a favor do arbitramento entre as nações. Para deslindar questões, creio que o arbitramento vale mais que uma campanha; mas, para fazer andar as coisas do mundo e do século, fio mais de Yamagata e seus congêneres.

Gazeta de Notícias, 21 de abril de 1895

Que dilúvio, Deus de Noé!

Que dilúvio, Deus de Noé! Escrevo esta *Semana* dentro de uma arca, esperando acabá-la, quando as águas todas houverem desaparecido. Caso fiquem, e não cessem de cair outras, conclui-la-ei aqui mesmo, e mandá-la-ei por um pombo-correio. A arca é um bonde. Noé é um Noé deste século industrial; leva-nos pagando. Fala espanhol, que é com certeza a língua dos primeiros homens.

A princípio não tive medo; cuidei que eram dessas chuvas que passam logo. Quando, porém, os elementos se desencadearam deveras, e as ruas ficaram rios, as praças mares, então supus que realmente era o fim dos tempos. As árvores retorciam-se, os chapéus voavam, toalhas de água entravam pelas casas, outras desciam dos morros, cor de barro. Carro nem tílburi disponíveis. Algum veículo particular que aparecia, ou levava o dono, ou esperava por ele. Bondes apenas, mas poucos, alagados, sem horário, quase sem cortinas. Entramos alguns em um, e o bonde começou, não a andar, mas a boiar; boiou a noite inteira, ainda agora boia.

Impossível foi dormir. Então conversamos, lemos, contamos histórias; as senhoras rezavam, as meninas riam. Um sujeito, querendo ligar o interesse municipal ao interesse humano, falou do recuo. A atenção foi geral e pronta. Vinte minutos depois já ninguém queria ouvir as opiniões consubstanciadas no discurso do orador, nem as deste, nem os textos legais e outros. A palavra *amolação* começou a roçar os lábios. Notei que a maioria presente era de proprietários, e naquela situação e hora era difícil achar matéria mais deleitosa de conversação; mas o nosso mal verdadeiro, local e perpétuo é a amolação. Há anos sem febre amarela, o cólera-mórbus aparece às vezes, o crupe também e outras enfermidades, mas todas se vão, e alguns vamos com elas; a amolação não sai nem entra; aqui mora, aqui há de morrer. O sujeito do recuo teimou, outro desafiou-o, as senhoras pediram que não brigassem.

Os homens, cavalheiros até no dilúvio, intervieram no debate e falaram de outras tantas coisas, uns do sul, outros do Norte, alguns do negócio dos bichos. Os bichos trouxeram-nos o pensamento ao dilúvio presente e passado, ao bonde e à arca de Noé. Pediram-me a velha história bíblica. Contei-a, como podia, e perguntei-lhes se conheciam o *Fruto Proibido*. Como a fala não sai em grifo, não se pode conhecer se a pessoa repete um título ou alguma frase. Daí o gesto indecoroso de um passageiro, que entrou a assobiar a *Norma*. Citei então o nome de Coelho Neto, e disse que se tratava de um livro agora publicado.

Coelho Neto conhece a Escritura e gosta dela; mas será o seu amor daqueles que aceitam a pessoa amada, apesar de alguns defeitos, ou até por causa deles?, perguntei. Toda a gente se calou, exceto um inglês, que me retorquiu que a Bíblia não tinha defeitos. Concordei com ele, mas expliquei-lhe que, amando Coelho Neto a Bíblia, escreveu um livro que a emenda, de onde se vê que não é tão cego o seu amor, que lhe não veja algumas lacunas. Mostrei-lhe então que o *Fruto Proibido* é o contrário dos capítulos II e III do *Gênesis*. Em vez de permitir o uso de toda a fruta do paraíso, menos a da árvore da ciência do bem e do mal, Coelho Neto encheu o paraíso de frutos proibidos, e disse aos homens, mais ou menos, isto:

— Dou-vos aqui um jardim, de cujas árvores não podeis comer um só fruto; mas, como é preciso que vos alimenteis, untei cada fruto com o mel do meu estilo, e ele só bastará para nutrir-vos.

Os homens obedeceram e obedecem à vontade do jovem Senhor; mas o mel está tão entranhado no fruto, e é tão saboroso, que lamber um e comer o outro é a mesma coisa. Deste modo eliminou a viscosa serpente, e não atirou toda a culpa para cima de Eva; guardou a maior parte para si.

Todos acharam engenhosa a ideia do autor, emendando a escritura, sem parecer fazê-lo, menos o inglês, que me perguntou se esse moço não tinha outra coisa em que ocupar o espírito. Tem outras coisas, respondi; ele mesmo confessa no prefácio que escreveu este livro para repousar de outros. É um trabalhador que acha meio de descansar carregando pedra. Compõe romances, compõe artigos, compõe contos, e ainda agora vai tomar a si uma parte da redação dos debates parlamentares...

— Sim? — interrompeu-nos uma senhora, a mim e a um padre-nosso. — Pois se se dá com ele, peça-lhe que, depois das páginas que houver de escrever em casa, recolha o seu estilo a algum vaso de porcelana da Saxônia ou vidro de Veneza, e vá sem ele aos debates. Meu marido, que lê muito (onde andará ele a esta hora, meu Deus!), afirma que é de boa regra não confundir os gêneros. Se houver discursos proibidos, literariamente falando, não lhes ponha o mel do seu estilo; talvez que assim a virtude torne a este mundo.

Francamente, não entendi a senhora, que continuou a rezar o seu padre-nosso: "...seja feita a vossa vontade, assim na terra..." Eu deixei-me ir ao assunto natural da ocasião, a abertura do Congresso Nacional. Alguns duvidavam, por causa do dilúvio. Era impossível que deputados e senadores se reunissem debaixo de tanta água e vento. Um adversário ou inimigo pessoal do sr. Zama censurou fortemente a este deputado, que traz a história romana na ponta dos dedos e ainda se não lembrou de dizer à Bahia, seu estado natal, que Roma não prosperou com dois Senados, mas com um, de onde lhe veio a força grande, e escrever por aí um Tito Lívio. A política, durante alguns instantes, tomou conta da conversação. Ambos os senadores tiveram defensores, e ardentes. Não faltou quem os adotasse juntos. Eu cheguei a pensar comigo, se não melhorariam as coisas havendo um terceiro Senado...

Assim passamos as horas, e rompeu o dia de sábado, sempre debaixo de água. Já havia fome, porque o Noé espanhol que nos levava, não cuidara da comida, ninguém jantara, o céu continuava turvo e a água caía a jorros. Deu-nos então para dizer mal dos amigos, e afinal de nós mesmos. Raro vinham coisas estranhas ou passadas. Alguém lembrou a revolução de Santiago, província argentina, no princípio da semana, revolução em que morreu um homem e fugiu o governador. O inglês disse que não se devia chamar revolução ao movimento em que morre uma pessoa só. Qual é a semana, perguntou bufando, em que não morre alguém debaixo de um bonde elétrico? E bonde elétrico é revolução? No sentido científico, decerto; mas, como ação popular, não. A diferença única é que o governador de Santiago desapareceu, coisa que já não faz nenhum cocheiro de bonde, para não perder dois ou três dias de ordenado sem necessidade alguma...

A fadiga era tal que ninguém contestou o inglês, e deixou-o falar enquanto quis. Todos abrimos a boca de fome e de sono. Continuamos a boiar, não sei por quanto tempo; os nossos relógios tinham parado. De repente ouvimos um clamor vago, depois mais claro e forte. Era um rapaz que berrava:

— Vinte contos! Loteria nacional! Hoje!
Estávamos em terra.

Gazeta de Notícias, 28 de abril de 1895

Antes de acabar o século

Antes de acabar o século, quisera dar-lhe um título; falo do nosso século fluminense. Não é de uso que os séculos se contem na vida das cidades. Roma era o mundo romano. Atenas era a civilização grega. A rigor, as cidades médias e mínimas deviam ter os seus séculos menores, cinquenta anos as primeiras e vinte e cinco as outras — um quarteirão, como se dizia outrora das sardinhas, e creio que das laranjas também. Mas a nossa boa capital, por ser a ditosa pátria minha amada, ou por diversa causa, poderia ter o seu século mais crescido que os de cinquenta anos. Vá cinquenta anos. Antes que termine este prazo, contado de 1850, procuremos ver que nome se lhe há de pôr.

Puxei pela memória, achei, tirei, comparei, fiz, desfiz, sem positivamente chegar a resultado certo até ontem. Notai que vim desde o princípio da semana. Não quis saber de boatos, nem sucessos, nem dos movimentos de mar e terra, nem da deposição e reposição do governador das Alagoas, abertura de Congresso, nada, nada. Ao cabo de muita pesquisa vã, quase desesperado dos meus esforços, consegui achar o nome do século. Pode ser que haja erro; mas essa parte da crítica fica para o leitor, a minha parte é crer — crer e louvar —, não digo louvar à maneira de Garrett, que atribuía ao editor todas as coisas excelentes que pensava de si, e nós com ele. Não; basta um louvor discreto, meio apagado, leve e breve, um sussurro de admiração.

Que achei eu do nosso século carioca? Achei que será contado como o século dos jardins. À primeira vista parece banalidade. O jardim nasceu com o homem. A primeira residência do primeiro casal foi um jardim, que ele só perdeu por se atrasar nos aluguéis da obediência, donde lhe veio o mandado de despejo. Verdade é que, sendo meirinho não menos que o arcanjo Miguel, e o texto do mandado a poesia de Milton, segundo creem os poetas, valeu a pena perder a casa e ficar ao relento. Vede, porém, o que é o homem. O arcanjo, depois de lhe revelar uma porção de coisas sublimes e futuras, disse-lhe que tudo que viesse a saber, não o faria mais eminente; mas que, se aprendesse tais e tais virtudes (fé, paciência, amor), não teria já saudades daquele jardim perdido, pois levaria consigo outro melhor e mais deleitoso. Não obstante, o homem meteu-se a comprar muitos jardins, alguns dos quais ficaram na memória dos tempos, não contando os particulares, que são infinitos.

Sendo assim, em relação ao homem, que há a respeito do carioca, para se lhe dar ao século a denominação especial que proponho? Certo, não é só o amor das flores, em gozo sumo, que me leva a isto. É a elevação do sentimento, é a crescente espiritualidade deste amor. Nós amamos as flores, embora nos reservemos o direito de deitar as árvores abaixo, e não nos aflijamos que o façam sem graça nem utilidade.

Nos primeiros tempos do Passeio Público, o povo corria para ele, e o nome de Belas Noites, dado à rua das Marrecas, vinha de serem as noites de luar as escolhidas para as passeatas. Sabeis disso; sabeis também que o povo levava a guitarra, a viola, a cantiga, e provavelmente o namoro. O namoro devia ser inocente, como a viola e os costumes. Onde irão eles, costumes e instrumentos? Eram contemporâneos da Revolução Francesa, foram com os discursos dela. Enquanto Robespierre caía na Convenção, ouvindo este grito: "Desgraçado! é o sangue de Danton que te afoga!", o nosso arruador cantava com ternura na guitarra:

> *Vou-me embora, vou-me embora,*
> *Que me dão para levar?*
> *Saudades, penas e lágrimas*
> *Eu levo para chorar.*

Mas reduzamos tudo aos três jardins, que me levam a propor tal título a este século da nossa cidade.

O primeiro, chamado Jardim Botânico, não tinha outrora a concorrência do Passeio Público, antes e depois de Glaziou; ficava longe da cidade, não havia bondes; apenas ônibus e diligências. O lugar, porém, era tão bonito, a grande alameda de palmeiras tão agradável, que dava gosto ir lá, por patuscada, ou com a segurança de não achar muita gente, coisa que para alguns espíritos e para certos estados era a delícia das delícias. Os monólogos de uns e os diálogos dos outros não ficaram escritos, menos ainda foram impressos; mas haveria que aprender neles. Defronte havia uma casa de comida, onde os cansados do passeio iam restaurar as forças. Também se ia ali à noite. Uma noite...

Uma noite (vá esta velha anedota) estava um amigo meu no Clube Fluminense, jogando o xadrez, entre nove e dez horas. Era um mocinho, com uma ponta de bigode, e outra de constipação. Tinha o plano de acabar a partida, e ir deitar-se. Vieram dizer-lhe que estavam embaixo dois carros abertos, com pessoas dentro, que o mandavam chamar. De um golpe acabou a partida, e desceu.

— Leandrinho, anda ao Jardim Botânico; vamos cear.

— Não posso, estou constipado, e já tomei chá; não posso.

— Pois não ceies, mas fala só; constipação cura-se com a lua. Olha que luar!

Leandrinho subiu a um dos carros, onde iam dois amigos e uma bela moça; arranjou-se como pôde, e os carros entraram pela rua do Lavradio. Chegaram ao Jardim Botânico. A casa de comida estava fechada; abriu as portas e foi fazer ceia. Eram três as moças amadas, três os rapazes amados, e outros três apenas alegres. Um destes, o Leandrinho, quis tratar a constipação pela conversação; mas foi triste e mero desejo. O amuo de dois namorados, a rusga de outros dois trouxeram o constrangimento à reunião.

Quando veio a ceia, todos estavam aborrecidos, mais que todos o Leandrinho, que suspirava pelo momento da volta. A comida e a bebida trouxeram alguma animação; ao champanha estava quase restabelecida a alegria. Recusando tudo, comida ou bebida, Leandrinho não pôde deixar de aceitar uma ameixa seca, oferecida por uma das mãos femininas.

— Que mal lhe pode fazer esta fruta inocente?

Realmente, nenhum; Leandrinho comeu a ameixa. Ergueram-se todos da mesa, cantaram ao piano, dançaram uma quadrilha, fumaram, até que ouviram bater duas horas. Dispuseram-se à volta, e pediram a conta. Leandrinho, tonto de febre, não viu a soma total; ouviu só que, rateadas as despesas, tinha ele que entrar com a quantia de nove mil e quatrocentos.

— Não se imagina — dizia ele alguns anos antes de morrer, contando esse caso —, não se imagina o meu assombro. Tive ímpeto de quebrar tudo; mas era tão sincero o aspecto dos rapazes, e a presença das moças obrigava a tanto, que não recusei a minha cota. Uma ameixa e uma febre por nove mil e quatrocentos.

Quando ele morreu, o Jardim Botânico via já crescer o número dos visitantes. Não transcrevo aqui a estatística do mês passado, para não atravancar este artigo com algarismos. Podeis lê-la nos jornais de ontem. O total das pessoas foi 2.950, a saber, 1.461 homens, 990 senhoras e 499 crianças. A cidade ama os jardins.

Logo depois do Jardim Botânico, surgiu o Jardim Zoológico. Não é possível contar a concorrência deste; tem sido enorme, e seria infinita, se lhe não fechassem as portas; mas há quem diga que é fechamento temporário, para o fim único de reformar e limpar as plantações, iniciar outras, e abrir as portas oportunamente. Não sei se a este foram também Leandrinhos, nem se lá perderam nove mil e quatrocentos; se os não perderam, é porque os ganharam.

Terceiro jardim: é o recente Jardim Lotérico. Não ligo bem estes dois nomes; parece que há lá corridas, ou o que quer que seja, pois às vezes ganha o Camelo, outras o Avestruz, ou o Burro. No dia 3 ganhou o Leão. No dia 4 até à hora em que escrevo, não sei quem terá vencido... A cidade é sempre o homem do primeiro jardim. Tem a fé, tem a paciência, tem o amor, mas não há meio de achar um jardim em si mesma, e vai tecendo o século com outros. Creio que fiz um verso: E vai tecendo o século com outros.

Gazeta de Notícias, 5 de maio de 1895

No meio dos problemas que nos assoberbam

No meio dos problemas que nos assoberbam e das paixões que nos agitam, era talvez ocasião de falar da escritura fonética. O fonetismo é um calmante. Há quem o defenda convencidamente, mas ninguém se apaixona a tal ponto, que chegue a perder as estribeiras. É um princípio em flor, uma aurora, um esboço que se completará algum dia, daqui a um século, ou antes. A Academia Francesa, bastilha ortográfica, ruirá com estrondo; os direitos do som, como os do homem, serão proclamados a todo o universo. A revolução estará feita. A tuberculose continuará a matar, mas os remédios virão da *farmácia*. Talvez haja um período de transição e luta, em que as escolas se definam só pelo nome; e a *farmácia* e a *pharmácia* defendam o valor das suas drogas pela tabuleta. *Ph* contra *f.* Virá aí um problema de pacificação, como o que temos no Sul, mas muito fácil; bastará restaurar por decreto a velha *botica*, vocábulo que só se pode escrever de um modo. Todos morrerão com a mesma tisana e pelo mesmo preço.

A América segue os passos da Europa, estudando estas matérias. Na do Norte, em Nova York, uma associação filológica propõe grandes alterações no inglês e no francês. No francês acha que é bonito ou fonético escrever *demagog*, em vez de *demagogue*, e propõe que se substitua *gazette* por *gazet*. Nós aqui poderíamos adotar já este processo, escrevendo *cacet* — em vez de *cacette*; a economia será grande, quer se trate de gente viva, quer propriamente de pau. Quanto ao inglês, a associação de Nova York converte o benefício em dólares, que é ainda mais fonético: "Milhões de dólares são gastos todos os anos em escritura e impressão de letras inúteis". Enfim leio no *Jornal do Commercio* que a associação propôs já ao Congresso uma lei que obrigue os tipógrafos a se conformarem com alterações que ela indicará ou já indicou.

O mal que vejo nessa lei, se vier, é um só; é que os partidos possam adotar cada um o seu sistema. A eleição alterará as feições do impresso. Mas também isto pode ser vantajoso no futuro; as folhas, os anais, as leis, as proclamações, e finalmente os versos e romances dirão pelo aspecto das palavras o período a que pertencem, auxiliando assim a história e a crítica.

As senhoras, enquanto não principia essa guerra de escritas, vivem em paz com ortografias e nações. Sabe-se que as herdeiras americanas fornecem duquesas às velhas famílias da Europa, casando com duques de verdade. Todas as nações daquele continente possuem belos exemplares da moça dos Estados Unidos. Há cerca de dois meses estavam para casar, ou já tinham casado, não sei que duque ou marquês da legação francesa com uma das belas herdeiras da América. Ora, como o amor tem uma só ortografia, pode a Associação Filológica de Nova York lutar com a Academia Francesa, para saber como se há de escrever *love* e *amour*; o jovem casal usará da única ortografia real e verdadeira.

Essa fascinação pela Europa é vezo de mulheres. Também há dois meses casou em Tóquio, Japão, um conde diplomata, encarregado de negócios da Áustria, com uma moça japonesa. Essa é fidalga; não foi pois o gosto do título que a levou ao consórcio; foi o amor, naturalmente, e logo o desejo da Europa. Era da religião búdica, fez-se católica romana. Não tardará que chegue a Viena, onde brilhará ao lado do esposo, por mais que a matem as saudades de Tóquio. As moças brasileiras também gostam da Europa. Já desde o princípio do século XVIII morriam por ela, recitando de coração este verso, ainda não composto:

Eu nunca vi Lisboa e tenho pena.

Lisboa era então, para esta colônia, toda a Europa. Tinham pena de não conhecer Lisboa; mas, como ir até lá, se os pais não podiam deixar o negócio? As moças eram inventivas, entraram a padecer de vocação religiosa, queriam ser freiras. Como nesse tempo havia mais religião que hoje, ninguém podia ir contra a voz do céu, e as nossas patrícias saíam a rasgar "as salsas ondas do oceano", como então se dizia do mar, até desembarcar em Lisboa.

O governo ficou aterrado. Tal emigração despovoava a mais rica das suas colônias. Cogitou longamente, e expediu o alvará de 10 de março de 1732 "proibindo a ida das mulheres do Brasil para Portugal, com o pretexto de ser freiras". O pensamento do alvará era só político; mas teve também um efeito literário, conservando neste país uma das avós do meu leitor. Não bastando a proibição escrita, o alvará estabeleceu que fossem castigados os portadores de tão gracioso contrabando. Eis os seus termos: "O capitão ou mestre do navio pagará por cada mulher que trouxer 2.000 cruzados, pagos da cadeia, onde ficará por tempo de dois meses". Dois meses de prisão e dois mil cruzados de multa; eram duros; cessou o transporte. Nesse ato do governo da metrópole, o que mais me penetra a alma é a frase: *pagos da cadeia*. Quem seria o oficial de secretaria que achou tal frase, se é que não era algum chavão de leis? Nasceu para escritor, com certeza. Busquem-me aí outra mais simples, mais forte e mais elegante. Os governos modernos têm a linguagem frouxa, derramada, vaga principalmente, cheia de atenções e liberalismo. Qualquer lei moderna mais ou menos diria assim: "O capitão ou mestre de navio, logo que se verifique o delito de que trata o artigo tal, ficará incurso na pena de dois meses e na multa de oitocentos mil-réis por cada mulher que transportar, sendo a multa recolhida ao tesouro etc." Comparai isto com a rudeza e concisão do alvará: *pagos da cadeia*. Quer dizer: primeiro é pegado o sujeito e metido na prisão, aí entrega os milhares de cruzados da multa, e depois fica ainda uns dois meses sossegado. Pagos da cadeia!

Gazeta de Notícias, 12 de maio de 1895

Quando visitei a África

Quando visitei a África, em 1891, fui encontrando muitos senadores e deputados, que percorriam aquela região, a fim de averiguar-lhe os recursos e as necessidades. A questão argelina tinha sido novamente levantada nas Câmaras; discutira-se muito sem resultado; e, como é de uso, resolveram fazer um inquérito. Os políticos iam assim esclarecer-se no próprio território.

Não citaria tão longo pedaço de um livro, senão pela utilidade que ele pode ter relativamente aos nossos costumes parlamentares. Entenda-se bem; não abri o livro para conhecer da questão argelina, mas porque o autor, arqueólogo de nomeada, convidava-me a ir ver as ruínas de Cartago. Não faltam guias sagazes para as terras cartaginesas, sem contar Flaubert, com o gênio da ressurreição, nem Virgílio com o da invenção. Assim que foi só o acaso que me pôs ante os olhos o trecho transcrito. Sabem que não entendo de política, nem de agronomia.

Nem tudo exigirá entre nós exame local; mas casos há em que ele pode ser útil. A questão do Sul, por exemplo.

A questão do Sul é o nosso nó górdio. Há geral acordo em acabar com ele; a divergência está no modo, querendo uns que se desate, outros que se corte. Na Câmara dos deputados, aberta há oito dias, não se tem tratado de outra coisa; todos os discursos, ainda os que não querem tocar no Sul, acabam nele, ou passam por ele. Não se fala tranquilo, mas ardendo, os apartes fervem, o sussurro cobre a voz dos oradores, não há acordo em suma. Tal qual a questão argelina, nas Câmaras francesas.

Que competência tenho eu para aconselhar alvitres? Tanto quanto para fazer caramelos. Contudo, quer-me parecer que, antes de qualquer tentativa de acordo parlamentar, não ficava mal um inquérito. Não digo rigoroso inquérito, pois que este substantivo só se liga àquele adjetivo, nos casos meramente policiais. Uma firma comercial de São Paulo perdeu esta semana um dos seus sócios, que se retirou deixando saudades e um desfalque. O telégrafo referiu o caso, acrescentando que a polícia abrira inquérito. É a primeira vez, desde que me entendo, que vejo abrir nesses casos um simples inquérito. Tais inquéritos são sempre rigorosos. Formam estas duas palavras o complemento de um verso para a tragédia que houver de pôr em cena algum grave crime:

Crime nefando! Rigoroso inquérito!

Nos casos de ciência ou de política, os inquéritos são simples. Se tal recurso for agora adotado, podem muitos membros do Congresso ir ver as coisas do Sul por seus próprios olhos, a fim de recolher informações locais e diretas. Aqui surge uma dificuldade não pequena. Se, depois de tudo visto, observado, comparado, cada um voltar com a sua opinião? Não é improvável este resultado. Geralmente, as lutas políticas são já efeito de opiniões anteriores. Os partidos formam-se pela comunhão das ideias, e duram pela constância das convicções. Se a vista de um fato, a audiência de um discurso bastassem para mudar as opiniões de uma pessoa, onde estariam os partidos? Há pessoas que se despersuadem com muito pouco, e mudam de acampamento, mas é com o direito implícito de tornar ao primeiro, ou ir a outro, logo que as despersuadam da ideia nova. São casos raros de filosofia. O geral é persistir. Daí às pedras de uma muralha a faculdade de trocar de atitude, e não tereis já muralha, mas um acervo de fragmentos.

Se alguma beleza há no que acabo de dizer, é o senso comum que lha dá. São truísmos, são velhas banalidades. Renan defendeu a banalidade com tal graça, que eu, apesar de ter opinião adversa, acabei crendo nela e pu-la na minha ladainha: Santa Banalidade, *ora pro nobis*. Talvez Renan quisesse debicar-me; os grandes escritores têm dessas tentações ínfimas, mas é preciso que não sejam pedras de muralhas. E daí pode ser que as próprias pedras debiquem os homens...

As pedras valem também como ruínas. Possuo um pedacinho de muro antigo de Roma, que me trouxe um dos nossos homens de fino espírito e provado talento. Quando há muita agitação em volta de mim, vou à gaveta onde tenho um repositório de curiosidades, e pego deste pedaço de ruína; é a minha paz e a minha alegria. Orgulhoso por ter um pedaço de Roma na gaveta, digo-lhe: Cascalho velho, dá-me notícias das tuas facções antigas. Ao que ele responde que houve efetivamente grandes lutas, mais ou menos renhidas, mas acabaram há muitos anos. Os próprios pássaros que voavam então sobre elas, sem medo, ou por não estar inventada a pólvora, ou por qualquer outra causa, esses mesmos acabaram. Vieram outros pássaros, mas filhos e netos dos primeiros. Nunca dirá que entre os pardais que tem visto, nenhum fosse o próprio pardalzinho de Lésbia... E cita logo uns versos de Catulo.

— Latinidade! — exclamo — é com o nosso Carlos de Laet. Onde estará ele?

— *Em Minas* — respondeu-me hoje o editor de um livro cheio de boa linguagem, de boa lição, de boa vontade, e também de coisas velhas contadas a gente nova, e coisas novas contadas a gente velha. Compreendi que este *Em Minas* era antes o nome do livro de Laet, que a indicação do lugar em que ele estava. Não sendo novidade, porque acabava de o ler, e trazia na memória a erudição e a graça do ilustre escritor, não disse mais nada ao meu torrão de muro romano; ele, porém, quis saber que tinha esse homem com a cidade antiga, e eu respondi que muito, e li-lhe então uma página do livro.

— Com efeito — disse o meu pedaço de muro —, a língua que ele escreve, com pouca corrupção, creio que é latina. Há Catulos também por esta terra?

— A ternura é a nossa corda, e o entusiasmo também. Ambos esses dotes possui este poeta, Alberto de Oliveira, segundo nos diz o mestre introdutor Araripe Júnior, do recente livro *Versos e rimas*. Título simples, mas não te fies em títulos simples; são inventados para guardar versos deleitosos. Há aqui desses que te fartarão por horas; lê a *Extrema verba*, *Num telhado*, *Metempsicose*, *O muro*, *Teoria do orvalho*, lê o mais. Esse moço sente e gosta de dizer como sente. Canta o eterno feminino.

— Não conheço a expressão.

— É moderna; invenção do homem, naturalmente, mas uma mulher vingou-se, há dias — mulher ou pseudônimo de mulher — Délia... Não é a Délia de Tibulo, Délia apenas, que escreveu uma página na *Notícia* de sexta-feira, onde diz com certa graça que o mal do mundo vem do "eterno masculino".

Gazeta de Notícias, 19 de maio de 1895

Sou eleitor

Sou eleitor, voto, desejo saber o que fazem e dizem os meus representantes. Não podendo ir às câmaras, aprovo este meio de fazer da própria casa do eleitor uma galeria, taquigrafando e publicando os discursos. É assim que acompanho a vida dos meus representantes, as opiniões que exprimem, o estilo em que o fazem, as risadas que provocam e os apoiados que alcançam. A publicação é a fotografia dos debates.

Entretanto, disse-se agora uma coisa no Conselho municipal que absolutamente me deixou às escuras. Um intendente, e, não havendo injúria nisto, não sei por que lhe não ponho o nome, o sr. Cesário Machado deu este aparte: "Há carros da Companhia Carris Urbanos que podem comportar perfeitamente quatro passageiros em cada banco". A isto replicou o sr. Júlio Carmo: "Magros como eu, mas não gordos como v. ex.". Explicou o sr. Cesário Machado: "Passageiros regulares". É claro que, em tais casos, não há meio de conhecer o alcance das afirmações. Se os intendentes falassem de gordura e magreza, em geral, teríamos uma ideia aproximada dos bancos; mas um deles definiu a gordura e a magreza pelos nomes das pessoas, e não conhecendo nós a gordura do sr. Cesário, nem a magreza do sr. Carmo, ficamos sem entender esta explicação do primeiro: "Passageiros regulares". O regular aqui é o termo médio entre o primeiro e o segundo.

Como suprir essa lacuna e outras da publicação dos debates? Empregando a gravura. Uma gravura que nos desse no próprio texto, no lugar da troca dos apartes, as figuras dos dois intendentes, com a diferença visual da abundância e da escassez das carnes, e a competente escala métrica, poria a ideia inteiramente clara, e qualquer de nós acharia na própria ata os elementos para julgar da votação do Conselho. Fora disso, palavras, palavras, palavras.

A gravura pode, na verdade, prestar grandes serviços a este respeito. Falo aqui, porque já em outras partes, mormente nos Estados Unidos da América, ela é a irmã natural do texto. As folhas andam cheias de retratos, cenas, salas, campos, armas, máquinas, tudo o que pode, melhor ou mais prontamente que palavras, incutir a ideia no cérebro do leitor. Não há por essas outras terras notícia de casamento sem retrato dos noivos, nem decreto de nomeação sem a cara do nomeado. Nós podíamos ensaiar politicamente, e mais extensamente, essa parte do jornalismo.

Os discursos ilustrados teriam outra vida e melhor efeito. O pensamento do orador, nem sempre claro no texto, ficaria claríssimo. As cenas tumultuosas seriam reproduzidas. Uma das regras, que podiam ser fixas, era fazer preceder cada discurso pelo retrato do orador, com a atitude que lhe fosse própria e habitual, ou a que tivesse naquela ocasião. Também se podiam reproduzir pela gravura as figuras de retórica, e, quando conviesse, as perorações.

A amizade pessoal ou política podia favorecer assim mais um orador que outros, dando maior número de gravuras a um amigo ou correligionário. Nem contesto que um ou outro orador, sabendo desenhar, levasse por si mesmo à imprensa as imagens que lhe parecessem necessárias e dignas. O primeiro caso podia trazer inconvenientes, mas tendo cada um os seus amigos, nenhum ficaria propriamente na miséria. O segundo era legítimo. Além de auxiliar a imprensa, aquele orador que assim praticasse faria a maior parte da sua reputação, dever que não cabe só ao homem particular, mas também ao público.

A mim poucas coisas me fortalecem tanto como ver cumprir da parte de um homem, particular ou público, esse dever humano. O verdadeiro homem público é o que não deixa esse encargo exclusivamente aos outros, mas toma uma parte, a mais pesada, sobre os seus próprios ombros. Nem de outro modo se pode servir utilmente à pátria. A pátria é tudo, a rua, a casa, o gabinete, o templo, o campo, o porão, o telhado — mais ainda o telhado que o porão; o telhado confina com o azul, e o azul é o zimbório da felicidade...

Nem sempre o será, creio; mas os conceitos falsos, e principalmente absolutos, sendo brilhantes, parecem verdades puras. Toda a questão é expressá-los com o gesto largo e a convicção nos beiços. Imaginai que o período anterior é a conclusão de uma arenga, dita com os braços estendidos, as mãos abertas e voltadas para baixo, os polegares unidos, dando uma imagem vaga do zimbório. Imaginai isto, e dizei se o próprio teto azul não viria abaixo com palmas.

Alguns, vendo esta minha insistência, suporão que ando com o cérebro um pouco desequilibrado. Melancolia é meia demência. Ora, eu ando melancólico, depois que li que acabou a parede dos alfaiates de Buenos Aires. A elegante Buenos Aires é um ponto da terra; mas Nazaré também o era, e de lá saiu Jesus; também o era Meca, e de lá saiu Mafamede. Comparo assim coisas tão essencialmente opostas, como a fé cristã e a peste muçulmana, para mostrar que o bem e o mal do mundo podem vir de um ponto escasso. De Buenos Aires contava eu que viesse uma religião nova.

A parede dos alfaiates ia estender-se, alastrar pela América, transportar-se à Europa, e passar de lá a toda a parte do globo onde o homem veste o homem. A constância dos paredistas, o orgulho do desespero, ajudados pela ação do tempo, iriam acabando com as casacas, coletes e calças. Os criados receberiam ordem de servir em mangas de camisa. A criada obrigaria os amos à adoção da simples camisa e do resto. A natureza readquiriria assim metade dos seus direitos; era a nova religião esperada. Se não falo da costureira, é porque a natureza é só uma, e os vestidos seguiriam o rumo das casacas... A decência seria muito menor; mas que economia!

Gazeta de Notícias, 26 de maio de 1895

Quando me deram notícia da morte de Saldanha Marinho

Quando me deram notícia da morte de Saldanha Marinho, veio-me à lembrança aquele dia de julho de 1868, em que a Câmara liberal viu entrar pela porta o Partido Conservador. Há vinte e sete anos; mas os acontecimentos foram tais e tantos, depois disso, que parece muito mais.

Os liberais voltaram mais tarde, tornaram a cair e a voltar, até que se foram de vez, como os conservadores, e com uns e outros o Império.

Jovem leitor, não sei se acabavas de nascer ou se andavas ainda na escola. Dado que sim, ouvirás falar daquele dia de julho, como os rapazes de então ouviam falar da Maioridade ou do fim da República de Piratinim, que foi a pacificação do Sul, há meio século.

Certo, não ignoras o que eram as recepções de ministérios ou de partidos, viste muitas delas, e a última há seis anos. Hás de lembrar-te que a Câmara enchia-se de gente, galerias, tribunas, recinto. Na última recepção, em 1889, ouvi que alguns espectadores, cansados de estar em pé, sentaram-se nas próprias cadeiras dos deputados. Creio que antigamente não vinha muita gente ao recinto, mas a população da cidade era muito menor. A estatística é a chave dos costumes. Demais, não esqueças a ternura do nosso coração, a cultura da amizade, o gosto de servir, a necessidade de mostrar alguma influência, e por fim a indignação, que leva um grande número de pessoas a entrar com os ombros. Compreende-se, aliás, a curiosidade pública. O acontecimento em si mesmo era sempre interessante; depois, a certeza de que se não ia ouvir falar de impostos, dava ânimo de penetrar no recinto sagrado. Acrescentai que nós amamos a esgrima da palavra, e aplaudimos com prazer os golpes certos e bonitos.

Também houve aplausos em 1868, como em 1889, como nas demais sessões interessantes, ainda que fossem de simples interpelações aos ministros. "As galerias não podem dar sinais de aprovação ou reprovação", diziam sonolentamente os presidentes da Câmara. A primeira vez que ouvi esta advertência, fiquei um pouco admirado; supunha que o presidente presidia, e que o mais era uma questão de polícia interior; mas explicaram-me que a mesa é que era a comissão de polícia. Compreendi então, e notei uma virtude da galeria, é que aplaudia sempre e não pateava nunca.

Ouço ainda os aplausos de 1868, estrepitosos, sinceros e unânimes. Os ministros entraram, com Itaboraí à frente, e foram ocupar as cadeiras onde dias antes estavam os ministros liberais. Um destes ergueu-se, e em poucas palavras explicou a saída do gabinete. Não me esqueceu ainda a impressão que deixou em todos a famosa declaração de que a escolha de Torres Homem não era *acertada*. Zacarias acabava de repeti-la no Senado. Geralmente, as dissoluções dos gabinetes eram explicadas por frases vagas, e porventura nem sempre verídicas. Daquela vez conheceu-se que a explicação era verdadeira. Disse-se então que a palavra fora buscada para dar ao gabinete as honras da saída. Alguém ouviu por esse tempo, ao próprio Zacarias, naquela grande chácara de Catumbi, que "desde a Quaresma sentia que a queda era inevitável". Grande atleta, quis cair com graça.

Itaboraí levantou-se e pediu os orçamentos. Foi então que desabou uma tempestade de vozes duras e vibrantes. Posto soubesse que se despedia a si mesma, a Câmara votou uma moção de despedida ao ministério conservador. Um só espírito supôs que a moção podia desfazer o que estava feito; não me lembra o nome, talvez não soubesse ler em política, e daí essa credulidade natural, que se manifestou por um aparte cheio de esperanças.

Uma das vozes duras e vibrantes foi a de Saldanha Marinho. Escolhido senador pelo Ceará, nessa ocasião, bastava-lhe pouco para entrar no Senado — para esperá-lo, ao menos. O silêncio era o conselho do sábio. Diz um provérbio árabe que "da árvore do silêncio pende o seu fruto, a tranquilidade". Diz mal ou diz pouco este provérbio, porque a prosperidade é também um fruto do silêncio. Saldanha Marinho podia calar-se e votar — votar contra o Ministério, incluir o nome entre os que o recebiam na ponta da lança, e até menos. Crises dessas alcançam as pessoas. Também se brilha pela ausência. O senador escolhido deitou fora até a esperança. Ergueu-se, e com poucas palavras atacou o Ministério e a própria coroa; lembrou 1848, a que chamou estelionato, e deixou-se cair com os amigos. O Senado anulou a eleição, e Saldanha Marinho não tornou na lista tríplice.

Caiu com os amigos. A ação foi digna e pode dizer-se rara. Para ir ao Senado, não faltavam seges, nem animais seguros. Saldanha ficou a pé. Não lhe custava nada ser firme; desde que, em 1860, tornara à política pelo jornalismo, nunca soube ser outra coisa. 1860! Quem se não lembra da célebre eleição desse ano, em que Otaviano, Saldanha e Ottoni derribaram as portas da Câmara dos deputados à força de pena e de palavra? O *lencinho branco* de Ottoni era a bandeira dessa rebelião, que pôs na linha dos suplentes de eleitores os mais ilustres chefes conservadores... Ó tempos idos! Vencidos e vencedores vão todos entrando na história. Alguns restam ainda, encalvecidos ou encanecidos pelo tempo, e dois ou três cingidos de honras merecidas. O que ora se foi, separara-se há muito dos companheiros, sem perder-lhes a estima e a consideração. Mudara de campo, se é que se não restituiu ao que era por natureza.

Gazeta de Notícias, 2 de junho de 1895

Não estudei com Pangloss

Não estudei com Pangloss; não creio que tudo vá pelo melhor no melhor dos mundos possíveis. Por isso, quando acho que censurar na nossa terra, digo com os meus botões: Há de haver males nas terras alheias, olhemos para a França, para a Itália, para a Rússia, para a Inglaterra, e acharemos defeitos iguais, e alguma vez maiores. Não costumo dizer: "Olhemos para o Japão", porque é o único país onde parece que tudo se aproxima do otimismo de Pangloss. Vede este pedacinho da proclamação do micado ao povo, depois de vencida a China: "Regozijemo-nos pelas nossas recentes vitórias, mas é ainda longo o caminho da civilização que temos de percorrer... Não nos deixemos guiar por sentimentos de amor-próprio excessivo, caminhemos modesta e esforçadamente para a perfeição das nossas defesas militares, sem cair no extremo... O governo opor-se-á a todos quantos, desvanecidos pelas nossas recentes vitórias, buscarem ofender as potências amigas do Japão, e principalmente a China..." Que diferença entre esta e as proclamações dos outros grandes Estados! Em verdade, essa linguagem prova que o Japão é alguém; mas, ainda assim, impossível que lá não haja tratantes. Notemos uma coisa: nós não lemos os jornais da oposição de Tóquio.

A que propósito isto? A propósito da eleição da Bahia. Li que na apuração dos votos apareceram agora centenas de eleitores inventados, contando várias paróquias três e quatro vezes mais do que tinham há um ano. O espanto e a indignação que este fato causou a algumas pessoas foram grandes, mas a falta de memória dos nossos concidadãos não é menor. Quem pode ignorar que essa multiplicação de eleitores não é coisa nova, nem baiana? Sabe-se muito bem que a urna é um útero. Peço licença para recordar uma frase, não delicada, não cortês, mas vigorosa, que antigamente se aplicava aos casos em que era preciso aumentar as cédulas; dizia-se: emprenhar a urna. Que admira, com tal força de natalidade, que os eleitores cresçam e apareçam?

É um mal, concordo; mas não haverá males análogos em outras terras? Olhemos para a Itália. As urnas italianas não são fecundas; aí vai, porém, um extraordinário fenômeno eleitoral.

Sabemos telegraficamente o resultado total da eleição da Câmara. Há uns tantos deputados governistas, uns tantos radicais, uns tantos socialistas, finalmente um pequeno número de *indecisos*. Leitor, imita o meu gesto, deixa cair o queixo. Certamente a indecisão é um estado ou uma qualidade do espírito, mas o que me abalou estes pobres nervos cansados foi imaginar a intenção dos eleitores que os mandaram para a Câmara. Compreendo que os eleitores governistas perguntassem aos candidatos se eram pelo governo, e votassem neles, e assim os outros seus colegas. Não acabo de crer que inquirissem de alguns candidatos o que eram, e, ouvindo-lhes que ainda não estavam certos disso, corressem a elegê-los deputados. Uma só coisa pode explicar o fenômeno, a indecisão dos próprios eleitores; daí a escolha de pessoas não mais decididas que eles. Pode ser; mas semelhante mal parece-me ainda maior que a simples fecundação das urnas ou a multiplicação dos algarismos. Onde não há opiniões, é útil inventá-las; mas não as ter e mandar para a Câmara pessoas igualmente pobres, nem é útil, nem legítimo.

Vejamos. Qual será a situação de tais deputados, quando começarem os seus trabalhos? A indecisão, antes de fazer mal ao país, faz mal ao próprio indivíduo que a tem consigo. Como falar? Como votar? Podem falar contra e votar a favor, e vice-versa, mas isso mesmo é sair da indecisão. Já não serão indecisos, serão inconsistentes. Hamlet, indeciso entre o ser e o não ser, tem o único recurso de sair de cena; os deputados podem fazer a mesma coisa. Saiam do recinto, quando se votar. Enquanto se discutir, não falem, não deem apartes, leiam uma página de Dante, posto que a leitura seja amarga, uma vez que o poeta põe justamente os indecisos logo no princípio do inferno, almas que não deixaram memória de si e são desprezadas tanto pela misericórdia como pela justiça:

> *Fama di loro il mondo esser non lassa;*
> *Misericórdia e giustizia li sdegna:*
> *Non ragioniam di lor, ma guarda e passa.*

Melhor que tudo, porém, será imitar aquele personagem de uma velha comédia, que atravessa cinco atos sem saber com qual de duas moças há de casar, e acaba escolhendo uma delas, mas dizendo à parte (o que o deputado pode fazer em voz alta para que os eleitores ouçam): "Creio que teria feito melhor casando com a outra". Assim se podem fundir a indecisão e o voto.

Dei um exemplo de defeitos que achem análogos em outras terras, sem diminuí-los da grandeza, como nos não diminuem os nossos. Nem por isso deixamos de caminhar todos na estrada da civilização, uns mais acelerados, outros mais moderados. Não vamos crer que a civilização é só este desenvolvimento da história, esta perfeição do espírito e dos costumes. Nem por ser uma galera magnífica, deixa de ter os seus mariscos no fundo, que é preciso limpar de tempos a tempos, e assim se explicam as guerras e outros fenômenos.

Um daqueles mariscos... Perdoem-me a comparação; é o mal de quem escreve com retóricas estafadas. O melhor estilo é o que narra as coisas com simpleza, sem atavios carregados e inúteis. Vá este e seja o último. Um daqueles mariscos da galera é a desconfiança mútua dos homens e a convicção que alguns têm da patifaria dos outros. A confiança nasceu com a terra; a inocência e a ingenuidade foram os primeiros lírios. No fim do século passado dormia-se no Rio de Janeiro com as janelas abertas. Mais tarde, a polícia já apalpava as pessoas que eram encontradas, horas mortas, a ver se traziam navalha ou gazua. Afinal, começamos a ajudar a polícia; vendo que outros povos usam do revólver, para defesa própria e natural, pegamos do costume, e a maior parte da gente traz agora o seu.

Conquanto a necessidade seja triste, sai daí um melhoramento. Era costume nesta cidade, sempre que a polícia prendia alguém, entoar em volta do agente aquele belo coro da liberdade: *Não pode! Não pode!* Vai acabando o costume. Há dias, tendo um sujeito ferido ou matado a outro, foi perseguido pelo clamor público; como arrancasse a espada ao agente de polícia e usasse dela correndo, muitas pessoas correram atrás e a tiros de revólver conseguiram detê-lo e prendê-lo. O assassino ficou em sangue, verificando-se assim a sentença da Escritura: "Quem com ferro fere, perecerá pelo ferro". Este processo de capturar à distância impedirá a fuga dos malfeitores.

Gazeta de Notícias, 9 de junho de 1895

Guimarães chama-se ele

Guimarães chama-se ele; ela Cristina. Tinham um filho, a quem puseram o nome de Abílio. Cansados de lhe dar maus tratos, pegaram do filho, meteram-

-no dentro de um caixão e foram pô-lo em uma estrebaria, onde o pequeno passou três dias, sem comer nem beber, coberto de chagas, recebendo bicadas de galinhas, até que veio a falecer. Contava dois anos de idade. Sucedeu este caso em Porto Alegre, segundo as últimas folhas, que acrescentam terem sido os pais recolhidos à cadeia, e aberto o inquérito.

A dor do pequeno foi naturalmente grandíssima, não só pela tenra idade, como porque bicada de galinha dói muito, mormente em cima de chaga aberta. Tudo isto, com fome e sede, fê-lo passar "um mau quarto de hora", como dizem os franceses, mas um quarto de hora de três dias; donde se pode inferir que o organismo do menino Abílio era apropriado aos tormentos. Se chegasse a homem, dava um lutador resistente; mas a prova de que não iria até lá é que morreu.

Se não fosse Schopenhauer, é provável que eu não tratasse deste caso diminuto, simples notícia de gazetilha. Mas há na principal das obras daquele filósofo um capítulo destinado a explicar as causas transcendentes do amor. Ele, que não era modesto, afirma que esse estudo é uma pérola. A explicação é que dois namorados não se escolhem um ao outro pelas causas individuais que presumem, mas porque um ser, que só pode vir deles, os incita e conjuga. Apliquemos esta teoria ao caso Abílio.

Um dia Guimarães viu Cristina, e Cristina viu Guimarães. Os olhos de um e de outro trocaram-se, e o coração de ambos bateu fortemente. Guimarães achou em Cristina uma graça particular, alguma coisa que nenhuma outra mulher possuía. Cristina gostou da figura de Guimarães, reconhecendo que entre todos os homens era um homem único. E cada um disse consigo: "Bom consorte para mim!" O resto foi o namoro mais ou menos longo, o pedido da mão da moça, as formalidades, as bodas. Se havia sol ou chuva, quando eles casaram, não sei; mas, supondo um céu escuro e o vento minuano, valeram tanto como a mais fresca das brisas debaixo de um céu claro. Bem-aventurados os que se possuem, porque eles possuirão a terra.

Assim pensaram eles. Mas o autor de tudo, segundo o nosso filósofo, foi unicamente Abílio. O menino, que ainda não era menino nem nada, disse consigo, logo que os dois se encontraram: "Guimarães há de ser meu pai, e Cristina há de ser minha mãe; não quero outro pai nem outra mãe; é preciso que nasça deles, levando comigo, em resumo, as qualidades que estão separadas nos dois". As entrevistas dos namorados era o futuro Abílio que as preparava; se eram difíceis, ele dava coragem a Guimarães para afrontar os riscos, e paciência a Cristina para esperá-lo. As cartas eram ditadas por ele. Abílio andava no pensamento de ambos, mascarado com o rosto dela, quando estava no dele, e com o dele, se era no pensamento dela. E fazia isso a um tempo, como pessoa que, não tendo figura própria, não sendo mais que uma ideia específica, podia viver inteiro em dois lugares, sem quebra da identidade nem da integridade. Falava nos sonhos de Cristina com a voz de Guimarães, e nos de Guimarães com a de Cristina, e ambos sentiam que nenhuma outra voz era tão doce, tão pura, tão deleitosa.

Naturalmente, houve alguma vez arrufos. Como explicá-los? Explico--os a meu modo; creio que Abílio teve momentos de Hamlet. Uma ou outra vez haverá hesitado e meditado, como o outro: "Ser ou não ser, eis a questão. Valerá a pena sair da espécie para o indivíduo, passar deste mar infinito a uma simples gota d'água apenas visível, ou não será melhor ficar aqui, como outros tantos que se não deram ao trabalho de nascer? Nascer, viver, não mais. Viver? Lutar, quem sabe?" *It is the rub*, continuou ele em inglês, nos termos do poeta, tão universal é Shakespeare, que os próprios seres futuros já o trazem de cor.

Enfim, nasceu Abílio. Não contam as folhas coisa alguma acerca dos primeiros dias daquele menino. Podiam ser bons. Há dias bons debaixo do sol. Também não se sabe quando começaram os castigos — refiro-me aos castigos duros, os que abriram as primeiras chagas, não as pancadinhas do princípio, visto que todas as coisas têm um princípio, e muito provável é que nos primeiros tempos da criança os golpes fossem aplicados diminutivamente. Se chorava, é porque a lágrima é o suco da dor. Demais, é livre — mais livre ainda nas crianças que mamam, que nos homens que não mamam.

Chagado, encaixotado, foi levado à estrebaria, onde, por um desconcerto das coisas humanas, em vez de burros, havia galinhas. Sabeis já que estas, mariscando, comiam ou arrancavam somente pedaços da carne de Abílio. Aí, nesses três dias, podemos imaginar que Abílio, inclinado aos monólogos, recitasse este outro de sua invenção: "Quem mandou aqueles dois casarem-se para me trazerem a este mundo? Estava tão sossegado, tão fora dele, que bem podiam fazer-me o pequeno favor de me deixarem lá. Que mal lhes fiz eu antes, se não era nascido? Que banquete é este em que a primeira coisa que negam ao convidado é pão e água?"

Nesse ponto do discurso é que o filósofo de Dantzig, se fosse vivo e estivesse em Porto Alegre, bradaria com a sua velha irritação: "Cala a boca, Abílio. Tu não só ignoras a verdade, mas até esqueces o passado. Que culpa podem ter essas duas criaturas humanas, se tu mesmo é que os ligaste? Não te lembras que, quando Guimarães passava e olhava para Cristina, e Cristina para ele, cada um cuidando de si, tu é que os fizeste atraídos e namorados? Foi a tua ânsia de vir a este mundo que os ligou sob a forma de paixão e de escolha pessoal. Eles cuidaram fazer o seu negócio, e fizeram o teu. Se te saiu mal o negócio, a culpa não é deles, mas tua, e não sei se tua somente... Sobre isto, é melhor que aproveites o tempo que ainda te sobrar das galinhas, para ler o trecho da minha grande obra, em que explico as coisas pelo miúdo. É uma pérola. Está no tomo II, livro IV, capítulo XLIV... Anda, Abílio, a verdade é verdade ainda à hora da morte. Não creias nos professores de filosofia, nem na peste de Hegel..."

E Abílio, entre duas bicadas:

— Será verdade o que dizes, Artur; mas é também verdade que, antes de cá vir, não me doía nada, e se eu soubesse que teria de acabar assim, às mãos dos meus próprios autores, não teria vindo cá. Ui! ai!

Gazeta de Notícias, 16 de junho de 1895

Não vou ao extremo

Não vou ao extremo de atribuir à Fênix Dramática qualquer intenção filosófica ou simplesmente histórica. Não; a Fênix, como todos os teatros, publicou um anúncio. Mas o que é que não há dentro de um anúncio? Durante muitos anos acreditei que as "moças distintas, de boa educação" que pedem pelos jornais "a proteção de um senhor viúvo", eram vítimas de ódios de família ou da fatalidade, que buscavam um resto de sentimento medieval neste século de guarda-chuvas. Como supor que eram damas nobremente desocupadas que procuravam emprego honesto? Um anúncio é um mundo de mistérios.

O que a Fênix mandou inserir nos jornais não traz mistérios. É a lista do espetáculo composto de várias partes, das quais duas especialmente fazem assunto desta meditação. A primeira é uma comédia: *Artur ou dezesseis anos depois*. Quando li este título tive um sobressalto; depois, não sei que fada pegou em mim, pelos cabelos, e levou-me através dos anos até aos meus tempos de menino. Caí em cheio entre os primeiros bonecos que vi na minha vida: eram de pau! De pau e tinham graça. Santos bonecos, oh! bonecos do meu coração, éreis sublimes, faláveis com eloquência e sintaxe, conquanto fosse eu que falasse por vós; mas a criança tem o mau vezo de crer que tudo o que diz é perfeito. Éreis sinceros; não conhecíeis isto que os franceses chamam *fumisterie*, e que, pela nossa língua, poderíamos dizer (aproximadamente) debique. Não, bonecos da minha infância, vós não me debicáveis; nem com a sintaxe, nem sem ela.

Nesse tempo não tinha visto a comédia, que era, pelo seu verdadeiro gênero, um *vaudeville*. Também não a vi depois, nem agora. Sei que antigamente se representou no Teatro de São Pedro de Alcântara e no de São Francisco. A data da composição está no próprio subtítulo, moda que se perdeu, e na denominação dos atos: 1º *O batismo do barco;* 2º *O amor de mãe*. Ignoro os nomes dos artistas que a representavam. Podia ser a Jesuína Montani, que se fizera célebre na *Graça de Deus,* ou a Leonor Orsat, afamada na *Vendedora de perus,* títulos que trazem a mesma data e o mesmo esquecimento. Em volta da peça agora anunciada, vi aparecer uma infinidade de sombras, como d. João viu surgir as das mulheres que o tinham amado e perdido. As velhas reminiscências têm a particularidade de trazerem a frescura antiga; eu fiquei calado e cabisbaixo.

Pedro Luís, o epigramático forrado de poeta, contou-me um dia que, estando em Roma, certa noite, ouviu tocar um realejo e não pôde suster as lágrimas. Que os manes de meu amigo me perdoem esta revelação! Aquele espírito fino e sarcástico chorou ao som de um banal instrumento. Certo, ele não estava ao pé das ruínas da antiga Roma, pois que tais ruínas pediam antes a música do silêncio. Havia de ser em alguma rua ou hospedaria; mas demos que fossem ruínas. A linguagem natural delas é a da caducidade das coisas; nada mais fácil, em dado caso, que achar nelas um pouco de nós mesmos. Revia ele os dias da meninice, as festas da roça e da cidade? Foi então que algum tocador perdido na noite entrou a moer a música do seu realejo;

era a própria voz dos tempos que dava alma às reminiscências antigas; daí algumas lágrimas.

Eu, não por ser mais forte, mas talvez por não estar em Roma, não chorei quando li o título de *Artur ou dezesseis anos depois*. Nem foi porque este outro realejo me trouxesse lembranças perdidas ou que eu julgava tais. Também eu vi, na infância, tocadores que paravam na rua, moíam a música e estendiam o chapéu para receberem os dois vinténs de espórtula. Cuido que ainda hoje fazem o mesmo; os meninos é que são outros, e os dois vinténs subiram a tostão. Deus meu! eu bem sei que um trecho de música de realejo não vale os *Huguenotes*, como aquela comédia pacata e sentimental não valia o *Filho de Giboyer* nem o *Pai pródigo*, que nós íamos ver, tempos depois, no Ginásio Dramático — o teatro que há pouco chamei São Francisco, e hoje é, se me não engano, uma loja de fazendas.

Agora a segunda parte do anúncio da Fênix, que parece dar ao todo um ar de paralelo e compensação. A segunda parte é uma cançoneta, com este título sugestivo: *Ora toma, Mariquinhas!* Não posso julgar da cançoneta, porque não a ouvi nunca; mas, se, como dizia Garrett, há títulos que dispensam livros, este dispensa as coplas; basta-lhe ser o que é para se lhe adivinhar um texto picante, brejeiro, em fraldas de camisa. Não são dezesseis anos, como na comédia, mas trinta anos ou mais, que decorrem daquele *Artur* a esta *Mariquinhas*. Há uma história entre as duas datas, história gaiata, ou não, segundo a idade e os temperamentos. Daí a significação do anúncio e a sua inconsciente filosofia.

Os que tiverem ido ao teatro, levados uns pela velha comédia, outros pela cançoneta nova, saíram de lá satisfeitos, a seu modo. Também pode suceder — e isto será a glória do anúncio — que os da cançoneta não achassem inteiramente insípido o sabor da peça velha, e que os da peça velha sentissem o vinho das coplas subir-lhes à cabeça. Esses foram pela rua abaixo, de braço dado; enquanto o moço gargareja com a ingenuidade de Artur a rouquidão da cantiga nova, o velho recompõe um pouco da vida exausta com dois trinados da cançoneta.

A cançoneta, como gênero, nasceu no antigo Alcazar. A princípio as cantoras levantavam uma pontinha de nada do vestido, isso mesmo com gesto encolhido e delicado. Anos depois, nos grandes cancãs, mandavam a ponta do pé aos narizes dos cantores. O gesto era feio, mas haviam-se com tal arte que não se descompunham, posto se lhes vissem as saias e as meias — meias lavadas. *Enfin, Malherbe vint...*

Gazeta de Notícias, 23 de junho de 1895

O DESTINO

O destino, que conhece o desfecho de cada drama, sorri dos nossos cálculos, e choraria, se pudesse chorar, das previsões humanas. Quem volve os olhos atrás, até setembro de 1893, naquela manhã em que a cidade acordou com a notícia de que um almirante sublevara a esquadra, reconhece que estava longe de imaginar o desfecho de semelhante ato, dois anos depois, no Campo Osório. Outro almirante, tomando o comando da sublevação, foi perecer em combate na fronteira rio-grandense, e o que parecia um episódio curto da República, transformou-se em longo duelo, terrível e mortal. Os acontecimentos levam os homens, como os ventos levam as folhas.

De Saldanha da Gama se pode dizer que, qualquer que seja o modo de julgar o último ato da sua vida, há um só parecer e sentimento a respeito do homem de guerra e do que ele pessoalmente valia. As folhas públicas de todos os matizes deram-lhe os funerais de Coriolano; os mais fortes adversários puderam dizer, como Tullus, pela língua de Shakespeare:

*My rage is gone
And I am struck with sorrow...*

Mas, deixemos este assunto melancólico, para ir a outro não menos melancólico, é verdade, mas de outra melancolia. Muitas são as melancolias deste mundo. A de Saul não é a de Hamlet, a de Lamartine não é a de Musset. Talvez as nossas, leitor amigo, sejam diferentes uma da outra, e nesta variedade se pode dizer que está a graça do sentimento.

O sr. conde de Herzberg, por exemplo, devia ser um homem melancólico, e talvez seja intensamente alegre. Não tenho a honra de conhecê-lo. Parece que a maior parte dos que travam relações com ele, fazem-no por toda a eternidade. Eu não cheguei ainda àquele apuro de maneiras que permite ser apresentado ao digno conde, nos seus próprios carros. Um coveiro de *Hamlet* diz que o ofício de coveiro é o mais fidalgo do mundo, por ter sido o ofício de Adão; mas é preciso lembrar que a empresa funerária não estava inventada, nem no tempo de Adão, nem sequer no de Hamlet.

Seja como for, o que é certo é que a empresa funerária, por mais triste que possa ser, não é menos lucrativa. Nem há incompatibilidade entre a melancolia e o lucro; são dois fenômenos que se temperam e se completam. O poeta que comparou as lágrimas às pérolas (perdeu-se-lhe o nome, tantos são os inventores da comparação), mostrou clara e poeticamente que a riqueza pode ir com o desespero. Vamos agora ao ponto imediato e principal.

Anuncia-se que a seção da empresa funerária, que estava sob a direção do sr. conde de Herzberg, foi vendida por duzentos e cinquenta contos. Quando li esta notícia, senti naturalmente aquele fenômeno que produzem todas as coisas boas deste mundo: veio-me água à boca. Depois a reflexão tomou conta de mim. Duzentos e cinquenta contos de réis! Uma seção da empresa funerária! Duzentos contos de réis para enterrar mortos...

Muito se morre nesta vida, e especialmente nesta cidade. Não há, certamente, mais mortos que vivos, mas os mortos são muitos. Quanto às moléstias que os levam, crescendo com a civilização, fazem tão bem o seu ofício, que raro se dirá que matam de mentira. E tudo é preciso enterrar. Não chego a entender como outrora, e ainda neste século, chegavam as igrejas para guardar cadáveres. Os cemitérios vieram, cresceram, multiplicaram-se, e aí temos cinco ou seis dessas necrópolis, inclusive o Cemitério dos Ingleses, que eu já conhecia desde criança, como uma coisa muito particular. Dizia-se "o Cemitério dos Ingleses", como se dizia a "Constituição inglesa", ou o "Parlamento inglês" — uma instituição das ilhas britânicas.

Naturalmente, com o tempo foi-se morrendo mais, já pelas moléstias entradas, já pela população crescida, já pelos nascimentos novos.

A questão, porém, não é morrer. A questão é o preço por que se morre. Uma seção da empresa funerária que se pode vender por 250 contos de réis, prova que a morte no Rio de Janeiro não é mais barata que a vida. O pão é caro, mas o galão não o é menos; a carne e a belbutina correm parelhas. Os carros, que suponho constituem a seção vendida, têm o preço marcado nas colunas, nos dourados, nos animais, e parece que também no cocheiro. O chapéu deste é que é sempre o mesmo, chapéu de couro luzidio, ou matéria análoga, largo em umas cabeças, estreito em outras, pela razão talvez de que o desacordo da cabeça e do chapéu dá certo tom de melancolia ao cocheiro. Os animais variam, se o preço é magro ou gordo. Há casos em que se põe no cocheiro um pedaço de pano, casos em que não. Os anjinhos, salvo a substituição do preto pelo encarnado, são tratados com a mesma altura de preços e variação de esplendor e modéstia.

Se se morresse barato, valia a pena morrer. Comparativamente, entra-se na vida por menor preço do que se sai. É uma espécie de engodo, um convite em boas maneiras; chega-se à porta, dá-se uma pequena espórtula, entra-se e fica-se. Quando se trata de ir embora, acabada a festa, todas as portas estão tomadas, um guarda em pé, com a tabela dos preços na mão. Precisa-se saber, antes de tudo, qual é a classe em que o vivo quer ir a enterrar: "Na minha classe; eu sou sapateiro". O guarda sorri e responde: "A morte não conhece classes sociais, não quer saber delas; príncipe ou sapateiro, pode ir em primeira ou terceira, uma vez que pague o preço, que é tanto". Quem não iria como príncipe, se o preço fosse módico? Valia a pena de um sacrifício para ser príncipe, ainda na morte.

Não sei quem terá comprado a seção da empresa funerária; mas creiam que, se tivesse dinheiro, quem a comprava era eu. Para que lutar na vida, com a vida e pela vida, se a morte nos pode dar bons lucros? Vede quantas riquezas se fizeram e desfizeram no ano terrível e depois dele. Grande parte delas voltou ao seio da ilusão que as ajudou a nascer. Eram tudo obras da vida, mas a vida não é menos voraz que a morte e devorou as mais pujantes. A morte, ao certo, com os seus carros e cocheiros, chapéu com fumo ou sem fumo, animais magros ou gordos, lutou contra os coches luxuosos da vida, as belas parelhas e as librés heráldicas, venceu-os a todos, e foi vendida por duzentos e cinquenta contos. Viva a morte! Pode não ser muito, mas é certo.

Gazeta de Notícias, 30 de junho de 1895

Os mortos não vão tão depressa

Os mortos não vão tão depressa, como quer o adágio; mas que eles governam os vivos, é coisa dita, sabida e certa. Não me cabe narrar o que esta cidade viu ontem, por ocasião de ser conduzido ao cemitério o cadáver de Floriano Peixoto, nem o que vira antes, ao ser ele transportado para a Cruz dos Militares. Quando, há sete dias, falei de Saldanha da Gama e dos funerais de Coriolano que lhe deram, estava longe de supor que, poucas horas depois, teríamos notícia do óbito do marechal. O destino pôs assim, a curta distância, uma de outra, a morte de um dos chefes da rebelião de 6 de setembro e a do chefe de Estado que tenazmente a combateu e debelou.

A história é isto. Todos somos os fios do tecido que a mão do tecelão vai compondo, para servir aos olhos vindouros, com os seus vários aspectos morais e políticos. Assim como os há sólidos e brilhantes, assim também os há frouxos e desmaiados, não contando a multidão deles que se perde nas cores de que é feito o fundo do quadro. O marechal Floriano era dos fortes. Um de seus mais ilustres amigos e companheiros, Quintino Bocaiúva, definiu na tribuna do Senado, com a eloquência que lhe é própria, a natureza, a situação e o papel do finado vice-presidente. Bocaiúva, que tanta parte teve nos sucessos de 15 de novembro, é um dos remanescentes daquele grupo de homens, alguns dos quais a morte levou, outros se acham dispersos pela política, restando os que ainda une o mesmo pensamento de iniciação. A verdade é que temos vivido muito nestes seis anos, mais que nos que decorreram do combate de Aquidabã à revolução de 15 de novembro, vida agitada e rápida, tão apressada quão cheia de sucessos.

Mas, como digo, os mortos não vão tão depressa que se percam todos de nossa vista. Ontem era um ex-chefe de Estado que a população conduzia ou via conduzir ao último jazigo. Hoje comemora-se o centenário de um poeta. Digo mal. Nem se comemora, nem é ainda o centenário. Este é no fim do mês; o que se faz hoje, segundo li nas folhas, é convidar os homens de letras para tratarem dos meios de celebrar o primeiro centenário da morte de José Basílio da Gama. Não conheço o pio brasileiro que tomou a si essa iniciativa; mas tem daqui todo o meu apoio. Não se vive só de política. As musas também nutrem a alma nacional. Foi o nosso Gonzaga que escreveu com grande acerto que as pirâmides e os obeliscos arrasam-se, mas que as *Ilíadas* e as *Eneidas* ficam.

José Basílio não escreveu *Eneidas* nem *Ilíadas*, mas o *Uruguai* é obra de um grande e doce poeta, precursor de Gonçalves Dias. Os quatro cantos dos *Timbiras*, escapos ao naufrágio, são da mesma família daqueles cinco cantos do poema de José Basílio. Não tem este a popularidade da *Marília de Dirceu*, sendo-lhe, a certos respeitos, superior, por mais incompleto e menos limado que o ache Garrett; mas o próprio Garrett escreveu em 1826 que os brasileiros têm no poema de José Basílio da Gama "a melhor coroa da sua poesia, que nele é verdadeiramente nacional, e legítima americana".

Neste tempo em que o uso do verso solto se perdeu inteiramente, tanto no Brasil como em Portugal, Gonzaga tem essa superioridade sobre o seu patrício mineiro. As rimas daquele cantam de si mesmas, quando não baste a perfeição dos seus versos, ao passo que o verso solto de José Basílio tem aquela harmonia, seguramente mais difícil, a que é preciso chegar pela só inspiração e beleza do metro. Não serão sempre perfeitos. O meu bom amigo Muzzio, companheiro de outrora, crítico de bom gosto, achava detestáveis aqueles dois famosos versos do *Uruguai*:

> Tropel confuso de cavalaria,
> Que combate desordenadamente.

— Isto nunca será onomatopeia — dizia ele —; são dois maus versos.

Concordava que não eram melodiosos, mas defendia a intenção do poeta, capaz de os fazer com a tônica usual. Um dia, achei em Filinto Elísio uma imitação daqueles versos de José Basílio da Gama, por sinal que ruim, mas o lírico português confessava a imitação e a origem. Não quero dizer que isto tornasse mais belos os do poeta mineiro; mas é força lembrar o que valia no seu tempo Filinto Elísio, tão acatado, que meia dúzia de versos seus, elogiando Bocage, bastaram a inspirar a este o célebre grito de orgulho e de glória: — *Zoilos, tremei! Posteridade, és minha.*

A reunião de hoje pode ser prejudicada pela grande comoção de ontem. Outro dia seria melhor. Se alguns homens de letras se juntarem para isto, façam obra original, como original foi o poeta no nosso mundo americano. Antes de tudo, seja-me dado pedir alguma coisa: excluam a polianteia. Oh! a polianteia! Um dia apareceu aqui uma polianteia; daí em diante tudo ou quase tudo se fez por essa forma. A coisa, desde que lhe não presida o gosto e a escolha, descai naturalmente até à vulgaridade; o nome, porém, fá-la-á sempre odiosa, tão usado e gasto se acha. Não lhe ponham tal designação; qualquer outra, ou nenhuma, é preferível, para coligir as homenagens da nossa geração.

No meu tempo de rapaz, era certo fazer-se uma reunião literária, onde se recitassem versos e prosas adequados ao objeto. Não aconselho este alvitre; além de ser costume perdido, e bem perdido, seria grandemente arriscado revivê-lo. Não se podem impor programas, nem se há de tapar a boca aos que a abrirem para dizer alguma coisa fora do ajuste. Uma daquelas reuniões foi notável pela leitura que alguém fez de um relatório, não sei sobre quê, mas era um relatório comprido e mal recitado. Um dos convidados era oficial do Exército, estava fardado, e passeava na sala contígua, obrigando um chocarreiro a dizer que a diretoria da festa mandara buscar o oficial para prender o leitor do relatório, apenas acabada a leitura; mas a leitura, a falar verdade, creio que ainda não acabou.

Não; há vários modos de comemorar o poeta de Lindoia, dignos do assunto e do tempo. Não busquem grandeza nem rumor; falta ao poeta a popularidade necessária para uma festa que toque a todos. Uma simples festa literária é bastante, desde que tenha gosto e arte. Oficialmente se poderá fazer alguma coisa, o nome do poeta, por exemplo, dado pelo Conselho municipal a uma das novas ruas. Devo aqui notar que Minas Gerais, que tem o gosto de mudar os nomes às cidades, não deu ainda a nenhuma delas o nome de Gonzaga, e bem podia dar agora a alguma o nome de Lindoia, se o do cantor desta lhe parece extenso em demasia; qualquer ato, enfim, que mostre o apreço devido à musa deliciosa de José Basílio, o mesmo que, condenado a desterro, pôde com versos alcançar a absolvição e um lugar de oficial de secretaria.

> Eu não verei passar teus doze anos,
> Alma de amor e de piedade cheia,
> Esperam-me os desertos africanos,
> Áspera, inculta, montuosa areia.
> Ah! tu fazes cessar os tristes danos...

Assim falou ele à filha do marquês de Pombal, como sabeis, e dos versos lhe veio a boa fortuna. A má fortuna veio-lhe do caráter, que se conservou fiel ao marquês, ainda depois de caído, e perdeu com isso o emprego...

Para acabar com poetas. Valentim Magalhães tornou da Europa. Viu muito em pouco tempo e soube ver bem. Parece-me que teremos um livro dele contando as viagens. Com o espírito de observação que possui, e a fantasia original e viva, dar-nos-á um volume digno do assunto e de si. O que se pode saber já, é que, indo a Paris, não se perdeu por lá; viu Burgos e Salamanca, viu Roma e Veneza — Veneza que eu nunca verei, talvez, se a morte me levar antes, como diria mr. de la Palisse —, Veneza, *a única*, como escrevia há pouco um autor americano.

Gazeta de Notícias, 7 de julho de 1895

Carne e paz foram as doações principais da semana

Carne e paz foram as doações principais da semana. A carne é municipal, a paz é federal, mas nem por isso são menos aprazíveis ao homem e ao cidadão, uma vez que a carne seja barata e a paz eterna. Eterna! Que paz há eterna neste mundo? A mesma paz dos túmulos é uma frase. Lá há guerra — guerra no próprio homem, luta pela vida. Nem é raro ir cá de fora buscar o morto ao jazigo derradeiro para isto ou para aquilo, como o célebre príncipe d. Pedro, que, uma vez rei, fez coroar o cadáver de d. Inês de Castro. O nosso João Caetano, quando queria dar alguma solenidade às representações da *Nova Castro*, anunciava que a tragédia acabaria com a cena da coroação. Obtinha com isto mais uma ou duas centenas de mil-réis. Não ficava mais bela a tragédia; mas o espectador gostava tanto de prolongar a sua própria ilusão!

Paz e carne. Faz lembrar os jantares de são Bartolomeu dos Mártires: vaca e riso. Se com estas duas coisas o arcebispo não deixou de ser canonizado, esperemos que nos canonizem também. Nem creio que haja melhor caminho para o céu. Não nego as belezas do jejum, mas o céu fica tão longe, que um homem fraco pode cair na estrada, se não tiver alguma coisa no estômago. Que essa coisa seja barata, é o que presumo sair do ato da Intendência; e basta isso para ter feito uma sessão útil.

Um dos intendentes pensa o contrário; acha que só se fizeram torneios oratórios. Foi o sr. Honório Gurgel. Ao que retorquiu o sr. Vieira Fazenda: "Começando pelos de v. ex.". Replicou o sr. Honório Gurgel: "Verdadeiros jogos florais, onde o sr. Fazenda, como sempre, brilhou pela sua facúndia". E o sr. Vieira Fazenda: "V. ex. está continuando a tomar tempo ao Conselho com longos discursos". É difícil crer que haja paz depois de tais remoques; mas se há leis que explicam tudo, alguma explicará este fenômeno. Pouco visto em legislação, prefiro crer que, se algum sangue correu depois daquilo, foi somente o da vaca aprovada e contratada.

Vaca e riso. Agora é o riso que se anuncia, por meio da pacificação do Sul. A guerra é boa, e, dado que seja exato, como pensa um filósofo, que ela é a mãe de todas as coisas, preciso é que haja guerras, como há casamentos. A leitura de batalhas é agradável ao espírito. As proclamações napoleônicas, as descrições homéricas, as oitavas camonianas, lidas no gabinete, dão ideia do que será o próprio espetáculo no campo. A mais de um combatente ouvi contar as belezas trágicas da luta entre homens armados, e tenho acompanhado muita vez o jovem Fabrício del Dongo na batalha de Waterloo, levados ambos nós pela mão de Stendhal. O destino trouxe-me a este campo quieto do gabinete, com saída para a rua do Ouvidor, de maneira que, se adoeci de um olho, não o perdi em combate, como sucedeu a Camões. Talvez por isso não componha iguais versos. Homero, que os perdeu ambos, deixou um grande modelo de arte.

Entre parênteses, uma patrícia nossa, que não perdeu nenhum dos seus belos olhos de vinte e um anos, mostrou agora mesmo que se podem compor versos, sem quebra da beleza pessoal. Não é a primeira, decerto. A marquesa de Alorna já tinha provado a mesma coisa. A Sevigné, se não compôs versos, fez coisas que os merecem, e era bonita e mãe. Não cito outras, nem George Sand, que era bela, nem George Elliot, que era feia. Francisca Júlia da Silva, a patrícia nossa, se é certo o que nos conta João Ribeiro, no excelente prefácio dos *Mármores*, já escrevia versos aos quatorze anos. Bem podia dizer, pelo estilo de Bernardim: "Menina e moça me levaram da casa de meus pais para longes terras..." Essas terras são as da pura mitologia, as de Vênus talhada em mármore, as terras dos castelos medievais, para cantar diante deles e delas impassivelmente. *Musa impassível*, que é o título do último soneto do livro, melhor que tudo pinta esta moça insensível e fria. Essa impassibilidade será a própria natureza da poetisa, ou uma impressão literária? Eis o que nos dirá aos vinte e cinco anos ou aos trinta. Não nos sairá jamais uma das choramingas de outro tempo; mas aquele soneto da página 74, em que "a alma vive e a dor exulta, ambas unidas", mostra que há nela uma corda de simpatia e outra de filosofia.

Outro parênteses. A *Gazeta* noticiou que alguns habitantes da estação de Lima Duarte pediram ao presidente da Companhia Leopoldina a mudança do

nome da localidade para o de Lindoia, agora que é o centenário de Basílio da
Gama. Pela carta que me deram a ler, vejo que põem assim em andamento a
ideia que me ocorreu há sete dias. Eu falei ao governo de Minas Gerais; mas
os habitantes de Lima Duarte deram-se pressa em pedir para si a designação,
e é de crer que sejam servidos. Ao que suponho, o presidente da Companhia é
o sr. conselheiro Paulino de Sousa, lido em coisas pátrias, que não negará tão
pequeno favor a tão grande brasileiro. Demais, a história tem encontros misteriosos: o filho do visconde de Uruguai honrará assim o cantor do *Uruguai*.
É quase honrar-se a si próprio. Provemos que o lemos:

> Serás lido, *Uruguai*. Cubra os meus olhos
> Embora um dia a escura noite eterna,
> Tu vive e goza a luz serena e pura;
> Vai aos bosques...

Fechados ambos os parênteses, tornemos à paz anunciada. Também ela é
útil, como a guerra, e tem a sua hora. O mundo romano dormia em paz algumas vezes. Venha a paz, uma vez que seja honrada e útil. Não falo por interesse
pessoal. Como eu não saio a campo a combater, deixo-me nesta situação que o
povo chama: "ver touros de palanque". O poeta Lucrécio, mais profundamente, dizia que era doce, estando em terra, ver naufragar etc. O resto é sabido.
Carne e paz: é muito para uma semana única. Vaca e riso: não é preciso mais
para uma vida inteira — salvo o que mais vale e não cabe na crônica.

Gazeta de Notícias, 14 de julho de 1895

Ontem, sábado, fez-se a eleição de um senador pelo Distrito Federal

Ontem, sábado, fez-se a eleição de um senador pelo Distrito Federal. Votei; estou bem com a lei e a minha consciência. Enquanto se apuravam os
votos, vim escrever estas linhas, que provavelmente ninguém hoje lerá. Não
me perguntem a quem dei o voto; ao eleitor cabe também o direito de ser
discreto. É até certo ponto um segredo profissional.

A coincidência da eleição aqui com a da Câmara dos comuns de Inglaterra
fez-me naturalmente refletir sobre os processos de ambos os países. Não aludo aos trinta mil discursos que se fazem nas ilhas britânicas diante de eleitores
que desejam ouvir o pensamento dos candidatos. Os candidatos aqui estariam
prontos a dizer o que pensam; mas é incerto que as reuniões fossem concorridas.
Demais, basta ler a última sessão da Câmara dissolvida para conhecer a diversidade dos costumes. Quando um dos ministros deu notícia de que o gabinete
estava demitido e havia sido chamada a oposição ao governo, levantou-se o líder

desta, e bradou contra o gabinete liberal, por não ter dissolvido a Câmara, impondo agora essa tarefa à oposição. Nós, quando tínhamos parlamentarismo, o ato da oposição seria diverso; dir-se-iam algumas palavras duras à coroa, outras mais duras aos ministros novos, e cada qual ia cuidar do seu ofício.

Se cada país tem os seus costumes eleitorais, nem por isso a Inglaterra usa só de discursos e *meetings*; há também cabala, e grossa. Há até fraude, se é certo o que dizem telegramas de ontem, sobre haverem os governadores usado dela para impedir a eleição do líder liberal, do que resultaram *meetings*, discursos, e pancadaria. Antes a cabala; é legítima, natural, verdadeira seleção de espertos e ativos.

Dizem até (e para isto chamo a atenção das leitoras), dizem que as *ladies* ajudam a cabala eleitoral com grande animação. Afirmam que fazem visitas aos eleitores, entram nas pocilgas mais repugnantes, falam ao eleitor e à mulher, pegam dos filhos deles e os põem ao colo. Acrescentam que, quando saem dali, sacodem as sandálias, mas contam com o voto; e o voto é certo, porque as *ladies* do partido adverso fazem a mesma coisa, e o eleitor serve a uma delas, embora seja obrigado a roer a corda à outra. Ninguém ignora o caso da bela fidalga que concedeu um beijo a um açougueiro, à porta do açougue, para que ele votasse em Fox.

Não aconselho às damas deste país o beijo aos açougueiros, nem a outros quaisquer eleitores. Sei que há muito Fox que mereceria o sacrifício: mas nem todos os sacrifícios se fazem. Entretanto, as moças podiam cabalar modestamente. Um aperto de mão, um requebro de olhos, quatro palavrinhas doces, valem mais que os rudes pedidos masculinos.

Uma coisa que as moças podiam alcançar era o comparecimento de todos os mesários às respectivas seções, para que os eleitores votassem certos e descansados. Ontem encontrei alguns deles inquietos, por acharem uma seção vazia, sem sombra de mesa que lhes recebesse as cédulas. Disse-lhes que a doença de um, a morte de outro, uma visita, a demora do barbeiro, um carro quebrado, mil acidentes podiam explicar a ausência dos membros da mesa, sem que daí viesse mal ao mundo, uma vez que não caía o céu abaixo. Não obstante, quiseram votar em separado na minha seção.

Não entendi a resolução, como não entendi o boato da República em Portugal (já agora desmentido oficialmente). Não tendo havido sequer um conto a que se acrescentasse um ponto, era evidente que o boato nascera aqui mesmo de coisa nenhuma. Se o fim era influir no câmbio, estava justificado. Negócio é negócio, e não sei que seja mais desonesto inventar uma revolução incorreta e uma República sem realidade, que levar-me cem mil-réis por um objeto do valor de setenta. Ao contrário, levando-me cem por setenta, perco trinta mil-réis certos, ao passo que a coroa de d. Carlos continua a pousar na real cabeça, sob a forma de um simples chapéu. Os efeitos do câmbio podem ajudar a uns, em detrimento de outros, é verdade; mas não é isso mesmo a luta pela vida?

Quer-me parecer, entretanto, que há um sindicato formado para explorar a credulidade pública. Sem nenhum intento lucrativo, é seu único objeto rir um pouco, a fim de curar a incurável melancolia dos sócios. Quinta-feira foi destinada à República de Portugal. Dizem que o boato começou às 11 horas; talvez o plano fosse caminhar um pouco e dar às 2 horas a união ibérica proclamada, e as duas línguas, espanhola e portuguesa, em marcha para uma só espanhola, e os *Lusíadas*, convertidos em poema provinciano, traduzido por ordem do ministro do Fomento. Às 3 horas, o sindicato diria que a Inglaterra, amando todos os Egitos possíveis, no que faz muito bem, teria mandado para o palácio das Necessidades um dos seus lordes temporais. Às 4 horas os janotas de Lisboa perguntariam uns aos outros, por graça e novidade: *how do you do?*

Se é isto, continuem. Uma boa organização de imaginosos e discretos pode dar alegria à cidade e ajudar a levar a cruz da vida. Se amanhã ou depois nos derem a entrada de Crispi para um convento, ou a conversão de Bismarck ao catolicismo, podem abrir uma assinatura e desde já me inscrevo por um ano.

Esta semana parece de cinco dias; mas não lhe dou mais uma hora; adeus.

Gazeta de Notícias, 21 de julho de 1895

Raramente leio as notícias policiais

Raramente leio as notícias policiais, e não sei se faço bem. São monótonas, vulgares, a língua não é boa; em compensação, podem achar-se pérolas nesse estéreo. Foi o que me sucedeu esta semana, deixando cair os olhos na notícia do assassinato de João Ferreira da Silva. Não foi o nome da vítima que me prendeu a atenção, nem o do suposto assassino, nem as demais circunstâncias citadas no depoimento das testemunhas, as serenatas de viola, o botequim, a bisca e outras. Uma das testemunhas, por exemplo, fala do Clube dos Girondinos, que eu não conhecia, mas ao qual digo que, se não tem por fim perder as cabeças dos sócios, melhor é mudar de nome. Sei que a história não se repete. A Revolução Francesa e *Otelo* estão feitos; nada impede que esta ou aquela cena seja tirada para outras peças, e assim se cometem, literariamente falando, os plágios. Ora, o nome de Girondinos é sugestivo; dá vontade de levar os portadores ao cadafalso. Tudo isto seja dito, no caso de não se tratar de alguma sociedade de dança.

Vamos, porém, ao assassinato da rua da Relação. O que me atraiu nesse crime foi a força do amor, não por ser o motivo da discórdia e do ato — há muito quem mate e morra por mulheres —, mas por apresentar na pessoa de Manuel de Sousa, o suposto assassino, um modelo particular de paixões contrárias e múltiplas. Foram as tatuagens do corpo do homem que me deslumbraram.

As tatuagens são todas ou quase todas amorosas. Braços e peito estão marcados de nomes de mulheres e de símbolos de amor. Lá estão as iniciais de uma Isaura Maria da Conceição, as de Sara Esaltina dos Santos, as de Maria da Silva Fidalga, as de Joaquina Rosa da Conceição. Lá estão as figuras de um homem e de uma mulher em colóquio amoroso; lá estão dois corações, um atravessado por uma seta, outro por dois punhais em cruz...

Quando os médicos examinaram este homem fizeram-no com Lombroso na mão, e acharam nele os sinais que o célebre italiano dá para se conhecer um criminoso nato; daí a veemente suposição de ser ele o assassino de João Ferreira. Eu, para completar o juízo científico, mandaria ao mestre Lombroso cópia das tatuagens, pedindo-lhe que dissesse se um homem tão dado a amores, que os escrevia em si mesmo, pode ser verdadeiramente criminoso.

Se pode, e se foi ele que matou o outro, não será o "anjo do assassinato", como Lamartine chamou a Carlota Corday, mas será, como eu lhe chamo, o Eros do assassinato. Na verdade, há alguma coisa que atenua este crime. Quem tanto ama, que é capaz de escrever em si mesmo alguns dos nomes das mulheres amadas... Sim, apenas quatro, mas é evidente que este homem deve ter amado dezenas delas, sem contar as ingratas. Convém notar que traz no corpo, entre as tatuagens públicas, um signo de Salomão. Ora, Salomão, como se sabe, tinha trezentas esposas e setecentas concubinas; daí a devoção que Manuel de Sousa lhe dedica. E isso mesmo explicará a vocação do homicídio. Salomão, logo que subiu ao trono, mandou matar algumas pessoas para ensaiar a vontade. Assim as duas vocações andarão juntas, e se Manuel de Sousa descende do filho de Davi, coisa possível, tudo estará mais que explicado.

A força do amor é tamanha que até aparece no conflito do Amapá. Daquela tormenta sabe-se que dois nomes sobrevivem, Cabral e Trajano. O retrato do chefe Cabral, que com tanto ardor defendeu a povoação, quando os franceses a invadiram levando tudo a ferro e fogo, está na loja Natté; mas não é dele que trato. Trajano, que os franceses alegavam ser seu, chegou à capital do Pará onde foi interrogado por mais de um repórter, visto e ouvido com extraordinária atenção. A todos respondeu narrando as cenas terríveis. Dizem os jornais que é homem de seus cinquenta e cinco anos, inteligente, falando bem o português, com uma ou outra locução afrancesada.

Tudo narrou claramente — e tristemente, decerto, mas, acaso pensais que essas cenas de sangue são a sua principal dor? Não conheceis a natureza e seus espantos. Trajano sente mais que tudo uma caboclinha, sua mulher, que lhe fugiu. Este duro golpe penetrou mais fundo na alma dele que os outros. Não daria a pátria pela caboclinha, nem ninguém lha pede; mas, enquanto a dor lhe dói, vai confessando o que sente.

Quem sabe se o caso da ilha da Trindade é mais de amor que de navegação e posse? Agora que o conflito está findo ou quase findo, graças à habilidade e firmeza do governo, podemos conjecturar um pouco sobre este ponto, não para explicar poeticamente a ação inglesa, mas para mostrar que os corações mais duros podem ter seus acessos de ternura.

Camões chama algures *duros navegantes* aos seus portugueses. Nem por duros puderam esquivar-se ao amor. Um dia acharam a ilha dos Amores, que Vênus, para os favorecer, ia empurrando no mar, até encontrá-los. Os descobridores da Índia desembarcaram. As belezas da floresta, a aparição das ninfas nuas e seminuas, que iam fugindo aos intrusos, as falas deles e delas, os famintos beijos, o choro mimoso, a ira honesta, e toda a mais descrição e narração, lidas em terra, fazem extraordinariamente arder os corações. Imaginai um navio inglês, patrício de Byron, no alto mar, batido dos ventos e da miséria, e dando com uma ilha deserta e inculta. Se os tripulantes estivessem lendo as ordens do almirantado do século XVIII, podia ser que não entrassem na ilha; mas liam Camões, e exatamente o episódio da ilha dos Amores. Desceram à ilha; a imaginação acesa pela poesia mostra-lhes o que não há; dão com tranças de ouro, fraldas de camisa, pernas nuas. Um Veloso, por outro nome inglês, dá espantado um grande grito, repete o discurso do personagem de Camões, e conclui que sigam as deusas, e vejam se são fantásticas, se verdadeiras. Todos obedeceram, inclusive o Leonardo do poema, e entraram a correr pela mata e pelas águas, até que deram por si em um espaço deserto, sem fruta, sem flores, sem moças...

Ouviram alguma coisa, ao longe, a voz de um homem, que falava pela língua do poeta, ainda que em prosa diplomática. E dizia a voz estranha uma porção de coisas que eles, antes de ler Camões, deviam trazer de memória. Tornaram a bordo, não menos ardentes que desconsolados, e foram consolar-se com o imaginado episódio da ilha dos Amores; mas então já haviam passado as estrofes das ninfas nuas e seminuas; estas tinham-se casado com os navegantes e a deusa principal com o grande capitão. Os versos já não eram lascivos, mas conceituosos. Um deles lia para os outros escutarem:

> E ponde na cobiça um freio duro,
> E na ambição também etc.

Gazeta de Notícias, 28 de julho de 1895

Antes de escrever o nome de Basílio da Gama

Antes de escrever o nome de Basílio da Gama, é força escrever o do dr. Teotônio de Magalhães. A este moço se deve principalmente a evocação que se fez esta semana do poeta do *Uruguai*. Pessoas que educaram os ouvidos de rapaz com versos de José Basílio não tinham na memória o centenário da morte do poeta. Não as crimino por isso; seria criminar-me com elas. Também não ralho dos últimos anos deste século, tão exaustivos para nós, tão cheios de sucessos, *terra marique*. Não há lugar para todos, para os vivos e para os mortos, principalmente os grandes mortos. Mas como alguém se lembrou do poeta, esse falou por todos, e muitos seguiram a bandeira do jovem piedoso e modesto, que mostrou possuir o sentimento da glória e da pátria.

Não se fez demais para quem muito merecia; mas fez-se bem e com alma. Que os nossos patrícios de 1995, chegado o dia 20 de julho, recordem-se igualmente que a língua, que a poesia da sua terra, adornam-se dessas flores raras e vividas. Se a vida pública ainda impedir que os nomes representativos do nosso gênio nacional andem na boca e memória do povo, alguém haverá que se lembre dele, como agora, e o segundo centenário de Basílio da Gama será celebrado, e assim os ulteriores. Que esse modo de viver na posteridade seja ainda uma consolação! Quando a pá do arqueólogo descobre uma estátua divina e truncada, o mundo abala-se, e a maravilha é recolhida onde possa ficar por todos os tempos; mas a estátua será uma só. Ao poeta ressuscitado em cada aniversário restará a vantagem de ser uma nova e rara maravilha.

Tal foi uma das festas da semana, que teve ainda outras. Há tempo de se afligir e tempo de saltar de gosto, diz o *Eclesiastes*; donde se pode concluir, sem truísmo, que há semanas festivas e semanas aborrecidas. No *Eclesiastes* há tudo para todos. A pacificação do Sul lá está: "Há tempo de guerra e tempo de paz". Muita gente entende que este é que é o tempo de paz; muita outra julga, pelo contrário, que é ainda o tempo da guerra, e de cada lado se ouvem razões claras e fortes. O *Eclesiastes*, que tem resposta para tudo, alguma dará a ambas as opiniões; se não fosse a urgência do trabalho, iria buscá-la ao próprio livro; não podendo fazê-lo, contento-me em supor que ele dirá aquilo que tem dito a todos, em todas as línguas, principalmente no latim, a que o trasladaram: "Vaidade das vaidades, e tudo é vaidade".

Napoleão emendou um dia essas palavras do santo livro. Foi justamente em dia de vitória. Quis ver os cadáveres dos velhos imperadores austríacos, foi aonde eles estavam depositados, e gastou largo tempo em contemplação, ele, imperador também, até que murmurou, como no livro: "Vaidade das vaidades, e tudo é vaidade". Mas, logo depois, para corrigir o texto e a si, acrescentou: "Exceto talvez a força". Seja ou não exata a anedota, a palavra é verdadeira. Podeis emendá-la ao corso ambicioso, se quiserdes, como ele fez ao desconsolado de Israel, mas há de ser em outro dia. Os minutos correm; agora é falar da semana e das suas festas alegres.

Uma dessas festas foi o regresso do sr. Rui Barbosa. Coincidiu com o de Basílio da Gama; mas aquele veio de Londres, este da sepultura, e por mais definitiva que seja a sepultura, força é confessar que o autor do *Uruguai* não veio de mais longe que o ilustre ministro do Governo Provisório. Talvez de mais perto. A sepultura é a mesma em toda a parte, qualquer que seja o mármore e o talento do escultor, ou a simples pedra sem nome ou com ele, posta em cima da cova. A morte é universal. Londres não é universal. Londres é Londres, tanto para os que a admiram, como para os que a detestam. Um membro da Comuna de Paris, visitando a Inglaterra há anos, escreveu que era um país profundamente insular, tanto no sentido moral, como no geográfico. Os que leram as cartas do sr. Rui Barbosa no *Jornal do Commercio,* terão sentido que ele, um dos grandes admiradores do gênio britânico, reconhece aquilo mesmo na nação, e particularmente na capital da Inglaterra.

A recepção do sr. Rui Barbosa foi mais entusiástica e ruidosa que a de Basílio da Gama; diferença natural, não por causa dos talentos, que são incomparáveis entre si, mas porque a vida ativa fala mais ao ânimo dos homens, porque o sr. Rui Barbosa teve parte grande na história dos últimos anos, finalmente porque é alguém que vem dizer ou fazer alguma coisa. Como essa coisa, se a houver, é certamente política, troco de caminho e torno-me às letras, ainda que aí mesmo ache o culto espírito do sr. Rui Barbosa, que também as pratica e com intimidade. Não importa; aqui, o que houver de dizer ou fazer, será bem-vindo a todos.

Outra festa, não propriamente a primeira em data ou lustre, mas em interesse cá de casa, foi o aniversário da *Gazeta de Notícias*. Completou os seus vinte anos. Vinte anos é alguma coisa na vida de um jornal qualquer, mas na da *Gazeta* é uma longa página da história do jornalismo. O *Jornal do Commercio* lembrou ontem que ela fez uma transformação na imprensa. Em verdade, quando a *Gazeta* apareceu, a dois vinténs, pequena, feita de notícias, de anedotas, de ditos picantes, apregoada pelas ruas, houve no público o sentimento de alguma coisa nova, adequada ao espírito da cidade. Há vinte anos. As moças desta idade não se lembraram de fazer agora um gracioso mimo à *Gazeta*, bordando por suas mãos uma bandeira, ou, em seda, o número de 2 de agosto de 1875. São duas boas ideias que em 1896 podem realizar as moças de vinte e um anos, e depressa, depressa, antes que a *Gazeta* chegue aos trinta. Aos trinta, por mais amor que haja a esta folha, não é fácil que as senhoras da mesma idade lhe façam mimos. Se lessem Balzac, fá-los-iam grandes, e achariam mãos amigas que os recebessem; mas as moças deixaram Balzac, pai das mulheres de trinta anos.

Gazeta de Notícias, 4 de agosto de 1895

Que pouco se leia nesta terra é o que muita gente afirma

Que pouco se leia nesta terra é o que muita gente afirma, há longos anos, é o que acaba de dizer *um bibliômano* na *Revista Brasileira*. Este, porém, confirmando a observação, dá como uma das causas do desamor à leitura o ruim aspecto dos livros, a forma desigual das edições, o mau gosto, em suma. Creio que assim seja, contanto que essa causa entre com outras de igual força. Uma destas é a falta de estantes. As nossas grandes marcenarias estão cheias de móveis ricos, vários de gosto; não há só cadeiras, mesas, camas, mas toda a sorte de trastes de adorno, fielmente copiados dos modelos franceses, alguns com o nome original, o *bijou de salon*, por exemplo, outros em língua híbrida, como o *porta-bibelots*. Entra-se nos grandes depósitos, fica-se deslumbrado pela perfeição da obra, pela riqueza da matéria, pela beleza da forma. Também se acham lá estantes, é verdade, mas são estantes de músicas para piano e canto, bem-acabadas, vário tamanho e muito maneiras.

Ora, ninguém pode comprar o que não há. Mormente aos noivos, nem tudo acode. A prova é que, se querem comprar cristais, metais, louça, vão a outras casas, assim também roupa branca, tapeçaria etc.; mas não é nelas que acharão estantes. Nem é natural que um mancebo, prestes a contrair matrimônio, se lembre de ir a lojas de menor aparência, onde as compraria de ferro ou de madeira; quando se lembrasse, refletiria certamente que a mobília perderia a unidade. Só as grandes fábricas poderiam dar boas estantes, com ornamentações, e até sem elas.

A *Revista Brasileira* é um exemplo de que há livros com excelente aspecto. Creio que se vende; se não se vendesse, não seria por falta de matéria e valiosa. Mudemos de caminho, que este cheira a anúncio. Falemos antes da impressão que este último número me trouxe. Refiro-me às primeiras páginas de um longo livro, uma biografia de Nabuco, escrita por Nabuco, filho de Nabuco. É o capítulo da infância do finado estadista e jurisconsulto. As vidas dos homens que serviram noutro tempo e são os seus melhores representantes hão de interessar sempre às gerações que vierem vindo. O interesse, porém, será maior, quando o autor juntar o talento e a piedade filial, como no presente caso. Dizem que na sepultura de Chatham se pôs este letreiro: "O pai do sr. Pitt". A revolução de 1889 tirou, talvez, ao filho de Nabuco uma consagração análoga. Que ele nos dê com a pena o que nos daria com a palavra e a ação parlamentares, se outro fosse o regime, ou se ele adotasse a Constituição republicana. Há muitos modos de servir a terra de seus pais.

A impressão de que falei vem de anos longos. Desde muito morrera Paraná, e já se aproximava a queda dos conservadores, por intermédio de Olinda, precursor da ascensão de Zacarias. Ainda agora vejo Nabuco, já senador, no fim da bancada da direita, ao pé da janela, no lugar correspondente ao em que ficava, do outro lado, o marquês de Itanhaém, um molho de ossos e peles, trôpego, sem dentes nem valor político. Zacarias, quando entrou para o Senado, foi sentar-se na bancada inferior à de Nabuco. Eis aqui Euzébio de Queirós, chefe dos conservadores, respeitado pela capacidade política, admirado pelos dotes oratórios, invejado talvez pelos seus célebres amores. Uma grande beleza do tempo andava desde muito ligada ao seu nome. Perdoem-me esta menção. Era uma senhora alta, outoniça... São migalhas da história, mas as migalhas devem ser recolhidas. Ainda agora leio que, entre as relíquias de Nelson, coligidas em Londres, figuram alguns mimos da formosa Hamilton. Nem por se ganharem batalhas navais ou políticas se deixa de ter coração. Jequitinhonha acabava de chegar da Europa, com os seus bigodes pouco senatoriais. Lá estavam Rio Branco, simples Paranhos, no centro esquerdo, bancada inferior, abaixo de um senador do Rio Grande do Sul — como se chamava? —, Ribeiro, um que tinha ao pé da cadeira, no chão atapetado, o dicionário de Morais, e o consultava a miúdo, para verificar se tais ou tais palavras de um orador eram ou não legítimas; era um varão instruído e lhano. Quem especificar mais? São Vicente, Caxias, Abrantes, Maranguape, Cotegipe, Uruguai, Itaboraí. Ottoni, e tantos, tantos, uns no fim da vida, outros para lá do meio dela, e todos presididos pelo Abaeté, com os seus compridos cabelos brancos.

Eis aí o que fizeram brotar as primeiras páginas de *Um estadista do império*. Ouço ainda a voz eloquente do velho Nabuco, do mesmo modo que ele devia trazer na lembrança as de Vasconcelos, Ledo, Paula Sousa, Lino Coutinho, que ia ouvir, em rapaz, na galeria da Câmara, segundo nos conta o filho. Que este faça reviver aqueles e outros tempos, contribuindo para a história do século XIX, quando algum sábio de 1950 vier contar as nossas evoluções políticas.

Como não se há de só escrever história política, aqui está Coelho Neto, romancista, que podemos chamar historiador, no sentido de contar a vida das almas e dos costumes. É dos nossos primeiros romancistas, e, geralmente falando, dos nossos primeiros escritores; mas é como autor de obras de ficção que ora vos trago aqui, com o seu recente livro *Miragem*. Coelho Neto tem o dom da invenção, da composição, da descrição e da vida, que coroa tudo. Não vos poderia narrar a última obra, sem lhe cercear o interesse. Parte dele está na vista imediata das coisas, cenas e cenários. Não há como transportar para aqui os aspectos rústicos, as vistas do céu e do mar, as noites dos soldados, a vida da roça, os destroços de Humaitá, a marcha das tropas, em 15 de novembro, nem ainda as últimas cenas do livro, tristes e verdadeiras. O derradeiro encontro de Tadeu e da mãe é patético. Os personagens vivem, interessam e comovem. A própria terra vive. A miragem, que dá o título ao livro, é a vista ilusória de Tadeu, relativamente ao futuro trabalhado por ele, e o desmentido que o tempo lhe traz, como ao que anda no deserto.

Não posso dizer mais; chegaria a dizer tudo. A arte dos caracteres mereceria ser aqui indicada com algumas citações; os episódios, como os amores de Tadeu em Corumbá, a impiedade de Luísa acerca dos desregramentos da mãe, a bondade do ferreiro Nazário, e outros que mostram em Coelho Neto um observador de pulso.

Gazeta de Notícias, 11 de agosto de 1895

O SR. HERRERA Y OBES

O sr. Herrera y Obes, ex-presidente da República Oriental do Uruguai, foi vítima esta semana de um desastre. Felizmente, os últimos telegramas o dão restabelecido, ou quase restabelecido; notícia agradável aos que querem bem à nossa vizinha e aos seus homens notáveis e patriotas.

S. ex. assistia a um concerto musical em Montevidéu, quando o revólver que trazia no bolso das calças, engatilhado, disparou repentinamente e a bala foi ferir-lhe o pé. O perigo do revólver é a facilidade de o meter no bolso já engatilhado, ou por descuido, ou para mais pronto emprego, em caso de agressão. Sendo esse o perigo do revólver, é também a sua grande superioridade. Uma metralhadora exigiria a presença de um regimento; a carabina não se pode trazer na mão, e provavelmente seria mandada pôr na sala das bengalas. A velha pistola figura só nos duelos de hoje e nos *vaudevilles* de 1854. Alguns romances ainda a conservam.

Nem há que notar ao fato de se levar um revólver a um concerto. O contrário seria o mesmo que condenar-lhe o uso. Ora, se é costume andar com ele, para acudir à própria salvação, não há de a gente deixá-lo em casa, só porque vai ouvir música; entre a casa de residência e a do concerto pode haver um facínora ou um adversário.

Chamo a atenção para este fato, porque o uso do revólver, se não é nacional, é dessas importações que assimilamos com facilidade. Pessoas que reputo bem informadas, afirmam que metade dos homens que andam na rua, levam revólver consigo. Nas casas dos arrabaldes é costume adotado. Em havendo sombra de ladrão, rompem tiros de revólver de todos os lados, e o ladrão escapa, se a noite ou as pernas o ajudam.

Tempo houve em que esta boa cidade dormia com as janelas abertas e as portas apenas encostadas. Não se andava na rua, à noite. O painel do nosso Firmino Monteiro mostra-nos o famoso Vidigal e dois soldados interrogando um tocador de viola. As noites eram para as serenatas, e ainda assim até certa hora. O capoeira ia surgindo; multiplicou-se; fez-se ofício, arte ou distração... De passagem, lembrarei aos nossos legisladores que andaram buscando e rebuscando circunlóquios para definir o capoeira, que um ato expedido no princípio do século, não sei se ainda por vice-rei ou se já por ministro de d. João VI, tendo de ordenar vigilância e repressão contra o capoeira, escreveu simplesmente capoeira, e todos entenderam o que era. Às vezes, não é mau legislar assim. Que se evitem palavras de moda, destinadas à vida das rosas... Oh! Malherbe! Não; tornemos à nossa história.

Mais tarde veio o costume salutar de apalpar as pessoas que eram encontradas na rua, depois da hora de recolher, a ver se traziam navalha ou faca. Simultaneamente, entrou o uso de apalpar as pessoas que levavam carteira no bolso, e por esta via se foi criando a classe dos gatunos. Não me tachem de espírito vil. Este assunto, se não é grande, também não é mínimo e baixo, como alguns poderão crer. Nem sempre se há de tratar das ideias de Platão. O assunto é grave e do dia. Os jornais escrevem artigos, em que dizem que a cidade está uma verdadeira espelunca de ladrões. Casas e pessoas são salteadas, carteiras levadas, cabeças quebradas, vidas arriscadas ou arrebatadas. Dizem que falta à autoridade a força precisa. Um dos artigos de anteontem afirma que metade do corpo de segurança é composto de indivíduos que já conheciam a polícia por ações menos úteis. Ora, posto que um adágio diga que "o diabo depois de velho, fez-se ermitão", outro há que diz, pela língua francesa: *qui a bu, boira*.

Ao que parece, trata-se de propor na Câmara dos deputados uma lei que dê mais força à autoridade, contra os ladrões e malfeitores. Não sou oposto a leis, mas tenho medo a leis novas, sobre coisas que se devem presumir legisladas. Se o código não é claro, mandemos traduzi-lo. Sobretudo, receio que a lei nova elimine o júri. Esta instituição pode errar, mas é uma garantia; pode absolver mais gatunos do que convém, pode soltar um homem que dois meses antes condenou a trinta ou quarenta anos de prisão, e assim praticar outros atos que, aparentemente, façam duvidar da atenção ou da inteireza com que procede. Não é razão para destruí-la. Se erros bastassem para eliminar os seus autores, que homem viveria ainda na terra? Persigamos o salteador, mas não lhe fechemos a porta do quintal; pode ser um inocente.

Sem querer, estou falando da vida e da propriedade, e suas garantias, que é o assunto que se examina agora no Rio Grande do Sul. O mundo afinal reduz-se a isto. Tudo se pode converter à vida e à propriedade, e assim se explicam os ódios grandes e terríveis. Os médicos paulistas, que há pouco celebraram um acordo para não tratar doentes remissos, nem juízes que deram uma sentença contra um pedido de honorários, podem ter ofendido o nosso sentimentalismo, mas, em substância, praticaram um ação forte e virtuosa. Defendem a propriedade. Os doentes que defendam a vida, pagando. O dito do padre Vieira: *morra e vingue-se* não serve a este caso. Doente que morre, não se vinga, enterra-se.

Gazeta de Notícias, 18 de agosto de 1895

POMBOS-CORREIOS

Pombos-correios, vulgarmente chamados telegramas, vieram anteontem do Sul para comunicar que a paz está feita. Tanto bastou para que a cidade se alegrasse, se embandeirasse e iluminasse. Grandes foram as manifestações por essa obra generosa; muita gente correu ao Palácio de Itamarati, onde aclamou e cobriu de flores o presidente da República. Natural é que razões políticas e patrióticas determinassem esse ato; para mim bastava que fossem humanas. *Homo sum, et nihil humanum* etc. Bem sei que a guerra também é humana, por mais desumana que nos pareça; nem nós estamos aqui só para cortar, entre amigos, o pão da cordialidade. Para isso, não era preciso sair do Éden. Não percamos de vista que dos dois primeiros irmãos um matou o outro, e tinham todo este mundo por seu. Se algum dia a paz governar universalmente este mundo, começará então a guerra dos mundos entre si, e o infinito ficará juncado de planetas mortos. Vingará por último o sol, até que o Senhor apague essa última vela, para melhor se agasalhar e dormir. Sonhará ele conosco?

Felizmente, são sucessos remotos, e muita gente dormirá debaixo da terra, antes que comece a derradeira *Ilíada*, sem Homero. Contentemo-nos com a paz que nos sorri agora, e alegremo-nos de ver irmãos alegres e unidos. Eu, como as letras são essencialmente artes de paz, é natural que a saúde com particular amor. O tumulto das armas nem sempre é favorável à poesia.

De resto, a semana começou bem para letras e artes. O sr. senador Ramiro Barcelos achou, entre os seus cuidados políticos, um momento para pedir que entrasse na ordem do dia o projeto dos direitos autorais. O sr. presidente do Senado, de pronto acordo, incluiu o projeto na ordem do dia.

Resta que o Senado, correspondendo à iniciativa de um e à boa vontade de outro, vote e conclua a lei.

Não lhe peço que discuta. Discussões levam tempo, sem adiantar nada. O artigo 6º da Constituição está sendo discutido com animação e competência, sem que aliás nenhum orador persuada os adversários. Cada um votará como já pensa. Talvez se pudesse fazer um ensaio de Parlamento calado, em que só se falasse por gestos, como queria um personagem de não sei que peça de Sardou, achando-se só com uma senhora. Sardou? Não afirmo que fosse ele, podia ser Barrière ou outro; foi uma peça que vi há muitos anos, no extinto Teatro de São Januário, crismado depois em Ateneu Dramático, também extinto, ou no Ginásio Dramático, tão extinto como os outros. Tudo extinto; não me ficaram mais que algumas recordações da mocidade, brevemente extinta.

Recordações da mocidade! Não sei se mande compor estas palavras em redondo, se em itálico. Vá de ambas as formas. *Recordações da mocidade*. Na peça deste nome, já no fim, quando os rapazes dos primeiros atos têm família e posição social, alguém lembra um ritornelo, ou é a própria orquestra que o toca à surdina; os personagens fazem um gesto para dançar, como outrora, mas o sentimento da gravidade presente os reprime e todos mergulham outra vez nas suas gravatas brancas. É o que te sucede, quinquagenário que ora lês os livros de todos esses rapazes que trabalham, escrevem e publicam. É o ritornelo das gerações novas; ei-lo que te recorda o ardor agora tépido, os risos da primavera fugidia, os ares da manhã passada. Bela é a tarde, e noites há belíssimas; mas a frescura da manhã não tem parelha na galeria do tempo.

Eis aqui um, Magalhães de Azeredo, que a diplomacia veio buscar no meio dos livros que fazia. Dante, sendo embaixador, deu exemplo aos governos de que um homem pode escrever protocolos e poemas, e fazer tão bem os poemas, que ainda saiam melhores que os protocolos. O nosso Domingos de Magalhães foi diplomata e poeta. Não conheço as suas notas, mas li os seus versos, e regalei-me em criança com o *Antônio José*, representado por João Caetano, para não falar no "Waterloo", que mamávamos no berço, com a "Canção do exílio" de Gonçalves Dias.

Este outro Magalhães — Magalhães de Azeredo — é dos que nasceram para as letras, governando Deodoro; pertence à geração que mal chegou à maioridade, e toda se desfaz em versos e contos. Compõe-se destes o livro que acaba de publicar com o título de *Alma primitiva*. Não te enganes; não suponhas que é um estudo — por meio de histórias imaginadas — da alma humana em flor. Nem serás tão esquecido que te não lembre a novela aqui publicada; história de amor, de ciúme e de vingança, um quadro da roça, o contraste da alma de um professor com a de um tropeiro. Tal é o primeiro conto; o último, "Uma escrava", é também um quadro da roça, e a meu ver, ainda melhor que o primeiro. É menos um quadro da roça que da escravidão. Aquela d. Belarmina, que manda vergalhar até sangrar uma mucama de estimação, por ciúmes do marido, cujo filho a escrava trazia nas entranhas, deve ser neta daquela outra mulher que, pelo mesmo motivo, castigava as escravas, com tições acesos pessoalmente aplicados... Di-lo não sei que cronista nosso, frade naturalmente; mais recatado que o frade, fiquemos aqui. São horrores, que a bondade de muitas haverá compensado; mas um povo forte pinta e narra tudo.

Não é o conto único da roça e da escravidão, nem só dele se compõe este livro variado. Creio que a melhor página de todas é a do "Ahasvero", quadro terrível de um navio levando o cólera-mórbus, pelo oceano fora, rejeitado dos portos, rejeitado da vida. É daqueles em que o estilo é mais condensado e vibrante.

Não cuides, porém, que todas as páginas deste livro são cheias de sangue e de morte. Outras são estudos tranquilos de um sentimento ou de um estado, quadros de costumes ou desenvolvimento de uma ideia. "De além--túmulo" tem o elemento fantástico, tratado com fina significação e sem abuso. O que podes notar em quase todos os seus contos é um ar de família, uma feição mesclada de ingenuidade e melancolia. A melancolia corrige a ingenuidade, dando-lhe a intuição do mal mundano; a ingenuidade tempera a melancolia, tirando-lhe o que possa haver nela triste ou pesado. Não é só fisicamente que o dr. Magalhães de Azeredo é simpático; moralmente atrai. A educação mental que lhe deram auxiliou uma natureza dócil. Os seus hábitos de trabalho são, como suponho, austeros e pacientes. Duvidará algumas vezes de si? O trabalho dar-lhe-á a mesma fé que tenho no seu futuro.

Gazeta de Notícias, 25 de agosto de 1895

AQUILO QUE LULU SÊNIOR
DISSE ANTEONTEM

Aquilo que Lulu Sênior disse anteontem a respeito do professor inglês que enforcaram em Guiné trouxe naturalmente a cor alegre que ele empresta a todos os assuntos. As pessoas que não leem telegramas não viram a notícia; ele, que os lê, fez da execução do inglês e dos autores do ato uma bonita caçoada. Nada há, entretanto, mais temeroso nem mais lúgubre.

Não falo do enforcamento, ordenado pelas autoridades indígenas. Eu, se fosse autoridade de Guiné, também condenaria o professor inglês, não por ser inglês, mas por ser professor. Enforcaram o homem, e não há de ser a simples notícia de um enforcado que faça perder o sono nem o apetite. A descrição do ato faria arrepiar as carnes, mas os telegramas não descrevem nada, e o professor foi pendurado fora da nossa vista. Nem mais teremos aqui tal espetáculo; o desuso, e por fim a lei acabaram com a forca para sempre, salvo se a lei de Lynch entrar nos nossos costumes; mas não me parece que entre.

Quanto ao crime que levou o professor inglês ao cadafalso africano, não é ainda o que mais me entristece e abate. Dizem que comeu algumas crianças. Compreendo que o matassem por isso. É um crime hediondo, naturalmente; mas há outros crimes tão hediondos, que, ainda afligindo a minh'alma, não me deixam prostrado e quase sem vida. Demais, pode ser que o professor quisesse explicar aos ouvintes o que era canibalismo, cientificamente falando. Pegou de um pequeno e comeu-o. Os ouvintes, sem saber onde ficava a diferença entre o canibalismo científico e o vulgar, pediram explicações; o professor comeu outro pequeno. Não sendo provável que os espíritos de Guiné tenham a compreensão fácil de um Aristóteles, continuaram a não entender, e o professor continuou a devorar meninos. É o que em pedagogia se chama "lição das coisas".

Se assim fosse, deveríamos antes lastimar o sacrifício que fez tal homem, comendo o semelhante, para o fim de ensinar e civilizar gentes incultas. Mas seria isso? Foi o amor ao ensino, a dedicação à ciência, a nobre missão do progresso e da cultura? Ou estaremos vendo os primeiros sinais de um terrível e próximo retrocesso? Vou explicar-me.

Em 1890, foi descoberto e processado em Minas Gerais um antropófago. Um só já era demais; mas o processo revelou outros, sendo o maior de todos o réu Clemente, apresentado ao juiz municipal de Grão-Mogol, dr. Belisário da Cunha e Melo, ao qual estava sujeito o termo de Salinas, onde se deu o caso.

Não era este Clemente nenhum vadio, que preferisse comer um homem a pedir-lhe dez tostões para comer outra coisa. Era lavrador, tinha vinte e dois anos de idade. Confessou perante o subdelegado haver matado e comido seis pessoas, dois homens, duas mulheres e duas crianças. Não tenham pena de todos os comidos. Um deles, a moça Francisca, antes de ser comida por ele, com quem vivia maritalmente, ajudou-o a matar e a comer outra moça, de nome Maria. Outro comido, um tal Basílio, foi com ele à casa de Fuão Simplício, onde pernoitaram; e estando o dono a dormir, os dois hóspedes com uma mão de pilão o mataram, assaram e comeram. Mas tempos depois, um sábado, 29 de novembro de 1890, levado de saudades, matou o companheiro Basílio, e estava a comer-lhe as coxas, tendo já dado cabo da parte superior do corpo, quando foi preso. Os dois meninos, comidos antes, chamavam-se Vicente e Elesbão, e eram irmãos de Francisca, filhos de Manuela. Por que escapou Manuela? Talvez por não ser moça. Oh! mocidade! Oh! flor das flores! A mesma antropofagia te prefere e busca. Aos velhos basta que os desgostos os comam.

Importa notar que o inventor da antropofagia, no termo de Salinas, não foi Clemente, mas um tal Leandro, filho de Sabininha, e mais a mulher por nome Emiliana. Propriamente foram estes os que mataram um menino, e o levaram para casa, e o esfolaram e assaram; mas, quando se tratou de comê-lo, convidaram amigos, entre eles Clemente, que confessou ter recebido uma parte do defunto. A informação consta do interrogatório. Não tive outras notícias nem sei como acabou o processo. Hão de lembrar-se que esse foi o ano terrível (1890-91) em que se perdeu e ganhou tanto dinheiro que não pude ler mais nada. Comiam-se aqui também uns aos outros, sem ofensa do código — ao menos no capítulo do assassinato.

A conclusão que tiro do caso de Salinas e do caso de Guiné é que estamos talvez prestes a tornar atrás, cumprindo assim o que diz um filósofo

— não sei se Montaigne —, que nós não fazemos mais que andar à roda. Há de custar a crer, mas eu quisera que me explicassem os dois casos, a não ser dizendo que tal costume de comer gente é repugnante e bárbaro, além de contrário à religião; palavra de civilizado, que outro civilizado desmentiu agora mesmo em Guiné. Não esqueçam a proposta de Swift, para tornar as crianças irlandesas, que são infinitas, úteis ao bem público. "Afirmou-me um americano, disse ele, meu conhecido de Londres e pessoa capaz, que uma criança de boa saúde e bem nutrida, tendo um ano de idade, é um alimento delicioso, nutritivo e são, quer cozido, quer assado, de forno ou de fogão." É escusado replicar-me que Swift quis ser apenas irônico. Os ingleses é que atribuíram essa intenção ao escrito pelo sentimento de repulsa; mas os próprios ingleses acabaram de provar na África a veracidade e (com as restrições devidas à humanidade e à religião) o patriotismo de Swift.

Talvez o deão e o americano se hajam enganado em limitar às crianças de um ano as qualidades de sabor e nutrição. Se tornarmos à antropofagia, é evidente que o uso irá das crianças aos adultos, e pode já fixar-se a idade em que a gente ainda deva ser comida: quarenta a quarenta e cinco anos. Acima desta idade, não creio que as qualidades primitivas se conservem. Como é provável que a atual civilização subsista em grande parte, é naturalíssimo que se façam instituições próprias de criação humana, ou por conta do Estado, ou de acordo com a lei das sociedades anônimas. Penso também que acabará o crime de homicídio, pois que o modo certo de defesa do criminoso será, logo que estripe o seu inimigo ou um rival, ceá-lo com pessoas de polícia.

Horrível, concordo; mas nós não fazemos mais que andar à roda, como dizia o outro... Que me não posso lembrar se foi realmente Montaigne, pois iria daqui pesquisar o livro, para dar o texto na própria e deliciosa língua dele! Os franceses têm um estribilho que se poderá aplicar à vida humana, dado que o seu filósofo tenha razão:

Si cette histoire vous embête,
Nous allons la recommencer.

Os portugueses têm este outro, para facilitar a marcha, quando são dois ou mais que vão andando:

Um, dois, três;
Acerta o passo, Inês,
Outra vez!

Estribilhos são muletas que a gente forte deve dispensar. Quando voltar o costume da antropofagia, não há mais que trocar o "amai-vos uns aos outros", do Evangelho, por esta doutrina: "Comei-vos uns aos outros". Bem pensado, são os dois estribilhos da civilização.

Gazeta de Notícias, 1º de setembro de 1895

NÃO ME FALEM DE ANISTIAS

Não me falem de anistias, nem de chuvas, nem de frios, nem do naufrágio do *Britânia*, nem do eclipse da lua que dizem ter havido no princípio da semana. Há pessoas que trazem de cor os eclipses. Também eu fui assim, graças aos almanaques. Um dia, porém, vendo que o sol e a lua, posto que primitivos, eram ainda os melhores almanaques deste mundo, acabei com os outros. A economia é sensível; mas nem por isso ando com os olhos no céu. Tendo tropeçado tanta vez, como o sábio antigo, sigo o conselho da velha e não tiro os olhos do chão: é o mais seguro gesto para não cair no poço.

Vós, que me ledes há três anos ou mais, duvidareis um pouco desta afirmação. Sim, é possível que me tenhais visto com os olhos no firmamento, à cata de alguma estrela perdida ou sonhada. Não o vejo, mas não tenho tempo de me reler, nem já agora rasgo o que aí fica, para dizer outra coisa. Farei de conta que isto é uma retificação, à maneira dos escrivães e outros oficiais, como esta que leio no último número do *Arquivo Municipal*: "Proveu mais o dito ouvidor-geral que dos primeiros efeitos desta Câmara se faça um tinteiro de prata, na forma do outro que *acabou*, digo na forma do outro que *serve*". Com um simples *digo* se põe o contrário.

Esse *Arquivo* não traz só velhos documentos, mas também lições e boas regras. No dito auto de correição, que se fez ali pelos fins do primeiro terço do século passado, emendou-se muita lacuna e cortou-se muita demasia. "Proveu mais o ouvidor, que porquanto há grandes queixas do mal que se cobram os foros dos bens do Conselho, por serem dados alguns a pessoas poderosas, e outros a pessoas eclesiásticas, mandou que daqui em diante se não deem mais a semelhantes pessoas, senão dando fiadores chãos e abonadores..." Os próprios governadores não escaparam a este terrível ouvidor-geral, que também mandou "que por nenhum caso de hoje em diante se dê mais a nenhum governador desta praça ajuda de custo para casas nem para outros efeitos alguns, das rendas da câmara, com pena de os pagarem os oficiais da Câmara e de não entrarem mais no governo desta República". Enfim, até mandou que se contratasse um letrado, o licenciado Bento Homem de Oliveira, com o ordenado de trinta e dois mil-réis por ano.

Trinta e dois mil-réis por ano! Bom tempo, ah! bom tempo! Apesar da nobreza da terra, não vivia ainda nem morria a marquesa de Três Rios, que só com médicos despendeu (dizem as notícias de São Paulo) cerca de quinhentos contos. Bom tempo, ah! bom tempo em que se taxava o preço a tudo, e o regimento dos alfaiates marcava para um colete, uma véstia e um calção (um terno diríamos hoje) a quantia de quatro mil-réis. O torneiro de chifre (ofício extinto) tinha no seu regimento que um tinteiro grande de escrivão com tampa custasse quatrocentos réis, e um dito grande com *sua poeira*, quatrocentos e oitenta réis. Que era *sua poeira*? Talvez a areia que ainda achei, em criança, antes que o mata-borrão servisse também para enxugar as letras. Usos, costumes, regras e preços que se foram com os anos.

Com os séculos foram ainda outras coisas, e não só desta terra, como de alheias — o Egito, para não ir mais longe. Há dois Egitos: o atual, que, não sendo propriamente ilha, é uma espécie de ilha britânica, e o antigo, que se perde na noite dos tempos. Este é o que o nosso Coelho Neto põe no *Rei fantasma*. Não conheço um nem outro; não posso comparar nem dizer nada da ocupação inglesa nem da restauração Coelho Neto. Tenho que a restauração sempre há de ter sido mais difícil que a ocupação; mas fio que o nosso patrício haverá estudado conscienciosamente a matéria.

É certo que o autor, no prólogo do livro, afirma que este é tradução de um velho papiro, trazido do Cairo por um estrangeiro que ali viveu em companhia de Mariette. O estrangeiro veio para aqui em 1888, e com medo das febres meteu-se pelo sertão, levando o papiro, os anúbis, mapas e cachimbos. Aí o conheceu, aí trabalharam juntos; morto o estrangeiro, Coelho Neto cedeu a rogos e deu ao prelo o livro.

Conhecemos todos essas fábulas. São inventos que adornam a obra ou dão maior liberdade ao autor. Aqui, nada tiram nem trocam ao estilo de Coelho Neto, nem afrouxam a viveza da sua imaginação. A imaginação é necessária nesta casta de obras. A de Flaubert deu realce e vida a *Salammbô*, sem desarmar o grande escritor da erudição precisa para defender-se, no dia em que o acusaram de haver falseado Cartago. Quando o autor é essencialmente erudito, como Ebers, preocupa-se antes de textos e indicações; pegai na *Filha de um rei do Egito*, contai as notas, chegareis a 525. Ebers nada esqueceu; conta-nos, por exemplo, que o mais velho de dois homens que vão na barca pelo Nilo "passa a mão pela barba grisalha, que lhe cerca o queixo e as faces, mas não os lábios", e manda-nos para as notas, onde nos explica que os espartanos não usavam bigodes.

Não sei se Coelho Neto iria a todas as particularidades antigas; mas aqui está uma de todos os tempos, que lhe não esqueceu, e trata-se de barca também, uma que chega à margem para receber o rei: "os remos arvorados gotejavam..." Não tenho com que analise ou interrogue o autor do *Rei fantasma* acerca dos elementos do livro. Sei que este interessa, que as descrições são vivas, que as paixões ajudam a natureza exterior e a estranheza dos costumes. Há quadros terríveis; a cena de Amani e da concubina tem grande movimento, e o suplício desta dói ao ler, tão viva é a pintura da moça, agarrada aos ferros e fugindo aos leões. O mercado de Peh'u e a panegíria de Ísis são páginas fortes e brilhantes.

Gazeta de Notícias, 8 de setembro de 1895

Um dia destes, indo a passar pela guarda policial

Um dia destes, indo a passar pela guarda policial da rua Sete de Setembro, fronteira à antiga capela imperial, dei com algumas pessoas paradas e um carro de polícia. De dentro da casa saía um preto, em camisa, pernas nuas, trazido por dois praças. Abriram a portinhola do carro e o preto entrou sem resistência, sentou-se e olhou placidamente para fora. Um dos praças recebeu o ofício de comunicação, e o carro partiu.

— Que crime cometeu este preto? — perguntei a um oficial.

— É um alienado.

Grande foi o abalo que me deu esta simples resposta. Esperava um maníaco ou gatuno, que tivesse lutado e perdido as calças. Sempre era alguém. Mas um pobre homem doido, que daí a pouco estaria no hospício, era um desgraçado sem personalidade, um organismo sem consciência. E fiquei triste, fiquei arrependido de haver passado por ali, quando a cidade é assaz grande e todos os caminhos levam a Roma. Às vezes basta um sucesso desses para estragar o dia e eram apenas dez horas da manhã. Não podia andar sem ver um carro, duas pernas nuas, dois praças que as metiam no carro... Desviava os olhos, dobrava uma esquina, mas aí vinham os praças e as pernas. A visão perseguia-me.

De repente, bradou-me uma voz de dentro: "Mas, desgraçado, examinaste bem aquele preto? Sabes qual é a sua loucura?" A princípio não dei atenção a esta pergunta, que me pareceu tola, porquanto bastava que as ideias dele não fossem reais para serem a maior desgraça deste mundo; a curiosidade de saber o que efetivamente pensava o alienado fez-me entrar no cérebro do infeliz. Qualquer outro acharia já nisto um princípio de alienação mental; mas a presunção que tenho de imaginar as coisas que andam na cabeça dos outros, e acertar com elas algumas vezes, deu-me ânimo para a tentativa.

Lembrou-me que o preto, posto que sem calças, não era precisamente um *sans-culotte*. Tinha um ar mesclado de sobranceria e melancolia. Não se opusera à entrada no carro, nem tentou sair, não falou, não resmungou. Os olhos que deitou para fora eram, como acima disse, plácidos. Suponhamos que ele acreditava ser o grão-duque da Toscana. Tanto melhor se já não há os ducados; era a maior prova da força imaginativa do homem.

Assim, em vez de ser levado em carro de polícia, ia metido no esplêndido coche ducal, tirado por duas parelhas de cavalos negros. A rua da Assembleia, por onde subiu, apareceu-lhe larga e limpa, com vastas calçadas, e muitas senhoras nas janelas dando vivas a Ernesto XXIV; era provavelmente o nome deste grão-duque póstumo. No largo da Carioca fizeram-lhe parar o coche, diante da bela estação da Companhia de Carris do Jardim Botânico. Uma porção de senhoras, abrigadas da chuva, à espera dos bondes, saudaram respeitosamente a sua alteza. Sem sair do coche, Ernesto XXIV admirou o edifício, não só pelo estilo arquitetônico, como pelo conforto interior.

Chegado à rua do Lavradio, apeou-se à porta da secretaria da polícia. Tapetes, em vez de pontas de cigarros, receberam os pés do grão-duque, conduzido para o salão dos embaixadores, enquanto redigiam uma alocução. Cansado de esperar, ordenou que lhe levassem a alocução onde o achassem, e saiu a pé. Na praça Tiradentes viu a própria estátua na de Pedro I, e admirou a semelhança da cabeça, não menos que o brio do gesto. Depois de fazer a volta do gradil, foi convidado por uma comissão a entrar e repousar na estação dos bondes de Vila Isabel; aceitou e não gostou menos deste edifício que do do largo da Carioca. Achou até que os bancos de palhinha de Vila Isabel eram preferíveis aos bancos da Companhia Jardim Botânico, estofados e forrados de couro de Córdova. Ao sair, deixou paga a passagem de mil pessoas indigentes.

Já então muito povo o acompanhava. Descendo a rua do Ouvidor, não deixou de notar que era excessivamente larga.

— Uma rua destas — disse Ernesto XXIV —, não pode exceder de duzentos metros de largura. Também não pode ter uns cinco ou seis metros, como se fosse um beco dos Barbeiros ilustrado. Não é que os becos estejam fora da civilização; ao contrário, toda civilização começa, moralmente, por um beco. Mas os becos, estreitos em demasia, servem antes ao mexerico, ao boato, à crítica mofina etc. Com um piscar de olhos de uma calçada à outra indica-se uma senhora ou um cavalheiro que passa, e a facilidade do gesto convida à murmuração. Há mais a desvantagem de se atopetar depressa e com pouco. Não se dirá isto da rua do Ouvidor; mas assim tão larga, que mal se distinguem as pessoas de um para outro lado, traz perigo diverso e perde talvez na beleza...

Falando e andando, ordenou que o conduzissem à Câmara dos deputados. A multidão o levou até lá, entre aclamações. A mesa, logo que soube da presença do grão-duque, mandou recebê-lo, e daí a pouco sentava-se sua alteza na tribuna do corpo diplomático. De pé, a Câmara inteira saudou com vivas o ilustre hóspede, e, a um gesto deste, continuou a discussão de um projeto relativo ao câmbio. "Desta tribuna, senhores..." continuou o orador; e Ernesto XXIV, guiando o binóculo que lhe dera um camarista, viu efetivamente o orador no alto da tribuna. A lei que se discutia, proposta pelo dito orador, tinha por objeto fazer baixar o câmbio, cuja alça afigurava-se a alguns antes um mal que um bem. E o orador citava anedotas pessoais:

— Tudo que se vendia por alto preço, há dois meses, longe de ficar nele, como presumiam ignorantes, vai baixando de um modo, não direi vertiginoso, mas rápido. Ontem deixei de comprar um chapéu alto por 5$000; perguntando ao chapeleiro que razão tinha para pedir tal vil preço por um objeto importado e quando o câmbio estava abaixo do par, explicou-me que a elevação do câmbio a 34 permitia-lhe comprar barato os objetos do seu uso, e não seria justo nem econômico exigir agora por um chapéu mais do que lhe custavam as calças e as gravatas. (*Apoiados e não apoiados*).

UMA VOZ. — E por que não comprou v. ex. o chapéu?

— Respondo ao nobre deputado que por um motivo superior ao meu próprio entendimento. (*Nenhum rumor*). Sinto, receio, assombra-me a possibilidade de ver tudo a decrescer tanto no preço, que se dê nova crise econômica, ainda não vista nem prevista.

Indo a entrar em votação o projeto, Ernesto XXIV deixou a Câmara e procurou a Intendência municipal. Achou o edifício sólido e asseado. Os empregados estavam alegres com o pagamento adiantado que lhes fizeram dos vencimentos de três meses. Estranhando este costume, ouviu do prefeito que ele se perdia na noite dos tempos e explicava-se pelo excesso de dinheiro que havia nas arcas da Prefeitura. Pagas todas as dívidas do município, calçadas e reformadas as ruas, desentulhada a praia da Glória de um princípio de ponte que ali ficou, e a enseada de Botafogo de um esboço de muro com que se queria alargar a praia, seria desastroso suspender tão velho uso de fazer adiantamentos aos empregados em proveito de quê? Em proveito do bolor, que é o que dá no dinheiro parado.

— Sim, confesso que...

Não pôde acabar. Cerca de cem mil pessoas vieram aclamar o gentil grão-duque da Toscana, que honrava assim as nossas plagas. Ernesto XXIV ouviu e proferiu discursos, recebeu uma taça de ouro, com dizeres de brilhantes, cinco moças bonitas entre dezessete e vinte anos, para seus amores, sapatos envernizados, anéis, uma comenda...

Quando acabei essas e outras imaginações, perguntei a mim mesmo se o alienado da rua Sete de Setembro era tão infeliz como supusera. Que é para ele uma esteira, um cubículo e um guarda? coxins, um palácio e moças bonitas. Talvez o que presumes serem moças, palácio e coxins não passe de um guarda, uma esteira e um cubículo.

Gazeta de Notícias, 15 de setembro de 1895

A SEMANA ACABOU COM UM TRISTÍSSIMO DESASTRE

A semana acabou com um tristíssimo desastre. Sabeis que foi a morte do conselheiro Tomás Coelho, um dos brasileiros mais ilustres da última geração do Império. Não é mister lembrar os cargos que exerceu naquele regime, deputado, senador, duas vezes ministro, na pasta da Guerra e da Agricultura. Se o Império não tem caído, teria sido chefe de governo, talhado para esse cargo pela austeridade, talento, habilidade e influência pessoal.

Os que o viram de perto poderão atestar o afinco dos seus estudos e a tenacidade dos seus trabalhos. Unia a gravidade e a afabilidade naquela perfeita harmonia que exprime um caráter sério e bom. No mundo econômico exerceu análoga influência à que tinha no mundo político. A ambos, e a toda a sociedade deixa verdadeira e grande mágoa. Nem são poucos os que devem sentir palpitar o coração lembrado e grato.

A morte de Tomás Coelho, em qualquer circunstância, seria dolorosa; mas o repentino dela tornou o golpe maior. Às 5 horas da tarde de sexta-feira subiu a rua do Ouvidor, tranquilo e conversando; mais de um amigo o cortejou, satisfeito de o ver assim. Nenhum imaginava que quatro horas depois seria cadáver.

Outro óbito, não de homem político, mas que faz lembrar um varão igualmente ilustre, começou enlutando a semana. Há alguns anos que se despediu deste mundo um dos seus atenienses: Otaviano. Aquele culto e fino espírito, que o jornal, que a palestra, e alguma vez a tribuna, viram sempre juvenil, recolhera-se nos últimos dias, flagelado por terrível enfermidade. Não perdera o riso, nem o gosto, tinha apenas a natural melancolia dos velhos. Amigos iam passar com ele algumas horas, para ouvi-lo somente, ou para recordar também. Os rapazes que só tenham vinte anos não conheceram esse homem que foi o mais elegante jornalista do seu tempo, entre os Rochas, e Amarais, quando apenas estreava este outro que a todos sobreviveu com as mesmas louçanias de outrora: Bocaiúva.

A casa era no Cosme Velho. As horas da noite eram ali passadas, entre os seus livros, falando de coisas do espírito, poesia, filosofia, história, ou da vida da nossa terra, anedotas políticas, e recordações pessoais. Na mesma sala estava a esposa, ainda elegante, a despeito dos anos, espartilhada e toucada, não sem esmero, mas com a singeleza própria da matrona. Tinha também que recordar os tempos da mocidade vitoriosa, quando os salões a contavam entre as mais belas. O sorriso com que ouvia não era constante nem largo, mas a expressão do rosto não precisava dele para atrair a d. Eponina as simpatias de todos.

Um dia Otaviano morreu. Como as aves que Chateaubriand viu irem do Ilíssus, na emigração anual, despediu-se aquela, mas sozinha, não como os casais de arribação. D. Eponina ficou, mas acaba de sair também deste mundo. Morreu e enterrou-se quarta-feira. Quantas se foram já, quantas ajudam o tempo a esquecê-las, até que a morte as venha buscar também! Assim vão umas e outras, enquanto este século se fecha e o outro se abre, e a juventude renasce e continua. Isso que aí fica é vulgar, mas é daquele vulgar que há de sempre parecer novo como as belas tardes e as claras noites. É a regra também das folhas que caem... Mas, talvez isto vos pareça Millevoye em prosa; falemos de outro Millevoye sem prosa nem verso.

Refiro-me às árvores do mesmo bairro do Cosme Velho, que, segundo li, já foram e têm de ser derrubadas pela Botanical Garden. A *Gazeta* por si, e o *Jornal do Commercio*, por si e por alguém que lhe escreveu, chamaram a atenção da autoridade municipal para a destruição de tais árvores, mas a Botanical Garden explicou que se trata de levar o bonde elétrico ao alto do bairro, não havendo mais que umas cinco árvores destinadas à morte. Achei a explicação aceitável. Os bondes de que se trata não passam até aqui do largo do Machado. As viagens são mais longas do que antes, é certo, mas não é por causa da eletricidade; são mais longas por causa, dos comboios de dois e três carros, que param com frequência. A incapacidade de um ou outro dos chamados motorneiros é absolutamente alheia à demora. Pode dar lugar a algum desastre, mas a própria companhia já provou, com estatísticas, que os bondes elétricos fazem morrer muito menos gente que o total dos outros carros.

Demais, é natural que nas terras onde a vegetação é pouca, haja mais avareza com ela, e que em Paris se trate de salvar o Bois de Boulogne e outros jardins. Nos países em que a vegetação é de sobra, como aqui, podem despir-se dela as cidades. Uma simples viagem ao sertão leva-nos a ver o que nunca hão de ver parisienses. Assim respondo à *Gazeta*, não que seja acionista da companhia, mas por ter um amigo que o é. Nem sempre os burros hão de dominar. Se os do Ceará nos deram o exemplo de jornadear ao lado da estrada de ferro, concorrendo com ela no transporte da carga, foi com o único fito de defender o carrancismo. Burro é atrasado e teimoso; mas os do Ceará acabaram por ser vencidos. O mesmo há de acontecer aos nossos. Agora, que a vitória da eletricidade no Cosme Velho e nas Laranjeiras devesse ser alcançada poupando as árvores, é possível; mas sobre este ponto não conversei com autoridade profissional.

Ao menos conto que não terão posto abaixo alguma das árvores da chácara de d. Olímpia, naquele bairro — a mesma que o sr. Aluísio Azevedo afirma ter escrito o *Livro de uma sogra,* que ele acaba de publicar, e que vou acabar de ler.

Gazeta de Notícias, 22 de setembro de 1895

Quando a vida cá fora estiver tão agitada e aborrecida

Quando a vida cá fora estiver tão agitada e aborrecida que se não possa viver tranquilo e satisfeito, há um asilo para a minha alma — e para o meu corpo, naturalmente.

Não é o céu, como podeis supor. O céu é bom, mas eu imagino que a paz lá em cima não estará totalmente consolidada. Já lá houve uma rebelião; pode haver outras. As pessoas que vão deste mundo, anistiadas ou perdoadas por Deus, podem ter saudades da terra e pegar em armas. Por pior que a achem, a terra há de dar saudades, quando ficar tão longe que mal pareça um miserável pontinho preto no fundo do abismo. Oh! pontinho preto, que foste o meu infinito (exclamarão os bem-aventurados), quem me dera poder trocar esta chuva de maná pela fome do deserto! O deserto não era inteiramente mau; morria-se nele, é verdade, mas vivia-se também; e uma ou outra vez, como nos povoados, os homens quebravam a cabeça uns aos outros — sem saber porquê, como nos povoados.

Não, devota amiga da minha alma, o asilo que buscarei, quando a vida for tão agitada como a desta semana, não é o céu, é o Hospício dos Alienados. Não nego que o dever comum é padecer comumente, e atacarem-se uns aos outros, para dar razão ao bom Renan, que pôs esta sentença na boca de um latino: "O mundo não anda senão pelo ódio de dois irmãos inimigos". Mas, se o mesmo Renan afirma, pela boca do mesmo latino, que "este mundo é feito para desconcertar o cérebro humano", irei para onde se recolhem os desconcertados, antes que me desconcertem a mim.

Que verei no hospício? O que vistes quarta-feira numa exposição de trabalhos feitos pelos pobres doidos, com tal perfeição que é quase uma fortuna terem perdido o juízo. Rendas, flores, obras de lã, carimbos de borracha, facas de pau, uma infinidade de coisas mínimas, geralmente simples, para as quais não se lhes pede mais que atenção e paciência. Não fazendo obras mentais e complicadas, tratados de jurisprudência ou constituições políticas, nem filosofias nem matemáticas, podem achar no trabalho um paliativo à loucura, e um pouco de descanso à agitação interior. Bendito seja o que primeiro cuidou de encher-lhes o tempo com serviço, e recompor-lhes em parte os fios arrebentados da razão.

Mas não verei só isso. Verei um começo de Epimênides, uma mulher que entrou dormindo, em 14 de setembro do ano passado, e ainda não acordou. Já lá vai um ano. Não se sabe quando acordará; creio que pode morrer de velha, como outros que dormem apenas sete ou oito horas por dia, e ir-se-á para a cova, sem ter visto mais nada. Para isso, não valerá a pena ter dormido tanto. Mas suponhamos que acorde no fim deste século ou no começo do outro; não terá visto uma parte da história, mas ouvirá contá-la, e melhor é ouvi-la que vivê-la. Com poucas horas de leitura ou de outiva, receberá notícia do que se passou em oito ou dez anos, sem ter sido nem atriz, nem comparsa, nem público. É o que nos acontece com os séculos passados. Também ela nos contará alguma coisa. Dizem que, desde que entrou para o hospício, deu apenas um gemido, e põe algumas vezes a língua de fora. O que não li é se, além de tal letargia, goza do benefício da loucura. Pode ser; a natureza tem desses obséquios complicados.

Aí fica dito o que farei e verei para fugir ao tumulto da vida. Mas há ainda outro recurso, se não puder alcançar aquele a tempo: um livro que nos interesse, dez, quinze, vinte livros. Disse-vos no fim da outra *Semana* que ia acabar de ler o *Livro de uma sogra*. Acabei-o muito antes dos acontecimentos que abalaram o espírito público. As letras também precisam de anistia. A diferença é que, para obtê-la, dispensam votação. É ato próprio; um homem pega em si, mete-se no cantinho do gabinete, entre os seus livros, e elimina o resto. Não é egoísmo, nem indiferença; muitos sabem em segredo o que lhes dói do mal político; mas, enfim, não é seu ofício curá-lo. De todas as coisas humanas, dizia alguém com outro sentido e por diverso objeto, a única que tem o seu fim em si mesma é a arte.

Sirva isto para dizer que a fortuna do livro do sr. Aluísio Azevedo é que, escrito para curar um mal, ou suposto mal, perde desde logo a intenção primeira para se converter em obra de arte simples. D. Olímpia é um tipo novo de sogra, uma sogra *avant la lettre*. Antes de saber com quem há de casar a filha, já pergunta a si mesma (página 112) de que maneira "poderá dispor do genro e governá-lo em sua íntima vida conjugal". Quando lhe aparece o futuro genro, consente em dar-lhe a filha, mas pede-lhe obediência, pede-lhe a palavra, e, para que esta se cumpra, exige um papel em que Leandro avise à polícia que não acuse ninguém da sua morte, pois que ele mesmo pôs termo a seus dias; papel que será renovado de três em três meses. D. Olímpia declara-lhe, com franqueza, que é para salvar a sua impunidade, caso haja de o mandar matar. Leandro aceita a condição; talvez tenha a mesma impressão do leitor, isto é, que a alma de d. Olímpia não é tal que chegue ao crime.

Cumpre-se, entretanto, o plano estranho e minucioso, que consiste em regular as funções conjugais de Leandro e Palmira, como a famosa sineta dos jesuítas do Paraguai. O marido vai para Botafogo, a mulher para as Laranjeiras. Balzac estudou a questão do leito único, dos leitos unidos, e dos quartos separados; d. Olímpia inventa um novo sistema, o de duas casas, longe uma da outra. Palmira concebe, d. Olímpia faz com que o genro embarque imediatamente para a Europa, apesar das lágrimas dele e da filha. Quando a moça concebe a segunda vez, é o próprio genro que se retira para os Estados Unidos. Enfim, d. Olímpia morre e deixa o manuscrito que forma este livro, para que o genro e a filha obedeçam aos seus preceitos.

Todo esse plano conjugal de d. Olímpia responde ao desejo de evitar que a vida comum traga a extinção do amor no coração dos cônjuges. O casamento, a seu ver, é imoral. A mancebia também é imoral. A rigor, parece-lhe que, nascido o primeiro filho, devia dissolver-se o matrimônio, porque a mulher e o marido podem acender em outra pessoa o desejo de conceber novo filho, para o qual já o primeiro cônjuge está gasto; extinta a ilusão, é mister outra. D. Olímpia quer conservar essa ilusão entre a filha e o genro. Posto que raciocine o seu plano, e procure dar-lhe um tom especulativo, de mistura com particularidades fisiológicas, é certo que não possui noção exata das coisas, nem dos homens.

Napoleão disse um dia, ante os redatores do Código Civil, que o casamento (entenda-se monogamia) não derivava da natureza, e citou o contraste do ocidente com o oriente. Balzac confessa que foram essas palavras que lhe deram a ideia da *Fisiologia*. Mas o primeiro faria um código, e o segundo enchia um volume de observações soltas e estudos analíticos. Diversa coisa é buscar constituir uma família sobre uma combinação de atos irreconciliáveis, como remédio universal, e algo perigosos. D. Olímpia, querendo evitar que a filha perdesse o marido pelo costume do matrimônio, arrisca-se a fazer-lho perder pela intervenção de um amor novo e transatlântico.

Tal me parece o livro do sr. Aluísio Azevedo. Como ficou dito, é antes um tipo novo de sogra que solução de problema. Tem as qualidades habituais do autor, sem os processos anteriores, que, aliás, a obra não comportaria. A narração, posto que intercalada de longas reflexões e críticas, é cheia de interesse e movimento. O estilo é animado e colorido. Há páginas de muito mérito, como o passeio à Tijuca, os namorados adiante, o dr. César e d. Olímpia atrás. A linguagem em que esta fala da beleza da floresta e das saudades do seu tempo é das mais sentidas e apuradas do livro.

Gazeta de Notícias, 29 de setembro de 1895

Quem põe o nariz fora da porta, vê que este mundo não vai bem

Quem põe o nariz fora da porta, vê que este mundo não vai bem. A Agência Havas é melancólica. Todos os dias enche os jornais, seus assinantes, de uma torrente de notícias que, se não matam, afligem profundamente. Ao pé delas, que vale o naufrágio do paquete alemão *Uruguai*, em Cabo Frio? Nada. Que vale o incêndio da fábrica da Companhia Luz Esteárica? Coisa nenhuma.

Não falo do desaparecimento de uns autos célebres, peça que está em segunda representação, à espera de terceira, porque não é propriamente um drama, embora haja nela um salteador ou coisa que o valha, como nas de Montépin; é um daqueles mistérios da Idade Média, ornado de algumas expressões modernas sem realidade, como esta: — *Ce pauvre Auguste! On l'a mis au poste.* — *Dame, c'est triste, mais c'est juste.* — *Ce pauvre Auguste!* Expressão sem realidade, pois ninguém foi nem irá para a cadeia, por uns autos de nada.

Foi o Chico Moniz Barreto, violinista filho de poeta, que trouxe de Paris aquela espécie de mofina popular, que então corria nas escolas e nos teatros. Lá vão trinta anos! Talvez poucos franceses se lembrem dela; eu, que não sou francês, nem fui a Paris, não a perdi de memória por causa do Chico Moniz Barreto, artista de tanto talento, discípulo de Allard, um rapaz que era todo arte, brandura e alegria. A graça principal estava na prosódia das mulheres do povo em cuja boca era posto esse trecho de diálogo, e que o nosso artista baiano imitava, suprimindo os *tt* às palavras: — *Ce pauvr' Auguss'! On l'a, mis au poss'!* — *Dam' c'est triss' mais c'est juss'!* — *Ce pauvr' Auguss'!* Pobre frase! pobres mulheres! Foram-se como os tais autos e o veto, *le ress'!*

Mas tornemos ao presente e à Agência Havas. São rebeliões sobre rebeliões, Constantinopla e Cuba, matança sobre matanças, China e Armênia. Os cristãos apanham dos muçulmanos, os muçulmanos apanham de outros religiosos, e todos de todos, até perderem a vida e a alma. Conspirações não têm conta; as bombas de dinamite andam lá por fora, como aqui as balas doces, com a diferença que não as vendem nos bondes, nem os vendedores sujam os passageiros. Os ciclones, vendo os homens ocupados em se destruírem, enchem as bochechas e sopram a alma pela boca fora, metendo navios no fundo do mar, arrasando casas e plantações, matando gente e animais. Tempestades terríveis desencadeiam-se nas costas da Inglaterra e da França e despedaçam navios contra penedos. Um tufão levou anteontem parte da catedral de Metz. A terra treme em vários lugares. Os incêndios devoram habitações na Rússia. As simples febres de Madagascar abrem infinidade de claros nas tropas francesas. Pior é o cólera-mórbus; mais rápido que um tiro, tomou de assalto a Moldávia, a Coreia, a Rússia, o Japão e vai matando como as simples guerras.

Na Espanha, em Granada, os rios transbordam e arrastam consigo casas e culturas. Granada, ai, Granada, que fazes lembrar o velho romance

> *Passeavase el Rey Moro*
> *Por la ciudad de Granada...*

romance ou balada, que narra o transbordamento do rio cristão, arrancando aos mouros o resto da Espanha. Relede os poetas românticos, que chuparam até o bagaço a laranja mourisca, e falam dela com saudades. Relede o magnífico intróito do *Colombo* do nosso Porto Alegre: *Jaz vencida Granada...* Nem reis agora são precisos, pobre Granada, nem poetas te cantam as desgraças; basta a Agência Havas. Os jornais que chegarem dirão as coisas pelo miúdo, com aquele amor da atração que fazem as boas notícias.

Não é mais feliz a Itália com o banditismo que renasce, à maneira velha, tal qual o cantaram poetas e disseram novelistas. Uns e outros esgotaram a poesia dos costumes; agora é a polícia e o código. Parece que a grande miséria, filha das colheitas perdidas, cresce ao lado do banditismo e do imposto.

Na Hungria dá-se um fenômeno interessante: desordeiros clericais respondem aos tiros das tropas com pedradas e bengaladas, e há mortos de parte a parte, mortos e feridos. É que a fé também inspira as bengalas. Eis aí rebeldes dispostos a vencer; não se lhes dá de pedir que desarmem primeiro, se quiserem ser anistiados. Desarmar de quê? A bengala não é sequer um apoio, é um simples adorno de passeio; pouco mais que os suspensórios, apenas úteis. Úteis, digo, sem assumir a responsabilidade da afirmação. Não conheço a história dos suspensórios, sei, quando muito, que César não usava deles, nem Cícero, nem Pôncio Pilatos. Quando eu era criança, toda gente os trazia; mais tarde, não sei por que razão, elegante ou científica, foram proscritos. Vieram anos, e os suspensórios com eles, diz-se que para acabar com o mal dos coses. Talvez se vão outra vez com o século, e tornem com o centenário da Batalha de Waterloo...

Assim vai o mundo, meu amigo leitor; o mundo é um par de suspensórios. Comecei dizendo que ele não me parece bem, sem esquecer que tem andado pior, e, para não ir mais longe, há justamente um século. Mas a razão do meu receio é a crença que me devora de que o mal estava acabado, a paz sólida, e as próprias tempestades e moléstias não seriam mais que mitos, lendas, histórias para meter medo às crianças. Por isso digo que o mundo não vai bem, e desconfio que há algum plano divino, oculto aos olhos humanos. Talvez a terra esteja grávida. Que animal se move no útero desta imensa bolinha de barro, em que nos despedaçamos uns aos outros? Não sei; pode ser uma grande guerra social, nacional, política ou religiosa, uma deslocação de classes ou de raças, um enxame de ideias novas, uma invasão de bárbaros, uma nova moral, a queda dos suspensórios, o aparecimento dos autos.

Gazeta de Notícias, 6 de outubro de 1895

Estudemos; é o melhor conselho que posso dar ao leitor amigo

Estudemos; é o melhor conselho que posso dar ao leitor amigo; estudemos. É domingo; não tens que ir ao trabalho. Já ouviste a tua missa, apostaste na vaca (antigo) e almoçaste entre a esposa e os pequenos. Em vez de perder o tempo em alguma leitura frívola, estudemos.

Temos duas lições e podíamos ter sete ou oito; mas eu não sou professor que empanzine a estudantes de boa vontade. Demais, há lições tão óbvias que não vale a pena encher delas um parágrafo. Por exemplo, a declaração que fez o sr. deputado Érico Coelho, esta semana, ao apresentar o projeto do monopólio do café. Declarou s. ex., incidentemente, que já na véspera fora solicitado para, no caso de passar o monopólio, arranjar alguns empregos. Os deputados riram, mas deviam chorar, pois naturalmente não lhes acontece outra coisa com ou sem projetos.

A confissão do sr. Érico Coelho faz lembrar o que sucedeu com Lamartine, chefe do governo revolucionário de 1848. Um cozinheiro foi empenhar-se com um deputado para empregá-lo em casa de Lamartine, "presidente da República", disse o homem. "Mas ele ainda não é presidente", observou o deputado. Ao que retorquiu o cozinheiro que, se ainda não era, havia de sê-lo, e *devia ir já tratando da cozinha*. Cozinheiros do monopólio de café, se advertísseis que Lamartine não foi eleito, mas outro, considaríeis que o mesmo pode suceder ao monopólio de café. Quando não seja o mesmo, e a lei passe, é provável que passe daqui a um ou dois anos. Uma lei destas pede longos estudos, longos cálculos, longas estatísticas. O melhor é continuardes a cozinha das casas particulares.

A primeira das nossas duas lições refere-se, não propriamente ao italiano que trepou à estátua de Pedro I e lá de cima arengou ao povo, mas às circunstâncias do caso. Ninguém sabe o que ele disse, por falar na língua materna, e nós só entendermos italiano por música. O que sabemos, nós que lemos a notícia, é que, apesar da hora (dez e meia da noite), mais de quatrocentas pessoas se ajuntaram logo na praça Tiradentes, e intimaram ao homem que descesse. A ele acontecia-lhe o mesmo que aos de baixo; não entendia a língua. Vários planos surdiram para fazê-lo desmontar o cavalo, pedradas, um tiro, o corpo de bombeiros, mas nenhum foi adotado, e o tempo ia passando. Afinal um sargento do exército e um praça de polícia treparam à estátua, e, sem violência, com boas maneiras e muitas cautelas, desceram o pobre doido.

Ora, enquanto ocorria tudo isto, e as ideias voavam de todos os lados, alguns propuseram o alvitre de linchar o homem; e, com efeito, tão depressa ele pousou no chão, ergueram-se brados no sentido daquele julgamento sumário e definitivo. Outros, porém, opuseram-se, e o projeto não teve piores consequências.

Este é o ponto da lição. Aqui temos um grupo de pessoas, todas as quais, particularmente, repeliriam com horror a ideia de linchar a alguém, antes defenderiam a vítima. Juntas, porém, estavam dispostas a linchar o homem da estátua. Que o contágio da ideia é que produzia esse acordo de tantos, é coisa natural e sabida. Aquilo que não nasce em trinta cabeças separadas, brota em todas elas, uma vez reunidas, conforme a ocasião e as circunstâncias. Motivos diversos, sem excluir o sentimento da justiça e a indignação do bem, podem dar azo a ações dessas, coletivas e sangrentas. Começo a distrair no sermão. Vamos à questão principal.

A principal questão, no caso da estátua, é o abismo entre o ato e a pena. O homem não tinha cometido nenhum crime público nem particular. Subiu ao cavalo de bronze, no que fez muito mal, devia respeitar o monumento; mas, enfim, não era delito de sangue que pedisse sangue. A probabilidade de ser doido podia não acudir a todos os espíritos, excitados pelo atrevimento do sujeito; se pudesse acudir, todos rogariam antes ao céu que ele fosse descido sem quebrar os ossos, a fim de que, recolhido novamente ao Hospício dos Alienados, recebesse segunda cura, tendo saído de lá curado, três ou quatro dias antes.

Esse contraste é que merece particular atenção. A familiaridade com a morte é bela, nos grandes momentos, e pode ser grandiosa, além de necessária. Mas, aplicada aos eventos miúdos, perde a graça natural e o poder cívico, para se converter em derivação de maus humores. É reviver a prática dos médicos de outro tempo, que a tudo aplicavam sanguessugas e sangrias. Quem nunca esteve com o braço estendido, à espera que as bichas caíssem de fartas, e não viu esguichá-las ali mesmo para lhes tirar o sangue que acabavam de sugar, não sabe o que era a medicina velha. Não havia que dizer, se era necessária; mas o uso vulgarizou-se tanto que o mau médico, antes de atinar com a doença, mandava ao enfermo esse viático aborrecido. Às vezes, o mal era um defluxo. Que é a loucura senão uma supressão da transpiração do espírito?

A segunda lição que devemos ou deves estudar é a que se segue.

Um gatuno furtou diversas joias e quatrocentos mil-réis. O sr. Noêmio da Silveira, delegado da 7ª circunscrição urbana, moço inteligente e atilado, descobriu o gatuno e o furto. Até aqui tudo é banal. O que não é banal, o que nos abre uma larga janela sobre a alma humana, o que nos põe diante de um fenômeno de alta psicologia, é que o gatuno tão depressa furtou os quatrocentos mil como os foi depositar na Caixa Econômica. Medita bem, não me leias como os que têm pressa de ir apanhar o bonde; lê e reflete. Como é que a mesma consciência pode simultaneamente negar e afirmar a propriedade? Roubar e gastar está bem; mas pegar do roubo e ir levá-lo aonde os homens de ordem, os pais de família, as senhoras trabalhadeiras levam os soldos do salário e os lucros adventícios, eis aí o que me parece extraordinário. Não me digas que há viciosas que também vão à Caixa Econômica, nem que os bancos recebem dinheiros duvidosos. Ofício é ofício, e eu trato aqui do puro furto.

Assim é que, o empregado da Caixa, vendo esse homem ir frequentemente levar uma quantia, adquire a certeza de ser pessoa honesta e poupada, e quando for para o céu, e o vir lá chegar depois, testemunhará em favor dele ante são Pedro. Ao contrário, se lá estiver algum dos seus roubados, dirá que é um simples ratoneiro. O porteiro do céu, que negou três vezes a Cristo e mil vezes se arrependeu, concluirá que, se o homem negou a propriedade por um lado, afirmou-a por outro, o que equivale a um arrependimento, e metê-lo-á onde estiverem as Madalenas de ambos os sexos.

Se eu houvesse de definir a alma humana, em vista da dupla operação a que aludo, diria que é uma casa de pensão. Cada quarto abriga um vício ou uma virtude. Os bons são aqueles em quem os vícios dormem sempre e as virtudes velam, e os maus... Adivinhaste o resto; poupas-me o trabalho de concluir a lição.

Gazeta de Notícias, 13 de outubro de 1895

Vamos ter, no ano próximo, uma visita de grande importância

Vamos ter, no ano próximo, uma visita de grande importância. Não é Leão XIII, nem Bismarck, nem Crispi, nem a rainha de Madagascar, nem o imperador da Alemanha, nem Verdi, nem o marquês Ito, nem o marechal Iamagata. Não é terremoto nem peste. Não é golpe de Estado nem câmbio a 27. Para que mais delongas? É Luísa Michel.

Li que um empresário americano contratou a diva da anarquia para fazer conferências nos Estados Unidos e na América do Sul. Há ideias que só podem nascer na cabeça de um norte-americano. Só a alma ianque é capaz de avaliar o que lhe renderá uma viagem de discursos daquela famosa mulher, que Paris rejeita e a quem Londres dá a hospedagem que distribui a todos, desde os Bourbons até os Barbes. De momento, não posso afirmar que Barbès estivesse em Londres; mas, ponho-lhe aqui o nome, por se parecer com Bourbons e contrastar com eles nos princípios sociais e políticos. Assim se explicam muitos erros de data e de biografia: necessidades de estilo, equilíbrios de oração.

Desde que li a notícia da vinda de Luísa Michel ao Rio de Janeiro tenho estado a pensar no efeito do acontecimento. A primeira coisa que Luísa Michel verá, depois da nossa bela baía, é o cais Pharoux, atulhado de gente curiosa, muda, espantada. A multidão far-lhe-á alas, com dificuldade, porque todos quererão vê-la de perto, a cor dos olhos, o modo de andar, a mala. Metida na caleça com o empresário e o intérprete, irá para o hotel dos Estrangeiros, onde terá aposentos cômodos e vastos. Os outros hóspedes, em vez de fugirem à companhia, quererão viver com ela, respirar o mesmo ar, ouvi-la falar de política, pedir-lhe notícias da Comuna e outras instituições.

Dez minutos depois de alojada, receberá ela um cartão de pessoa que lhe deseja falar: é o nosso Luís de Castro que vai fazer a sua reportagem fluminense. Luísa Michel ficará admirada da correção com que o representante da *Gazeta de Notícias* fala francês. Perguntar-lhe-á se nasceu em França.

— Não, minha senhora, mas estive lá algum tempo; gosto de Paris, amo a língua francesa. Venho da parte da *Gazeta de Notícias* para ouvi-la sobre alguns pontos; a entrevista sairá impressa amanhã, com o seu retrato. Pelo meu cartão, terá visto que somos xarás: a senhora é Luísa, eu sou Luís. Vamos, porém, ao que importa...

Acabada a entrevista, chegará um empresário de teatro, que vem oferecer a Luísa Michel um camarote para a noite seguinte. Um poeta irá apresentar-lhe o último livro de versos: *Dilúvios sociais*. Três moças pedirão à diva o favor de lhes declarar se vencerá o carneiro ou o leão.

— O carneiro, minhas senhoras; o carneiro é o povo, há de vencer, e o leão será esmagado.

— Então não devemos comprar no leão?

— Não comprem nem vendam. Que é comprar? Que é vender? Tudo é de todos. Oh! esqueçam essas locuções, que só exprimem ideias tirânicas.

Logo depois virá uma comissão do Instituto Histórico, dizendo-lhe francamente que não aceita os princípios que ela defende, mas, desejando recolher documentos e depoimentos para a história pátria, precisa saber até que ponto o anarquismo e o comunismo estão relacionados com esta parte da América. A diva responderá que por ora, além do caso Amapá, não há nada que se possa dizer verdadeiro comunismo aqui. Traz, porém, ideias destinadas a destruir e reconstituir a sociedade, e espera que o povo as recolha para o grande dia. A comissão diz que nada tem com a vitória futura, e retira-se.

É noite: a diva quer jantar; está a cair de fome; mas anuncia-se outra comissão, e por mais que o empresário lhe diga que fica para outro dia ou volte depois de jantar, a comissão insiste em falar com Luísa Michel. Não vem só felicitá-la, vem tratar de altos interesses da revolução; pede-lhe apenas quinze minutos. Luísa Michel manda que a comissão entre.

— Madama — dirá um dos cinco membros —, o principal motivo que nos traz aqui é o mais grave para nós. Vimos pedir que v. ex. nos ampare e proteja com a palavra que Deus lhe deu. Sabemos que v. ex. vem fazer a revolução, e nós a queremos, nós a pedimos...

— Perdão, venho só pregar ideias.

— Ideias bastam. Desde que pregue as boas ideias revolucionárias, podemos considerar tudo feito. Madama, nós vimos pedir-lhe socorro contra os opressores que nos governam, que nos logram, que nos dominam, que nos empobrecem: os locatários. Somos representantes da União dos Proprietários. V. ex. há de ter visto algumas casas, ainda que poucas, com uma placa em que está o nome da associação que nos manda aqui.

Luísa Michel, com os olhos acesos, cheia de comoção, dirá que, tendo chegado agora mesmo, não teve tempo de olhar para as casas; pede à comissão que lhe conte tudo. Com que então os locatários?...

— São os senhores deste país, madama. Nós somos os servos; daí a nossa União.

— Na Europa é o contrário — observa —; os locatários, os proletários, os refratários...

— Que diferença! Aqui somos nós que nos ligamos, e ainda assim poucos, porque a maior parte tem medo e retrai-se. O inquilino é tudo. O menor defeito do inquilino, madama, é não pagar em dia; há os que não pagam nunca, outros que mofam do dono da casa. Isto é novo, data de poucos anos. Nós vivemos há muito, e não vimos coisa assim. Imagine v. ex....

— Então os locatários são tudo?

— Tudo e mais alguma coisa.

Luísa Michel, dando um salto:

— Mas então a anarquia está feita, o comunismo está feito.

— Justamente, madama, é a anarquia...

— Santa anarquia, *caballero* — interromperá a diva, dando este tratamento espanhol ao chefe da comissão —, santa, três vezes santa anarquia! Que me vindes pedir, vós outros, proprietários? que vos defenda os aluguéis? Mas que são aluguéis? Uma convenção precária, um instrumento de opressão, um abuso da força. Tolerado como a tortura, a fogueira e as prisões, os aluguéis têm de acabar como os demais suplícios. Vós estais quase no fim. Se vos ligais contra os locatários, é que a vossa perda é certa. O governo é dos inquilinos. Não são já os aristocratas que têm de ser enforcados; sereis vós:

> *Çà ira, çà ira, çà ira,*
> *Les propriétaires à la lanterne!*

Não entendendo mais que a última palavra, a comissão nem espera que o intérprete traduza todos os conceitos da grande anarquista; e, sem suspeitar que faz impudicamente um trocadilho ou coisa que o valha, jura que é falso, que os proprietários não põem lanternas nas casas, mas encanamentos de gás. Se o gás está caro, não é culpa deles, mas das contas belgas ou do gasto excessivo dos inquilinos. Há de ser engraçado se, além de perderem os aluguéis, tiverem de pagar o gás. E as penas d'água? as décimas? os consertos?

Luísa Michel aproveita uma pausa da comissão para soltar três vivas à anarquia e declarar ao empresário americano que embarcará no dia seguinte para ir pregar a outra parte. Não há que propagar neste país, onde os proprietários se acham em tão miserável e justa condição que já se unem contra os inquilinos; a obra aqui não precisava discursos. O empresário, indignado, saca do bolso o contrato e mostra-lho. Luísa Michel fuzila impropérios. Que são contratos? pergunta. O mesmo que aluguéis, uma espoliação. Irrita-se o empresário e ameaça. A comissão procura aquietá-lo com palavras inglesas: *Time is money, five o' clock...* O intérprete perde-se nas traduções. Eu, mais feliz que todos, acabo a semana.

Gazeta de Notícias, 20 de outubro de 1895

Conversávamos alguns amigos, à volta de uma mesa

Conversávamos alguns amigos, à volta de uma mesa, eram 5 horas da tarde, bebendo chá. Cito a hora e o chá para que se compreenda bem a elegância dos costumes e das pessoas. Suponho que os ingleses é que inventaram esse uso de beber chá às 5 horas. Os franceses imitaram os ingleses, nós estávamos vendo se, imitando os franceses, há de haver alguém que nos imite. Os russos, esses bebem chá a todas as horas; o *samovar* está sempre pronto. Os chineses também, e podem crer-se os homens mais finamente educados do mundo, se a nota da educação é beber chá em pequeno, como diz um adágio desta terra de café. Creio que chegam à perfeição de mamá-lo.

Bebíamos chá e falávamos de coisas e lousas. Foi na quarta-feira desta semana. Abriu-se um capítulo de mistérios, de fenômenos obscuros, e concordávamos todos com Hamlet, relativamente à miséria da filosofia. O próprio espiritismo teve alguns minutos de atenção. Saí de lá envolvido em sombras. Um amigo que me acompanhou pôde distrair-me, falando do plano que tem (aliás secreto) de ir ler Teócrito, debaixo de alguma árvore da Hélade. Imaginem que é moço, como a Antiguidade, ingênuo e bom, ama e vai casar. Pois com tudo isso, não pôde mais que distrair-me; apenas me deixou, as sombras envolveram-me outra vez.

Então, lembrei-me do caso daquela Inês, moradora à rua dos Arcos nº 18, que achou a morte, assistindo a uma sessão da Associação Espírita, rua do Conde d'Eu. Pode muito bem ser que já te não lembres de Inês, nem da morte, nem do resto. Eu mesmo, a não ser o chá das 5, é provável que houvesse esquecido tudo. Os acontecimentos desta cidade duram três dias, o bastante para que um hóspede cheire mal, segundo outro adágio. A primeira notícia abala a gente toda, é a conversação do dia; a segunda já acha os espíritos cansados; a terceira enfastia. Cessam as notícias, e o acontecimento desaparece, como uns simples autos e outras feituras humanas.

Inês, assistindo à prática do sr. Abalo, que é o presidente da associação, teve um ataque nervoso que, segundo os depoimentos, se transformou em sonambulismo. Transferida pelos fundos da casa nº 146 para a casa nº 144, ali morreu às 5 horas da manhã. Paulina, que é o médium da associação, depôs que Inês nunca antes assistira a tais sessões, e que já ali chegara, meio adoentada. Outras pessoas foram ouvidas, entre elas o presidente Abalo, que fez declarações interessantes. Insistia em que as práticas ali são meramente evangélicas, e entrou em minudências que reputo escusadas ao meu fim.

O meu fim é mais alto. Não quero saber se Inês faleceu do ataque, nem se este foi produzido pela prática evangélica do presidente, que aliás declarou na ocasião ser coisa desacertada levar àquele lugar pessoas sujeitas a tais crises. Também não quero saber se todas as moléstias, como diz o médium, são curáveis com um pouco d'água e um padre-nosso (medicina muito mais cristã que a do padre Kneipp, que exclui a oração) ou se basta este mesmo padre-nosso e a palavra do presidente; ambas as afirmações se combinam, se atendermos a que a melhor água do mundo é a palavra da verdade. Outrossim, não indago se o presidente Abalo, como inculca, teria "um poder incomparável, caso chegasse a escrever o que fala". É ponto que entende com a própria doutrina espírita.

A questão substancial, e posso dizer única, é a liberdade. O presidente Abalo e o médium Paulina confessaram já ter sido processados, com outros membros da associação, por praticarem o espiritismo. O primeiro acrescentou que, se bem conheça o artigo 157 do código penal, exerce o espiritismo de acordo com a disposição do artigo 72 da Constituição.

Os entendidos terão resposta fácil; eu, simples leigo, não acho nenhuma. Deixo-me estar entre o código e a Constituição, pego de um artigo, pego de outro, leio, releio e tresleio. Realmente, a Constituição, mãe do código, acaba com a religião do Estado, e não lhe importa que cada um tenha a que quiser. Desde que a porta fica assim aberta a todos, em que me hei de fundar para meter na cadeia o espiritismo? Responder-me-ás que é uma burla; mas onde está o critério para distinguir entre o Evangelho lido pelo presidente Abalo, e o lido pelo vigário da minha freguesia? Evangelho por Evangelho, o do meu vigário é mais velho, mas uma religião não é obrigada a ter cabelos brancos. Há religiões moças e robustas. Curar com água? Mas o já citado padre Kneipp não faz outra coisa, e o código, se ele cá vier, deixá-lo-á curar em paz. Quando o médium Paulina declara que recebe os espíritos, e transmite os seus pensamentos aos membros da associação, eu se fosse código, diria ao médium Paulina: Uma vez que a Constituição te dá o direito de receber os espíritos e os corpos, à escolha, fico sem razão para autuar-te, como mereces, minha finória; mas não te exponhas a tirar algum relógio aos associados, que isso é comigo.

O espiritismo é uma religião, não sei se falsa ou verdadeira; ele diz que verdadeira e única. Presunção e água benta cada um toma a que quer, segundo outro adágio. Hoje tudo vai por adágios. Verdadeiros ou não, escrevem-se e publicam-se inúmeros livros, folhetos, revistas e jornais espíritas. Aqui na cidade há uma folha espírita ou duas. Não se gasta tanto papel, em tantas línguas, senão crendo que a palavra que se está escrevendo é a própria verdade. Admito que haja alguns charlatães; mas o charlatanismo, bem considerado, que outra coisa é senão uma bela e forte religião, com os seus sacerdotes, o seu rito, os seus princípios e os seus crédulos, que somos tu e eu?

Também há religiões literárias, e o sr. Pedro Rabelo, no prólogo da *Alma alheia*, alude a algumas e condena-as, chamando-lhes igrejinhas. O sr. Pedro Rabelo, porém, não é código, é escritor, e se acrescentar que é escritor de futuro, não será modesto, mas dirá a verdade. Digo-lha eu, que li as oito narrativas de que se compõe a *Alma alheia,* com prazer e cheio de esperanças. A "Barricada" e o "Cão" são os mais conhecidos, e, para mim, os melhores da coleção. A "Curiosa" é mais que curiosa: é uma predestinada. "Mana Minduca"... Mas, para que hei de citar um por um todos os contos? Basta dizer que o sr. Pedro Rabelo busca uma ideia, uma situação, alguma coisa que dizer, para transferi-la ao papel. Tem-se notado que o seu estilo é antes imitativo, e cita-se um autor, cuja maneira o jovem contista procura assimilar. Pode ser exato em relação a alguns contos; ele próprio acha que há diversidade no estilo desta (*disparidade* é o seu termo), e explica-a pela natureza das composições. Bocage escreveu que *com a ideia convém casar o estilo,* mas defendia um verso banal criticado pelo padre José Agostinho. A explicação do sr. Pedro Rabelo não explica o seu caso, nem é preciso. No verdor dos anos é natural não acertar logo com a feição própria e definitiva, bem como seguir a um e a outro, conforme as simpatias intelectuais e a impressão recente. A feição há de vir, a própria, única e definitiva, porque o sr. Pedro Rabelo é daqueles moços em quem se pode confiar.

Gazeta de Notícias, 27 de outubro de 1895

Não sei por onde comece, nem por onde acabe

Não sei por onde comece, nem por onde acabe. Ante mim tudo é confuso, os fatos giram, cavalgam outros fatos, sobem ao ar e descem à terra, como estão fazendo as pedras e lavas do vulcão Llaima. Alguns deles começam, mas não acabam mais, como o parecer da Comissão do Orçamento, apresentado ao Senado esta semana. Só os algarismos desse documento...

Tenho visto muito algarismo na minha vida, variando de significação, segundo o tamanho e a matéria. Vivi por aqueles tempos diluvianos, em que a gente almoçava milhares de contos de réis, jantava dezenas de milhares, e ainda lhe ficava estômago para uns duzentos ou trezentos contos. Os que morreram logo depois, terão gozado muito pouco este mundo. Para falar francamente, arrependo-me hoje de não ter inventado qualquer coisa, um paladar mecânico, horas baratas, fósforos eternos, calçamento uniforme para as ruas, cavalos e cidadãos, uma de tantas ideias que acharam dinheiro vadio, e quando um homem não o tinha em si, ia buscá-lo à algibeira dos outros, que é a mesma coisa. A minha esperança é que tais dias não morreram inteiramente, mas a minha tristeza é que, quando eles convalescerem e vierem alumiar outra vez este mundo, provavelmente estarei fora dele. Se alguma coisa merecem os meus pecados, peço a Deus a vida precisa para nesses dias futuros incorporar uma companhia, receber vinte por cento das entradas, levantar um empréstimo para fazer a obra, não fazer a obra, fazer as malas e fazer a viagem do céu com escala pela Europa.

Pois, senhores, nem por ter visto tantos e tamanhos algarismos pude ler friamente os do parecer da Comissão. Já o sr. senador Morais e Barros havia chamado a nossa atenção para a simples conta total da dívida, que, se não anda na memória de todos os brasileiros, não é por falta de algarismos; será antes por falta de memória. Mas a memória, apesar dos pesares, não vale a imaginação, e há um meio seguro de não doerem as dívidas, é imaginar que são poucas, e essas poucas fecundíssimas, não as pagando a gente, porque não quer, e ainda por se não prejudicar. Que é pagar uma dívida? É suprimir, sem necessidade urgente, a prova do crédito que um homem merece. Aumentá-la é fazer crescer a prova.

A Comissão — ou o relator, se é certo que o parecer é apenas um projeto, segundo li, mas já me disseram que afinal fica sendo o parecer de todos —, a Comissão diz muita coisa sobre dívidas, despesas, juros, depósitos, emissões, amortizações, e outros atos e fenômenos, mas tudo tão compacto, que não me atrevo a entrar por eles. Os algarismos mal dão passagem aos olhos; é um mato cerrado, alguns com espinhos agudíssimos, outros tão folhudos que cegam inteiramente. Com dez sinais árabes, é incrível o que se pode variar na despesa e na correspondente escrituração. O parecer tem a vantagem de já trazer tudo somado, de maneira que não há necessidade de andar procurando a quanto sobem quatro parcelas de quinhentos; ele mesmo conclui que são dois mil. Se a conta não é redonda, o serviço torna-se inestimável. Vai um homem somar as seis grandes porções da dívida, há de acabar cansado, aborrecido e incerto; mas o parecer, somando tudo, dá este total, que é o mesmo recomendado pelo sr. senador Morais e Barros à memória dos seus concidadãos: 1.888.475:667$000.

Melhor é desviar os olhos, descansar a cabeça e ir a outra parte. Não digo que nos falte confiança; é necessário tê-la, e basta aplicar a nós o lema italiano: *Brasilia farà da sè*. Confiança e circunspeção. Mas o pior é que tudo o que ora me cerca, são algarismos, e os mais deles grandes. Vede este quadro de títulos e ações, organizado pelo *Jornal do Commercio* e publicado hoje, dia de finados: é uma vertigem de capitais, de emissões de valores nominais e efetivos. Pegue deste banco: 10.000:000$000 de capital. Cada ação? 200$000. Entrada? 150$000. Última venda? 600 rs.; ou, por extenso, para evitar erros, seiscentos réis, menos de duas patacas, quando havia árvore das patacas. A partida é sempre numerosa, como sucede às tropas que marcham para a guerra; são dez mil, vinte, trinta, cem mil. A volta é diminuída; faz lembrar o final de uma das *óperas do judeu*:

> *Tão alegres que fomos,*
> *Tão tristes que viemos.*

Sim, é melhor ir a outra parte, repito; mas aonde? Parece que o teatro é um bom lugar de distração; a verdade, porém, é que aí mesmo esperam-me algarismos tremendos. Não me refiro ao orçamento do Teatro Municipal, que o prefeito acaba de sancionar. Não é quantia de escurecer a vista; mas responda o público às boas intenções. Não me refiro ao orçamento; refiro-me ao número de papéis dos atores.

Quando eu ia ao teatro, os atores não representavam mais de um papel em cada peça; às vezes, menos. Caso havia em que os papéis eram dados por metade, um terço, um quinto. Nunca me esqueceu uma atriz (cujo nome perdi de memória) que chegou ao mínimo de uma só frase. Resmungava enfastiadamente as outras; aquela era o cavalo da batalha da noite. Apertada pelo pai, tinha que negar não sei que carta ou que quer que era, denúncia de namoro. Deixava o pai de lado, vinha à frente, fitava a plateia, esticava o braço, levantava o dedo, e bradava, sublinhando: "Eu, papai, nunca tive um namorado *só* na minha vida!". Compreende-se a intenção da moça, contrária à do autor, mas muito mais acertada, porque a plateia ria a bandeiras despregadas. O contrário da *Dalila*. Ria o público, os bancos riam, as arandelas riam, só eu não ria, por haver já desaprendido de rir.

Aqui temos agora uma peça em que a atriz Palmira, que nunca vi nem ouvi, representa não menos de vinte e quatro papéis. Entre a simples frase da outra e estes vinte e quatro papéis, há um abismo e um mundo. É o menos que posso dizer: mil abismos, mil mundos não são demais. Fregoli revelou-nos o modo de ver uma infinidade de pessoas, em cinco minutos, pessoas e vozes, que as tinha todas. Palmira, sem as vozes, dará os papéis, mas não ficaremos aqui. Outros artistas virão, com o duplo e o triplo dos papéis, e o quíntuplo dos aplausos. Não se conclua que execramos as individualidades únicas, nem que amamos os que são propriamente multicores. É ser temerário; concluamos antes, que a variedade deleita.

Gazeta de Notícias, 3 de novembro de 1895

Três pessoas estavam na loja Crashley

Três pessoas estavam na loja Crashley, rua do Ouvidor, um moço, um mocinho e eu. Víamos, em gazeta inglesa, os retratos do duque de Marlborough e de miss Consuelo Wanderbiltt, que vão casar. A noiva é riquíssima, o noivo nobilíssimo, vão unir os milhões aos brasões, e a Europa à América; não é preciso lembrar que a jovem Wanderbiltt é filha do famoso ricaço americano.

Um de nós três, o moço, declarou francamente que não acreditava nos milhões da donzela. A quantia maior em que acredita é um conto de réis; não descrê de dois, acha-os possíveis; dez parecem-lhe invenção de cérebro escaldado. O mocinho já creu em vinte e sete contos, mas perdeu essa fé ingênua e pura. Eu, por amor do ocultismo, creio em tudo que escapa aos olhos e aos dedos. Sim, creio nos oitenta mil contos da linda Wanderbiltt, assim como creio nos séculos de nobreza de Marlborough.

Uma revista célebre (vá por conta de Stendhal) opinou no princípio deste século que "há só um título de nobreza, é o de duque; marquês é ridículo; ao nome de duque todos voltem a cabeça". Se é assim, o noivo inglês paga bem o dote da noiva americana, paga de sobra. As ricas herdeiras americanas amam os nobres herdeiros europeus; não há um ano que um duque francês desposou uma rica patrícia de miss Consuelo. Deste modo, sem bulha nem matinada, unem a democracia à aristocracia e fazem nascer os futuros duques do próprio seio que os aboliu. A nobreza europeia está assim enxertada de muito galho transatlântico. Naturalmente a observação é velha, não peço alvíssaras.

Peço alvíssaras por esta outra que fiz no dia seguinte àquele em que estivemos na loja Crashley, na rua do Ouvidor. Lendo uma correspondência de Breslau, acerca do Congresso socialista, dei com a notícia de fazer parte da Assembleia, entre outras senhoras, uma de quarenta anos, que, aos vinte e cinco, em 1880, renunciou o título de duquesa para se fazer pastora de cabras. É nada menos que filha do duque de Wurtemberg e da princesa Matilde de Schamburg de Lippe. O governo vurtemberguês, para que ela não ficasse só com o nome de Paulina, deu-lhe o de Kirbach (*von* Kirbach).

A minha observação consiste no contraste das duas moças, uma que nasce duquesa e bota fora o título, outra que nasce sem título e faz-se duquesa. Pastora de cabras, pastora de dólares. Que querias tu ser, carioca do meu coração? A poesia pede cabras, a realidade exige dólares; funde as duas espécies, multiplica os dólares pelas cabras, e não mandes embora o primeiro duque que te aparecer.

Vai com ele à Igreja da Glória, agora que deu à sua triste torre uma cor de rosa ainda mais triste, casa, embarca, vai a Breslau, não digo para fazer parte do Congresso socialista; há muita outra coisa que ver em Breslau, duquesa.

Os japoneses, com quem acabamos de celebrar um tratado de comércio, não leram decerto a *Revista de Edimburgo*; se a tivessem lido, teriam decretado os seus duques; por ora estão nos condes e marqueses. Verdade é que um cronista lusitano do século XVI diz que eles tinham por esse tempo títulos vários e diferentes — "como cá os duques, marqueses e condes". Questão de tradução, mas justamente o que me falta é a notícia dos vocábulos originais e seus correspondentes. Entretanto, não é fora de propósito que eles, assim como aperfeiçoaram a pólvora dos chins e deram-lhes agora com ela, assim também aperfeiçoem as herdeiras ricas, e ninguém sabe se algum bisneto de Marlborough chegará a desposar alguma Wanderbiltt de Tóquio.

Que as moças daquelas terras, como os homens, assimilam facilmente os costumes peregrinos, é fato velho e revelho. Não há muitos dias, estávamos à porta do Laemmert dois dos três da loja Crashley... Não digo os nomes dos outros, por não lhes ter pedido licença, mas eles que o confirmem aos seus amigos, e os amigos destes aos seus, e assim se farão públicos. Estávamos à porta do Laemmert, quando vimos sair duas parisienses; minto: duas japonesas. Realmente, salvo o tipo, eram duas parisienses puras. Se vísseis a graça com que deram o braço aos cavalheiros que iam com elas, as botinas que calçavam, os tacões das botinas, o pisar leve e rápido... Os tacões diziam claramente que não carregavam o peso da Ásia, que as duas moças eram como aquelas borboletas de papel que os seus avós faziam avoaçar no teatro, com o simples movimento do leque. E foram-se, e perderam-se rua acima.

Vamos tê-las agora às dúzias, se o tratado, que o sr. Piza negociou, admitir que venham mulheres e uma pequena porcentagem de moças da cidade. Mas ainda que venham só as rústicas, é gente que, com pouco, fica cidadã. Vamos tê-las modistas, estudantes, professoras. Nas escolas não se limitarão a ensinar português, ensinarão também o seu idioma natal, e, graças à facilidade que temos em aprender e ao amor das belezas estranhas, acabaremos por escrever na língua do micado. Há quem jure que algumas pessoas não falam em outra; mas é opinião sem grande fundamento. É certo que, no meio da linguagem oratória, aparecem locuções, frases, alguma sintaxe estranha, mas, além de se não poder afirmar que sejam todas do Japão, sucede que muitas são claramente do Café Riche — e, por serem de café, têm a desculpa nacional.

Venham os professores e digam-nos a história e os costumes do Parlamento de Tóquio, a fim de que possamos explicar como é que um sistema que entrou tão bem no Japão está prestes a dar com o presidente do Chile em terra. Não chego a entender as dificuldades deste presidente. Que, durante alguns dias, os chefes de gabinete possíveis não mostrem grande vontade de subir ao leme do Estado, vá; não é natural, mas, um pouco de artifício dá graça à alma humana, e particularmente à alma política. Já lá vão semanas e semanas, e não há meio de alcançar um grupo de cinco a seis pessoas que governem a República. Não esqueçamos que o Chile fez uma revolução para restaurar o sistema parlamentar. Se há de acabar por não ter ministros, Montt deixa a presidência, para não fazer de Balmaceda... Não é claro.

Claro é ainda o princípio da crônica, o caso do duque de Marlborough e da próxima duquesa; tão claro como o da princesa Colona, que é também filha de um banqueiro americano, casada há alguns anos. Rimei acima milhões com brasões; posso agora empregar a toante espanhola, e rimar *capitães* com *capitais,* mas podem acusar-me de trocadilho, e eu prefiro ficar calado a fazer um *calembour* — *calembour* sem *g,* meus bons amigos da revisão.

Gazeta de Notícias, 10 de novembro de 1895

Tal é o meu estado, que não sei se acabarei isto

Tal é o meu estado, que não sei se acabarei isto. A cabeça dói-me, os olhos doem-me, todo este corpo dói-me. Sei que não tens nada com as minhas mazelas, nem eu as conto aqui para interessar-te; conto-as, porque há certo alívio em dizer a gente o que padece. O interesse é meu; tu podes ir almoçar ou passear.

Vai passear, e observa o que são línguas. Se eu escrevesse em francês, ter-te-ia feito tal injúria, que tu, se fosses brioso, e não és outra coisa, lavarias com sangue. Como escrevo em português, dei-te apenas um conselho, uma sugestão; irás passear deveras para aproveitar a manhã. Reflete como os homens divergem, como as línguas se opõem umas às outras, como este mundo é um campo de batalha. Reflete, mas não deixes de ir passear; se não amanhecer chovendo, e a neblina cobrir os morros e as torres, terás belo espetáculo, quando o sol romper de todo e der ao terceiro dia das festas da República o necessário esplendor.

Não tendo podido ver as outras, vi todavia que estiveram magníficas; a grande parada militar, os cumprimentos ao sr. presidente da República, a abertura da exposição, os espetáculos de gala, as evoluções da esquadra foram cerimônias bem escolhidas e bem dispostas para celebrar o sexto aniversário do advento republicano. Ainda bem que se organizam estas comemorações e se convida o povo a divertir-se. Cada instituição precisa honrar-se a si mesma e fazer-se querida, e para esta segunda parte não basta exercer pontualmente a justiça e a equidade. O povo ama as coisas que o alegram.

Agora começam as festas. Deodoro estava perto do 15 de novembro, e tratava-se de organizar a nova forma de governo. Era natural que as festas fossem escassas e menos várias que as deste ano. Certamente, o chefe do Estado era amigo das graças e da alegria. Não foi ainda esquecido o grande baile dado em Itamarati para festejar o aniversário natalício do marechal. Encheram-se os salões de fardas, casacas e vestidos. Gambetta advertiu um dia que *la Republique manquait de femmes.* Compreendia que, numa sociedade polida como a francesa, as mulheres dão o tom ao governo. As de lá tinham-se retraído; depois apareceram outras, suponho. Cá houve o mesmo retraimento; nomes distintos e belas elegantes eliminaram-se inteiramente. Mas nem foram todas, nem cá se vive tanto de salão.

 De resto, como disse acima, Deodoro era amigo das graças; acabaria por chamar as senhoras em torno do governo. Um dia, por ocasião da promessa de cumprir a Constituição, tive ocasião de observar uma ação que merece ser contada. Foi a primeira e única vez que vi o Palácio de São Cristóvão transformado em Parlamento, e mal transformado, porque os congressistas, acabada a Constituinte, mudaram-se para as antigas casas da cidade. Pouca gente; mais nas tribunas que no recinto, e no recinto mais cadeiras que ocupantes. Anunciou-se que o presidente chegara, uma comissão foi recebê-lo à porta, enquanto o presidente do Congresso — atual presidente da República — descia gravemente os degraus do estrado em que estava a mesa para recebê-lo. Assomou Deodoro, cumprimentou em geral e guiou para a mesa; em caminho, porém, viu na tribuna das senhoras algumas que conhecia — ou conhecia-as todas, — e, levando os dedos à boca, fez um gesto cheio de galanteria, acentuado pelo sorriso que o acompanhou. Comparai o gesto, a pessoa, a solenidade, o momento político, e concluí.

 Eu comparei tudo — e comparei ainda o presidente e o vice-presidente. Aquele proferia as palavras do compromisso com a voz clara e vibrante, que reboou na vasta sala. Desceu depois com o mesmo aprumo, e saiu. A entrada do vice-presidente teve igual cerimonial, mas diferiu logo nas palmas das tribunas, que foram cálidas e numerosas, ao contrário das que saudaram a chegada do primeiro magistrado. O marechal Floriano caminhou para a mesa, cabeça baixa, passo curto e vagaroso, e quando teve de proferir as palavras do compromisso, fê-lo em voz surda e mal ouvida.

 Tal era o contraste das duas naturezas. Quando o poder veio às mãos de Floriano, pelas razões que todos vós sabeis melhor que eu, pois todos sois políticos, vieram os sucessos do princípio do ano, que se prolongaram e desdobraram até à revolta de setembro e toda a mais guerra civil, que só agora achou termo, neste primeiro ano do governo do sr. dr. Prudente de Morais.

 O corpo diplomático acentuou anteontem esta circunstância, por boca do sr. ministro dos Estados Unidos, no discurso com que apresentou ao honrado presidente da República as suas felicitações e de seus colegas. O governo que terminou há um ano, só pôde cuidar da guerra; o que então começou, devolvendo a paz aos homens, pôde iniciar de vez as festas novembrinas... *Novembrinas* saiu-me da pena, por imitação das festas *maias* dos argentinos, que são a 25 de maio, data da Independência; mas não há mister nomes para fazer festas brilhantes; a questão é fazê-las nacionais e populares.

 São obras de paz. Obra de paz é a exposição industrial que se inaugurou sexta-feira, e vai ficar aberta por muitos dias, mostrando ao povo desta cidade o resultado do esforço e do trabalho nacional, desde o alfinete até à locomotiva. Depressa esquecemos os males, ainda bem. Isto que pode ser um perigo em certos casos, é um grande benefício quando se trata de restaurar a nação.

Gazeta de Notícias, 17 de novembro de 1895

Inaugurou-se mais uma sociedade recreativa, o Cassino Brasileiro

Inaugurou-se mais uma sociedade recreativa, o Cassino Brasileiro. A sessão foi presidida pelo sr. visconde de São Luís do Maranhão, que proferiu discurso eloquente, segundo leio nas folhas públicas. Após ele, falaram outros sócios, e terminado o debate, o presidente levantou a sessão, declarando inaugurado o Cassino Brasileiro.

Que faria o leitor, se fosse sócio, logo que se levantou a sessão? Pegaria do chapéu para sair. Faria mal. Acabada a sessão inaugural, começaram imediatamente as danças, que só acabaram na manhã seguinte. Isto prova ainda uma vez o que não precisa de prova, a saber, que nós amamos a dança sobre todas as coisas, e ao nosso par como a nós mesmos. Daí este caso novo de ser a própria sessão inaugural a noite do primeiro baile. Nos anais da Terpsícore carioca não há outro exemplo. Faz lembrar o velho uso das Câmaras, em que o mesmo minuto que vê aprovar a eleição de um membro, vê aparecer o membro, jurar ou obrigar-se, e sentar-se. As senhoras fizeram aqui de membro eleito; vestidas e toucadas, esperavam apenas que o presidente levantasse a sessão. Tais haveria que achassem o discurso do sr. visconde pouco eloquente; e os outros aborrecidíssimos. Em verdade, não se pode fazer crer a uma dama, que tem a sua tabela de quadrilhas, valsas e polcas, e já alguns pares inscritos, que as sessões inaugurais se façam com discursos. Um, dois, três gestos, vá; aclamações no fim, sim, senhor; mas discursos, explicações de estatutos...

Sim, esquecia-me dizer que houve explicação de um dos artigos dos estatutos, feita pelo presidente, e não sei se também por outros oradores. Trata-se de uma condição para ser sócio. A explicação era desnecessária, pois cada reunião de homens tem o direito de estabelecer as cláusulas que quiser, sem que se possa atribuí-las (como disse o sr. visconde) a sentimentos menos liberais. "A sociedade era recreativa, concluiu s. ex., e portanto não podia admitir em seu seio ânimos eivados de tais sentimentos." Perfeitamente pensado, mas inutilmente dito, pela razão que dei acima, e porque as moças esperavam.

Não é de ânimo liberal — nem conservador — deixar que os ombros das moças, os lindos braços, o princípio do seio, fiquem vadios nas cadeiras, enquanto os homens trocam arengas. Estou certo que um orador prefere a sua oração à mais bela espádua de moça; mas assim como nem Salomão em toda à sua glória se cobriu jamais com os lírios do campo (lede são Mateus), assim também nem Demóstenes com toda a sua eloquência falou melhor que uma espádua de moça — espádua desembainhada, notai bem, porque, como se lê no mesmo evangelista, não se deve esconder a luz debaixo de um alqueire... Mas aqui estou eu a profanar o sermão da montanha, por amor da estética. Deixemos este Cassino, e mais as suas espáduas nuas e discursos enfeitados.

Que se dance, é a nossa alma, a nossa paixão social e política. A própria moça que esta semana enlouqueceu, dizem que por efeito do espiritismo, é um caso antes de coreografia que de patologia. A loucura é uma dança das ideias. Quando alguém sentir que as suas ideias saracoteiam, arrastam os pés, ou dão com eles nos narizes umas das outras, desconfie que é a polca ou o cancã da demência. Recolha-se a uma casa de saúde. Não se podem atribuir tais efeitos ao espiritismo. A prova de que não foi ele que fez enlouquecer a moça, é que, não há dois meses, morreu outra moça em plena sessão espírita. Se a doidice brotasse da doutrina e da prática, essa outra não teria simplesmente morrido; teria dançado a valsa das ideias.

Dançar é viver. A guerra, que também é vida, é um grande bailado, em que os pares se perdem comumente na noite dos tempos, fartos de saracotear. Muçulmanos e cristãos dançam agora ao som da Bíblia e do Corão, com tal viveza, que não só as potências da Europa estão para tirar pares, mas os próprios Estados Unidos da América atam a gravata branca e calçam as luvas. É o que nos diz o cabo, e eu creio no cabo, não menos que na Agência Havas, que a toda notícia grave põe este natural acréscimo: "O sucesso está sendo muito comentado". Não o pôs acerca da intervenção americana nos negócios turcos; é verdade que a notícia vinha de Washington, não da Europa, onde se comentará a nova afirmação desta grande potência, que de americana se faz universal.

Pelo que li ontem no *Jornal do Commercio,* o capitão Mahan publicou agora um artigo sobre a doutrina de Monroe e seus corolários. O principal fim é mostrar que a grande República, para efetuar a sua suserania e proteção a todas as Repúblicas da América Central e Meridional, precisa ter uma esquadra adequada aos seus novos destinos. A esquadra se fará, e se tu viveres ainda meio século, verás que tudo estará mudado. Haverá então um Cassino, maior que o Cassino Brasileiro, inaugurado nas Laranjeiras, um grande Cassino Americano, onde estaremos com as nossas fortes espáduas nuas, e a tabela das valsas e quadrilhas. Notai que as quadrilhas de salão já são americanas.

Nesse tempo, em que teremos aprendido o que nos falta para conhecer toda a liberdade, não se ouvirão gritos como os que ora soltam no Sul, porque uma moça de Porto Alegre saiu da casa paterna para se meter a freira. As folhas dizem que é fanatismo religioso; pode ser, mas eu acrescento que é um ato de liberdade. Gasparina tem vinte e quatro anos, e desde os quinze pensava já em ir para o convento. Talvez fosse a leitura do *Hamlet* que lhe deu tal resolução: "Faze-te monja; para que queres ser mãe de pecadores?". Gasparina não fez como Ofélia, obedeceu. Se ainda vivesse o aviso ministerial de 1855, era impossível a Gasparina tomar sequer o véu do noviciado; mas o aviso perdeu-se. Agora há plena liberdade, e liberdade não é só o que nos dá gosto. O pai de Gasparina correu ao convento, viu de longe a filha, pediu-lhe que tornasse a casa, onde a mãe enferma poderia morrer com a notícia do seu ato; ela respondeu-lhe naturalmente com o reino do céu. As freiras admitiram que a noviça deixasse o convento, se o bispo tal mandasse. O bispo fez o que eu faria, se fosse bispo, e até sem ser: negou o consentimento.

Liberdade é liberdade. Vede a velha liberdade inglesa. Agora mesmo, na Índia, um inglês cristão fez-se muçulmano. Cumpridas as cerimônias, recebeu o nome de Abdul-Hamid. Consentiram-lhe que continuasse vestido como dantes, mas aconselharam-lhe que, para distintivo externo, fizesse uso do fez. Parece que adotou o fez. Cristão antes, muçulmano agora, ficou sempre inglês, que é o que se não renega ou abjura: — escolhe o verbo, segundo fores amigo ou adversário da Grã-Bretanha; eu por mim agradeço à mão de Shakespeare este termo de comparação com a nossa Ofélia de Porto Alegre. Adeus.

Gazeta de Notícias, 24 de novembro de 1895

Imagino o que se terá passado em Paris, quando Dumas Filho morreu

Imagino o que se terá passado em Paris, quando Dumas Filho morreu. Uma das quarenta... Não cuideis que falo das cadeiras da Academia. Este mundo não se compõe só de cadeiras acadêmicas; também há nele interpelações parlamentares, e dizem que o recente Ministério tem já de responder a cerca de quarenta, ou sessenta. Refiro-me justamente às interpelações. Uma delas verificou-se depois da morte de Dumas Filho. O interpelante oprimiu naturalmente o Ministério, o Ministério sacudiu o interpelante, tudo com o cerimonial de costume, apartes, gritos e protestos; vieram os votos: o Ministério teve a grande maioria deles. Nada disso tirou à cidade esta ideia única: Dumas Filho morreu.

Dumas Filho morreu. Homens, mulheres, fidalgas e burguesas falaram deste óbito como do de um príncipe qualquer. Não há já *damas das camélias*; ele mesmo disse que a mulher que lhe serviu de modelo ao personagem de Margarida Gauthier foi uma das últimas que tiveram coração. Podia parecer paradoxo ou presunção de moço, se ele não escrevesse isto em 1867, vinte anos depois da morte de Margarida. Demais, se as palavras dão ideia das coisas, a segunda metade deste século não chega a conhecer a primeira. Cortesãs, ou o que quer que elas eram em 1847, acabaram horizontais, nome que é, só por si, um programa inteiro, e é mais possível que já lhes hajam dado outro nome mais exato e mais cru. Não faltarão, porém, mulheres nem homens, tantas figuras vivas, criadas por ele, tiradas do mundo que passa, para a cena que perpetua. Todos esses, e todos os demais falaram desta morte como de um luto público.

A moda passará como passou a de Dumas pai, a de Lamartine, a de Musset, a de Stendhal, a de tantos outros, para tornar mais tarde e definitivamente. Às vezes, o eclipse chega a ser esquecimento e ingratidão. Musset — que Heine dizia ser o primeiro poeta lírico da França — pedia aos amigos, em belos versos, que lhe plantassem um salgueiro ao pé da cova. Possuo umas lascas e folhas do salgueiro que está plantado na sepultura do autor das *Noites,* e que Artur Azevedo me trouxe em 1883; mas não foram amigos que o plantaram, não foram sequer franceses, foi um inglês.

Parece que, indo fazer a visita aos mortos, doeu-lhe não ver ali o arbusto pedido e cumprir-se o desejo do poeta. Donde se conclui que os ingleses nem sempre ficam com a ilha da Trindade. Há deles que dão para amar os poetas e seus suspiros. Também os há que, por amor das musas, fazem-se armar soldados.

Um deles, quando os gregos bradaram pela independência, pegou em si para ir ajudá-los e não chegou ao fim; morreu de doença em Missolonghi. Era par de Inglaterra; chamava-se, creio eu, Georges Gordon Noel Byron. Tinha escrito muitos poemas e versos soltos e feito alguns discursos.

A glória veio depois da moda, e pôs Dumas pai no lugar que lhe cabe neste século, como fez aos outros seus rivais. Cada gênio recebeu a sua palma. Se a moda fizer a Dumas filho o mesmo que aos outros, o tempo operará igual resgate, e os dois Dumas encherão juntos o mesmo século. Rara vez se dará uma sucessão destas, a glória engendrando a glória, o sangue transmitindo a imortalidade. Sabeis muito bem que, nem por ser filho, o Dumas, que ora faleceu, deixou de ser outra pessoa no teatro, grande e original. Entendeu o teatro de outra maneira, fez dele uma tribuna, mas o pintor era assaz consciente e forte para não deixar ao pé ou de envolta com a lição de moral ou filosofia uma cópia da sociedade e dos homens do seu tempo. Dizem também que o filho pôs a vida natural em cena; mas disso já se gabava o pai em 1833, e creio que ambos, cada qual no seu tempo, tinham razão.

Nem por ter saboreado a glória a largos sorvos, perdeu Dumas filho a adoração que tinha ao pai. Ao velho chegaram a chamar por troça "o pai Dumas". O filho, ao referi-lo, conta uma reminiscência dos sete anos. Era a noite da primeira representação de *Carlos VII*. Não entendeu nem podia entender nada do que via e ouvia. A peça caiu. O autor saiu do teatro, triste e calado, com o pequeno Alexandre, pela mão, este amiudando os passinhos para poder acompanhar as grandes pernadas do pai. Mais tarde, sempre que saía da primeira representação das próprias peças, coberto de aplausos, não podia esquecer, ao tornar para casa, aquela noite de 1831, e dizia consigo: "Pode ser, mas eu preferia ter escrito *Carlos VII*, que caiu". Conheceis todo o resto desse prefácio do *Filho natural*, não esquecestes a famosa e célebre página em que o autor da *Dama das camélias* fala ao autor de *Antony*. "Então começastes esse trabalho ciclópico que dura há quarenta anos..."

Também o dele durou quarenta anos. A mais de um espantou agora a notícia dos seus 71 anos de idade; e ainda anteontem, em casa de um amigo, dizia este com graça: "então lá se foi o velho Dumas". Todos tínhamos o sentimento de um Dumas moço, tão moço como a *Dama das camélias*. A verdade é que um e outro guardaram o segredo da eterna juventude.

Lá se foi toda a crônica. Relevai-me de não tratar de outros assuntos; este prende ainda com o tempo da nossa adolescência, a minha e a de outros.

Naquela quadra cada peça nova de Dumas Filho ou de Augier, para só falar de dois mestres, vinha logo impressa no primeiro paquete, os rapazes corriam a lê-la, a traduzi-la, a levá-la ao teatro, onde os atores a estudavam e a representavam ante um público atento e entusiasta, que a ouvia dez, vinte, trinta vezes. E adverti que não eram, como agora, teatros de verão, com jardim, mesas, cerveja e mulheres, com um edifício de madeira ao fundo. Eram teatros fechados, alguns tinham as célebres e incômodas travessas, que aumentavam na plateia o número dos assentos. Noites de festas; os rapazes corriam a ver a *Dama das camélias* e o *Filho de Giboyer*, como seus pais tinham corrido a ver o *Kean* e *Lucrécia Bórgia*. Bons rapazes, onde vão eles? Uns seguiram o caminho dos autores mortos, outros envelhecem, outros foram para a política, que é a velhice precoce, outros conservam-se como este que morreu tão moço.

Gazeta de Notícias, 1º de dezembro de 1895

DAI-ME BOA POLÍTICA E EU VOS DAREI BOAS FINANÇAS

Dai-me boa política e eu vos darei boas finanças. Quando o barão S. Louis não for mais nada na memória dos homens, este aforismo ainda há de ser citado, não tanto por ser verdadeiro, como por tapar o buraco de uma ideia. Talvez um dia, algum orador equivocadamente troque os termos e diga: Dai-me boas finanças, eu vos darei boa política. O que lhe merecerá grandes aplausos e dará nova forma ao aforismo. Assim fazem os alfaiates às roupas consertadas de um freguês.

Nada entendendo de política nem de finanças, não estou no caso de citar um nem outro, o primitivo e o consertado. Esta semana tivemos os escritos do sr. senador Oiticica e do sr. Afonso Pena, presidente do Banco da República. Entre uns e outros não posso dizer nada. Explico-me. Há nas palavras uma significação gramatical que, salvo o caso da pessoa escrever como fala e falar mal, entende-se perfeitamente. O que não chego a compreender é a significação econômica e financeira. Sei o que são lastros, não ignoro o que são emissões; mas o que do consórcio dos dois vocábulos entre si e com outros deve sair, é justamente o que me escapa. Podem arregimentar diante de mim os algarismos mais compridos, somá-los, diminuí-los, multiplicá-los, reparti-los, e eu conheço se as quatro operações estão certas, mas o que elas podem dizer, financeiramente falando, não sei. Há pessoas que não confessam isto, por motivos que respeito; algumas chegam a escrever estudos, compêndios, análises. Eu sou (com perdão da palavra) nobremente franco.

Em matéria de dinheiro, sei que a história dele combina perfeitamente com a do paraíso terrestre. Há cinquenta anos, diz uma folha rio-grandense de 21 do mês passado, "a moeda-papel era coisa raríssima no Rio Grande; ouro e prata eram as moedas que mais circulavam, inclusive as de cunho estrangeiro, como as onças e os patacões, que a alfândega recebia, aquelas a 32$ e estes a 2$". Para mim, estas palavras são mais claras que todos os autores deste mundo. Querem dizer que comprávamos tudo com ouro e prata, não havendo papel senão talvez para fazer coleções semelhantes às de selos, ocupação não sei se mais se menos recreativa que o jogo da paciência. Hoje, a circulação, como Margarida Gauthier, mira-se ao espelho e suspira: "*Combien je suis changée!*" Hoje quer dizer há muitos anos. E acrescenta como a heroína de Dumas Filho: "*Cependant, le docteur m'a promis de me guérir*". Que doutor? É o que se não sabe ao certo; devia dizer os doutores, ou mais simplesmente a Faculdade de Medicina. Realmente, os doutores tinham boa vontade. Conheci dois, há muitos anos, que eram como a homeopatia e a alopatia, dois sistemas opostos. Um curava com muitos banhos, outro com um banho só. Além de não chegarem a curar a nossa doente com um nem com muitos, eles próprios morreram, e a doente vai vivendo com a sua tuberculose. Como a triste Margarida, esta acrescenta no mesmo monólogo: *J'aurai patience.*

Provado que não entendo de finanças, espero que me não exijam igual prova acerca da política, posto que a política seja acessível aos mais ínfimos espíritos deste mundo. A questão, porém, não é de graduação, é de criação.

Um operoso deputado, o sr. dr. Nilo Peçanha, acaba de apresentar um projeto de lei destinado a impedir a fraude e as violências nas eleições. Não pode haver mais nobre intuito. Não há serviço mais relevante que este de restituir ao voto popular a liberdade e a sinceridade. É o que eu diria na Câmara se fosse deputado; e, quanto ao projeto, acrescentaria que é combinação mui própria para alcançar aqueles fins tão úteis. Onde, à hora marcada, não houver funcionários, o eleitor vai a um tabelião e registra o seu voto. Assim que, podem os capangas tolher a reunião das mesas eleitorais, podem os mesários corruptos (é uma suposição) não se reunirem de propósito: o eleitor abala para o tabelião e o voto está salvo.

Como tabelião, é que não sei se aprovaria a lei. O tabelião é um ente modesto, amigo da obscuridade, metido consigo, com os seus escreventes, com as suas escrituras, com o seu *Manual*. Trazê-lo ao tumulto dos partidos, à vista das ideias (outra suposição) é trocar o papel desse serventuário, que por índole e necessidade pública é e deve ser sempre imperturbável. O menos que veremos com isto é a entrada do tabelião no telegrama. Havemos de ler que um tabelião, com violência dos princípios e das leis, com afronta da verdade das classificações, sem nenhuma espécie de pudor, aceitou os votos nulos de menores, de estrangeiros e de mulheres. Outro será sequestrado na véspera, e o telegrama dirá, ou que resistiu nobremente à inscrição dos votos, ou que fugiu covardemente ao dever. Alguns adoecerão no momento psicológico. Se algum, por ter parentes no partido *teixeirista,* mandar espancar pelos escreventes os eleitores *dominguistas,* cometerá realmente um crime, e incitará algum colega aparentado com o cabo dos *dominguistas* a restituir aos *teixeiristas* as pancadas distribuídas em nome daqueles. Deixemos os tabeliães onde eles devem ficar — nos romances de Balzac, nas comédias de Scribe e na rua do Rosário.

Mas, que remédio dou então para fazer todas as eleições puras? Nenhum; não entendo de política. Sou um homem que, por ler jornais e haver ido em criança às galerias das câmaras, tem visto muita reforma, muito esforço sincero para alcançar a verdade eleitoral, evitando a fraude e a violência, mas por não saber de política, ficou sem conhecer as causas do malogro de tantas tentativas. Quando a lei das minorias apareceu, refleti que talvez fosse melhor trocar de método, começando por fazer uma lei da representação das maiorias. Um chefe político, varão hábil, pegou da pena e ensinou, por circular pública, o modo de cumprir e descumprir a lei, ou, mais catolicamente, de ir para o céu comendo carne à sexta-feira. Questão de algarismos. Vingou o plano; a lei desapareceu.

Vi outras reformas; vi a eleição direta servir aos dois partidos, conforme a situação deles. Vi... Que não tenho eu visto com estes pobres olhos?

A última coisa que vi foi que a eleição é também outra Margarida Gauthier. Talvez não suspire, como as primeiras: *Combien je suis changée*! Mas com certeza atribuirá ao doutor a promessa de a curar, e dirá como a irmã do teatro e a da praça: *J'aurai patience*.

Gazeta de Notícias, 8 de dezembro de 1895

Temo errar

Temo errar, mas creio que Lopes Neto foi o primeiro brasileiro que se deixou queimar, por testamento, com todas as formalidades do estilo. As suas cinzas, no discurso dos oradores, foram verdadeiramente cinzas. Agora repousam no lugar indicado pelo testador, e é mais um exemplo que dá a sociedade italiana da incineração aos homens que vão morrer. Estou certo, porém, que o sentimento produzido nos patrícios de Lopes Neto foi menos de admiração que de horror. Toda gente que conheço repele a ideia de ser queimada. Ninguém abre mão de ir para baixo da terra integralmente, deixando aos amigos póstumos do homem o ofício de lhe comerem os últimos bocados.

São gostos, são costumes. De mim confesso que tal é o medo que tenho de ser enterrado vivo, e morrer lá embaixo, que não recusaria ser queimado cá em cima. Poeticamente, a incineração é mais bela. Vede os funerais de Heitor. Os troianos gastam nove dias em carregar e amontoar as achas necessárias para uma imensa fogueira. Quando a Aurora, sempre com aqueles seus dedos cor-de-rosa, abre as portas ao décimo dia, o cadáver é posto no alto da fogueira, e esta arde um dia todo. Na manhã seguinte, apagadas as brasas, com vinho, os lacrimosos irmãos e amigos do magnânimo Heitor coligem os ossos do herói e os encerram na urna, que metem na cova, sobre a qual erigem um túmulo. Daí vão para o esplêndido banquete dos funerais no palácio do rei Príamo.

Bem sei que nem todas as incinerações podem ter esta feição épica; raras acabarão um livro de Homero, e a vulgaridade dará à cremação, como se lhe chama, um ar chocho e administrativo. O sr. conde de Herzberg há de morrer um dia (que seja tarde!) e será inumado, quando menos para ser coerente. Outros condes virão, e se a prática do fogo houver já vencido, poderão celebrar contrato com a Santa Casa para queimar os cadáveres nos seus próprios estabelecimentos. Então é que havemos de abençoar a memória do atual conde! Naturalmente haverá duas espécies de classes, a presente (coches, cavalos etc.) e a da própria incineração, que se distinguirá pelo esplendor, mediania ou miséria dos fornos, vestuários dos incineradores, qualidade da madeira. Haverá o forno comum substituindo a vala comum dos cemitérios.

Se isto que vou dizendo parecer demasiado lúgubre, a culpa não é minha, mas daquele distinto brasileiro, que morreu duas vezes, a primeira surdamente, a segunda com o estrondo que acabais de ouvir. Confesso que a morte de Lopes Neto veio lembrar-me que ele não havia morrido. Os octogenários de cá, ou trabalham como Ottoni, no Senado, ou descansam das suas grandes fadigas militares, como Tamandaré, que ainda ontem fez anos. Há dias vi Sinimbu, ereto como nos fortes dias da maturidade. Vi também o mais estupendo de todos, Barbacena, jovem nonagenário, que espera firme o princípio do século próximo, a fim de o comparar ao deste, e verificar se traz mais ou menos esperanças que as que ele viu em menino. Posso adivinhar que há de trazer as mesmas. Os séculos são como os anos que os compõem.

Lopes Neto foi meter-se na Itália, para que esquecessem os seus provados talentos e os serviços que prestou ao Brasil. Não faltam ali cidades nem vilas onde um homem possa dormir as últimas noites, ou andar os últimos dias entre um quadro eterno e uma eterna ruína. A língua que ali se ouve imagino que repercutirá na alma estrangeira como as estrofes dos poetas da terra. Por mais que o velho Crispi e o seu inimigo Cavalloti estraguem o próprio idioma com os barbarismos que o Parlamento impõe, um homem de boa vontade pode ouvi-los, com o pensamento nos tercetos de Dante, e se os repetir consigo, acaba crendo que os ouviu do próprio poeta. Tudo é sugestivo neste mundo.

Suponho que o nosso finado patrício não ouviria exclusivamente os poetas. A política deixa tal unhada no espírito, que é difícil esquecê-la de todo, mormente aqueles a quem lhes nasceram os dentes nela. Se tivesse vivido um pouco mais, leria os telegramas que levaram esta semana a toda Itália, como ao resto do mundo, a notícia do desastre de Eritreia. Talvez a idade ainda lhe consentisse irritar-se como os patriotas italianos, e clamar com eles pela necessidade da desforra. Sentiria igualmente a dor das mães e esposas que correram às secretarias para saber da sorte dos filhos e maridos. Execraria naturalmente aquele negus e todos os seus rases, que dispõem de tantos e inesperados recursos. Mas, pondo de lado a grandeza da dor e o brio dos vencidos, se Lopes Neto tivesse a fortuna de haver esquecido a política e as suas duras necessidades, acharia sempre algum retábulo velho, algum trecho de mármore, alguma cantiga de rua, com que passar as manhãs de azul e sol.

Uma das máximas que escaparam a mestre Calino é que nem tudo é guerra, nem tudo é paz, e as coisas valem segundo o estado da alma de cada um. O estilo é que não traria esses colarinhos altos e gomados, mas caídos à marinheira. Calino tinha a virtude de falar claro, a sua tolice era transparente. O que eu quero dizer pela linguagem deste grande descobridor de mel de pau é que nem toda a Itália é Cipião; alguma parte há de ser Rafael e outros defuntos.

Lá ficou entre esses, incinerado como tantos antigos, o homem que deu princípio a esta crônica, e já agora lhe dará fim. O céu italiano lhe terá feito lembrar o brasileiro, e quero crer que a sua última palavra foi proferida na nossa língua; mas, como a confusão das línguas veio do orgulho humano, é certo que o céu, que é só um, entende-as todas, como antes de Babel, e tanto faz uma como outra, para merecer bem. A última ou penúltima vez que vi Lopes Neto estava com um jovem de quinze anos, filho de Solano Lopes, que apresentava a algumas pessoas, na rua do Ouvidor. O moço sorria sem convicção; eu pensava nas vicissitudes humanas. Se o pai não tivesse feito a guerra, haveria morrido em Assunção, e talvez ainda estivesse vivo. O filho seria o seu natural sucessor, e o atual presidente do Paraguai não estaria no poder. Ó fortuna! ó loteria! ó bichos!

Gazeta de Notícias, 15 de dezembro de 1895

SE A SEMANA QUE ORA ACABA, FOR CONDENADA PERANTE A ETERNIDADE

Se a semana que ora acaba, for condenada perante a eternidade, não será por falta de acontecimentos. Teve-os máximos, médios e mínimos. Toda ela foi de orçamentos e impostos novos. Criou-se um segundo partido político. A mensagem de Cleveland estourou como uma bomba, entre o mundo novo e o velho. Chegou a proposta de arbitramento para o negócio da ilha da Trindade. Juntai a isto os discursos, os boatos, as denúncias de contrabando, as divergências de opiniões, e confessai que poucas semanas levarão a alcofa tão cheia.

A questão dos impostos, força é dizê-lo, sendo a mais imediata, é a que menos tem agitado os espíritos. Em verdade, as outras são maiores, e entendem com interesses mais altos. Impostos revogam-se ou cerceiam-se um dia. A Trindade tem de ser resolvida eficaz e perpetuamente. A doutrina de Monroe pode alterar a situação política do mundo, e trazer guerra, a não ser que traga paz. O futuro descansa nos joelhos dos deuses. Creio que isto é de Homero.

Dos impostos, o único discutido nas folhas públicas é o que recai sobre produtos farmacêuticos. As drogas importadas vão pagar mais do duplo, a ver se as da terra se desenvolvem. Um boticário já me avisou que hei de pagar certo remédio por mais do dobro do que ora me custa, e não é pouco. Deste cidadão sei que há cerca de dois anos tentou fazê-lo no próprio laboratório, mas saiu-lhe uma droga muito ordinária, como me confessou e eu acreditei. A não ser que alguém falsifique o preparado e o dê por pouco menos, não me resta mais que dispensá-lo e beber outra coisa.

Eu, quando quero dizer algum disparate que não magoe o próximo, costumo anunciar que a farmácia há de ser a última religião deste mundo. E dou por fundamento que o homem estima mais que nenhuma outra coisa a saúde e a vida, e não precisa que a farmácia lhe dê uma e outra, basta que ele o suponha. Não nego que o homem tenha necessidades morais; concedo o vigário, mas não me tirem o boticário. E assim vou rindo por aí adiante, sem grande dispêndio de ideias. Uma ideia só, renovada pela ocasião, pela disposição, pelos ouvintes, dá muito de si. Há tal, que o próprio autor supõe inteiramente nova.

Pois, senhores, estou com vontade de me declarar, não cismático, que é escolher entre a droga importada e cara e a fabricada aqui mesmo e pouco menos cara, mas ateu, totalmente ateu. Se a saúde vai subir tanto de preço, melhor é ficar com a doença barata. Padece-se, mas sempre haverá com que matar uma galinha para a dieta. E — quem sabe? — pode ser que a saúde tenha mudado de domicílio, nos saia de qualquer outro armazém ou dos ares da Tijuca. Caso haverá em que ela resida em nós mesmos, salvo a parte enferma, e vai senão quando amanheçamos curados.

Quando o cólera-mórbus aqui apareceu, não sei se da primeira, se da segunda vez, morreu muita gente. Era eu criança, e nunca me esqueceu um farmacêutico de grandes barbas, que inventou um remédio líquido e escuro contra a epidemia. Se curativo ou preservativo, não me lembro. O que me lembra, é que a farmácia e a rua estavam cheias de pessoas armadas de garrafas vazias, que saíam cheias e pagas. O preço era do tempo em que os medicamentos também se vendiam por moedas fracionárias; havia remédios de 200 réis, de 600 réis etc. A contabilidade atual exige uma gradação certa: mil-réis, mil e quinhentos, dois mil-réis, dois mil e quinhentos, três, quatro, cinco, seis, oito, dez, quinze, vinte etc. O das grandes barbas ajuntou um bom pecúlio; mas por que levou o segredo para a sepultura? Por que não imprimiu e distribuiu a fórmula? Agora, se tal moléstia cá voltar, teremos de inventar outra coisa, que terá a novidade por si, é verdade, mas a velhice também recomenda.

Vede Ayer. Há quantos anos este homem, com um simples peitoral e umas pílulas, tem restituído a saúde ao mundo inteiro! Conheci-lhe o retrato moço; agora é um velho. Mas os anos não têm feito mais que desenvolver os efeitos da invenção. Ayer chega a servir naquilo mesmo que não cura: a angina diftérica. "Quando se descobrem os primeiros sintomas da doença (diz o *Manual de saúde*, de 1869), e enquanto o médico não chega, a garganta deve ser gargarejada ou pintada com sumo puro de lima ou de limão. Produz também efeito o pó de enxofre assoprado na garganta. Pode também dar-se com vantagem uma dose alta de peitoral de cereja, do dr. Ayer. Depois da angina diftérica, tome-se a salsaparrilha do dr. Ayer, para remover da circulação o vírus da doença e reconstituir o sistema." Um chapeleiro do Texas confirma isto, escrevendo que, depois de curado da angina, ficou com a garganta em mau estado, constipava-se a miúdo, e receava que a doença tornasse; experimentou o peitoral de Ayer, ficou bom e perdeu o medo. Whartenberg chama-se este chapeleiro. Quem sabe se o chapéu que trago, não saiu das mãos dele, aos pedaços, para ser depois composto e vendido aqui?

Suponhamos que o imposto alto recaia no peitoral e nas pílulas do dr. Ayer. Não examinei este ponto; mas a conclusão é interessante. Whartenberg continuará a mandar-nos os seus chapéus, aos pedaços, e nós não poderemos ingerir o peitoral que restituiu a saúde a Whartenberg. Estudem isso os competentes; eu passo à organização do Partido Democrático Federal.

Segundo li, contrapõe-se este partido ao Republicano Federal, para formar os dois partidos necessários "ao livre jogo das instituições", segundo dizem os publicistas. Eu julgo as coisas pelas palavras que as nomeiam, e basta ser partido para não ser inteiro. Assim, por mais vasto que seja o programa do Partido Republicano Federal, não podia conter todos os princípios e aspirações, alguma coisa ficou de fora, com que organizar outro partido. A regra é que haja dois. O dia faz-se de duas partes, a manhã e a tarde. O homem é um composto de dualidades. A principal delas é a alma e o corpo; e o próprio corpo tem um par de braços, outro de pernas, os olhos são dois, as orelhas duas, as ventas duas. Finalmente, não há casamento sem duas pessoas.

Pode haver casamentos de três pessoas, mas tal casamento é um triângulo. Não confundam com o nosso triângulo eleitoral. Repito o próprio nome que lhe dá Ibsen, ou antes um dos seus personagens. Os Estados Unidos da América, com o seu jovem Partido *Populist*, já estão de triângulo, e a Inglaterra também com o Partido Irlandês; dado que este fique desdobrado em parnellistas e não parnellistas, haverá quatro, e será o caso de dançarem uma quadrilha, como dizia outro dramaturgo, Dumas, também pela boca de um dos seus personagens, falando de mulheres. Os partidos franceses, se levarmos em conta as indicações dos seus lugares na Câmara, chegam a dançar uma quadrilha americana.

Entre nós a quadrilha, mais que americana, americaníssima, poderá entrar em uso, se convertermos os partidos em simples bancadas, desde a bancada mineira até a bancada goiana. Seria um desastre. Antes o triângulo, se vingar o Partido Monarquista. Se não, fiquemos com a simples valsa, o varão e a dona enlaçados, ele vestido de autoridade, ela toucada de liberdade, correndo a sala toda, ao som da orquestra dos princípios.

Gazeta de Notícias, 22 de dezembro de 1895

À BEIRA DE UM ANO NOVO, E QUASE À BEIRA DE OUTRO SÉCULO

À beira de um ano novo, e quase à beira de outro século, em que se ocupará esta triste semana? Pode ser que nem tu, nem eu, leitor amigo, vejamos a aurora do século próximo, nem talvez a do ano que vem. Para acabar o ano faltam trinta e seis horas, e em tão pouco tempo morre-se com facilidade, ainda sem estar enfermo. Tudo é que os dias estejam contados.

Algum haverá que nem precise tê-los contados; desconta-os a si mesmo, como esse pobre Raul Pompeia, que deixou a vida inesperadamente, aos trinta e dois anos de idade. Sobravam-lhe talentos, não lhe faltavam aplausos nem justiça aos seus notáveis méritos. Estava na idade em que se pode e se trabalha muito. A política, é certo, veio ao seu caminho para lhe dar aquele rijo abraço que faz do descuidado transeunte ou do adventício namorado um amante perpétuo. A figura é manca; não diz esta outra parte da verdade — que Raul Pompeia não seguiu a política por sedução de um partido, mas por força de uma situação. Como a situação ia com o sentimento e o temperamento do homem, achou-se ele partidário exaltado e sincero, com as ilusões todas — das quais se deve perder metade para fazer a viagem mais leve — com as ilusões e os nervos.

Tal morte fez grande impressão. Daqueles mesmos que não comungavam com as suas ideias políticas, nenhum deixou de lhe fazer justiça à sinceridade. Eu conheci-o ainda no tempo das puras letras. Não o vi nas lutas abolicionistas de São Paulo. Do *Ateneu,* que é o principal dos seus livros, ouvi alguns capítulos então inéditos, por iniciativa de um amigo comum. Raul era todo letras, todo poesia, todo Goncourts. Estes dois irmãos famosos tinham qualidades que se ajustavam aos talentos literários e psicológicos do nosso jovem patrício, que os adorava. Aquele livro era um eco do colégio, um feixe de reminiscências, que ele soubera evocar e traduzir na língua que lhe era familiar, tão vibrante e colorida, língua em que compôs os numerosos escritos da imprensa diária, nos quais o estilo respondia aos pensamentos.

A questão do suicídio não vem agora à tela. Este velho tema renasce sempre que um homem dá cabo de si, mas é logo enterrado com ele, para renascer com outro. Velha questão, velha dúvida. Não tornou agora à tela, porque o ato de Raul Pompeia incutiu em todos uma extraordinária sensação de assombro. A piedade veio realçar o ato, com aquela única lembrança do moribundo de dois minutos, pedindo à mãe que acudisse à irmã, vítima de uma crise nervosa. Que solução se dará ao velho tema? A melhor é ainda a do jovem Hamlet: *The rest is silence.*

Mas deixemos a morte. A vida chama-nos. Um amigo meu, que foi ao cemitério, trouxe de lá a sensação da tranquilidade, quase da atração do lugar, mas não como lugar de mortos, senão de vivos. Naturalmente achou naquele ajuntamento de casas brancas e sossegadas uma imagem de vila interior. A capital é o contrário. A vida ruidosa chama-nos, leitor amigo, com os seus mil contos de réis da loteria que correu ontem na Bahia.

A ideia da agência-geral, Casa Camões & C., de expor na véspera o cheque dos mil contos de réis para ser entregue ao possuidor do bilhete a quem sair aquela soma, foi quase genial. Não bastava dizer ou escrever que o prêmio é de mil contos e que havia de sair a alguém. A maior parte dos incrédulos que ali passavam — falo dos pobres — não acreditavam a possibilidade de que tais mil contos lhes saíssem a eles. Eram para eles uma soma vaga, incoercível, abstrata, que lhes fugiria sempre. A Agência Camões & C. não esqueceu ainda os *Lusíadas,* decerto; há de lembrar-se da ilha dos Amores, quando os fortes navegantes dão com as ninfas nuas, e deitam a correr atrás delas. Sabe muito melhor que eu, que os rapazes, à força de correr, dão com elas no chão. A vitória foi certa e igual, e, sem que o poema traga a estatística dos moços e das moças, é sabido que ninguém perdeu na luta, tal qual sucede às loterias deste continente. Mas o pobre quando vê muita esmola, desconfia. Os mil contos eram uma só ninfa, que corria por todas as outras, e que ele não ousava crer que alcançasse, ainda recitando os afamados e doces versos da Agência Camões & C.:

> Oh! não me fujas! Assim nunca o breve
> Tempo fuja da tua formosura!

Dizer versos é uma coisa, e receber mil contos de réis é outra. Às vezes excluem-se. Quando, porém, os mil contos se lhe põem diante dos olhos, sob a forma de um cheque, uma ordem de pagamento, o mais incrédulo entra e compra um bilhete; aos mais escrupulosos ficará até a sensação esquisita de estar cometendo um furto, tão certo lhes parece que o cheque vai atrás do bilhete, e que ele está ali, está na tesouraria do banco. A venda deve ter sido considerável.

De resto, quem é que, de um ou de outro modo, não expõe o seu cheque à porta? O próprio espiritismo, que se ocupa de altos problemas, fez do sr. Abalo um cheque vivo, e ninguém ali entra sem a certeza de que verá a eternidade, ou definitivamente pela morte, ou provisoriamente pela loucura. Os que não têm tal certeza e ficam pasmados do prêmio que lhes cai nas mãos, imitam nisto os que compram bilhetes de loteria para fugir à perseguição dos vendedores, que trepam aos bondes, e os metem à cara da gente.

O inquérito aberto pela polícia, por ocasião de alguns prêmios saídos aos fregueses, é duas vezes inconstitucional: 1º, por atentar contra a liberdade religiosa; 2º, por ofender a liberdade profissional. Eu, irmão noviço, posso morrer sem crime de ninguém; é um modo de ir conversar outros espíritos e associar-me a algum que traga justamente a felicidade ao nosso país. Quanto a ti, irmão professo, não é claro que tanto podes curar por um sistema como por outro? Quem te impede de comerciar, ensinar piano, legislar, consertar pratos, defender ou acusar em juízo? Se a polícia examina os casos recentes de loucura mais ou menos varrida, produzidos pelas práticas do sr. Abalo, não ataca só ao sr. Abalo, mas ao meu cozinheiro também. Acaso é este responsável pelas indigestões que saem dos seus jantares? Que é a demência senão uma indigestão do cérebro?

E acabo *A Semana* sem dizer nada daquele cão que salvou o sr. Estruc, na praia do Flamengo, às cinco horas da manhã. A rigor, tudo está dito, uma vez que se sabe que os cães amam os donos, e o sr. Estruc era dono deste. Nadava o dono longe da praia, sentiu perder as forças e gritou por socorro. O cão, que estava em terra e não tirava os olhos dele, percebeu a voz e o perigo, meteu-se no mar, chegou ao dono, segurou-o com os dentes e restituiu-o à terra e à vida. Toda a gente ficou abalada com o ato do cão, que uma folha disse ser "exemplo de nobreza", mas que eu atribuo ao puro sentimento de gratidão e de humanidade. Ao ler a notícia lembrei-me das muitas vezes que tenho visto donos de cães, metidos em bondes, serem seguidos por eles na rua, desde o largo da Carioca até o fim de Botafogo ou das Laranjeiras, e disse comigo: Não haverá homem que, sabendo andar, acuda aos pobres-diabos que vão botando a alma pela boca fora? Mas ocorreu-me que eles são tão amigos dos senhores, que morderiam a mão dos que quisessem suspender-lhes a carreira, acrescendo que os donos dos cães poderiam ver com maus olhos esse ato de generosidade.

Gazeta de Notícias, 29 de dezembro de 1895

Quisera dizer alguma coisa a este ano de 1896

Quisera dizer alguma coisa a este ano de 1896, mas não acho nada tão novo como ele. Pode responder-nos a todos que não faremos mais que repetir os amores contados aos que passaram, iguais esperanças e as mesmas cortesias. "Não me iludis — dirá 1896 —, sei que me não amais desinteressadamente; egoístas eternos, quereis que eu vos dê saúde e dinheiro, festas, amores, votos e o mais que não cabe neste pequeno discurso. Direis mal de 1895, vós que o adulastes do mesmo modo quando ele apareceu; direis o mesmo mal de mim, quando vier o meu sucessor."

Para não ouvir tais injúrias, limito-me a dizer deste ano que ninguém sabe como ele acabará, não porque traga em si algum sinal meigo ou terrível, mas porque é assim com todos eles. Daí a inveja que tenho às palavras dos homens públicos. Agora mesmo o presidente da República Francesa declarou, na recepção do Ano-Bom, que a política da França é pacífica; declaração que, segundo a Agência Havas, causou a mais agradável impressão e segurança a toda a Europa. Oh! por que não nasci eu assaz político para entender que palavras dessas podem suster os acontecimentos, ou que um país, ainda que premedite uma guerra, venha denunciá-la no primeiro dia do ano, avisando os adversários e assustando o comércio e os neutros! Pela minha falta de entendimento, neste particular, declarações tais não me comovem, menos ainda se saem da boca de um presidente como o da República Francesa, que é um simples rei constitucional, sem direito de opinião.

Napoleão III tinha efetivamente a Europa pendente dos lábios no dia 1 de janeiro; mas esse, pela Constituição imperial, era o único responsável do governo, e, se prometia paz, todos cantavam a paz, sem deixar de espiar para os lados da França, creio eu. Um dia, declarou ele que os tratados de 1815 tinham deixado de existir, e tal foi o tumulto por aquele mundo todo, que ainda cá nos chegou o eco. Um socialista, Proudhon, respondeu-lhe perguntando, em folheto, se os tratados de 1815 podiam deixar de existir, sem tirar à Europa o direito público. Nesse dia, tive um vislumbre de política, porque entendi o rumor e as suas causas, sem negar, entretanto, que os anos trazem, com o seu horário, o seu roteiro.

Não sabemos dos acontecimentos que este nos trará, mas já sabemos que nos trouxe a lembrança de um — o centenário do sino grande de São Francisco de Paula. Na véspera do dia 1 deste mês, ao passar pelo largo, dei com algumas pessoas olhando para a torre da igreja. Não entendendo o que era, fui adiante; no dia seguinte, li que se ia festejar o centenário do sino grande. Não me disseram o sentido da celebração, se era arqueológico, se metalúrgico, se religioso, se simplesmente atrativo da gente amiga de festejar alguma coisa. Cheguei a supor que era uma loteria nova, tantas são as que surgem, todos os dias. Loterias há impossíveis de entender pelo título, e nem por isso são menos afreguesadas, pois nunca faltam Champollions aos hieróglifos da velha fortuna.

Isto ou aquilo, o velho sino merece as simpatias públicas. Em primeiro lugar, é sino, e não devemos esquecer o delicioso capítulo que sobre este instrumento da igreja escreveu Chateaubriand. Em segundo lugar, deu bons espetáculos à gente que ia ver cá de baixo o sineiro agarrado a ele. Um dia, é certo, o sineiro voou da torre e veio morrer em pedaços nas pedras do largo; morreu no seu posto.

Aquela igreja tem uma história interessante. Vês ali na sacristia, entre os retratos de corretores, um velho Siqueira, calção e meia, sapatos de fivela, cabeleira postiça, e chapéu de três bicos na mão? Foi um dos maiores serviçais daquela casa. Síndico durante trinta e um anos, morreu em 1811, merecendo que vá ao fim do primeiro século e entre pelo segundo. O que mais me interessa nele é a pia fraude que empregava para recolher dinheiro e continuar as obras da igreja. Aos que desanimavam, respondia que contassem com algum milagre do patriarca. De noite, ia ele próprio ao adro da igreja, chegava-se à caixa das esmolas e metia-lhe todo o dinheiro que levava, de maneira que, aos sábados, aberta a caixa, davam com ela pejada do necessário para saldar as dívidas. As rondas seriam poucas, a iluminação escassa, fazia-se o milagre e com ele a igreja. Não digo que os Siqueiras morressem; mas, tendo crescido a polícia e paralelamente a virtude, o dinheiro é dado diretamente às corporações, e dali a notícia às folhas públicas.

Não faltará quem pergunte como é que tal milagre, feito às escondidas, veio a saber-se tão miudamente que anda em livros. Não sei responder; provavelmente houve espiões, se é que o amor da contabilidade exata não levou o velho Siqueira a inscrever em cadernos os donativos que fazia. Há outro costume dele que justifica esta minha suposição. Siqueira possuía navios; simulava (sempre a simulação!) ter neles um marinheiro chamado Francisco de Paula, e pagava à igreja o ordenado correspondente. O donativo era assim ostensivo por amor da contabilidade.

A contabilidade podia trazer-me a coisas mais modernas, se me sobrasse tempo; mas o tempo é quase nenhum. Resta-me o preciso para dizer que também fez o seu aniversário, esta semana, a inauguração do Panorama do Rio de Janeiro, na praça Quinze de Novembro. Foi em 1891; há apenas cinco anos, mas os centenários não são blocos inteiros, fazem-se de pedaços. As pirâmides tiveram o mesmo processo. A arte não nasceu toda nem junta. O Panorama resistiu, notai bem, às balas da revolta. Certa casa próxima, onde eu ia por obrigação, foi mais de uma vez marcada por elas; na própria sala em que me achei, caíram duas. Conservo ainda, ao pé de algumas relíquias romanas, uma que lá caiu na segunda-feira 2 de outubro de 1893. O Panorama do Rio de Janeiro não recebeu nenhuma, ou resistiu-lhes por um prodígio só explicável à vista dos fins artísticos da construção. Que as paixões políticas lutem entre si, mas respeitem as artes, ainda nas suas aparências.

Adeus. O sol arde, as cigarras cantam, um cão late, passa um bonde. Consolemo-nos com a ideia de que um dia, de todos estes fenômenos, nem o sol existirá. É banal, mas o calor não dá ideias novas. Adeus.

Gazeta de Notícias, 5 de janeiro de 1896

Quando li o relatório da polícia acerca do Jardim Zoológico

Quando li o relatório da polícia acerca do Jardim Zoológico, tive uma comoção tão grande, que ainda agora mal posso pegar na pena. Vou dizer porquê. Sabeis que o jogo dos bichos acabou ali há muito tempo. Carneiro, macaco, elefante, porco, tudo fugiu do Jardim Zoológico e espalhou-se pelas ruas. Este fenômeno é igual a tantos que se dão na organização das cidades. A princípio, os moradores é que vão buscar a água às fontes; mais tarde, o encanamento é que a leva aos moradores. Dá-se com os bichos a mesma coisa. Não há casa, não há cozinha, e raro haverá sala que não possua uma pia, aonde vá ter a água de Vila Isabel. Há tal armarinho, onde entre o aperto de mão e a compra das agulhas, a conversação não tem outro assunto.

— Eu, sr. Maciel — diz a moça examinando as agulhas —, sempre tive confiança no cavalo.

Ele, debruçando-se:

— Creia, d. Mariquinhas, que é animal seguro. O burro não é menos; mas o cavalo é muito mais. As agulhas servem?

Talvez o leitor não entenda bem esse esclarecimento. D. Mariquinhas entende; dá dois dedos de palestra, cinco em despedida, e vai direita mandar comprar no cavalo.

Uma empresa lembrou-se de substituir no Jardim Zoológico o jogo dos animais pelo dos divertimentos. Não foi mal imaginado; cada bilhete de entrada leva a indicação de um jogo lícito, desde o bilhar, que é o primeiro da lista, até o... Aqui vem a causa da minha comoção. Que pensais, vós que não lestes o relatório da polícia, que jogo pensais que é o último, o 25º da lista? É o xadrez. Que vai fazer nessa galeria o grave xadrez? É lícito, não há dúvida, nem há coisa mais lícita que ele; mas o gamão também o é, e não vejo lá o gamão.

Quis enganar-me. Quis supor que era um aviso aquela palavra posta no fim da lista, como se dissesse: após tantos divertimentos, tudo acaba no xadrez da polícia. Mas certamente a empresa não levaria a paixão do trocadilho até o ponto de espantar os fregueses, conquanto esta paixão seja das mais violentas que podem afligir um homem. Também não creio que fosse ironia pura, um modo de dizer que não há perigo; seria descrer de uma coisa certa. Podem escapar alguns criminosos, como em toda a parte do mundo, mas alguns não são todos. Aí está, para não ir mais longe, o caso do desfalque municipal; é possível que se não ache o dinheiro, por esta velha regra que o desfalque, uma vez descoberto, põe logo umas barbas, e embarca ou finge que embarca; mas o culpado receberá o castigo, é o principal para a moral pública.

Meu bom xadrez, meu querido xadrez, tu que és o jogo dos silenciosos, como te podes dar naquele tumulto de frequentadores? Quero crer que ninguém te joga, nem será possível fazê-lo. Basta saber que há uma hora certa, às seis da tarde, em que sai de dentro de um tubo de ferro uma bandeira com o nome de um jogo. Como podes tu correr a ver o nome da bandeira, se tens de defender o teu rei — branco ou preto — ou atacar o contrário, preto ou branco? Outra coisa que deve impedir que te joguem, é a vozeria que, segundo o relatório da polícia, se levanta logo que a bandeira é hasteada. A autoridade explica a vozeria pelo fato de uns perderem e outros ganharem; mas a explicação da empresa é mais lógica. Diz ela que o nome do jogo hasteado não quer dizer senão que tal jogo será gratuito dessa hora em diante para todos os frequentadores do Jardim; para os outros será preciso comprar bilhete. Creio; mas o que não creio é que dois verdadeiros jogadores do xadrez, aplicados ao ataque e à defesa, possam consentir em deixar tão nobre ação para ir ao pau-de-sebo ou qualquer outra recreação gratuita.

Li tudo, li os autos de perguntas feitas a vários cidadãos. Um destes, por nome Maia, carpinteiro de ofício, declarou que, com os tristes dez tostões de cada bilhete que paga à porta do Jardim Zoológico, tem já ganho um conto e quatrocentos mil-réis. Não disse em que prazo, mas podendo comprar cinco ou mais bilhetes por dia, e sendo a empresa nova, é provável que tenha ajuntado aquele pecúlio em poucas semanas. Em verdade, se um homem pode ganhar tanto dinheiro passeando às tardes, entre plantas, à espera que a bandeira seja hasteada, é caso para seduzir outras pessoas que não sobem dos quatro ou cinco mil-réis por dia com a simples enxó. E ainda esses têm uma enxó; e os que não têm enxó nem nada?

Tudo pode ser, contanto que me salvem o xadrez. A polícia — ou para não confundir este jogo com o nome vulgar da sua prisão, ou porque efetivamente queira restituir cada um ao seu ofício — mandou que os bilhetes não tragam nenhum nome de divertimento. A opinião dos interrogados é que, sem isto, todo o fervor bucólico se perde. Não conhecendo a força inventiva da empresa, não sei o que ela fará. Suponhamos que manda imprimir os bilhetes sem nenhum dizer delituoso, mas que os faz de cores diferentes. Às mesmas seis horas da tarde, sobe uma bandeira da cor que deve ganhar; aí está o mesmo processo sem palavras. É difícil impedir que os bilhetes sejam de todas as cores, nem que as bandeiras subam ao ar na ponta de um pau. A polícia só tem um recurso, é a publicação que faço aqui, antecipadamente, de maneira que a empresa não pode já empregar este sistema sem se desmascarar.

Nem sempre os jardins esconder jogos ilícitos. Vede o Jardim Botânico; está publicada a estatística das pessoas que lá foram no ano passado: 45.086, isto é, mais 10.427 que o ano de 1894. Notai que dos estrangeiros em trânsito o número, que em 1894 foi de 929, subiu no ano passado a 3.622. No total do mesmo ano estão inclusas 8.188 crianças. Não abuso dos algarismos; eu próprio não me dou muito com eles, mas os que aí vão, sempre consolam alguma coisa, no tocante à nossa vocação bucólica.

Outro jardim — é o último — abriu domingo passado as portas. Entrava-se com bilhete e havia bandeiras hasteadas. A presença do sr. chefe de polícia podia fazer desconfiar; mas a circunstância de serem os bilhetes distribuídos pelo próprio sr. presidente da República tranquilizou a todos, e, com pouco, reconhecemos que o Ginásio Nacional não encobre nenhuma loteria. Os premiados houveram-se sem jactância nem acanhamento e os bacharelandos prestaram o compromisso regulamentar, modestos e direitos. Um deles fez o discurso do estilo; o sr. dr. Paula Lopes falou gravemente em nome da corporação docente, até que o diretor do externato, o sr. dr. José Veríssimo, encerrou a cerimônia com um discurso que acabou convidando os jovens bacharéis a serem homens.

Eu não quero acrescentar aqui tudo o que penso do sr. dr. José Veríssimo. Seria levado naturalmente a elogiar a *Revista Brasileira,* que ele dirige, e a parecer que faço um reclamo, quando não faço mais que publicar a minha opinião, a saber, que a revista é ótima.

Gazeta de Notícias, 12 de janeiro de 1896

SE NÃO FOSSE O RECEIO DE CAIR NO DESAGRADO DAS SENHORAS

Se não fosse o receio de cair no desagrado das senhoras, dava-lhes um conselho. O conselho não é casto, não é sequer respeitoso, mas é econômico, e por estes tempos de mais necessidade que dinheiro, a economia é a primeira das virtudes.

Vá lá o conselho. Sempre haverá algumas que me perdoem. A poesia brasileira, que os poetas andaram buscando na vida cabocla, não deixando mais que os versos bons e maus, isto nos dai agora, senhoras minhas. Fora com obras de modistas; mandai tecer a simples arazoia, feita de finas plumas, atai-a à cintura e vinde passear cá fora. Podeis trazer um colar de cocos, um cocar de penas e mais nada. Escusai leques, luvas, rendas, brincos, chapéus, tafularia inútil e custosíssima. A dúvida única é o calçado. Não podeis ferir nem macular os pés acostumados à meia e à botina, nem nós podemos calçar-vos, como João de Deus queria fazer à *descalça* dos seus versos:

Ah! não ser eu o mármore em que pisas...
Calçava-te de beijos.

Não seria decente nem útil; para essa dificuldade creio que o remédio seria inventar uma alpercata nacional, feita de alguma casca brasileira, flexível e sólida. E estáveis prontas. Nos primeiros dias, o espanto seria grande, a vadiação maior e a circulação impossível; mas, a tudo se acostuma o homem. Demais, o próprio homem teria de mudar o vestuário. Um pedaço de couro de boi, em forma de tanga, sapatos atamancados para durarem muito, um chapéu de pele eterna, sem bengala nem guarda-chuva. O guarda-chuva não era só desnecessário, mas até pernicioso, visto que a única medicina e a única farmácia baratas passam a ser (como eu dizia a uma amiga minha) o padre Kneipp e a água pura.

Em verdade, esse padre alemão, nascido para médico, descobriu a melhor das medicações para um povo duramente tanado na saúde. Quem mais tomará as pílulas de Vichi comprimidas, o vinho de Labarraque ou a simples magnésia de Murray (estrangeiras ou nacionais, pois que o preço é o mesmo), quem mais as tomará, digo, se basta passear na relva molhada, pés descalços, com dois minutos de água fria no lombo, para não adoecer? Conheço alguns que vão trocar a alopatia pela homeopatia, a ver se acham simultaneamente alívio à dor e às algibeiras. A homeopatia é o protestantismo da medicina; o kneippismo é uma nova seita, que ainda não tem comparação na história das religiões, mas que pode vir a triunfar pela simplicidade. O homem nasceu simples, diz a Escritura; mas ele mesmo é que se meteu em infinitas questões. Para que nos meteremos em infinitas beberagens, patrícios da minha alma?

Dizem que a vida em São Paulo é muito cara. Mas São Paulo, se quiser, terá a saúde barata; basta meter-se-lhe na cabeça ir adiante de todos como tem ido. Inventará novos medicamentos e vendê-los-á por preço cômodo. Leste a circular do presidente convidando os demais Estados produtores de café para uma conferência e um acordo? É documento de iniciativa, ponderado e grave. Aproximando-se a crise da produção excessiva, cuida de aparar-lhe os golpes antecipadamente. Mas nem só de café vive o homem, caso em que se acha também a mulher. Assim que duas paulistas ilustres tratam de abrir carreira às moças pobres para que disputem aos homens alguns misteres, até agora exclusivos deles. Eis aí outro cuidado prático. Estou que verão a flor e o fruto da árvore que plantarem. Quanto à vida espiritual das mulheres, basta citar as duas moças poetisas que ultimamente se revelaram, uma das quais, d. Zalina Rolim, acaba de perder o pai. A outra, d. Júlia Francisca da Silva, tem a poesia doce e por vezes triste como a desta rival que cá temos e se chama Júlia Cortines; todas três publicaram há um ano os seus livros.

Falo em poetisas e em mulheres; é o mesmo que falar em João de Deus, que deve estar a esta hora depositado no panteon dos Jerônimos, segundo nos anunciou o telégrafo. Não sei se ele adorou poetisas; mas que adorou mulheres, é verdade, e não das que pisavam tapetes, mas pedras, ou faziam meia à porta da casa, como aquela Maria, da *Carta,* que é a mais deliciosa de suas composições. Se essa Maria foi a mais amada de todas, não podemos sabê-lo, nem ele próprio o saberia talvez. Há uma longa composição sem título, de vário metro, em que há lágrimas de tristeza; mas as tristezas podem ser grandes e as lágrimas passageiras ou não, sem que daí se tire conclusão certa. A verdade é que todo ele e o livro são mulheres, e todas as mulheres *rosas* e *flores.* A simpleza, a facilidade, a espontaneidade de João de Deus são raras, a emoção verdadeira, o verso cheio de harmonia, quase sem arte, ou de uma arte natural que não dá tempo a recompô-la.

Um dos que verão passar o préstito de João de Deus será esse outro esquecido, como esquecido estava o autor das *Flores do Campo*, patrício nosso e poeta inspirado, Luís Guimarães. Não digo esquecido no passado, porque os seus versos não esquecem aos companheiros nem aos admiradores, mas no presente. Um de seus dignos rivais, Olavo Bilac, deu-nos há dias dois lindos sonetos do poeta, que ainda nos promete um livro. A doença não o matou, a solidão não lhe expeliu a musa, antes a conservou tão maviosa como antes. O que a outros bastaria para descrer da vida e da arte, a este dá força para empregar na arte os pedaços de vida que lhe deixaram e que valerão por toda ela. O poeta ainda canta. Crê no que sempre creu.

Há fenômenos contrários. Vede Zola. A *Notícia* de sexta-feira traz um telegrama contando o resumo da entrevista de um repórter com o célebre romancista, acerca da chantagem que aparece nos jornais franceses. Zola deu as razões do mal e conclui que "há excesso de liberdade e *falta de ideais cristãos*". Deus meu! e por que não uma cadeira na Academia francesa?

Gazeta de Notícias, 19 de janeiro de 1896

TRÊS VEZES ESCREVI O NOME DO DR. ABEL PARENTE

Três vezes escrevi o nome do dr. Abel Parente, três vezes o risquei, tal é a minha aversão às questões pessoais; mas, refletindo que não podia contar a minha grande desilusão sem nomear o autor dela, acabo escrevendo o nome deste distinto ginecologista.

Ninguém esqueceu ainda a famosa discussão que aqui há anos se travou, relativamente à esterilização da mulher pelo sistema do dr. Abel Parente. Ilustres profissionais atacaram e defenderam o nosso hóspede, com tal brilho, calor e evidência, que era difícil adotar uma opinião, sem ficar olhando para a outra com saudade, como aquele irresoluto da comédia, que acaba escolhendo uma das duas moças a quem namora, mas suspira consigo: "Creio que teria feito melhor escolhendo a outra".

Não se falou mais nisso. Italiano, patrício de Dante, é provável que o dr. Abel Parente haja dividido a clínica de parteiro e esterilizador entre dois versos do poeta, dizendo a uns embriões: *Lasciate ogni speranza, voi ch'entrate*; e a outros embriões: *Venite a noi parlar, s'altri nol niega*. Assim venceu um princípio, e nós fomos cuidar de questões novas, civis ou militares, políticas ou judiciárias.

Ultimamente (quinta-feira) escreveu aquele distinto prático uma carta ao *Jornal do Commercio*, contestando que o eucalipto pudesse curar a febre amarela. Não crê que a febre amarela — ou, cientificamente falando, o tifo icteroide — possa ser combatido com tal remédio ou com outro. Crê na *serumpatia*, e desde logo responde aos que puderem estranhar que ele, ginecologista, se ocupe de *serumpatia,* dizendo que "a *serumpatia* é a preocupação dos sábios de todos os países, e que o futuro da medicina está em seu poder".

Até aqui nenhuma ilusão me tirou; mas onde a mão do rude clínico rasgou violentamente o véu que me cobria os olhos, foi naquele ponto em que escreveu isto: "Desde os tempos de Hipócrates até os nossos dias, a medicina só se ufana de três remédios verdadeiramente eficazes e específicos:

o mercúrio contra a sífilis, o quinino contra a malária, o salicilato de sódio contra o reumatismo articular".

Não acho, não conheço, não posso inventar palavras que digam a prostração da minha alma depois de ler o que acabais de ler. Vós, filhos de um século sem fé, podeis ler isso sem abalo; sois felizes. Ainda assim, como simples efeito intelectual, é impossível que aquele trecho da carta vos não haja trazido alguma turvação às ideias. Imaginai o que terá sido com este pobre de mim que, mental e moralmente, vivia do contrário, não achava limites aos específicos. Li muito Molière, muito Bocage, mas eram pessoas de engenho, sem autoridade científica; queriam rir. A pessoa que nos fala agora, tem um poder incontestável, é ungido pela ciência.

Criei-me na veneração da farmácia. Entre parênteses, e para responder a um dos meus leitores de Ouro Preto, se escrevo botica, às vezes, é por um costume da infância; ninguém falava então de outra maneira; os próprios farmacêuticos anunciavam-se assim, e a legislação chamava-os boticários, se me não engano. *Botica* vinha de longe, e propriamente não ofendia a ninguém. Anos depois, entrou a aparecer *farmácia*, e pouco a pouco foi tomando conta do terreno, até que de todo substituiu o primeiro nome. Eu assisti à queda de um e à ascensão do outro. Os que nasceram posteriormente, acostumados a ouvir farmácia, chegam a não entender o soneto de Tolentino: *Numa escura botica encantoados* etc., mas é assim com o resto; as palavras aposentam-se. Algumas ainda têm o magro ordenado sem gratificação, que lhes possam dar eruditos; outras caem na miséria e morrem de fome.

Mas, como ia dizendo, criei-me e vivi na veneração da farmácia. Perdi muita crença, o vento levou-me as ilusões mais verdes do jardim da minha alma; não me levou os específicos. Vem agora, não um homem qualquer, mas um competente, um áugure, e declara público e raso que, no capítulo dos específicos, há só três; tudo o mais ilusão. Criatura perversa, inimiga dos corações humanos, que direito tens tu de amargurar os meus últimos dias, e os de alguns desgraçados, como eu? Que me dás em troca deste imenso desastre? A *serumpatia*, dizes tu; ah! mas não era melhor decretar a *serumpatia* como um novo específico, um canonizado recente, encomendá-la à veneração dos leigos, por suas virtudes excelsas e sublimes? A ciência saberia o contrário; mas eu morreria com a boca doce dos meus primeiros anos.

Outros se ocupam também com a *serumpatia*, e buscam achar aí a morte da febre amarela; mas nenhum deles veio negar os específicos anteriores, não já daquela, mas de todas as doenças. Um deles, o dr. Miguel Couto, há quatro anos, trabalha em descobrir por semelhante via o meio de acabar com o nosso flagelo nacional. Não o achou, mas outros colegas, que ainda agora começam igual trabalho, reconhecem que a prioridade pertence ao dr. Couto; é o que lhe nega o dr. Abel Parente, cujo argumento é que ele não levou a ideia a efeito, nem escreveu nada. A diferença entre um e outro é que, no entender do primeiro, o *serum* deve ser mais ativo e eficaz, quanto mais próximo o convalescente estiver da terminação da moléstia; no do segundo, é que o *serum* deve ser extraído três ou quatro semanas depois de iniciada a convalescença.

Sobre a prioridade, direi apenas que não há Colombo sem Américo Vespúcio, e por conseguinte pode muito bem vir a ter razão o segundo dos facultativos. Este ainda ontem, respondendo ao primeiro, que parece não crer que os convalescentes se submetam à sangria, para salvar outros doentes, responde-lhe: "Creio que, salvo as exceções, todos oferecerão generosamente o próprio sangue para salvar a vida alheia ameaçada; creio que este ato generoso o homem praticaria também, se soubesse de antemão que o seu sangue deve servir para salvar a vida de um figadal inimigo, ainda se depois preciso for cravar-lhe um punhal no coração e ter o prazer infernal de beber o próprio sangue no sangue do inimigo".

De pleno acordo. A minha única dúvida é se, antes de combinado o prazo, o doente receberá facilmente o sangue de um dia ou de quatro semanas. Eu hesitaria. Em suma, o que é preciso, é que a morte não continue a dizer aos enfermos que vão ter com ela: — Meus filhos, vireis para cá enquanto por lá não acertarem com o específico da febre amarela. Eu só conheço três específicos, desde Hipócrates, o mercúrio contra a sífilis, o quinino contra a malária, e o salicilato de sódio contra o reumatismo articular, e ainda assim não chegam para as encomendas; daí vem que muitos morrem, apesar de muito bem especificados.

Gazeta de Notícias, 26 de janeiro de 1896

AVOCAT, OH!
PASSONS AU DÉLUGE!

Avocat, oh! passons au déluge! Antes que me digas isso, começo por ele. Não esperes ouvir de mim senão que foi e vai querendo ser o maior de todos os dilúvios. Sei que o espetáculo do presente tira a memória do passado, e mais dói uma alfinetada agora que um calo há um ano. Mas, em verdade, a água, depois de ter sido enorme, tornou-se constante, geral e aborrecida.

Mais depressa que as demandas, a chuva deitou abaixo muitas casas que estavam condenadas a isso pela engenharia; mas as demandas tinham por fim justamente demonstrar que as casas não podiam cair sem dilúvio, e a prova é que este as derruiu. Se deixou em pé as que não estavam condenadas (nem todas), não foi culpa minha nem tua, nem talvez dele, mas da construção. Ruas fizeram-se lagoas, como sabes, e o trânsito ficou interrompido em muitas delas; mas isto não é propriamente noticiário que haja de dizer e repetir o que leste nas folhas da semana, não somente daqui, mas de outras cidades e vilas interiores. Tratando da nossa boa capital, acho que devemos atribuir o dilúvio, esta vez, antes ao amor que à cólera do céu. O céu também é sanitário. Uma grande lavagem pode mais que muitas discussões terapêuticas. Com a chuva que se seguiu ao dilúvio, vimos diminuir os casos da epidemia, enquanto que os simples debates nos jornais não salvaram ninguém da morte.

Podia citar dilúvios anteriores, os dois, pelo menos, que tivemos nos últimos quinze anos, ambos os quais (se me não engano) mataram gente com as suas simples águas. Águas passadas. O primeiro desses durou uma noite quase inteira; o segundo começou à uma ou duas horas da tarde e acabou às sete. Era domingo, e creio que de Páscoa. Mas um e outro tiveram um predecessor medonho no de 1864, que antecedeu ou sucedeu, um mês certo, ao dilúvio da praça. O da praça arrastou consigo todas as casas bancárias, ficando só os prédios e os credores. Não perdi nada com um nem outro. Pude, sim, verificar como os poetas acertam quando comparam a multidão às águas. Vi muitas vezes as ruas perpendiculares ao mar cheias de águas que desciam correndo. Uma dessas vezes foi justamente a do dilúvio de 1864; a sala da redação de um jornal, ora morto, estava alagada; desci pela escada, que era uma cachoeira, cheguei às portas da saída, todas fechadas, exceto a metade de uma, onde o guarda-livros, com o olho na rua, espreitava a ocasião de sair logo que as paredes da casa arriassem. Pois as águas que desciam por essas e outras ruas não eram mais nem menos que as multidões de gente que desceram por elas no dia do dilúvio bancário.

Pior que tudo, porém, se a tradição não mente, foram *as águas do monte,* assim chamadas por terem feito desabar parte do morro do Castelo. Sabes que essas águas caíram em 1811 e duraram sete dias deste mês de fevereiro. Parece que o nosso século, nascido com água, não quer morrer sem ela. Não menos parece que o morro do Castelo, cansado de esperar que o arrasem, segundo velhos planos, está resoluto a prosseguir e acabar a obra de 1811. Naquele ano chegaram a andar canoas pelas ruas; assim se comprou e vendeu, assim se fizeram visitas e salvamentos. Também é possível, como ainda viviam náiades, que assim as fossem buscar às fontes. Talvez até se pescassem amores.

Se remontarem ainda uns sessenta anos, terás o dilúvio de 1756, que uniu a cidade ao mar e durou três longos dias de vinte e quatro horas. Mais que em 1811, as canoas serviram aos habitantes, e o perigo ensinou a estes a navegação. Uma das canoas trouxe da rua da Saúde (antiga Valongo) até a Igreja do Rosário não menos de sete pessoas. Naturalmente não vieram a passeio, mas à reza, como toda a gente, que era então pouca e devota. Caíram casas dessa vez; a população refugiou-se ao pé dos altares. Afinal, como a cidade não tinha ainda contados os seus dias, fecharam-se as cataratas do céu; as águas baixaram e os pés voltaram a pisar este nosso chão amado.

Remontando ainda, poderíamos achar outros dilúvios pela aurora colonial e pela noite dos tamoios; mas, isto de chuva continuada não sei se é mais aborrecido vê-la cair que ouvi-la contar. Shakespeare põe este trocadilho na boca de Laerte, quando sabe que a irmã morreu afogada no rio: "Já tens água demais, pobre Ofélia; saberei reter as minhas lágrimas". Retenhamos a tinta. A tinta de escrever faz as tristes chuvas do espírito, e em tais casos não há canoas que naveguem: é apanhar ou fugir. Por isso não falo do dilúvio universal, como era meu propósito. Queria relembrar que, por essa ocasião, uma família justa foi achada e poupada ao mal de todos. Verdade é que os seus descendentes saíram tão ruins, em grande parte, como os que morreram, e melhor seria que os próprios justos acabassem; mas, enfim, lá vai. Dar-se-á, porém, se estamos no começo de outro dilúvio universal, que não haja agora exceção de família nem se salve a memória dos nossos pecados?

Uma senhora, a quem propus esta questão por meias palavras, acudiu que não pode ser, que não tem medo e citou a folhinha de Ayer. Leu-me que teremos bom tempo e calor grande daqui a dias, e pouco depois novo transbordamento de rios, como agora está sucedendo, desde o das Caboclas até o Paraíba do Sul. O primeiro ainda não transborda, mas não tarda. Confessou-me que não crê nos remédios de Ayer, mas nos almanaques. Os almanaques são certos. Se eles dessem os números das sortes grandes e os nomes dos bichos vencedores seriam os primeiros almanaques do mundo. Entretanto, não duvida que um dia cheguem a tal perfeição. O mundo caminha para a saúde e para a riqueza universais, concluiu ela; assim se explicam os debates sobre medicina e economia e a fé crescente nos xaropes e seus derivados.

Gazeta de Notícias, 2 de fevereiro de 1896

Pessoa que já serviu na polícia secreta

Pessoa que já serviu na polícia secreta de Londres e de Nova York tem anunciado nos nossos diários que oferece os seus préstimos para descobrir coisas furtadas ou perdidas. Não publica o nome; prova de que é realmente um ex-secreta inglês ou americano. A primeira ideia do ex-secreta local seria imprimir o nome, com indicação da residência. Não há ofício que não traga louros, e os louros fizeram-se para os olhos dos homens. Não tenho perdido nada, nem por furto, nem por outra via; deixo de recorrer aos préstimos do anunciante, mas aproveito esta coluna para recomendá-lo aos meus amigos e leitores.

Não é oferecer pouco. Toda a gente tem visto a dificuldade em que se anda para descobrir uns autos que desapareceram, não se sabe se por ação de Pedro, se por descuido de Paulo. Para tais casos é que o ex-funcionário de Nova York e de Londres servia perfeitamente. A prática dos homens, o conhecimento direto dos réus, o estudo detido dos espíritos, quando são deveras culpados, e torcem-se, e fogem, e mergulham, para surdir além, supondo que o secreta está longe, e dão com ele ao pé de si, são elementos seguros e necessários para descobrir as coisas furtadas ou perdidas, e, na primeira hipótese, para trazer o autor da subtração à luz pública. Os corações pios não quereriam tanto; amando a coisa furtada, contentar-se-iam em reavê-la, não indo ao ponto de exigir que prendessem e castigassem o triste do pecador.

Há três figuras impalpáveis na história, sem contar o Máscara de Ferro: são o homem dos autos, o homem do chapéu de Chile e o homem da capa preta. O do chapéu de Chile, que ainda ninguém atinou quem fosse, bem podia ser que já estivesse fotografado e exposto à venda na Casa Natté, se o negócio fosse incumbido ao anunciante. Não juro, mas podia ser. O mesmo digo acerca do homem dos autos, menos o retrato e a Natté, que só aceita pessoas políticas. Quanto ao homem da capa preta, perde-se na noite dos tempos, e não sei se o ex-secreta chegaria a ponto de descobri-lo. Desde criança, ouço este final de toda narração obscura ou desesperada: *e vão agora pegar no homem da capa preta*. A princípio, ficava com medo. Um dia, pedi a explicação a alguém, que acabava justamente de concluir uma história com tal desfecho. A pessoa interrogada (com verdade ou sem ela) disse-me que era um homem que furtara uma capa escura e andava depressa.

Se assim é — e supondo que esteja vivo —, é natural que apenas deixe a capa nas mãos do ex-agente de Londres e de Nova York; o corpo continuará a fugir, e com ele o problema histórico. A polícia, se quiser o retrato do homem, terá de se contentar com a simples reprodução *astral* ou como quer que se chame aquela parte da gente que não é corpo nem espírito. Um ocultista do meu conhecimento disse-me o nome da coisa, que só pode ser fotografada às escuras. Eu é que perco os nomes com grande facilidade; mas é *astral* ou acaba por aí. Será o único modo de possuir algum trecho do homem da capa preta; ainda assim, é duvidoso que o alcance, porque ele corre tanto que seguramente corre mais que a ciência.

Pois que a fortuna trouxe às nossas plagas um perfeito conhecedor do ofício, erro é não aproveitá-lo. Não se perdem somente objetos: perdem-se também vidas, e nem sempre se sabe quem é que as leva. Ora, conquanto não se achem as vidas perdidas, importa conhecer as causas da perda, quando escapam à ação da lei ou da autoridade. Não foi assassínio, mas suicídio, o dessa Ambrosina Cananeia, que deixou a vida esta semana. Era uma pobre mulher trabalhadeira, com dois filhos adolescentes e mãe valetudinária; morava nos fundos de uma estalagem da rua da Providência. O filho era empregado, a filha aprendia a fazer flores... Não sei se te lembras do acontecimento: tais são os casos de sangue destes dias que é natural vir o fastio e ir-se a memória. Pois fica lembrado.

A causa do suicídio não foi a pobreza, ainda que a pessoa era pobre. Nem desprezo de homem, nem ciúmes. A carta deixada dizia em começo: "Vou dar-te a última prova de amizade... É impossível mais tolerar a vida por tua causa; deixando eu de existir, você deixa de sofrer". *Você* é uma mocinha de dezesseis anos, vizinha, dizem que bonita, amiga da morta. Segundo a carta, a mocinha era castigada por motivo daquela afeição, tudo de mistura com um casamento que lhe queriam impor; mas o casamento não vem ao caso, nem quero saber dele. Pode ser até que nem exista; mas se existe, fique onde está. Não faltam casamentos neste mundo, bons nem maus, e até execráveis, e até excelentes.

O que é único, é esta amiga que se mata para que a outra não padeça. A outra era diariamente espancada, quase todos os vizinhos o sabiam pelos gritos e pelo pranto da vítima, "tudo por causa da nova amizade". Não podendo atalhar o mal da amiga, Ambrosina buscou um veneno, meteu no seio as cartas da amiga e acabou com a vida em cinco minutos. "Adeus, Matilde; recebe o meu último suspiro."

Os tempos, desde a Antiguidade, têm ouvido suspiros desses, mas não são últimos. Que a morte de uma trouxesse a da outra, voluntária e terrível, não seria comum, mas confirmará a amizade. As afeições grandes podem não suportar a viuvez. O que é único é este caso da rua da Providência, com a agravante de que a lembrança da mãe e dos filhos formam o pós-escrito da carta. Acaso seriam o pós-escrito na vida? Ao médico não custará dizer que é um caso patológico, ao romancista que é um problema psicológico. Quem eu quisera ouvir sobre isto era o ex-secreta de Londres e de Nova York, onde a polícia pode ser que penetre além do delito e suas provas, e passeie na alma da gente, como tu por tua casa.

Gazeta de Notícias, 9 de fevereiro de 1896

QUE EXCELENTE DIA PARA DEIXAR AQUI UMA COLUNA EM BRANCO!

Que excelente dia para deixar aqui uma coluna em branco! Ninguém hoje quer ler crônicas. Os antigos políticos esquivam-se; os processos de sensação, as facadas, uma ou outra descompostura não conseguem neste domingo gordo entrar pela alma do Rio de Janeiro. Só se lerá o itinerário das sociedades carnavalescas, que este ano são numerosíssimas, a julgar pelos títulos. O Carnaval é o momento histórico do ano. Paixões, interesses, mazelas, tristezas, tudo pega em si e vai viver em outra parte.

A própria morte nestes três dias deve ser jovial e os enterros sem melancolia. A cor do luto podia ser amarela, que de mais a mais é o luto em algumas partes remotas, se bem me lembra. Verdadeiramente não me lembra nada ou quase nada. Ouço já um ensaio de tambores, que me traz unicamente à memória o Carnaval do ano passado.

Uma das sociedades carnavalescas que tinha de sair hoje e não sai, é a que se denominou Nossa Senhora da Conceição. Há de parecer esquisito este título, mas se a intenção é que salva, a sociedade vai para o céu. Os autores da ideia são, com certeza, fiéis devotos da Virgem, e não têm o Carnaval por obra do diabo. A Virgem é o maior dos nossos oragos; nas casas mais pobres pode não haver um Cristo, mas sempre haverá uma imagem de Nossa Senhora. Além do lugar excelso que lhe cabe na hagiologia, a Virgem é a natural devoção dos corações maviosos. O chamado marianismo, se existe — coisa que ignoro, por não ser matéria de crônica —, acharia aqui um asilo forte e grande. Por isso, digo e repito que a intenção foi boa e aceita pelos colaboradores com piedade e entusiasmo.

Entretanto, concordo com a proibição e creio que a sociedade ou grupo de que se trata, se tem igual gosto às ideias profanas, deve adotar denominação adequada. Não faltam títulos, e, pesquisando bem, sempre os há novos.

 Penso haver já transcrito aqui a máxima de um senador das Alagoas, no antigo Senado imperial. Não queria ele que as eleições se fizessem nas igrejas, como era antigamente, por efeito de uma lei destinada a impedir a violência dos partidos. A lei, que como todas as leis, não podia fazer milagres, não conseguia livrar uma só cabeça ou barriga do cacete ou da navalha, apesar da santidade do lugar. As urnas recebiam cédulas falsas ou eram quebradas. Ouvia-se o trabuco, o dichote obsceno e o resto. Ora, o senador Dantas (chamava-se Dantas) trabalhava contra a profanação, e formulou esta máxima: "As coisas da rua não devem ir à igreja, nem as da igreja sair à rua". Referia-se, nesta segunda parte, às procissões. Que diria ele hoje se lesse aquela mistura da Virgem e dos confetes?

 Pode ser que, ainda tendo ideias profanas, falte ao vedado grupo o tempo de as meter nos carros. Sabe-se que, pelo Carnaval, as ideias andam de carro, e no resto do ano a pé. Talvez por isso é que se cansam mais no resto do ano, e algumas caem e morrem na estrada. De carro, não é assim; aos cavalos fica o esforço de as conduzir e divulgar. Quando sucede encarnarem-se em damas vestidas com luxo e despidas com arte, nem por isso são menos ideias, particulares ou públicas.

 Os confetes já fizeram obra durante a segunda metade da semana. Muita moça voltou ontem para casa com a cabeça coberta deles, e não descontente, ao menos que se visse. Há quem creia que o Carnaval tende a alargar os seus dias. Realmente, não bastam setenta e duas horas para a alegria de uma cidade como esta, ainda mesmo não dormindo; tais são os sustos, as tristezas, as cóleras e aflições dos outros dias do ano, não contando o tumulto dos negócios, que uma semana ou duas para rir e saltar não seria demais. O tempo, em geral, é curto, mas o ano é comprido.

 Não temo, como alguns, que a febre amarela saia destes três dias mais vigorosa que até ontem. A febre amarela, não se sabendo que seja, nem com que se cura, tem já de si a vantagem de não precisar de máscara. Que se divirta se quer, que deixe sossegados e convalescidos os seus enfermos. Concedo que, logo depois das festas, ainda mate a alguns, não se podendo impedir que as constipações, indigestões e outros incidentes próprios da quadra descambem na epidemia; mas daqui a imaginar que vai recrudescer, acabado o Carnaval, é temerário.

 Parece que se trata de dar municipalmente um prêmio de cinquenta contos de réis a quem descobrir o remédio certo para curar os doentes de tal peste. Não sou intendente, mas tenho amigos na Intendência (dois, ao menos) e tomo a liberdade de lhes propor alvitre diverso e mais seguro. Francamente, estou que, oferecido o prêmio de cinquenta contos, vai aparecer o específico verdadeiro contra a febre amarela, e não um, mas ainda três ou quatro. A rigor, não se pode dar a um só o que também pertence aos outros, e haver-se-á de dividir a verba, o que não é leal, ou aumentá-la. O aumento, agora que estamos com o empréstimo fechado desde ontem, é o que eu proporia, se adotasse o princípio da lei. Poder-se-ia fazer alguma economia, estipulando a cláusula de não ser dado o prêmio, caso o específico deixasse de curar no segundo ano do emprego. Era sempre um recurso, e não dos mais precários. Os remédios envelhecem depressa; alguns há que morrem no berço.

    Mas, como disse, não aceito o princípio da lei proposta. Se me quisessem ouvir, eu não excitaria a imaginação farmacêutica, já de si escaldada; eu ouviria particularmente a engenharia, para que me dissesse se não possui artes propriamente suas para deitar fora de uma vez esta nossa hóspede. Curá-la é bom, matá-la é melhor. Ouviria também a medicina. Ouviria a todos, sem excluir as finanças, pois que tal obra, se obra houvesse, exigiria muito dinheiro; mas antes gastar dinheiro que perder a fama e as vidas. Era caso de outro e maior empréstimo.

    Começo a falar triste. Fora com despesas, fora com moléstias, riamos que a hora é de Momo. *Evohé! Bacchus est roi!* Sinto não lhes poder transcrever aqui a música deste velho estribilho de uma opereta que lá vai. Era um coro cantado e dançado no Alcazar Lírico, onde está hoje, se me não engano, uma confeitaria. As damas decentemente vestidas de calças de seda tão justinhas que pareciam ser as próprias pernas em carne e osso, mandavam o pé aos narizes dos parceiros. Os parceiros, com igual brio e ginástica, faziam a mesma coisa aos narizes das damas, a orquestra engrossava, o povo aplaudia, a princípio louco, depois louco furioso, até que tudo acabava no delírio universal dos pés, das mãos e dos trombones. Leitor amigo, substitui Baco por Momo, e canta com a música de há vinte e cinco anos: *Evohé! Momus est roi!*

Gazeta de Notícias, 16 de fevereiro de 1896

Posto que eu não
visse com estes olhos

Posto que eu não visse com estes olhos, dizem os jornais e dizem os meus amigos que nunca houve tanta gente na cidade como esta terça-feira última. Trezentas mil pessoas? Quatrocentas mil? Divergem os cálculos, mas todos estão de acordo que a multidão foi enorme. Os episódios que se contam, os milagres de equilíbrio e de paciência que tiveram de operar os concorrentes dos arrabaldes e dos subúrbios para alcançar e conquistar um lugar nos veículos são realmente dignos de memória. Tudo isso no meio da mais santa paz. Uma polícia bem-feita e a alegria coroando a festa.

    Ora, ainda bem, minha boa e leal cidade, é assim que te quero ver, animada, jovial e ordeira, pronta para rir, quando for necessário, e não menos para venerar, quando preciso. Além do mais, deste prova de que não crês em boatos. Podes ouvi-los e passá-los adiante, mas, chegado o momento de crer, não crês. A verdade é que para tudo correr bem, nem sequer choveu um pingo. Podia ter havido algum apertão que esmagasse uma pessoa, ao menos; nada, absolutamente nada. O mais que se deu foi a perda de um menino, por nome Zabulón, que é de crer esteja a esta hora restituído a seus pais, salvo se o pegou alguma dessas mulheres que se ocupam em apanhar crianças. Há pouco sucedeu um de tais raptos, não concluído por ter sido a tempo descoberto.

Não sei para que tais mulheres querem as crianças dos outros. Se são bruxas, não são da família da *Bruxa* do Olavo Bilac e Julião Machado; esta rapta, mas tão somente as nossas melancolias. Quererão vender as crianças, fazê-las freiras e frades, ou o contrário deles? O costume não é novo. Há muitos anos andou aqui em cena um melodrama, a *Roubadora de crianças*, que eu não vi representar, mas o assunto era como diz o título. Dickens, em *Oliver Twist*, põe uma escola composta de meninos apanhados aqui e ali, para aprender o ofício de gatuno. Os diplomados saem depois do almoço e voltam à tarde, com o produto do ofício. Os novatos ficam aprendendo com o fundador do estabelecimento. Mas haverá aqui necessidade de escola? As vocações não são naturais e vivas e a arte não vem com a prática? Quando não é a vocação que traz a profissão, é o exemplo, a necessidade ou qualquer causa semelhante.

Isto quanto aos gatunos de lenços e relógios. Pelo que respeita aos salteadores em bando, não basta a vocação: é preciso coragem grande, muita ordem, disciplina e pólvora. Esta semana foi aqui recebida a notícia de ter sido morto o chefe dos clavinoteiros da Bahia. Lá houve prazer e aqui alguma curiosidade; mas, não conhecendo nós a organização daquele famoso bando, não sabemos o modo da substituição do chefe. Será por simples eleição ou aclamação? Neste caso, rei morto, rei posto, e eles possuirão a esta hora um chefe novo. Ao contrário da França quando Luís XVIII lá entrou, nada há mudado na Bahia: há um clavinoteiro menos.

Enquanto esse bando perdia a cabeça, outro bando reduzia a povoação de Cocho a um montão de ruínas. Eu nunca vi Cocho e — ao invés do poeta — não tenho pena. Deve ter sido uma calamidade, se é certo o que dizem as notícias; verdade é que estas metem a política no meio, coisa difícil de engolir, salvo se já todos perderam o juízo. Se a política por esses lugares vai ao roubo, ao estupro e ao incêndio, não é política. Bom é desconfiar de paixões. Seja o que for, dizem que a povoação de Queimadinhas está ameaçada de igual destino.

Comparemos as nossas festas do princípio da semana, aqui, em São Paulo e outras cidades, com as destruições do sertão da Bahia, as cenas de Cuba e de outras partes do mundo. Parece que há neste fim de século um concerto universal de atrocidades. Cuba há de verter muito sangue, primeiro que conquiste a independência ou que espere por outra revolução. A ordem de matar agora os revolucionários prisioneiros, ato contínuo, pode ser que não traga a nota da humanidade, mas é precisa para acabar com uma luta que começa a aborrecer, não por falta de graça, mas por muito comprida.

Trata-se não menos que de conservar à Espanha algo do que foi. "A Espanha, senhores, (exclamava Castelar um dia ao Congresso) a Espanha atou aos pés o mar como uma esmeralda, e o céu à fronte como uma safira!" Trata-se de não perder o melhor da esmeralda, e tem razão a Espanha. Para os cubanos trata-se de ganhar a liberdade, e tem razão Cuba. Para dirimir a questão é que se inventou a pólvora, e, antes dela, o ferro e o aço.

Não é mister dizer o que está fazendo a Coreia. Agora, há pouco, matou tanto e de tal maneira, que foi preciso matá-la também. Uns pensam que foi o amor da liberdade que estripou tanta gente, outros inculcam que foi o amor da Rússia; mas, como o sangue derramado é todo vermelho, ponhamos que tem cor mas que lhe falta opinião. Já não falo da Abissínia, onde o negus e os seus rases fazem coisas só próprias de gente que da civilização apenas conhece a tática e estratégia. Também lá há sangue, fome e ranger de dentes, mas esperemos que a civilização vença algum dia. Sobre os armênios não há que dizer senão que os turcos os matam e eles aos turcos.

O que importa notar é que todas essas multidões de mortos — por uma causa justa ou injusta — são os figurantes anônimos da tragédia universal e humana. As primeiras partes sobrevivem, e dessas celebrou-se justamente ontem a melhor e maior de todas, Washington. Singular raça esta que produziu os dois varões mais incomparáveis da história política e do engenho humano. O segundo não é preciso dizer que é Shakespeare.

Gazeta de Notícias, 23 de fevereiro de 1896

Lulu Sênior disse
quinta-feira

Lulu Sênior disse quinta-feira que Petrópolis está deitando as manguinhas de fora. Não serei eu que o negue, mas o fenômeno explica-se facilmente. Eu, há já alguns pares de anos, engenhei um pequeno poema, cujo primeiro verso era este:

Baias era a Petrópolis latina.

Entende-se bem que a comparação vinha da vida elegante e risonha da antiga Baias, tão buscada daqueles romanos nobres e opulentos, que ali iam descansar de Roma. Vinha também da situação das duas cidades de recreio, conquanto Petrópolis não banhe os pés no mar. Mas as serras aqui valem os golfos do velho mundo; ficam mais perto do sol. No mais, os prazeres eram diferentes, como é diferente a vida moderna. Petrópolis, ao domingo, vai à casa de Maria Santíssima com o livro de rezas na mão; Baias, sem dia certo, acolhia-se ao templo de Vênus Genitrix. Sinto deveras haver esquecido os outros versos. A minha memória compõe-se de muitas alcovas meio escuras e poucas salas claras; às vezes, para achar uma coisa, desço ao porão com lanterna. Mas, enfim, se esqueci os versos é que não mereciam mais.

Antes de 15 de novembro, Petrópolis sofria bem qualquer comparação daquelas; mas a revolução política deu à nossa cidade internacional de recreio um ar de estupor, que a deixou lesa de ambos os lados. Ao cabo de alguns meses começou a sarar. Sobreveio, porém, a revolta de setembro, agravou-se-lhe a moléstia, e se não levou a breca foi porque as cidades não morrem tão depressa como os homens. A estes basta agora morar em um dos bairros daqui (Laranjeiras, por exemplo) para que a febre amarela os tome e leve em poucas horas, com todas as cerimônias póstumas de ambas as autoridades, a eclesiástica e a médica.

Um dia acabou a revolta — ramal ou prolongamento da revolução do Rio Grande do Sul, que também acabou. Petrópolis, lá de cima, espiou cá para baixo e, vendo tudo em paz segura, sarou de repente. Achou-se, é certo, convertida em capital de um Estado, único prêmio (salvo alguns discursos e artigos) que a triste Praia Grande colheu do combate de 9 de fevereiro. Não contesto que os estados devam andar asseados e mudar de capital como nós de camisa; mas, enfim, a velha Praia Grande pode suspeitar que foi por estar manchada de sangue que a degradaram, quando a verdade é que a troca de capital não nasceu senão de um sentimento de elegância muito respeitável. O que a pode consolar é que Petrópolis não tem vocação administrativa nem política. Naturalmente faz que não vê o governador do Estado, não ouve nem lê os discursos da Assembleia, e trata de se refazer e continuar o que dantes era.

La République manque de femmes, disse consigo a nova capital, e cuidou de lhe dar esta costela. Talvez o dito do republicano francês não caiba aqui inteiramente. As instituições francesas, quaisquer que sejam, precisam de mulheres. A própria revolução, salvo a ditadura de Robespierre, não as dispensou de todo. A Suíça, Esparta e outros Estados de instituições mais ou menos parecidas, dispensam mulheres. A razão penso ser que a sociedade francesa não vai sem conversação, e os franceses não acreditam que haja conversação sem damas.

Ninguém há que aprecie mais as mulheres do que nós; mas aqui é difícil vê-las juntas sem fazê-las dançar e dançar com elas. Uma só que seja, podemos dizer-lhe coisas bonitas, enquanto não ouvimos uma valsa; em ouvindo a valsa, deitamos-lhe o braço à roda da cintura e fazemos dois ou três giros. Vou revelar ao público um segredo da imprensa diária. Esta frase: "as danças prolongaram-se até a madrugada" está já fundida na tipografia, é só meter o clichê no fim da notícia. Às vezes, a ocasião é lúgubre como um enterro. Um cidadão recebe o seu retrato, lugubremente pintado por artista que apenas aspirava à gravidade e nobreza do porte. Ao discurso da comissão, não menos entusiasta que lúgubre, responde o cidadão com lágrimas na voz. Apertam-se as mãos, admira-se o retrato, serve-se a clássica mesa de doces. São nove horas da noite, uma senhora canta uma ária, palmas, cumprimentos, até que o compadre da família (todas as famílias têm este compadre) propõe que se dance um pouco. É a voz de Israel falando por uma só boca, e "as danças prolongam-se até a madrugada".

Portanto, não é exatamente de mulheres que a República precisa: é de pares para os seus cavalheiros. Nem sempre se dançará, mas brincar, batalhar com flores são formas de dança, dão a nota da alegria, que é a flor da saúde. As instituições passam, mas a alegria fica. Petrópolis não terá muitas das antigas estrelas, que se foram a outros céus ou fecharam as suas portas de ouro;

mas tem algumas e descobriu novas, com as quais forma o seu firmamento de hoje. A esta renascença de Petrópolis é que Lulu Sênior chama deitar as manguinhas de fora, como se ele não fosse dos que a ajudam nessa operação.

Renasce com a vida cara, segundo disse esta semana um dos seus deputados, por esta frase, a um tempo familiar e severa: "Tudo está pela hora da morte!" Petrópolis podia perguntar ao seu deputado, se o ouvisse ou lesse, onde é que a vida não está pela hora da morte. Não é na Capital Federal, em que o próprio ar que respiramos custa, às vezes, o preço de um enterro. Mas esse mesmo orador dissera antes, no começo do discurso, que "não há céu sem nuvens nem mar sem praias", reconhecendo assim, não sem vulgaridade, que o mal não é privilégio de ninguém, mas que ainda assim tudo tem um limite.

Tanto isto é verdade que se uma das nossas praias deu o mal da morte ao dr. Sinfrônio, outra acaba de recolher o seu cadáver. Quando começou o inquérito, o mar ficou mudo como os seus peixes; mas os depoimentos foram tão obscuros e vagos, que ele, compadecido da família, pôs termo às suas esperanças. Não farei aqui o panegírico daquele bom e distinto cidadão; não é costume desta crônica. Uma palavra, dois adjetivos merecidos, e basta. Pobre Sinfrônio!

Não quero entrar pela tristeza; por isso não direi nada daquele moço que tentou matar-se por amar a uma moça de Campos que o não amava. Também não falo do relatório com que fechou o inquérito acerca daquela Ambrosina que se matou por causa de outra moça, que a amava. Vede como duas causas contrárias produzem o mesmo efeito. A explicação disto também não é difícil, mas já me falta papel. Em resumo: sou da opinião de Petrópolis: antes deitar as manguinhas de fora que chorar. O riso é saúde.

Gazeta de Notícias, 1º de março de 1896

No tempo do romantismo

No tempo do romantismo, quando o nosso Álvares de Azevedo cantava, repleto de Byron e Musset:

> A Itália! sempre a Itália delirante!
> E os ardentes saraus e as noites belas!

a Itália era um composto de Estados minúsculos, convidando ao amor e à poesia, sem embargo da prisão em que pudessem cair alguns liberais. Há livros que se não escreveriam sem essa divisão política, a *Chartreuse de Parme,* por exemplo; mal se pode conceber aquele conde Mosca senão sendo ministro de Ernesto IV de Parma. O ministro Crispi não teria tempo nem gosto de ir namorar no Scala de Milão a duquesa de Sanseverina. Era assim parcelada que nós, os rapazes anteriores à tríplice aliança e apenas contemporâneos de

Cavour, imaginávamos a Itália e passeávamos por ela. Agora a Itália é um grande reino que já não fala a poetas, apesar do seu Carducci, mas a políticos e economistas, e entra a ferro e fogo pela África, como as demais potências europeias. O grande desastre desta semana, se foi sentido por todos os amigos da Itália, é também prova certa de que a civilização não é um passeio, e para vencer o próximo imperador da Etiópia é necessário haver muita constância e muita força. Os italianos mostraram essa mesma opinião dando com Crispi em terra, por quantos meses? Eis o que só nos pode dizer o cabo, em alguma bela manhã, ou bela tarde, se a *Notícia* se antecipar às outras folhas. Quanto à guerra, é certo que continuará e o mesmo ardor com que o povo derribou Crispi saudará a vitória próxima e maiormente a definitiva. Cumpra-se o que dizia o poeta naqueles versos com que Maquiavel fecha o seu livro mais célebre:

> *Che l'antico valore*
> *Nell'italici cuor non è ancor morto.*

Nós cá não temos Menelick, mas temos o câmbio, que, se não é abexim como ele, é de raça pior. Inimigo sorrateiro e calado, já está em oito e tanto e ninguém sabe onde parará; é capaz de nem parar em zero e descer abaixo dele uns oito graus ou nove. Nesse dia, em vez de possuirmos trezentos réis em cada dez tostões, passaremos a dever os ditos trezentos réis, desde que a desgraça nos ponha dez tostões nas mãos. Donde se conclui que até a ladroeira acabará. Roubar para quê?

O mal do câmbio parece-se um pouco com o da febre amarela, mas, para a febre amarela, a magnésia fluida de Murray, que até agora, só curava dor de cabeça e indigestões, é específico provado neste verão, segundo leio impresso em grande placa de ferro. Que magnésia há contra o câmbio? Que Murray já descobriu o modo certo de acabar com a decadência progressiva do nosso triste dinheiro e com as fomes que aí vêm, e os meios luxos, os quartos de luxo, e outras consequências melancólicas deste mal?

Um economista apareceu esta semana lastimando a sucessiva queda do câmbio e acusando por ela o ministro da Fazenda. Não lhe contesta inteligência, nem probidade, nem zelo, mas nega-lhe tino e, em prova disto, pergunta-lhe à queima-roupa: Por que não vende a estrada Central do Brasil? A pergunta é tal que nem dá tempo ao ministro para responder que tais matérias pendem de estudo, em primeiro lugar, e, em segundo lugar, que ao Congresso Nacional cabe resolver por último.

Felizmente, não é esse o único remédio lembrado pelo dito economista. Há outro, e porventura mais certo: é auxiliar a venda da Leopoldina e suas estradas. Desde que auxilie esta venda, o ministro mostrará que não lhe falta tino administrativo. Infelizmente, porém, se o segundo remédio pode concertar as finanças federais, não faz a mesma coisa às do Estado do Rio de Janeiro, tanto que este, em vez de auxiliar a venda das estradas da Leopoldina, trata de as comprar para si. Cumpre advertir que a eficácia deste outro remédio não está na riqueza da Leopoldina, porquanto sobre este ponto duas opiniões se manifestaram na Assembleia fluminense. Uns dizem que a companhia deve vinte e dois mil contos ao Banco do Brasil e está em demanda com o Hipotecário, que lhe pede seis mil. Outros não dizem nada. Entre essas duas opiniões, a escolha é difícil. Não obstante, vemos estes dois remédios contrários: no Estado do Rio a compra da Leopoldina é necessária para que a administração tome conta das estradas, ao passo que a venda da Central é também necessária para que o governo da União não a administre. *Vérité en-deçá, erreur au-delà.*

Neste conflito de remédios ao câmbio e às finanças, invoquei a Deus, pedindo-lhe que, como a Tobias, me abrisse os olhos. Deus ouviu-me, um anjo baixou dos céus, tocou-me os olhos e vi claro. Não tinha asas; trazia a forma de outro economista, que publicou anteontem uma exposição do negócio assaz luminosa. Segundo este outro economista, a compra da Leopoldina deve ser feita pelo Estado do Rio de Janeiro, porque tais têm sido os seus negócios precipitados e ilegais (emprega ainda outros nomes feios, dos quais o menos feio é mixórdia) que não haverá capitalistas que a tomem. Não havendo capitalistas que comprem a Leopoldina, cabe ao Estado do Rio de Janeiro comprá-la, atender aos credores, e não devendo administrar as estradas, "porque o Estado é péssimo administrador", venderá depois a Leopoldina a particulares. Foi então que entendi que a verdade é só uma, *en-deçà* e *au-delà;* a diferença é transitória, é só o tempo de comprar e vender, *ainda com algum sacrifício,* diz o economista! No intervalo mete-se uma rolha na boca dos credores. Sabe-se onde é que os alfaiates põem a boca dos credores.

Talvez algum americanista, exaltado ou não, ainda se lembre da palavra de Cleveland quando pela segunda vez assumiu o governo dos Estados Unidos. A palavra é *paternalismo* e foi empregada para definir o sistema dos que querem fazer do governo um pai. Cleveland condena fortemente esse sistema; mas ele nada pode contra a natureza. O Estado não é mais que uma grande família, cujo chefe deve ser pai de todos.

Aliviado como fiquei do conflito, abri novamente o último livro de Luís Murat e pus-me a reler os versos do poeta. Deus meu, aqui não há estradas nem compras, aqui ninguém deve um real a nenhum banco, a não ser o banco de Apolo; mas este banco empresta para receber em rimas, e o poeta pagou-lhe capital e juros. Posto que ainda moço, Luís Murat tem nome feito, nome e renome merecido. Os versos deste segundo volume das *Ondas* já foi notado que desdizem do prefácio; mas não é defeito dos versos, senão do prefácio. Os versos respiram vida íntima, amor e melancolia; as próprias páginas da *Tristeza do caos,* por mais que queiram, a princípio, ficar na nota impessoal, acabam no pessoal puro e na desesperança.

O poeta tem largo fôlego. Os versos são, às vezes, menos castigados do que cumpria, mas é essa mesma a índole do poeta, que lhe não permite senão produzir como a natureza; os passantes que colham as belas flores entre as ramagens que não têm a mesma igualdade e correção. Luís Murat cultiva a antítese de Hugo como Guerra Junqueiro; eu pedir-lhe-ia moderação, posto reconheça que a sabe empregar com arte. Por fim, aqui lhe deixo as minhas palavras; é o que pode fazer a crônica destes dias.

Gazeta de Notícias, 8 de março de 1896

A NOTÍCIA, BOATO OU
O QUE QUER QUE SEJA

A notícia, boato ou o que quer que seja de uma comissão mista no território contestado produziu no Pará e no Amazonas grande comoção. O Senado e a Câmara paraenses resolveram unanimemente protestar contra o ato atribuído ao governo federal e comunicaram isto mesmo por telegrama ao presidente da República. O Senado deliberou suspender as suas sessões até que o presidente lhe respondesse. Pela publicação oficial de anteontem, sexta-feira, já se sabe quais foram os telegramas trocados, e basta a natureza do fato, que é político, e até de política internacional, para se compreender que não entra no círculo das minhas cogitações. Leis internacionais, Constituições federais ou estaduais não são comigo. Eu sou, quando muito, homem de regimento interno.

Ora, é o regimento interno do Senado paraense que eu quisera ter aqui, não para verificar se há lá a faculdade de suspender as sessões; ela é de todos os regimentos internos. Mas a hipótese de telegrafar ao presidente da República e suspender as sessões até que ele responda é que absolutamente ignoro se está ou não. Pode ser que esteja, e nesse caso cumpriu-se o regimento interno: *dura lex, sed lex*. Não examino a questão de saber se deve estar, nem se tal ação pode caber em matéria cuja solução última a Constituição fiou do Congresso Federal. Também não quero indagar se a suspensão das sessões do Senado, até que o presidente da República responda, constrange o chefe da União, que não quererá com seu silêncio interromper a obra legislativa do Estado. É um círculo de Popílio, e tais círculos andam na história do mundo. O presidente há de responder antes de almoçar, salvo se conspira contra o Estado donde lhe vem a pergunta, pedido ou moção; mas, se conspira, melhor é declará-lo, em vez de refugiar-se num silêncio prenhe de tempestades. Quando menos, é de mau gosto. Note-se que aqui nem se trata dos interesses de um Estado, nem de toda a República; não há fronteiras amazonenses, mas brasileiras.

Enfim, não tenho que ver se esse ato do Senado paraense poderá vir a ser imitado, mais tarde ou mais cedo, em qualquer outra região, e a propósito de questões menos transcendentes, ainda que menos reservadas. A imitação é humana, é civil e política. Considerando bem, um ato destes pode até ser benefício; substitui os riscos de uma revolução. Por isso, ainda não estando no regimento interno, caso haverá em que o melhor recurso seja meter uma pergunta aos peitos da União e suspender os trabalhos. Donde se conclui que o motivo que me levou a tocar no assunto desaparece; melhor seria não ter dito nada.

Assim é o resto das coisas nesta vida de papel impresso. Não é raro o artigo que conclui pelo contrário do que começou. Aos inábeis parece que falta ao escritor lógica ou convicção, quando o que unicamente não há é tempo de fazer outro artigo. No meio ou no fim, percebe ele que começou por um dado errado, mas o tempo exige o trabalho, o editor também, e não há senão concluir que dois e dois são cinco. Vou expor melhor a minha ideia com um recente ofício da polícia das Alagoas.

Quando eu comecei a escrever na imprensa diária achei cada ideia expressa com uma palavra — às vezes com duas, e não afirmo que não chegasse a sê-lo com três. Uma ideia havia, porém, que tinha não menos de cinco palavras a seu serviço: era *chefia*. E digo mal: não era propriamente a ideia no sentido geral que lhe cabe, não, a chefia de batalhão, de partido, de família etc. Era unicamente a chefia de polícia. Em polícia, além de chefia, tínhamos *chefado*. Onde não bastava *chefado*, havia *chefança*. Se a *chefança* não correspondia bem, vinha a *chefação*. Para suprir a *chefação*, acudia a *chefatura*. Creio que aí estão todas as desinências possíveis, salvo *chefamento* e alguma outra, que não eram usadas.

Trabalhei muito por achar a explicação de tal variedade. Não eram alterações populares; nasciam da imprensa culta e política. Não eram obra de uma ou outra zona; às vezes, a mesma cidade, oficial e particularmente, empregava dois e três termos, se não todos. Cheguei a imaginar que seria uma questão de partidos; a falta de ideias dá eleição às palavras. Mas não era; todos os partidos usavam das mesmas formas numerosas. Gosto pessoal? Simpatia? Podia ser, mas não se usando igual processo em relação a outros vocábulos, não chegava a entender por que razão a simpatia ficava só nesta ideia tão particular. Cumpre lembrar que *chefia* era a forma menos empregada. Seria porque a desinência, afinada e doce, diminuía o valor e a fortaleza da instituição, mais adaptada a chefado, a chefança, a chefação, a chefatura? A língua tem segredos inesperados.

Venhamos ao ofício das Alagoas. É datado da chefatura de polícia de Maceió, alude ao atropelo de cidadãos pacíficos por praças policiais e continua: "e como não sejam estas as ordens desta chefia..." A primeira impressão que tive foi que, no meio de um conflito linguístico, tivessem sido adotadas por lei as duas formas, e assim usadas no mesmo ato; era um modo de obter a conciliação que as vontades recusavam. Atentando melhor, pareceu-me que o espírito culto do chefe de polícia achara assim uma maneira de conservar a forma correta da língua e a enfática da instituição. Mas tal explicação não me ficou por muito tempo. Em breve, achei que a razão do emprego das duas formas está naturalmente em que *chefatura* anda impressa no cabeçalho do papel de ofícios, e que a autoridade, mais correta que o fornecedor dos objetos de expediente, usa a *chefia* que aprendeu. Nas Alagoas pode haver, como aqui no Rio de Janeiro, a *ortografia da casa*. Outra imprensa comporá *chefança*, outra *chefação*, outra *chefado*. Talvez o melhor seja conservar *chefatura*, uma vez que custa mais barato. Nos tempos difíceis mais vale a economia que a ortografia.

A conclusão que aí fica mostra que este próprio caso das Alagoas não serve para fundamentar a tese dos artigos que acabam diversamente do que começam. E agora o que me falta não é tempo, nem papel, mas espaço. Não careço de ânimo, nem o dia acabou mais cedo; mas vá um homem, naufragado em dois exemplos, catar um terceiro. Não catemos nada.

Gazeta de Notícias, 15 de março de 1896

Se todos quantos empunham uma pena

Se todos quantos empunham uma pena, não estão a esta hora tomando notas e coligindo documentos sobre a história desta cidade, não sabem o que são cinquenta contos de réis. Uma lei municipal, votada esta semana, destina "ao historiador que escrever a história completa do Distrito Federal desde os tempos coloniais até a presente época" aquela valiosa quantia. O prazo para compor a obra é de cinco anos. O julgamento será confiado a pessoas competentes, a juízo do prefeito.

Não serei eu que maldiga de um ato que põe em relevo o amor da cidade e o apreço das letras. Os historiadores não andam tão fartos, que desdenhem dos proveitos que ora lhes oferecem, nem os legisladores são tão generosos, que lhes deem todos os dias um prêmio deste vulto. Se todas as capitais da República e algumas cidades ricas concederem igual quantia a quem lhes escrever as memórias, e se o Congresso Federal fizer a mesma coisa em relação ao Brasil, mas por preço naturalmente maior — digamos quinhentos contos de réis —, a profissão de historiador vai primar sobre muitas outras deste país.

Há só dois pontos em que a recente lei me parece defeituosa. O primeiro é o prazo de cinco anos, que acho longo, em vista do preço. Quando um homem se põe a escrever uma história, sem estar com o olho no dinheiro, mas por simples amor da verdade e do estilo, é natural que despenda cinco anos ou mais no trabalho; mas cinquenta contos de réis excluem qualquer outro ofício, mal dão seis horas de sono por dia, de maneira que, em dois anos, está a obra acabada e copiada. Muito antes do fim do século podem ter os cariocas a sua história pronta, substituindo as memórias do padre Perereca e outras.

O segundo ponto que me parece defeituoso na lei, é que a competência das pessoas que houverem de julgar a obra, dependa do juízo do prefeito. Nós não sabemos quem será o prefeito daqui a cinco anos; pode ser um droguista, e há duas espécies de droguistas, uns que conhecem da competência literária dos críticos, outros que não. Suponhamos que o eleito é da segunda espécie. Que pessoas escolherá ele para dizer dos méritos da composição? Os seus ajudantes de laboratório?

Eu, se fosse intendente, calculando que a história do Distrito Federal podia esperar ainda dois ou três anos, proporia outro fim a uma parte dos contos de réis. Tem-se escrito muito ultimamente acerca do padre José Maurício, cujas composições, apesar de louvadas desde meio século e mais, estão sendo devoradas pelas traças. Houve ideia de catalogá-las, repará-las e restaurá-las, e foi citado o nome do sr. Alberto Nepomuceno como podendo incumbir-se de tal trabalho. Este maestro, em carta que a *Gazeta* inseriu quinta-feira, lembrou um alvitre que "torna a propaganda mais prática, *sem nada perder da sua sentimentalidade atual,* e põe ao alcance de todos as produções do genial compositor". O sr. Nepomuceno desengana que haja editor disposto a imprimir tais obras de graça, empatando, sem esperança de lucro, uma soma não inferior a quarenta contos. A concessão da propriedade é um presente de gregos. O alvitre que propõe, é reduzir para órgão o acompanhamento orquestral das diversas composições e publicá-las. Custaria isto dez contos de réis.

Ora, se o Distrito Federal quisesse divulgar as obras de José Maurício, empregaria nelas os dez contos do método Nepomuceno, ou os quarenta, se lhes desse na cabeça imprimir as obras todas, integralmente. Em ambos os casos ficaríamos esperando o historiador do Distrito, salvo se houvesse homem capaz de escrever a história por dez ou ainda por quarenta contos; coisa que me não parece impossível.

Um dos que têm tratado ultimamente das obras e da pessoa do padre, é o visconde de Taunay. A competência deste, unida ao seu patriotismo, dá aos escritos que ora publica na *Revista Brasileira* muito valor; é uma nova cruzada que se levanta, como a do tempo de Porto Alegre. Se não ficar no papel, como a de outrora, dever-se-á a Taunay uma boa parte do resultado.

Outro que também está revivendo matéria do passado, na *Revista Brasileira,* é Joaquim Nabuco. Conta a vida de seu ilustre pai, não à maneira seca das biografias de almanaque, mas pelo estilo dos ensaios ingleses. Deixe-me dizer-lhe, pois que trato da semana, que o seu juízo da Revolução Praieira, vindo no último número, me pareceu excelente. Não traz aquele cheiro partidário, que sufoca os leitores meramente curiosos, como eu. A mais completa prova da isenção do espírito de Nabuco está na maneira por que funde os dois retratos de Tosta, feitos a pincel partidário, um por Urbano, outro por Figueira de Melo. Cheguei a ver Urbano, em 1860; vi Tosta, ainda robusto, então ministro, dizendo em aparte a um senador da oposição que lhe anunciava a queda do gabinete: "Havemos de sair, não havemos de cair!". Nesta única palavra sentia-se o varão forte de 1848. Quanto a Nunes Machado, trazia-o de cor, desde menino, sem nunca o ter visto: é que o retrato dele andava em toda parte. De Pedro Ivo não conhecia as feições, mas conhecia os belos versos de Álvares de Azevedo, onde os rapazinhos do meu tempo aprendiam a derrubar (de cabeça) todas as tiranias.

Gazeta de Notícias, 22 de março de 1896

No meio das moções

No meio das moções, artigos, cartas, telegramas, notícias de conspirações e de guerra, atos e palavras, em qualquer sentido, e por mais graves que sejam as situações políticas e sociais, há sempre alguém que pensa na recreação dos homens. Vede a Inglaterra. "A Inglaterra é o país do esporte por excelência", disse o *Jornal do Commercio* de ontem, a propósito da regata entre os estudantes de Oxford e Cambridge, que ontem mesmo se efetuou. O *Jornal* expôs uma planta da parte do Tâmisa onde os universitários mediram as forças e, por meio de um fio telegráfico, estabelecido no escritório, pôde dar notícia do progresso da corrida. Não digo nada a este propósito, visto que escrevo antes de começar a regata inglesa. Noto só que nem Dongola, nem Venezuela, nem Transvaal e outras partes arrancam os povos de Londres àquela festa de todos os anos.

Não cubramos a cara. Também aqui, sem temor dos tempos, dois homens pediram ao Conselho municipal licença, não para uma só espécie de esporte, mas para uma ressurreição de todas as idades. Não falo dos cavalinhos e diversões análogas, que são a banalidade do gênero e foram o leite da nossa infância. Também não falo das touradas, senão para dizer que, enquanto a Espanha faz das tripas coração para dominar Cuba, e quebra as vidraças aos consulados norte-americanos com gritos de furor e indignação, nós pegamos dos seus touros e toureiros, e vamos vê-los correr, saltar e morrer, para alegria nossa. Ponho de lado igualmente as corridas de bicicletas e velocípedes, por serem recentes, o que não quer dizer que não tenham graça. Sem circo, dois e mais homens poderão fazer muito bem essas corridas, em qualquer rua larga, como a do Passeio Público, mormente se vier abaixo parte do Passeio, como quer um velho projeto. Não sei se este ainda vive, mas há projetos que não morrem.

Vamos ter... Leitor amigo, prepara-te para lamber os beiços. Vamos ter jogos olímpicos, corridas de bigas e quadrigas, ao modo romano e grego, torneios da Idade Média, conquista de diademas e cortejo às damas, corridas atléticas, caça ao veado. Não é tudo; vamos ter naumaquias. Encher-se-á de água a arena do anfiteatro até à altura de um metro e vinte centímetros. Aí se farão desafios de barcos, à maneira antiga, e podemos acrescentar que, à de Oxford e Cambridge, torneios em gôndolas de Veneza, e repetir-se-á o cortejo às damas. Combates navais. Desafio de nadadores. Caça aos patos, aos marrecos etc. Tudo acabará com um grande fogo de artifício sobre água. É quase um sonho esta renascença dos séculos, esta mistura de tempos gregos, romanos, medievais e modernos, que formarão assim uma imagem cabal da civilização esportiva. Se se tratasse de puro e simples divertimento, não creio que fosse obra completa: seria, pelo menos, mui pouco interessante.

Não me pergunteis onde está o gato; obrigar-me-eis a responder que neste projeto, pendente da votação do Conselho, não há gato aparente de espécie alguma. Ao contrário, se o gato é o que o vulgo chama *pule*, há proibição formal de vender esses e outros animais, donde possa resultar jogo. Quando muito, estabelece um artigo que "em todos os espetáculos haverá um vencedor que receberá da administração um prêmio em dinheiro ou objeto de valor". Um vencedor só para tantas corridas é pouco, mas é econômico; em todo o caso, mostra que não se trata de jogo, mas de luta entre valentes, ágeis e hábeis, e o brio é o único chamariz das festas.

Sabei ainda que os empresários não pedem isenção de impostos; ao contrário, é expresso que os pagarão todos e mais quinhentos mil-réis por espetáculo para três instituições que indica. Uma delas é o Teatro Municipal. Anualmente haverá um espetáculo em favor do montepio dos funcionários do distrito. Prêmios, impostos, donativos, construção do anfiteatro, mobília, cavalos, carros, gôndolas, encanamento de água para encher a arena, pessoal... Tudo isso quer dizer que a empresa ou companhia (o pedido prevê a hipótese de se formar uma sociedade anônima) conta com grande concorrência pública. Se assim não fosse, não se obrigava a tantas despesas nem perdia a ocasião de fazer uma bonita loteria.

Entretanto, a população está desacostumada desse gênero de esporte, em que cada um entra com dinheiro e sai sem ele. O uso corrente é trazerem alguns uma parte do que os outros deixam. Atualmente, não contando os vários dromos e loterias de decreto, temos a Companhia Piscatória, Nas Frutas, Brasil, Jardim Lotérico e outras instituições, cujos resultados diários são dados por indicações secretas, algumas com as três estrelinhas maçônicas: (brasil: Veado. — nas frutas: goiaba, G. 20. — jardim lotérico: Ant.: Galo. Mod.: Coelho. Rio Porco.: Reservado. Cobra.). Só a Companhia Piscatória usa de expressões adequadas ao nome: "O cupom de juros sorteado ontem foi o de nº 7 com 22$ cada cupom". E como todos os dias há cupons sorteados, dá vontade de perguntar quando é que a Companhia Piscatória pesca os seus peixes. Talvez todos os dias.

Realmente, não sei onde é que a empresa de jogos olímpicos irá buscar meios de se manter, prosperar e guardar dinheiro. Os acionistas querem dividendos. É o único desejo destes animais. Se os espectadores, por falta de sorteio piscatório, não foram aos jogos olímpicos e combates navais, onde achará os seus meios de viver? Veja o caso de Cunha Sales.

Cunha Sales, inventor do Panteon Ceroplástico, teve certamente a ideia de só gastar cera com bons defuntos; mas acaba de aprender que a podia gastar com piores. Não falo dos propriamente mortos, mas dos vivos, a quem quis ensinar história por meio de uma vista de pessoas históricas. Não podendo fazê-lo de graça, estabeleceu uma entrada, creio que módica; é o que faz qualquer escola de primeiras letras. As mesmas faculdades libérrimas aceitam o custo da matrícula. A diferença é que alguns dos espectadores do Ceroplástico recebem um prêmio. Creio que foi esta circunstância que lembrou ao governo mandar anular a patente que deu ao inventor. Mas quem é que perdeu o direito de distribuir uma parte do seu ganho? Por dá-lo todo, estão alguns no *Flos Sanctorum;* o nosso inventor, por ficar com uma boa parte, está no *Index*.

Gazeta de Notícias, 29 de março de 1896

Quarta-feira de trevas

Quarta-feira de trevas contradisse este nome pela presença de um grande sol claro. Comigo deu-se ainda um incidente, que mais agravou a divergência entre a significação do dia e a alegria exterior. Eram onze horas da manhã, mais ou menos, ia atravessando a rua da Misericórdia, quando ouvi tocar uma valsa a dois tempos. Graciosa valsa; o instrumento é que me não parecia piano, e desde criança ouvi sempre dizer que em tal dia não se canta nem toca. Em pouco atinei que eram os sinos da Igreja de São José. Pois digo-lhes que dificilmente se lhe acharia falha de uma nota, demora ou precipitação de outra; todas saíam muito bem. O rei Davi, se ali estivesse, faria como outrora, dançaria em plena rua. A arca do Senhor seria a própria Igreja de São José, descendente daquele santo rei, segundo são Mateus.

A valsa acabou, mas o silêncio durou poucos minutos. Ouvi algumas notas soltas e espaçadas, esperei: era um trecho de Flotow. Conheceis a ópera *Marta*? Era a última *rosa de verão* — a velha cantiga *the last rose of summer* —, música sem trevas, mas cheia daquela melancolia doce de quem perde as flores da vida. Não faria lembrar Jesus; antes imaginei que, se ele ali viesse, podia compor mais uma parábola: "O reino idos céus é semelhante a uma igreja, em cuja torre se tocam as valsas da terra; enquanto a torre chama a dançar, a igreja chama a rezar; bem-aventurados aqueles que, pela oração, esquecerem a valsa, e deixarem murchar sem pena todas as rosas deste mundo..."

Outra dissonância da quarta-feira de trevas — mas desta vez a culpa é do calendário — foi cair no dia primeiro de abril. Não consta que alguém fosse embaçado. A única notícia de que haveria aqui um terremoto, quinze horas depois de 31 de março, não tirou o sono a ninguém, mormente depois que a gente de Valparaíso viveu de terror pânico os dias 29 e 30 daquele mês, por causa de igual fenômeno, igualmente anunciado. O pequeno tremor do dia 1, em Santiago, não prova nada em favor da profecia ou da ciência.

Todos os peixes apodrecem, leitor; não é de admirar que os carapetões de abril, chamados peixes pelos franceses, venham a ficar moídos. Nesta cidade, em que há contos do vigário, ninguém já cai nos laços de abril. A princípio caíam muitos. O *Correio Mercantil* foi o primeiro, creio eu, que se lembrou de inventar prodígios, exposições, embarques, qualquer coisa extraordinária, na própria manhã daquele dia. Naquele tempo, se me não engano, havia só a folhinha de Laemmert. Os jornais não as davam, menos ainda as lojas de papel. Pouca gente se lembrava da fatal data. Os curiosos corriam ao ponto indicado para ver o caso espantoso. A princípio esperavam; anos depois, já não esperavam, mas passavam e tornavam a passar. Afinal era mais fácil não acudir a ver uma coisa real, que a procurar uma invenção.

Conquanto a credulidade seja eterna, é preciso fazer com ela o que se faz com a moda: variar de feitio. Valentim Magalhães variou de feitio, limitando-se a dar este título de *Primeiro de abril* a um dos seus contos do livro agora publicado. É uma simples ideia engenhosa. *Bricabraque* é o nome do livro; compõe-se de fantasias, historietas, crônicas, retratos, uma ideia, um quadro, uma recordação, recolhidos daqui e dali, e postos em tal ou qual desordem. A variedade agrada, o tom leve põe relevo à observação graciosa ou cáustica, e o todo exprime bem o espírito agudo e fértil deste moço. O título representa a obra, salvo um defeito, que reconheci, quando quis reler alguma das suas páginas, *Velhos sem dono,* por exemplo; o livro traz índice. Um *Bricabraque* verdadeiro nem devia trazer índice. Quem quisesse reler um conto, que se perdesse a ler uma fantasia.

 A vida, que é também um bricabraque, pela definição que lhe dá Valentim Magalhães, (eu acrescentaria que é algumas vezes um simples e único negócio) a vida tem o seu índice no cemitério; mas que preço que levam os impressores por essa última página! Agora mesmo dão os jornais notícia de um carro fúnebre que chegou à casa do defunto duas horas depois da pactuada. Acrescentam que, ao que parece, o coche foi servir primeiro a outro defunto. Enfim, que é um carro velho, estragado e sujo, não contando que a cova estava cheia de lodo, e que o custo total do enterro é pesadíssimo. Tudo isso forma o índice da vida; esta pode ser cara, barata, mediana ou até gratuita, mas a morte é sempre onerosa. Acusa-se disto a empresa funerária. Não pode ser; a culpa da impontualidade é antes dos que morrem em desproporção com o material da empresa. Fala-se do privilégio. Não há privilégio, há educação da liberdade; assim como foi preciso preparar a liberdade política, antes de a decretar, assim também é mister preparar a liberdade funerária.

 Cumpre notar que tal queixa em tal semana é descabida. Tudo se deve perdoar por estes dias. Cristo, morrendo, perdoou aos próprios algozes, "por não saberem o que faziam". Não se trata aqui de algozes propriamente ditos, e pode ser também que a empresa não saiba o que está fazendo. Em todo caso, a queixa devia ter sido adiada para amanhã ou depois.

 Faço igual reflexão relativamente ao juiz da comarca do Rio Grande, que, segundo telegramas desta semana, vai ser metido em processo. A causa sabe-se qual é. Não consentiu o juiz em que os jurados votem a descoberto, como dispõe a reforma judiciária do Estado; afirma ele que a Constituição Federal é contrária a semelhante cláusula. Não sou jurista, não posso dizer que sim nem que não. O que vagamente me parece, é que se o estatuto político do Estado difere em alguma parte do da União, é impertinência não cumprir o que os poderes do Estado mandam. Mas, de um ou de outro modo, creio que não foi oportuno mandar falar agora sobre processo nem censurar o magistrado antes de amanhã.

 Esta questão leva-me a pensar que, se se não puder conciliar o voto secreto com o voto público, ou ainda mesmo que se conciliem, é ocasião de modificar a instituição, a ser verdade o que dizem dela pessoas conspícuas. Na Assembleia legislativa do Rio de Janeiro, o sr. Alfredo Watheley declarou há dois meses, entre outras coisas, que "em regra o júri é um passa-culpas". Ao que o sr. Leoni Ramos aduziu: "É muito raro que no júri, perguntando o juiz aos jurados se precisam ouvir as testemunhas, eles respondam que sim; dizem sempre que as dispensam". Também eu ouvi igual dispensa, mas relativamente ao interrogatório do próprio réu. Foi há muitos anos. Interrogado sobre o delito, pediu ele para não falar de assuntos que lhe eram penosos, e os jurados concordaram em não ouvi-lo. Realmente, o acusado merecia piedade, era um caso de honra; mas dispensada a audiência do réu e das testemunhas, não tarda que se faça o mesmo ao promotor e ao defensor, e finalmente à leitura do processo, aliás penosíssima de ouvir, mormente se o escrivão apenas sabe escrever.

Gazeta de Notícias, 5 de abril de 1896

A Companhia Vila Isabel

A Companhia Vila Isabel foi condenada a pagar ao dono de um cavalo, morto por um de seus carros, a soma de sessenta contos de réis. Não é demais, tratando-se de animal de fina raça. Conheço pessoas que não valem tanto; algumas podem dar-se de graça, e não raras ainda levariam cem ou duzentos mil-réis de quebra. Também concordo que nem todos os cavalos possam chegar a tal preço. Mas, pouco ou muito, propriedade é propriedade. As companhias de viação não podem deixar de aceitar com prazer uma decisão que confirma o princípio dos dividendos e dos ordenados.

Até agora estes desastres seguiam invariavelmente os mesmos trâmites. A vítima, bicho ou gente, morta ou ferida, caía na rua. A multidão aglomerava-se em redor dela, olhando calada como é seu pacífico costume. O cocheiro evadia-se. A polícia abria inquérito, naturalmente rigoroso. Toda essa tragédia podia resumir-se em um verso, mais ou menos assim: "Crime nefando! rigoroso inquérito!" As companhias, por amor do clássico, entendem que tais tragédias são regidas pelos fados.

Eles é que matam, eles é que castigam. As vítimas devem imitar Hipólito: *Le ciel m'arrache une innocente vie*. A escrituração social fica sendo a mesma, e tudo no fim dá certo.

Não entendeu assim o Tribunal, que condenou a companhia de que se trata, a pagar a culpa do cocheiro. A companhia, saltando de Racine a Shakespeare, bradará: *A horse! a horse! sixty contos de réis for a horse!* É duro, mas, se a vida só se compusesse de dividendos, mais valia vivê-la que ir para o céu. A vida tem indenizações. É o algodão que se entretece na seda, e há pior, que é o algodão rude e simples, isto é, as indenizações sem dividendos.

A coisa mais natural agora é que as pessoas que perderam braços ou pernas, por culpa dos cocheiros dos bondes, peçam indenização às companhias, e naturalíssimo é que os tribunais lhes deem razão. Vamos ter grande economia de membros. Não é crível que uma companhia, depois de desembolsar algumas dezenas de contos de réis, continue com o mesmo pessoal culpado; é antes certo que faça escolha de bons cocheiros, e, quando possa, excelentes. Nem todos os cocheiros são imprestáveis, grosseiros ou desobedientes; nem todos atropelam a gente pedestre; nem todos precipitam o carro antes que uma senhora acabe de descer. Dizem até que há alguns, poucos, que, quando bradam, avisando: "Olha à esquerda! olha à direita!", moderam naturalmente o galope dos animais para que os avisados tenham tempo de escapar às carroças ou andaimes que estão no caminho.

Já que estou com a mão no judiciário, não deixarei de dizer que o júri andou esta semana abarbado com processos velhos, tão velhos que não teve outro remédio senão ir absolvendo os acusados. Um dos casos deu de si grave consequência. O roubo foi cometido há um ano, e os dois réus deram entrada na Detenção, onde um deles morreu. Tendo o júri absolvido o sobrevivente, segue-se que, se houve crime, os criminosos não foram aqueles, e para que há de um inocente morrer no cárcere, longe da família e dos amigos, se é mais fácil fazer andar os processos depressa? Outro réu nem chegou a roubar, apenas fez uma tentativa a formão; mas o delito deu-se em junho do ano passado, e só agora, em abril, é que o réu pôde ser julgado e absolvido.

Nem sempre gosto de citar exemplos alheios. Também lá fora há defeitos e graves. Mas se os processos fossem rápidos, como em algumas partes, mormente em pequenos crimes, creio que andaríamos muito melhor. Agora mesmo, lendo a audiência inicial do processo Jameson, vi que, enquanto esperava por este invasor do Transvaal, o Tribunal de Bow-Street ia julgando uma porção de processos miúdos, entre eles o de um cocheiro que, na véspera, espancara a mulher e a patrulha; foi condenado a um mês de *hard labour*. Note-se que o delinquente estava ébrio no ato, mas ao que parece os juízes de Londres, que não são os de Berlim, entenderam não haver na embriaguez circunstância atenuante, mas agravante. E daí talvez os de Berlim pensem a mesma coisa.

Em verdade, os magistrados de Bow-Street parecem demasiado severos. Quando menos, o presidente não tem papas na língua para dizer um ou dois desaforos. Os espectadores, que eram muitos, compunham-se pela maior parte de lordes e *ladies,* a fina flor da aristocracia inglesa, que ia vitoriar o doutor Jameson, por ter invadido a República Africana. O doutor Jameson chegou, foi aclamado pela multidão da rua, e logo que apareceu na sala do tribunal, estouraram os gritos de entusiasmo e de aplauso; o presidente declarou a princípio que faria evacuar a sala, se o tumulto continuasse. Acabada a audiência, e marcado o dia para novo comparecimento do acusado, o entusiasmo chegou ao delírio. As mais fidalgas bocas proferiram as mais belas palavras. Foi então que o presidente bradou da cadeira estas outras palavras menos belas:

— Vós expondes a Inglaterra ao desprezo do mundo!

Não falo do envenenamento da rua do Ipiranga, porque talvez não chegue a processo, e, quando chegue, não é agora ocasião de tratar dele; não há crime, não há acusadores, não há nada. Como, porém, a semana é toda judiciária, aqui está o processo Damasceno, mais importante que outros, e que interessa deveras aos competentes. Eu não sou competente, não trato do caso em si; mas estando a ler o discurso de defesa, dei com uma palavra que me parece carecer de retificação.

A conclusão do discurso é a seguinte: "Refleti; acima da autoridade dos vossos julgados está aquela que Pascal chamou a rainha do mundo..." Creio que se refere à opinião. Ora, Pascal disse justamente o contrário: *C'est la force qui gouverne le monde, et non pas l'opinion*. Palavra que pareceria dura ao leitor, se o filósofo não acrescentasse: *mais l'opinion est celle qui use la force*. Pois se é a força que governa, ela é que é rainha, e se a opinião gasta a força, o mesmo sucede a todas as rainhas que adoecem e morrem por outras causas. Pascal fala certamente da opinião como rainha do mundo, mas é quando cita um livro italiano, do qual só conhecia o título: *Della opinione, regina del mondo*. Declara que aceita o que nele estiver escrito, exceto o mal, se contiver algum; mas, como isto vem no fim de uma longa página em que começa por chamar à opinião *maîtresse d'erreur*, segue-se que tudo quanto ali pôs é a mais fina ironia.

Gazeta de Notícias, 12 de abril de 1896

A SEMANA FOI DE SANGUE, COM UMA
PONTA DE LOUCURA E OUTRA DE PATIFARIA

A semana foi de sangue, com uma ponta de loucura e outra de patifaria. Felizes as que se compõem só de flores e bênçãos, e mais ainda as que se não compõem de nada! Digo felizes para os que têm de tratar delas. Neste caso, o cronista senta-se, pega na pena e deixa-a ir papel abaixo, abençoado e florido, ou sem motivo e à cata de algum, que finalmente chega, como deve suceder ao compositor nas teclas do piano. Quando menos pensa, estão as laudas prontas, e acaso sofríveis. Mas vá um homem, sem flores ou sem nada, ocupar-se unicamente de anedotas tristes; e aborrecer os outros e não fazer coisa que preste. As alegrias, ainda mal contadas, são alegrias.

Tenho ideia de haver lido em um velho publicista (mas há muitos anos e não posso agora cotejar a memória com o texto) que os jornais, fechadas as câmaras e calada a política, atiram-se aos grandes crimes e processos extraordinários. Não será esta a expressão, mas o pensamento é esse, a menos que não seja outro. Mas sim ou não, nem para o nosso caso serve, porquanto só agora é que os crimes notáveis aparecem e podem ser extensamente comentados, quando as câmaras estão prestes a reunir-se. Demais, tivemos algumas conversações políticas, no intervalo, por ocasião da moção do Clube Militar, e agora mesmo se discute quem há de ser o presidente da Câmara, se Pedro ou Paulo, se o apóstolo da circuncisão, se o do prepúcio. Uns querem que só tenham aceitação os da lei antiga, outros dizem, como são Paulo aos gálatas: "Todos os que fostes batizados em Cristo, revestistes-vos de Cristo; não há judeu nem grego..." Talvez seja melhor, para resolver este negócio, esperar que se reúna o concílio de Jerusalém.

Além dessas duas questões políticas e outras de menor tomo, tivemos negócios externos, alguns também de sangue; mas o sangue visto de longe ou pintado é diferente do sangue vivo e próximo. Tivemos com que entreter o espírito, Menelik, a expedição Dongola, os dervixes, Cuba, os raios x, Crispi e agora o levantamento dos mata-beles.

Não, não quero sangue, nem loucuras, nem equívocos de boticários. A perda da vida ou da razão não é coisa própria deste lugar. Menos ainda o lenocínio, tão triste como o resto. Se ao menos se pudesse tirar de tais casos alguma conclusão, observação ou expressão digna de nota, vá; mas nem isso encontro. Tudo é árido, vulgar e melancólico.

A questão do engano farmacêutico é a única em que se poderia tocar sem asco ou tédio, ainda que com pavor. Em verdade, a dosagem do arsênico por parte de uma pessoa que estudou farmácia em Coimbra, faz duvidar de Coimbra ou da pessoa. Considerando, porém, que o erro é dos homens e que só a intenção constitui o mal, não se duvida nem da pessoa nem de Coimbra. O verdadeiro mal não é esse. O mal verdadeiro é que, se os homens podem descrer de tudo, sem grande perda ou com pouca, uma coisa há em que é necessário crer totalmente e sempre, é na farmácia. Tudo o que vier da farmácia, deve ser exato e perfeito; a menor troca de substâncias ou excesso de dose faz desesperar da saúde e até da vida, como sucedeu na rua do Ipiranga. Aquele grito do sócio do farmacêutico: "Desgraçado, estás perdido!" mostra a gravidade do ato, unicamente em relação ao autor dele. Se esta fosse a única e triste consequência, pouco estaria perdido. Era um caso particular, como o que sucedeu, dois dias depois, na farmácia Portela, em bairro oposto; aí se trocou um laxativo por outro remédio, e o paciente, que bebeu de uma vez o que devia ser tomado de duas em duas horas, só não morreu, porque o remédio não era de matar. Não importa; não é preciso que alguém sucumba, basta a possibilidade da confusão dos frascos.

Também não importa a confiança manifestada pelo viúvo da rua do Ipiranga, em relação à farmácia; é natural que a tenha, pois conhece o pessoal e a competência da casa. Outrossim em relação à farmácia Portela, donde não saiu morte certa. Uma pessoa defunta, outra apenas enganada, valem pouco relativamente à população. Mas suponhamos que esta venha a descrer de todas as farmácias da cidade. Nem todas serão servidas por varões próprios. Alguma haverá (não afirmo) em que jovens aprendizes, desejosos de praticar a ciência antes que a vadiação, aviem as receitas dos médicos. Sempre é melhor ofício que matar gente cá fora, mas se da composição sair óbito, tanto faz droga como navalha. Se a descrença pegar, virão o terror e a abstenção. Ninguém mais correrá às boticas, e a farmácia terá de ceder ao espiritismo, que não mata, mas desencarna.

Há um recurso último. Atribui-se a um claro espírito deste país a seguinte definição da farmácia moderna, que é antes confeitaria que farmácia. Esse homem, ex-deputado, ex-ministro, observou que as vidraças das boticas estão cheias de frascos com pastilhas e outros confeitos. Ora, até hoje não consta que tais medicamentos matem. O mais que pode suceder é não curarem sempre, ou só incompletamente, ou só temporariamente, ou só aparentemente; mas não levam o desespero às famílias. São composições estrangeiras, estão sujeitas a grandes taxas, custam naturalmente caro; mas se a própria vida é um imposto pago à morte, não é muito que lhe agravemos o preço. Não lhe acusem de estrangeirismo. Não trato só dos inventos importados, mas também dos nacionais, que não matam ninguém, e curam muitas vezes. Pois tal será o recurso último dos farmacêuticos, quando o medo dos aviamentos imediatos afastar os doentes das suas portas; encomendem preparados de fora e de dentro, não façam mais nada em casa, e esperem.

Qualquer que seja o mal, porém, antes beber os remédios suspeitos — um pouco mais de arsênico, ou uma coisa por outra — que viver em Porto Calvo (Alagoas), onde as carabinas trabalham, ora em nome do assassinato, ora da simples política. As ações e os homens não dão para uma *Ilíada*, conquanto na hecatombe da Conceição a palavra *hecatombe* seja grega. Não sucede o mesmo com Barro Vermelho e Manuel Isidoro, nomes que não valem os de Aquiles e Heitor. Li artigos, cartas, notícias dos sucessos, chegados e publicados ontem. Numa das cartas diz o autor que, para prender Manuel Isidoro, tinha recorrido à *astúcia* do coronel Veríssimo. Faz lembrar Homero quando canta o *artificioso* Ulisses; mas, com franqueza, prefiro Homero.

Gazeta de Notícias, 19 de abril de 1896

"Terminaram as festas de Shakespeare"

"Terminaram as festas de Shakespeare", diz um telegrama de Londres, 24, publicado anteontem, na *Notícia*. Eu, que supunha o mundo perdido no meio de tantas guerras atuais e iminentes, crises formidáveis, próximas anexações e desanexações, respirei como alguém que sentisse tirar-lhe um peso de cima do peito. Que me importa já saber se o príncipe da Bulgária comungou ou não, esta semana, tendo-lhe o papa negado licença? Provavelmente não comungará mais, tudo por haver consentido que o filho fosse batizado na religião ortodoxa. Quantos outros pais terão deixado batizar os filhos em religiões alheias, sem perder por isso o direito de comungar; basta-lhes entrar na igreja próxima e falar ao vigário. Não são príncipes, não governam, não correm o perigo das alturas.

Cuba, que me importa agora Cuba? A rebelião come gente, sangue e dinheiro; a independência far-se-á ou não. Segundo um homem desconhecido, estava feita desde quarta-feira, e assim enganou a duas ou três folhas desta cidade, ação de muito mau gosto, não só pela invenção dos decretos de Madrid, como pela da morte de um hóspede do hotel de Estrangeiros. O dono deste perdeu mais que ninguém, pois que Cuba, tarde ou cedo, alcançará a independência, o cônsul e o ministro de Espanha explicaram-se, mas a morte do hóspede é mais que a de Maceo ou Máximo Gómez. Lede bem a carta com que o dono do hotel de Estrangeiros correu à *Cidade do Rio* para afirmar que o defunto Villagarcía (se alguém há desse nome) nunca ali esteve, que ninguém morreu nem adoeceu naquela casa, apesar da epidemia recente, que os seus esforços foram grandes, e a notícia da morte ofende os seus interesses. É quase um reclamo, ou — como dizem os mal-intencionados — um *preconício*.

É tão grave o fato de morrer alguém nas hospedarias, que o dono de uma delas, nesta cidade, só por fina inspiração, pôde há tempos salvar a honra do estabelecimento. Não disse a ninguém que lhe morrera um hóspede, mas que adoecera e queria ir-se embora. Mandou vir um carro, fez meter dentro o cadáver, com as cautelas devidas a um enfermo, e sentou-se ao pé dele. — "Então, que é isso? dizia ele ao cadáver, enquanto o cocheiro dava volta ao carro. O senhor, saindo daqui, vai piorar e talvez morra; por que não fica? Aqui, antes de quinze dias, está corado e bom. Ande, fique; se quer, mando o carro embora. Não? Pois faz muito mal..." Os hóspedes, que ouviam esta exortação, lastimavam a teimosia do enfermo, e almoçaram com o apetite do costume.

Guerras africanas, rebeliões asiáticas, queda do gabinete francês, agitação política, a proposta da supressão do Senado, a caixa do Egito, o socialismo, a anarquia, a crise europeia, que faz estremecer o solo, e só não *explode* porque a natureza, minha amiga, aborrece este verbo, mas há de estourar, com certeza, antes do fim do século, que me importa tudo isso? Que me importa que, na ilha de Creta, cristãos e muçulmanos se matem uns aos outros, segundo dizem telegramas de 25? E o acordo, que anteontem estava feito entre chilenos e argentinos, e já ontem deixou de estar feito, que tenho eu com esse sangue que correu e com o que há de correr?

Noutra ocasião far-me-ia triste a notícia dos vinte e tantos autos roubados a uma pretoria desta cidade. Vinte e um voltaram ao cartório, mas um deles não trazia petição inicial nem sentença, por modo que ficou o processo inútil. Uma destas manhãs, estando o pretor ocupado, vieram dizer-lhe que acabavam de furtar mais autos, correu ao cartório, viu que era exato. O mesmo pretor despediu há dias um empregado do cartório, que estava ao seu serviço; a razão é porque o homem, mediante dinheiro, tomava a si obter despachos favoráveis. Chegou ao ponto, segundo li, de fazer caminhar bem um negócio, a troco de certa quantia; recebida esta, fez desandar o negócio em favor da outra parte, a troco de igual remuneração. Reincidência ou arrependimento? Eis aí um mistério.

Outro mistério é que só vejo publicadas as ações, não os nomes dos autores. Nem sempre é necessário que estes sejam dados ao prelo. Casos há em que o silêncio é conveniente, não para impedir que os autores fujam, mas por motivos que me escapam. Seja como for, ainda bem que os autos se descobrem, os intermediários de despachos desaparecem, e o ar puro entra nas pretorias, na terceira, quero dizer, que é onde se deram os fatos aqui narrados. Entretanto, outra seria a minha impressão disto, como do resto, se não fosse o telegrama de Londres, 24.

"Terminaram as festas de Shakespeare..." O telegrama acrescenta que "o delegado norte-americano teve grande manifestação de simpatia". A doutrina de Monroe, que é boa, como lei americana, é coisa nenhuma, contra esse abraço das almas inglesas sobre a memória do seu extraordinário e universal representante. Um dia, quando já não houver Império Britânico nem República Norte-americana, haverá Shakespeare; quando se não falar inglês, falar-se-á Shakespeare. Que valerão então todas as atuais discórdias? O mesmo que as dos gregos, que deixaram Homero e os trágicos.

Dizem comentadores de Shakespeare que uma de suas peças, a *Tempest*, é um símbolo da própria vida do poeta e a sua despedida. Querem achar naquelas últimas palavras de Próspero, quando volta para Milão, "onde de cada três pensamentos um será para a sua sepultura", uma alusão à retirada que ele fez do palco, logo depois. Realmente, morreu daí a pouco, para nunca mais morrer. Que valem todas as expedições de Dongola e do Transvaal contra os combates de Ricardo III? Que vale a caixa egípcia ao pé dos três mil ducados de Shylock? O próprio Egito, ainda que os ingleses cheguem a possuí-lo, que pode valer ao pé do Egito da adorável Cleópatra? Terminaram as festas da alma humana.

Gazeta de Notícias, 26 de abril de 1896

Os jornais deram ontem notícia telegráfica

Os jornais deram ontem notícia telegráfica de haver sido assassinado o xá da Pérsia. Tão longe andamos da Pérsia, e tão pouco fez aquele vivo falar de si por estes tempos de agitação universal, que fiquei assombrado. Supunha a Pérsia extinta. Não me lembrava sequer (a minha memória está acabando), não me lembrava que ainda anteontem li, creio que no *Jornal do Commercio*, a notícia de que o xá da Pérsia possuía o maior tesouro de joias, no valor de 300.000:000$000 (trezentos mil contos de réis). Possuía e possui, porquanto naquelas partes como nas outras, *xá morto, xá posto*. Caiu Nasser-al-Pin; vai subir Mozaffar-al-Pin.

Vede o que são almas fanáticas. Não foram os trezentos mil contos de réis das joias que armaram o braço do homicida, mas um motivo religioso. O xá ia justamente entrando no santuário para rezar. Se o motivo fosse outro, é provável que o assassino adiasse o assassinato, repetindo com Hamlet: "Agora não; seria mandá-lo para o céu!" Ao contrário, desde que o xá ia rezar pela sua seita, não iria para o céu, segundo o assassino; boa ocasião de o mandar ao diabo. Vede o que são almas fanáticas.

Há para mim, além da catástrofe, um ponto mui aborrecido: é o tiro. Persas e gentes semelhantes, se me quiserem interessar, como os antigos, não hão de ter pólvora. O punhal e a espada é que estão bem. As tragédias matam a ferro frio. Carnot e Lincoln caíram a golpes de arma branca. Como é que, longe de centros cristãos e prosaicos, em plena vida oriental e poética, um fanático pega de uma espingarda ou trabuco, para vingar um texto ou um símbolo? Vai nisso um tanto de precaução, que se não ajusta bem ao fanatismo, não contando a falta de estética. Seja como for, pobre xá, tiveste de entregar a vida quando ias buscar a fonte da vida, ou o que supunhas tal.

Os persas, segundo leio no padre Manuel Godinho, que por ali andou em 1663, têm uma paixão tão grande, tão forte e tão absorvente que devia excluir qualquer outra. Não sei se chegareis a entendê-lo, ainda que vos copie aqui os próprios termos do padre; são claros os termos, mas por isso mesmo que claros, obscenos. Eis o texto: "São tão sobremaneira luxuriosos, (os persas) não se contentando *nem com* muitas mulheres". Uma paixão destas tão extensa parece não dar campo ao fanatismo. Nem com muitas mulheres; então com quantas? Das mulheres escreve o padre que são "lascivas" e se acrescenta que de "ruim bofe", não é para se desmentir a si próprio; estas qualidades podem viver juntas.

Isto prova que o sangue há de sempre jorrar em toda a parte, desde os tronos até as mais simples esteiras. Aqui mesmo, esta semana, houve dois outros casos de mortes misteriosas e interessantes. Um deles foi o de um velho que sucumbiu a pau ou a faca, não me lembra bem qual o instrumento. Já acima disse que a memória me vai morrendo. Depois de morto foi enterrado. Suspeitou-se do crime, e, indo começar o processo do indigitado autor, acudiu naturalmente a ideia de autopsiar o cadáver, que é o primeiro ato dos inquéritos criminais. Infelizmente o cadáver fora enterrado na vala comum. Surdiu o receio de empestar a cidade, abrindo uma vala onde jaziam dezesseis cadáveres em putrefação, alguns de febre amarela. Quando não fizesse mal à cidade, podia fazê-lo aos exumadores e aos próprios médicos encarregados da autópsia. Daí algumas consultas, cuja solução final foi a única possível — negar a exumação. De resto, uma das ordens trocadas observou que, sem embargo da autópsia, as testemunhas do crime bastavam às necessidades da justiça.

Em verdade, é possível que a exumação matasse alguns dos oficiais, médicos ou não, desse lúgubre ofício. Suponhamos que morriam três. Aí tínhamos três inocentes condenados à morte e executados sem forma legal, enquanto que a marcha do processo podia e pode chegar ao resultado negativo, isto é, que o suposto réu não praticou o crime, ou se o cometeu foi *impelido por violência irresistível ou ameaça acompanhada de perigo atual,* como ainda esta semana decidiu o júri, creio que nos termos do código, e certamente nos da verdade. Ora, tendo-se acabado com a pena de morte, é justo estender este benefício aos médicos e seus colaboradores, ficando a pena limitada à vítima, cujo silêncio eterno pede igualmente eterno repouso.

Nem falo disto senão para notar que a vala comum foi agora objeto de grandes lástimas. Muitos confessaram que a supunham acabada. Outros pediram que se acabasse com ela. Sempre ouvi falar com tristeza da vala comum. Este último leito, em que se perde até o nome e não se tem o favor de apodrecer sozinho, destinava-se antigamente aos pobres e aos escravos. A lei acabou com os escravos, e deixou os pobres consigo mesmos.

Politicamente, é a vala comum o terror dos homens. Ouvi maldizer dela, muitas vezes, com indignação, e anunciá-la com perversidade: — "Não hei de cair na vala comum!" — "Na vala comum já há muito caiu v. ex.!" — "*O sr. presidente*: — Atenção!" E ouvi ainda coisa pior, como prova de que o desprezo e o abandono em política são insuportáveis. Ouvi um dia, há muitos anos, um discurso na Câmara dos deputados, cujo autor se lastimava de ser cão sem dono. Era um modo de dizer que o partido o não queria. Realmente, era lastimável. Um homem parlamentar que não tem quem lhe faça festas, quem lhe dê ordens ou lhe mande recados, não é soldado de partido, não é nada, é uma sombra. Não me lembra o nome nem a figura do representante. É o que vos disse três vezes, acima; vou perdendo a memória. Não cuideis que são achaques da idade. Há de haver aí alguma complicação psicológica.

Vede se não. Não atino com o lugar em que se deu há dias — poucos dias — um interrogatório feito a pessoa acusada de um crime... Também não me acode o crime; suponhamos que foi um roubo. Há crimes de roubo. O indigitado não queria confessar que o praticara; negava a pés juntos, com tal tranquilidade, por mais que o juiz fizesse, que a esta hora estaria na rua se o escrivão não pegasse das rédeas do interrogatório. Tão habilmente foi cercando o réu, que ele acabou confessando tudo. O escrivão fazia as perguntas, ouvia as respostas, e ditava-as todas a si mesmo. Uma vez que a verdade saiu do poço tanto melhor. O único ponto duvidoso é matéria de ritual; mas, ainda assim, não conhecendo eu leis nem praxes, não sei se os escrivães podem ir além do escrever. Os hábitos eclesiásticos são diversos. Conheço sacristães, verdadeiros modelos de piedade e latim, que se limitam a ajudar a missa; não abençoam os fiéis, como o oficiante; respondem a este, levam-lhe as galhetas, pegam-lhe na capa e se tangem a campainha é para pôr as vírgulas espirituais no sagrado texto.

Gazeta de Notícias, 3 de maio de 1896

Como eu andasse a folhear leis, alvarás, portarias e outros atos menos alegres

Como eu andasse a folhear leis, alvarás, portarias e outros atos menos alegres, dei com um que me fez vir água à boca. É de 1825. A primeira Assembleia Geral legislativa devia reunir-se em 3 de maio de 1826. Muitos deputados podiam vir com antecedência e aguardar aqui longo tempo a abertura das Câmaras. Então o governo, considerando que eles deviam até lá subsistir com decência, mandou abonar a cada um, desde que chegasse, a quantia mensal de cem mil-réis.

Ó tempora! ó mores! Cem mil-réis! Tempos de cem mil-réis mensais! Comeram, vestiram, receberam, possivelmente casaram, tudo com cem mil-réis por mês! E tal poupado terá havido, que ainda deixou ao canto da gaveta umas cinco patacas; não juro, mas não contesto. Bem sei que, remontando à legislação, vamos achar tenças e ordenados de cem mil-réis, não por mês, mas por ano, cinquenta mil-réis, vinte e cinco, e menos. Mas tais atos não são históricos. São a mitologia da moeda. Valem o que valem os *reis* de Tito Lívio, e peço perdão dessa aparência de trocadilho, que é apenas um cotejo de fábulas.

Com tal dinheiro (cem mil-réis mensais) poderiam acaso os deputados daquele tempo andar nesta capital em carruagem de quatro bestas? Podiam;

eis aqui o decreto de 2 de outubro de 1825: "Não se verificando nesta corte (diz ele) os motivos que na de Lisboa fizeram necessário que nenhuma pessoa, de qualquer condição que fosse, pudesse andar naquela cidade, e na distância de uma légua dela, em carruagem de mais de duas bestas, hei por bem ordenar que, sem embargo do dito alvará, ou de qualquer outra ordem em contrário, todas as pessoas que gozam do tratamento de excelência, possam andar em carruagem de quatro bestas". Ora, os deputados tinham o tratamento de excelência. Uma vez que fossem poupados, podiam muito bem dar-se ao gosto da carruagem de quatro bestas, sem que a polícia (a polícia do Aragão) os recolhesse ao aljube.

Não esqueçamos que a Independência datava de 1822, e a Constituição de 1824. No título VIII desta achavam-se inscritos os direitos civis e políticos dos cidadãos. Não estava lá o direito às quatro bestas. Podia entender-se que este direito era contido nos outros? Teoricamente, sim; praticamente, não. Não dou em prova disto o ato do ano anterior, 1824, mandando que às pessoas de primeira consideração se não concedesse mais que três criados de porta acima, e às de segunda somente um. Este ato, conquanto posterior à Independência, é anterior à Constituição, é de 7 de janeiro. Por isso mesmo é um pouco mais restritivo que o decreto de 1825. Abolindo o alvará das quatro bestas, o decreto de 1825 limitou o gozo delas às pessoas que tinham o tratamento de excelência, ao passo que o ato de 1824 nem às próprias pessoas de primeira consideração consentia mais de três criados de porta acima.

Outra diferença entre os dois atos está na designação das pessoas. O tratamento de excelência era claro; tinha-se pelo cargo ou por decreto. Mas por onde se distinguiam as pessoas de primeira consideração das de segunda? Eis aí um ponto obscuro. Eram todas de casa de sobrado (criados de porta acima), mas não há outra definição. Quero supor que, como o ato de 1824 foi expedido ao intendente da polícia, deixou a este, que era o tremendo Aragão, o cuidado de distinguir os seus policiados. Considerando melhor, acho que a distinção seria fácil, graças à população pequena, à tradição e estabilidade das classes. A vontade das pessoas é que não podia servir de regra, como se faz com as declarações de renda; não se consultando mais nada, todas seriam de consideração mais que primeira.

Aqui vai agora como eu separo as liberdades teóricas das liberdades práticas. A liberdade pode ser comparada às calças que usamos. Virtualmente existe em cada corte de casimira um par de calças; se o compramos as calças são nossas. Mas é mister talhá-las, alinhavá-las, prová-las, cosê-las e passá-las a ferro, antes de as vestir. Ainda assim há tais que podem sair mais estreitas do que a moda e a graça requerem. Daí esse paralelismo da liberdade do voto e da limitação dos criados e das bestas. É a liberdade alinhavada. Não se viola nenhum direito; trabalha-se na oficina. Prontas as calças, é só vesti-las e ir passear.

Um pouco de psicologia dos tempos. Isto que me faz discorrer e examinar para acabar de entender, ninguém com certeza achou descurial naqueles anos de infância. Outro pouco de psicologia política. Governos novos são naturalmente ciosos da existência. Pedro I decretou e mandou jurar a Constituição em 25 de março, e logo em 15 de maio ordenava aos presidentes de província, aos tribunais e repartições da capital, que em todas as informações que houvessem de dar, declarassem se as pessoas a quem elas se referissem, tinham jurado a Constituição. Talvez esta cláusula não adiantasse nada aos direitos pessoais do requerente, mas era um impulso de nascença. A Constituição queria viver. Quanto ao espírito nativista, eis aqui um ato bem caracterizado. Um dia, em 1825, constou ao imperador que muitos indivíduos, não súditos do Império, usavam do laço nacional e flor verde, e legenda no braço esquerdo, para se inculcarem cidadãos brasileiros. Baixou logo um aviso mandando proceder "contra os que assim se disfarçam, com o fim de conseguir por esse doloso procedimento a proteção das leis, a que só têm direito os verdadeiros súditos do Império".

Basta de legislação. É demais para quem apenas quer algumas notas acerca da semana. O que me pode justificar é o fato de ser a principal nota da semana a chegada de deputados e senadores. Não se fez a abertura no dia 3 de maio, marcado na Constituição de 1891, como na de 1824. Se considerarmos que a primeira Assembleia Geral legislativa também se não abriu no dia 3 de maio, julgaremos com outra moderação. Alguém lembrou agora que a abertura se fizesse sempre no dia 3 de maio, qualquer que fosse o número dos presentes. Pois a mesma ideia apareceu em 1826, e foi a própria Câmara dos deputados, reunida em 30 de abril, que o mandou propor ao governo, dizendo que nada tinha o ato da abertura com os trabalhos das sessões. Ao que o governo respondeu, por aviso de 1 de maio, que entendia de modo contrário, e que continuassem as sessões preparatórias.

A matéria é discutível; mas basta de legislação! basta de legislação!

Gazeta de Notícias, 10 de maio de 1896

Era no bairro Carceler, às sete horas da noite

Era no bairro Carceler, às sete horas da noite.

A cidade estivera agitada por motivos de ordem técnica e politécnica. Outrossim, era a véspera da eleição de um senador para preencher a vaga do finado Aristides Lobo. Dois candidatos e dois partidos disputavam a palma com alma. Vá de rima; sempre é melhor que disputá-la a cacete, cabeça ou navalha, como se usava antigamente. A garrucha era empregada no interior. Um dia, apareceu a Lei Saraiva, destinada a fazer eleições sinceras e sossegadas. Estas passaram a ser de um só grau. Oh! ainda agora me não esqueceram os discursos que ouvi, nem os artigos que li por esses tempos atrás, pedindo a eleição direta! A eleição direta era a salvação pública. Muitos explicavam: direta e censitária. Eu, pobre rapaz sem experiência, ficava embasbacado quando ouvia dizer que todo o mal das eleições estava no método; mas, não tendo outra escola, acreditava que sim, e esperava a lei.

A lei chegou. Assisti às suas estreias, e ainda me lembro que na minha seção ouviam-se voar as moscas. Um dos eleitores veio a mim, e por sinais me fez compreender que estava entusiasmado com a diferença entre aquele sossego e os tumultos do outro método. Eu, também por sinais, achei que tinha razão, e contei-lhe algumas eleições antigas. Nisto o secretário começou a suspirar flebilmente os nomes dos eleitores. Presentes, posto que censitários, poucos. Os chamados iam na ponta dos pés até à urna, onde depositavam uma cédula, depois de examinada pelo presidente da mesa; em seguida assinavam silenciosamente os nomes na relação dos eleitores, e saíam com as cautelas usadas em quarto de moribundo. A convicção é que se tinha achado a panaceia universal.

Mas, como ia dizendo, era no bairro Carceler, às 7 horas da noite.

O bairro Carceler estava quase solitário. Um ou outro homem passava, mulher nenhuma, rara loja aberta, e mal se ouviam os bondes que chegavam e partiam. Eu ia andando à procura do Hotel do Globo. Recordava coisas passadas, um incêndio, uma festa, a ponte das barcas um pouco adiante, a Praia Grande do outro lado, e a Assembleia provincial, vulgarmente chamada salinha. A salinha acabou, e a Praia Grande ficou decapitada, passando a Assembleia com outra feição a legislar em Petrópolis. Nem por isso perdeu as metáforas de outro tempo. Ainda agora, em Petrópolis, um orador devolveu a outro as injúrias que lhe ouvira; devolveu-as intatas, tal qual se costumava na antiga Praia Grande. As injúrias devolvidas intatas não ferem. Algumas vezes arredam-se com a ponta da bota, ou deixam-se cair no tapete da sala; mas a melhor fórmula é devolvê-las intatas. A ponta da bota é um gesto, a queda no tapete é desprezo, mas para injúrias menores. A última fórmula de desdém, a mais enérgica, é devolvê-las intatas. Quem inventou este modo de correspondência está no céu.

Chego ao Hotel do Globo. Subo ao segundo andar, onde acho já alguns homens. São convivas do primeiro jantar mensal da *Revista Brasileira*. O principal de todos, José Veríssimo, chefe da *Revista* e do Ginásio Nacional, recebe-me, como a todos, com aquela afabilidade natural que os seus amigos nunca viram desmentida um só minuto. Os demais convivas chegam, um a um, a literatura, a política, a medicina, a jurisprudência, a armada, a administração... Sabe-se já que alguns não podem vir, mas virão depois, nos outros meses.

Ao fim de poucos instantes, sentados à mesa, lembrou-me Platão; vi que o nosso chefe tratava não menos que de criar também uma República, mas com fundamentos práticos e reais. O Carceler podia ser comparado, por uma hora, ao Pireu. Em vez das exposições, definições e demonstrações do filósofo, víamos que os partidos podiam comer juntos, falar, pensar e rir, sem atritos, com iguais sentimentos de justiça. Homens vindos de todos os lados — desde o que mantém nos seus escritos a confissão monárquica, até o que apostolou, em pleno Império, o advento republicano — estavam ali plácidos e concordes, como se nada os separasse.

Uma surpresa aguardava os convivas, lembrança do anfitrião. O cardápio (como se diz em língua bárbara) vinha encabeçado por duas epígrafes, nunca escritas pelos autores, mas tão ajustadas ao modo de dizer e sentir, que eles as incluiriam nos seus livros. Não é dizer pouco, em relação à primeira, que atribui a Renan esta palavra: "Celebrando a Páscoa, disse o encantador profeta da Galileia: tolerai-vos uns aos outros; é o melhor caminho para chegardes a amar-vos..."

E todos se toleravam uns aos outros. Não se falou de política, a não ser alguma palavra sobre a fundação dos Estados, mas curta e leve. Também se não falou de mulheres. O mais do tempo foi dado às letras, às artes, à poesia, à filosofia. Comeu-se quase sem atenção. A comida era um pretexto. Assim voaram as horas, duas horas deleitosas e breves. Uma das obrigações do jantar era não haver brindes: não os houve. Ao deixar a mesa tornei a lembrar-me de Platão, que acaba o livro proclamando a imortalidade da alma; nós acabávamos de proclamar a imortalidade da *Revista*.

Cá fora esperava-nos a noite, felizmente tranquila, e fomos todos para casa, sem maus encontros, que andam agora frequentes. Há muito tiro, muita facada, muito roubo, e não chegando as mãos para todos os processos, alguns hão de ficar esperando. Ontem perguntei a um amigo o que havia acerca da morte de uma triste mulher; ouvi que a morte era certa, mas que, tendo o viúvo desistido da ação, ficou tudo em nada. Jurei aos meus deuses não beber mais remédio de botica. A impunidade é o colchão dos tempos; dormem-se aí sonos deleitosos. Casos há em que se podem roubar milhares de contos de réis... e acordar com eles na mão.

Gazeta de Notícias, 17 de maio de 1896

A GENTE QUE ANDOU ESTA SEMANA PELA RUA DO OUVIDOR

A gente que andou esta semana pela rua do Ouvidor, mal terá advertido que, enquanto mirava as moças, se eram homens, ou as vitrinas, se eram moças, matava-se a ferro e fogo em Manhuaçu. Eis o telegrama de Juiz de Fora, 18: "Desde o dia 11, às 10 horas da manhã, está travado em Manhuaçu terrível combate, dia e noite, à carabina e dinamite, entre os partidários de Costa Matos e Serafim. O conflito nasceu de ter sido Costa Matos nomeado delegado de polícia, e, investido do cargo, haver mandado desarmar um empregado de Serafim. Tem havido mortes e ferimentos".

Há, pois, além de outros partidos deste mundo, um partido Serafim e um partido Costa Matos. Quem seja este César, nem este Pompeu, não é coisa que me tenha chegado aos ouvidos; mas devem ser homens de valor, desabusados, capazes de lutar em campo aberto e matar sem dó nem piedade. A causa do conflito parece pequena, vista aqui da rua do Ouvidor, entre três e cinco horas da tarde; mas ponha-se o leitor em Manhuaçu, penetre na alma de Serafim, encha-se da alma de Matos, e acabará reconhecendo que as causas valem muito ou pouco, segundo a zona e as pessoas. O que não daria aqui mais de uma troca de mofinas, dá carabina e dinamite em outras paragens.

Mas não é só em Manhuaçu que se morre a ferro e fogo. A cidade de Lençóis passou por igual ou maior desolação. Soube-se aqui, desde o dia 18, que um bando de clavinoteiros marchava ao assalto da cidade, não só para tomá-la, como para matar o coronel Felisberto Augusto de Sá, senador estadual, e o dr. Francisco Caribe. O governo da Bahia mandou duzentos praças em socorro da cidade. Tarde haverá chegado o socorro, se chegou; o assalto deu-se a 17, entrando pela cidade os clavinoteiros capitaneados por José Montalvão. Escaparam Felisberto e Caribe, no meio de grande carnificina, que parece ter continuado.

Não se pense que, por ir escrevendo sem ponto de exclamação, deixo de sentir a dor dos mortos. É duro ler isto; mas é preciso pairar acima dos cadáveres. Tem-se discutido aqui sobre a lei da recapitulação abreviada. Se tal lei existe, Manhuaçu e Lençóis estão na fase do romantismo sangrento, quando a nossa capital já passou o naturalismo cru e entra no puro misticismo.

Tempo virá em que Manhuaçu e Lençóis vejam as suas notas de 100$ e 200$ andarem de Herodes para Pilatos, sem saber porque é que Herodes as condena, nem porque é que Pilatos lava as mãos. Ouvirão dizer que por serem falsas, ou (resto de naturalismo) *falças* e até *farsas*. Terão os seus inquéritos, os seus bilhetes de camarote de teatro, e a perpétua escuridão do negócio, que é o pior. *Un pò più di luce,* como queria há anos um político italiano, não é mau. As comédias mais embrulhadas acabam entendidas; podem ser feitas sem talento, nem critério, mas os autores sabem que o público deseja ir para casa com as ideias claras, a fim de dormir tranquilo, e fazem casar os bêbados. As notas falsas de Lençóis e Manhuaçu não sairão do puro mistério. É a condição do gênero. Creio que disse mistério, em vez de ocultismo, que define melhor este gênero de recreação.

Verdade é que o tempo é sempre tempo, e não sei por que não sucederá na América o que acontece na Europa. A morte da Malibran (releiam Musset) em quinze dias era notícia velha. *Sans doute il est trop tard...* Releiam os belos versos do poeta. Dentro de quinze dias, ninguém mais se lembra do camarote de teatro de Lençóis, nem do inquérito, nem do número 65.609, nem de nada de Manhuaçu. A vida é tão aborrecida, que não vale a pena atar as asas às melancolias de arribação. Voai, melancolias! voai, notas! ide para onde vos chamam os gozos fáceis e pagos...

Ia-me perdendo em suspiros. Ponhamos pé em terra, e deixemos Costa Matos contra Serafim, e Montalvão contra Felisberto. Viver é lutar, e morrer é acabar lutando, que é outro modo de viver. Não sei se me entendem. Eu não me entendo. Digo estas coisas assim, à laia de trocado engenhoso, para tapar o buraco de uma ideia. É o nosso ofício de pedreiros literários. A vantagem é que, enquanto trabalhamos de trolha, a ideia aparece, ou a memória evoca um simples fato, e a pena refaz o aço, e o escrito continua direito.

Para não ir mais longe, vamos ao largo da Carioca. Li que um agente de polícia, entrando em um bonde no largo da Lapa, descobriu certo número de gatunos entre os passageiros. Alguns preparavam-se contra um velho, e o agente preparou-se contra eles. No largo da Carioca o velho pôde escapar à tentativa, mas o agente, auxiliado de um praça, capturou alguns; a maior parte fugiu. Até aqui tudo é vulgar como um maçador de bonde. O resto não é raro nem original, mas é grandioso.

    Cerca de quinhentas pessoas aglomeraram-se no largo, em volta dos presos e dos agentes da força. O primeiro grito, o grito largo e enorme foi: *Não pode! Não pode!* Quando este grito sai dos peitos da multidão, é como a voz da liberdade de todos os séculos opressos. A primeira ideia de quinhentas pessoas juntas, ou menos (cinquenta bastam), é que toda prisão é iníqua, todo agente da autoridade um verdugo. Imagine-se o que aconteceria no largo da Carioca, se o agente não tivesse ocasião de contar o que se passara e a qualidade das pessoas presas. A explicação abrandou os espíritos, e salvo alguns que, passando ao extremo oposto, gritaram: *Mata! Mata!* todos se conformaram com a simples prisão. Os gatunos é que se não conformaram com a delegacia para onde os queriam levar. Iam ser conduzidos à 5ª delegacia e pediram a 6ª, por ser aquela onde haviam sido presos. Esta preocupação de observância regulamentar, em simples gatunos, faz descrer do vício.

    Em todo caso, vemos que o vicioso, desde que não pode escapar à justiça, tem a virtude de reclamar pela lei. O virtuoso, antes de saber do vício, clama já contra a repressão. Não se defenda esse caso com o da mulher que, por suspeita de alienada, morreu de hemorragia no xadrez; porquanto, o da mulher é posterior, e não se sabe ainda se houve nele abuso, ou simples uso antigo. Costume faz lei, e quem padece de hemorragias, não deve ter tempo de endoidecer.

    Esquecia-me dizer que o bonde era elétrico. Se os gatunos eram gordos, não sei. Magros que fossem, era difícil que viessem comodamente, sendo de cinco pessoas por banco a lotação dos bondes elétricos; mas não pode haver melhor lotação para sacar uma carteira. Pela minha parte, tendo sonhado que a lotação era legal, aceitei-a, com a intenção de requerer ao Conselho municipal que alterasse o contrato, embora indenizando a companhia. Mas afirmaram-me que não só é ilegal, como até já foi a companhia interrogada sobre as cinco pessoas por banco, aproveitando-se a ocasião para indagar dos motivos por que continuam os comboios. Ou não houve resposta, ou foi satisfatória. Prefiro a primeira hipótese. Há ainda um lugar para a esperança.

Gazeta de Notícias, 24 de maio de 1896

A FUGA DOS DOIDOS DO HOSPÍCIO

A fuga dos doidos do hospício é mais grave do que pode parecer à primeira vista. Não me envergonho de confessar que aprendi algo com ela, assim como que perdi uma das escoras da minha alma. Este resto de frase é obscuro, mas eu não estou agora para emendar frases nem palavras. O que for saindo saiu, e tanto melhor se entrar na cabeça do leitor.

Ou confiança nas leis, ou confiança nos homens, era convicção minha de que se podia viver tranquilo fora do Hospício dos Alienados. No bonde, na sala, na rua, onde quer que se me deparasse pessoa disposta a dizer histórias extravagantes e opiniões extraordinárias, era meu costume ouvi-la quieto. Uma ou outra vez sucedia-me arregalar os olhos, involuntariamente, e o interlocutor, supondo que era admiração, arregalava também os seus, e aumentava o desconcerto do discurso. Nunca me passou pela cabeça que fosse um demente. Todas as histórias são possíveis, todas as opiniões respeitáveis. Quando o interlocutor, para melhor incutir uma ideia ou um fato, me apertava muito o braço ou me puxava com força pela gola, longe de atribuir o gesto a simples loucura transitória, acreditava que era um modo particular de orar ou expor. O mais que fazia era persuadir-me depressa dos fatos e das opiniões, não só por ter os braços mui sensíveis, como porque não é com dois vinténs que um homem se veste neste tempo.

Assim vivia, e não vivia mal. A prova de que andava certo, é que não me sucedia o menor desastre, salvo a perda da paciência; mas a paciência elabora-se com facilidade; perde-se de manhã, já de noite se pode sair com dose nova. O mais corria naturalmente. Agora, porém, que fugiram doidos do hospício e que outros tentaram fazê-lo (e sabe Deus se a esta hora já o terão conseguido), perdi aquela antiga confiança que me fazia ouvir tranquilamente discursos e notícias. É o que acima chamei uma das escoras da minha alma. Caiu por terra o forte apoio. Uma vez que se foge do Hospício dos Alienados (e não acuso por isso a administração) onde acharei método para distinguir um louco de um homem de juízo? De ora avante, quando alguém vier dizer-me as coisas mais simples do mundo, ainda que me não arranque os botões, fico incerto se é pessoa que se governa, ou se apenas está num daqueles intervalos lúcidos, que permitem ligar as pontas da demência às da razão. Não posso deixar de desconfiar de todos.

A própria pessoa, ou para dar mais claro exemplo, o próprio leitor deve desconfiar de si. Certo que o tenho em boa conta, sei que é ilustrado, benévolo e paciente, mas depois dos sucessos desta semana, quem lhe afirma que não saiu ontem do hospício? A consciência de lá não haver entrado não prova nada; menos ainda a de ter vivido desde muitos anos, com sua mulher e seus filhos, como diz Lulu Sênior. É sabido que a demência dá ao enfermo a visão de um estado estranho e contrário à realidade. Que saiu esta madrugada de um baile? Mas os outros convidados, os próprios noivos que saberão de si? Podem ser seus companheiros da Praia Vermelha. Este é o meu terror. O juízo passou a ser uma probabilidade, uma eventualidade, uma hipótese.

Isto, quanto à segunda parte da minha confissão. Quanto à primeira, o que aprendi com a fuga dos infelizes do hospício, é ainda mais grave que a outra. O cálculo, o raciocínio, a arte com que procederam os conspiradores da fuga foram de tal ordem, que diminui em grande parte a vantagem de ter juízo. O ajuste foi perfeito. A manha de dar pontapés nas portas para abafar o rumor que fazia Serrão arrombando a janela do seu cubículo é uma obra-prima; não apresenta só a combinação de ações para o fim comum, revela a consciência de que, estando ali por doidos, os guardas os deixariam bater à vontade, e a obra da fuga iria ao cabo, sem a menor suspeita. Francamente, tenho lido, ouvido e suportado coisas muito menos lúcidas.

Outro episódio interessante foi a insistência de Serrão em ser submetido ao tribunal do júri, provando assim tal amor da absolvição e consequente liberdade, que faz entrar em dúvida se se trata de um doido ou de um simples réu. Não repito o mais, que está no domínio público e terá produzido sensações iguais às minhas. Deixo vacilante a alma do leitor. Homens tais não parecem artífices de primeira qualidade, espíritos capazes de levar a cabo as questões mais complicadas deste mundo?

Não quero tocar no caso de Paradeda Júnior, que lá vai mar em fora, por achá-lo tardio. Meio século antes, era um bom assunto de poema romântico. Quando, alto mar, o infeliz revelasse, por impulsão repentina, o seu verdadeiro estado mental, a cena seria terrível, e a inspiração germânica, mais que qualquer outra, acharia aí uma bela página. O poema devia chamar-se *Der närrische Schiff*. Descrição do mar, do navio e do céu; a bordo, alegria e confiança. Uma noite, estando a lua em todo o esplendor, um dos passageiros contava a batalha de Leipzig ou recitava uns versos de Uhland. De repente, um salto, um grito, tumulto, sangue: o resto seria o que Deus inspirasse ao poeta. Mas, repito, o assunto é tardio.

De resto, toda esta semana foi de sangue — ou por política, ou por desastre, ou por desforço pessoal. O acaso luta com o homem para fazer sangrar a gente pacata e temente a Deus. No caso de Santa Teresa, o cocheiro evadiu-se e começou o inquérito. Como os feridos não pedem indenização à companhia, tudo irá pelo melhor no melhor dos mundos possíveis. No caso da Copacabana, deu-se a mesma fuga, com a diferença que o autor do crime não é cocheiro; mas a fuga não é privilégio de ofício, e, demais, o criminoso já está preso. Em Manhuaçu continua a chover sangue, tanto que marchou para lá um batalhão daqui. O comendador Ferreira Barbosa (a esta hora assassinado) em carta que escreveu ao diretor da *Gazeta* e foi ontem publicada, conta minuciosamente o estado daquelas paragens. Os combates têm sido medonhos. Chegou a haver barricadas. Um anônimo declarou pelo *Jornal do Commercio* que, se a comarca de São Francisco tornar à antiga província de Pernambuco, segundo propôs o sr. senador João Barbalho, não irá sem sangue. Sangue não tarda a escorrer do jovem Estado (peruano) do Loreto...

Enxuguemos a alma. Ouçamos, em vez de gemidos, notas de música. Um grupo de homens de boa vontade vai dar-nos música velha e nova, em concertos populares, a preço cômodo. Venham eles, venham continuar a obra do Clube Beethoven, que foi por tanto tempo o centro das harmonias clássicas e modernas. Tinha de acabar, acabou. Os *Concertos populares* também acabarão um dia, mas será tarde, muito tarde, se considerarmos a resolução dos fundadores, e mais a necessidade que há de arrancar a alma ao tumulto vulgar para a região serena e divina... Um abraço ao dr. Luís de Castro.

Pela minha parte, proponho que, nos dias de concerto, a Companhia do Jardim Botânico, excepcionalmente, meta dez pessoas por banco nos bondes elétricos, em vez das cinco atuais. Creio que não haverá representação à Prefeitura, pois todos nós amamos a música; mas dado que haja, o mais que pode suceder é que a Prefeitura mande reduzir a lotação às quatro pessoas do contrato; em tal hipótese, a Companhia pedirá, como agora, segundo acabo de ler, que a Prefeitura reconsidere o despacho — e as dez pessoas continuarão, como estão continuando as cinco. Há sempre erro em cumprir e requerer depois; o mais seguro é não cumprir e requerer. Quanto ao método, é muito melhor que tudo se passe assim, no silêncio do gabinete, que tumultuosamente na rua: *Não pode! não pode!*

Gazeta de Notícias, 31 de maio de 1896

A QUESTÃO DA CAPITAL

A questão da capital — ou a questão capital, como se dizia na República Argentina, quando se tratou de dar à Província de Buenos Aires uma cabeça nova, própria, luxuosa e inútil —, a nossa questão capital teve esta semana um impulso. Discutiu-se na Câmara dos deputados um projeto de lei, que o dr. Belisário Augusto propõe substituir por outro. Este outro declara a cidade de São Sebastião do Rio de Janeiro capital da República. Não é preciso acrescentar que o fundamentou eloquentemente; este advérbio acompanha os seus discursos. Foi combatido naturalmente, sem paixão, sem acrimônia, com desejo de acertar, visto que a Constituição determina que no planalto de Goiás seja demarcado o território da nova capital, e já lá trabalha uma comissão de engenheiros; mas, estipulando a mesma Constituição, artigo 34, que ao Congresso Federal compete privativamente mudar a capital da União, entendeu o dr. Belisário Augusto que esta cláusula, se dá competência para a mudança, também a dá para a conservação; argumento que o dr. Paulino de Sousa Júnior declarou irrespondível.

Todo o esforço do deputado fluminense foi para conservar a esta cidade o papel que lhe deram os tempos e a história. Fez, por assim dizer, o processo da Constituinte. "Os homens têm ilusões", disse s. ex., "e as assembleias também as têm." Poderia acrescentar que as ilusões das assembleias são maiores, por isso mesmo que são de homens reunidos e o contágio é grande e rápido; e mais difícil se torna dissipá-las. S. ex. pensa que a revolta de 6 de setembro teria vencido se o governo não estivesse justamente aqui. Bem pode ser que tenha razão. Creio nas prefeituras, mas para a defesa da República acho os cônsules mais aptos. Podeis redarguir que, convertida em Estado, esta cidade teria o seu governador, a sua Constituição, as suas câmaras; mas também se vos pode replicar que se o nosso Rio de Janeiro,

Ce pelé, ce galeux, d'où nous vient tout le mal,

tem por perigo o cosmopolitismo, este mesmo cosmopolitismo seria um aliado inerte da rebelião, e a autoridade de um pequeno estado poderia menos, muitos menos, que a do próprio governo federal.

Não estranheis ver-me assim metido em política, matéria alheia à minha esfera de ação. Tampouco imagineis que falo pela tristeza de ver decapitada a minha boa cidade carioca. Tristeza tenho em verdade; mas tristezas não valem razões de Estado; e, se o bem comum o exige, devem converter-se em alegrias. Não senhor; se falo assim é para combater o próprio dr. Belisário Augusto, por mais que me sinta disposto a concordar com ele. Parece-vos absurdo? Tende a paciência de ler.

Depois de perguntar qual das outras cidades disputou a posição de capital da República, o deputado fluminense fez esta interrogação: "Qual foi o movimento popular que impôs ao Congresso a necessidade da mudança da capital?" Realmente, não houve movimento algum; mas, eu viro-lhe o argumento, e não creio que me refute. Sim, não houve movimento. Mas a própria cidade do Rio de Janeiro não reclamou nada, quando se discutiu a Constituição, não levou aos pés do legislador o seu passado, nem o seu presente, nem o seu provável futuro, não examinou se as capitais são ou não obras da história, não disse coisa nenhuma; comprou debêntures, que eram os bichos de então. Agora mesmo que o orador fluminense insta com o Congresso para ver se a capital aqui fica, o Rio de Janeiro não insta também, não pede, com o direito que tem todo cidadão e toda comunidade de procurar haver o que lhe parece ser de benefício público. Não ouço discursos reverentes, não vejo deliberações pacíficas, nem petições, já não digo do Conselho municipal, a quem incumbe velar pela felicidade dos seus munícipes, porque é natural que essa corporação aspire às funções constitucionais de Parlamento, com promoção equivalente de seus povos; mas os povos, que fazem eles ou que fizeram?

A conclusão é que o Rio de Janeiro, desde princípio, achou que não devia ser capital da União, e este voto pesa muito. É o decapitado *par persuasion*. Assim é que temos contra a conservação da capital, além do mais, o beneplácito do próprio Rio de Janeiro. Ele será sempre, como disse um deputado, a nossa Nova York. Não é pouco; nem todas as cidades podem ser uma grande metrópole comercial. Não levarão daqui a nossa vasta baía, as nossas grandezas naturais e industriais, a nossa rua do Ouvidor, com o seu autômato jogador de damas, nem as próprias damas. Cá ficará o gigante de pedra, memória da quadra romântica, a bela Tijuca, descrita por Alencar em uma carta célebre, a lagoa de Rodrigo de Freitas, a enseada de Botafogo, se até lá não estiver aterrada, mas é possível que não; salvo se alguma companhia quiser introduzir (com melhoramentos) os jogos olímpicos, agora ressuscitados pela jovem Atenas... Também não nos levarão as companhias líricas, os nossos trágicos italianos, sucessores daquele pobre Rossi, que acaba de morrer, e apenas os dividiremos com São Paulo, segundo o costume de alguns anos. Quem sabe até se um dia...

Tudo pode acontecer. Um dia, quem sabe? lançaremos uma ponte entre esta cidade e Niterói, uma ponte política, entenda-se, nada impedindo que também se faça uma ponte de ferro. A ponte política ligará os dois estados, pois que somos todos fluminenses, e esta cidade passará de capital de si mesma a capital de um grande estado único, a que se dará o nome de Guanabara. Os fluminenses do outro lado da água restituirão Petrópolis aos veranistas e seus recreios. Unidos, seremos alguma coisa mais que separados, e, sem desfazer das outras, a nossa capital será forte e soberba. Se, por esse tempo, a febre amarela houver sacudido as sandálias às nossas portas, perderemos a má fama que prejudica a todo o Brasil. Poderemos então celebrar o segundo centenário do destroço que aos franceses de Duclerc deu esta cidade com os seus soldados, os seus rapazes e os seus frades... Que esta esperança console o nosso Belisário Augusto, se cair o seu projeto de lei.

Gazeta de Notícias, 7 de junho de 1896

A PUBLICAÇÃO DA *JARRA DO DIABO*

A publicação da *Jarra do Diabo* coincidiu com a chegada de Magalhães de Azeredo. Já tive ocasião de abraçar este jovem e talentoso amigo. É o mesmo moço que se foi daqui para Montevidéu começar a carreira diplomática. A natureza, naquela idade, não muda de feição; o artista é que se aprimorou no verso e na prosa, como os leitores da *Gazeta* terão visto e sentido. Esse filho excelente volta também marido venturoso, e brevemente embarca para a Europa, onde vai continuar de secretário na legação junto à santa Sé. Tudo lhe sorri na vida, sem que a fortuna lhe faça nenhum favor gratuito; merece-os todos, por suas qualidades raras e finas. Jamais descambou na vulgaridade. Tem o sentimento do dever, o respeito de si e dos outros, o amor da arte e da família. Ao demais, modesto — daquela modéstia que é a honestidade do espírito, que não tira a consciência íntima das forças próprias, mas que faz ver na produção literária uma tarefa nobre, pausada e séria.

Quando Magalhães de Azeredo partir agora para continuar as suas funções diplomáticas, deixará saudades a quantos o conhecem de perto. Os que a idade houver aproximado daquela outra viagem eterna, é provável — é possível, ao menos — que o não tornem a ver, mas guardarão boa memória de um coração digno do espírito que o anima. Os moços, que aí cantam a vida, entrarão em flor pelo século adiante, e vê-lo-ão, e serão vistos por ele, continuando na obra desta arte brasileira, que é mister preservar de toda federação. Que os estados gozem a sua autonomia política e administrativa, mas componham a mais forte unidade, quando se tratar da nossa musa nacional.

Por meu gosto não passava deste capítulo, mas a semana teve outros, se se pode chamar semana ao que foi antes uma simples alfândega, tanto se falou de direitos pagos e não pagos. Eis aqui o vulgar, meu caro poeta da *Jarra do Diabo*; aqui os objetos não se parecem, como a tua jarra, com "uma jovem mulher ateniense". São fardos, são barricas e pagam taxas, outros dizem que não pagam, outros que nem pagarão. Uma balbúrdia. Eu, posto creia no bem, não sou dos que negam o mal, nem me deixo levar por aparências que podem ser falazes. As aparências enganam; foi a primeira banalidade que aprendi na vida, e nunca me dei mal com ela. Daquela disposição nasceu em mim esse tal ou qual espírito de contradição que alguns me acham, certa repugnância em execrar sem exame vícios que todos execram, como em adorar sem análise virtudes que todos adoram. Interrogo a uns e a outros, dispo-os, palpo-os, e se me engano, não é por falta de diligência em buscar a verdade. O erro é deste mundo.

No caso da alfândega, não posso negar que as aparências são criminosas; mas serão crimes os atos praticados? *Ecco il problema,* diria enfaticamente o finado Rossi. Não se tratará antes de anúncios, reclamos, *puffs* — censuráveis decerto —, mas enfim anúncios? Ninguém ignora que não há nesta cidade, em tal matéria, excesso de invenção. Ao contrário, a imitação é fácil, pronta, despejada. Quando, há muitos anos, um negociante americano quis abrir na rua do Ouvidor um depósito de lampiões e outros objetos de igual gênero começou por mandar imprimir, no alto dos principais jornais desta cidade, uma só palavra, em letras que ocupavam toda a largura da folha. A palavra era: *abrir-se-á*. Grande foi a curiosidade pública, logo no primeiro dia, e nos dois que se lhe seguiram, lendo-se a palavra repetida, sem se poder atinar com a explicação. No quarto dia cresceu o espanto, quando no mesmo lugar saiu esta pergunta, que resumia a ansiedade geral: *O que é que se há de abrir?* Mais três dias, e as folhas publicaram no alto, em letras gordas, a resposta seguinte: "*O grande empório de luz, à rua do Ouvidor nº...*"

O efeito da novidade foi enorme. Pois não faltou quem imitasse esse processo, que parecia gasto. Casas, exposições, liquidações, não me lembra já que espécies de aberturas solenes, recorreram ao anúncio americano. Onde falta invenção, é natural que a imitação sobre.

Mas por que ir tão longe? Recentemente, presentemente, vimos e vemos que a lembrança de recomendar um remédio por meio de comparação da pessoa enferma, antes, durante e depois da cura, tão depressa apareceu, como foi logo copiada e repetida. — *Eu era assim* (uma cara magra); — *ia quase ficando assim* (uma caveira); *até que passei a ser assim* (uma cara cheia de saúde), *depois que tomei tal droga*. A fórmula primitiva serviu para as imitações, creio que sem alteração, a não ser o desenho das caras, e não todas.

Ora bem, os fardos e caixas cujos direitos dizem ter sido desfalcados, não serão propriamente remédios? As guias de pagamento de taxas na alfândega não serão fórmulas de reclamo? — "Eu era assim (4:954$723) — ia quase ficando assim (4$723) — mas acabei ficando assim (954$723), depois que tomei tal droga." A novidade aqui está na substituição do desenho por algarismos; mas não haverá nisso tão somente afetação de originalidade, um modo de fazer crer que se inventa, quando apenas se copia, pois a ideia fundamental é a mesma? A questão é saber qual droga faz sarar o enfermo. Pode ser até que nem se trate de droga, mas de outros produtos — não digo sedas —, mas algodão e análogos tecidos, não menos dignos de anúncios grandes por seus não menores milagres.

Tal é a minha impressão. A polícia faz muito bem averiguando se há mais que isto; não se perde nada em inquirir os homens. De resto, anda aí tanta coisa falsa, que provavelmente o remédio não cura com a facilidade que as guias lhe atribuem. Atos de autoridade competente afirmam que há quem venda por vinho-champanhe águas que nunca por lá passaram. Custa-me admitir isto; mas, não tendo razão para desmentir a afirmação, calo-me; calo-me e não bebo. Tudo isto se prende aos desvios da alfândega, ao contrabando, à falsificação, a outras formas do mal, que não se devem eliminar sem base. Oh! se pudéssemos viver de maneira que todas as taxas se pagassem, sem alfândega, indo os introdutores ao próprio Tesouro, com o dinheiro, sem precisar mostrar nem esconder nada, seda ou vinho... Não pode ser. Há talvez um fraudulento em muito homem a quem não falta mais que uma guia e o resto...

Gazeta de Notícias, 14 de junho de 1896

QUEREM OS ALMANAQUES QUE O INVERNO COMECE HOJE

Querem os almanaques que o inverno comece hoje, 21 de junho. De ordinário começa mais cedo. Este ano, nem eu já cuidava em inverno, quando caiu a grande chuva de quinta-feira, e a temperatura baixou com ela. Manter-se-á a mudança? Esta é a questão, e, se não fosse a minha fé nos almanaques, eu diria que não, tais foram os calores deste mês; mas eu creio nos almanaques.

Sim, creio nos almanaques. Um velho amigo meu conta que, há cerca de quarenta anos, a noite de São João fez calor de rachar. Pela minha parte, ainda me não esqueci que, há dezessete ou dezoito anos, a noite de São Silvestre quase fez tiritar de frio. Mas são casos excepcionais. Em geral os almanaques são exatos. As ideias mudam, mudam os vestidos, o estilo, os costumes, as afeições, muita vez as palavras, e a própria moral tem alternativas. Montaigne é de parecer contrário; ele crê que não andamos para diante, nem para trás. *Nous rôdons plustot et turnevirons çà et là,* diz ele pela sua bela língua e ortografia velha. Mas esse grande moralista, parecendo referir-se à vida humana, talvez aluda aos almanaques. Os almanaques não padecem da qualidade ruim de não sossegar nunca, de dizer hoje uma coisa e amanhã outra, de desmentir uns anos por outros. São constantes; os dias de lua variam, mas as mudanças são as mesmas, e não há lua cheia sem crescente, nem nova sem minguante. Há festas móveis, mas os almanaques declaram que são móveis; em compensação, as fixas são fixas. Os santos não saem do seu lugar. De longe em longe, há um dia de quebra.

No que os almanaques podiam mudar — e não seria mudar, mas tornar ao que foram e confirmar assim a máxima de Montaigne — é em reviver a astrologia, como no século XVIII. Os daquele tempo traziam predições que eram lidas, cridas e certamente cumpridas, visto que os anos se sucediam, as predições com eles, e a fé não se acabava. Tais eram elas, que o deão Swift também fez o seu almanaque astrológico, em que anunciou uma porção de sucessos mais ou menos graves, uns políticos, outros particulares, alguns simplesmente meteorológicos, como são hoje os de Holloway. Entre essas predições figurou a morte de John Tartridge, autor de outro almanaque astrológico, para o dia 29 de março, às onze horas da noite. Não vi a certidão de óbito de Tartridge, nem a história se ocupou com o desaparecimento desse personagem; mas em carta que se publicou por esse tempo, a morte de Tartridge foi contada como tendo ocorrido no próprio dia 29 de março, pela moléstia anunciada, com a única diferença da hora, que foi às sete e cinco minutos, isto é, quatro horas antes da do almanaque. O finado tentou contestar a notícia; mas a réplica do deão foi tão completa e lúcida, que o fez calar para sempre. Concluo que todas as demais predições daquele ano de 1708 foram cumpridas com pontualidade.

Se o nosso Laemmert quisesse melhorar nesta parte os seus almanaques, creio que beneficiaria o espírito público, além de ver crescer o número dos compradores. A astrologia não é ciência morta, como alguns supõem; eu a creio viva, mais viva que nunca, embora a tenham por sociologia ou outra coisa. Não duvidaria fundar uma faculdade livre, na qual igualmente aprendesse e ensinasse astrologia, e estou que daria prontos meia dúzia de bons astrólogos, no mesmo prazo em que um homem se pode formar em jurisprudência, ou ainda menor, em seis meses. A astrologia, bem considerada, é a aplicação dos raios x ao tempo. Assim como se transporta ao papel a figura dos ossos escondidos na mão, assim também se pode dizer no dia 1 de janeiro os sucessos dos meses seguintes.

Suponhamos que o almanaque do presente ano trouxesse este melhoramento. As vantagens seriam grandes e evidentes, não porque a predição pudesse desviar os sucessos ou modificá-los; desde que vinham preditos, tinham de acontecer. Mas, em primeiro lugar, o espírito público ficaria avisado, e não haveria desses abalos que tanto concorrem para matar o coração, e com ele o homem. Já se sabia do caso; era só esperar. A alfândega, por exemplo, tinha marcado o dia das descobertas de desvios, falsificações e outros fenômenos. Quando estes se dessem, era só ler os pormenores. Pode ser até que, à força de esperar pelo crime, mal o julgássemos crime, e o fato de ser descoberto em dia marcado traria naturalmente a suspeita de ser a autoria fatal e necessária. Nem por isso ficaria impune. Os autores não tentariam fugir, já porque andariam vigiados e seriam pegados em tempo, já porque a própria fatalidade do crime os deixaria namorados do lucro, não contando que a esperança é eterna.

Em segundo lugar, preditos os acontecimentos nos almanaques, cada cidadão podia estudar o papel que lhe deveria caber naquele ano. Uns comporiam com tempo os discursos de indignação; outros, indiferentes, achariam na matéria do sucesso delituoso um bom motivo para almoçar bem. Agora mesmo sucedeu que, ou o povo, ou um subdelegado em São Gonçalo, Estado do Rio de Janeiro, armou gente, depôs o Conselho municipal, e aclamou ou fez aclamar um Conselho novo, tudo em menos de duas horas; é o que li nas folhas de ontem. Supondo este fato predito, os cinco meses e tanto decorridos entre a publicação do almanaque e a realização do fato acostumariam a gente a esperar por ele, encará-lo, examiná-lo, em tal modo que, quando chegasse a notícia, era como a análise de uma peça teatral representada na véspera. Tudo dependeria do talento do crítico. O único defeito da peça seria não ter mulheres; mas o presente copia às vezes o passado, e as cidades antigas e modernas raramente as metiam nas suas brigas interiores. Verdade é que São Gonçalo pode ser uma espécie de Florença municipal, e começar esta divisão como a outra fez a sua de guelfos e gibelinos. Não há notícia da sã-gonçalista que haja produzido o ataque armado à Câmara e a deposição do Conselho; as notícias são incompletas. Venham as restantes; venha também um almanaque com os sucessos de 1897.

Gazeta de Notícias, 21 de junho de 1896

Fujamos desta Babilônia

Fujamos desta Babilônia. Os desfalques levam o resto da confiança que resistiu aos desvios. Admito que alguns deles possam não ser desvios nem desfalques, mas simples descuidos, desastres ou desânimos. Em todo caso, não me sinto seguro. Temo que um dia destes me caia o sol na cabeça, que o chão me falte debaixo dos pés, que morram duas mil pessoas, como em Moscou, quando iam à sopa, ou dez mil, como no Japão, por um terremoto, ou não sei quantos mil, como em São Luís, ao sopro do último ciclone.

Temo tudo. O meu velho criado José Rodrigues... (Lembram-se do José Rodrigues?)... não anda bom, padece de tonteiras, dores de peito, ânsias; para mim, está cardíaco. Se não temesse que a farmácia aviasse um veneno por outro, como ainda esta semana sucedeu, há muito que o teria feito examinar. Mas, se o médico receitar alguma droga, terei a fortuna de já a achar expedida para Ouro Preto e outras partes? Não sei... Pobre José Rodrigues! É um grande exemplo das vicissitudes humanas. Mal sabendo assinar o nome, ganhou um milhão no Encilhamento, e quando começava a aprender ortografia, achou-se com três mil-réis.

— Ai, patrão! — dizia-me ele uma vez —, eu nunca me devia ter metido em ortografias; um b de mais ou de menos não é que faz um homem feliz.

Fujamos, repito. Imitemos os que já foram, por motivo de desvio ou desfalque, e estão a esta hora respirando os ares do rio da Prata. Deixaram carros e cavalos, mas também lá há carros, e dos cavalos temos aqui boas amostras. Se se desprenderam de amores, não são amores que lhes hão de lá faltar, e pela bela língua castelhana, que é a mesma nossa com castanholas. Teatros? também lá há teatros. Não chamarão ruas às ruas, e sim *calles*; mas quem é que se não habitua a este vocábulo, uma vez que more em casa boa, com bons trastes e boa comida? Depois, nem sempre se há de ficar longe da pátria. As saudades matam, e, para fugir à morte, vale a pena arriscar a vida, expressão que talvez não entendas, se me lês por distração; mas, se buscas aqui a lição de um sapiente, entenderás que o que eu quero dizer é que a vida corre o mesmo risco da liberdade, e os que tornam à pátria deixam muita vez de perder uma e outra.

A vida perde-se, aliás, sem sair da terra natal, uns voluntariamente, como aquele bagageiro da Leopoldina, que veio acabar consigo na casa do próprio armeiro que lhe vendeu a garrucha. No mesmo dia, e não sei se à mesma hora, uma mulher empregada em fábrica de tecidos de um arrabalde tentava pôr termo aos dias. Demissão ou tristeza, qualquer causa serve a quem quer deveras ir embora desta aldeia — como diz a cantiga — e não pode proceder de outro modo. Mas, em verdade, parece que anda um vento de morte no ar.

Os que não vão por sua vontade, vão à força, e quando se preparam para ficar neste mundo por alguns anos mais, como aquele dr. Ribeiro Viana Filho, que veio ser operado e recebeu a operação última. Li o termo da autópsia; nunca deixo de ler esses documentos, não para aprender anatomia, mas para verificar ainda uma vez como a língua científica é diferente da literária. Nesta, a imaginação vai levando as palavras belas e brilhantes, faz imagens sobre imagens, adjetiva tudo, usa e abusa das reticências, se o autor gosta delas. Naquela, tudo é seco, exato e preciso. O hábito externo é externo, o interno é interno; cada fenômeno, como cada osso, é designado por um vocábulo único. A cavidade torácica, a cavidade abdominal, a hipóstase cadavérica, a tetania, cada um desses lugares e fenômenos não pode receber duas apelações, sob pena de não ser ciência. Daí certa monotonia, mas também que fixidez! As conclusões é que não podem ser tão rigorosas. No caso a que aludo, a morte foi produzida por "intensa hemorragia pulmonar". Mas o que é que produziu a hemorragia? Essa é a parte deixada ao incognoscível. As crianças do meu tempo costumavam dizer por pilhéria que uma pessoa havia morrido "por falta de respiração". Pilhéria embora, se a considerarmos bem, é uma conclusão científica; o mais é querer ir ao incognoscível, que é um muro eterno e escuro.

Sim, fujamos, não para a povoação de Monte Alegre, onde caiu uma chuva de pedras, que danificou todas as casas. As pedras eram do tamanho de um ovo. Assim o diz o *Correio de Amparo*. Não é que eu receie pedras maiores que um ovo de galinha. Haveis de ter notado, se sois maduros e ainda mancebos, haveis de ter notado que as pedras que caem do céu em chuva, são sempre do tamanho de um ovo de galinha. Isto me levou um dia a indagar o que é que produz as chuvas de pedras e a concluir que o céu é uma vasta galinha invisível. Os ventos são o bater das suas asas; os trovões são o seu cacarejo. Não põe um ovo por dia como a galinha da terra; deixa-os juntar, e quando sente milhares deles, despeja-os.

A gente foge, porque os ovos, ainda sem casca, doem; mas apanha-os depois, mede-os e acha-os sempre do mesmo tamanho. Nunca li notícia de que fossem de pata ou de pomba.

Tal galinha nunca ficou choca? Se ficará, não sei; mas, no passado, pode ser que a criação se explique por uma grande ninhada de pintos. A galinha celeste punha então ovos com casca. Passados séculos, chocou os ovos. Passados outros séculos, os pintos entravam a picar a casca, a sair, a pipilar, a crescer, até que lhes chegou a vez de pôr. Não torçam o nariz à hipótese; há outras que valem um pouco mais, e todas hão de parar naquele incognoscível...

Quanto ao tom assustadiço da *Semana,* saibam que é natural, e podem lançá-lo à conta da melancolia com que acordei hoje. Disseram-me ontem que um homem distinto e rico entrou a padecer de uma crise mental pela presunção de estar pobre. Os pobres de verdade não enlouquecem, o que dá vontade de fazer como o pescador da Judeia — deixar as redes e acompanhar a Jesus. Mas não esqueçamos que, se os pobres não enlouquecem por ser pobres, enlouquecem muita vez supondo que são ricos. Tal é a compensação da natureza, nossa querida mãe.

Gazeta de Notícias, 28 de junho de 1896

Não quero saber de farmácias

Não quero saber de farmácias, nem de outras instituições suspeitas. Quero saber de música, só música, tão somente música. O *Jornal do Commercio* deu um brado esta semana contra as casas que vendem drogas para curar a gente, acusando-as de as vender para outros fins menos humanos. Citou os envenenamentos que tem havido na cidade, mas esqueceu dizer ou não acentuou bem que são produzidos por engano das pessoas que manipulam os remédios. Um pouco mais de cuidado, um pouco menos de distração ou de ignorância, evitarão males futuros.

Um fino espírito deste país, político e filósofo, definia-me uma vez as nossas farmácias como outras tantas confeitarias. Confesso que antes as quero confeitarias, que palácio dos Bórgias; não tanto porque nestes se possa achar a morte, como porque nós amamos os confeitos, e os frascos vindos do exterior têm ar de trazer amêndoas. É bom encontrar a saúde onde só se procura a gulodice. Se, entretanto, o aumento dos impostos vai tornando difícil a importação desses preparados e obrigando a fazê-los cá mesmo, pode suceder que alguns envenenamentos se deem a princípio; mas todo ofício tem uma aprendizagem, e não há benefício humano que não custe mais ou menos duras agonias. Cães, coelhos e outros animais são vítimas de estudos que lhes não aproveitam, e sim aos homens; por que não serão alguns destes vítimas do que há de aproveitar aos contemporâneos e vindouros? Que verdade moral, social, científica ou política não tem custado mortes e grandes mortes? As catacumbas de Roma...

Sem ir tão longe, há um argumento que desfaz em parte todos esses ataques às boticas: é que o homem é em si mesmo um laboratório. Que fundamento jurídico haverá para impedir que eu manipule e venda duas drogas perigosas? Se elas matarem, o prejudicado que exija de mim a indenização que entender; se não matarem, nem curarem, é um acidente, e um bom acidente, porque a vida fica, e está nos adágios populares que viva a galinha com a sua pevide. Suponhamos, porém, que uma dessas manipulações cura alguém; não vale este único benefício todos os possíveis males? Se espiritualmente há mais alegria no céu pela entrada de um arrependido que pela de cem justos, não se pode dizer que na terra há mais alegria pela conservação de uma vida que pela perda de cem? Essa única vida não pode ser a de um grande homem, a de um varão justo, a de um simples pai de família, a de um filho amparo de sua velha mãe? Reflitamos antes de condenar, e deixemos as farmácias com os seus meninos, que assim acham ocupação honesta, em vez de se perderem na rua. Outrossim, não condenemos os que alugam títulos. Quem pode alugar uma casa que não fez, que comprou feita, por que não poderá alugar um título que lhe custou estudos longos e aprovações completas, que é verdadeiramente seu? Qual é propriedade maior?

Mas, fora com tudo isso, tratemos só de música. Não nos falta música, nem gosto particular em ouvi-la. Queirós deu-nos uma história da música, resumida em um grande concerto, em que ainda uma vez apresentou as suas qualidades de artista. Não se contenta Alberto Nepomuceno com os Concertos Populares. Domingo passado fez ouvir ao visconde de Taunay uma redução do *Réquiem,* do padre José Maurício. A carta em que Taunay narra as comoções que lhe deu a obra do padre comove igualmente aos que a leem, e faz amar o padre, o Alberto, o *Réquiem* e o escritor. Não bastam ao nosso Taunay as letras; a sua bela *Inocência,* vertida há pouco (ainda uma vez) para língua estranha e espalhada pelos centros europeus, repete lá fora o nome de um homem, cuja família se naturalizou brasileira. Tendo o amor que tem à música, trabalha há longos anos pela glória de José Maurício, tarefa em que veio agora auxiliá-lo o jovem maestro. E para que tudo seja música, até a morte quis levar esta semana um pianista a quem nunca ouvi, mas que ouço louvar; pianista amador, médico de ofício, que, às qualidades intelectuais, reunia dotes morais de muito apreço, o dr. Lucindo Filho...

Outra morte que não sai da música, ou sai do mais íntimo dela, é a que se espera cada dia do Norte, a do nosso ilustre Carlos Gomes. Os telegramas de ontem dizem que o médico incumbido de o salvar já aplicou o remédio, mas sem esperanças. Dá-lhe os dias contados. Aguardemos a hora última desse homem que levará o nome brasileiro deste para o século novo, e cujas obras servirão de estímulo e exemplar às vocações futuras. A vida dele é conhecida; mas nem todos terão as sensações dos primeiros dias, quando Carlos Gomes chegou de São Paulo e aqui se estreou na Ópera Nacional, uma instituição mantida com dinheiros de loteria; leiam loteria, não *bichos*. Tudo é jogo, mas há espécies mais reles que outras, que apenas servem de ofício e comércio à gente vadia. Vivia de loteria a Ópera Nacional; antes vivesse de donativos diretos, mas enfim viveu e deu-nos Carlos Gomes, um pouco de Mesquita, outro pouco de Elias Lobo, não contando as noites em que se cantava a *Casta Diva*, por esta letra de um velho e bom amigo meu, depois chefe político:

> *Casta deusa, que derramas*
> *Nestas selvas luz serena...*

Naquele tempo ainda Bach nem outros mestres influíam como hoje. Não tínhamos essa música, de que anteontem à noute nos deram horas magníficas os nossos dois hóspedes, Moreira de Sá e Viana da Mota, no Teatro Lírico. Hoje a crítica das folhas da manhã dirá deles o que couber e for de justiça, e estou que não será frouxo, nem pouco. Eu não tenho mais que ouvidos, e ouvidos de curioso, que não valem muito; mas, em suma, mais terei desaprendido com os olhos que com eles. Sinto que escutei dois homens de grande talento e grande arte, severos ambos, ambos eleitos pela natureza e confirmados pelo estudo para intérpretes de obras mestras. Não é de crer que os não ouçamos ainda uma vez ou mais. Li que vão a São Paulo, em breve; é de rigor. São Paulo é estação obrigada, é metade do Rio de Janeiro, se estas duas cidades não formam já, como Budapeste, artisticamente falando, uma só capital. Há tempo, entretanto, para que, antes de tornarem ao seu país, Viana da Mota e Moreira de Sá deem ainda ao povo do Rio uma festa igual à de anteontem, em que recebam os mesmos aplausos.

E continua a música. Hoje é o terceiro dos Concertos Populares, instituição que o público aceitou e vai animando — em benefício seu, é verdade, não se podendo dizer que faça nenhum favor em ir ouvir a palavra clássica dos mestres. Antes deve ir cheio de gratidão. Há uma hora na semana em que alguns homens de boa vontade dispõem-se a arrancá-lo à vulgaridade e ao tédio, para lhe dar a sensação do belo e do gozo. São favores que lhe fazem. Para si mesmos, bastava-lhes um pouco de música de câmara, entre quatro paredes, e a boa disposição de meia dúzia de artistas.

Assim como a história política e social tem antecedentes, é de crer que esta parte da história artística do Rio de Janeiro tenha os seus também, e quer-me parecer que podemos ligá-la ao quarteto do Clube Beethoven.

Esse Clube era uma sociedade restrita, que fazia os seus saraus íntimos, em uma casa do Catete, nada se sabendo cá fora senão o raro que os jornais noticiavam. Pouco a pouco se foi desenvolvendo, até que um dia mudou de sede, e foi para a Glória. Aquilo que hoje se chama profanamente Pensão Beethoven, era a casa do Clube. O salão do fundo, tão vasto como o da frente, servia aos concertos, e enchia-se de uma porção de homens de vária nação, vária língua, vário emprego, para ouvir as peças do grande mestre que dava nome ao Clube, e as de tantos outros que formam com ele a galeria da arte clássica. O nome do Clube cresceu, entrou pelos ouvidos do público; este, naturalmente curioso, quis saber o que se passava lá dentro. Mas, não havendo público sem senhoras, e não podendo as senhoras penetrar naquele templo, que o não permitiam as disciplinas deste, resolveu o clube dar alguns concertos especiais no Cassino.

Não relembro o que eles foram, nem estou aqui contando a crônica desses tempos passados. Pegou tanto o gosto dos concertos Beethoven, que o Clube, para obedecer aos estatutos sem infringi-los, determinou construir no jardim aquele edifício ligeiro, onde se deram concertos a todos, sem que a casa propriamente da associação fosse violada. Os dias prósperos não fizeram mais que crescer; entrou a ser mau gosto não ir àquelas festas mensais. Mas tudo acaba, e o Clube Beethoven, como outras instituições idênticas, acabou. A decadência e a dissolução puseram termo aos longos dias de delícias.

A primeira vez que vi o fundador daqueles concertos foi de violino ao peito, junto de um piano, em que uma senhora tocava; lá se vão muitos anos. Ele vinha do Japão, magro, pálido... "Não tem seis meses de vida", disse-me em particular um homem que já morreu há muito tempo. Outros morreram também, alguns encaneceram; o resto dispersou-se, a senhora reside na Europa... Só a música pode dar a sensação destas ruínas. O verso também pode, mas há de ser pela toada do florentino, que assim como sabe a nota da maior dor, não menos conhece a da rejuvenescência, aquela que me faz crer, nestas sensações de arte,

> *Rifatto sì, come piante novelle*
> *Rinnovellate di novella fronda...*

Gazeta de Notícias, 5 de julho de 1896

A BOMBA DO ELDORADO DUROU O ESPAÇO DE UMA MANHÃ

A bomba do Eldorado durou o espaço de uma manhã, tal qual a rosa de Malherbe. Esta velha rosa é que parece querer durar a eternidade. E aqui faço uma pequena crítica ao sr. conselheiro Ângelo do Amaral. S. ex. escreveu no *Jornal do Commercio* um artigo contra o remédio que o sr. senador Leite e Oiticica publicou na *Revista Brasileira* para extirpar o mal das nossas finanças. A revisão deixou passar esta frase: "a rosa do sr. senador pelas Alagoas teria a sorte da de Malherbe". O sr. Ângelo corrigiu-a no dia seguinte, restaurando o que escrevera: "o projeto do sr. senador pelas Alagoas teria a sorte da rosa de Malherbe". Ah! por que não imitou o próprio poeta Malherbe, a quem a revisão atribuiu o verso que ficou? Francamente, a primeira forma era melhor; completava o seu pensamento dando ao projeto o nome da coisa perecível, uma vez que o acha perecível. Não me diga desdenhosamente que seria poético; poesia não deve entrar só por citação nas matérias áridas; pode muito bem tratar do próprio chão duro em que se pisa.

A rosa do Eldorado... Veja como eu dou execução ao meu conselho, sem que aliás uma bomba se pareça com flor. A rosa do Eldorado viveu tão pouco que nem se chegou a saber se foi dinamite, se pólvora; mas parece que foi pólvora. A incredulidade, que não morreu com Voltaire, abanou as orelhas à dinamite, o que diminuiu muito o horror à bomba. Mas fosse isto ou aquilo, o que é certo é que houve faca e revólver, um morto (Deus lhe fale n'alma!) e alguns feridos; entrando-se em dúvida tão somente se o ataque veio de fora ou de dentro, ou se de ambos os lados. Fez-se autópsia; e enterrou-se o cadáver. *Quia pulvis es.* Segundo li ontem, vai aparecer um incidente extraordinário neste negócio que lhe dará nova face. Não há de ser a ressurreição do defunto.

Houve denúncia, dias depois daquele, que iam cair algumas bombas de dinamite, não já no Eldorado; mas no próprio Jardim Zoológico. A polícia mandou força; mas, ou porque a denúncia não tivesse fundamento, ou porque as providências da autoridade fizessem suspender a ação, não caiu nada, nem dinamite nem pólvora. Em compensação apareceu acônito, não já no Jardim Zoológico, mas em uma farmácia da rua Frei Caneca, donde foi dado a um doente, que ia morrendo à quarta dose, envenenado. Já disse o que penso destes envenenamentos. Uma vez que nenhuma intenção os produz, mas simples enganos, não são criminosos; ao contrário, podendo auxiliar o conhecimento da verdade, são necessários. No presente caso, por um soldado que se perdeu, salvou-se o exército. É assim na guerra, é assim na vida. O ato do farmacêutico é que foi outra rosa de Malherbe.

Quanto ao jogo dos bichos, trava-se contra ele uma rude campanha. Começada na imprensa, vai sendo continuada pela polícia. As ordens expedidas por esta são positivas, e a execução por parte dos seus agentes vai sendo pontual. O quinhão da luta na imprensa é copioso. Medidas há (força é dizê-lo) que se não expedem logo pelo receio de que a imprensa as condene ou critique, o serviço fique malvisto, e a ação afrouxe. Mas uma vez que os jornais, como os parlamentos, votem uma moção de confiança nestes termos: "A opinião, certa de que o jogo será morto, passa à ordem do dia", a autoridade assim apoiada e reforçada emprega todos os seus recursos.

A minha dúvida única é se o bicho morto não ressuscitará com diversa forma. Agora mesmo nem tudo são bichos; há prêmios de bebidas, distribuição de gravuras e outras convenções de azar. Convém ter em vista que os jogos são muitos. A loteria, um dos mais velhos, que tem desmoralizado a sociedade, serve com os seus números às várias especulações; mas não é a culpada única desta perversão de costumes. Única não pode ser; ela corrompe, ela deve ser extirpada, como outras instituições de *dar fortuna;* mas não esqueçamos que ela é também efeito. Contaram-me que por ocasião do Encilhamento — essa enorme bicharia, em que todos os carneiros perderam — ocorria um fato assaz característico. Sabe-se que na rua da Alfândega o ajuntamento era grande e o tumulto frequente. Alguma vez foi preciso empregar força para aquietar os ânimos e dar passagem a outra gente. Sucedia então que, saindo a correr dois praças de cavalaria através da multidão, eram os próprios animais objeto de apostas, dizendo uns que o primeiro cavalo que chegava à esquina era o de cá, e outros que era o de lá, e os que acertavam recebiam um ou dois contos de réis.

Meditai bem. Uma paixão do azar tão grande, que o próprio cavalo (era já o bicho!) do agente da ordem servia de dado aos jogadores, não sai assim com duas razões. Não tenho remédio senão citar as estrebarias de Augias para poder invocar Hércules. É preciso ser Hércules. Quem sabe se este número e esta nota que acabo de ler nos jornais: "19.915 foi o número de vidros de xarope de alcatrão e jataí vendidos no mês passado", não é já uma forma nova para substituir os bichos? Tudo pode ser bicho; os próprios jornais, os mesmos artigos que combatem o mal, expõem-se a servir de pasto ao jogo, se os empresários deste se lembrarem de vender sobre a primeira letra do artigo de amanhã. Uns compram nas letras A até M, outros nas letras N até Z; e, ao contrário da lança de Télefo, que curava as feridas que fazia, aqui os remédios levam em si o veneno, como nas farmácias.

A paixão do azar é tal que, quando acabou a guerra franco-prussiana, Paris, não obstante os desastres de tão dura campanha e a dor patriótica da nação, chegou a jogar em plena rua. Rompeu, entretanto, a Comuna. Um dos comunistas, o famoso Raul Rigault, encarregado da polícia da cidade, expediu um decreto, que podeis ler nas *Memórias de Rochefort,* tomo II, pág. 366. Esse decreto, depois de dois considerandos, tinha este único artigo: "O jogo de azar é formalmente proibido". Pois assim tão pequeno, sem taxação de pena nem indicação de processo, foi cumprido sem hesitação. A razão creio estar no poder da Comuna, que não se contentava com prender as pessoas, ia-as logo mandando para um mundo melhor. Daí a minha dúvida, por mais pura vontade que tenha a Intendência municipal rejeitando a nova concessão ao jogo da pelota, e a polícia caçando os bichos. Creio que o mal está muito fundo.

Não digo que, por estar ferido, seja impossível curá-lo; digo que é preciso mais tempo que a manhã da rosa de Malherbe ou o dia inteiro da *Batracomiomaquia.* Neste poema, em que os ratos lutam com as rãs, Júpiter, rindo de gosto, diz a Minerva: "Filha minha, vai ajudar os ratos, que sempre andam no teu templo, à cata da gordura e dos restos dos sacrifícios". Já então os bichos davam de comer aos ratos! Minerva recusa; acha que é melhor ver as batalhas de cima, ou, como se diz moderna e vulgarmente, ver os touros de palanque... Não, não basta aquele dia todo, nem os vinte dias da *Ilíada*; é preciso mais tempo e muita saúde orgânica.

Gazeta de Notícias, 12 de julho de 1896

Este que aqui vedes jantou duas vezes fora de casa esta semana

Este que aqui vedes jantou duas vezes fora de casa esta semana. A primeira foi com a *Revista Brasileira,* o jantar mensal e modesto, no qual, se não faltam iguarias para o estômago, menos ainda as faltam para o espírito. Aquilo de Pascal, que o homem não é anjo nem besta, e que quando quer ser anjo é que fica besta, não cabe na comunhão da *Revista*. Podemos dizer sem desdouro nem orgulho que o homem ali é ambas as coisas, ainda que se entenda o anjo como diabo e bom diabo. Sabe-se que este era um anjo antes da rebelião no céu. Nós que já estamos muito para cá da rebelião, não temos a perversidade de Lúcifer. Enquanto a besta come, o anjo conversa e diz coisas cheias de galanteria. Basta notar que, apesar de lá estar um financeiro, não se tratou de finanças. Quando muito, falou-se de insetos e um tudo-nada de divórcio.

Uma das novidades de cada jantar da *Revista* é a lista dos pratos. Cada mês tem a sua forma "análoga ao ato", como diziam os antigos anúncios de festas, referindo-se ao discurso ou poesia que se havia de recitar. Desta vez foram páginas soltas do número que ia sair, impressas de um lado, com a lista do outro. Quem quis pôde assim saborear um trecho truncado do número do dia 15, o primeiro de julho, número bem composto e variado. Uma revista que dure não é coisa vulgar entre nós, antes rara. Esta mesma *Revista* tem sucumbido e renascido, achando sempre esforço e disposição para continuá-la e perpetuá-la, como parece que sucederá agora.

O segundo jantar foi o do dr. Assis Brasil. Quatro ou cinco dezenas de homens de boa vontade, com o chefe da *Gazeta* à frente, entenderam prestar uma homenagem ao nosso ilustre patrício, e escolheram a melhor prova de colaboração, um banquete a que convidaram outras dezenas de homens da política, das letras, da ciência, da indústria e do comércio. O salão do Cassino tinha um magnífico aspecto, embaixo pelo arranjo da mesa, em cima pela agremiação das senhoras que a comissão graciosamente convidou para ouvir os brindes. De outras vezes esta audiência é o único doce que as pobres damas comem, e, sem desfazer nos oradores, creio ser órgão de todas elas dizendo que um pouco de doce real e peru de verdade não afiaria menos os seus ouvidos. Foi o que a comissão adivinhou agora. Mas, ainda sem isso, a concorrência seria a mesma, e ainda maior se não fora o receio da chuva, tanta havia caído durante o dia.

O que elas viram e ouviram deve tê-las satisfeito. O aspecto dos convivas não seria desagradável. Ao lado desse espetáculo, os bons e fortes sentimentos expressos pelos oradores, as palavras quentes, a cordialidade, o patriotismo de par com as afirmações de afeto para com a antiga metrópole — nota que figurou em todos os discursos —, tudo fez da homenagem a Assis Brasil uma festa de família. O nosso eminente representante foi objeto de merecidos louvores. Ouviu relembrar e honrar os seus serviços, os seus dotes morais e intelectuais; e as palavras de elogio, sobre serem cordiais, eram autorizadas, vinham do governo, do jornalismo, da diplomacia. As letras e o Senado não falaram propriamente dele, mas sendo ele o centro e a ocasião da festa, todas as coroas iam coroá-lo.

Não quisera falar de mim; mas um pouco de egotismo não fica mal a um espírito geralmente desinteressado. As pessoas que me são íntimas sabem que estou padecendo de um ouvido, e sabem também que na noite do banquete fiquei pior. Atribuí à umidade o que tinha a sua causa em uma igreja de Porto

Alegre. Com efeito, no dia seguinte, abrindo os jornais, dei com telegrama daquela cidade noticiando que o rev. padre Júlio Maria continuou na véspera as suas conferências, e que os aplausos tinham sido calorosos. Estava explicada a agravação da moléstia. Digo isto, porque a moléstia apareceu justamente no dia 13, em que o mesmo padre fez a primeira conferência da segunda série, conforme anterior telegrama, o qual acrescentava: "Auditório enorme; a igreja sem um lugar vazio. No final retumbantes palmas; verdadeira ovação ao orador".

Essas palmas dentro da igreja foram tão fortes que repercutiram no meu gabinete e me entraram pelo ouvido, a ponto de o fazer adoecer. Quando ia melhor, em via de cura, continua o padre as conferências, e repetiram-se as palmas. Eis-me aqui numa situação penosa. Desejo que as conferências prossigam, uma vez que espalham verdades e rendem ovações ao orador; mas não desejo menos ficar curado, e para isso era preciso que não fosse com palmas que dessem ao padre Maria notícia do efeito da sua grande eloquência. O silêncio, um triste silêncio de contrição, de piedade, de arrependimento, não viria pelo telégrafo, nem me faria adoecer; mas seria preciso pedi-lo, e eu não pediria jamais uma coisa que me aproveitasse em detrimento de um princípio. Melhor é sofrer com paciência, até que acabe esta segunda série.

Não esqueçais, ou ficai sabendo que a matéria da primeira conferência foi este tema: "Como muitos católicos são ateus práticos". Posto que esse tema pareça prenhe de alusões pessoais, é fora de dúvida que foi bem escolhido, e as palmas mostraram ao orador que havia falado a pessoas conversas. Dessa triste categoria de católicos ateus poucos conheço pessoalmente, e esses mesmos têm o ateísmo tão diminuto que, se ouvissem o orador, teriam rasgado as luvas com frenéticos aplausos.

Adeus, leitor. Mal tenho tempo de dizer que, pela segunda vez, acabo de ler em Cleveland a palavra *paternalismo*. Não sei se é de invenção dele, se de outro americano, se dos ingleses. Sei que temos a coisa, mas não temos o nome, e seria bom tomá-lo, que é bonito e justo. A coisa é aquele vício de fazer depender tudo do governo, seja uma ponte, uma estrada, um aterro, uma carroça, umas botas. Tudo se quer pago por ele com favores do Estado, e, se não paga, que o faça à sua custa. O presidente dos Estados Unidos execra esse vício, e assim o declarou em mensagem ao Congresso, negando sanção a uma lei que abre 417 créditos no valor de oitenta milhões de dólares. O presidente falou sem rebuço; aludiu a interesses locais e particulares, condenou o desamor ao bem público, chamou extravagante a lei, somou as contas enormes que o governo já tem de pagar este ano, e escreveu esta máxima que, por óbvia, não serve menos de lição aos povos: "A economia privada e a despesa medida são virtudes sólidas que conduzem à poupança e ao conforto..." O Congresso leu as razões do veto, e, por dois terços, adotou definitivamente a lei, dando ao tesouro mais esta carga. A ciência política há de descobrir um processo de conciliar, nestas matérias, todos os Capitólios e todas as Casas Brancas. O que não impede que incluamos *paternalismo* nos dicionários. Adeus, leitor.

Gazeta de Notícias, 19 de julho de 1896

Apaguemos a lanterna de Diógenes

Apaguemos a lanterna de Diógenes; achei um homem. Não é príncipe, nem eclesiástico, nem filósofo, não pintou uma grande tela, não escreveu um belo livro, não descobriu nenhuma lei científica. Também não fundou a efêmera República do Loreto, e conseguintemente não fugiu com a caixa, como disse o telégrafo acerca de um dos rebeldes, logo que a província se submeteu às autoridades legais do Peru. O ato da rebeldia não foi sequer heroico, e a levada da caixa não tem merecimento, é a simples necessidade de um viático. O pão do exílio é amargo e duro; força é barrá-lo com manteiga.

Não, o homem que achei, não é nada disso. É um barbeiro, mas tal barbeiro que, sendo barbeiro, não é exatamente barbeiro. Perdoai está logomaquia; o estilo ressente-se da exaltação da minha alma. Achei um homem. Se aquele cínico Diógenes pode ouvir, do lugar onde está, as vozes cá de cima, deve cobrir-se de vergonha e tristeza; achei um homem. E importa notar que não andei atrás dele. Estava em casa muito sossegado, com os olhos nos jornais e o pensamento nas estrelas, quando um pequenino anúncio me deu rebate ao pensamento, e este desceu mais rápido que o raio até o papel. Então li isto: "Vende-se uma casa de barbeiro fora da cidade, o ponto é bom e o capital diminuto; o dono vende por não entender..."

Eis aí o homem. Não lhe ponho o nome, por não vir no anúncio, mas a própria falta dele faz crescer a pessoa. O ato sobra. Essa nobre confissão de ignorância é um modelo único de lealdade, de veracidade, de humanidade. Não penseis que vendo a loja (parece dizer naquelas poucas palavras do anúncio) por estar rico, para ir passear à Europa, ou por qualquer outro motivo que à vista se dirá, como é uso escrever em convites destes. Não, senhor; vendo a minha loja de barbeiro por não entender do ofício. Parecia-me fácil, a princípio: sabão, uma navalha, uma cara, cuidei que não era preciso mais escola que o uso, e foi a minha ilusão, a minha grande ilusão. Vivi nela barbeando os homens. Pela sua parte, os homens vieram vindo, ajudando o meu erro; entravam mansos e saíam pacíficos. Agora, porém, reconheço que não sou absolutamente barbeiro, e a vista do sangue que derramei, faz-me enfim recuar. Basta, Carvalho (este nome é necessário à prosopopeia), basta, Carvalho! É tempo de abandonar o que não sabes. Que outros mais capazes tomem a tua freguesia...

A grandeza deste homem (escusado é dizê-lo) está em ser único. Se outros barbeiros vendessem as lojas por falta de vocação, o merecimento seria pouco ou nenhum. Assim os dentistas. Assim os farmacêuticos. Assim toda a casta de oficiais deste mundo, que preferem ir cavando as caras, as bocas e as covas, a vir dizer chãmente que não entendem do ofício. Esse ato seria a retificação da sociedade. Um mau barbeiro pode dar um bom guarda-livros, um excelente piloto, um banqueiro, um magistrado, um químico, um teólogo. Cada homem seria assim devolvido ao lugar próprio e determinado. Nem por sombras ligo esta retificação dos empregos ao fato do envenenamento das duas crianças pelo remédio dado na Santa Casa de Misericórdia. Um engano não prova nada; e se alguns farmacêuticos, autores de iguais trocas, têm continuado a lutuosa faina, não há razão para que a Santa Casa entregue a outras pessoas a distribuição dos seus medicamentos, tanto mais que pessoas atuais os não preparam, e, no caso ocorrente, o preparado estava certo: a culpa foi das duas mães. A queixa dada pela mãe da defunta terá o destino desta, menos as pobres flores que Olívia houver arranjado para a sepultura da vítima. Também há céu para as queixas e para os inquéritos. O esquecimento público é o responso contínuo que pede o eterno descanso para todas as folhas de papel despendidas com tais atos.

Sobre isto de inquéritos, perdi uma ilusão. Não era grande; mas as ilusões, ainda pequenas, dão outra cor a este mundo. Cuidava eu que os inquéritos eram sempre feitos, como está escrito, pelo próprio magistrado; mas ouvi que alguns escrivães (poucos) é que os fazem e redigem, supondo presente a pessoa que falta, como no uíste se joga com um morto. Creio que é por economia de tempo, e tempo é dinheiro, dizem os americanos. O maior mal desse ato é não ser verídico, não o ser ilegal ou irregular. Se as dores humanas se esquecem, como se não hão de esquecer as leis? E dado seja simples praxe, as praxes alteram-se. O maior mal, digo eu, é não ser verídico, posto que aí mesmo se possa dizer que a verdade aparece muita vez envolta na ficção, e deve ser mais bela. As *Décadas* não competem com os *Lusíadas*.

O ideal da praxe é a cabeleira do *speaker*. Os ingleses mudarão a face da terra, antes que a cabeça do presidente da Câmara. Este há de estar ali com a eterna cabeleira branca e longa, até meia-noite, e agora até mais tarde, se é exato o telegrama desta semana, noticiando haver a Câmara dos comuns resolvido levar as sessões além daquele limite. Não é que o não tenha feito muitas vezes; basta um exemplo célebre. Quando Gladstone deitou abaixo Disraeli, em 1852, acabou o seu discurso ao amanhecer, um triste e frio amanhecer de inverno, que arrancou ao ministro caído esta palavra igualmente fria: "Ruim dia para ir a Osborne!". Agora vai ser sempre assim, tenham ou não os ministros de ir a Osborne pedir demissão. E o presidente firme, com a eterna cabeleira metida pela cabeça abaixo. Sim, eu gosto da tradição; mas há tradições que aborrecem, por inúteis e cansativas. De resto, cada povo tem as suas qualidades próprias e a diferença delas é que faz a harmonia do mundo. Desculpai o truísmo e o neologismo.

Mas eu que falo humilde, baixo e rudo, devia lembrar-me, a propósito de inquéritos, que a clareza do estilo é uma das formas da veracidade do escritor. Parece-me ter falado um tanto obscuramente na *Semana* passada acerca das prédicas do padre Júlio Maria em Porto Alegre. Alguns amigos supuseram ver uma crítica ao padre naquilo que era apenas uma alusão às palmas na igreja, e ainda assim por causa de meu ouvido, que já está bom, dou-lhes esta notícia. Que culpa tem o padre de ser eloquente! Ainda agora acabo de ler o discurso que ele proferiu na Santa Casa, em Juiz de Fora, a 5 de janeiro deste ano. O assunto era velho: a caridade. Mas o talento está em fazer de assuntos velhos assuntos novos — ou pelas ideias ou pela forma, e o padre Júlio Maria alcançou este fim por ambos os processos. Também ali foi aplaudido. Em verdade, se ele profere os discursos como os escreve, é natural que os próprios ouvintes de Porto Alegre se sentissem arrebatados e esquecessem o templo pela palavra que o enchia. Um ouvido curado faz justiça a todos.

E já que falo em palmas, convido-vos a enviá-las ao Congresso de São Paulo, que votou ou está votando a estátua do padre Anchieta. Ó padre Anchieta, ó santo e grande homem, o novo mundo não esqueceu o teu apostolado. Aí vais ser esculpido em forma que relembre a cultos e incultos o que foste e o que fizeste nesta parte da terra. Os paulistas bem merecem da história. Não é só a piedade que lhes agradecerá; também a justiça reconhecerá esse ato justo. Tão alta e doce figura, como a do padre Anchieta, não podia ficar nas velhas crônicas, nem unicamente nos belos versos de Varela. Mais palmas a São Paulo, que acaba de votar o subsídio e a pensão a Carlos Gomes e seus filhos. Salvador de Mendonça, um dos que saudaram a aurora do nosso maestro (há quantos anos!), mandou no *serum* dos cancerosos de Nova York uma esperança de cura para o autor do *Guarani*. Oxalá o encaminhe à vida, como o encaminhou à glória. E pois que trato de música, palmas ainda uma vez ao nosso austero hóspede Moreira de Sá, que teve a sua festa há quatro dias. A crítica disse o que devia do artista, a imprensa tem dito o que vale o homem. Eu subscrevo tudo, tão viva trago comigo a sensação que me deu o seu violino mestre e mágico.

Enfim, e porque tudo acaba na morte, uma lágrima por aquele que se chamou dr. Rocha Lima. Não sei se lágrima; quando se padece tanto e tão longamente, a morte é liberdade, e a liberdade, qualquer que seja a sua espécie, é o sonho de todos os cativos. Rocha Lima deve ter sonhado, durante a agonia de tantos meses, com este desencadeamento que lhe tirou um triste suplício inútil.

Gazeta de Notícias, 26 de julho de 1896

AVIZINHAM-SE OS TEMPOS

Avizinham-se os tempos. Este século, principiado com Paulo e Virgínia, termina com Alfredo e Laura. Não é já o amor ingênuo de Port-Louis, mas um *idílio trágico,* como lhe chamou a *Gazeta* de anteontem, sem dúvida para empregar o título do último romance de Bourget. Em verdade, esse adolescente de quatorze anos, que procurou a morte por não poder vencer os desdéns da vizinha de treze anos, faz temer a geração que aí vem inaugurar o século XX. Que os dois se amassem vá.

Tem-se visto dessas aprendizagens temporãs, ensaios para voos mais altos. Que ela não gostasse dele, também é possível. Nem todas elas gostam logo dos primeiros olhos que as procuram; em tais casos, eles devem ir bater à porta de outro coração, que se abre ou não abre, e tudo é passar o tempo à espera do amor definitivo. Mas aquela aurora de sangue, aquela tentativa de fazer estourar a vida, na idade em que tudo manda guardá-la e fazê-la crescer, eis aí um problema obscuro — ou demasiado claro, pois tudo se reduz a um madrugar de paixões violentas. E o amor de Alfredo era ainda mais temporão do que parece; vinha desde meses, muito antes dos quatorze anos, quando ela teria pouco mais de doze.

 Repito, os tempos se avizinham. Agora o amor precoce; vai chegar o amor livre, se é verdade o que me anunciou, há dias, um espírita. O amor livre não é precisamente o que supões — um amor a *carnet* e lápis, como nos bailes se marcam as valsas e quadrilhas, até acabar no cotilhão. Esse será o amor libérrimo: durará três compassos. O amor livre acompanha os estados da alma; pode durar cinco anos, pode não passar de seis meses, três semanas ou duas. Aos valsistas plena liberdade. O divórcio, que o Senado fez cair agora, será remédio desnecessário. Nem divórcio nem consórcio.

 Mas a maior prova de que os tempos se avizinham é a que me deu o espírita de que trato. Estamos na véspera da felicidade humana. Vai acabar o dinheiro. À primeira vista, parece absurdo que a ausência do dinheiro traga a prosperidade da terra; mas, ouvida a explicação (que eu nunca li os livros desta escola), compreende-se logo; o dinheiro acaba por ser inútil. Tudo se fará troca por troca; os alfaiates darão as calças de graça e receberão de graça os sapatos e os chapéus. O resto da vida e do mundo irá pelo mesmo processo. O dinheiro fica abolido. A própria ideia do dinheiro perecerá em duas gerações.

 Assim que o *mal financeiro e seu remédio,* tema de tantas cogitações e palestras, acabará por si mesmo, não ficando remédio nem mal. Não haverá finanças, naturalmente, não haverá tesouro, nem impostos, nem alfândegas secas ou molhadas. Extinguem-se os desfalques. Este último efeito diminui os inquéritos — falo dos inquéritos rigorosos, nem conheço outros. A virtude, ainda obrigada, é sublime. Os desfalques andam tão a rodo que a gente de ânimo frouxo já inquire de si mesma se isto de levar dinheiro das gavetas do Estado ou do patrão é verdadeiramente delito ou reivindicação necessária. Tudo vai do modo de considerar o dinheiro público ou alheio. Se se entender que é deveras público e não alheio, mete-se no bolso a moral, a lei e o dinheiro, e brilha-se por algumas semanas. É sabido que dinheiro de desfalque nunca chega a comprar um pão para a velhice. Vai-se em folgares, e a pessoa que se dê por muito feliz, se não perde o emprego.

 Acabado o dinheiro, os anglo-americanos não assistirão à luta do ouro e da prata, como esta que se trava agora, para eleger o candidato à presidência da República. Nunca amei o espírito prático daquela nação. Partidos que se podiam distinguir sonoramente, por meio de teorias bonitas, e, em falta delas, por algumas daquelas palavras grandes e doces, que entram pela alma do eleitor e a embebedam, preferem escrever umas plataformas de negociantes. Dou de barato que não haja teorias nem palavras, mas simples pedidos de rua, distribuição de cartões pelo correio, um ou outro recrutamento para não fazer da Constituição uma peça rígida, mas flexível, alguma ameaça e o resto; tudo isso é melhor que discutir ouro e prata em casarões, diante de centenas de delegados, e votar por um ou outro desses metais. E qual vencerá em dezembro próximo? Parece-me que o ouro, se é certo o que dizem os *ouristas;* mas afirmando os *pratistas* que é a prata, melhor é esperar as eleições. Ouro ou prata há de ser difícil que o rei Dólar abdique, como quer o espiritismo. Uma folha, em que vem gravada a apoteose de Mac-Kinley, candidato do Partido Republicano, anuncia um casamento que se deve ter efetuado a 7 do mês passado. A noiva conta vinte anos e possui quatro milhões de dólares. Não é muito em terra onde os milhões chovem; mas esta qualidade parece ser tão principal que duas vezes o noticiarista fala nela. *"Miss U obarts, a despeito dos seus quatro milhões de dólares..."* E mais abaixo: *"Os bens da noiva são calculados em quatro milhões de dólares"*. Como é que numa região destas se há de abolir o dinheiro e restringir o casamento a uma troca de calças e vestidos?

Pelo lado psicológico e poético, perderemos muito com a abolição do dinheiro. Ninguém entenderá, daqui a meio século, o bom conselho de Iago a Roderigo, quando lhe diz e torna a dizer, três e quatro vezes, que meta o dinheiro na bolsa. Desde então, já antes, e até agora é com ele que se alcançam grandes e pequenas coisas, públicas e secretas. Mete dinheiro na bolsa, ou no bolso, diremos hoje, e anda, vai para diante, firme, confiança na alma, ainda que tenhas feito algum negócio escuro. Não há escuridão quando há fósforos. Mete dinheiro no bolso. Vende-te bem, não compres mal os outros, corrompe e sê corrompido, mas não te esqueças do dinheiro, que é com que se compram os melões. Mete dinheiro no bolso.

Os conselhos de Iago, note-se bem, serviriam antes ao adolescente Alfredo, que tentou morrer por Laura. Também Roderigo queria matar-se por Desdêmona, que o não ama e desposou Otelo; não era com revólver, que ainda não havia, mas por um mergulho na água. O honesto Iago é que lhe tira a ideia da cabeça e promete ajudá-lo a vencer, uma vez que meta dinheiro na bolsa. Assim podemos falar ao jovem Alfredo. Não te mates, namorado; mete dinheiro no bolso, e caminha. A vida é larga e há muitas flores na estrada. Pode ser até que essa mesma flor em botão, agora esquiva, quando vier a desabrochar, peça um lugar na tua botoeira, lado do coração. *Make money.* E depressa, depressa, antes que o dinheiro acabe como quer o espiritismo, a não ser que o espírita Torterolli acabe primeiro que ele, o que é quase certo.

Gazeta de Notícias, 2 de agosto de 1896

Quando se julgarem os tempos

Quando se julgarem os tempos, a semana que passou apresentará ao Senhor uma bela fé de ofício e verá o seu nome inscrito entre as melhores deste ano.

— E tu que fizeste?

— Senhor, eu creio haver ganho um bom lugar. Os meus acontecimentos não foram todos da mesma espécie, nem podiam sê-lo, mas foram todos importantes e graves. Antes de tudo, embora não vá por ordem cronológica, a Inglaterra devolveu a ilha da Trindade ao Brasil. Esta ilha foi um dia tomada por ingleses, ao que dizem para estação de um cabo telegráfico. Os brasileiros tiveram a notícia pelos jornais, quando a ocupação durava já meses e o chefe do gabinete inglês que havia presidido à captura já estava descansando dos trabalhos e outro chefe havia subido ao poder. Nestas coisas de ilhas capturadas, os gabinetes são solidários, e Salisbury acompanhou Rosebery, como se não fossem adversários políticos. Os brasileiros, porém, sentiram a dor do ato, e assim o clamaram pela boca legislativa e pela boca executiva, pela boca da imprensa e pela boca popular, com tal unanimidade que produzia um belo coro patriótico. Então Portugal, que conhecia os antecedentes da ilha, interveio na contenda, deu à Grã-Bretanha as razões pelas quais a ilha era brasileira, só brasileira. É preciso confessar que a velha Inglaterra conhece muito bem história e geografia, que são professadas nas suas universidades com grande apuro; mas há casos em que o melhor é meter estas duas disciplinas no bolso e ir estudá-las nas universidades estrangeiras. Foi o que sucedeu; Coimbra ensinou a Cambridge, e Cambridge achou que era assim, que a ilha era realmente brasileira, e mandou corrigir as cartas da edição Rosebery, onde a ilha da Trindade era uma estação telegráfica de sir John Pender.

— Então tudo acabou em paz?
— Plena paz.
— Conquanto se trate de hereges, quero louvá-los pelo ato de restituir o seu a seu dono. Que mais houve, semana?
— Senhor, houve uns presentes de ouro e prata, tinteiros, canetas, penas, ofertados pelos jurados da 7ª sessão ordinária de 1896 do Rio de Janeiro ao juiz e aos promotores em sinal de estima, alta consideração e *gratidão pelas maneiras delicadas com que foram tratados durante toda a sessão*. O escrivão recebeu por igual motivo uma piteira de âmbar. Este ato em si mesmo, é quase vulgar; mas o que ele significa é muito. Significa um imenso progresso nos costumes daquele país. O júri é instituição antiga no Brasil. É serviço gratuito e obrigatório; todos têm que deixar os negócios para ir julgar os seus pares, sob pena de multa de vinte mil-réis por dia. Se fosse só isso, era dever que todo cidadão cumpriria de boa vontade; mas havia mais. As maneiras descorteses, duras e brutais com que eram tratados pelos magistrados e advogados não têm descrição possível.

Nos primeiros anos os jurados eram recebidos a pau, à porta do antigo aljube, por um meirinho: as sentenças produziam sempre contra eles alguma coisa, porque, se absolviam o réu ou minoravam a pena, os magistrados quebravam-lhes a cara; se, ao contrário, condenavam o réu, os advogados davam-lhes pontapés e murros. Entre muitos casos que se podiam escrever e são ali conhecidos de toda a gente, figura o que sucedeu em março ou abril de 1877. Havia um jurado que, pelo tamanho, era quase menino. Além de pequeno, magro; além de magro, doente. Pois os promotores, o juiz, o escrivão e os advogados, antes de começar a audiência, divertiram-se em fazer dele peteca. O pobrezinho ia das mãos de uns para as dos outros, no meio de grandes risadas. Os outros jurados, em vez de acudir em defesa do colega, riram também por medo e por adulação. O infeliz saiu deitando sangue pela boca. Pequenas coisas, cacholetas, respostas de desprezo, piparotes eram comuns. Alguns magistrados mais dados à chalaça puxavam-lhe o nariz ou faziam-lhe caretas. Um velho promotor tinha de costume, quando adivinhava o voto de algum deles, apontá-lo com o dedo, no meio do discurso, interrogando: "Será isto entendido por aquela besta de óculos que olha para mim?". Muitas vezes o juiz lia primeiramente para si as respostas do conselho de jurados e, se elas eram favoráveis ao réu, dizia antes de começar a lê-las em voz alta: "Vou ler agora a lista das patadas que deram os srs. juízes de fato". No meio da polidez geral do povo, esta exceção do juiz enchia a muita gente de piedade e de indignação; mas ninguém ousava propor uma reforma de costumes...

— Fraqueza de ânimo; os maus costumes reformam-se.

— Uma era nova começou em 1883; já então os jurados recebiam poucos cascudos e eram chamados apenas camelórios. Anos depois, em 1887, houve certo escândalo por uma tentativa de reação dos costumes antigos. A um dos jurados mandou pôr o juiz uma cabeça de burro. Era muito bem-feita a cabeça; dois buracos serviam aos olhos e por um mecanismo engenhoso o homem abanava as orelhas de quando em quando, como se enxotasse moscas. Apesar do escândalo, a cabeça ainda foi empregada nos quatro anos posteriores. No fim de 1892 sentiu-se notável mudança nas maneiras dos juízes e promotores. Já alguns destes tiravam o chapéu aos jurados. Em setembro de 1893 apenas se ouviu a um daqueles dizer a um jurado que lhe perguntava pela saúde: "Passa fora!". Mas, pouco a pouco, as palavras grosseiras e gestos atrevidos foram acabando. Em 1895, havia apenas indiferença; em 1896, os jurados da 7ª sessão reconheceram que a polidez reinava enfim no Tribunal popular. O entusiasmo desta vitória, alcançada por uma longa paciência, explica os presentes de ouro e prata. Eles marcam na civilização judiciária daquele país uma data memorável. Por isso é que me encho de orgulho.

— E há grandes mortos?

— Não tive nenhum. Um só morto, não grande, mas digno de apreço, de afeto e de pesar, um pobre jornalista que acabou com a pena na mão. Quem o conheceu na mocidade não podia antever a triste vida nem a triste morte. O pai, diretor do *Jornal do Commercio*, do Rio de Janeiro, foi uma grande força no seu tempo. Conta-se que podia quanto queria; mas a morte acabou com a força, e o filho teve de buscar em si mesmo, não no nome, o trabalho necessário. Não fez outra coisa durante a vida inteira; trabalhou no jornal e no teatro, fez rir, e de quantas risadas provocou, muitas acabaram antes pela careta da morte, outras esqueceram talvez o autor delas; pobre Augusto de Castro! Era em seu tempo um dândi. Se pudesse adivinhar o que sucederia depois! Senhor, o que eu achei e deixei na terra foi a saudade do passado e o gozo do presente; muitos gemem o que foi, todos saboreiam o que é, raros cuidam do que será. Um clássico português (e aquele finado apreciava os clássicos da sua língua) escreveu que era provérbio ou dito alheio — não me lembra bem — que os italianos se governam pelo passado, os franceses pelo presente e os espanhóis pelo que há de vir. E acrescenta o clássico:

"Aqui quisera eu dar uma repreensão de pena à nova Espanha..." Repreensão por quê, Senhor? Eu creio que o mal é não cuidar no dia seguinte.

— Estás enganada, oh! muito enganada! Cuidar no dia seguinte é uma coisa; mas governar-se pelo que há de vir! Eu deixei aos homens o presente, que é necessário à vida, e o passado, que é preciso ao coração. O futuro é meu. Que sabe um tempo de outro tempo? Que semana pode adivinhar a semana seguinte?

Gazeta de Notícias, 9 de agosto de 1896

Esta semana é toda de poesia

Esta semana é toda de poesia. Já a primeira linha é um verso, boa maneira de entrar em matéria. Assim que podeis fugir daqui, filisteus de uma figa, e ir dizer entre vós, como aquele outro de Heine: "Temos hoje uma bela temperatura". O que sucedeu em prosa nestes sete dias merecia decerto algum lugar, se a poesia não fosse o primeiro dos negócios humanos ou se o espaço desse para tanto; mas não dá. Por exemplo, não pode conter tudo o que sugere a reunião dos presidentes de bancos de nossa praça. Chega, quando muito, para dizer que o remédio tão procurado para o mal financeiro — e naturalmente econômico — foi achado depois de tantas cogitações. Os diretores, acabada a reunião, voltaram aos seus respectivos bancos e a taxa de câmbio subiu logo $1/8$. A *Bruxa* espantou-se com isto e declarou não entender o câmbio. A poetisa Elvira Gama parecia havê-lo entendido, no soneto que ontem publicou aqui.

Doce câmbio...

Mas trata de amores, como se vê da segunda parte do verso:

...de seres atraídos,
Ligados pela ação de igual desejo.

Eu é que o entendi de vez. A primeira reunião fez subir um degrau, a segunda fará subir outro, e virão muitas outras até que o câmbio chegue ao patamar da escada. Aí convidá-lo-ão a descansar um pouco, e, uma vez entrado na sala, fechar-lhe-ão as portas e deixá-lo-ão bradar à vontade. Estás a 27, responderão os diretores de banco, podes quebrar os trastes e a cabeça, estás a 27, não desces de 27.

Quanto à desavença entre a bancada mineira e a bancada paulista, outro assunto de prosa da semana, menos ainda pode caber aqui, ele e tudo o que sugere relativamente ao futuro. Digo só que aos homens políticos da nossa terra ouvi sempre este axioma: que os partidos são necessários ao governo de uma nação. Partidos, isto é, duas ou mais correntes de opinião organizadas, que vão a todas as partes do país. Na nossa Federação esta necessidade é uma condição de unidade. A Câmara tem tantas bancadas quantos estados; o próprio Rio de Janeiro, que por estar mais perto da capital cheira ainda a província, e o Distrito Federal, que constitucionalmente não é estado, têm cada um a sua bancada particular. Ora, todas essas bancadas não só impedirão a formação dos partidos, mas podem chegar a destruir o único partido existente e fazer da Câmara uma constelação de sentimentos locais, uma arena de rivalidades estaduais. Quando muito, os estados pequenos mergulharão nos grandes, e ficaremos com seis ou sete reinos, ducados e principados, dos quais mais de um quererá ser a Prússia.

Entro a devanear. Tudo porque não me deixei ir pela poesia adiante. Pois vamos a ela, e comecemos pelo quarto jantar da *Revista Brasileira,* a que não faltou poesia nem alegria. A alegria, quando tanta gente anda a tremer pelas falências no fim do mês, é prova de que a *Revista* não tem entranhas ou só as tem para os seus banquetes. Ela pode responder, entretanto, que a única falência que teme deveras é a do espírito. No dia em que meia dúzia de homens não puderem trocar duas dúzias de ideias, tudo está acabado, os filisteus tomarão conta da cidade e do mundo e repetirão uns aos outros a mesma exclamação daquele de Heine: *Es ist heute eine schöne Witterung!* Mas enquanto o espírito não falir, a *Revista* comerá os seus jantares mensais até que venha o centésimo, que será de estrondo. Se eu me não achar entre os convivas, é que estarei morto; peço desde já aos sobreviventes que bebam à minha saúde.

A demais poesia da semana consistiu em três aniversários natalícios de poetas: o de Gonçalves Dias a 10, o de Magalhães e Carlos a 13. O único popular destes poetas é ainda o autor da "Canção do exílio". Magalhães teve principalmente uma página popular, que todos os rapazes do meu tempo (e já não era a mesma geração) traziam de cor. O Carlos não chegou ao público. Mas são três nomes nacionais, e o maior deles tem a estátua que lhe deu a sua terra. Não indaguemos da imortalidade. Bocage, louvado por Filinto, improvisou uma ode entusiástica, fechada por esta célebre entonação: *Posteridade, és minha!* E ninguém já lia Filinto, quando Bocage ainda era devorado. O próprio Bocage, a despeito dos belos versos que deixou, está pedindo uma escolha dos sete volumes — ou dos seis, para falar honestamente.

Justamente anteontem conversávamos alguns acerca da sobrevivência de livros e de autores franceses deste século. Entrávamos, em bom sentido, naquela falange de Musset:

Electeurs brevetés des morts et des vivants,

e não foi pequeno o nosso trabalho abatendo cabeças altivas. Nem Renan escapou, nem Taine; e, se não escapou Taine, que valor pode ter a profecia dele sobre as novelas e contos de Mérimée? *"Il est probable qu'en l'an 2000 on relira la* Partie de tric-trac, *pour savoir ce qu'il en coûte manquer une fois à l'honneur.*" Taine não fez como os profetas hebreus, que afirmam sem demonstrar; ele analisa as causas da vitalidade das novelas de Mérimée, os elementos que serviram à composição, o método e a arte da composição. O tempo dirá se acertou; e pode suceder que o profeta acabe antes da profecia e que no ano 2000 ninguém leia a *História da literatura inglesa*, por mais admirável que seja este livro.

Mas no ano 2000 os contos de Mérimée terão século e meio. Que é século e meio! No mês findo, o poeta laureado de Inglaterra falou no centenário da morte de Burns, cuja estátua era inaugurada; parodiou um dito antigo, dizendo enfaticamente que não se pode julgar seguro o renome de um homem antes de 100 anos depois dele morto. Concluiu que Burns chegara ao ponto donde não seria mais derribado. Não discuto opiniões de poetas nem de críticos, mas bem pode ser que seja verdadeira. Em tal caso, o autor de *Carmen* estará igualmente seguro, se o seu profeta acertou. Resta lembrar que a vida dos livros é vária como a dos homens. Uns morrem de vinte, outros de cinquenta, outros de cem anos, ou de noventa e nove, para não desmentir o poeta laureado. Muitos há que, passado o século, caem nas bibliotecas, onde a curiosidade os vai ver, e donde podem sair em parte para a história, em parte para os florilégios. Ora, esse prolongamento da vida, curto ou longo, é um pequeno retalho de glória. A imortalidade é que é de poucos.

Não há muito, comemoramos o centenário de José Basílio, e ainda ontem encontrei o jovem de talento e gosto que iniciou essa homenagem. Hão de lembrar-se que não foi ruidosa; não teve o esplendor da de Burns, cuja sombra viu chegar de todas as partes do mundo em que se fala a língua inglesa presentes votivos e deputações especiais. O chefe do Partido Liberal presidia às festas, onde proferiu dois discursos. Cá também eram passados cem anos; mas, ou há menor expansão aqui em matéria de poesia, ou o autor do *Uruguai* caminha para as bibliotecas e para a devoção de poucos. Não sei se ao cabo de outro século haverá outro Magalhães que inicie uma celebração. Talvez já o poeta esteja unicamente nos florilégios com alguns dos mais belos versos que se têm escrito na nossa língua. É ainda uma sombra de glória. A moeda que achamos entre ruínas tem o preço da Antiguidade; a do nosso poeta terá a da própria mão que lhe deu cunho. Se afinal se perder, haverá vivido.

Gazeta de Notícias, 16 de agosto de 1896

Contrastes da vida

Contrastes da vida, que são as obras de imaginação ao pé de vós!

Vinha eu de um banco, aonde fora saber notícias do câmbio. Não tenho relações diretas com o câmbio; não saco sobre Londres, nem sobre qualquer outro ponto da terra, que é assaz vasta, e eu demasiado pequeno. Mas tudo o que compro caro, dizem-me que é culpa do câmbio. "Que quer o senhor que eu faça com este câmbio a 9?" perguntam-me. Em vão leio os jornais; o câmbio não sabe de 9. O que faz é variar; ora é 9 $^1/_8$, ora 9 $^1/_4$, ora 9 $^3/_8$. Dorme-se com ele a 9 $^{15}/_{16}$, acorda-se a 9 $^3/_4$. Ao meio-dia está a 9 $^1/_2$. Um eterno vaivém na mesma eterna casa. Sucedeu o que se dá com tudo; habituei-me a esta triste especulação de 9, e dei de mão a todas as esperanças de ver o câmbio a 10.

De repente, ouço dizer na rua que o câmbio baixara à casa dos 8. A princípio não acreditei; era uma invenção de mau gosto para assustar a gente, ou algum inimigo achara aquele meio de me fazer mal. Mas tanto me repetiram a notícia, que resolvi ir às casas argentárias saber se realmente o câmbio descera a 8. Em caminho quis calcular o preço das calças e do pão, mas não achei nada, vi só que seria mais caro. Entrei no primeiro banco, à mão, e até agora não sei qual foi. Gente bastante: todos os olhos fitavam as tabelas. Vi um 8, acompanhado de pequenos algarismos, que a cegueira da comoção não me permitiu discernir. Que me importavam estes? Um quarto, um oitavo, três oitavos, tudo me era indiferente, uma vez que o fatal número 8 lá estava. Esse algarismo, que eu presumia nunca ver nas tabelas cambiais, ali me apareceu com os seus dois círculos, um por cima do outro. Pareceu-me um par de olhos tortos e irônicos.

Perguntei a um desconhecido se era verdade. Respondeu-me que era verdade. Quanto à causa, quando lhe perguntei por ela, respondeu-me com aquele gesto de ignorância, que consiste em fazer cair os cantos da boca. Se bem me lembro, acrescentou o gesto de abrir os braços com as mãos espalmadas, que é a mesma ignorância em itálico. Compreendi que não sabia a causa; mas o efeito ali estava, e todos os olhos em cima dele, sem a consternação nem o terror que deviam ter os meus. Saí; na rua da Alfândega, esquina da da Candelária, havia alguma agitação, certo burburinho, mas não pude colher mais do que já sabia, isto é, que o câmbio baixara a 8. Um perverso, vendo-me apavorado, assegurava a outro que a queda a 7 não era impossível. Quis ir ao meu alfaiate para que me reduzisse a nova tabela ao preço que teria de pagar pelas calças, mas é certo que ninguém se apressa em receber uma notícia má. Que pode suceder? disse comigo; chegarmos à arazoia; será a restauração da nossa idade pré-histórica, e um caminho para o Éden, *avant la lettre*.

Enquanto seguia na direção da rua Primeiro de Março, ouvia falar do câmbio. Quase a dobrar a esquina, um homem lia a outro as cotações dos fundos. Tinham-se vendido ações do Banco Emissor de Pernambuco a mil e quinhentos; as debêntures da Leopoldina chegaram a obter seis mil setecentos e cinquenta; das ações da Melhoramentos do Maranhão havia ofertas a quatro mil e quinhentos, mas ninguém lhes pegava. Dobrei a esquina, entrei na rua Primeiro de Março, em direção ao Carceler. Ia costeando as vitrinas de cambistas, cheias de ouro, muita libra, muito franco, muito dólar, tudo empilhado, esperando os fregueses. Vinha de dentro um *fedor judaico* de entontecer, mas a vista das libras restituía o equilíbrio ao cérebro, e fazia-me parar, mirar, cobiçar...

— Vamos! — exclamei, olhando para o céu.

Que vi, então, leitor amigo? Na Igreja da Cruz dos Militares, dentro do nicho de são João, estavam três pombas. Uma pousava na cabeça do apóstolo, outra na cabeça da águia, outra no livro aberto. Esta parecia ler, mas não lia, porque abriu logo as asas e trepou à cabeça do apóstolo, e a que estava na cabeça do apóstolo desceu à cabeça da águia, e a que estava na cabeça da águia passou ao livro. Uma quarta pomba veio ter com elas. Então começaram todas a subir e a descer, ora parando por alguns segundos, e o santo quieto, deixando que elas lhe contornassem o pescoço e os emblemas, como se não tivesse outro ofício que esse de dar pouso às pombas.

Parei e disse comigo: Contrastes da vida, que são as obras da imaginação ao pé de vós? Nenhuma daquelas pombas pensa no câmbio, nem na baixa, nem no que há de vestir, nem no que há de comer. Eis ali a verdadeira gente cristã, eis o sermão da montanha, a dois passos dos bancos, às próprias barbas destas casas de cambistas que me enchem de inveja. Talvez na alma de algum destes homens viva ainda a própria alma de um antigo que ouviu o discurso de Jesus, e não trocou por este o Deus de Abraão, de Isaac e de Jacó. Cuida das libras como eu, que visto e me sustento pelo valor delas, mas eis aqui o que dizem as pombas, repetindo o sermão da montanha: "Não andeis cuidadosos da vossa vida, que comereis, nem para o vosso corpo, que vestireis... Olhai para as aves do céu, que não semeiam, nem regam, nem fazem provimentos nos celeiros; e contudo, vosso pai celestial as sustenta... E por que andais vós solícitos pelo vestido? Considerai como crescem os lírios do campo; eles não trabalham nem fiam... Não andeis inquietos pelo dia de amanhã. Porque o dia de amanhã a si mesmo trará o seu cuidado; ao de hoje basta a sua própria aflição". (São Mateus).

Realmente, não cuidavam de nada aquelas pombas. Onde é o ninho delas? Perto ou longe, gostam de vir aqui à águia de Patmos. Alguma vez irão ao apóstolo do outro nicho, são Pedro, creio; mas são João é que as namora, neste dia de câmbio baixo, como para fazer contraste com a besta do Apocalipse, a famosa besta de sete cabeças e dez cornos — número fatídico, talvez a taxa do câmbio de amanhã ($^7/_{10}$).

Afinal deixei a contemplação das pombas e fui-me à farmácia, a uma das farmácias que há naquela rua. Ia comprar um remédio; pediram-me por ele quantia grossa. Como eu estranhasse o preço, replicou-me o farmacêutico: "Mas, que quer o senhor que eu faça com este câmbio a 8?". Como ao grande Gama, arrepiaram-se-me as carnes e o cabelo, mas só de ouvi-lo. A vista era boa, serena, quase risonha. Quis raciocinar, mas raciocínio é uma coisa e medicamento é outra; saí de lá com o remédio e um acréscimo de quinhentos réis no preço. Contaram-se que já não há tostões nas farmácias, nem tostões, menos ainda vinténs. Tudo custa mil-réis ou mil e quinhentos, dois mil-réis ou dois mil e quinhentos, e assim por diante. Para a contabilidade é, realmente, mais fácil; e pode ser que o próprio enfermo ganhe com isso — a confiança, metade da cura.

Na rua tornei a erguer os olhos às pombas. Só vi uma, pousada no livro. Que tens tu? perguntei-lhe cá de baixo, por um modo sugestivo. Se é a besta de sete cabeças, não te importes que venha, contanto que não lhe cortes nenhuma. Já temos a de oito: menos de sete cabeças é nada. Pagarei nove mil-réis pelo remédio, mas antes nove que quatorze, no dia em que a besta ficar descabeçada, porque então o mais barato é o melhor de todos os remédios. E a pomba, pelo mesmo processo sugestivo:

— Que tenho eu com remédios, homem de pouca fé? O ar e o mato são as minhas boticas.

Quis pedir socorro ao apóstolo; mas o mármore — ou a vista me engana, ou o apóstolo gosta das suas pombas amigas —, o mármore sorriu e não voltou a cara para não desmentir o estatuário. Sorriu, e a pomba saltou-lhe à cabeça, para lhe tirar comida, pagar, ou para lhe dar um beijo.

Gazeta de Notícias, 23 de agosto de 1896

Eis aqui o que diz o evangelista são Marcos

Eis aqui o que diz o evangelista são Marcos, x, 13, 14: "Então lhe apresentavam uns meninos para que os tocasse; mas os discípulos ameaçavam aos que lhos apresentavam. O que vendo Jesus, levou-o muito a mal, e disse-lhes: Deixai vir a mim os pequeninos, e não os embaraceis, porque dos tais é o reino de Deus". Parei como Jesus, em relação aos casos miúdos da semana, que os grandes querem abafar e pôr de lado. Nesta semana fez-se história e larga história, uma pública, outra particular ou secreta, que não sei se são sinônimos, nem estou para ir agora aos dicionários; mas fez-se muita história, e ainda se fará história, ofício que não é meu.

Não é meu ofício fazê-la nem contá-la. Se pudesse adivinhá-la, sim, senhor. Já que estamos com a Itália em frente, deixem-me lembrar um grave historiador italiano do século XVI, que nada tem com os cônsules deste século em São Paulo, e que escreveu de Savonarola o que sabemos daquele homem, mas é melhor dizer pela língua de ambos: *"Savonarola... faceva professione di anteveder le cose future"*. Ah! se eu pudesse exercer o mesmo ofício! Teria contado domingo passado a semana que acabou ontem, e contaria hoje a que começa amanhã. Não iria por boatos, que geralmente não se realizam, nem por induções, que falham muita vez. Ouço desde pequeno (e ainda agora ouvi) que os nossos negócios se resolvem pelo imprevisto. Pois é o imprevisto que eu quisera ver como se estivesse acontecendo, e contá-lo sete dias antes. Assim os leitores aprenderiam comigo, não a história que se aprende nos ginásios e faculdades, não a que se vende nas livrarias, mas a que anda encoberta, como o céu desta semana. Desde segunda-feira, Dia de são Bartolomeu, que estamos quase sem azul do céu, pouca luz, essa mesma de vermelhão, e raras estrelas. É o futuro. A lua política também andou vermelha. Ventou de quando em quando. O céu cobriu-se. Eu quisera ter o ofício de Savonarola, apesar de italiano.

Mas não me cabendo contar os grandes fatos, deixai vir a mim os pequeninos, como pedia Jesus. Um dos mais escassos e obscuros foi a conspiração descoberta quarta-feira no Hospício dos Alienados. Alguns doidos tinham preparado um movimento para matar os guardas, abrir as portas e vir gozar cá fora o ar livre, ainda que nublado. Essa curiosa conspiração é sintoma de algum juízo. Tramar a fuga no mais ardente dos sucessos exteriores, quando a polícia era pouca para guardar a cidade, mostra que os conspiradores, ou são menos alienados do que parecem, ou andam em comunicação com outros doidos cá de fora. Mas quem serão estes? Nem sempre é fácil distinguir, neste fim de século, um alienado de um ajuizado; ao contrário, há destes que parecem aqueles, e vice-versa. Tu que me lês, podes ser um mentecapto, e talvez rias desta minha lembrança, tanta é a consciência que tens do teu juízo. Também pode ser que o mentecapto seja eu.

Em verdade, não há certeza nesta matéria, à vista da sagacidade de uns e do estonteamento de outros. O melhor seria uma lei que abolisse a alienação mental, revogando as disposições em contrário, e ordenando que os supostos doidos fossem restituídos à sociedade, com indenização. Sei que, em geral, preferimos violar a lei a pôr outra nova; mas, para segurança dos hóspedes da Praia Vermelha, aconselho este segundo processo. E não só daqueles, senão também para a tua e minha segurança; podemos ir um dia para lá, sem outro recurso mais que a conspiração, que pode ser descoberta; o melhor é não ir ninguém.

Outro pequenino que há de vir a mim, é a exumação do cadáver de uma atriz. Correu que a atriz sucumbira em consequência de pancadas que lhe dera um ator; mas foi há tantos dias, e meteram-se tais sucessos de permeio, que eu pensei ser negócio igualmente morto e enterrado. Geralmente, a justiça, polícia ou como quer que se lhe chame, não teima tanto em perturbar o sono dos defuntos. Os próprios crimes em que não há defunto, tem-se visto seguirem o destino da Malibran, que ao cabo de quinze dias de finada já o poeta achava tarde para falar dela. Lendo, porém, a notícia com a atenção que merece, entende-se tudo; o acusado de espancamento não queria ficar com a suspeita em cima de si, e, posto o não conheça, acho que fez bem. A sua petição foi a enxada, o instrumento cirúrgico, o auto do escrivão, o relatório médico-legal. Sem ela, é provável que a morta tivesse esperado a trombeta do juízo final, para dizer ao Senhor que ele não tinha culpa.

O que também se compreende é que a exumação e a autópsia se hajam feito, conforme li nos jornais, diante de grande número de curiosos. Essa espécie de curiosidade não é menos legítima nem menos nobre que outras muitas. Nada mais comum que ver um cadáver em caixão aberto ou na rua. Agora mesmo viram-se alguns em telegramas de São Paulo. Também se podem ver cadáveres no necrotério, e rara é a pessoa que ali passa, a pé, de carro ou de bonde, que não deite os olhos para o mármore, a ver se há algum corpo em cima. Exumações e autópsias é que não são comuns, mormente de pessoas conhecidas; e se estas são atrizes, cresce naturalmente o gosto do espetáculo. É ainda um espetáculo, sombra do *Rio Nu*, sem as calças de meia que a verdadeira peça ainda usa, dizem. As feições é que não conservam a frescura dos últimos instantes; a morte é uma velha careta. Mirar assim a pessoa desenterrada pode causar a princípio certa impressão de aborrecimento, mas passa logo.

Venha agora a mim outro pequenino — ou pequeníssimo para falar superlativamente. Venderam-se trezentas e tantas ações da Companhia Saneamento, a vintém cada uma. Vintém ou vinte réis, se preferis a fórmula oficial. A razão de tal preço explica-se bem, considerando que as ações da Companhia podem ser antes bentinhos de saneamento que livram da febre amarela, trazidos ao pescoço. O dividendo não é em dinheiro, mas em saúde; e, se é verdade que destes dois bens o primeiro está em segundo lugar, e o segundo em primeiro, como querem o meu belo Schopenhauer e todos os velhos e moços de juízo, vale mais o bentinho que a apólice. Os estudos higiênicos feitos este ano parece que nunca concordaram na questão do lençol de água. Ora, não se sabendo ao certo onde está o mal nem o remédio, é justo pedir este ao céu, e distribuir ações a vinte réis, para chegar aos pobres.

Gazeta de Notícias, 30 de agosto de 1896

QUALQUER DE NÓS TERIA ORGANIZADO ESTE MUNDO MELHOR DO QUE SAIU

Qualquer de nós teria organizado este mundo melhor do que saiu. A morte, por exemplo, bem podia ser tão somente a aposentadoria da vida, com prazo certo. Ninguém iria por moléstia ou desastre, mas por natural invalidez; a velhice, tornando a pessoa incapaz, não a poria a cargo dos seus ou dos outros. Como isto andaria assim desde o princípio das coisas, ninguém sentiria dor nem temor, nem os que se fossem, nem os que ficassem. Podia ser uma cerimônia doméstica ou pública; entraria nos costumes uma refeição de despedida, frugal, não triste, em que os que iam morrer, dissessem as saudades que levavam, fizessem recomendações, dessem conselhos, e, se fossem alegres, contassem anedotas alegres. Muitas flores, não perpétuas, nem dessas outras de cores carregadas, mas claras e vivas, como de núpcias. E melhor seria não haver nada, além das despedidas verbais e amigas...

Bem sei o que se pode dizer contra isto; mas por agora importa-me somente sonhar alguma coisa que não seja a morte bruta, crua e terrível, que não quer saber se um homem é ainda preciso aos seus, nem se merece as torturas com que o aflige primeiro, antes de estrangulá-lo. Tal acaba de suceder ao nosso Alfredo Gonçalves, que foi anteontem levado à sepultura, após algum tempo de enfermidade dura e fatal. Para falar a linguagem da razão, se a morte havia de levá-lo anteontem, melhor faria se o levasse mais cedo. A linguagem do sentimento é outra: por mais que doa ver padecer, e por certo que seja o triste desenlace, o coração teima em não querer romper os últimos vínculos, e a esperança tenaz vai confortando os últimos desesperos. Não se compreende a necessidade da morte do pobre Alfredo, um rapaz afetuoso e bom, jovial e forte, que não fazia mal a ninguém, antes fazia bem a alguns e a muitos, porque é já benefício praticar um espírito agudo e um coração amigo.

  Quando anteontem calcava a terra do cemitério, debaixo da chuva que caía, batido do vento que torcia as árvores, lembrou-me outra ocasião, já remota, em que ali fomos levar um irmão do Alfredo. Nunca me há de esquecer essa triste noite. A morte do Artur foi súbita e inesperada. Prestes a ser transportado para o coche fúnebre, pareceu a um amigo e médico que o óbito era aparente, um caso possível de catalepsia. Não se podia publicar essa esperança débil, em tal ocasião, quando todos estavam ali para conduzir um cadáver; calou-se a suspeita, e o féretro, mal fechado, foi levado ao cemitério... Não podeis imaginar a sensação que dava aos poucos que sabiam da ocorrência aquele acompanhar o saimento de uma pessoa que podia estar viva. No cemitério, feita reservadamente a comunicação, foi o caixão deixado aberto em depósito, velado por cinco ou seis amigos. O estado do corpo era ainda o mesmo; os olhos, quando se lhes levantavam as pálpebras, pareciam ver. Os sinais definitivos da morte vieram muito mais tarde.

  Saí antes deles, eram cerca de oito horas; não havia chuva, como anteontem, nem lua, mas a noite era clara, e as casas brancas da necrópole deixavam-se ver muito bem, com os seus ciprestes ao lado. Descendo por aqueles renques de sepulturas, cuidava na entrada da esperança em lugar onde as suas asas nunca tocaram o pó ínfimo e último. Cuidei também naqueles que porventura houvessem sido, em má hora, transferidos ao derradeiro leito sem ter pegado no sono e sem aquela final vigília.

  Carlos Gomes não deixará esperanças dessas. "Talvez ao chegarem estas linhas ao Rio de Janeiro, já não exista o inspirado compositor, que entrou em agonia", diz uma carta do Pará, publicada ontem no *Jornal do Commercio*. Pois existe, está ainda na mesma agonia em que entrou, quando elas de lá saíram. Hão de lembrar-se que há muitos dias um telegrama do Pará disse a mesma coisa; foi antes dos protocolos italianos. Os protocolos vieram, agitaram, passaram, e o cabo não nos contou mais nada. O padecimento, assim longo, deve ser forte; a carta confirma esta dedução. Carlos Gomes continua a morrer. Até quando irá morrendo? A ciência dirá o que souber; mas ela também sabe que não pode crer em si mesma.

  Não me acuseis de teimar neste chão melancólico. O livro da semana foi um obituário, e não terás lido outra coisa, fora daqui, senão mortes e mais mortes. Não falemos do chanceler da Rússia, nem de outro qualquer personagem, que a distância e a natureza do cargo podem despir de interesse para nós. Mas vede as matanças de cristãos e muçulmanos na Salonica, esta semana, e finalmente em Constantinopla. O cabo tem contado coisas de arrepiar. Na capital turca empregaram-se centenas de coveiros em abrir centenas de covas para enchê-las com centenas de cadáveres. Não nos dizem, é verdade, se na morte ao menos foram irmanados cristãos e maometanos, mas é provável que não. Ódio que acaba com a vida, não é ódio, é sombra de ódio, é simples e reles antipatia. O verdadeiro é o que passa às outras gerações, o que vai buscar a segunda no próprio ventre da primeira, violando as mães a ferro e fogo. Isto é que é ódio. O provável é que os coveiros tenham separado os corpos, e será piedade, pois não sabemos se, ainda no caminho do outro mundo, o Corão não irá enticar com o Evangelho. Um telegrama de Londres diz que Istambul está sossegada; ainda bem, mas até quando?

Também começaram a matar nas Filipinas, a matar e a morrer pela independência, como em Cuba. A Espanha comove-se e dispõe-se a matar também, antes de morrer. É um Império que continua a esboroar-se, pela lei das coisas, e que resiste. Assim vai o mundo esta semana; não é provável que vá diversamente na semana próxima.

E ainda não conto aquele gênero de morte que não está nas mãos dos homens, nem dentro deles, o que a natureza reserva no seio da terra para distribuí-la por atacado. Lá se foi mais uma cidade do Japão, comida por um terremoto, com a gente que tinha. Os terremotos japoneses, alguns meses antes, levaram cerca de dez mil pessoas. O cabo fala também dos tremores na Europa, mas por ora não houve ali nenhuma Lisboa que algum Pombal restaure, nem outra Pompeia, que possa dormir muitos séculos. Mortes, pode ser; a semana é de mortes.

Gazeta de Notícias, 6 de setembro de 1896

Dizem da Bahia que Jesus Cristo
enviou um emissário à terra

Dizem da Bahia que Jesus Cristo enviou um emissário à terra, à própria terra da Bahia, lugar denominado Gameleira, termo de Obrobó Grande. Chama-se este emissário Manuel da Benta Hora, e tem já um séquito superior a cem pessoas.

Não serei eu que chame a isto verdade ou mentira. Podem ser as duas coisas, uma vez que a verdade confine na ilusão, e a mentira na boa-fé. Não tendo lido nem ouvido o Evangelho de Benta Hora, acho prudente conservar-me à espera dos acontecimentos. Certamente, não me parece que Jesus Cristo haja pensado em mandar emissários novos para espalhar algum preceito novíssimo. Não; eu creio que tudo está dito e explicado. Entretanto, pode ser que Benta Hora, estando de boa-fé, ouvisse alguma voz em sonho ou acordado, e até visse com os próprios olhos a figura de Jesus. Os fenômenos cerebrais complicam-se. As descobertas últimas são estupendas; tiram-se retratos de ossos e de fetos. Há muito que os espíritas afirmam que os mortos escrevem pelos dedos dos vivos. Tudo é possível neste mundo e neste final de um grande século.

Daí a minha admiração ao ler que a imprensa da Bahia aconselha ao governo faça recolher Benta Hora à cadeia. Note-se de passagem: a notícia, posto que telegráfica, exprime-se deste modo: "a imprensa pede ao governo mandar quanto antes que faça Benta Hora *apresentar as divinas credenciais* na cadeia..." Este gosto de fazer estilo, embora pelo fio telegráfico, é talvez mais extraordinário que a própria missão do regente apóstolo. O telégrafo é uma invenção econômica, deve ser conciso e até obscuro. O estilo faz-se por extenso em livros e papéis públicos, e às vezes nem aí. Mas nós amamos os ricos vestuários do pensamento, e o telegrama vulgar é como a tanga, mais parece despir que vestir. Assim explico aquele modo faceto de noticiar que querem meter o homem na cadeia.

Isto dito, tornemos à minha admiração. Não conhecendo Benta Hora, não crendo muito na missão que o traz (salvo as restrições acima postas), não é preciso lembrar que não defendo um amigo, como se pode alegar dos que estão aqui acusando o padre Dantas, vice-governador de Sergipe, por perseguir os padres da oposição. Em Sergipe, onde o governo é quase eclesiástico, não há necessidade de novos emissários do céu; as leis divinas estão perpetuamente estabelecidas, e o que houver de ser, não inventado, mas definido, virá de Roma. Assim o devem crer todos os padres do estado, sejam da oposição, ou do governo, Olímpios, Dantas ou Jônatas. Portanto, se alguns forem ali presos, não é porque se inculquem portadores de novas regras de Cristo, mas porque, unidos no espiritual, não o estão no temporal. A cadeia fez-se para os corpos. Todos eles têm amigos seus, que os acompanham no infortúnio, como na prosperidade; mas tais amigos não vão atrás de uma nova doutrina de Jesus, vão atrás dos seus padres.

É o contrário dos cento e tantos amigos de Benta Hora; esses, com certeza, vão atrás de algum Evangelho. Ora, pergunto eu: a liberdade de profetar não é igual à de escrever, imprimir, orar, gravar? Ninguém contesta à imprensa o direito de pregar uma nova doutrina política ou econômica. Quando os homens públicos falam em nome da opinião, não há quem os mande apresentar as credenciais na cadeia. E desses, por três que digam verdade, haverá outros três que digam outra coisa, não sendo natural que todos deem o mesmo recado com ideias e palavras opostas. Donde vem então que o triste do Benta Hora deva ir confiar às tábuas de um soalho as doutrinas que traz para um povo inteiro, dado que a cadeia de Obrobó Grande seja assoalhada?

Lá porque o profeta é pequeno e obscuro, não é razão para recolhê-lo à enxovia. Os pequenos crescem, e a obscuridade é inferior à fama unicamente em contar menor número de pessoas que saibam da profecia e do profeta. Talvez esta explicação esteja em La Palisse, mas esse nobre autor tem já direito a ser citado sem se lhe pôr o nome adiante. Os obscuros surgirão à luz, e algum dia aquele pobre homem da Gameleira poderá ser ilustre. Se, porém, o motivo da prisão é andar na rua, pregando, onde fica o direito de locomoção e de comunicação? E se esse homem pode andar calado, por que não andará falando? Que fale em voz baixa ou média, para não atordoar os outros, sim, senhor, mas isso é negócio de admoestação, não de captura.

Agora se a alegação para a captura é a falsidade do mandato, cumpre advertir que, antes de tudo, é mister prová-lo. Em segundo lugar, nem todos os mandatos são verdadeiros, ou, por outra, muitos deles são arguidos de falsos, e nem por isso deixam de ser cumpridos; porquanto a falsidade de um mandato deduz-se da opinião dos homens, e estes tanto são veículos da verdade como da mentira. Tudo está em esperar. Quantos falsos profetas por um verdadeiro! Mas a escolha cabe ao tempo, não à polícia. A regra é que as doutrinas e as cadeias se não conheçam; se muitas delas se conhecem, e a algumas sucede apodrecerem juntas, o preceito legal é que nada saibam umas das outras.

Quanto à doutrina em si mesma, não diz o telegrama qual seja; limita-se a lembrar outro profeta por nome Antônio Conselheiro. Sim, creio recordar-me que andou por ali um oráculo de tal nome; mas não me ocorre mais nada. Ocupado em aprender a minha vida, não tenho tempo de estudar a dos outros; mas, ainda que esse Antônio Conselheiro fosse um salteador, por que se há de atribuir igual vocação a Benta Hora? E, dado que seja a mesma, quem nos diz que, praticado com um fim moral e metafísico, saltear e roubar não é uma simples doutrina? Se a propriedade é um roubo, como queria um publicista célebre, por que é que o roubo não há de ser uma propriedade? E que melhor método de propagar uma ideia que pô-la em execução? Há, em não me lembra já que livro de Dickens, um mestre-escola que ensina a ler praticamente; faz com que os pequenos soletrem uma oração, e, em vez da seca análise gramatical, manda praticar a ideia contida na oração; por exemplo, *eu lavo as vidraças*, o aluno soletra, pega da bacia com água e vai lavar as vidraças da escola; *eu varro o chão*, diz outro, e pega da vassoura etc. etc. Esse método de pedagogia pode ser aplicado à divulgação das ideias.

Fantasia, dirás tu. Pois fiquemos na realidade, que é o aparecimento do profeta de Obrobó Grande, e o clamor contra ele. Defendamos a liberdade e o direito. Enquanto esse homem não constituir partido político com os seus discípulos, e não vier pleitear uma eleição, devemos deixá-lo na rua e no campo, livre de andar, falar, alistar crentes ou crédulos, não devemos encarcerá-lo nem depô-lo. O caboclo da Praia Grande viu respeitar em si a liberdade. Se Benta Hora, porém, trocando um mandato por outro, quiser passar do espiritual ao temporal e...

Gazeta de Notícias, 13 de setembro de 1896

Toda esta semana foi feita pelo telégrafo

Toda esta semana foi feita pelo telégrafo. Sem essa invenção, que põe o nosso século tão longe daqueles em que as notícias tinham de correr os riscos das tormentas e vir devagar como o tempo anda para os curiosos, sem essa invenção esta semana viveria do que lhe desse a cidade. Certamente, uma boa cidade como a nossa não deixa os filhos sem pão; fato ou boato, eles teriam algo que debicar. Mas, enfim, o telégrafo incumbiu-se do banquete.

A maior das notícias para nós, a única nacional, não preciso dizer que é a morte de Carlos Gomes. O telégrafo no-la deu, tão pronto se fecharam os olhos do artista e deu mais a notícia do efeito produzido em todo aquele povo do Pará, desde o chefe do Estado até o mais singelo cidadão. A triste nova era esperada — e não sei se piedosamente desejada. Correu aos outros estados, ao de São Paulo, à velha cidade de Campinas. A terra de Carlos Gomes deseja possuir os restos queridos de seu filho, e os pede; São Paulo transmite o desejo ao Pará, que promete devolvê-los. Não atenteis somente para a linguagem dos dois estados, um dos quais reconhece implicitamente ao outro o direito de guardar Carlos Gomes, pois que ele aí morreu, e o outro acha justo restituí-lo àquele onde ele viu a luz. Atentai, mais que tudo, para esse sentimento de unidade nacional, que a política pode alterar ou afrouxar, mas que a arte afirma e confirma, sem restrição de espécie alguma, sem desacordos, sem contrastes de opinião. A dor aqui é brasileira. Quando se fez a eleição do presidente da República, o Pará deu o voto a um filho seu, certo embora de que lhe não caberia o governo da União; divergiu de São Paulo. A República da arte é anterior às nossas constituições e superior às nossas competências. O que o Pará fez pelo ilustre paulista mostra a todos nós que há um só paraense e um só paulista, que é este Brasil.

Agora que ele é morto, em plena glória, acode-me aquela noite da primeira representação da *Joana de Flandres,* e a ovação que lhe fizeram os rapazes do tempo, acompanhados de alguns homens maduros, certamente, mas os principais eram rapazes, que são sempre os clarins do entusiasmo. Ia à frente de todos Salvador de Mendonça, que era o profeta daquele caipira de gênio. Vínhamos da Ópera Nacional, uma instituição que durou pouco e foi muito criticada, mas que, se mereceu acaso o que se disse dela, tudo haverá resgatado por haver aberto as portas ao jovem maestro de Campinas. Tinha uma subvenção a Ópera Nacional; dava-nos partituras italianas e zarzuelas, vertidas em português, e compunha-se de senhoras que não duvidavam passar da sociedade ao palco, para auxiliar aquela obra. Cantava o fundador, d. José Amat, cantava o Ribas, cantavam outros. Nem foi só Carlos Gomes que ali ensaiou os primeiros voos; outros o fizeram também, ainda que só ele pôde dar o surto grande e arrojado...

Aí estou eu a repetir coisas que sabeis — uns por as haverdes lido, outros por vos lembrardes delas; mas é que há certas memórias que são como pedaços da gente, em que não podemos tocar sem algum gozo e dor, mistura de que se fazem saudades. Aquela noite acabou por uma aurora, que foi dar em outro dia, claro como o da véspera, ou mais claro talvez; e porque esse dia se fechou em noite, novamente se abriu em madrugada e sol, tudo com uma uniformidade de pasmar. Afinal tudo passa, e só a terra é firme: é um velho estribilho do *Eclesiastes*, de que os rapazes mofam, com muita razão, pois ninguém é rapaz senão para ler e viver o *Cântico dos cânticos*, em que tudo é eterno. Também nós ríamos muito dos que então recordavam o tempo em que foram cavalos da Candiani, e riam então dos que falavam de outras festas do tempo de Pedro I. É assim que se vão soldando os anéis de um século.

Ao contrário, a história parece querer dessoldar alguns dos seus anéis e deitá-los ao mar — ao mar Negro, se é certo o que nos anuncia o mesmo telégrafo, portador de boas e más novas. Não trato da deposição do sultão, conquanto o espetáculo deva ser interessante; eu, se dependesse de uma subscrição universal, daria o meu óbolo para vê-lo realizado com todas as cerimônias, tal qual o *Doente imaginário*. A diferença entre a peça francesa e a peça turca é que o *homem doente* parece doente deveras, semilouco, dizem os telegramas.

As deposições da nossa terra não digo que sejam chochas, mas são lúgubres de simplicidade. O teatro de Sergipe está agora alugado para esta espécie de mágicas; não há quinze dias deu espetáculo, e já anuncia (ao dizer do *País*) nova representação. As mágicas desse teatro pequeno, mas elegante, compõem-se em geral de duas partes — uma que é propriamente a deposição, outra que é a reposição. Poucos personagens: o deposto, o substituto, coros de amigos. Ao fundo, a cidade em festas. Este ceticismo de Aracaju, rasgando as luvas com aplausos a ambos os tenores, não revela da parte daquela capital a firmeza necessária de opinião. Tudo, porém, acharia compensação na majestade do espetáculo; infelizmente este é pobre e simples; meia dúzia de homens saem de uma porta, entram por outra, e está acabado. É uma empresa de poucos meios.

Que abismo entre Aracaju e Istambul! Que diferença entre as duas portas sergipenses e a Sublime Porta! Lá são as potências que depõem, presididas pelo pontífice do islamismo, tudo abençoado por Alá e por Maomé, que é o profeta de Alá. Nas ruas sangue, muito sangue derramado, sangue de ódio e de fanatismo. Ouvem-se rugidos da ilha de Creta e da Macedônia. Na plateia o mundo inteiro. Mas o principal não é isso. O principal espetáculo, o espetáculo único é o desmembramento da Turquia, também noticiado pelo telégrafo. Esse é que, se se fizer, dará a este século um ocaso muito parecido com a aurora. Os alfaiates levarão muito tempo a medir e cortar a bela fazenda turca para compor o terno que a civilização ocidental tem de vestir: e, porque as medidas políticas diferem das comuns, vê-los-emos talvez brigar por dois centímetros. As tesouras brandidas; e, primeiro que se acomodem, haverá muito olho furado. O desfecho é previsto; alguém ficará com pano de menos, mas a Turquia estará acabada, e a história terá dessoldado alguns elos que já andavam frouxos, se é que isto não é continuar a mesma cadeia.

Pode suceder que nada haja, assim como não voará o castelo de Balmoral, com a rainha Vitória e o tzar Nicolau dentro. Esta outra comunicação telegráfica desde logo me pareceu fantástica; cheira a imaginação de repórter ou de chancelaria. Nem é crível que tal tragédia se represente às barbas da sombra de Shakespeare, sem que este seja consultado quando menos para lhe pôr a poesia que os relatórios policiais não têm.

Enfim, melhor que atentados, deposições e desmembramentos, é a notícia que nos trouxe o telégrafo, ainda o telégrafo, sempre o telégrafo. Porfírio Díaz abriu o Congresso mexicano, apresentando-lhe a mensagem em que anuncia a redução dos impostos. Estas duas palavras raramente andam juntas; saudemos tão doce consórcio. Só um amor verdadeiro as poderia unir. Que tenham muitos filhos é o meu mais ardente desejo.

Gazeta de Notícias, 20 de setembro de 1896

NÃO É PRECISO DIZER QUE ESTAMOS NA PRIMAVERA

Não é preciso dizer que estamos na primavera; começou esta semana... Oh! bons tempos em que os da minha turma repetíamos aquilo do poeta: *Primavera, gioventù dell'anno: gioventù, primavera delia vita!* Alguns iam ao ponto de repetir aquiloutro do lusitano: *Ah! não me fujas! Assim nunca o breve tempo fuja da tua formosura!* Vai tudo em linha de prosa, que é de prosa o meu tempo, não o teu, leitor de buço e vinte anos; donde resulta a mais trivial das verdades deste mundo, e provavelmente do outro, que o tempo é para cada um de nós o que cada um de nós é para ele. Nem todos terão aquele verdor nonagenário do visconde de Barbacena, que não sei se veio ao mundo no mesmo dia que Victor Hugo, dois anos depois de começado o século, mas em todo caso já então *Rome remplaçait Sparte*. Quem o vê andar, falar, recordar tudo, examinar, discernir, entrar e sair de um trâmuei, como os rapazes seus netos, põe de lado estações e idades, e crê que, em suma, tudo isto se reduz a nascer ou não com grande força e conservá-la.

Dizem as gentes europeias que a primavera nas suas terras delas entra com muito maior efeito, quase de súbito, fazendo fugir o inverno diante de si. Entre nós, povo lido, a primavera entra pelos almanaques. Não há almanaque, não há folhinha, ainda as que servem só de mimo aos assinantes de jornais, que não traga a entrada da primavera no seu dia próprio, fixo e único. Já é alguma coisa; e quando a civilização chegar ao ponto de só dominar neste mundo o espírito do homem, mais valerá ter a primavera encadernada na estante que lá fora na campina, se é que ainda haverá campina. O natural é que os homens se vão estendendo, e as casas com eles, e as ruas e os teatros e as instituições, e todo o mais aparelho da vida social. A terra será pequena, a gente prolífica, a vida um salão, o mundo um gabinete de leitura.

Não te aflijas se a estação das flores não entra aqui como por outras partes; aqui é eterna. A terra vale o que ainda agora nos disse de Pernambuco o sr. Studebaker, um dos membros da comissão americana, que há pouco nos deixou. A carta desse cavalheiro é um documento que devia estar diante dos olhos de cada um de nós; não dirá nada novo, mas é um testemunho pessoal e americano. Diz ela que nós podemos produzir tudo quanto nasce da terra... mas temos entre nós homens perniciosos, tornando-se necessário que os íntegros se dediquem à causa do bem. Creio em ambas as coisas; mas toda a nossa dificuldade vem de não sabermos exatamente quais são os perniciosos nem quais são os íntegros. Vimos ainda agora em Sergipe que os perniciosos são dois, o padre Campos e o padre Dantas, e que os íntegros não são outros. De onde resulta uma anistia em favor do padre Campos.

Também recomenda braços o nosso hóspede, braços e temor a Deus. O segundo é preocupação anglo-saxônia, que não entra fundo em almas latinas ou alatinadas. Quanto aos braços, era eu pequeno, e, apesar da vasta escravatura que havia, já se chorava por eles. Muitos tinham sido já chamados e fixados. Vieram depois mais e mais, até que vieram muitos e muitos. Os alemães enchiam o Sul; os italianos estão chegando aos magotes, e se a última questão afrouxou um pouco a importação, não tarda que esta continue e a questão acabe. É o que se espera do ministro novo, sr. De Martino. Que há já muito italiano, é verdade; mas esta raça é fácil de ser assimilada, e trabalha e prospera. Tive amigos que vinham dela, e tu também, e aí os há que não vêm de outra origem.

Agora mesmo ouço cantar um pássaro, e, se me não engano, canta italiano. Também os há que cantam alemão; Lulu Júnior acha que a música desta segunda casta é melhor que a daquela. Eu creio que todos os pássaros são pássaros e todos os cantos são bonitos, contanto que não sejam feios. O que não quero é que se negue ao alemão o direito de ser cantado. A língua que ora ouço ao pássaro é, como digo, a italiana, e por pouco parece-me Carlos Gomes. Eis aí um que ligou bem os dois países, as duas histórias e já agora as duas saudades. Partiu ontem um vapor armado em guerra para conduzi-lo até cá. Viva o Pará! que rejeitou a ideia de o mandar em navio mercante, e pôs por condição que ou viria com todas as honras da Arte e da Morte, ou ficaria lá com ele. Não ficaria mal à beira do Amazonas o cantor do nosso Brasil, nem o Pará merece menos que qualquer outra parte; ao contrário, a terra que serviu de berço a Carlos Gomes não teve para ele mais carinhos que essa que lhe serviu de leito mortuário, e, em todo caso, teve-os na prosperidade. Dá-los à dor é maior.

Estávamos... Creio que estávamos nos braços italianos, não os que amam e fazem amar, mas os que lavram a terra; foram eles que me trouxeram aqui, a propósito do industrial americano, que lá vai. Tem-se dito que há muita aglomeração italiana em São Paulo, o mesmo que se havia dito em relação aos alemães nas colônias do Sul. Há destas onde a língua do país não é falada nem ensinada, nem sabida, ou mal sabida por alguns rudimentos escassos que os próprios mestres alemães dão aos seus meninos, a fim de que de todo em todo não ignorem o meio de pedir fogo a alguém ou bradar por socorro. A culpa não é deles, mas nossa; e, se tal sucede em São Paulo, a culpa é de São Paulo.

Há tempos falou-se no mal das grandes aglomerações de uma só raça. Seja-me lícito citar um nome que os acontecimentos levaram, como levam outras coisas mais que nomes, o de Rodrigo Silva, que foi aqui ministro da Agricultura. Este ministro tinha por muito recomendado aos encarregados da colonização que intervalassem as raças, não só umas com as outras, mas todas com a do país, a fim de impedir o predomínio exclusivo de nenhuma. Circulares que o vento leva; a política era boa e fácil e dava ganho a todos, aos de fora como aos de dentro. Mas as circulares são como as ilusões: verdejam algum tempo, amarelecem e caem logo; depois vêm outras...

Deixemos, porém, essa matéria mais de artigo de fundo que de crônica, e tornemos ao céu azul, ao sol claro, à temperatura fresca. Não há desfalque pequeno nem grande que resista ao efeito da bela catadura da natureza. Que vale um desfalque ao pé da saúde, que é a vida integral, a perfeita contabilidade humana? Depois, a saúde sente-se igualmente, não há duas opiniões sobre ela; o desfalque, sem negar que é alguma coisa que falta (geralmente dinheiro), não há dúvida que é ideia filha da civilização, e a civilização, como dizia um filósofo amador do meu tempo, é sinônimo de corrupção. E há sempre duas opiniões sobre o desfalque — a do desfalcado e a outra.

Que haja falta de dinheiro em alguma parte é natural. Esta coisa que uns americanos querem deva ter por padrão tão somente o ouro, outros a prata igualmente, ainda se não acostumou tanto aos homens que não se esconda deles algumas vezes, e não desapareça como as simples bolas nas mãos de um prestidigitador. Dinheiro por ser dinheiro não deixa de ter vergonha; o pudor comunica-se das mãos à moeda, e o gesto mais certo do pudor é fugir aos olhos estranhos, ou, pelo menos, às mãos, como na ilha dos Amores. Daí os desfalques; fica só o algarismo escrito, a moeda esvai-se; tais as ninfas da ilha correm nuas:

> aos olhos dando
> O que às mãos cobiçosas vão negando.

Não importa; os que teimarem hão de acabar como o cavaleiro do poeta, que afinal pôde deitar os braços a uma das ninfas esquivas. E depois, ainda que não se alcance nenhuma, a terra é fértil, a população grande, e a gente nova aí vem com os seus braços para trabalhar e colher, não menos que para amar e engendrar. Tudo aqui é calor de primavera; a América, bem considerada, é a primavera da história. Há uma diferença entre esta e a do Norte, é que por ora não brigamos por ouro ou prata, Bryan ou Mac-Kinley; o papel nos basta e sobra.

Gazeta de Notícias, 27 de setembro de 1896

Enquanto eu cuido da semana, São Paulo cuida dos séculos

Enquanto eu cuido da semana, São Paulo cuida dos séculos, que é mais alguma coisa. Comemora-se ali a figura de José de Anchieta, tendo já havido três discursos, dos quais dois foram impressos, e em boa hora impressos; honram os nomes de Eduardo Prado e de Brasílio Machado, que honraram por sua palavra elevada e forte ao pobre e grande missionário jesuíta. A comemoração parece que continua. O frade merece-a de sobra. A crônica dera-lhe as suas páginas. Um poeta de viva imaginação e grande estro, o autor do *Cântico do calvário,* pegou um dia da figura dele e meteu-a num poema. Agora é a apoteose da palavra e da crítica. Uma feição caracteriza estas homenagens, é a neutralidade. Ao pé de monarquistas há republicanos, e à frente destes vimos agora o presidente do Estado. Dizem que este soltara algumas palavras de entusiasmo paulista por ocasião da última conferência.

De fato, uma terra em que as opiniões do dia podem apertar as mãos por cima de uma grande memória é digna e capaz de olhar para o futuro, como o é de olhar para o passado. A faculdade de ver alto e longe não é comum.

É doce contemplar de novo uma grande figura. Aquele jesuíta, companheiro de Nóbrega e Leonardo Nunes, está preso indissoluvelmente à história destas partes. A imaginação gosta de vê-lo, a três séculos de distância, escrevendo na areia da praia os versos do poema da Virgem Maria, por um voto em defesa da castidade, e confiando-os um a um à impressão da memória. A piedade ama os seus atos de piedade. É preciso remontar às cabeceiras da nossa história para ver bem que nenhum prêmio imediato e terreno se oferecia àquele homem e seus companheiros. Cuidavam só de espalhar a palavra cristã e civilizar bárbaros; para isso era tudo Anchieta, além de missionário. A habitação dele e dos outros era o que ele mesmo escrevia a Loiola, em agosto de 1554: "E aqui estamos, às vezes mais de vinte dos nossos, numa barraquinha de caniço e barro, coberta de palha, quatorze pés de comprimento, dez de largura. É isto a escola, é a enfermaria, o dormitório, refeitório, cozinha, despensa".

Justo seria que alguma coisa lembrasse aqui, entre nós, o nome de Anchieta — uma rua, se não há mais. A nossa Intendência municipal acaba de decretar que não se deem nomes de gente viva às ruas, salvo "quando as pessoas se recomendarem ao reconhecimento e admiração pública por serviços relevantes prestados à pátria ou ao município, na paz ou na guerra". Anchieta está morto e bem morto; é caso de lhe dar a homenagem que tão facilmente se distribui a homens que nem sequer estão doentes, e mal se podem dizer maduros; tanto mais quando o presidente do Conselho municipal não é só brasileiro, é também paulista e bom paulista. Certo, nós amamos as celebridades de um dia, que se vão com o sol, e as reputações de uma rua que acabou ao dobrar da esquina. Vá que brilhem; os vaga-lumes não são menos poéticos por serem menos duradouros; com pouco fazem de estrelas. Tudo serve para nos cortejarmos uns aos outros.

A própria lei municipal tem uma porta aberta aos obséquios particulares. Nem sempre a vontade do legislador estará presente, e as leis corrompem-se com os anos. Quando o atual Conselho desaparecer, lá virá alguém que, por haver inventado um chapéu elástico, uma barbatana espiritual ou, finalmente, outro jataí que ajude a limpar os brônquios e as algibeiras, tenha ocasião de ver pintado o seu nome na esquina da rua em que mora, e, se morar longe, em outra qualquer. É o anúncio gratuito, o troco miúdo da glória. E não há de ser escasso prazer, antes largo e demorado, ler na esquina de uma rua o próprio nome. Não haverá conversação de bonde ou a pé que faça esquecer a placa; por mais atenção que mereça o interlocutor, seja um homem ou uma senhora, os olhos do beneficiado cumprimentarão de esguelha as letras do benefício. Alguma vez passearão pelas caras dos outros, a ver se também olham. Os crimes que se derem na rua, os incêndios, os desastres serão outras tantas ocasiões de reler o nome impresso e reimpresso; assim também as casas de negócio, os anúncios de criados, o obituário e o resto. Enfim, o uso positivista de datar os escritos da rua em que o autor mora, uma vez generalizado, ajudará a derramar a boa notícia da nossa fama.

Nem por isso deixarão de falir os que tiverem de falir, se forem negociantes; não há nome de esquina que pague um crédito. Este momento, se é certo o que corre, ameaça de ponto final a muita gente. Dizem que há numerosas petições de falência. Se serão atendidas é o que não se sabe, porque o deferimento pode trazer a dissolução geral de todos os vínculos pecuniários. E quando os que vendem quebram, imaginai os que compram. Estes deviam rigorosamente matar-se, imitando a gente do Japão, onde os suicídios são em maior número quando o arroz está caro, e em menor, quando está barato. Arroz ou morte! é o grito daquela nação. Nós, para quem tudo é caro, desde a sopa até a sobremesa, vivemos a ver em que param os preços — os preços ou os bichos.

Entretanto, ao passo que os negociantes do Rio de Janeiro pedem crédito, não o acham e querem fechar as portas, o presidente do Espírito Santo deseja que lhe diminuam a faculdade de abrir créditos. "Em consequência das razões que acabo de apresentar-vos (diz o dr. Graciano das Neves em sua recente mensagem) dou prova da maior lealdade, srs. deputados, pedindo-vos que voteis na presente sessão alguma disposição de lei que restrinja com prudência a faculdade que tem o presidente de abrir créditos suplementares às verbas orçadas pelo Congresso." Eu, que aprendi o que era bil de indenidade no capítulo da abertura de créditos, mal posso crer no que leio. Um presidente de Estado que, tendo a faculdade de abrir créditos, e podendo não os abrir, pede que lhe atem as mãos, dá mostra que é ainda mais psicólogo que presidente. É como se dissesse que as boas intenções do dia 15 podem não ser as mesmas do dia 16 e 17, e o melhor é não fiar na vontade. Não sei se o caso é único; falta-me tempo de compulsar as mensagens de ambos os mundos, mas com certeza não é comum nem velho.

Não é velho, mas tende a ser comum o uso delicado de concluírem os jurados as sessões, ordinárias ou extraordinárias, deixando nas mãos do presidente e do promotor uma lembrança. A penúltima trazia como razão a polidez dos magistrados. A última, que foi anteontem, não alegou tal motivo, para tirar ao ato qualquer aspecto de gratidão. O presidente teve duas estatuetas de bronze, e o promotor uma rica bengala. Não é pouco ir julgar os pares, obrigatoriamente, com perda ou sem perda dos próprios interesses; a lembrança, porém, realça o serviço público. A prova de que a instituição do júri está arraigada na nossa alma e costumes é essa necessidade moral que têm os juízes de fato de se fazerem lembrados dos magistrados, a quem a sociedade confia a punição dos delinquentes. Resta que os magistrados, por sua vez, deem alguma lembrança aos cidadãos, e que estes saiam com botões de punho novos ou carteiras de couro da Rússia. São prendas baratas e significativas.

Gazeta de Notícias, 4 de outubro de 1896

Tzarina, se estas linhas chegarem às tuas mãos, não faças como Victor Hugo

Tzarina, se estas linhas chegarem às tuas mãos, não faças como Victor Hugo, que, recebendo um folheto de Lisboa, respondeu ao autor: "Não sei português, mas com auxílio do latim e do espanhol, vou lendo o vosso livro..." Não, nem peço que me respondas. Manda traduzi-las na língua de Gogol, que dizem ser tão rica e tão sonora, e em seguida lê. Verás que o beijo que te depositou na mão, em Cherburgo, o presidente da República Francesa, foi aqui objeto de algum debate.

Uns acharam que, para republicano, o ato foi vilania; outros que, para francês, foi galantaria. Uma princesa! Uma senhora! E daí uma conversação longa em que se disseram coisas agressivas e defensivas. Eu, pouco dado a rusgas, limitei-me a pensar comigo que a galantaria não deve ficar sendo um costume somente das cortes. A democracia pode muito bem acomodar-se com a graça; nem consta que Lafayette, marquês do Antigo Regime, tivesse deitado a cortesia ao mar quando foi colaborar com Washington.

Olha, tzarina, houve tempo em que nessa mesma França, cujo chefe te beijou agora a mão, se fazia grande cabedal de tratar por tu uns aos outros, para continuar Robespierre e os seus terríveis companheiros. Então um poeta falou em verso, como é uso deles, e concluiu por este, que faz casar a política e as maneiras: *Appellons-nous* MONSIEUR *et soyons* CITOYEN. Nós, para não ir mais longe, fizemos a República, sem deportar a excelência das Câmaras. Era costume antigo, não do regime deposto, mas da sociedade. A excelência veio da mãe-pátria, onde parece que se generalizou ainda mais, não se tratando lá ninguém por outra maneira. Aqui, quando ainda não há familiaridade bastante para o *tu* e o *você*, e já a excelência é demasiado cerimoniosa, ficamos no *senhor*, que é um modo indireto; em Portugal, nos casos apertados, empregam o *amigo*, que é ainda mais indireto. Tudo para fugir ao *vós* dos nossos maiores, e que entre nós é a fórmula oficial da correspondência escrita. Em verdade, se o regimento das nossas câmaras tivesse obrigado o tratamento de *vós* na tribuna, como na correspondência oficial, antes de infringirmos o regimento, teríamos infringido a gramática. É duro de meter na oração a flexão *vos* do pronome. Tenho visto casos em que a pessoa, para desfazer-se logo dela, começa por ela: Vos declaro, Vos comunico, Vos peço. Nem é por outra razão, tzarina, que eu te trato por tu, como se faz em poesia.

Voltando ao beijo, admito que há coisas que só podem ser bem entendidas no próprio lugar. Julgadas de longe levam muita vez ao erro. Tu, por exemplo, se lesses a moção da Câmara municipal do Rio Claro, São Paulo, protestando contra o presidente do Estado, que não a recebeu quando ele ali foi ver a mãe enferma, pode ser que a entendesses mal. A moção aceitou o ato como uma injúria ostensiva e direta ao município, ao povo, a todo o Partido Republicano, e mandou publicar o protesto e comunicá-lo por cópia a todas as Câmaras municipais do Estado, ao presidente da República, aos presidentes dos Congressos federal e estadual e ao diretório central do partido.

Aparentemente é uma tempestade num copo d'água; mas a moção alega que há da parte do presidente contra o município sentimento de hostilidade já muitas vezes manifestado. Assim sendo, explica-se a recusa do presidente em recebê-la, mas não se explica o ato da Câmara em visitá-lo. Não se devem fazer visitas a desafetos; o menos que acontece é não achá-los em casa. Quando, porém, a Câmara, esquecendo ressentimentos legítimos, quisesse levar o ramo de oliveira ao chefe do Estado, em benefício comum, se este não aceitasse as pazes, o melhor seria calar e sair. A divulgação do caso à cidade e ao mundo e a ameaça de pronta repulsa faz recear um estado de guerra, quando todos os municípios desejam concórdia e sossego. Há já tantas questões graves, sem contar a econômica e a financeira, que a questão Rio Claro bem podia não ter nascido, ou ficar no "tapete da discussão", como se usa no Parlamento.

Disse que entenderias mal a moção; emendo-me, não a entenderias absolutamente, pois nunca jamais uma Câmara municipal russa falaria daquele modo. A Câmara do Rio Claro, se fosse moscovita, ou voltaria a visitar o tzar, quando ele estivesse em casa, ou far-se-ia niilista. Donde podes concluir a vantagem das moções, e a razão do uso imoderado que fazemos delas: é uma válvula. Enquanto a gente propõe moções não trama conspirações, e estas duas palavras que rimam no papel não rimam na política.

O que é curioso é que nós, que não fazemos política, estejamos ocupados, eu em falar dela, tu em ouvi-la. O melhor é acabar e dizer-te adeus. Adeus, tzarina; se cá vieres um dia de visita, pode ser que não aches as ruas limpas, mas os corações estarão limpíssimos. O presidente da República, se não for algum dos que censuraram agora o sr. Faure, beijar-te-á a mão, sem perder o aprumo da liberdade. A Companhia Ferro Carril do Jardim Botânico oferecer-te-á um bonde especial para percorreres as suas linhas, com as tuas damas e escudeiros. Esta companhia completou anteontem vinte e oito anos de existência. Ainda me recordo da experiência dos carros na véspera da inauguração, e da festa do dia da inauguração. Ninguém vira nunca semelhantes veículos. Toda gente correu a eles, e a linha, aberta até o largo do Machado, continuou apressadamente aos seus limites. Nos primeiros dias os carros eram fechados; apareceram abertos para os fumantes, mas dentro de pouco estavam estes sós em campo; as senhoras preferiam ir entre dois charutos, a ir cara a cara com pessoas que não fumassem. Outras companhias vieram servir a outros bairros. Ônibus e diligências foram aposentados nas cocheiras e vendidos para o fogo. Que mudança em vinte e oito anos!

Uma coisa não entenderás, ainda que a transfiram à língua de Gogol, são os dois avisos postos pela Companhia do Jardim Botânico em um ou mais dos seus carros. Também eu não os entendi logo; mas, por obtuso que um homem seja, desde que teime, decifra as mais escuras charadas deste mundo. Por que não sucederá o mesmo a uma senhora? Manda traduzir já e vê.

O primeiro aviso é este: *A assinatura evita o engano nos trocos*. Compreende-se logo que a assinatura é a dos bilhetes de passagem. Quer dizer que, comprando-se uma coleção de bilhetes, em vez de pagar com dinheiro cada vez que se entra no carro, não se perde nada nos trocos que dão os condutores;

logo, os condutores enganam-se; logo, há um meio melhor que reprimir os condutores ou despedi-los, como se faz nas casas comerciais e nos bancos, é vender coleções de bilhetes impressos. Nem se tira o pão a distraídos, nem se alivia o triste passageiro de uma parte do bilhete de dez ou mais tostões.

O segundo aviso é uma pequena alteração do primeiro, e diz assim: *A assinatura evita o esquecimento nos trocos*. Se aqui vem *esquecimento* em vez de *engano*, é que o passageiro em muitos casos perde o dinheiro, não já em parte, mas totalmente, por aquela outra causa mais grave. Não só o esquecimento é provável, mas até pode ser certo e constante, se o condutor padecer de moléstia que oblitere a memória, e não há meio de evitar que este fique com o resto do dinheiro senão oferecendo à companhia os seus bilhetes de assinatura. Outrossim, o passageiro passa a ser o melhor fiscal da companhia, e o seu ordenado é o que deixa de ficar, por engano ou esquecimento, na algibeira do condutor. Tais me parecem ser os dois avisos; mas, se me disserem que eles contêm uma profecia relativa aos destinos da Turquia, não recuso a explicação. Tudo é possível em matéria de epigrafia. Adeus, tzarina!

Gazeta de Notícias, 11 de outubro de 1896

Não se diga que a febre amarela tem medo ao saneamento

Não se diga que a febre amarela tem medo ao saneamento; mais depressa o saneamento terá medo à febre amarela. Em vez de o temer, pôs a ponta da orelha de fora esta semana, e se a tinha posto antes, não sei; eu não sou leitor assíduo de estatísticas. Não nego o que valem, as lições que dão, e a necessidade que há delas para conhecer a vida e a economia dos Estados; mas entre negar e adorar há um meio-termo, que é a religião de muita gente.

A ponta da orelha que eu vi, foi um caso único do dia 15, publicado ontem, 17. Não tem valor, comparado naturalmente a outras doenças; mas tal é a má fama daquela perversa, que um só óbito basta para assustar mais que um obituário inteiro de várias enfermidades, ou até de uma só. O vulgo não reflete que, bem observadas as coisas, ela nunca saiu daqui; uns anos cochila e cabeceia, outros dorme a sono solto, e, se acorda, é para esfregar os olhos e tornar a dormir; há, porém, os anos de vigília pura, em que não faz mais que entrar pelas casas alheias e obrigar a gente a dançar uma valsa triste, muitas vezes a última.

Desta vez pode ser, e é bom esperar que seja uma espécie de *memento*, para que as vítimas possíveis se acautelem do mal, indo vê-lo de longe. Também pode não passar disto, um caso em outubro, dois em novembro, três e quatro em outros meses, até acabar o verão. Querem, porém, alguns que, pouca ou muita, enquanto a tivermos em casa, não há relatórios que a matem. As mais hábeis comissões não lhe tiram a alma. Há quem lhe tenha ouvido dizer: — Podem citar para aí os autores que quiserem, combater ou apoiar as opiniões todas deste mundo e do outro; enquanto não passarem da biblioteca à rua e da palavra à ação, é o mesmo que se dormissem. Ora, a ação de entestar com o mal, atacá-lo e vencê-lo, por meio de um trabalho longo, constante, forte e sistemático, é tão comprida que faz doer o espírito antes de cansar o braço, e é preciso tê-los ambos de ferro. Se a agregada nossa confia nisso, é mister que perca a fé.

Nada do que fica aí é novo; a febre é velha, velhas as lástimas, velhíssimos os esforços para destruir o mal, e têm a mesma idade os adiamentos de tais esforços. Quando aqui apareceu o cólera, há muitos anos — não por ocasião do ministro Mamoré, que o mandou embora — falo da primeira vez, o destroço foi terrível, e a doença teria feito a Lei da Abolição por um processo radical, se não fosse o judeu errante que é, que não para nunca, e tão depressa entra como sai. A amarela é caseira, gosta de cômodos próprios e não exige que sejam limpos nem largos; a questão é que a deixem ficar. Uma vez que a deixem ficar, podem discuti-la, examiná-la, revirá-la, redigir relatórios sobre relatórios, oficiar, inquirir, citar; *words, words, words,* diz ela para também citar alguma coisa. E, não saindo de Hamlet: "Se o sol pode fazer nascer bichos em cachorro morto..." Não serão cães mortos que lhe faltem. Quanto ao lençol de água, vê-lo-emos feito um formidável lençol de papel. *Papers, papers, papers.*

Os italianos não creem no mal. Assim o dizem as estatísticas, em que eu, como acima confessei, piamente acredito sem as frequentar muito. Portugueses e alemães vêm depois deles, muito abaixo, e ainda mais abaixo franceses, russos, belgas, ingleses e outros. Quem crê deveras na febre é o chim; no ano passado não entrou nenhum, dizem as estatísticas; mas por que notam elas esta ausência do chim, e não citam a do abexim? Eis aí um mistério, que não será o primeiro nem o último das estatísticas. Conquanto um artigo de folha genovesa diga que a colônia italiana acabará por absorver a nacionalidade brasileira, eu não dou fé a tais prognósticos; mas quando italianos nos absorvessem, seriam outros, não seriam já os mesmos. Há aí na praça um napolitano grave, influente, girando com capitais grossos, velho como os italianos velhos, que orçam todos pela dura velhice de Crispi e de Farani. Pois esse homem vi-o eu muita vez tocar realejo na rua, simples napolitano, recebendo no chapéu o que então se pagava, que era um reles vintém ou dois. Tinha eu sete para oito anos; façam a conta. Vão perguntar-lhe agora se quer ser outra coisa mais que brasileiro, se não da gema, ao menos da clara.

A propósito de realejo napolitano, li que em uma das levas de Gênova para cá veio como agricultor um barítono. Ele, e um mestre de música, perguntando-se-lhes o que vinham fazer ao Brasil, parece que responderam ser este país grande e cá enriquecerem todos: "Por que não enriqueceremos nós?", concluíram. Não há que censurar. A voz pode levar tão longe como a manivela. Demais, a terra é de música, e a música é de todas as artes aquela que mais nos fala à alma nacional. Um barítono, com boa voz e arte castigada, pode muito bem enriquecer, ou, pelo menos, viver à larga. Tanto ou mais ainda um tenor e um soprano. Nem só de café vive o homem, mas também da palavra de Verdi e de Carlos Gomes.

Dado, porém, que vivamos só de café, e não devamos cuidar de mais nada que de cultivar esta preciosa gramínea, ainda assim o barítono pode muito bem ser aceito e colocado. A fábula reza de Orfeu, que levava os animais com a simples lira que os gregos lhe deram. Por que não há de fazer a voz humana a mesma coisa às plantas? A semente lançada à terra escutará as melodias e porá o grelo de fora; com elas crescerá o talo, bracejarão as flores e abotoarão os grãos, que mais tarde havemos de exportar e de beber também.

Seja milagre, mas é natural que a terra de Carlos Gomes neste particular faça milagres. O Rio de Janeiro recebeu os restos do nosso maestro com as honras merecidas. São Paulo vai guardá-lo como um dos mais célebres de seus filhos. O Pará, que o viu morrer, aqui o mandou, depois das mais vivas provas de que a unidade nacional existe.

Anteontem, fui ao arsenal de guerra ver sair o féretro do autor do *Guarani* e da *Fosca*, para ser conduzido à Igreja de São Francisco de Paula e ouvi a marcha fúnebre de Chopin que a banda militar tocava; não pude deixar de recordar os longos anos passados, quando o préstito era outro, e saía de outro lugar — o Teatro Provisório que lá vai — e descia pela rua da Constituição. Era de noite; o maestro tinha estreado, sem Itália nem *Guarani*, mas eram tais as esperanças dadas, e tão jovens e ardentes éramos todos os que por ali íamos aclamando a estrela nascente! A música era a dos nossos peitos, podeis adivinhar se fúnebre ou festiva. Perguntai aos ecos da praça Tiradentes — naquele tempo Constituição, e vulgarmente Rossio Grande —, perguntai o que eles ouviram, e se são ecos fiéis dirão coisas belas e fortes. O meu querido Salvador, que ia à testa da legião, recordá-las-á com saudade, quando ler a notícia das honras últimas aqui dadas ao maestro de Campinas.

Realmente, a diferença foi grande; uma vida inteira enchia o espaço decorrido entre as duas datas, e as melodias de Gomes estavam agora na memória de todos. Muitos que as repetiam consigo, não eram ainda nascidos por aquele tempo; os que eram moços, como esses são agora, viram branquear os cabelos e entraram no préstito com a alma igualmente encanecida; a evocação do pretérito os terá remoçado. Outros, enfim, nem moços nem velhos, ali não compareceram, por terem sido eliminados antes. Não falo dos que estão ainda em gérmen, e repetirão mais tarde as composições de Gomes. A matéria é ótima para uma dissertação longa; o lugar é que o não é, nem o dia.

Fiquemos aqui; ou antes, voltemos à Itália e aos seus cantores. Que venham, eles, barítonos e tenores, e nos trarão, além da música que este povo ama sobre todas as coisas, as próprias melodias do nosso maestro, e assim incluiremos um artigo no acordo que ela está celebrando com o governo brasileiro, porventura mais vivo e não disputado. Também ela amou a Carlos Gomes, não por patriotismo, que não era caso disso, mas por arte pura.

Gazeta de Notícias, 18 de outubro de 1896

Li que o pescado que comemos é morto a dinamite

Li que o pescado que comemos é morto a dinamite, e que há uma lei municipal que veda este processo. Se o processo é bom ou mau, justo é examiná-lo, mas não me argumentem com leis. Já é tempo de acabar com este respeito fedorento das leis, superstição sem poesia, costume sem graça, velho sapato que deforma o pé sem melhorar a andadura. A troça, que tem conseguido tanta coisa, não chegou a matar este vício. O assobio, tão eficaz contra os homens, não tem igual força contra as leis que eles fazem. Ora, que são as leis mais que os homens para que nos afrontem com elas?

Não contesto a vantagem de as fazer e guardar. É um ofício, antes de tudo; melhor dito, são dois ofícios. A utilidade das leis escritas está em regular os atos humanos e as relações sociais, uma vez que vão de acordo com eles. Em chegando o desacordo, há dois modos de as revogar ou emendar, a saber, por atos individuais ou por adoção de leis novas. No capítulo do divórcio, por exemplo, não existindo pretoria que case um homem já casado, o remédio para obtê-lo é decretá-lo. É claro que se algum pretor, contra o disposto na lei, casasse a todos os casados, ninguém se cansaria em reclamar a reforma. Resta aos partidos convencidos da necessidade dela continuar a propaganda até pô-la na lei.

Tal não se dá no mar. A pesca é livre; regulada embora, não são tais as disposições da lei que exijam a presença de um agente público. O pescador está só; o fiscal, se o há, está em casa; a dinamite lançada ao mar não acha obstáculo, nem no mar nem na terra. Que impedirá o pescador? A lembrança de um decreto municipal — ou postura, como se dizia pela língua do antigo vereador? Francamente, é exigir uma força de abstração excessiva da parte de um homem que tem os cinco sentidos no lucro. Os incorporadores do Encilhamento — pescadores de homens — também tinham os sentidos todos no lucro, e daí algumas infrações das leis escritas, que não foram nem deviam ser castigadas. Cabe notar que aí nem se podia alegar o que dizem do peixe, que despovoa as águas; nunca faltou peixe às águas da rua da Alfândega.

Os contratos, que formam lei entre duas partes, são alterados por ambas desde que uma não reclame a execução por parte da outra; tais esquecimentos não valem nem podem valer como se foram delitos. Não me acode exemplo pertinente ao caso; vá o da escola que a companhia ferrocarril da Carioca tinha que dar e não deu, segundo também li na imprensa. Aí não se pode dizer que há infração, porque a outra parte contratante não exigiu a execução da cláusula; é o mesmo que se consentisse em riscá-la do papel, não faltando mais que o gesto da pena. Mas um gesto, simples ato da mão, dá mais força à vontade, ato do espírito? Não nos estejamos a perder com burocracias. Não exijamos maior ardor de uma parte em dar que da outra em receber. Nem esqueçamos que o desuso de uma cláusula acaba matando a cláusula.

Outrossim, se a lei pode valer pelo uso que se lhe der, é também certo que o simples uso faz lei. Começa-se por um abuso, espécie de erva que alastra depressa, correndo chão e arvoredo; depois, ou porque a força do homem corte algumas excrescências, ou porque a vista se haja acostumado,

On s'habitue au mal que l'on voit sans remède,

o abuso passa a uso natural e legítimo, até que fica lei de ferro. Quando alguém quer arrancar a má erva do terreno é como se ameaçasse levar o dinheiro dos outros. Tal é, se entendo o que leio, o caso da lotação dos carros elétricos da companhia do Jardim Botânico.

A Prefeitura intimou à companhia a não admitir cinco pessoas nos carros elétricos, mas só quatro, visto não haver ato aprovando a lotação de cinco. Creio que é isto. A companhia, no conflito entre o uso e a ordem, começou por dizer que aquele era lei, e não cumpria outra. Em verdade, posto que entrasse aqui o interesse direto do povo, força é confessar que não há interesse que valha um princípio, e o princípio é dar ao uso o caráter legal que lhe cabe. A lei escrita pode ser obra de uma ilusão, de um capricho, de um momento de pressa, ou qualquer outra causa menos ponderável; o uso, por isso mesmo que tem o consenso diuturno de todos, exprime a alma universal dos homens e das coisas. A sabedoria dos tempos tem cristalizado esta verdade de vários modos. — "Quem cala, consente." — "O uso do cachimbo faz a boca torta." Esta segunda fórmula é mais enérgica e expressiva, porquanto as bocas nascem direitas, e se o uso do cachimbo tem tal força que as faz tortas, é que vale por si muito mais que a ação da natureza.

Não atendeu a isto a Prefeitura, e recorreu à autoridade judiciária; mas a companhia, seguindo o exemplo da pesca a dinamite, recusou cumprir a nova ordem, no que fez muito bem. Já estou cansado de tanto juiz em Berlim. Algemas, ainda que as doure o nome de ordens legais, sempre são vínculos de escravidão, e a primeira liberdade é da alma. A *Gazeta de Notícias* foi que deu esta notícia, acompanhada de reflexões com que absolutamente não concordo.

Uma só coisa podia levar a companhia à obediência, era o procedimento dos passageiros. Caso eles dessem apoio às ordens judiciárias e prefeiturais, recusando ir cinco por banco, faltava à companhia o argumento do uso e do consenso, e em tal hipótese melhor seria ceder que resistir. Foi justamente o que aconteceu. Raro passageiro consentiu em fazer de quinto nos bancos. A generalidade deles recusou, ia nos estribos e na plataforma, ou esperava outro carro. Ora, desde que o povo, em favor de quem a companhia decretara a lotação de cinco, abre mão deste benefício, a companhia não só perde o fundamento da aquiescência pública, mas ainda qualquer lucro pecuniário. Não tinha mais que cumprir a ordem e foi o que fez ontem.

Não fez só isto; li que vai pedir alguma compensação à Prefeitura. A compensação é justa. Não será o aumento do preço da passagem; por mais barata que esta seja, a ocasião do aumento seria imprópria, já porque o ato inicial da autoridade ficaria reduzido a uma porta aberta à alteração do contrato em sentido oposto às algibeiras dos contribuintes, já porque há pouco dinheiro em circulação. Uma espera de três ou quatro anos pode fazer dessa alteração do contrato uma realidade útil e benéfica. Nem faltam compensações imediatas desde o simples título honorífico — *federal*, por exemplo — Companhia Federal Ferrocarril etc., até qualquer privilégio que me não ocorre agora, mas que há de haver.

    Não concluam que é o espírito de anarquia que me move a pena. Fácil coisa é tachar de anarquia tudo o que destoa de velhas manhas. Eu o que quero é que a lei sirva o necessário para conjugar os interesses humanos, que são a base da harmonia social. Mas isto mesmo exclui a superstição.

Gazeta de Notícias, 25 de outubro de 1896

O PÃO LONDRINO ESTÁ TÃO CARO COMO A NOSSA CARNE

O pão londrino está tão caro como a nossa carne, e na Inglaterra não falta ouro, ao que parece. Em compensação, se o pão dobrou de preço, os nossos títulos baixaram mais, como se houvéssemos de pagar a diferença do valor do trigo. Tudo afinal cai nas costas do pobre; digo pobre, não porque não sejamos ricos de sobejo, mas é que a riqueza parada é como a ideia que o alfaiate de Heine achava numa sobrecasaca: o principal é aventá-la e pô-la em ação. Entretanto, não sendo verdade que o mal de muitos seja consolo, como quer o adágio, importa-nos pouco ou nada que o pão custe caro em Londres, se nos falta, além da carne, o ouro com que mercá-la.

    Se o mal dos outros não nos consola, é certo que a lembrança do bem dá certa alma nova. Nestes dias de escasso dinheiro é doce reler aquele discurso que o dr. Ubaldino do Amaral proferiu no Senado, no mês de agosto de 1892. S. ex. analisou o projeto de um banco emissor, no qual havia este artigo: "Fica o banco autorizado antecipadamente a fazer uma emissão de trezentos mil contos de réis". Escrevi por extenso a quantia, para que não escape algum erro; mas, como a fileira dos algarismos dá mais na vista, aqui vai ela: 300.000:000$000. É um regimento; o 3, bem observado, parece o coronel; o cifrão é o porta-bandeira. Valha-me Deus! creio até que ouço a marcha dos algarismos; leiam com ritmo: trezentos mil contos, trezentos mil contos, trezentos mil contos...

    É verdade que o Senado, ouvindo a revelação do senador, exclamou espantado: Santo Deus! O que não está claro é qual haja sido o sentimento da exclamação. Assombro, decerto; mas vinha ele da imensidade da quantia, não obstante andarmos, o Senado e eu, afogados em milhões, ou era antes uma expressão de escárnio por achar escassa a emissão antecipada? Trezentos mil contos! Mas quem é que por aqueles tempos não tinha trezentos mil contos? Se os não tinha, devia-os a alguém, que era a mesma coisa. Nem sei se era ainda melhor devê-los que possuí-los.

Não me lembro bem agora do preço da carne e do pão; mas, qualquer que fosse, como o dinheiro era infinitamente maior, não havia que gemer nem suspirar, era só comer e digerir. Essas notas de bancos emissores, que por aí andam surradas, rasgadas, emendadas, consertadas com pedacinhos de papel branco, estavam na flor dos anos, novinhas em folha, com as letras ainda úmidas do prelo. Vi-as chegar, catitas e alegres, como donzelas que vão ao baile para dançar, e dançaram que foi um delírio. Eram valsas, polcas, quadrilhas de toda casta, francesas, americanas, de salteadores, toda a coreografia moderna e antiga. Segundo aquela chapa que as gazetas trazem já composta para concluir as notícias de festas, "as danças prolongaram-se até o amanhecer". As belas emissões foram dormir cansadas, sonhando com ouro, muito ouro.

Recordar tudo isso com este câmbio a 8 e menos de 8, que uns acham natural, outros postiço, não se pode dizer que não seja agradável. A memória revive o espetáculo. Nem foi há tanto tempo que não ouçamos ainda os ecos da orquestra e o rumor dos passos... Os espetáculos remotos dão o mesmo efeito, mas a tristeza cede ainda mais à doçura, e a alma transporta-se quase integralmente aos tempos acabados. Quero referir-me à narração que a *Notícia* está fazendo de coisas antigas, não sei se por um, se por muitos colaboradores, mas muitos que sejam, é certo que são todos homens maduros, se já não caíram do pé.

Conta aquela folha as águas passadas desta cidade, com tal minudência, que parece estar vendo-as. Quando eu era pequeno, conheci homens de certa idade que, por tradição, falavam das águas do monte, um dilúvio que aqui houve no tempo de d. João VI; afinal ninguém mais falou nelas, e foi um alívio para aqueles outros mais velhos, que seriam pequenos quando elas caíram. A cantiga popular ainda as conservou por anos; mas a cantiga seguiu o exemplo das águas, e foi atrás delas. As que a *Notícia* revive nos últimos dias são as da primeira imprensa periódica e as do finado Alcazar.

Aquelas não são comigo; não conheci essa multidão de gazetas e gazetinhas, cujos títulos hão de interessar os Taines do próximo século. Dão eles a nota dos costumes e da polêmica. Quanto ao número, quase que era uma folha para cada rua. Toda a gente sentia necessidade de dizer coisas aborrecíveis ou agudas, divulgar alcunhas e mazelas, ou, para usar a expressão vulgar e enérgica, "pôr os podres na rua a alguém". Partidos, influências locais, simples desocupados, simplíssimos maldizentes, vinham de mistura com almas boas e chás, que não inventaram folhas senão para ensaiar os voos poéticos ou dizer em prosa palavrinhas doces às moças; doces não, adocicadas.

As recordações do Alcazar estão mais perto, e são coisas sabidas; mas não se trata só de coisas sabidas, trata-se também de coisas sentidas, que é diferente; nestas é que as memórias velhas trajam roupas novas, e as árvores secas e nuas reverdecem de repente, como sucede em outros climas. Talvez aquela gente e aquelas coisas não valessem nada, como quer a *Notícia,* mas lembrai-vos da pergunta de Dante... Não, não; deixemos os versos divinos do poeta. O que eu queria dizer, era por alusão ao tempo da adolescência e da mocidade, não só o dos *dolci sospiri,* como o da sua rima *dubbiosi desiri.* Não caberia aqui contar como Francesca:

> *Questi che mai da me non fia diviso,*

visto que o tempo e o cansaço, que são a melhor polícia das ruas desta vida, dispersaram o ajuntado e desfizeram a multidão com pouco mais do que é preciso para contá-lo aqui. Segredos da natureza.

Os dos homens são menos escuros, mas também duram menos. Ninguém ignora que nesta cidade os segredos fazem a sua hora de rua do Ouvidor, todos os dias, entre quatro e cinco. É uso antigo; raros se deixam estar em casa. Ainda agora andaram por aí dois, acerca da operação do presidente da República; um dizia que esta se faria depois do dia 7, outro que depois do dia 15 de novembro. Embora os dois virtualmente se desmentissem, não se zangavam nem se descompunham; quando muito, piscavam o olho ao público, dando de cabeça para o lado do contrário, sorrindo. Era esse modo de avisar: "Não acreditem no que ele diz; é um boato disfarçado". No mais, risonhos, palreiros, falando uma ou outra vez ao ouvido, mas sem cochicho, no tom geral da conversação.

Enquanto eles andavam na rua, às escâncaras, havia um terceiro segredo, que não aparecia a ninguém, nem dizia palavra. Os outros dois chegaram a ir às imediações do morro do Inglês; vi-os ambos, no próprio dia da operação, à noite, em casa que fica pouco abaixo do morro, insistindo convencidamente nas datas de 7 e de 15; mas já então a operação estava acabada, com o resultado que sabemos. O grão de areia de Cromwell, por não vir a lume, produziu os efeitos que Pascal resumiu em dez linhas do seu grande estilo; este outro, maior que aquele, acertou de ser contemporâneo da cirurgia moderna, e não complicou doença com política.

Gazeta de Notícias, 1º de novembro de 1896

Mac-Kinley está eleito presidente dos Estados Unidos da América

Mac-Kinley está eleito presidente dos Estados Unidos da América. Se Bryan tivesse razão, o povo estaria crucificado numa cruz de ouro; mas, como à crucificação se segue a ressurreição, era de esperar que o mesmo sucedesse ao povo, e a Páscoa seria o que são todas as páscoas, uma festa de família. Foi justamente o que sucedeu, com a diferença que nem chegou a haver cruz, nem suplício. Bryan, felicitando o rival triunfante, acaba de mostrar que as figuras de retórica são necessárias às lutas do voto e que os oradores não pensam absolutamente o que dizem. Por outro lado, o vencedor proclama à nação que a vitória é dela e não de um partido. Essa outra luta de generosidades é brilhante e digna de um grande povo.

Eu, se lá estivesse, faria uma estatística eleitoral, para figurar ao lado das maiores daquele país, que as tem superiores ao resto do mundo. Os Estados Unidos são a terra das coisas altas, rápidas e infinitas, vastas construções e desastres vastos, cidades feitas em três meses e desfeitas em três horas, para se refazerem em três dias, vendavais que arrancam florestas, como o vento do outono as simples folhas de arbustos, e uma guerra civil, que se não pareceu com outra qualquer moderna nem antiga. Podemos imaginar o que é uma luta eleitoral. A minha estatística não contaria só os discursos proferidos nos *meetings,* dos quais já telegramas nos deram um pequeno cômputo, que excede talvez às orações de uma legislatura ordinária; mas, enfim, os discursos ocupariam o primeiro lugar, sem esmiuçar os períodos e as palavras. Contaria os auditores de todos eles, discriminados por partidos; com os auditores, as aclamações, as bandeiras, as gravuras, os artigos biográficos e apologéticos, as edições dos programas, das folhas políticas ou simplesmente noticiosas. Ao pé disto, as milhas andadas durante a campanha eleitoral, as rixas, os murros, os ferimentos e as mortes, pois que houve algumas; as apostas, valor e número delas; e, para dar a tudo um grãozinho de fantasia, os sonhos, divididos pelo tamanho, pela cor, pela duração, pela significação, pelas cabeças, pelas zonas, tantos ao Sul, tantos ao Norte, tudo bem disposto em quadros, que ficassem como um documento desta campanha de 1896.

É claro que nessas tábuas figurariam as minas de prata e seus produtos, os ganhos que daria a vitória de Bryan, e as perdas que trouxe para os derrotados a de Mac-Kinley. Viriam também os efeitos no resto do mundo. As felicitações dos vários governos e da imprensa de outros países mostram que é alguma coisa eleger um presidente dos Estados Unidos, e basta inclinar a balança a um ou outro lado para encher de alegria ou de pavor as várias praças da Europa e da América. Tudo porque os dois candidatos preferiram uma coisa tangível nos programas a uma simples exposição de doutrinas, ou até de palavras, e estas teriam as suas vantagens: não abalariam o mundo, as praças não transtornariam as suas ideias de padrão monetário, e as taxas seguiriam tranquilas o caminho do costume.

O país do dólar divergiu no dólar. Nós temos aqui uma divergência esta semana, mas é nas debêntures da Sorocabana, das quais umas continuam a ser verdadeiras e outras falsas. Já as vi de outras empresas que, ainda verdadeiras todas, não valiam mais que as falsas, e tinham a vantagem de não levar ninguém à cadeia; tão certo é que nisto de debêntures, e análoga papelada, tudo depende do crédito da pessoa. Não basta a cor da tinta nem a perfeição da gravura. As verdadeiras, que ora se falsificam, têm valor, decerto; ninguém imita o que não presta, salvo os poetas e pintores de mau gosto, e assim os músicos. Os arquitetos também, e os escultores. Toda questão é saber quem é aqui o mau artista; dizem que é alguém que, depois de vir dos Estados Unidos, para lá tornou. Haverá cúmplices? A dificuldade é achá--los porque os papéis falsos compõem-se às escondidas e distribuem-se com grandíssimas cautelas. Os autores, quando ainda não estão a bordo, jantam conosco à mesa, e dançam em família. Mas tornemos ao dólar.

Um dos capítulos da minha estatística seria a soma de dinheiro gasto, ouro, prata e papel, por estados e por cidades. Outro seria o número dos cartazes, com as recomendações do estilo: *Votai em Mac-Kinley*! *Votai em Bryan*! Nós temos uns *meetings* ligeiros e não dispendiosos, praça estreita, um patamar de escada ou um pedestal de estátua por tribuna. Também os há destes noutras partes, ainda que mais vastos, como um que se efetuou agora em Hyde Park, Londres, do qual só se pode saber que foi o mais chocho de todos (versão *Times*), e o mais entusiasta que jamais houve (versão *Daily Chronicle*). Vá a gente crer nos jornais que lê!

Em todo caso, um *meeting* não é uma campanha eleitoral e presidencial, que pede arte mais variada e perfeita, e não se faz só com palavras e um convite manuscrito colado nas esquinas. Lestes que a grande procissão de Nova York levou a passar na rua doze horas, desde dez da manhã até dez da noite. Não se refresca todo esse pessoal com promessas; há de haver algo mais que esperanças. Não todo, mas um basto número de cabos e subcabos, de agentes, de serviçais, precisa de entreter a natureza. É impossível que os nossos amigos ianques não tenham algum provérbio equivalente ao nosso "saco vazio não se põe em pé". Além do mais, há nessa procissão que passa na rua, durante doze horas, aclamando um candidato, tal soma de fôlego e resistência, não menos que nos espectadores que a veem passar, a pé firme, que seria bom fosse imitado por outros povos. Não são debêntures, são dólares de metal.

Quando a gente arrepia o pelo à história, e vê como se elegiam os cônsules romanos, fica pasmado da diferença. Seguramente os americanos invocam a divindade nos seus atos e cerimônias civis, como filhos de ingleses que são; mas não fazem aquela consulta do céu e dos deuses, particular a cada candidato, que os excluía ou admitia previamente. Candidato que o presidente da Assembleia eleitoral dissesse ter sido excluído pela divindade, quando a consultou na véspera, não recebia votos para cônsul. Falam aí no poder dos nossos presidentes de mesa eleitoral; mas seriamente, qual deles tem esta faculdade legal de consultar os astros? O que eles fazem é por abuso, mero abuso, detestável abuso; não possuem aquele poder moral e religioso, tanto quanto político, que dispensa a fraude, o bico de pena, troca de cédulas, o aumento destas, os votos de defuntos, e tantos outros recursos que um pouco de religião e astrologia tornaria inúteis.

A verdadeira luta seria para ocupar a chefia da mesa. Aí pode ser que houvesse alguma violência ou falsificação; em lugar desses seria a própria boca divina falando aos homens. Um cidadão que, depois de uma noite em claro, pudesse dizer: "Consultei o Cruzeiro e Vênus; são contrários ao Mota; o Cruzeiro prefere o Neves, e Vênus o Martins; mas, depois de alguma controvérsia, combinaram no Silva e no Alves; eu votaria no Alves"; um cidadão destes seria a própria eleição do Alves. Tudo sem discursos, nem procissões, nem manifestos, nem nada.

Gazeta de Notícias, 8 de novembro de 1896

"Uma geração passa, outra geração lhe sucede, mas a terra permanece firme."

"Uma geração passa, outra geração lhe sucede, mas a terra permanece firme." Este versículo do *Eclesiastes* é uma grande lição da vida, e não digo a maior, porque há mais três ou quatro igualmente grandes. Mas não haverá poesia nem língua que não tenha dito por modo particular esse pensamento final do mundo. Shelley exprimiu apenas metade dele naqueles dois versos:

> *Man's yesterday may ne'er be like his morrow;*
> *Nought may endure but Mutability.*

Quem nos dá a mais viva imagem do contraste entre a mobilidade dos homens no meio da imutabilidade da natureza é Chateaubriand. Lembrai--vos do *Itinerário*; recordai aquelas cegonhas que ele viu irem do Ilisso às ribas africanas. Também eu vi as cegonhas da Hélade, e peço me desculpeis esta erupção poética; nem tudo há de ser prosa na vida, alguma vez é bom mirar as coisas que ficam e perduram entre as que passam rápidas e leves... Creio que até me escapou aí um verso: "entre as que passam rápidas e leves..." A boa regra da prosa manda tirar a essa frase a forma métrica, mas seria perder tempo e encurtar o escrito; vá como saiu, e passemos adiante.

Era no arrabalde em que resido. Bastava a presença do Corcovado para cotejar a firmeza da terra com a mobilidade dos homens, e a circunstância de estar na vizinhança daquele pico a habitação do sr. presidente da República, operado e enfermo, passando as rédeas do governo ao sr. vice-presidente, que pouco mais distante mora, trazia uma comparação fácil, mas não menos triste que fácil. Duro é pensar nos padecimentos de um homem. Já falei no grão de areia de Cromwell, a propósito do cálculo que alterou, não a situação política, mas a parte principal do governo. Não repetirei aqui a ideia; melhor é deixar ao sr. barão de Pedro Afonso explicar, à *Cidade do Rio* as razões que o levaram a dizer que a cura estaria acabada em quinze dias, não o tendo cumprido por força de causas aliás preexistentes. O pior de tudo, para quem está cá embaixo, é este não poder sofrer calado e oculto, adoecer em particular, lutar com o mal e vencê-lo fora do circo e longe da plateia. A plateia romana fazia sinal com o dedo quando queria a morte da vítima. Aqui ninguém quer a morte de ninguém; mas tal haverá que, posto estime a progressiva cura do presidente, fique um tanto logrado com a suspensão dos boletins. A rua do Ouvidor, se não tem notícias, cai nos boatos.

Mas vamos ao meu ponto. Era no arrabalde em que moro. Pensava eu naquela limonada purgativa que uma pessoa bebeu, há dias, e ia morrendo se a bebe toda, por não ser mais que puro iodo. O rótulo da garrafa dava uma droga por outra. Do engano do boticário ia resultando mais um hóspede no cemitério, se a doente não recusa o medicamento, logo que lhe sentiu o gosto; ainda assim bebeu alguma porção que a fez padecer um tanto. A lembrança do caso entrou a passear-me no cérebro, único cérebro talvez em que já existisse, tão rápido passa tudo nesta vida, e tanto me custa a deixar uma ideia por outra. Então refleti, e adverti que o descuido do boticário não teve mais processo, e posto que dos descuidos comam os escrivães, nenhum escrivão comeu deste. Tudo passou, a limonada, o iodo e a memória.

E vieram outras lembranças análogas, vagas sombras, que para logo se iam desfazendo. Uma delas foi aquele outro descuido que levou para a cova um pobre-diabo, não sei se adulto, se infante. A troca dos remédios não foi obra de propósito, mas de erro, talvez de ignorância. Não foi ação de alfaiate, ourives ou marítimo, mas de boticário também, com a diferença que uns dizem ser o próprio dono da casa, outros um seu representante. A vítima expirou. Deus recebeu a sua alma. O acidente deu que falar e escrever, e os adjetivos vadios apareceram contra o pobre autor do involuntário descuido; mas adjetivos não são agentes de polícia, e enquanto um homem ouve a palavrada do prelo não escuta as chaves no ferrolho da detenção. O descuidado acabaria solto, se tivesse de acabar; os escrivães não comeram desse primeiro descuido. Poucos dias depois creio que continuou a vender as suas drogas, e a prova de que não houvera propósito, e quando muito desazo, é que ninguém mais morreu, pelo menos até ontem.

Essa lembrança desapareceu como as primeiras. Gerações delas iam assim vindo como as do texto bíblico, umas atrás de outras, esquecidas, apagadas, mortas. Nem eram só as dos remédios trocados; as dos desfalques tinham igual destino. Quatro, cinco, seis mil contos desapareceram, como ilusões da mocidade, como opiniões de ano velho. Quem sabe já deles? Há quem cite algum, raro, ou para comparação, ou por qualquer necessidade de fundamento, não com ideias de processo. Os desfalques são como os amores enganados; doem muito, mas os tempos acabam de os enganar e enterrar, e, quando menos se espera, o desfalcado reza por alma do outro, se o outro morre. Se não morre, não o mata, nem lhe tira a liberdade, que é o primeiro dos bens da terra e a melhor base das sociedades políticas. Se, além de vivo, o outro gosta de dançar, dança; ou joga, se lhe sabe o jogo, que tanto pode ser de cartas como de prendas.

Todas essas sombras, desfalques grandes e pequenos, públicos ou particulares, e trocas de remédios, e doenças e mortes filhas dessas trocas, todas essas sombras impunes iam e vinham, e eu não podia com os olhos (quanto mais com as mãos!) agarrá-las, fixá-las, sentá-las diante de mim. Como Goethe, dedicando o *Fausto*, perguntava-lhes se me rodeavam ainda uma vez, e elas iam mais vagas que as do poeta, iam-se para não voltar mais; todas esquecidas.

Eram as gerações que passavam. Gerações novas sucederão a essas, para se irem também, e dar lugar a mais e mais, que cederão todas à mesma lei do esquecimento, desfalques e remédios. Onde está a terra firme?

Quando eu fazia esta pergunta e quase respondia Lao-Tsé, contemporâneo de Confúcio, de quem o *Jornal do Commercio* publicou há dias algumas verdades verdadeiras, eis que ouço um grito na rua, um pregão, uma voz esganiçada; era a terra firme, eram as cegonhas de Chateaubriand: "Um de resto! anda hoje! duzentos contos!" Homens e leis têm a vida limitada — eles por necessidade física, elas por necessidades morais e políticas; mas a loteria é eterna. A loteria é a própria fortuna e a fortuna é a deusa que não conhece incrédulos nem renegados. A cidade fala de umas coisas que esquece, crimes públicos, crimes particulares; mas loteria não é crime particular nem público. Um de resto! anda hoje! duzentos contos!

Gazeta de Notícias, 15 de novembro de 1896

A NATUREZA TEM SEGREDOS GRANDES E INOPINÁVEIS

A natureza tem segredos grandes e inopináveis. Não me refiro especialmente ao de anteontem, no Cassino Fluminense, onde algumas senhoras e homens de sociedade nos deram ópera, comédia e pantomima, com tal propriedade, graça e talento, que encantaram o salão repleto. Não é a primeira vez que a comissão do Coração de Jesus ajunta ali a flor da cidade. Aos esforços das senhoras que a compõem correspondem os convidados — e desta vez apesar do tempo, que era execrável —, e aos convidados, em cujo número se contava agora o sr. vice-presidente da República, corresponderam os que se incumbiram de dizer, cantar ou gesticular alguma coisa. Outros contarão por menor e por nomes o que fizeram os improvisados artistas. A mim nem me cabe esta nota de passagem, em verdade menos viva que a do meu espírito; mas, pois que saiu, aí fica.

Não, o inopinável e grande da natureza, a que me quero referir, é outro. Um dos maiores sabe-se que é o suicídio, que nos parece absurdo, quando a vida é a necessidade comum; mas, considerando que é a mesma vida que leva o homem a eliminá-la — *propter vitam* —, tudo afinal se explica na pessoa que pega em si, e dá um talho, bebe uma droga ou se deita de alto a baixo na rua ou no mar. As crianças pareciam isentas dessa vertigem; mas há ainda poucas semanas deram os jornais notícia de uma criaturinha de doze anos que acabou com a existência — uns dizem que por pancadas recebidas, outros que por nada.

Tivemos agora um caso mais particular: um fazendeiro rio-grandense deu um tiro na cabeça e desapareceu do número dos vivos. O telegrama nota que era homem de idade — o que exclui qualquer paixão amorosa, conquanto as cãs não sejam inimigas das moças; podem ser invejosas, mas inveja não é inimizade. E há vários modos de amar as moças — o modo conjuntivo e o modo extático; ora, o segundo é de todas as fases deste mundo. Além de idoso, o suicida era rico, isto é, aquele bem que a sabedoria filosófica reputa o segundo da terra, ele o possuía em grau bastante para não padecer nos últimos da vida, ou antes para vivê-los à farta, entre os confortos do corpo e da boca. Não tinha moléstia alguma; nenhuma paixão política o atormentava. Qual a causa então do suicídio?

A causa foi a convicção que esse homem tinha de ser pobre. O telegrama chama-lhe mania, eu digo convicção. Qualquer, porém, que seja o nome, a verdade é que o fazendeiro rio-grandense, largamente proprietário, acreditava ser pobre, e daí o terror natural que traz a pobreza a uma pessoa que trabalhou por ser rica, viu chegar o dinheiro, crescer, multiplicar-se, e por fim começou a vê-lo desaparecer aos poucos, a mais e mais depressa, e totalmente. Note-se bem que não foi a ambição de possuir mais dinheiro que o levou à morte — razão de si misteriosa, mas menos que a outra; foi a convicção de não ter nada.

Não abaneis a cabeça. A vossa incredulidade vem de que a fazenda do homem, os seus cavalos, as suas bolivianas, as suas letras e apólices valiam realmente o que querem que valham; mas não fostes vós que vos matastes, foi ele e nada disso era vosso, mas do suicida. As coisas têm o valor do aspecto, e o aspecto depende da retina. Ora, a retina daquele homem achou que os bens tão invejados de outros eram coisa nenhuma, e prevendo o pão alheio, a cama da rua, o travesseiro de pedra ou de lodo, preferiu ir buscar a outros climas melhor vida ou nenhuma, segundo a fé que tivesse.

O avesso deste caso é bem conhecido naquele cidadão de Atenas que não tinha nem possuía uma dracma, um pobre-diabo convencido de que todos os navios que entravam no Pireu eram dele; não precisou mais para ser feliz. Ia ao porto, mirava os navios e não podia conter o júbilo que traz uma riqueza tão extraordinária. Todos os navios! Todos os navios eram seus! Não se lhe escureciam os olhos e todavia mal podia suportar a vista de tantas propriedades. Nenhum navio estranho; nenhum que se pudesse dizer de algum rico negociante ateniense. Esse opulento de barcos e ilusões comia de empréstimo ou de favor; mas não tinha tempo para distinguir entre o que lhe dava uma esmola e o seu criado. Daí veio que chegou ao fim da vida e morreu naturalmente e orgulhosamente.

Os dois casos, por avessos que pareçam um ao outro, são o mesmo e único. A ilusão matou um, a ilusão conservou o outro; no fundo, há só a convicção que ordena os atos. Assim é que um pobretão, crendo ser rico, não padece miséria alguma, e um opulento, crendo ser pobre, dá cabo da vida para fugir à mendicidade. Tudo é reflexo da consciência.

Não mofeis de mim, se achais aí um ar de sermão ou filosofia. O meu fim não é só contar os atos ou comentá-los; onde houver uma lição útil é meu gosto e dever tirá-la e divulgá-la como um presente aos leitores; é o que faço aqui. A lição que eu tirar pode ter a existência do cavalo do pampa ou a do navio do Pireu; toda a questão é que valha por uma realidade, aos olhos do fazendeiro do Sul e do cidadão de Atenas.

A lição é que não peçais nunca dinheiro grosso aos deuses, senão com a cláusula expressa de saber que é dinheiro grosso. Sem ela, os bens são menos que as flores de um dia. Tudo vale pela consciência. Nós não temos outra prova do mundo que nos cerca senão a que resulta do reflexo dele em nós: é a filosofia verdadeira. Todo Rothschild and Sons, nossos credores, valeriam menos que os nossos criados, se não possuíssem a certeza luminosa de que são muito ricos. Wanderbilt seria nada; Jay Gould um triste cocheiro de tílburi sem possuir sequer o carro nem o cavalo, a não ser a convicção dos seus bens.

Passai das riquezas materiais às intelectuais: é a mesma coisa. Se o mestre-escola da tua rua imaginar que não sabe vernáculo nem latim, em vão lhe provarás que ele escreve como Vieira ou Cícero, ele perderá as noites e os sonos em cima dos livros, comerá as unhas em vez de pão, encanecerá ou encalvecerá, e morrerá sem crer que mal distingue o verbo do advérbio. Ao contrário, se o teu copeiro acreditar que escreveu os *Lusíadas*, lerá com orgulho (se souber ler) as estâncias do poeta; repeti-las-á de cor, interrogará o teu rosto, os teus gestos, as tuas meias palavras, ficará por horas diante dos mostradores mirando os exemplares do poema exposto. Só meterá em processo os editores se não supuser que ele é o próprio Camões; tendo essa persuasão, não fará mais que ler aquele nome tão bem-visto de todos, abençoá-lo em si mesmo; ouvi-lo aos outros, acordado e dormindo.

Que diferença achais entre o mestre-escola e o teu copeiro? Consciência pura. Os frívolos, crentes de que a verdade é o que todos aceitam, dirão que é mania de ambos, como o telegrama mandou dizer do fazendeiro do Sul, como os antigos diriam do cidadão de Atenas. A verdade, porém, é o que deveis saber, uma impressão interior. O povo, que diz as coisas por modo simples e expressivo, inventou aquele adágio: Quem o feio ama, bonito lhe parece. Logo, qual é a verdade estética? É a que ele vê, não a que lhe demonstrais.

A conclusão é que o que parece desmentir a natureza da parte de um homem que se elimina por supor que empobreceu não é mais que a sua própria confirmação. Já não possuía nada o suicida. A contabilidade interior usa regras às vezes diversas da exterior, diversas e contrárias: 20 com 20 podem somar 40, mas também podem somar 5 ou 3, e até 1, por mais absurdo que este total pareça; a alma é que é tudo, amigo meu, e não é Bezout que faz a verdade das verdades. Assim, e pela última vez, repito que vos não limiteis a pedir bens simples, mas também a consciência deles. Se eles não puderem vir, venha ao menos a consciência. Antes um navio no Pireu que cem cavalos no pampa.

Gazeta de Notícias, 22 de novembro de 1896

GUITARRA FIM DE SÉCULO

Gastibelza, l'homme à la carabine, chantait ainsi.
V. Hugo.

Abdul-Hamid, padixá da Turquia,
Servo de Alá,
Ao relembrar como outrora gemia
Gastibelzá,

Soltou a voz solitária e plangente
Cantando assim: —
"Verei morrer este eterno doente?
Penso que sim.

"Ó meu harém! ó sagradas mesquitas
Meu céu azul!
Terra de tantas mulheres bonitas,
Minha Istambul!
Ó Dardanelos! ó Bósforo! ó gente
Síria, alepim! —
Verei morrer este eterno doente?
Penso que sim.

"Ouço de um lado bradar o Evangelho,
De outro o Corão,
Ambos à força daquele ódio velho,
Velha paixão,
E sinto em risco o meu trono luzente,
Todo cetim. —
Verei morrer este eterno doente?
Penso que sim.

"Gladstone, certo feroz paladino,
Cristão e inglês,
Em discurso chamou-me assassino,
Há mais de um mês;
Ninguém puniu esse dito insolente
De tal mastim. —
Verei morrer este eterno doente?
Penso que sim.

"Chamou-me ainda não sei se maluco,
Ele que já
Vai pela idade de mole e caduco,
Velho paxá,
Ele que quis rebelar toda a gente
Da verde Erim. —
Verei morrer este eterno doente?
Penso que sim.

"Ah! se eu, em vez de gostar da sultana
É outras hanuns,
Trocar quisesse esta Porta Otomana
Pelos Comuns,

Dar-me-iam, dizem, o trato excelente
Que dão ao chim. —
Verei morrer este eterno doente?
Penso que sim.

"Querem que faça reformas no Império,
Voto, eleição,
Que inda mais alto que o nosso mistério
Ponha o cristão,
Que dê à cruz o papel do crescente,
Como em Dublim. —
Verei morrer este eterno doente?
Penso que sim.

"Que tempo aquele em que bons aliados
Bretão, francês,
Defender vinham dos golpes danados
O nosso fez!
Então a velha questão do Oriente
Tinha outro fim. —
Verei morrer este eterno doente?
Penso que sim.

"Então a gente da ruiva Moscóvia,
Imperiais
Da Bessarábia, Sibéria, Varsóvia,
Odessa e o mais,
Não conseguiam meter o seu dente
No meu capim. —
Verei morrer este eterno doente?
Penso que sim.

"Hoje meditam levar-me aos pedaços
Tudo o que sou,
Cabeça, pernas, costelas e braços,
Paris, Moscou,
A rica Londres, Viena a potente,
Roma e Berlim. —
Verei morrer este eterno doente?
Penso que sim.

"Oh! desculpai-me se nesta lamúria,
Se neste andar,
Preciso às vezes entrar na Ligúria
Para rimar.

Para rimar um mandão do Ocidente
Com mandarim. —
Verei morrer este eterno doente?
Penso que sim.

"Constantinopla rimar com manopla,
Bem, sim, senhor;
Porém que a dura exigência da copla
Torne uma flor
Igual à erva mofina e cadente
De um mau jardim... —
Verei morrer este eterno doente?
Penso que sim.

"Pois eu rimei *Maomé* com *verdade,*
Mas hoje, ao ver
Que nem me fica esta velha cidade,
Sinto perder
A fé que tinha de príncipe e crente
Até o fim. —
Verei morrer este eterno doente?
Penso que sim.

"Donzelas frescas, matronas gorduchas,
Com *feredjehs,*
Moças calçadas de lindas babuchas
Nos finos pés,
Mastigam doces com gesto indolente
No meu festim. —
Verei morrer este eterno doente?
Penso que sim.

"Onde irão elas comer os confeitos
Que ora aqui têm?
Quem lhes dará desses sonos perfeitos
Do meu harém?
Onde acharão o sabor excelente
De um alfenim? —
Verei morrer este eterno doente?
Penso que sim.

"E eu, onde irei, se me deitam abaixo?
Onde irei eu,
Servo de Alá, sem bastão nem penacho?
Tal o judeu

Errante, irei, sem parar, tristemente,
De Ohio a Pequim. —
Verei morrer este eterno doente?
Penso que sim.

"Ver-me-ão à noite, com lua ou sem lua,
Seguir atrás
Da costureira que passa na rua,
Honesta, em paz,
Pedir-lhe um beijo de amor por um pente
De ouro ou marfim. —
Verei morrer este eterno doente?
Penso que sim.

"Comerei só, sem eunucos escuros,
Em *restaurant,*
Talvez bebendo dos vinhos impuros
Que veda Islã;
Esposo de uma senhora somente
Assim, assim. —
Verei morrer este eterno doente?
Penso que sim.

"Penso que sim. Virão logo rasgá-lo,
Como urubus
Sobre o cadáver de um pobre cavalo,
Nações de truz.
Farão de cada pedaço jacente
Uma Tonquim. —
Verei morrer este eterno doente?
Penso que sim.

"Penso que sim; mas, pensando mais fundo,
Bem pode ser
Que ele inda fique algum tempo no mundo;
Tudo é fazer
Com que elas briguem na festa esplendente
Antes do fim.—
Verei viver este eterno doente?
Talvez que sim."

Gazeta de Notícias, 29 de novembro de 1896

Antônio Conselheiro é
o homem do dia

Antônio Conselheiro é o homem do dia; faz-me lembrar o beribéri. Eu acompanhei o beribéri durante muitos anos, pelas folhas do Norte, principalmente do Maranhão e do Ceará. Via citadas as pessoas que adoeciam do mal, que eu não conhecia e cujo nome lia errado, carregando no *i*: lia *beriberí*. Confesso este pecado de prosódia, esperando que os meus contemporâneos façam a mesma coisa, ainda que, como eu, não tenham outros merecimentos. Quem tem outros merecimentos pode claudicar uma vez ou duas. Ao duque de Caxias ouvi eu dizer — *míster*; mas o duque tinha uma grande vida militar atrás de si. Que feitos militares ou civis tem um senhor que eu conheço para dizer *eleiçãos*?

Mas, tornando ao meu propósito, eu li os casos de beribéri por muitos e dilatados anos. Acompanhei a moléstia; vi que se espalhava pouco a pouco, mas segura. Foi assim que chegou à Bahia, e anos depois estava no Rio de Janeiro, de onde passou ao Sul. Hoje é doença nacional. Quando deram por ela, tinha abrangido tudo. Ninguém advertiu na conveniência de sufocá-la nos primeiros focos.

O mesmo sucedeu com Antônio Conselheiro. Este chefe de bando há muito tempo que anda pelo sertão da Bahia espalhando uma boa nova sua, e arrebanhando gente que a aceita e o segue. Eram vinte, foram cinquenta, cem, quinhentos, mil, dois mil; as últimas notícias dão já três mil. Antes de tudo, tiremos o chapéu. Um homem que, só com uma palavra de fé, e a quietação das autoridades, congrega em torno de si três mil homens armados, é alguém. Certamente, não é digno de imitação; chego a achá-lo detestável; mas que é alguém, não há dúvida. Não me repliquem com algarismos eleitorais; nas eleições pode-se muito bem reunir duas e três mil pessoas, mas são pessoas que votam e se retiram, e não se reúnem todas no mesmo lugar, mas em seções. Casos há em que nem vão às urnas; é o que elegantemente se chama *bico de pena*. Uns dizem que este processo é imoral; outros que imoral é ficar de fora. Eu digo, como Bossuet: "Só Deus é grande, meus irmãos!"

Como e de que vivem os sectários de Antônio Conselheiro? Não acho notícia exata deste ponto, ou não me lembro. Se não têm rendas, vivem naturalmente das do mato, caça e fruta, ou das dos outros, como os salteadores. A verdade é que vivem. A crença no chefe é grande; Antônio Conselheiro tem tal poder sobre os seus amigos, que fará deles o que quiser. Agora mesmo, no primeiro ataque da força pública, sabe-se que eles, baleados, vinham às fileiras dos soldados para cortá-los a facão, e morrer. Entretanto, eles têm amigos estabelecidos à sombra das leis. Um telegrama diz que da cidade de Alagoinhas mandaram pólvora e chumbo ao chefe. Apreenderam-se caixões com armas que iam para ele. Os sectários batem-se com armas Comblaim e Chuchu. Dizem as notícias que não se pode destruir tal gente com menos de seis mil homens de tropa. Talvez mais; um fanático, certo de ressuscitar daí a quinze dias, como ele assegura, vale por três homens.

Há um ponto novo nesta aventura baiana; está nos telegramas publicados anteontem. Dizem estes que Antônio Conselheiro bate-se para destruir as instituições republicanas. Neste caso, estamos diante de um general Boulanger, adaptado ao meio, isto é, operando no sertão, em vez de o fazer na capital da República e na Câmara dos deputados, com eleições sucessivas e simultâneas. É muita coisa para tal homem; profeta de Deus, enviado de Jesus e cabo político, são muitos papéis juntos, conquanto não seja impossível reuni-los e desempenhá-los. Cromwell derribou Carlos I com a Bíblia no bolso, e não ganhou batalha que não atribuísse a vitória a Deus. "Senhor, — escrevia ele ao presidente da Câmara dos comuns, — senhor, isto é nada menos que Deus; a ele cabe toda a glória." Mas, ou eu me engano, ou vai muita distância de Cromwell a Antônio Conselheiro.

Entretanto, como a alma passa por estados diferentes, não é absurdo que o atual estado da do nosso patrício seja a ambição política. Pode ser que ele, desde que se viu com três mil homens armados e subordinados, tenha sentido brotar do espírito profético o espírito político, e pense em substituir-se a todas as Constituições. Imaginará que, possuindo a Bahia, possui Sergipe, logo depois Alagoas, mais tarde Pernambuco e o resto para o Norte e para o Sul. Dizem que ele declarou que há de vir ao Rio de Janeiro. Não é fácil, mas todos os projetos são verossímeis, e, dada a ambição política, o resto é lógico. Ele pode pensar que chega, vê e vence. Suponhamos nós que é assim mesmo; que as calamidades do tempo e o espírito da rebelião se dão as mãos para entregar a vitória ao chefe da seita dos Canudos. Canudos é, como sabeis, o lugar onde ele e o seu exército estão agora entrincheirados. Isto suposto, que será o dia de amanhã?

Lealmente, não sei. Eu não sou profeta. Se fosse, talvez estivesse agora no sertão, com outros três mil sequazes, e uma seita fundada. E faria o contrário daquele fundador. Não viria aos centros povoados, onde a corrução dos homens torna difícil qualquer organização sólida, e o espírito de rebelião vive latente, à espera de oportunidade. Não, meus amigos, era lá mesmo no sertão, onde os bichos ainda não jogam nem são jogados; era no mais fechado, áspero e deserto que eu levantaria a minha cidade e a minha igreja.

Antônio Conselheiro não compreende essa vantagem de fazer obra nova em sítio devoluto. Quer vir aqui, quer governar perto da rua do Ouvidor. Naturalmente, não nos dará uma Constituição liberal, no sentido anárquico deste termo. Talvez nem nos dê cópia ou imitação de nenhuma outra, mas alguma coisa inédita e inesperada. O governo será decerto pessoal; ninguém gasta paciência e anos no mato para conquistar um poder e entregá-lo aos que ficaram em suas casas. O exemplo de Orélie-Antoine I (e único), rei dos Araucânios, não o seduzirá a pôr uma coroa na cabeça. Cônsul e protetor são títulos usados. Palpita-me que ele se fará intitular simplesmente Conselheiro, e, sem alterar o nome, dividi-lo-á por uma vírgula: "Antônio, Conselheiro, por ordem de Deus e obediência do povo..." Terá um Conselho, Câmara única e pequena, não incumbida de votar as leis, mas de as examinar somente, pelo lado ortográfico e sintáxico, pelo número de letras consoantes em relação às vogais, idade das palavras, energia dos verbos, harmonia dos períodos etc., tudo exposto em relatórios longos, minuciosos, ilegíveis e inéditos.

Venerado como profeta, obedecido como chefe de Estado, investido de ambos os gládios, com as chaves do céu e da terra na gaveta, Antônio Conselheiro verá o seu poder definitivamente posto? Como tudo isto é sonho, sonhemos que sim; mas Oliveiro terá um Ricardo por sucessor, e a obra do primeiro perecerá nas mãos do segundo, sem outro resultado mais que haver o profeta governado perto da rua do Ouvidor. Ora, esta rua é o alçapão dos governos. Pela sua estreiteza, é a murmuração condensada, é o viveiro dos boatos, e mais mal faz um boato que dez artigos de fundo. Os artigos não se leem, principalmente se o contribuinte percebe que tratam de orçamento e de imposto, matérias já de si aborrecíveis. O boato é leve, rápido, transparente, pouco menos que invisível. Eu, se tivesse voz no Conselho municipal, antes de cuidar do saneamento da cidade, propunha o alargamento da rua do Ouvidor. Quando este beco for uma avenida larga em que as pessoas mal se conheçam de um lado para outro, terão cessado mil dificuldades políticas. Talvez então se popularizem os artigos sobre finanças, impostos e outras rudes necessidades do século.

Gazeta de Notícias, 6 de dezembro de 1896

O Senado deixou suspensa a questão do *veto* do prefeito

O Senado deixou suspensa a questão do *veto* do prefeito acerca do imposto sobre companhias de teatro. Não falaria nisto se não se tratasse de arte em que a política não penetra — ao menos que se veja. Se penetra, é pelos bastidores; ora, eu sou público, só me regulo pela sala.

Houve debate à última hora, esta semana, e debate, não direi encarniçado, para não gastar uma palavra que me pode servir em caso mais agudo... Não, eu não sou desses perdulários que, porque um homem diverge no corte do colete, chama-lhe logo bandido; eu poupo as palavras. Digamos que o debate foi vigoroso.

Não sei se conheceis o negócio. O que eu pude alcançar é que havia uma lei taxando fortemente as companhias estrangeiras; esta lei foi revogada por outra que manda igualar as taxas das estrangeiras e das nacionais; mas logo depois resolveu o Conselho municipal que fosse cumprida uma lei anterior à primeira... Aqui é que eu não sei bem se a lei restaurada apenas levanta as taxas sem desigualá-las, ou se as torna outra vez desiguais. Além de não estar claro no debate, sucede que na publicação dos discursos há o uso de imprimir entre parênteses a palavra *lê* quando o orador lê alguma coisa.

Para as pessoas que estão na galeria, é inútil trazer o que o orador leu, porque essas ouviram tudo; mas como nem todos os contribuintes estão na galeria, (ao contrário!) a consequência é que a maior parte fica sem saber o que é que se leu, e portanto sem perceber a força da argumentação, isto com prejuízo dos próprios oradores. Por exemplo, um orador, X..., refuta a outro, Y...:

"X... E pergunto eu, v. ex. pode admitir que o documento de que se trata afirme o que o governo do Estado alega? Ouça v. ex. Aqui está o primeiro trecho, o trecho célebre. (*Lê*) Não há aqui o menor vestígio de afirmação...

"Y... Perdão, leia o trecho seguinte.

"X... O seguinte? Ainda menos. (*Lê*) Não há nada mais vago. O governador expedira o decreto, cujo art. 4º não oferece a menor dúvida; basta lê-lo. (*Lê*) Depois disto, que concluir, senão que o governador tinha o plano feito? Querem argumentar, sr. presidente, com o § 7º do art. 6º; mas essa disposição é um absurdo jurídico. Ouça a câmara. (*Lê*)

"Vozes: Oh! Oh!"

Não há dúvida que este uso economiza papel de impressão e tempo de copiar; mas eu, contribuinte e eleitor, não gosto de economias na publicação dos debates. Uma vez que estes se imprimem, é indispensável que saiam completos para que eu os entenda. Posso ser paralítico, preguiçoso, morar fora, e tenho o direito de saber o que é que se lê nas câmaras. Se algum membro ou ex-membro do Congresso me lê, espero que providenciará de modo que, para o ano, eu possa ler o que se ler, sem ir passar os meus dias na galeria do Congresso.

Como ia dizendo, não tenho certeza do que é a lei municipal restaurada; mas para o que vou dizer é indiferente. O que deduzi do debate é que há duas opiniões: uma que entende deverem ser as companhias estrangeiras fortemente taxadas, ao contrário das nacionais, outra que quer a igualdade dos impostos. A primeira funda-se na conveniência de desenvolver a arte brasileira, animando os artistas nacionais que aqui labutam todo o ano, seja de inverno, seja de verão. A segunda, entendendo que a arte não tem pátria, alega que as companhias estrangeiras, além de nos dar o que as outras não dão, têm de fazer grandes despesas de transporte, pagar ordenados altos e não convém carregar mais as respectivas taxas. Tal é o conflito que ficou suspenso.

Eu de mim creio que ambas as opiniões erram. Não erram nos fundamentos teóricos; tanto se pode defender a universalidade da arte como a sua nacionalidade; erram no que toca aos fatos. Com efeito, é difícil, por mais que a alma se sinta levada pelo princípio da universalidade da arte, não hesitar quando nos falam da necessidade de defender a arte nacional; mas é justamente este o ponto em que a visão do Conselho municipal, do prefeito e do Senado me parece algo perturbada.

Posto não frequente teatros há muito tempo, sei que há aí uma arte especial, que eu já deixei em botão. Essa arte (salvo alguns esforços louváveis) não é propriamente brasileira, nem estritamente francesa; é o que podemos chamar, por um vocábulo composto, a arte franco-brasileira. A língua de que usa dizem-me que não se pode atribuir exclusivamente a Voltaire, nem inteiramente a Alencar; é uma língua feita com partes de ambas, formando um terceiro organismo, em que a polidez de uma e o mimo de outra produzem nova e não menos doce prosódia.

 Este fenômeno não é único. O teuto-brasileiro é um produto do Sul, onde o alemão nascido no território nacional não fica bem alemão nem bem brasileiro, mas um misto, a que lá dão aquele nome. Ignoro se a língua daquele nosso meio patrício e inteiro colaborador é um organismo igual ao franco-brasileiro; mas se as escolas das antigas colônias continuam a só ensinar alemão, é provável que domine esta língua. Nisto estou com La Palisse.

 Não é pelo nascimento dos artistas que a arte franco-brasileira existe, mas por uma combinação do Rio com Paris ou Bordéus. Essa arte, que as finadas mmes. Doche e d. Estela não reconheceriam por não trazer a fisionomia particular de um ou de outro dos respectivos idiomas, tem a legitimidade do acordo e da fusão nos elementos de ambas as origens. Quando nasceu? É difícil dizer quando uma arte nasce; mas basta que haja nascido, tenha crescido e viva. Vive, não lhe peço outra certidão.

 Acode-me, entretanto, uma ideia que pode combinar muito bem as duas correntes de opinião e satisfazer os intuitos de ambas as partes. Essa ideia é lançar uma taxa moderada às companhias estrangeiras e libertar de todo imposto as nacionais. Deste modo, aquelas virão trazer-nos todos os invernos algum regalo novo, e as nacionais poderão viver desabafadas de uma imposição onerosa, por mais leve que seja. Creio que assim se cumprirá o dever de animar as artes, sem distinção de origens, ao mesmo tempo que se protegerá a arte nacional. Que importa que, ao lado dela, seja protegida a arte franco-brasileira? Esta é um fruto local; se merece menos que a outra, não deixa de fazer algum jus à equidade. Aí fica a ideia; é exequível. Não a dou por dinheiro, mas de graça e a sério.

 Não me arguam de prestar tanta atenção à língua de uma arte e à meia língua de outra. Grande coisa é a língua. Aquele diplomata venezuelano que acaba de atordoar os espíritos dos seus compatriotas pela revelação de que o tratado celebrado com a Inglaterra, graças aos bons ofícios dos Estados Unidos, serve ao interesse destes dois países com perda para Venezuela, pode não ter razão (e creio que não tenha), mas dá prova certa do que vale a língua. Os outros dois são ingleses, falam inglês; foi o pai que ensinou esta língua ao filho. Venezuela é uma das muitas filhas e netas de Espanha que se deixaram ficar por este mundo. A língua castelhana é rica; mas é menos falada. Se o diplomata tivesse razão, em Caracas, que é o Rio de Janeiro de Venezuela, as companhias nacionais é que aguentariam os maiores impostos, enquanto que as de Londres e Nova York representariam sem pagar nada. Mas é um desvario, decerto; esperemos outro telegrama.

 Relevem o estilo e as ideias; a minha dor de cabeça não dá para mais.

Gazeta de Notícias, 13 de dezembro de 1896

É MINHA OPINIÃO QUE NÃO
SE DEVE DIZER MAL DE NINGUÉM

É minha opinião que não se deve dizer mal de ninguém, e ainda menos da polícia. A polícia é uma instituição necessária à ordem e à vida de uma cidade.
 Nos melhores tempos da nossa bela Guanabara, como lhe chamam poetas, tínhamos o Vidigal e o Aragão. Esse Aragão, que eu não conheci, vinha ainda falar aos de minha geração pela boca do sino de São Francisco de Paula, às 10 horas da noite, hora de recolher, fazendo lembrar aquilo da ópera: — *Abitanti de Parigi, è ora di riposar.*
 Ó tempos! tempos! Os escravos corriam para a casa dos senhores, e todo o cidadão, por mais livre que fosse, tinha obrigação de se deixar apalpar, a ver se trazia navalha na algibeira. Era primitivo, mas tiradas as navalhas aos malfeitores, poupava-se a vida à gente pacífica.
 Não se deve dizer mal da polícia. Ela pode não ser boa, pode não ter sagacidade, nem habilidade, nem método, nem pessoal; mas, com tudo isso, ou sem tudo isso, é instituição necessária. Os tempos vão suprindo as lacunas, emendando os defeitos. Para falar de nós, já começamos a perder a ideia de uma polícia eleitoral ou de um canapé destinado a alguém que passa de um cargo a outro e descansa um mês para tomar fôlego. O pessoal secreto é difícil de escolher; outrora, nem sequer era secreto. Quem se não lembra daquele famoso assassinato da rua Uruguaiana, há anos, cujo autor fugia perseguido por pessoas do povo que bradavam: "Pega! é secreta!" Duas lições houve nesse acontecimento: 1º, o crime praticado pela virtude; 2º, o secreto conhecido de toda gente. Não obstante, repito, a instituição é necessária, e antes medíocre que nenhuma.
 Agora mesmo, se nada se tem encontrado acerca da dinamite tirada de um depósito, é porque os ladrões de dinamite não são como os de simples lenços pendurados às portas das lojas. Estes são obrigados a furtar de dia, à vista do dono e dos passantes, correm, são perseguidos pelo clamor público, e afinal pegados. Eu, apesar do gosto que tenho à psicologia, ainda não pude descobrir o móvel secreto das pessoas que perseguem neste caso a um gatuno. É o simples impulso da virtude? E o desejo de perseguir um homem hábil que quer escapar à lei? Mistério insondável. A virtude é, decerto, um grande e nobre motivo, e se pudesse haver deliberação no ato, não há dúvida que ela seria o motivo único; mas, não se pode deliberar quando alguém furta um lenço e foge; o ato da corrida é imediato. Se os perseguidores fossem outros lojistas, não há dúvida que, por aquele seguro mútuo natural entre pessoas interessadas, cada um trataria de capturar e fazer punir o que defraudou o vizinho, e pode amanhã vir defraudá-lo a ele. Mas, em geral, os perseguidores são pessoas que nada têm com aquilo. Nenhum deles levaria nunca o lenço de ninguém; não contesto que um ou outro, posto em corredor escuro e solitário, diante de um relógio de ouro, regulando bem, longe dos homens, dificilmente sairá sem o relógio no bolso. É, por outra maneira, o problema

de Diderot. Não vades crer que eu condeno a perseguição dos delinquentes; ao contrário, aplaudo o espírito de solidariedade que deve prender o cidadão à autoridade e à lei; mas não falo em tese, falo em hipótese.

Portanto, não admira que a dinamite continue encoberta. Há mais coisas entre o céu e a terra do que sonha a nossa vã filosofia. É velho este pensamento de Hamlet; mas nem por velho perde. Eu não peço às verdades que usem sempre cabelos brancos, todas servem, ainda que os tragam brancos ou grisalhos. Ora, se há muita coisa entre o céu e a terra, a dinamite pode lá estar; é muita, convenho, mas o espaço é vasto e sobra. Como iremos buscá-la tão alto? A polícia, a própria polícia inglesa, que dizem ser a melhor aparelhada, ainda não possui agentes aéreos. Ouço que há agora dois homens em Paris que tencionam ir em balão descobrir... o quê? descobrir o polo; mas polo não é dinamite, que faz voar casas e túneis de estradas de ferro. Polo não vive escondido; deixa-se estar à espera. Notemos que os interrogados até agora não disseram nada que esclareça sobre o paradeiro da matéria roubada; ou são inocentes, ou estão ligados por juramentos terríveis, a não ser que o próprio interesse lhes tape a boca; explicação esta muito natural. Não havendo meios de tortura — o látego ao menos —, como fazer falar a pessoas mudas?

Mas, tudo isto me tem desviado do ponto a que queria ir. Vamos a ele. Não se deixem levar por aparências; não cuidem que faço aqui um noticiário criminal. A boa regra para quem empunha uma pena é só tratar do que pode dar de si algum suco, uma ideia, uma descoberta, uma conclusão. Não dando nada, não vale a pena gastar papel e tinta; melhor é abrir as janelas e ouvir o passaredo que canta no arvoredo, para rimarem juntos, e os insetos que zumbem, o trem da linha do Corcovado que sobe, e ver o sol que desce por estas montanhas abaixo, garrido e cálido, como um rapaz de vinte anos. Grande sol, quando esfriarás tu? em que século apagarás o facho com que andas pela escuridão do infinito? Talvez a terra já não exista, com todas as suas cidades, policiadas ou não.

Um amigo meu teve um roubo em casa, um cofre de joias. Quando, ignoro; pode ter sido agora, pode ter sido antes de 13 de maio, antes da Guerra do Paraguai, antes da Guerra dos Farrapos, antes da Guerra de Troia. Afinal, que valem datas! Suponhamos que é da ópera:

*C'est à la cour du roi Henri,
Messieurs, que se passait ceci.*

Furtadas as joias, o meu amigo conseguiu dar com elas, dentro do cofre, e o cofre escondido em uma chácara, à espera talvez da noite seguinte, para poder ser levado, com o grande peso que tinha. Já estava aberto, com dois relógios de menos. No trabalho a que ele se deu foi acompanhado por um praça de polícia, a fim de capturar o ladrão, se fosse achado; mas o ladrão não apareceu.

Este meu amigo é advogado. Qualquer profano, descoberto o cofre, levá-lo-ia para casa, dando graças a Deus por só haver perdido os relógios.

O meu amigo, antes de tudo, cuidou no corpo de delito. Fez-me lembrar aquele coronel inglês, Melvil, que, ao saber dos ferimentos do irmão da bela Colomba, admira-se de não terem ainda apresentado queixa a um magistrado. "Falara do inquérito pelo *coroner* e de muitas outras coisas desconhecidas na Córsega", narra finalmente Mérimée. O meu amigo queria por força que se fizesse corpo de delito, e foi à polícia uma vez, duas, três, penso que quatro, mas não afirmo. O intervalo foi sempre, mais ou menos, de duas horas; mas não achou nunca autoridade disponível. Não era preciso ouvir que voltasse depois; ele voltaria, ele voltou, e (vede o prêmio da tenacidade!) tanto voltou que achou uma. Então contou-lhe o caso, e acabou pedindo corpo de delito.

— Bem — responderam-lhe —, vai-se fazer, mas *onde está o ferido?*

A alma do meu amigo não lhe caiu ao chão, porque ele, depois de tantas idas e vindas, já não tinha alma. Perdeu a fala, isso sim; não soube que responder. Essa noção tão particular do corpo de delito fez voltar ao coração todas as belas coisas que preparara. Para ser exato, não afirmo que saísse calado; pode ser que afinal apresentasse algumas explicações, vagas, tortas, vexadas, apenas suspiradas, ao canto da boca. E tornou para casa, dando mentalmente os dois relógios ao ladrão, para que ele não fosse para o inferno com esse pecado às costas; irá com outros. Enfim, o meu amigo quis gratificar o praça que o acompanhou nas pesquisas; o praça recusou, dizendo haver estado ali cumprindo a sua obrigação. Eis aí uma boa nota policial, e não faltarão outras, como a do assalto às tavolagens, em que nunca as mãos lhe doam.

E a conclusão? A conclusão é que nem todas as palavras têm o mesmo eco em todas as cabeças, e há muitas noções diversas para um só e triste vocábulo. *Ergo bigamus.*

Gazeta de Notícias, 20 de dezembro de 1896

Leitor, aproveitemos esta rara ocasião que os deuses nos deparam

Leitor, aproveitemos esta rara ocasião que os deuses nos deparam. Só dois fôlegos vivos não são candidatos ao governo da cidade, tu e eu. E ainda assim não respondo por ti; neste século de maravilhas pode dar-se que um candidato tenha alma bastante para ler, ao café, uma coluna de sensaborias, e ir depois pleitear a palma de combate. Tudo é possível. Já se veem ossos através da carne; dizem que Édison medita dar vista aos cegos. É o que faz na Bahia, sem outro instrumento mais que a sugestão, o nosso grande taumaturgo Antônio Conselheiro.

Mas em que é que aproveitaremos esta ocasião rara? Em dizer das letras e da poesia. Aqui temos Valentim Magalhães com o romance *Flor de sangue;*

aqui temos Lúcio de Mendonça, com as *Canções do outono.* Iremos votar, decerto, tu e eu, mas há de ser depois de me haveres lido e bebido a chávena de café. O meu título de eleitor não é dos que ficaram devolutos para que um cidadão anônimo pegasse deles e os oferecesse a outros. Francamente, como é que esse cavalheiro não viu que não se fazem distribuições tais senão a pessoas seguras, já apalavradas, de olho fino? Em que estava pensando quando entregou os títulos a desconhecidos que o foram denunciar? Não é que eu condene o ato. Um dos eleitores defraudados confessou que não vota há muitos anos. Pois se não vota, como é que se admira de que lhe tirem o título? A verdadeira teoria política é que não há eleitores, há títulos. Um eleitor que é? Um simples homem, não diverso de outro homem que não seja eleitor; a mesma figura, os mesmos órgãos, as mesmas necessidades, a mesma origem, o mesmo destino; às vezes, o mesmo alfaiate; outras, a mesma dama. Que é que os faz diferentes? Esse pedaço de papel que leva em si um pedaço de soberania. O homem pode ser banqueiro, agricultor, operário, comerciante, advogado, médico, pode ser tudo; eleitoralmente é como se não existisse: sem título, não é eleitor.

Ora bem, dada a abstenção, descuido, esquecimento ou ignorância da parte dos donos dos títulos, devem ou podem estes papéis, estes direitos incorporados ficar como terrenos baldios, sem a cultura do voto? É claro que não. Uma lei de desapropriação com processo sumário que tirasse o título ao eleitor remisso, três dias antes da votação, e o desse a quem mais desse, seria a forma legal de restituir àquele papel os seus efeitos. Mas, porque não temos uma lei dessas, devemos tratar direitos políticos, direitos constitucionais, como se fossem o lixo das praias, o capim das calçadas ou o palmo de pó que enche todas essas ruas, e que o vento, a carroça, o pé da besta levantam, que entra pelos nossos pulmões, cega-nos, suja-nos, irrita-nos, faz-nos mandar ao diabo o município e o seu governo? Não; seria quase um crime.

Portanto, o erro da pessoa que andou a oferecer títulos alheios foi a inabilidade. Alguns querem que o cidadão induzido a votar por outro esteja a meio caminho de furtar um par de botas. É um erro; se o fato de votar por outro levasse alguém ao latrocínio, esta arte estaria em outro pé; ora, é sabido que não a pode haver mais rudimentária ou mais decadente. Já não há testamentos falsos. Salvo algum peculato, desfalque ou coisa assim, a maior parte dos roubos são verdadeiras misérias. Pouca audácia, nenhuma originalidade. Talvez por isso, mal os jornais dão notícia de um delito desses, o esquecimento absorve o criminoso. Não imprimam *absolve*; quem absolve é o júri, no caso de haver processo; eu digo que o esquecimento absorve o criminoso, no sentido de se não falar mais nisso.

Mas deixemos criminologias e venhamos aos dois livros da quinzena. A *Flor de sangue* pode dizer-se que é o sucesso do dia. Ninguém ignora que Valentim Magalhães é dos mais ativos espíritos da sua geração. Tem sido jornalista, cronista, contista, crítico, poeta, e, quando preciso, orador. Há vinte anos que escreve, dispersando-se por vários gêneros, com igual ardor e curiosidade. Quem sabe? Pode ser que a política o atraia também, e iremos vê-lo na tribuna, como no jornalismo, em atitude de combate, que é um dos característicos do seu estilo. Naturalmente nem tudo o que escreveu terá o mesmo valor. Quem compõe muito e sempre, deixa páginas somenos; mas é já grande vantagem dispor da facilidade de produção e do gosto de produzir.

Pelo que confessa no prefácio, Valentim Magalhães escreveu este romance para fazer uma obra de fôlego e satisfazer assim a crítica. No fim do prefácio, referindo-se ao romance e ao poema, como as duas principais formas literárias, conclui: "Tudo o mais, contos, odes, sonetos, peças teatrais são matizes, variações, gradações; motivos musicais, apenas, porque as óperas são só eles". Este juízo é por demais sumário e não é de todo verdadeiro. Parece-me erro pôr assim tão embaixo *Otelo* e *Tartufo*. Os sonetos de Petrarca formam uma bonita ópera. E Musset? Quantas obras de fôlego se escreveram no seu tempo que não valem as *Noites* e toda a juventude de seus versos, entre eles este, que vem ao nosso caso:

Mon verre n'est pas grand, mais je bois dans mon verre.

Taça pequena, mas de ouro fino, cheia de vinho puro, vinho de todas as uvas, gaulesa, espanhola, italiana e grega, com que ele se embriagou a si e ao seu século, e aí vai embriagar o século que desponta. Quanto às ficções em prosa, conto, novela, romance, não parece justo desterrar as de menores dimensões. *Clarisse Harlowe* tem um fôlego de oito volumes. Taine crê que poucos suportam hoje esse romance. Poucos é muito: eu acho que raros. Mas o mesmo Taine prevê que no ano 2.000 ainda se lerá a *Partida de gamão,* uma novelinha de trinta páginas; e, falando das outras narrativas do autor de *Carmen,* todas de escasso tomo, faz esta observação verdadeira: "É que são construídas com pedras escolhidas, não com estuque e outros materiais da moda".

Este é o ponto. Tudo é que as obras sejam feitas com o fôlego próprio e de cada um, e com materiais que resistam. Que Valentim Magalhães pode compor obras de maior fôlego, é certo. Na *Flor de sangue* o que o prejudicou foi querer fazer longo e depressa. A ação, aliás vulgar, não dava para tanto; mal chegaria a metade. Há muita coisa parasita, muita repetida, e muita que não valia a pena trazer da vida ao livro. Quanto à pressa, a que o autor nobremente atribui os defeitos de estilo e de linguagem, é causa ainda de outras imperfeições. A maior destas é a psicologia do dr. Paulino. O autor espiritualiza à vontade um homem que, a não ser a sua palavra, dá apenas a impressão do lúbrico; e não há como admitir que, depois da temporada de adultério, ele se mate por motivos de tanta elevação nem ainda por supor não ser amado. Não tenho espaço para outros lances inadmissíveis, como a ida de Corina à casa da rua de Santo Antônio (pág. 141). Os costumes não estão observados. Já Lúcio de Mendonça contestou que tal vida fosse a da nossa sociedade. O erotismo domina mais do que se devera esperar, ainda dado o plano do livro.

Não insisto; aí fica o bastante para mostrar o apreço em que tenho o talento de Valentim Magalhães, dizendo-lhe alguma coisa do que me parece bom e menos bom na *Flor de sangue*. Que há no livro certo movimento, é fora de dúvida; e esta qualidade em romancista vale muito. Verdadeiramente os defeitos principais deste romance são dos que a vontade do autor pode corrigir nas outras obras que nos der, e que lhe peço sejam feitas sem nenhuma ideia de grande fôlego. Cada concepção traz virtualmente as proporções devidas; não se porá Mme. *Bovary* nas cem páginas de *Adolfo,* nem um conto de Voltaire nos volumes compactos de George Elliot.

Para que Valentim Magalhães veja bem a nota assaz aguda que deu a algumas partes da *Flor de sangue*, leia o prefácio de Araripe Júnior nas *Canções do outono,* comparado com o livro de Lúcio de Mendonça. O valente crítico fala longamente do amor, e sem biocos, pela doutrina que vai além de Mantegazza, segundo ele mesmo expõe; e definindo o poeta das *Canções do outono*, fala de um ou outro toque de sensualidade que se possa achar nos seus versos. Entretanto, é bem difícil ver no livro de Lúcio de Mendonça coisa que se possa dizer sensual. *O ideal* é o título da primeira composição; ele amará em outras páginas com o ardor próprio da juventude; mas as sensações são apenas indicadas. Basta lembrar que o livro (magnificamente impresso em Coimbra) é dedicado por ele à esposa, então noiva.

Vários são os versos deste volume, de vária data e vária inspiração. Não saem da pasta do poeta, para a luz do dia, como segredos guardados até agora; são recolhidos de jornais e revistas, por onde Lúcio de Mendonça os foi deixando. O mérito não é igual em todos; a *Flor do ipê,* a *Tapera,* a *Ave-Maria,* para só citar três páginas, são melhor inspiradas e bem compostas que outras — versos de ocasião. Há também traduções feitas com apuro. Por que fatalidade acho aqui vertido em nossa língua o soneto *Analyse,* de Richepin? Nunca pude ir com esta página do autor de *Fleurs du Mal.* Essa análise da lágrima, que só deixa no crisol água, sal, soda, muco e fosfato de cal, em que é que diminui a intensidade ou altera a espiritualidade dos sentimentos que a produzem? É o próprio poeta que, na *Charogne,* anunciando à amante que será cadáver um dia, canta as suas emoções passadas:

> *Alors, ô ma beauté! dites à la vermine*
> *Qui vous mangera de baisers,*
> *Que j 'ai gardé la forme et l 'essence divine*
> *De mes amours décomposés!*

Pois a lágrima é isso, é a essência divina, seja da dor, seja do prazer, seja ainda da cólera das pobres criaturas humanas. Felizmente, no mesmo volume o poeta nos dá a tradução do famoso soneto de Arvers e de outras composições de mérito. Eu ainda não disse que tive o gosto de prefaciar o primeiro volume de Lúcio de Mendonça, e não o disse, não só para não falar de mim — que é mau costume —, mas para não dar razão aos que me arguem de entrar pelo inverno da vida. Em verdade, esse rapaz, que eu vi balbuciar os primeiros cantos, é hoje magistrado e alto magistrado, e o tempo não terá andado só para ele. Mas isso mesmo me faz relembrar aquela circunstância. Eis-nos aqui os dois, após tantos anos, sem haver descrito das letras, e achando nelas um pouco de descanso e um pouco de consolo. Muita coisa passou depois das *Névoas matutinas;* não passou a fé nas musas, e basta.

Gazeta de Notícias, 27 de dezembro de 1896

A IMPORTÂNCIA DA CARTA
QUE SE VAI LER

A importância da carta que se vai ler devia excluir qualquer outro cuidado esta semana; mas não se perde nada em retificar um lapso. Pequeno lapso: domingo passado escrevi "autor de *Fleurs du Mal*" onde devera escrever "autor de *Blasphèmes*", tudo porque uma estrofe de Baudelaire me cantava na memória para corrigir com ela o seu patrício Richepin. Vamos agora à carta. Recebi-a anteontem de um cidadão americano, o rev. M. Going, que aqui chegou em agosto do ano findo e partiu a 1 ou 2 de setembro para a ilha da Trindade. — "Suspeito uma coisa", disse-me ele. — "Que coisa?" — "Não posso dizer; se acertar, terei feito uma grande descoberta, a maior descoberta marítima do século; se não acertar, fica o segredo comigo." Podes imaginar agora, leitor, o assombro com que recebi a epístola que vais ler:

Ilha da Trindade, 26 de dezembro de 1896.

Caro senhor. — Esta carta vos será entregue pelo rev. James Maxwell, de Nebrasca. Veio ele comigo a esta ilha, sem saber o fim que me trouxe a ela. Pensava que o meu desejo era conhecer o valor do penhasco que os ingleses queriam tomar ao Brasil, segundo lhe disse em Royal Hotel, 3, rua Clapp, uma sexta-feira. O rev. Maxwell vos contará o assombro em que ficou e a minha desvairada alegria quando vimos o que ele não esperava ver, o que absolutamente ninguém pensou nem suspeitou nunca.

Senhor, esta ilha não é deserta, como se afirma; esta ilha tem, do lado oriental, uma pequena cidade, com algumas vilas e aldeias próximas. Eu desconfiava disto, não por alguma razão científica ou confidência de navegante, mas por uma intuição fundada em tradição de família. Com efeito, é constante na minha família que um dos meus avós, aventureiro e atrevido, deixou um dia as costas da Inglaterra, entre 1648 e 1650, em um velho barco, com meia dúzia de tripulantes. Voltou dez anos depois, dizendo ter descoberto um povo civilizado, bom e pacífico, em certa ilha que descreveu. Não temos outro vestígio; mas, não sei por que razão — creio que por inspiração de Deus — desconfiei que a ilha era a da Trindade. E acertei; eis a ilha, eis o povo, eis a grande descoberta que vai fechar com chave de ouro o nosso século de maravilhas.

As notícias atropelam-se-me debaixo da pena, de modo que não sei por onde continue. A primeira coisa que lhe digo já é que achei a prova da estada aqui de um Going, no século XVII. Dei com um retrato de Carlos I, meio apagado e conservado no museu da cidade. Disseram-me que fora deixado por um homem que residiu aqui há tempos infinitos. Ora, o meu avô citado era grande realista e por algum tempo bateu-se contra as tropas de Cromwell. Outra prova de que um inglês esteve aqui é a língua do povo, que é uma mistura de latim, inglês e um idioma que o rev. Maxwell afirma ser púnico. Efetivamente, este povo inculca descender de uma leva de cartagineses que saiu de Cartago antes da vitória completa dos romanos. Uma vez entrados aqui, juraram que nenhuma relação teriam mais com povo algum da terra, e assim se conservaram. Quando a população chegou a vinte e cinco mil almas, fizeram uma lei reguladora dos nascimentos, para que nunca esse número seja excedido; único modo, dizem, de se conservarem segregados da cobiça e da inveja do universo. Não é essa a menor esquisitice desta pequena nação; outras muitas tem, e todas serão contadas na obra que empreendi. Porquanto, meu caro senhor, é meu intuito não ir daqui sem haver descrito os costumes e as instituições do pequenino país que descobri, dizendo de suas origens, raça, língua o mais que puder coligir e apurar. Talvez lhe traga dano. Não é fora de propósito crer que a Inglaterra, sabendo que aqui esteve um inglês, há dois séculos, reclame a posse da ilha; mas, em tal caso, sendo Going meu parente, reivindicarei eu a posse e vencerei por um direito anterior. De fato, todo ente gerado, antes de vir à luz, antes de ser cidadão, é filho de sua mãe, e até certo ponto é avô da geração futura que virtualmente traz em si. Vou escrever neste sentido a um legista de Washington.

Falei de esquisitices. Aqui está uma, que prova ao mesmo tempo a capacidade política deste povo e a grande observação dos seus legisladores. Refiro-me ao processo eleitoral. Assisti a uma eleição que aqui se fez em fins de novembro. Como em toda a parte, este povo andou em busca da verdade eleitoral. Reformou muito e sempre; esbarrava-se, porém, diante de vícios e paixões, que as leis não podem eliminar. Vários processos foram experimentados, todos deixados ao cabo de alguns anos. É curioso que alguns deles coincidissem com os nossos de um e de outro mundo. Os males não eram gerais, mas eram grandes. Havia eleições boas e pacíficas, mas a violência, a corrupção e a fraude inutilizavam em algumas partes as leis e os esforços leais dos governos. Votos vendidos, votos inventados, votos destruídos, era difícil alcançar que todas as eleições *fossem puras e seguras*. Para a violência havia aqui uma classe de homens, felizmente extinta, a que chamam pela língua do país, kapangas *ou* kapengas. Eram esbirros particulares, assalariados para amedrontar os eleitores e, quando fosse preciso, quebrar as urnas e as cabeças. Às vezes quebravam só as cabeças e metiam nas urnas maços de cédulas. Estas cédulas eram depois apuradas com as outras, pela razão especiosa de que mais valia atribuir a um candidato algum pequeno saldo de votos que tirar-lhe os que deveras lhe foram dados pela vontade soberana do país. A corrução era menor que a fraude; mas a fraude tinha todas as formas. Enfim, muitos eleitores, tomados de susto ou de descrença, não acudiam às urnas.

Vai então, há cinquenta anos (os anos aqui são lunares) apareceu um homem de Estado, autor da lei que ainda hoje vigora no país. Não podeis, caro senhor, conceber nada mais estranho nem também mais adequado que essa lei: é uma obra-prima de legislação experimental. Esse homem de Estado, por nome Trumpbal, achou dificuldades em começo, porque a reforma proposta por ele mudava justamente o princípio do governo. Não o fez, porém, pelo vão gosto de trocar as coisas. Trumpbal observara que este povo confia menos em si que nos seus deuses; assim, em vez de colocar o direito de escolha na vontade popular, propôs atribuí-lo à fortuna. Fez da eleição uma consulta aos deuses. Ao cabo de dois anos de luta, conseguiu Trumpbal a primeira vitória. — Pois bem, disseram-lhe; decretemos uma lei provisória, segundo o vosso plano; far-se-ão por ela duas eleições, e se não alcançar o efeito que esperais, buscaremos outra coisa. Assim se fez; a lei dura há quarenta e oito anos.

Eis os lineamentos gerais do processo: cada candidato é obrigado a fazer-se inscrever vinte dias antes da eleição, pelo menos, sem limitação alguma de número. Nos dez dias anteriores à eleição, os candidatos expõem na praça pública os seus méritos e examinam os dos seus adversários, a quem podem acusar também, mas em termos comedidos. Ouvi um desses debates. Conquanto a língua ainda me fosse difícil de entender, pude alcançar, pelas palavras inglesas e latinas, pela compostura dos oradores e pela fria atenção dos ouvintes, que os oradores cumpriam escrupulosamente a lei. Notei até que, acabados os discursos, os adversários apertavam as mãos uns dos outros, não somente com polidez, mas com afabilidade. Não obstante, para evitar quaisquer personalidades, o candidato não é designado pelo próprio nome, mas pelo de um bicho, que ele mesmo escolhe no ato da inscrição. Um é águia, outro touro, outro pavão, outro cavalo, outro borboleta etc. Não escolhem nomes de animais imundos, traiçoeiros, grotescos e outros, como sapo, macaco, cobra, burro; mas a lei nada impõe a tal respeito. Nas referências que fazem uns aos outros adotaram o costume de anexar ao nome um qualificativo honrado: o brioso Cavalo, o magnífico Pavão, o indomável Touro, *a galante Borboleta etc., fazendo dessas controvérsias, tão fáceis de azedar, uma verdadeira escola de educação.*

A eleição é feita engenhosamente por uma máquina, um tanto parecida com a que tive ocasião de ver no Rio de Janeiro, para sortear bilhetes de loteria. Um magistrado preside a operação. Escrito o título do cargo em uma pedra negra, dá-se corda à máquina, esta gira e faz aparecer o nome do eleito, composto de grandes letras de bronze. Os nomes de todos, isto é, os nomes dos animais correspondentes têm sido postos na caixa interior da máquina, não pelo magistrado, mas pelos próprios candidatos. Logo que o nome de um aparecer, o dever do magistrado é proclamá-lo, mas não chega a ser ouvido, tão estrondosa é a aclamação do povo: — "Ganhou o Pavão! ganhou o Cavalo!" Este grito, repetido de rua em rua, chega aos últimos limites da cidade, como um incêndio, em poucos minutos. O alvoroço é enorme, é um delírio. Homens, mulheres, crianças, encontram-se e bradam: — "Ganhou o Cavalo! ganhou o Pavão!"

Mas então os vencidos não gemem, não blasfemam, não rangem os dentes? Não, caro senhor, e aí está a prova da intuição política do reformador. Os cidadãos, levados pelo impulso que os faz não descrer jamais da fortuna, lançam apostas, grandes e pequenas, sobre os nomes dos candidatos. Tais apostas parece que deviam agravar a dor dos vencidos, uma vez que perdiam candidato e dinheiro; mas, em verdade, não perdem as duas coisas. Os cidadãos fizeram disto uma espécie de perde-ganha; cada partidário aposta no adversário, de modo que quem perde o candidato ganha o dinheiro, e quem perde o dinheiro ganha o candidato. Assim, em vez de deixar ódios e vinganças, cada eleição estreita mais os vínculos políticos do povo. Não sei se uma grande cidade poderia adotar tal sistema; é duvidoso. Mas para cidades pequenas não creio que haja nada melhor. Tem a doçura, sem a monotonia do víspora. E, deixai-me que vo-lo diga francamente, apelando para os seus deuses, este povo, que conserva as crenças errôneas da raça originária, pensa que são eles que o ajudam; mas, em verdade, é a providência divina. Ela é que governa a terra toda e dá luz à escuridão dos espíritos. Está em Isaías: "Ouvi, ilhas, e atendei, povos de longe". Está nos Salmos: "Do Senhor é a redondeza da terra e todos os seus habitadores, porque ele a fundou sobre os mares e sobre os rios".

Haveria muito que dizer se pudesse contar outros costumes deste povo, fundamentalmente bom e ingênuo; mas paro aqui. Conto estar de volta no Rio de Janeiro em fins de maio ou princípios de junho. Peço-vos que auxilieis o meu amigo rev. Maxwell; ele vai buscar-me alguns livros e um aparelho fotográfico. Indagai dele as suas impressões, e ouvireis a confirmação do que vos digo. Adeus, meu caro senhor; crede-me vosso muito obediente servo — GOING.

O rev. Maxwell confirma realmente tudo o que me diz a carta do rev. Going. São dois sacerdotes; e, embora protestantes, não creio que se liguem para rir de um homem de boa-fé. É tudo, porém, tão extraordinário que, para o caso de ser um simples *humbug,* resolvi publicar a carta. Os entendidos dirão se é possível a descoberta.

Gazeta de Notícias, 3 de janeiro de 1897

Falemos de doenças, de mortes, de epidemias

Falemos de doenças, de mortes, de epidemias. Não é alegre, mas nem todas as coisas o são, e algumas há mais melancólicas que outras. Estamos em pleno estio, estação dos grandes obituários, que por ora não sobem da usual craveira; morre-se como em maio e setembro. A velha hóspede importuna (não é preciso dizer o nome) ainda se não levantou da cama; pode ser até que lá fique. Também há anos em que, por se levantar tarde, não come menos, ainda que mais depressa; mas esperemos o melhor.

Apesar de tudo, o Conselho municipal votou, creio eu, a lei do empréstimo de saneamento. Não afirmo que sim nem que não, porque é mui difícil para mim extrair de um longo debate o que é que realmente se votou ou não votou. Quando os vereadores falavam uns para os outros, e só eram conhecidos cá fora os votos coletivos, poder-se-iam ter presentes as leis, então chamadas posturas, e mal chamadas assim. As galinhas não põem silenciosamente os ovos; cacarejam sempre. Ora, os vereadores punham calados as suas leis. Também não se lhes sabia a opinião, e podiam pensar diversamente no princípio e no fim de agosto, conquanto fossem firmes todo o ano; mas podiam. Agora que, por uma razão justa, os discursos são apanhados, impressos, postos em volume, tudo se sabe do debate, o que é dele e o que não é. Mas vá um homem tomar pé no meio de tantas orações!

Demais, o contribuinte, bem examinado, não quer saber de orçamentos nem de empréstimos. O contribuinte sou eu, és tu; tu és um homem que gostas de dizer mal, de ler veementes discursos, mormente se trazem muitos apartes e não tratam da matéria em discussão, espírito fluido, avesso às asperezas de imposto e às realidades da soma. Deem-nos bons debates, algum escândalo, meia dúzia de anedotas, e o resto virá. Ninguém se há de negar a pagar os impostos. Quando forem muitos e grossos, que tornem a vida cara, farão o ofício do calor e da trovoada, que é dar princípio às conversações de pessoas que não tenham outra coisa que dizer. Iniciada a palestra, desaparecem.

Creio, porém, que está votado o empréstimo. Dado que sim, convirá proceder já às obras, ou será melhor esperar que o mal comece? Tudo está em saber o que é o mal. Aparentemente é só aquela visita de 1850, que ainda não saiu cá de casa, por mais que recorramos às superstições da terra contra os cacetes; mas bem pode ser que haja outro: a arteriosclerose. Já se morre muito desta doença. Há coisa de dez ou quinze anos ninguém conhecia aqui semelhante flagelo, nem de figura, nem sequer de nome. Não conseguira transpor a barra: não pensava sequer nisso. Um dia, caiu não se sabe donde e pegou um descuidado, que não resistiu e foi para o obituário entre uma vítima de tuberculose e outra de tifo; estava em casa. Daí para cá, a arteriosclerose tem feito as suas vítimas certas. Outras doenças podem matar ou aleijar, e também podem não fazer nada, não aparecer sequer; aquela é segura. É sorrateira. Uma pessoa adoece, não mostra de quê, por mais que se investigue, apalpe, analise; dá-se-lhe tudo, contra vários males, e a vida diminui, diminui, até que se vai inteiramente. Só então o terrível mal põe a orelha de fora, e passa um defunto para o cemitério com esta pecha de haver dissimulado a causa da morte, última e mais hedionda das hipocrisias.

O que há de pior nessa moléstia, não é decerto o nome. O nome é bonito, é científico, não é de pronúncia fácil, e dito de certo modo pode matar por si mesmo. Ora, é sabido que os nomes valem muito. Casos há em que valem tudo. Na política é que se vê o valor que podem ter as palavras, independente do sentido. Agora mesmo veio um telegrama não sei de que estado, tratando das últimas eleições. Conta fatos condenáveis, atos de violência e de fraude, e, referindo-se ao governo do Estado, chama-lhe *nefasto*. Ninguém ignora o que é um telegrama, tudo se paga. Todos sabem que há adjetivos trágicos, próprios da grande correspondência, das proclamações, dos artigos de fundo, impróprios da via telegráfica. *Nefasto* parece estar nesse caso. É palavra grossa, enérgica, expressiva — um tanto gasta, é possível, como bandido e perverso; mas sempre serve. Por mais gasto que esteja, nefasto tem ainda certo vigor; maior uso tem perverso, e há muito quem o empregue com bom êxito. Bandido, que é o mais surrado dos três, tem na harmonia das sílabas alguma coisa que lhe compensa o uso; e não é a qualquer que se lança este nome de bandido. Tu não és bandido; eu não sou bandido.

Pois, meu amigo, o correspondente não hesitou em mandar *nefasto* pelo telégrafo. Tal é o efeito de um adjetivo de certa gravidade. A suposição de que o telégrafo só conta e resume os fatos, vê-se que gratuita. Também as paixões andam por ele, e as paixões não se exprimem com algarismos e sílabas soltas e pecas. Paixões são paixões. Chamam nefasto ao nefasto, sublime ao sublime, e não olham a dinheiro para transmitir o termo próprio. Se se há de falar de um governo adverso sem se lhe chamar nefasto, também não se poderá dizer de um governo amigo que é benemérito; não se poderá dizer nada. O telégrafo fica sendo um serviço sem explicação, sem necessidade, mero luxo, e, em matéria de administração, luxo e crime são sinônimos. Tanto não é assim, que esta mesma semana tivemos outra amostra de telegramas. Li alguns que, depois de qualificarem certo ato com palavras duras e cortantes, concluíam por chamá-lo inqualificável. Dois ou três, ao contrário, começam por declará-lo inqualificável, e acabam dando-lhe as devidas qualificações — tudo por eletricidade, que é instantâneo. A contradição é só aparente; inqualificável aqui é um termo superlativo, cúmulo dos cúmulos, uma coisa que encerra todas as outras. Sem esta faculdade de fazer estilo, o telégrafo não passaria de um edital de praça, quando o que lhe cumpre é ser catálogo de leilão.

Tudo isto veio a propósito de quê? Ah! da arteriosclerose. Dizia eu que o pior desta moléstia não é o nome. Em verdade, o pior é que ninguém lhe escapa. Não conheço pessoa que diga de si haver estado muito mal de uma arteriosclerose; o enfermo sabe da enfermidade quando a notícia da morte está no obituário, e os obituários publicam-se com alguma demora. É mal definitivo. Talvez conviesse fazer escapar alguns atacados, ainda que por poucos meses, um ou dois anos. Não é muito, mas a maior parte da gente, tendo de escolher entre morrer agora ou em 1899, prefere a segunda data, quando menos com o pretexto de ver acabar o século. É uma ideia; um específico contra a arteriosclerose, não salvando a todos, mas uns cinco por cento, podia muito bem ser aplicado, sem deixar de enriquecer o inventor, que afinal também há de morrer.

Realmente estou demasiado lúgubre. *On ne parle ici que de ma mort,* diz um personagem de não sei que comédia. Sacudamos as asas; fora com a poeira do cemitério. Venhamos à vida, ao saneamento. Uma folha estrangeira perguntava há pouco quais eram as duas condições essenciais da salubridade de uma cidade, e respondia a si mesma que eram a água corrente em abundância e a eliminação rápida dos resíduos da vida. Depois, com um riso escarninho, concluía que tudo estava achado há vinte séculos pelos romanos. E lá vinham os famosos aquedutos... Mas, entre nós, os aquedutos, com o trem elétrico por cima, dão a imagem de um progresso que os romanos nem podiam sonhar. E quanto aos banhos, não há de que se orgulhem os antigos. O atual chafariz da Carioca tem lavado muito par de pernas, muito peito, muita cabeça, muito ventre; na menor das hipóteses, muito par de narizes. Não tem nome de banho público, mas *what's in a name?* como diz a divina Julieta.

Gazeta de Notícias, 10 de janeiro de 1897

SEMANA DE MARAVILHAS

Semana de maravilhas, que pincel divino e diabólico a um tempo não seria necessário para reduzir-te a um símbolo? Triste coisa é a rebelião. A loucura é coisa tristíssima. Imaginemos agora a rebelião de loucos que deve ter sido a de anteontem, no Hospício de Santiago. Horrível, três vezes horrível. Afirma a Agência Havas que os loucos praticaram desatinos. Este pleonasmo é a mais dura das ironias que uma agência, seja ou não Havas, pode cometer contra pobres criaturas sem juízo; mas se a intenção do telegrama foi zombar dos ajuizados que se metem a rebeldes, não digo que a ocasião fosse própria, mas, enfim, a notícia é menos crua. Leram naturalmente que a força pública teve de acudir para abafar o movimento, não havendo outro recurso em tais casos, ainda que os revoltosos não tratassem de derribar as instituições políticas. Trocaram-se balas e cabeçadas. Vejo daqui os olhos dos rebeldes, vagos e tontos, e ouço as risadas de mistura com os urros. Um, mais doido que outro, dá em si com as pernas dele, e lança-o acima de um soldado, que o apara na ponta da baioneta; as tripas disparam pela barriga fora, também loucas, também rebeldes...

Em si mesma, a loucura é já uma rebelião. O juízo é a ordem, é a Constituição, a justiça e as leis. Se há nele algum tumulto que perturbe a ordem, alguma imoralidade que desafie a justiça, e se as leis nem sempre recebem aquela obediência exata que há nos sonhos de Platão e de Campanella, tudo isso é passageiro, e, se dura, não dura sempre. A vida não é perfeita, meus irmãos. As mais belas sociedades coxeiam, às vezes, de um pé, e não raro de ambos. Mas coxear é uma coisa e quebrar as pernas é outra. A demência é a fratura das pernas; ou, continuando a primeira metáfora, malucar é rebelar-se. Que não será uma revolta de alienados?

Ao pé dessa maravilha, tivemos outra de espécie contrária: o tratado de arbitramento entre a Inglaterra e os Estados Unidos. Vários grandes homens, inclusive Rochefort, disseram dele coisas magníficas, e a opinião geral é que a guerra acabou, e que este ato é o maior do século. Para um século que madrugou com sangue e aprendeu a andar entre batalhas, este acabar decretando a paz universal e eterna é, na verdade, uma grande maravilha. Eu, que fui educado na desconfiança dos tratados, confesso que hesitei um pouco. Certo, dois grandes países podem entender-se sobre o modo de dividir os bens do evento, acrescendo que, no presente caso, a vitória de um ou de outro é sempre a vitória da língua inglesa, com mais arcaísmos de um lado ou mais americanismos de outro, Macaulay ou Bancroft — numa só palavra, Shakespeare. Nem se trata de aspiração nova; a nossa Constituição a inclui entre os seus artigos, mas aparelha a nação para a guerra. A minha hesitação veio de...

Não digo donde veio a minha hesitação, uma vez que acabou. Sim, a guerra há de extinguir-se; natural é que comece a fazê-lo, e o caminho mais pronto é achar um processo que a substitua. Mas, por que não direi a causa da minha hesitação? Vinha da rapidez do ato. Se fosse milagre, bem; eu aprendi com La Palisse que o caráter do milagre é ser súbito. Mas este autor, por seus paradoxos, está tão desacreditado que não vale mais crer nele. E estou que a vitória final da indústria será como as da própria guerra, que tendia a acabar com meia dúzia de batalhas. Oh! a paz do mundo! Bem-aventurados os que a alcançarem, e é natural que sejam duas nações essencialmente industriais. Sim, venha a paz; a guerra será no campo da venda e da compra; eu quererei comprar barato, tu quererás vender caro, eis aí um vasto campo de luta, de emboscadas, de fortalezas mascaradas, de feridos e mortos.

Os exércitos serão principalmente os do imposto, e daqui passaria eu a outra maravilha da semana, que é o imposto municipal, se este não tivesse o inconveniente de ser municipal. Hoje estou fora da cidade. Concordo que os novos impostos são grossos e minuciosos, embora com fins declarados e certos, mas o meu espírito hoje é um vagabundo, que não quer parar em nada, menos ainda no Rio de Janeiro. Estou pronto a aceitar os exércitos do fisco, mas como princípio, como regra universal. As maravilhas hão de ser estranhas, como a daquele professor de Berlim, que está fabricando diamantes, e que o imperador visitou esta semana, para ver se o produto artificial vale o natural. Eu não descreio que a natureza venha a ser deposta e que as maravilhas da arte e da indústria substituam os seus produtos seculares. Um filósofo quer que a aventurina seja a única pedra que é pior natural que artificial; mas, além de não ser mineralogista, podia dizer verdades no seu tempo. Nós caminhamos e ainda havemos de fazer diamantes como fazemos a sesta. Um amigo meu, há quatro anos, mostrando-me um maço de ações de sua companhia, creio que de São Lázaro, bradava-me: "Isto é ouro!". Na ocasião pareceu-me que era papel, papel excelente, a impressão boa, as cédulas iguais, tão iguais que davam a impressão de um simples pedaço de madeira. Mas quem impede que ainda venha a ser ouro?

A cativa Bárbara é outra maravilha da semana, se é exato o que nos contou Teófilo Braga, no *Jornal do Commercio*, acerca da nova edição feita das *Endechas a Bárbara*, por Xavier da Cunha, a expensas do dr. Carvalho Monteiro. Há tudo nessa reimpressão, há para poetas, há para bibliógrafos, há para rapazes. Os poetas lerão o grande poeta, os bibliógrafos notarão as traduções infinitas que se fizeram dos versos de Camões, desde o latim de todos até o guarani dos brasileiros, os rapazes folgarão com as raparigas da Índia. Estas (salvante o respeito devido à poesia e à bibliografia) não são das menores maravilhas, nem das menos fáceis, muitas lânguidas, todas cheirosas. Quanto às endechas à cativa,

> Aquela cativa,
> Que me tem cativo,

como dizia o poeta, essas trazem a mesma galantaria das que ele compôs para tantas mulheres, umas pelo nome, Fuã Gonçalves, Fuã dos Anjos etc., outras por simples indicações particulares, notando-se aquelas duas "que lhe chamaram diabo", e aquelas três que diziam gostar dele, ao mesmo tempo,

> Não sei se me engana Helena,
> Se Maria, se Joana;

ele concluía que uma delas o enganava, mas eu tenho para mim que era por causa da rima. A Pretidão de Amor (por alcunha) é que certamente lhe era fiel:

> Olhos sossegados,
> Pretos e cansados.

Quanto ao trabalho de Xavier da Cunha e o serviço de Carvalho Monteiro, não há mais que louvar e agradecer, em nome das musas, conquanto não víssemos ainda nem um nem outro; mas a notícia basta.

Gazeta de Notícias, 17 de janeiro de 1897

Anteontem, quando os sinos começaram a tocar a finados

Anteontem, quando os sinos começaram a tocar a finados, um amigo disse-me: "Um dos dois morreu, o arcebispo ou o papa". Não foi o papa. Aquele velhinho transparente, com perto de noventa anos às costas, além do governo do mundo católico, continua a enterrar os seus cardeais. Agora mesmo, por telegrama impresso ontem, sabe-se que morreu mais um cardeal, com o qual sobem a cento e dezoito os que se têm ido da vida, enquanto Leão XIII fica à espera da hora que ainda lhe não bateu. Outro amigo meu, que já vira duas vezes o velho pontífice, acaba de escrever-me que o viu ainda uma vez, em dezembro, na cerimônia da imposição do chapéu a alguns novos cardeais. Descreve a forma da cerimônia, cheio de admiração e de fé — uma fé sincera e singela, flor dos seus jovens anos. Ouvira uma missa ao papa, e, posto enfraquecido pela idade, este lhe pareceu resistir à ação do tempo.

Não sucedeu o mesmo ao digno arcebispo do Rio de Janeiro. Posto que muito mais moço, foi mais depressa tocado pela hora da morte. D. João era um lutador; as folhas do dia lembram ou nomeiam os livros e opúsculos que escreveu, não contando o trabalho de jornalista, obra que desaparece todos os dias com o sol, para recomeçar com o mesmo sol, e não deixar nada na memória dos homens, a não ser o vago sulco de um nome, que se apaga (para os melhores) com a segunda geração. Este homem, nado em Barcelona, filho de um belga e de uma senhora espanhola — creio que era espanhola —, estava longe de crer que acabaria na sede arquiepiscopal de uma grande capital da América. Tais são os destinos, tais os ventos que levam a vela de cada um, ou para a navegação costeira e obscura, ou para a descoberta remota e gloriosa.

Era um lutador. Eu confesso que a primeira e mais viva impressão episcopal que tenho não é de homem de combate, talvez porque a hora não era de combate. A impressão que me ficou mais funda foi a daquele d. Manuel do Monte Rodrigues, conde de Irajá. A boca cheia de riso, como frei Luís de Sousa refere de são Bartolomeu dos Mártires, os olhos pequenos, com a pouca luz restante, coados pelos vidros grossos dos óculos de ouro, a bênção pronta, a mão já trêmula, o corpo já curvado, descia da sege episcopal, todo vestido de paz e sossego. Uma figura daquelas, na imaginação da criança, facilmente se liga à ideia da imortalidade. Um dia, porém, d. Manuel morreu. A terra, credor que não perdoa, e apenas reformará algumas letras, veio pedir-lhe a restituição do empréstimo. D. Manuel entregou-lho, aumentado dos juros de uma vida de virtudes e trabalhos.

Veio o moço d. Pedro, e com pouco soou a hora de combate, que foi longa e ruidosa. A parte dele não foi grande na luta; pelo menos, não teve igual eco aos outros. Nem por isso a imagem do primeiro bispo me ficou apagada pela do segundo, apesar do auxílio do tempo em favor de d. Pedro.

Não era a mansidão que conservava o relevo daquele. Nenhum lutador mais impetuoso, mais tenaz e mais capaz que d. Vital, bispo de Olinda, e a impressão que este me deixou foi extraordinária. Vi-o uma só vez, à porta do Tribunal, no dia em que ele e o bispo do Pará tiveram de responder no processo de desobediência.

A figura do frade, com aquela barba cerrada e negra, os olhos vastos e plácidos, cara cheia, moça e bela, desceu da sege, não como o velho d. Manuel, mas com um grande ar de desdém e superioridade, alguma coisa que o faria contar como nada tudo o que se ia passar perante os homens. Sabe-se que morreu na Europa, creio que na Itália. Há quem acredite que voluntariamente não tornaria à cadeira de Pernambuco. Ao seu companheiro de então, o bispo do Pará, tive ocasião de vê-lo ainda, numa sala, familiar e grave, atraente e circunspeto, mas já sem aquele clangor das trombetas de guerra; a campanha acabara, a tolerância recuperara os seus direitos.

Também a luta para o arcebispo d. João não era a mesma; não havia a crise dos primeiros tempos em que se distinguiu. Era a luta de todos os dias, que a imprensa católica naturalmente mantém contra princípios e institutos que lhe são adversos, sem por isso concitar os fiéis à desobediência e à destruição. Leão XIII é o modelo dessa defesa do dogma sem a agitação da guerra, tolerando o que uns chamam calamidade dos tempos, outros conquistas do espírito civil, mas que, sendo fatos estabelecidos, não há modo visível de os desterrar deste mundo. Quem esperará que a Igreja reconheça nenhum outro matrimônio, além do católico? Mas quem quererá que recuse a bênção aos que se casam civilmente? Não é só o imposto que se dá a César, ou não é só o imposto em dinheiro; é também a obediência às suas leis. A Igreja protestará, mas viverá. Este ponto prende com outro bispo, o do Rio Grande, que pregou agora em uma igreja de Santa Maria da Boca do Monte contra o casamento civil e contra os que se não confessam. Diz uma carta aqui publicada que foi tão violento em sua linguagem que o povo que enchia a igreja veio esperá-lo à porta e fez-lhe uma demonstração de desagrado. O correspondente chama-lhe "charivari medonho". Eu posso não entender bem nem mal a violência do bispo; mas o que ainda menos entendo é a dos fiéis. Que foram então os fiéis fazer ao templo onde pregava o bispo? Foram lá, porque são fiéis, porque estão na mesma comunhão de sentimentos religiosos. Se a tolerância lhes parecia conveniente, e a brandura necessária, era caso de discordar do bispo e até lastimá-lo, mas pateá-lo? Que fariam então os mais terríveis inimigos do *Credo*? Porque a pateada, "o charivari medonho", é a *ultima ratio* do desagrado. Alguns, considerando o bastão, pensarão que aquela é só penúltima. Mas nem uma nem outra razão é própria de católicos. Salvo se os fiéis que ouviam o bispo eram meros passeantes que entraram na igreja como em um parque aberto, para descansar a vista e os pés. Pode deduzir-se isto em desespero de causa; mas, francamente, não sei que pense. Folguemos em crer que o arcebispo agora morto não daria azo a tal explosão, não só por si, mas ainda pelo respeito em que o tinham.

Gazeta de Notícias, 24 de janeiro de 1897

Os direitos da imaginação e da poesia

Os direitos da imaginação e da poesia hão de sempre achar inimiga uma sociedade industrial e burguesa. Em nome deles protesto contra a perseguição que se está fazendo à gente de Antônio Conselheiro. Este homem fundou uma seita a que se não sabe o nome nem a doutrina. Já este mistério é poesia. Contam-se muitas anedotas, diz-se que o chefe manda matar gente, e ainda agora fez assassinar famílias numerosas porque o não queriam acompanhar. É uma repetição do *crê ou morre*; mas a vocação de Maomé era conhecida. De Antônio Conselheiro ignoramos se teve alguma entrevista com o anjo Gabriel, se escreveu algum livro, nem sequer se sabe escrever. Não se lhe conhecem discursos. Diz-se que tem consigo milhares de fanáticos. Também eu o disse aqui, há dois ou três anos, quando eles não passavam de mil ou mil e tantos. Se na última batalha é certo haverem morrido novecentos deles e o resto não se despega de tal apóstolo, é que algum vínculo moral e fortíssimo os prende até à morte. Que vínculo é esse?

No tempo em que falei aqui destes fanáticos, existia no mesmo sertão da Bahia o bando dos clavinoteiros. O nome de clavinoteiros dá antes ideia de salteadores que de religiosos; mas se no *Corão* está escrito que "o alfanje é a chave do céu e do inferno", bem pode ser que o clavinote seja a gazua, e para entrar no céu tanto importará uma como outra; a questão é entrar. Não obstante, tenho para mim que esse bando desapareceu de todo; parte estará dando origem a desfalques em cofres públicos ou particulares, parte à volta das urnas eleitorais. O certo é que ninguém mais falou dele. De Antônio Conselheiro e seus fanáticos nunca se fez silêncio absoluto. Poucos acreditavam, muitos riam, quase todos passavam adiante, porque os jornais são numerosos e a viagem dos bondes é curta; casos há, como os de Santa Teresa, em que é curtíssima. Mas, em suma, falava-se deles. Eram matéria de crônicas sem motivo.

Entre as anedotas que se contam de Antônio Conselheiro, figura a de se dar ele por uma encarnação de Cristo, acudir ao nome de Bom Jesus e haver eleito doze confidentes principais, número igual ao dos apóstolos. O correspondente da *Gazeta de Notícias* mandou ontem notícias telegráficas, cheias de interesse, que toda gente leu, e por isso não as ponho aqui; mas, em primeiro lugar, escreve da capital da Bahia, e, depois, não se funda em testemunhas de vista, mas de outiva; deu-se honesta pressa em mandar as novas para cá, tão minuciosas e graves, que chamaram naturalmente a atenção pública. Outras folhas também as deram; mas serão todas verdadeiras! Eis a questão. O número dos sequazes do Conselheiro sobe já a dez mil, não contando os lavradores e comerciantes que o ajudam com gêneros e dinheiros.

Dado que tudo seja exato, não basta para conhecer uma doutrina. Diz-se que é um místico, mas é tão fácil supô-lo que não adianta nada dizê-lo. Nenhum jornal mandou ninguém aos Canudos. Um repórter paciente e sagaz, meio fotógrafo ou desenhista, para trazer as feições do Conselheiro e dos principais subchefes, podia ir ao centro da seita nova e colher a verdade inteira sobre ela. Seria uma proeza americana. Seria uma empresa quase igual à remoção do Bendegó, que devemos ao esforço e direção de um patrício tenaz. Uma comissão não poderia ir; as comissões geralmente divergem logo na data da primeira conferência, e é duvidoso que esta desembarcasse na Bahia sem três opiniões (pelo menos) acerca do Juazeiro.

Não se sabendo a verdadeira doutrina da seita, resta-nos a imaginação para descobri-la e a poesia para floreá-la. Estas têm direitos anteriores a toda organização civil e política. A imaginação de Eva fê-la escutar sem nojo um animal tão imundo como a cobra, e a poesia de Adão é que o levou a amar aquela tonta que lhe fez perder o paraíso terrestre.

Que vínculo é esse, repito, que prende tão fortemente os fanáticos ao Conselheiro? Imaginação, cavalo de asas, sacode as crinas e dispara por aí fora; o espaço é infinito. Tu, poesia, trepa-lhe aos flancos, que o espaço, além de infinito, é azul. Ide, voai, em busca da estrela de ouro que se esconde além, e mostrai-nos em que é que consiste a doutrina deste homem. Não vos fieis no telegrama da *Gazeta,* que diz estarem com ele quatro classes de fanáticos, e só uma delas sincera. Primeiro que tudo, quase não há grupo a que se não agregue certo número de homens interessados e empulhadores; e, se vos contentais com uma velha chapa, a perfeição não é deste mundo. Depois, se há crentes verdadeiros, é que acreditam em alguma coisa. Essa coisa é que é o mistério. Tão atrativa é ela que um homem, não suspeito de conselheirista, foi com a senhora visitar o apóstolo, deixando-lhe de esmola quinhentos mil-réis, e ela quatrocentos mil. Esta notícia é sintomática. Se um pai de família, capitalista ou fazendeiro, pega em si e na esposa e vai dar pelas próprias mãos algum auxílio pecuniário ao Conselheiro, que já possui uns cem contos de réis, é que a palavra deste passa além das fileiras de combate.

Não trato, porém, de conselheiristas ou não conselheiristas; trato do *conselheirismo,* e por causa dele é que protesto e torno a protestar contra a perseguição que se está fazendo à seita. Vamos perder um assunto vago, remoto, fecundo e pavoroso. Aquele homem que reforça as trincheiras envenenando os rios é um Maomé forrado de um Borgia. Vede que acaba de despir o burel e o bastão pelas armas; a imagem do bastão e do burel dá--lhe um caráter hierático. Enfim, deve exercer uma fascinação grande para incutir a sua doutrina em uns e a esperança da riqueza em outros. Chego a imaginar que o elegem para a Câmara dos deputados, e que ele aí chega, como aquele francês muçulmano, que ora figura na Câmara de Paris, com turbante e burnu. Estou a ver entrar o Conselheiro, deixando o bastão onde outros deixam o guarda-chuva e sentando o burel onde outros pousam as calças. Estou a vê-lo erguer-se e propor indenização para os seus dez mil homens dos Canudos...

A perseguição faz-nos perder isto; acabará por derribar o apóstolo, destruir a seita e matar os fanáticos. A paz tornará ao sertão, e com ela a monotonia.

A monotonia virá também à nossa alma. Que nos ficará depois da vitória da lei? A nossa memória, flor de quarenta e oito horas, não terá para regalo a água fresca da poesia e da imaginação, pois seria profaná-las com desastres elétricos de Santa Teresa, roubos, contrabandos e outras anedotas sucedidas nas quintas-feiras para se esquecerem nos sábados.

Gazeta de Notícias, 31 de janeiro de 1897

A SEMANA É DE MULHERES

A semana é de mulheres. Não falo daquelas finas damas elegantes que dançaram em Petrópolis por amor de uma obra de caridade. Para falar delas não faltarão nunca penas excelentes. Quisera dizer penas de alguma ave graciosa, a fim de emparelhar com a de águia que vai servir para assinar o tratado de arbitramento entre os Estados Unidos e a Inglaterra. Mas se o nome de pena ficou ao pedacinho de metal que ora usamos, direi às damas de Petrópolis que também haverá um coração para adornar as que escreverem delas, como houve um para enfeitar a pena de águia diplomática. Diferem os dois corações em ser este de ouro, cravejado de brilhantes. E são ingleses! e são anglo-americanos! E dizem-se homens práticos e duros! Em meio de tanta dureza e tanta prática, lá acharam uma nesga azul de poesia, um raio de simbolismo e uma expressão de sentimento que se confunde com o dos namorados.

Nós, que não somos práticos e temos uma nota de meiguice no coração, tão alegres que enchemos as ruas de confetes cinco ou seis semanas antes do Carnaval, nós não proporíamos aquele coração de ouro com brilhantes para assinar o tratado. Não é porque as nossas finanças estão antes para o simples aço de Birmingham, mas por não cair em ternura pública, neste fim de século, e um pouco por medo da troça. Nós temos da seriedade uma ideia que se confunde com a de sequidão. Ministro que em tal pensasse cuidaria ouvir, alta noite, por baixo das janelas, ao som do violão, aqueles célebres versos de Laurindo:

Coração, por que palpitas?
Coração, por que te agitas?

Os ingleses e os anglo-americanos, esses são capazes de achar uma nota de poesia nas mulheres de soldados que se foram despedir de seus amigos do 7º batalhão, quando este embarcou para a Bahia, quarta-feira. Foram despedir-se à praia, como as esposas dos *Lusíadas* e até as fizeram lembrar aos que não esqueceram este e os demais versos: "Qual em cabelo: Ó doce e amado esposo!". As diferenças são grandes; umas eram consortes dos barões assinalados que saíram a romper o mar "que geração alguma não abriu", estas cá são tristes sócias dos soldados, e não podiam ir com eles, como de costume. Queriam acompanhá-los até à Bahia, até o sertão, até os Canudos, onde o major Febrônio não entrou, por motivos constantes de um documento público. Dizem que choravam muitas; dizem que outras declaravam que iriam em breve juntar-se a eles, tendo vivido com eles e querendo morrer com eles. Delas não poucas os vieram acompanhando de Santa Catarina e nada conheciam da cidade, mas bradavam com a mesma alma que buscariam meios de chegar até onde chegasse a expedição.

Talvez tudo isso vos pareça reles e chato. Deus meu, não são as lástimas de Dido, nem a meia dúzia de linhas da notícia podem pedir meças aos versos do poeta. Os soldados do 7º batalhão não são Eneias; vão à cata de um iluminado e seus fanáticos, empresa menos para glória que para trabalhos duros. Assim é; mas é também certo, pelo que dizem as gazetas, que as tais mulheres padeciam deveras. Ora, a dor, por mais rasteira que doa, não perde o seu ofício de doer. Essas amigas de quartel não elevam o espírito, mas pode ser que contriste ouvi-las, como entristece ver as feridas dos mendigos que andam na rua ou residem nas calçadas, corredores e portas.

Entre parênteses, não excluo do número dos mendigos aqueles mesmos que têm carro, porquanto as suas despesas são relativamente grandes. Há dias, alguém que lê os jornais de fio a pavio deu com um anúncio de um homem que se oferecia para puxar carro de mendigo; donde concluía esta senhora (é uma senhora) que há homens mais mendigos que os próprios mendigos. Chegou ao ponto de crer que a carreira do mendigo é próspera, uma vez que a dos seus criados é atrativa. Não vou tão longe; eu creio que antes ser diretor de banco — ainda de banco que não pague dividendos. Tem outro asseio, outra compostura, outra respeitabilidade, e durante o exercício governa o mercado, ou faz que governa, que é a mesma coisa.

Pobres amigas de quartel! Não direi, para fazer poesia, que fostes misturar as vossas lágrimas amargas com o mar, que é também amargo; faria apenas um trocadilho, sem grande sentido, pois não é o sal que dói. Também não quero notar que a aflição é a rasoura da gala e do molambo. Não; eu sou mais humano; eu peço para vós uma esperança — a esperança máxima, que é o esquecimento. Se não houverdes dinheiro para embarcar, pedi ao menos o esquecimento, e este caluniado amigo dos homens pode ser que venha sentar-se à beira das velhas tábuas que vos servem de leito. Se ele vier, não o mandeis embora; há casos em que ele não é preciso, e entretanto fica e faz prosperar um sentimento novo. No vosso pode ser necessário. Enquanto o sócio perde uma perna cumprindo o seu dever, a sócia deslembrada perde a saudade, que dói mais que ferro no corpo, e tudo se acomoda.

Lágrimas parecem-se com féretros. Quando algum destes passa, rico ou pobre, acompanhado ou sozinho, todos tiram o chapéu sem interromper a conversação, que tanto pode ser da expedição dos Canudos como do naufrágio da Laje. Por isso, descobre-te ao ver passar aquelas outras lágrimas humildes e desesperadas que verteram as esposas e filhos dos operários que naufragaram na fortaleza. Também estas correram à praia, umas pelos pais, outras pelos maridos, todas por defuntos, dos quais só alguns apareceram; a maior parte, se não ficou ali no seio das águas, foi levada por estas, barra fora, à descoberta de um mundo mais que velho.

Era uso dos operários irem às manhãs e tornarem às tardes; mas o mar tem surpresas, e as suas águas não amam só as vítimas ilustres. Também lhes servem as obscuras, sem que aliás precisem de umas nem de outras; mas é por amor dos homens que elas os matam. Assim ficam eles avisados a se não arriscarem mais sem grandes cautelas. Em caso de desespero, não trabalhem. O trabalho é honesto, mas há outras ocupações pouco menos honestas e muito mais lucrativas.

Gazeta de Notícias, 7 de fevereiro de 1897

Conheci ontem o que é celebridade

Conheci ontem o que é celebridade. Estava comprando gazetas a um homem que as vende na calçada da rua de São José, esquina do largo da Carioca, quando vi chegar uma mulher simples e dizer ao vendedor com voz descansada:

— Me dá uma folha que traz o retrato desse homem que briga lá fora.
— Quem?
— Me esqueceu o nome dele.

Leitor obtuso, se não percebeste que "esse homem que briga lá fora" é nada menos que o nosso Antônio Conselheiro, crê-me que és ainda mais obtuso do que pareces. A mulher provavelmente não sabe ler, ouviu falar da seita dos Canudos, com muito pormenor misterioso, muita auréola, muita lenda, disseram-lhe que algum jornal dera o retrato do Messias do sertão, e foi comprá-lo, ignorando que nas ruas só se vendem as folhas do dia. Não sabe o nome do Messias; é "esse homem que briga lá fora". A celebridade, caro e tapado leitor, é isto mesmo. O nome de Antônio Conselheiro acabará por entrar na memória desta mulher anônima, e não sairá mais. Ela levava uma pequena, naturalmente filha; um dia contará a história à filha, depois à neta, à porta da estalagem, ou no quarto em que residirem.

Esta é a celebridade. Outra prova é o eco de Nova York e de Londres onde o nome de Antônio Conselheiro fez baixar os nossos fundos. O efeito é triste, mas vê se tu, leitor sem fanatismo, vê se és capaz de fazer baixar o menor dos nossos títulos. Habitante da cidade, podes ser conhecido de toda a rua do Ouvidor e seus arrabaldes, cansar os chapéus, as mãos, as bocas dos outros em saudações e elogios; com tudo isso, com o teu nome nas folhas ou nas esquinas de uma rua, não chegarás ao poder daquele homenzinho, que passeia pelo sertão uma vila, uma pequena cidade, a que só falta uma folha, um teatro, um clube, uma polícia e sete ou oito roletas, para entrar nos almanaques.

Um dia, anos depois de extinta a seita e a gente dos Canudos, Coelho Neto, contador de coisas do sertão, talvez nos dê algum quadro daquela vida, fazendo-se cronista imaginoso e magnífico deste episódio que não tem nada fim-de-século. Se leste o *Sertão*, primeiro livro da *Coleção Alva*, que ele nos deu agora, concordarás comigo. Coelho Neto ama o sertão, como já amou o Oriente, e tem na palheta as cores próprias — de cada paisagem. Possui o senso da vida exterior. Dá-nos a floresta, com os seus rumores e silêncios, com os seus bichos e rios, e pinta-nos um caboclo que, por menos que os olhos estejam acostumados a ele, reconhecerão que é um caboclo.

Este livro do *Sertão* tem as exuberâncias do estilo do autor, a minuciosidade das formas, das coisas e dos momentos, o numeroso rol das características de uma cena ou de um quadro. Não se contenta com duas pinceladas breves e fortes; o colorido é longo, vigoroso e paciente, recamado de frases como aquela do céu quente "donde caía uma paz cansada", e de imagens como esta: "A vida banzeira, apenas alegrada pelo som da voz de Felicinha, de um timbre fresco e sonoro de mocidade, derivava como um rio lodoso e pesado de águas grossas, à beira do qual cantava uma ave jucunda". A natureza está presente a tudo nestas páginas. Quando Cabiúna morre (*Cega*, 280) e estão a fazer-lhe o caixão, à noite, são as águas, é o farfalhar das ramas fora que vêm consolar os tristes de casa pela perda daquele "esposo fecundante das veigas virgens, patrono humano da floração dos campos, reparador dos flagelos do sol e das borrascas". *Cega* é uma das mais aprimoradas novelas do livro. *Praga* terá algures demasiado arrojo, mas compensa o que houver nela excessivo pela vibração extraordinária dos quadros.

Estes não são alegres nem graciosos, mas a gente orça ali pela natureza da praga, que é o cólera. Agora, se quereis a morte jovial, tendes *Firmo, o vaqueiro*, um octogenário que "não deixa cair um verso no chão", e morre cantando e ouvindo cantar ao som da viola. *Os velhos* foram dados aqui. *Tapera* saiu na *Revista Brasileira*.

Os costumes são rudes e simples, agora amorosos, agora trágicos, as falas adequadas às pessoas, e as ideias não sobem da cerebração natural do matuto. Histórias sertanejas dão acaso não sei que gosto de ir descansar, alguns dias, da polidez encantadora e alguma vez enganadora das cidades. Varela sabia o ritmo particular desse sentimento; Gonçalves Dias, com andar por essas Europas fora, também o conhecia; e, para só falar de um prosador e de um vivo, Taunay dá vontade de acompanhar o dr. Cirino e Pereira por aquela longa estrada que vai de Sant'Ana de Paranaíba a *Camapuã*, até o leito da graciosa Nocência. Se achardes no *Sertão* muito sertão, lembrai-vos que ele é infinito, e a vida ali não tem esta variedade que não nos faz ver que as casas são as mesmas, e os homens não são outros. Os que parecem outros um dia é que estavam escondidos em si mesmos.

Ora bem, quando acabar esta seita dos Canudos, talvez haja nela um livro sobre o fanatismo sertanejo e a figura do Messias. Outro Coelho Neto, se tiver igual talento, pode dar-nos daqui a um século um capítulo interessante, estudando o fervor dos bárbaros e a preguiça dos civilizados, que os deixaram crescer tanto, quando era mais fácil tê-los dissolvido com uma patrulha, desde que o simples frade não fez nada. Quem sabe? Talvez então algum devoto, relíquia dos Canudos celebre o centenário desta finada seita.

Para isso, basta celebrar o centenário da cabeleira do apóstolo, como agora, pelo que diz o *Jornal do Commercio,* comemoraram em Londres o centenário da invenção do chapéu alto. Chapéus e cabelos são amigos velhos. Foi a 15 de janeiro último. Não conhecendo a história deste complemento masculino, nada posso dizer das circunstâncias em que ele apareceu no dia 15 de janeiro de 1797. Ou foi exposto à venda naquela data, ou apontou na rua, ou algum membro do Parlamento entrou com ele no recinto dos debates, à maneira britânica. Fosse como fosse, os ingleses celebraram esse dia histórico da chapelaria humana. Sabeis o que Macaulay disse da morte de um rei e da morte de um rato. Aplicando o conceito ao presente caso, direi que a concepção de um chapeleiro no ventre de sua mãe é, em absoluto, mais interessante que a fabricação de um chapéu; mas, hipótese haverá em que a fabricação de um chapéu seja mais interessante que a concepção do chapeleiro. Este não passará do chapéu comum e trabalhará para uma geração apenas; aquele será novo e ficará para muitas gerações.

Com efeito, lá vai um século, e ainda não acabou o chapéu alto. O chapéu baixo e o chapéu mole fazem-lhe concorrência por todos os feitios, e, às vezes, parecem vencê-lo. Um fazendeiro, vindo há muitos anos a esta capital, na semana em que certa chapelaria da rua de São José abriu ao público as suas seis ou sete portas, ficou pasmado de vê-las todas, de alto a baixo, cobertas de chapéus compridos. Tempo depois, voltando e indo ver a casa, achou-lhe as mesmas seis ou sete portas cobertas de chapéus curtos. Cuidou que a vitória destes era decidida, mas sabeis que se enganou. O chapéu alto durará ainda e durará por muitas dúzias de anos. Quando ninguém já o trouxer de passeio ou de visita, servirá nas cerimônias públicas. Eu ainda alcancei o porteiro do Senado, nos dias de abertura e de encerramento da Assembleia Geral, vestindo calção, meia e capa de seda preta, sapato raso com fivela, e espadim à cinta. Por fim acabou o vestuário do porteiro. O mesmo sucederá ao chapéu alto; mas por enquanto há quem celebre o seu primeiro século de existência. Tem-se dito muito mal deste chapéu. Chamam-lhe *cartola, chaminé,* e não tarda *canudo,* para rebaixá-lo até à cabeleira hirsuta de Antônio Conselheiro. No Carnaval, muita gente o não tolera, e os mais audazes saem à rua de chapéu baixo, não tanto para poupar o alto, como para resguardar a cabeça, sem a qual não há chapéu alto nem baixo.

Gazeta de Notícias, 14 de fevereiro de 1897

Estou com inveja aos argentinos

Estou com inveja aos argentinos. Agora que os gregos surgem de toda parte para correr a Atenas, receber armamento e passar à ilha de Creta, Buenos Aires dá 200 desses patriotas que aí vão lutar contra os otomanos. Nós, que devíamos dar 500, não damos nenhum. Certamente não os temos, ou tão raros são eles que melhor é irem pela calada. Conheci outrora um grego, Petrococchino, homem da praça, e conheci também a Aimée, uma francesa, que em nossa língua se traduzia por amada, tanto nos dicionários como nos corações. Era uma criaturinha do finado Alcazar, que nenhuma Turquia defendeu da Hélade. Ao contrário, os turcos fugiram e a bandeira helênica se desfraldou na Creta da rua Uruguaiana... E daí é possível que nem mesmo este Petrococchino fosse grego.

Notório, como ele era, não os temos agora. Na lista da polícia, aparecem às vezes nomes de gregos, como de turcos, mas a gente que cultiva a planta noturna pode adorar a cruz e o crescente, não se bate por ele nem por ela. Eu quisera, entretanto, ver partir daqui, rua do Ouvidor abaixo, uma falange bradando para ser entendida da terra os versos de Hugo: *En Grèce! en Grèce!* Lembras-te, não? Se és do meu tempo não esqueceste que tu e eu, quando expeitorávamos os primeiros versos que os rapazes trazem consigo, as *Orientais* contavam já trinta anos e mais. Mas era por elas que ainda aprendíamos poesia. Trazíamos de cor as páginas contemporâneas da revolução helênica, e do bravo Canaris, queimador de navios, e da batalha de Navarino, e da marcha turca, e de toda aquela ressurreição de um país meio antigo, meio cristão. *En Grèce!*, cantava o poeta, pedindo que lhe selassem o cavalo e lhe dessem a espada, que queria partir já, já, contra os turcos; mas a lira mudava subitamente de tom, e o poeta perguntava a si mesmo quem era ele. Confessava então não ser mais que uma folha que o vento leva, nem amar outra coisa mais que as estrelas e a lua. Tão pouca coisa não era nos demais versos em que cantava os heróis gregos, mas Hugo lembrava-se de Byron...

Com efeito, Byron, armando-se para ir ao encontro do muçulmano, se teve o melancólico desfecho de 1824, nem por isso perdeu o brilhante arranco de 1823; era preciso fazer coisa idêntica ou análoga. Não se podia convidar a bater os turcos sem ir pelo mesmo caminho. Um poeta lírico tinha de ser efetivamente épico. E vede bem este grande homem, que ainda ontem Olavo Bilac evocava aqui, naquela prosa sugestiva que lhe conheces, vede bem que não estava aborrecido nem cansado: acabava de escrever os últimos cantos de *Don Juan*, e não sorvera ainda os últimos beijos da Guiccioli. Para levar alguma parte desta para a Grécia, levou-lhe o irmão, cunhado *in partibus infidelium*, e meteu-se em navio que fretou, com um médico e remédios para mil homens durante um ano. Na Grécia organizou e equipou umas centenas de soldados e pôs-se à testa deles. Nem todos poderiam fazer as coisas por esse estilo grandioso. Era, ao mesmo tempo que um ato heroico, uma aventura poética, um apêndice do *Child Harold*. A febre não quis que ele perecesse na ponta de uma adaga otomana. Missolonghi avisou assim aos demais poetas que não saíssem a campo, em defesa da velha Grécia remoçada, não por medo de morrer ali ou alhures, mas porque o exemplo de Byron devia ficar com Byron. O epitáfio do poeta tinha de ser único.

Ao concerto universal daquele tempo não faltaram liras nem poetas. Cada língua teve o seu Píndaro. Lembra-te de Lamartine; lembra-te de José Bonifácio, cuja célebre ode clamava aos gregos, com entusiasmo: *Sois helenos! sois homens!* Compara ontem com hoje. Talvez o ardor do romantismo ajudou a incendiar as almas. Os olhos estavam ainda mal acordados daquele vasto pesadelo imperial, que fora também um grande sonho, campanhas de conquista e de opressão, campanhas de liberdade, tudo feito, desfeito e refeito; a reconstituição da Grécia pedia uma cruzada particular. Cimódoce pergunta a Eudoro: "Há também uma Vênus cristã?". Esta Vênus era agora a própria Grécia convertida, como a heroína de Chateaubriand, e conquistada ao turco depois de muito sangue.

Que os helenos são homens é o que estás vendo agora, quando toda a faculdade de medicina internacional cuida de alongar os dias do "enfermo", com os seus xaropes de notas e pílulas de esquadras sem fogo. Os ínfimos gregos não se arreceiam e, cansados de ouvir gemer Creta, lá se foram a arrancá-la dos braços otomanos. A diplomacia é uma bela arte, uma nobre e grande arte; o único defeito que há nas suas admiráveis teias de aranha é que uma bala fura tudo, e a vontade de um povo, se algum santo entusiasmo lhe aquece as veias, pode esfrangalhar as mais finas obras da astúcia humana. Se a Grécia acabar vencendo, as grandes potências não terão sido mais que jogadores de voltarete a tentos.

Que outra coisa têm sido elas, a propósito das reformas turcas? As reformas vêm, não vêm, redigem-se, emendam-se, copiam-se, propõem-se, aceitam-se, vão cumprir-se e não se cumprem. Vereis que ainda caem como as reformas cubanas, que, depois de tanto sangue derramado, vieram pálidas e mofinas. Ninguém as quer, e o ferro e o fogo continuam a velha obra. Assim se vai fazendo a história, com aparência igual ou vária, mediante a ação de leis, que nós pensamos emendar, quando temos a fortuna de vê-las. Muita vez não as vemos, e então imitamos Penélope e o seu tecido, desfazendo de noite o que fazemos de dia, enquanto outro tecelão maior, mais alto ou mais fundo e totalmente invisível compõe os fios de outra maneira, e com tal força que não podemos desfazer nada. Sucede que, passados tempos, o tecido esfarrapa-se e nós, que trabalhávamos em rompê-lo, cuidamos que a obra é nossa. Na verdade, a obra é nossa, mas é porque somos os dedos do tecelão; o desenho e o pensamento são dele, e presumindo empurrar a carroça, o animal é que a tira do atoleiro, um animal que somos nós mesmos... Mas aí me embrulho eu, e estou quase a perder-me em filosofias grossas e banais. Oh! banalíssimas!

Domingo próximo é possível que te explique esta confusão da minha alma. Estou certo que me entenderás e aplaudirás. Além da confusão da alma, imagina que me dói a testa em um só ponto escasso, no sobrolho direito; a dor, que não precisa de extensão grande para fazer padecer muito, contenta-se às vezes com o espaço necessário à cabeça de um alfinete. Também esta reflexão é banal, mas tem a vantagem de acabar a crônica.

Gazeta de Notícias, 21 de fevereiro de 1897

Domingo próximo é possível que te explique esta confusão da minha alma

"Domingo próximo é possível que te explique esta confusão da minha alma. Estou certo que me entenderás e aplaudirás." Assim, concluí eu a *Semana* passada. Venho cumprir aquela meia promessa.

É certo que a festa suntuosa de quarta-feira afrouxou em parte a sensação exposta naquelas palavras. A recepção do Palácio do Governo respondeu ao que se esperava do ato, e deixou impressão forte e profunda. Aquele edifício que eu vi, há trinta anos, logo depois de acabado, passou por várias mãos, viveu na obscuridade e na hipoteca, passou finalmente ao poder do governo, e o ilustre sr. vice-presidente da República acaba de inaugurá-lo com raro esplendor. Foi o sucesso principal da semana; mas a semana já não é minha, como ides ver.

Leitor, Deus gastou seis dias em fazer este mundo, e repousou no sétimo. Ora, Deus podia muito bem não repousar, mas quis deixar um exemplo aos homens. Daí o nosso velho descanso de um dia, que os cristãos chamaram do Senhor. Eu não sou Deus, leitor; não criei este mundo, tanto que lhe acho algumas imperfeições, como a de nascerem as uvas verdes, para engano das raposas. Eu as faria nascer maduras e talvez já engarrafadas. Mas criticar obra feita não custa; Deus não podia prever que os homens não se limitassem a falsificar eleições e fizessem o mesmo ao vinho.

Vamos ao que importa. Se Deus descansou um dia, depois de seis dias de trabalho, força é que eu descanse algum tempo depois de uma obra de anos. Há cerca de cinco anos que vos digo aqui ao domingo o que me passa pela cabeça, a propósito da semana finda, e até sem nenhum propósito. Parece tempo de repousar o meu tanto. Que o repouso seja breve ou longo, é o que não sei dizer; vou estirar estes membros cansados e cochilar a minha sesta.

Antes de cochilar, podia fazer um exame de consciência e uma confissão pública, à maneira de Sarah Bernhardt ou de santo Agostinho. Oh! perdoa-me, santo da minha devoção, perdoa esta união do teu nome com o da ilustre trágica; mas este século acabou por deitar todos os nomes no mesmo cesto, misturá-los, tirá-los sem ordem e cosê-los sem escolha. É um século fatigado. As forças que despendeu, desde o princípio, em aplaudir e odiar, foram enormes. Junta a isso as revoluções, as anexações, as dissoluções e as invenções de toda casta, políticas e filosóficas, artísticas e literárias, até as acrobáticas e farmacêuticas, e compreenderás que é um século esfalfado. Vive unicamente para não desmentir os almanaques. Todos os séculos têm cem anos; este não quer sair da velha regra, nem ser menos constante que o nosso robusto Barbacena, seu grande rival. Em lhe batendo a hora, irá com facilidade para onde foram os séculos de Péricles e de Augusto.

O meu exame de consciência, se houvesse de fazê-lo, não imitaria Agostinho nem Sarah. Nem tanta humildade, nem tanta glória. O grande santo dividiu, é verdade, as confissões humanas em duas ordens, uma que é um louvor, outra que é um gemido, definindo assim as suas e as da representante de dona Sol. Faz crer que não há terceira classe, em que a gente possa louvar-se com moderação e gemer baixinho; mas eu cuido que há de haver. A imitar uma das duas, acho que a mais difícil seria a de Sarah. Não li ainda as confissões desta senhora, mas pela nota que nos deu dela Eça de Queirós, com aquela graça viva e cintilante dos seus três últimos *Bilhetes postais,* não sei como é que uma criatura possa dizer tanta coisa boa de si mesma. Em particular, vá. Há pessoas que, não receando indiscretos, escancaram os corações, e os amigos reconhecem que, por mais que se pense bem de outro, pensa-se menos bem que ele próprio. Mas, em público, em letra de forma, no *Figaro,* que é o *Diário Oficial* do universo, custa a crer, mas é verdade.

Antes gemer, com esta cláusula de gemer baixinho, e confessar os pecados, mas com discrição e cautela. Pecados são ações, intenções ou omissões graves; não se devem contar todas, nem integralmente, mas só a parte que menos pesa à alma e não faz desmerecer uma pessoa no conceito dos homens. Não especifico, por não perder tempo, e quem se despede, mal pode dizer o essencial. O essencial aqui é dizer que não faço confissão alguma, nem do mal, nem do bem. Que mal me saiu da pena ou do coração? Fui antes pio e equitativo que rigoroso e injusto. Cheguei à elegia e à lágrima, e se não bebi todos os Cambarás e Jataís deste mundo, é porque espero encontrá-los no outro, onde já nos aguardam os xaropes do Bosque e de outras partes. Lá irá ter o grande Kneipp, e anos depois o kneippismo, pela regra de que primeiro morrem os autores que as invenções. Há mais de um exemplo na filosofia e na farmácia.

Não tireis da última frase a conclusão de cepticismo. Não achareis linha céptica nestas minhas conversações dominicais. Se destes com alguma que se possa dizer pessimista, adverte que nada há mais oposto ao cepticismo. Achar que uma coisa é ruim, não é duvidar dela, mas afirmá-la. O verdadeiro céptico não crê, como o dr. Pangloss, que os narizes se fizeram para os óculos, nem, como eu, que os óculos é que se fizeram para os narizes; o céptico verdadeiro descrê de uns e de outros, Que economia de vidros e de defluxos, se eu pudesse ter esta opinião!

Adeus, leitor. Força é deitar aqui o ponto final. A mim, se não fora a conveniência de ir para a rede, custar-me-ia muito pingar o dito ponto, pelas saudades que levo de ti. Não há nada como falar a uma pessoa que não interrompe. Diz-se-lhe tudo o que se quer, o que vale e o que não vale, repetem-se-lhe as coisas e os modos, as frases e as ideias, contradizem-se-lhe as opiniões, e a pessoa que lê, não interrompe. Pode lançar a folha para o lado ou acabar dormindo. Quem escreve não vê o gesto nem o sono, segue caminho e acaba. Verdade é que, neste momento, adivinho uma reflexão tua. Estás a pensar que o melhor modo de sair de uma obrigação destas não difere do de deixar um baile, que é descer ao vestiário, enfiar o sobretudo e sumir-se no carro ou na escuridão. Isto de empregar tanto discurso faz crer que se presumem saudades nos outros, além de ser fora da etiqueta. Tens razão, leitor; e, se fosse tempo de rasgar esta papelada e escrever diversamente, crê que o faria; mas é tarde, muito tarde. Demais, a frase final da outra semana precisava de ser explicada e cumprida; daí todos estes suspiros e curvaturas. Falei então na confusão da minha alma, e devia dizer em que é que ela consistia e consiste, e cuja era a causa. A causa está dita; é a natural melancolia da separação. Adeus, amigo, até à vista. Ou, se queres um jeito de falar mais nosso, até um dia. Creio que me entendeste, e creio também que me aplaudes, como te anunciei na semana passada. Adeus!

Gazeta de Notícias, 28 de fevereiro de 1897

CRÔNICA
Gazeta de Notícias (1900)

Entre tais e tão tristes casos da semana

Entre tais e tão tristes casos da semana, como o terremoto de Venezuela, a queda do Banco Rural e a morte do sineiro da Glória, o que mais me comoveu foi o do sineiro.

Conheci dois sineiros na minha infância, aliás três, o *Sineiro de São Paulo*, drama que se representava no Teatro S. Pedro, o sineiro da *Notre-Dame de Paris*, aquele que fazia um só corpo, ele e o sino, e voavam juntos, em plena Idade Média, e um terceiro, que não digo, por ser caso particular. A este, quando tornei a vê-lo, era caduco. Ora, o da Glória, parece ter lançado a barra adiante de todos.

Ouvi muita vez repicarem, ouvi dobrarem os sinos da Glória, mas estava longe absolutamente de saber quem era o autor de ambas as falas. Um dia cheguei a crer que andasse nisso eletricidade. Esta força misteriosa há de acabar por entrar na igreja e já entrou, creio eu, em forma de luz. O gás também já ali se estabeleceu. A igreja é que vai abrindo a porta às novidades, desde que a abriu à cantora de sociedade ou de teatro, para dar aos solos a voz de soprano, quando nós a tínhamos trazida por d. João VI, sem despir-lhe as calças. Conheci uma dessas vozes, pessoa velha, pálida e desbarbada; cantando, parecia moça.

O sineiro da Glória é que não era moço. Era um escravo, doado em 1853 àquela igreja, com a condição de a servir dois anos. Os dois anos acabaram em 1855, e o escravo ficou livre, mas continuou o ofício. Contem bem os anos, quarenta e cinco, quase meio século, durante os quais este homem governou uma torre. A torre era ele, dali regia a paróquia e contemplava o mundo.

Em vão passavam as gerações, ele não passava. Chamava-se João. Noivos casavam, ele repicava às bodas; crianças nasciam, ele repicava ao batizado; pais e mães morriam, ele dobrava aos funerais. Acompanhou a história da cidade. Veio a febre amarela, o cólera-mórbus, e João dobrando. Os partidos subiam ou caíam, João dobrava ou repicava, sem saber deles. Um dia começou a Guerra do Paraguai, e durou cinco anos; João repicava e dobrava, dobrava e repicava pelos mortos e pelas vitórias. Quando se decretou o ventre livre das escravas, João é que repicou. Quando se fez a abolição completa, quem repicou foi João. Um dia proclamou-se a República, João repicou por ela, e repicaria pelo Império, se o Império tornasse.

Não lhe atribuas inconsistência de opiniões; era o ofício. João não sabia de mortos nem de vivos; a sua obrigação de 1853 era servir à Glória, tocando os sinos, e tocar os sinos, para servir à Glória, alegremente ou tristemente, conforme a ordem. Pode ser até que, na maioria dos casos, só viesse a saber do acontecimento depois do dobre ou do repique.

Pois foi esse homem que morreu esta semana, com oitenta anos de idade. O menos que lhe podiam dar era um dobre de finados, mas deram-lhe mais; a Irmandade do Sacramento foi buscá-lo à casa do vigário Molina para a igreja, rezou-se-lhe um responso e levaram-no para o cemitério, onde nunca jamais tocará sino de nenhuma espécie; ao menos, que se ouça deste mundo.

Repito, foi o que mais me comoveu dos três casos. Porque a queda do Banco Rural, em si mesma, não vale mais que a de outro qualquer banco. E depois não há bancos eternos. Todo banco nasce virtualmente quebrado; é o seu destino, mais ano, menos ano. O que nos deu a ilusão do contrário foi o finado Banco do Brasil, uma espécie de sineiro da Glória, que repicou por todos os vivos, desde Itaboraí até Dias de Carvalho, e sobreviveu ao Lima, ao "Lima do Banco". Isto é que fez crer a muitos que o Banco do Brasil era eterno. Vimos que não foi. O da República já não trazia o mesmo aspecto; por isso mesmo durou menos.

Ao Rural também eu conheci moço; e, pela cara, parecia sadio e robusto. Posso até contar uma anedota, que ali se deu há trinta anos e responde ao discurso do sr. Júlio Ottoni. Ninguém me contou; eu mesmo vi com estes olhos que a terra há de comer, eu vi o que ali se passou há tanto tempo. Não digo que fosse novo, mas para mim era novíssimo.

Estava eu ali, ao balcão do fundo, conversando. Não tratava de dinheiro, como podem supor, posto fosse de letras, mas não há só letras bancárias; também as há literárias, e era destas que eu tratava. Que o lugar não fosse propício, creio; mas, aos vinte anos, quem é que escolhe lugar para dizer bem de Camões?

Era dia de assembleia geral de acionistas, para se lhes dar conta da gestão do ano ou do semestre, não me lembra. A assembleia era no sobrado. A pessoa com quem eu falava tinha de assistir à sessão, mas, não havendo ainda número, bastava esperar cá embaixo. De resto, a hora estava a pingar. E nós falávamos de letras e de artes, da última comédia e da ópera recente. Ninguém entrava de fora, a não ser para trazer ou levar algum papel, cá de baixo. De repente, enquanto eu e o outro conversávamos, entra um homem lento, aborrecido ou zangado, e sobe as escadas como se fossem as do patíbulo. Era um acionista. Subiu, desapareceu. Íamos continuar, quando o porteiro desceu apressadamente.

— Sr. secretário! Sr. secretário!
— Já há maioria?
— Agora mesmo. Metade e mais um. Venha depressa, antes que algum saia, e não possa haver sessão.

O secretário correu aos papéis, pegou deles, tornou, voou, subiu, chegou, abriu-se a sessão. Tratava-se de prestar contas aos acionistas sobre o modo por que tinham sido geridos os seus dinheiros, e era preciso espreitá-los, agarrá-los, fechar a porta para que não saíssem, e ler-lhes à viva força o que se havia passado. Imaginei logo que não eram acionistas de verdade; e, falando nisto a alguém, à porta da rua, ouvi-lhe esta explicação, que nunca me esqueceu:

— O acionista — disse-me um amigo que passava — é um substantivo masculino, que exprime "possuidor de ações" e, por extensão, credor dos dividendos. Quem diz ações diz dividendos. Que a diretoria administre, vá, mas que lhe tome o tempo em prestar-lhe contas, é demais. Preste dividendos; são as contas vivas. Não há banco mau se dá dividendos. Aqui onde me vê, sou também acionista de vários bancos, e faço com eles o que faço com o júri, não vou lá, não me amolo.

— Mas, se os dividendos falharem?

— É outra coisa; então cuida-se de saber o que há.

Pessoa de hoje, a quem contei este caso antigo, afirmou-me que a pessoa que me falou, há trinta anos, à porta do Rural, não fez mais que afirmar um princípio, e que os princípios são eternos. A prova é que aquele ainda agora o seria, se não fosse o incidente da corrida e dos cheques há dois meses.

— Então, parece-lhe...?

— Parece-me.

Quanto ao terceiro caso triste da semana, o terremoto de Venezuela, quando eu penso que podia ter acontecido aqui, e, se aqui acontecesse, é provável que eu não tivesse agora a pena na mão, confesso que lastimo aquelas pobres vítimas. Antes uma revolução. Venezuela tem vertido sangue nas revoluções, mas sai-se com glória para um ou outro lado, e alguém vence, que é o principal; mas este morrer certo, fugindo-lhes o chão debaixo dos pés, ou engolindo-os a todos, ah!... Antes uma, antes dez revoluções, com trezentos mil diabos! As revoluções servem sempre aos vencedores, mas um terremoto não serve a ninguém. Ninguém vai ser presidente de ruínas. É só trapalhada, confusão e morte inglória. Não, meus amigos. Nem terremotos nem bancos quebrados. Vivam os sineiros de oitenta anos, e um só, perpétuo e único badalo!

Gazeta de Notícias, 4 de novembro de 1900

Eu gosto de catar o mínimo e o escondido

Eu gosto de catar o mínimo e o escondido. Onde ninguém mete o nariz, aí entra o meu, com a curiosidade estreita e aguda que descobre o encoberto. Daí vem que, enquanto o telégrafo nos dava notícias tão graves como a taxa francesa sobre a falta de filhos e o suicídio do chefe de polícia paraguaio, coisas que entram pelos olhos, eu apertei os meus para ver coisas miúdas, coisas que escapam ao maior número, coisas de míopes. A vantagem dos míopes é enxergar onde as grandes vistas não pegam.

Não nego que o imposto sobre a falta de filhos e o celibato podia dar de si uma página luminosa, sem aliás tocar na estatística. Só a parte cívica. Só a parte moral. Dava para elogio e para descompostura. A grandeza da pátria, da indústria e dos exércitos faria o elogio. O regime de opressão inspirava a descompostura, visto que obriga a casar para não pagar a taxa; casado, obriga a fazer filhos, para não pagar a taxa; feitos os filhos, obriga a criá-los e educá-los, com o que afinal se paga uma grande taxa. Tudo taxas. Quanto ao suicídio do chefe de polícia, são palavras tão contrárias umas às outras que não há crer nelas. Um chefe de polícia exerce funções essencialmente vitais e alheias à melancolia e ao desespero. Antes de se demitir da vida, era natural demitir-se do cargo, e o segundo decreto bastaria acaso para evitar o primeiro.

Deixei taxas e mortes e fui à casa de um leiloeiro, que ia vender objetos empenhados e não resgatados. Permitam-me um trocadilho. Fui ver o martelo bater no prego. Não é lá muito engraçado, mas é natural, exato e evangélico. Está autorizado por Jesus Cristo: *Tu es Petrus* etc. Mal comparando, o meu ainda é melhor. O da Escritura está um pouco forçado, ao passo que o meu — o martelo batendo no prego — é tão natural que nem se concebe dizer de outro modo. Portanto, edificarei a crônica sobre aquele prego, no som daquele martelo.

Havia lá broches, relógios, pulseiras, anéis, botões, o repertório do costume. Havia também um livro de missa, elegante e escrupulosamente dito *para* missa, a fim de evitar confusão de sentido. Valha-me Deus! até nos leilões persegue-nos a gramática. Era de tartaruga, guarnecido de prata. Quer dizer que, além do valor espiritual, tinha aquele que propriamente o levou ao prego. Foi uma mulher que recorreu a esse modo de obter dinheiro. Abriu mão da salvação da alma, para salvar o corpo, a menos que não tivesse decorado as orações antes de vender o manual delas. Pobre desconhecida! Mas também (e é aqui que eu vejo o dedo de Deus), mas também quem é que lhe mandou comprar um livro de tartaruga com ornamentações de prata? Deus não pede tanto; bastava uma encadernação simples e forte, que durasse, e feia para não tentar a ninguém. Deus veria a beleza dela.

Mas vamos ao que me põe a pena na mão; deixemos o livro e os artigos do costume. Os leilões desta espécie são de uma monotonia desesperadora. Não saem de cinco ou seis artigos. Raro virá um binóculo. Neste apareceu um, e um despertador também, que servia a acordar o dono para o trabalho. Houve mais uns cinco ou seis chapéus-de-sol, sem indicação do cabo... Deus meu! Quanto teriam recebido os donos por eles, além de algum magro tostão? Ríamos da miséria. É um derivativo e uma compensação. Eu, se fosse ela, preferia fazer rir a fazer chorar.

O lote inesperado, o lote escondido, um dos últimos do catálogo, perto dos chapéus-de-sol, que vieram no fim, foi uma espada. Uma espada, senhores, sem outra indicação; não fala dos copos, nem se eram de ouro. É que era uma espada pobre. Não obstante, quem diabo a teria ido pendurar do prego? Que se pendurem chapéus-de-sol, um despertador, um binóculo, um livro *de* missa ou *para* missa, vá. O sol mata os micróbios, a gente acorda sem máquina, não é urgente chamar à vista as pessoas dos outros camarotes, e afinal o coração também é livro de missa. Mas uma espada!

Há dois tempos na vida de uma espada, o presente e o passado. Em nenhum deles se compreende que ela fosse parar ao prego. Como iria lá ter uma espada que pode ser a cada instante intimada a comparecer ao serviço? Não é mister que haja guerra; uma parada, uma revista, um passeio, um exercício, uma comissão, a simples apresentação ao ministro da Guerra basta para que a espada se ponha à cinta e se desnude, se for caso disso. Eventualmente, pode ser útil em defender a vida ao dono. Também pode servir para que este se mate, como Bruto.

Quanto ao passado, posto que em tal hipótese a espada não tenha já préstimos, é certo que tem valor histórico. Pode ter sido empregada na destruição do despotismo Rosas ou López, ou na repressão da revolta, ou na Guerra de Canudos, ou talvez na fundação da República, em que não houve sangue, é verdade, mas a sua presença terá bastado para evitar conflitos.

As crônicas antigas contam de barões e cavaleiros já velhos, alguns cegos, que mandavam vir a espada para mirá-la, ou só apalpá-la, quando queriam recordar as ações de glória, e guardá-la outra vez. Não ignoro que tais heróis tinham castelo e cozinha, e o triste reformado que levou esta outra espada ao prego pode não ter cozinha nem teto. Perfeitamente. Mas ainda assim é impossível que a alma dele não padecesse ao separar-se da espada.

Antes de a empenhar, devia ir ter a alguém que lhe desse um prato de sopa: "Cidadão, estou sem comer há dois dias e tenho de pagar a conta da botica, não quisera desfazer-me desta espada, que batalhou pela glória e pela liberdade..." É impossível que acabasse o discurso. O boticário perdoaria a conta, e duas ou três mãos se lhe meteriam pelas algibeiras dentro, com fins honestos. E o triste reformado iria alegremente pendurar a espada de outro prego, o prego da memória e da saudade.

Catei, catei, catei, sem dar por explicação que bastasse. Mas eu já disse que é faculdade minha entrar por explicações miúdas. Vi casualmente uma estatística de São Paulo, os imigrantes do ano passado, e achei milhares de pessoas desembarcadas em Santos ou idas daqui pela Estrada de Ferro Central. A gente italiana era a mais numerosa. Vinha depois a espanhola, a inglesa, a francesa, a portuguesa, a alemã, a própria turca, uns quarenta e cinco turcos. Enfim, um grego. Bateu-me o coração, e eu disse comigo: o grego é que levou a espada ao prego.

E aqui vão as razões da suspeita ou descoberta. Antes de mais nada, sendo o grego não era nenhum brasileiro — ou *nacional*, como dizem as notícias da polícia. Já me ficava essa dor de menos. Depois, o grego era um, e eu corria menor risco do que supondo alguém das outras colônias, que podiam vir acima de mim, em desforço do patrício. Em terceiro lugar, o grego é o mais pobre dos imigrantes. Lá mesmo na terra é paupérrimo. Em quarto lugar, talvez fosse também poeta, e podia ficar-lhe assim uma canção pronta, com estribilho:

Eu cá sou grego,
Levei a minha espada ao prego.

Finalmente, não lhe custaria empenhar a espada, que talvez fosse turca. About refere de um general, Hadji-Petros, governador de Lâmia, que se deixou levar dos encantos de uma moça fácil de Atenas, e foi demitido do cargo. Logo requereu à rainha pedindo a reintegração: "Digo a vossa majestade pela minha honra de soldado que, se eu sou amante dessa mulher, não é por paixão, é por interesse; ela é rica, eu sou pobre, e tenho filhos, tenho uma posição na sociedade etc." Vê-se que empenhar a espada é costume grego e velho.

Agora que vou acabar a crônica, ocorre-me se a espada do leilão não será acaso alguma espada de teatro, empenhada pelo contrarregra, a quem a empresa não tivesse pago os ordenados. O pobre-diabo recorreu a esse meio para almoçar um dia. Se tal foi, façam de conta que não escrevi nada, e vão almoçar também, que é tempo.

Gazeta de Notícias, 11 de novembro de 1900

Direção editorial
Daniele Cajueiro

Editores responsáveis
Janaína Senna
André Seffrin

Produção editorial
Adriana Torres
Laiane Flores
Bárbara Anaissi
Laura Souza

Revisão
Letícia Côrtes
Luciana Aché
Luciana Figueiredo
Mariana Bard

Capa
Mateus Valadares

Diagramação
Henrique Diniz

Este livro foi impresso em 2021
para a **Nova Fronteira**.